dtv
premium

Rosemarie Marschner

Zu Ehren des Königs

Roman

Deutscher Taschenbuch Verlag

Von Rosemarie Marschner
sind im Deutschen Taschenbuch Verlag erschienen:
Das Bücherzimmer (21099)
Das Jagdhaus (24501)

FSC
Mix
Produktgruppe aus vorbildlich
bewirtschafteten Wäldern und
anderen kontrollierten Herkünften

Zert.-Nr.GFA-COC-001278
www.fsc.org
© 1996 Forest Stewardship Council

Originalausgabe
Dezember 2009

Umschlagkonzept: Balk & Brumshagen
Umschlagbild: ›The Costume Ball‹
(French School/bridgemanart.com/Private Collection)
Satz: Greiner & Reichel, Köln
Gesetzt aus der Sabon 10,25/13˙
Druck und Bindung: CPI – Ebner & Spiegel, Ulm
Gedruckt auf säurefreiem, chlorfrei gebleichtem Papier
Printed in Germany · ISBN 978-3-423-24759-7

Prolog

Am 27. März 1680 traf in Schloss Versailles die Nachricht ein, der Gefangene von Pignerol sei verstorben. Die jüngeren Höflinge wussten nur vom Hörensagen, wer gemeint war, die älteren aber wagten kaum, sich an den Mann aus einer Zeit zu erinnern, in der eigene Gedanken und ein offenes Wort noch möglich waren.

Fünf Tage und fünf Nächte hatte der Bote gebraucht für seinen Ritt vom äußersten Rand des Königreichs, wo vor sechzehn Jahren die Kerkertore hinter dem bis dahin reichsten Mann des Landes für immer zugefallen waren. Fünf Tage und fünf Nächte über verschneite Berge und durch Täler, in denen die Schmelzwasser brausten. Fünf Tage und fünf Nächte fast ohne Rast und ohne Schlaf, weil die Botschaft in dem ledernen Köcher so dringlich war und nach den Worten des Festungskommandanten so ungemein erfreulich für die Majestät von Frankreich.

Als der Bote im Ehrenhof von Versailles angelangt war, brach sein Pferd unter ihm zusammen. Auch er selbst befürchtete, die wenigen Schritte bis ins Zentrum der Macht nicht mehr bewältigen zu können. Doch ein einziger Satz genügte, dass ihn die Wachen wie einen Delinquenten die Treppen zu den Gemächern des Königs hinaufzerrten. Ein einziger Satz, der sich wie Feuerzungen im Schloss verbreitete, noch ehe der Bote die königlichen Räumlichkeiten erreicht hatte. Ein einziger Satz, den der junge Soldat hervorstieß, als er sein Schreiben dem Minister des Königs überreichte: »Der Sieur Fouquet ist tot!«

Im gleichen Augenblick öffnete sich eine Tür im Hintergrund des Raumes. Ludwig selbst, der Gottgeschenkte, stand da, als hätte er sein Leben lang auf diese Mitteilung gewartet und die atemlose Stimme durch die geschlossenen Türflügel hindurch vernommen.

Der Bote fiel auf die Knie und wiederholte seine Nachricht: »Der Sieur Fouquet ist tot!«

Es war still im Raum. Nur das Ticken einer Uhr war zu vernehmen. Durch die hohen Fenster drangen die schrägen Strahlen der Abendsonne und erhitzten den Nacken des Boten, dass er meinte, ohnmächtig zu werden. Niemand forderte ihn auf, sich zu erheben. Es dauerte lange, bis er aufzublicken wagte. Vor ihm stand der Minister Colbert in seinem schwarzen Samtgewand und daneben der König, genau so wie der Bote ihn auf Bildern gesehen hatte. Ein wenig stämmiger vielleicht und nicht ganz so vornehm wie in der Darstellung der Hofmaler, dennoch unverkennbar durch seine Löwenmähne und sein energisches Kinn. Rot ist er im Gesicht, dachte der Bote, fast wie ein Bauer. Aber noch während ihm die Röte auffiel, verschwand sie plötzlich. Der König erbleichte. Er blickte auf den Brief, den ihm Colbert entgegenhielt. Dann wandte er sich ruckartig um und eilte in sein Gemach zurück, als müsste er seine Gefühle vor der Welt verbergen. Die Tür fiel zu. Noch immer streckte Colbert die Hand mit dem Schreiben aus. Auch sein Gesicht war blass, noch blasser als das seines Herrn.

Da ihn niemand beachtete, stand der Bote auf und verließ rückwärts unter Bücklingen den Raum. Das Letzte, was ihm bewusst wurde, war noch immer das Ticken der Uhr.

Der Sieur Fouquet ist tot!, wiederholte er in Gedanken die bedeutsamste Botschaft, die er je überbracht hatte. Er ist tot, und dem mächtigsten Mann der Welt wich das Blut aus dem Gesicht, als er es erfuhr.

Erstes Buch

Zwei fremde Welten

Ein Kind der Zwietracht

I

Der König – Ludwig, der Vierzehnte dieses Namens im großen Frankreich – blieb an einem der Fenster stehen und blickte hinunter auf den schier endlosen Park, dessen Harmonie in aller Welt gerühmt wurde. Doch Ludwigs Augen sahen nichts. Wie betäubt war er und hörte nur immer wieder die wenigen Worte, die ihn erleichterten, als hätte man einen glühenden Stachel endlich aus seinem Fleisch gezogen: Der Sieur Fouquet ist tot.

Wie oft hatte sich der König ausgemalt, diese Nachricht wie eine Absolution zu empfangen! Doch jetzt, da sein Wunsch erfüllt war, spürte er nur noch Leere und ein Gefühl, das ihn schmerzte, obwohl er es sich nicht erklären konnte. Es dauerte lange, bis er es zu bezeichnen vermochte: Bedauern. Der Sieur Fouquet ist tot – und vieles war mit ihm gestorben: sein Lächeln, das bezaubern konnte; seine Leichtigkeit der Entscheidung und des Tuns; sein Blick voller Interesse für den, mit dem er sprach; sein Mitgefühl für die Schwachen und Leidenden und sein Sinn für das Schöne, das er anregte und mit dem er sich umgab.

Der Sieur Fouquet ist tot … Gut, dass wir ihn los sind!, dachte der König. Ich hätte ihn gern noch einmal gesehen.

Er erinnerte sich an den Tag, an dem er Fouquet zum ersten Mal begegnet war. Es hatte geregnet. Alle Fenster im Palast waren fest verschlossen. Die Enge ließ ihn fast ersticken. Dazu noch das knappe Gewand, in das man ihn gezwängt hatte wie immer, wenn er zu seinem Vater gebracht wurde. Vier Jahre war er damals alt: ein kräftiges kleines Bürschchen mit dicken roten Backen und den himmelblauen Augen seiner spanisch-habsburgischen Mutter.

Von Geburt an war er ein mürrisches Kind gewesen, das stundenlang schrie und den ständig wechselnden Ammen mit seinen Kiefern die Brüste zerfetzte. Die Geburt des jüngeren Bruders hatte seine Unzufriedenheit noch verstärkt: Philippe, der schon als Säugling die Herzen eroberte, der so früh lachte und den alle liebten, obwohl er doch niemals König sein würde wie Ludwig, der sich seiner künftigen Erhabenheit bereits bewusst war, als er noch in Mädchentracht bei den Frauen erzogen wurde.

Auch an jenem Regentag trug er ein Kleidchen aus hellgrüner Spitze mit breiten Seidenmanschetten und einer seidenen Schürze. Dazu ein Spitzenhäubchen, dessen Bänder seine Gouvernante Madame de Lansac unter seinem Kinn quälend fest verknotet hatte, damit die Ohren des Kindes brav bedeckt blieben und die gestrenge Majestät keinen Grund zur Klage fand.

Fast jeden Tag verlangte sein Vater, ihn zu sehen. Nicht zu einer bestimmten Stunde, sondern immer dann, wenn es ihm gerade passte. Dann schickte er seinen Kammerdiener in die Gemächer der Königin. Ein Klopfen an der Tür genügte, und Ludwig wurde weggerissen von dem, was er gerade tat. Man weckte ihn oder schlug ihm den Löffel aus der Hand. Man zerrte ihn von seinen Spielen fort oder hob ihn aus der Wanne und streifte ihm gewaltsam eines der Besuchskleidchen über, gegen die er sich wehrte, weil er längst aus ihnen herausgewachsen war. Niemand kümmerte sich darum, dass er schrie und weinte. Was zählte, war allein der Wille seines Vaters, des Königs.

Einmal würde Ludwig selbst König sein, hatte ihm seine Mutter erklärt, und er hatte längst begriffen, was das bedeutete: Niemand würde mehr das Recht haben, ihn zu stören oder ihm auch nur zu widersprechen. Was er verlangte, würde geschehen. Doch dafür musste sein Vater erst sterben. Wenn Madame de Lansac ihn über die Korridore schleifte und in die Bibliothek seines Vaters schob, presste Ludwig das Kinn gegen die Brust, starrte trotzig auf die Füße des Vaters und wünschte seinen Tod herbei.

Es war immer das Gleiche: Sein Vater versuchte, ihn für sich zu gewinnen. Er zeigte ihm Bücher und Landkarten und schenkte ihm Zinnsoldaten, Bälle oder ein Holzschwert. Doch der Knabe in seinem Mädchengewand hob nicht einmal den Blick, sondern wartete nur darauf, dass die Enttäuschung des Vaters in einen seiner Hustenanfälle mündete, an denen er fast erstickte und die endlich dafür sorgten, dass er von seinem Sohn abließ.

Seit zwanzig Jahren schon zerfraß die Tuberkulose Lunge und Darm des Königs. Die Schmerzen ließen ihn die Welt hassen und den Tod herbeisehnen. Erst ein heftiger Regensturm, der ihn eines Nachts im Louvre bei der damals von ihm getrennt residierenden Königin festhielt, hatte das Wunder vollbracht, dass er sich trotz seiner Abneigung neben ihr zur Ruhe legte. Alle im Schloss beteten, dass endlich ein Thronfolger gezeugt würde, und so geschah es auch. Ludwig kam zur Welt, ein Kind der Kälte und der Zwietracht, und doch gesund und kräftig wie kaum ein anderes. Zwei Jahre später wiederholte sich das Wunder. Die Glocken läuteten, als der Sonnenschein Philippe den ersten Schrei tat.

»Nun sind wir doppelt abgesichert«, sagte der König ungewohnt versöhnlich zu seiner Gemahlin, die abgekämpft in ihrem Bett lag. Sie antwortete nicht. Noch immer dröhnten in ihren Ohren die Worte, die er zum Arzt gesprochen hatte, als ihre Bedrängnis am größten war: »Retten Sie das Kind! Die Mutter werden wir verschmerzen können.«

Sie hasste ihn, und er hasste sie, und ihr älterer Sohn stand auf Seiten der Mutter. Erst wenn der Vater nach Luft rang und sich vor Schmerzen krümmte, entspannte sich das Kind, und erst wenn der König um sein Leben kämpfte, lächelte der Kleine.

Ein einziges Mal entdeckte der König dieses Lächeln. Mitten in einem der quälendsten Erstickungsanfälle, die er je erlebt hatte, fiel sein schmerzverschleierter Blick auf das Kind, das vor ihm stand und ihn voller Genugtuung beobachtete wie ein Insekt, dem man die Beine ausgerissen hat. Wäre er jetzt gestorben, das begriff der König in seiner Not, das Kind hätte gelacht.

Von einem Augenblick zum anderen hörte der Anfall auf. Mit einem endlos langen Atemzug füllte der König seine verkrampfte Lunge. Ein paarmal keuchte er noch, den Mund weit geöffnet. Dabei beobachtete er seinen Sohn, der sofort seinem Blick auswich und wieder zu Boden starrte.

»Du kleiner Teufel!«, flüsterte der König heiser und vergaß, dass er sich einst über die Geburt dieses Kindes gefreut hatte. Gefreut bis zur Glückseligkeit. »Dieudonné« hatte er als zweiten Namen für den Knaben bestimmt. Der Gottgeschenkte – obwohl seine Gemahlin vorsichtig Einspruch dagegen erhoben hatte, weil es im Volk Brauch war, unehelich Geborene so zu nennen.

»Ich werde dich lehren, mich so anzusehen!« Die Stimme des Königs gewann an Kraft. »Ich werde dich wegholen von deiner Mutter und ihren albernen Weibern, die dich aufhetzen. Du wirst noch lernen, wem du zu gehorchen hast.«

Das Kind sah ihn nicht an. Da packte der König sein Kinn und riss es hoch, dass die Wirbel im Nacken leise knackten. »Schau mich an!«, schrie er. »Schau mich an, deinen König, dem du alles verdankst!«

Doch Ludwig presste die Lider zusammen. Tränen traten aus seinen Augenwinkeln, aber kein Ton kam über seine Lippen. Da ließ ihn der König los, holte aus und schlug ihn auf die Wange, dass das Kind zu Boden stürzte. Gleich jedoch raffte es sich wieder auf, rannte zur Tür, riss sie auf und floh hinaus auf den Korridor.

Die Wache eilte herein und wartete auf einen Befehl. Doch der König saß zusammengesunken auf seinem großen Sessel und starrte zu Boden. »Kümmert euch nicht um ihn!«, sagte er dumpf. »Ich will ihn nicht mehr sehen.«

2

Unterdessen stolperte Ludwig schluchzend den Korridor entlang. Weg, nur weg von seinem Vater, dessen Zorn er mehr fürchtete als alles andere! So jung er noch war, begriff er doch, dass er Schuld auf sich geladen hatte, als er die Leiden des Vaters verspottete. Täglich wurde ihm eingeschärft, es sei das strengste aller Gebote, Vater und Mutter zu ehren. Die Mutter sagte es ihm, bevor sie ihn seinen Besuchen in der königlichen Bibliothek überließ. Der Kardinal Mazarin sagte es ihm und auch die Kammerfrauen. Alle. Es war eine Todsünde, den Vater nicht zu ehren. Man kam in die Hölle, wenn man gegen das göttliche Gebot verstieß. Wie es aber in der Hölle zuging, war das Erste, was man Ludwig gelehrt hatte.

In seiner tiefen Bedrängnis verfehlte Ludwig die Tür zu den Gemächern seiner Mutter. Sein Schluchzen verstummte. Er blieb stehen und sah sich um. Es war dämmrig geworden, und er fand sich nicht mehr zurecht. Die Welt war grau und unheimlich. Niemand war da, ihn zu begleiten und zu beschützen. Vielleicht, dachte er, hatte man ihn schon aufgegeben, und er würde nun in alle Ewigkeit durch die finsteren Gänge irren und nirgendwo mehr ankommen.

Unendlich lang erstreckte sich der Korridor mit seinen vielen Abzweigungen, von denen Ludwig nicht wusste, wohin sie führten. Nirgends ein Geräusch oder eine menschliche Stimme. Ein riesiger Palast voller Menschen, doch in diesem Trakt hatte Stille zu herrschen, um die Majestäten nicht zu stören. Wäre jetzt eine Kerze aufgeflackert, hätte Ludwig geglaubt, sie würde sofort zur Flamme werden und er wäre wahrhaftig in der Hölle angelangt als Strafe für seine Sünden.

Mit dem Rücken zur Wand rutschte er zu Boden. Noch immer zuckte das Schluchzen in seiner Brust, doch seine Tränen waren versiegt. Er überlegte, ob es helfen würde zu beten, aber nach seinen Verfehlungen würde Gott ihn gewiss nicht hören.

In diesem Augenblick vernahm er aus einem der Nebengänge

Schritte, die sich eilig näherten. Leichte Schritte, nichts Bedrohliches. Dazu das Geräusch einer Melodie, die ihm bekannt vorkam und die jemand vergnügt auf dem Buchstaben S vor sich hin zischte.

Ludwig schämte sich plötzlich, dass er zusammengekauert auf dem Boden saß. Doch es war schon zu spät, um aufzustehen. Ein Mann bog um die Ecke, schwarz gekleidet und mit gestärktem weißem Kragen wie all die unzähligen Berater und Sekretäre, die beim König ein und aus gingen. Als er Ludwig sah, stockten seine Schritte, dann eilte er auf ihn zu.

Ludwig blickte abweisend zu ihm auf. Doch das Gesicht des Mannes war freundlich, und seine Augen schauten mitfühlend. »Was machst du denn da?«, fragte er, reichte Ludwig die Hand und zog ihn hoch.

Ludwig starrte ihn an. Er war es nicht gewohnt, dass man ihn duzte. Außer seiner Mutter redeten ihn nur die Küchenmädchen, zu denen er manchmal schlich, mit seinem Vornamen an und sagten »du«. Aber die wussten es nicht besser, und es bereitete ihm sogar Vergnügen, wenn sie ihn ihren »kleinen Kohlkopf« nannten und prustend vor Lachen ihre Röcke hochhoben, damit er ihre rundlichen Beine bestaunen konnte, und wenn er sich bückte, sogar noch mehr.

»Ich bin der Dauphin!«, erklärte Ludwig. »Es ist verboten, mich zu duzen.«

Der Mann lächelte. Er war jung. Ludwig blickte in ein feines, faltenloses Gesicht mit braunen Augen und schön geschwungenen Brauen wie bei einem Mädchen. Über dem sanften Mund ein schmales Bärtchen, das aussah, als wäre es aufgemalt – ganz anders als der steingraue Spitzbart des Königs mit seinen stechenden Borsten, die Ludwig verabscheute … Welliges braunes Haar bis zu den Schultern. Eine weiche Strähne fiel in die Stirn.

»Ich bin der Dauphin!«, wiederholte Ludwig.

Der junge Mann lächelte noch immer. »Ich weiß«, sagte er gleichmütig. »Aber im Augenblick bist du ein kleiner Junge, der weint, nicht wahr?«

»Ich weine nicht!«

Der junge Mann nickte. »Nein«, gab er nach, »natürlich nicht.« Er nahm Ludwig an der Hand und bog mit ihm in den Korridor ein, aus dem er selbst eben erst gekommen war. Er öffnete eine Tür, die auf eine kleine Terrasse führte. Die Luft draußen war feucht und frisch, und ein leichter Wind strich über Ludwigs Gesicht. Er atmete auf. Es kam ihm vor, als wäre er aus einem dunklen Reich in die Welt der Lebenden zurückgekehrt.

Sie setzten sich auf ein Mäuerchen an der Wand. »Es ist wahr: Du bist der Dauphin«, sagte der junge Mann. »Wenn du es wünschst, werde ich dich nicht mehr duzen.«

Ludwig überlegte. »Lassen wir es dabei«, sagte er dann, »aber nur heute.«

Sie schwiegen lange. Sie hörten, wie die Regennässe von den Bäumen tropfte und wie unten eine Kutsche vorbeifuhr. Vögel sangen, und Menschen redeten miteinander. Einmal lachten alle gleichzeitig auf.

»Was ist dir denn zugestoßen?«, fragte der junge Mann.

Ludwig wollte trotzig schweigen, wie er es gewohnt war. Doch dann blickte er in die Augen des fremden Mannes, und plötzlich strömten die Worte aus seinem Mund. Im wirren Durcheinander seiner kindlichen Jahre erzählte er, dass ihn sein Vater geschlagen habe, dass er selbst böse gewesen sei, frech und ungehorsam und dass er jetzt vielleicht in die Hölle müsse oder zumindest weg von seiner Mutter und den anderen Frauen. Er klagte, dass sein Kleid viel zu eng sei und dass er keine Mädchengewänder mehr tragen wolle. Er sagte, sein Bruder Philippe sei dumm und trotzdem verwöhnten ihn alle. Er sagte, dass er später der König sein werde und dass man ihn deshalb lieben müsse. Er sagte, dass es nicht schön sei. Es: was auch immer das war.

Der junge Mann hörte ihm zu, ohne ihn zu unterbrechen. Er versuchte nicht wie alle anderen, ihn zu erziehen und ihm nachzuweisen, dass er im Unrecht war. Er sah ihn nicht einmal an, sondern blickte ins Blätterdach der Bäume hinter der Brüstung.

»Es ist nicht klug von dir, deinen Vater zu reizen«, sagte er schließlich. »Versteh mich recht, Ludwig. Ich sage nicht, dass es deine Pflicht ist, ihm zu gehorchen. Das hörst du wahrscheinlich ohnedies jeden Tag. Es ist nur einfach unklug, ihn gegen dich aufzubringen. Er wird immer der Stärkere sein. Du kannst ihm trotzen, aber dann wirst du bestraft. Du gewinnst nichts dabei. Sei einfach höflich, wie man es dich gelehrt hat. Höflichkeit ist die stärkste Waffe, die es gibt.« Er unterbrach sich und schüttelte den Kopf. »Nein, nicht die stärkste!«, verbesserte er sich. »Die stärkste Waffe ist das Lächeln. Wenn du ihn anlächelst – höflich und verbindlich, nicht boshaft und spöttisch –, wird er dir nicht widerstehen können, und du erreichst bei ihm alles, was du willst.«

Ludwig verstand zwar nicht genau, was der junge Mann meinte, aber er erfasste die Lehre daraus. Er wollte nicht mehr geschlagen werden, und er wollte nicht von den Frauen weggeholt werden in die raue Männerwelt des Vaters, die ihm unheimlich war. Ludwig mochte Männer nicht, besonders nicht, wenn sie alt waren und meinten, ein barscher Befehl genüge schon, dass ein Kind alles tat, was sie wollten. Vielleicht hatte der junge Mann recht, und es reichte bereits, höflich zu sein, liebenswürdig und geschmeidig.

»Beim nächsten Mal werde ich ihm ins Gesicht sehen«, sagte Ludwig mehr zu sich selbst als zu seinem Gesprächspartner. Er wusste genau, dass es seinen Vater in Wut versetzte, wenn sein Sohn das Gesicht abwandte und zu Boden starrte. Den »spanischen Duckmäuserblick« nannte der König diese Geste, und die Beleidigung zielte auch in Richtung auf seine spanischstämmige Gemahlin.

»Vielleicht lernst du noch, ihn zu verstehen«, fuhr der junge Mann vorsichtig fort. »Vielleicht liebt er dich sogar und wünscht sich, dass du seine Liebe erwiderst.«

Ludwig stand auf. »Bestimmt nicht!«, widersprach er. »Er kann mich nicht lieben. Er muss doch seinen Thron an mich abgeben.«

Auch der junge Mann erhob sich nun. »Wie alt bist du genau, Ludwig?«, fragte er nachdenklich.

»Vier Jahre«, antwortete Ludwig. »Warum?«

Der junge Mann ging nicht auf die Frage ein. »Ich werde dich zu deiner Mutter bringen«, sagte er. »Es geht dir doch wieder gut, oder?«

Ludwig nickte. Einen Augenblick lang wünschte er sich, der junge Mann möge wie zuvor seine Hand ergreifen. »Wie ist Ihr Name, Monsieur?«, fragte er und war wieder der Dauphin, während sie die Terrasse verließen und ins Dämmerlicht der Korridore zurückkehrten.

»Fouquet, Monseigneur«, antwortete der junge Mann. »Nicolas Fouquet.«

Bevor Ludwig an diesem Abend einschlief, dachte er, wie es wäre, einen Freund zu haben. Aber Könige hatten keine Freunde. Das zumindest hatte er von seinem Vater gelernt.

3

Im Laufe der Zeit gelangte Ludwig zu dem Schluss, dass sein Vater eigentlich gar kein richtiger König war, zumindest war er nicht so, wie ein König sein sollte. Wie ein solcher sich verhielt, wusste Ludwig genau, seit Madame de Lansac angefangen hatte, ihm vor dem Einschlafen Märchen vorzulesen, in denen es immer nur um Könige ging, um Prinzen, wie Ludwig selbst einer war, und um wunderschöne Prinzessinnen, die schwere Prüfungen zu bestehen hatten, bis sie endlich das große Glück an der Seite eines liebenden Gatten fanden, der natürlich auch ein König war mit einem goldenen Schloss, einem mächtigen Reich und Tausenden Untertanen, die ihn liebten und verehrten.

»Es war einmal ein König, so mächtig und beliebt bei seinem Volk, so geachtet bei all seinen Nachbarn und seinen Verbündeten, dass man sagen konnte, er sei der glücklichste unter allen Herrschern.« So begann das Märchen von der »Eselshaut«, aus dem Madame de Lansac jeden Abend ein kurzes Stück vorlas. Zu Anfang schmollte er und verlangte nach mehr. Doch dann gewöhnte er sich an die kleinen Happen. Wenn Madame de Lansac das Buch zuklappte, Ludwig noch einmal übers Haar strich und dann auf Zehenspitzen hinausschlich, sah er vor seinen geschlossenen Augen den glücklichen König, und er kämpfte gegen das Bild, das sich immer wieder dazwischendrängte: sein eigener Vater, so ganz anders als der König im Märchen.

In Gegenwart des vierjährigen Kindes erörterte man ganz offen auch politische Angelegenheiten. Ludwig hockte sich dann in einer Ecke auf den Boden und gab vor, sich mit einem Spielzeug zu beschäftigen, das seine ganze Aufmerksamkeit beanspruchte. In Wirklichkeit ließ er sich kein Wort der Gespräche entgehen. Auch wenn er den Sinn der Verhandlungen nicht verstand, hörte er aufmerksam zu, und es schien ihm, als sei alles, worüber geredet wurde, unerfreulich und bedrohlich. Die Nachbarn liebten den König von Frankreich keineswegs. Sie bekämpften ihn, vor allem der Kaiser in Wien und die Spanier, was Ludwig am meisten beunruhigte, da seine eigene Mutter die Schwester des Königs von Spanien war und damit auch in seinen Adern spanisches Blut floss.

Seit fünfundzwanzig Jahren schon, so entnahm Ludwig den Gesprächen, befand sich das riesige Europa im Krieg. Während der ersten acht Jahre hatte sich Frankreich noch herausgehalten, doch inzwischen bestimmte das Kriegsgeschehen auch die Geschicke des Landes. Was genau das bedeutete, konnte sich Ludwig nicht vorstellen, nur dass fünfundzwanzig Jahre eine unglaublich lange Zeit waren, in der Menschen starben und Dörfer abbrannten, in der Kinder, so alt wie er selbst, Hunger litten und von allen verlassen wurden. Ein guter König wie im Märchen hätte dafür gesorgt, dass dieses Leiden ein Ende nahm. Doch Ludwigs Vater befahl seiner Armee, vorzurücken, zu belagern und zu töten. Er nannte das Volk seiner Gemahlin »diese gottverfluchten spanischen Hunde« und wünschte ihm die Pest auf den Leib.

Wenn seine Generäle ihn wieder verlassen hatten, blieb der König mit seinem Sohn allein zurück. Dann sank er in sich zusammen, hustete und atmete schwer. Einmal weinte er sogar, vergessend, dass sein Sohn ihn beobachtete. Nur allmählich begriff Ludwig, dass sein Vater Angst hatte. Womöglich, weil die Soldaten der gottverfluchten Spanier stark waren. Womöglich, weil sich das glorreiche Frankreich in Gefahr befand.

Ein König, der Angst hatte. Angst vor der Krankheit, vor den Mühen des Sterbens und vor allem vor dem Verlust der Krone. Angst vielleicht sogar vor den eigenen Untertanen. Ludwig selbst hatte mehrere Male erlebt, dass das Volk seinen König durchaus nicht liebte und verehrte. Bei den wenigen Gelegenheiten, bei denen Ludwig mit seinen Eltern in einer Kutsche über die Landstraßen gefahren war, um die Sommertage in Fontainebleau zu verbringen, hatte er gesehen, wie das Volk von Frankreich auf den Anblick der königlichen Kutschen und des mächtigen Geleitzugs reagierte: Die Menschen in den Dörfern verschwanden wie vom Teufel gehetzt in ihren Häusern. Manchmal drohten sie mit den Fäusten und fluchten dabei, bevor sie die Türen hinter sich zuwarfen. Einmal trafen sogar Steine die königlichen Kutschen – und nie, niemals jubelte jemand wie in den Geschichten der Madame de Lansac.

»Warum sind sie so böse?«, fragte Ludwig seine Mutter, die seinen Kopf vom Fenster wegdrehte. »Warum hassen sie uns?«

Seine Mutter zuckte die Achseln. »Es sind wohl die Steuern«, antwortete sie widerwillig. »Das Volk hat keine Lust zu zahlen. Es begreift nicht, wie viel Geld der Krieg kostet. Die Bauern versuchen alles, um sich vor den Steuern zu drücken.«

»Und was geschieht, wenn sie nicht zahlen?«

Die Königin zuckte die Achseln. »Dann veranlasst man sie dazu«, antwortete sie ausweichend.

Da befreite sich Ludwig aus dem Griff seiner Mutter. Er drückte das Gesicht ans Fenster, um einen letzten Blick auf die ungehorsamen Bauern zu werfen. Den »Pöbel« nannten die Berater des Königs das Volk, und ein paarmal hatte Ludwig auch gehört, dass einer von der »Kanaille« sprach, wenn er die Untertanen meinte.

König zu sein bedeutete wohl, dass man gehasst wurde. Nicht allein vom Volk, das konnte Ludwig noch verstehen, da er nichts Gemeinsames fand zwischen sich selbst und den zerlumpten Geschöpfen mit ihrer Haut in der Farbe der Erde und ihren ausgemergelten Körpern. Viel schwerer war es zu verstehen, dass ihm sogar in seiner unmittelbaren Umgebung eine Ablehnung begegnete, von der er schon früh ahnte, dass sie dem Hass der Dorfbewohner verwandt war. Immer wieder spürte er, dass ihn die Söhne des Hochadels, die man zum Spielen zu ihm führte, bei aller Höflichkeit ablehnend behandelten und jede Gelegenheit nutzten, ihm versteckt, aber trotzdem spürbar zu zeigen, dass sie ihn nicht leiden konnten und sich ihm sogar überlegen fühlten.

»Ihre Großmutter war eine Apothekerin, Monseigneur«, sagte der kleine Rohan eines Tages mitten im Spiel zu Ludwig.

Ludwig, der nicht auf einen Angriff gefasst war, lachte. »Meine Großmutter war Königin von Frankreich!«, widersprach er.

»Sie war eine geborene Medici!«, beharrte der blonde Knabe und lächelte schief. »Eine Italienerin, und ihre Vorfahren waren Bürger. Volk. In meiner Familie gibt es so etwas nicht. Wir sind echte Franzosen, und wir waren schon immer Grandseigneurs. Meine Schwestern gehören dem Domkapitel von Remiremont an. Meine Mutter sagt, wenn Sie eine Schwester hätten, würde man sie dort nicht aufnehmen. Ihre Abstammung wäre nicht rein genug.«

Ludwig fiel keine Entgegnung ein. Er schwieg und senkte den Blick. Warte nur, bis ich König bin!, dachte er in hilflosem Zorn. Zum ersten Mal in seinem Leben verstand er seinen Vater, der sich Tag um Tag bei seinem Vertrauten Kardinal Mazarin über die Unbotmäßigkeit des Adels beklagte und einen Bürgerkrieg fürchtete.

Furcht. Angst. Da war es wieder, dieses Gefühl, das wie schlechte Luft die prunkvollen Gemächer der königlichen Familie verpestete. Alle hatten Angst. Jedem misstrauten sie. Keiner in ihrer Umgebung, der nicht von einem ehrgeizigen Rivalen oder einer fremden Macht bestochen sein konnte. Jeder, der ihnen heute noch wohlgesonnen und treu erschien, konnte morgen schon zu einem der vielen Feinde übergelaufen sein, und nicht einmal untereinander – vom Verhältnis zwischen Mutter und Kindern abgesehen – herrschten Liebe und Vertrauen.

Krieg nach außen und ein drohender Aufstand von innen. Ein sterbender König und eine schwache, ausländische Königin. Ein Thronfolger sollte die Krone retten: ein Kind von nicht einmal fünf Jahren, das wie ein sehr alter, erfahrener Mensch die Gefahr längst spürte und die eigene Hilflosigkeit.

4

Seine Mutter – Anne d'Autriche, Anna von Österreich – war der einzige Mensch, bei dem sich Ludwig geborgen fühlte. Wenn sie ihn auf ihren Schoß hob und ihre Arme um ihn schloss, gab es nichts mehr, von dem er sich bedroht fühlte. In diesen seltenen Augenblicken drückte er sein rotbackiges Kindergesicht auf ihre weiche, weiße Brust, deren Dekolleté sogar an kalten Wintertagen entblößt war, und atmete den Duft ihres Parfums aus Tausenden Rosenblättern ein. Er wickelte ihre blassgoldenen Locken um seine kräftigen kleinen Finger und bewegte sein Gesicht langsam hin und her, um die Berührung mit der zarten Haut noch intensiver zu spüren. Manchmal hob er für einen Moment den Kopf und lächelte seiner Mutter zu, die dieses Lächeln erwiderte und ihn leise ihren »kleinen König« nannte. Daraufhin schloss Ludwig die Augen und barg sein Gesicht wieder am Leib der Mutter. Er horchte auf ihren Atem und spürte den Schlag ihres Herzens. Sosehr die Nähe seines Vaters ihm Unbehagen bereitete, sosehr beglückte ihn die Berührung seiner Mutter.

Einmal überraschte er seine Mutter dabei, wie sie seinen Bruder Philippe in gleicher Weise umarmte. Er hörte sogar, dass sie Philippe zuflüsterte, er sei ihr liebes, süßes Mädchen – im gleichen Ton und mit der gleichen Zärtlichkeit, mit der sie Ludwig ihren »kleinen König« genannt hatte.

Noch nie hatte Ludwig ein solches Entsetzen gespürt. Alles, was ihm bisher allein zu gehören schien, sollte er in Wahrheit immer schon mit dem dummen kleinen Bruder geteilt haben, der jeden anlachte und von allen verwöhnt wurde, obwohl er doch nur der Zweitgeborene war. Wütend starrte Ludwig auf das Bild voller Zärtlichkeit vor seinen Augen. So laut atmete er, dass seine Mutter es hörte. Sie blickte auf und lächelte. Ludwig konnte kaum glauben, dass sie sich nicht einmal schämte, von ihm ertappt zu werden, sondern nur sanft seinen Namen rief und ihm durch eine einladende Gebärde zu verstehen gab, er möge doch auch zu ihr kommen und an der Umarmung teilhaben.

Ludwigs erster Impuls war es, zu den beiden hinzustürzen und den Rivalen von seiner Mutter wegzureißen, ihn zu schlagen und zu treten, um ihn dafür zu bestrafen, dass er seinen Platz eingenommen hatte. Man musste der Mutter vor Augen führen, wer der stärkere der beiden Brüder war, der würdigere. Der Einzige, den sie umarmen durfte.

Anna lächelte noch immer. Auch Philippe hatte nun die Gegenwart seines Bruders bemerkt. »Ludwig!«, rief er erfreut und machte Anstalten, zu ihm zu laufen. Da drehte sich Ludwig um und rannte aus dem Zimmer. Noch nie hatte er jemanden so gehasst wie in diesem Augenblick seine Mutter und seinen Bruder.

Die Königin machte sich keine Gedanken über die Qualen ihres älteren Sohnes. Kinder verstanden die Welt noch nicht. Das Wichtigste war, sie auf den Weg der Religion zu führen, damit sie lernten, was gut war und was böse. Sie mussten begreifen, dass der Mensch fehlbar war, ein Sünder, der aber immerhin die Freiheit besaß, sich zu entscheiden. Je nachdem erwarteten ihn nach seinem Tode das ewige Leben im Himmel oder die unendlichen Martern der Hölle. Die Drohung mit der Hölle war ein probates Erziehungsmittel, das Anna auch den Gouvernanten ans Herz legte, damit der künftige König in Schranken gehalten wurde und nicht verlernte, sich zu fürchten.

Was Furcht war, wusste Anna selbst nur zu gut. Bevor sie dem

König die beiden Söhne geschenkt hatte, war sie jahrelang ein Nichts gewesen und ohne einen Menschen, dem sie vertrauen konnte. Nicht einmal das Sakrament der Ehe hätte sie davor bewahrt, verstoßen zu werden, wenn ihr Gatte behauptet hätte, sie – nur sie allein – sei für die Kinderlosigkeit der Ehe verantwortlich. Der Papst in Rom hätte einer Annullierung ohne Zögern zugestimmt, und es wäre gewesen, als hätte es die Verbindung von Ludwig und Anna niemals gegeben. Der König hätte sich erneut vermählt, während Anna froh sein musste, wenn man ihr gestattete, an den Hof ihres Bruders zurückzukehren. Da Spanien aber Feindesland war, hätte sich der französische König ganz sicher vor Geheimnisverrat geschützt und die unbequeme Mitwisserin lieber in ein Kloster abgeschoben, dessen Türen sich nie mehr für sie öffnen würden.

Erst mit der Geburt der Kinder hatte sich Annas Stellung gefestigt. Trotzdem wusste sie, dass ihr Gemahl ihr nicht traute und sie am liebsten auch jetzt noch in eine Klosterzelle verbannt hätte, um sie für die kurze Zeit, die er noch zu leben hatte, los zu sein.

Anna zweifelte nicht daran, dass sie von Spionen umgeben war. Die meisten von ihnen standen im Dienst ihres Gemahls, der Anna mit seinem Argwohn verfolgte und ihr sogar unterstellte, sie plane gemeinsam mit ihrer Freundin, der Herzogin von Chevreuse, seine Ermordung, um sich danach mit seinem eigenen Bruder, Gaston von Orléans, den Thron zu teilen. Auch einen Verrat zugunsten ihres Bruders traute er ihr zu sowie Kollaboration mit England. Letzteres ließ sich nur mit der Kränkung erklären, die Anna ihrem Gatten in den ersten Jahren ihrer Ehe zugefügt hatte, als sie sich für aller Augen erkennbar in den schönen Briten Buckingham verliebt und damit Schande über die königliche Ehe gebracht hatte.

Ihre Kammerfrauen und Diener hielten zu ihr. Das missfiel dem König, und so verschwanden nach und nach Annas Getreue hinter den Gefängnismauern der Bastille.

Immer einsamer wurde die Königin, die als junge Frau berühmt gewesen war für ihre Schönheit und ihren Charme und berüchtigt für ihre Koketterie. »Kokett wie die Spanierinnen«, sagte man in Paris und dachte dabei vor allem an die Gemahlin des Königs, den man hinter vorgehaltener Hand »Ludwig den Keuschen« nannte und der es genoss, Anna in ihren Räumen dahinwelken zu sehen. Kaum einer erinnerte sich noch daran, wie lebenslustig die einstige Infantin von Spanien gewesen war, als man sie mit vierzehn Jahren in die schattigen Säle des Louvre verbannte an die Seite eines griesgrämigen Gatten, der den Jahren nach so alt war wie sie selbst, den seine Krankheiten aber schon zum Greis gemacht hatten, noch ehe er wirklich ein Mann war. Wie ein übermütiges Kind war Anna mit Madame de Chevreuse durch die Galerien des Louvre getollt, singend und in seidenen Schuhen tanzend und schlitternd – bis sie ausglitt und stürzte und das Kind verlor, das der künftige König von Frankreich hätte werden sollen.

An diesem Nachmittag war ihre Ehe zerbrochen. Die Herzogin von Chevreuse wurde des Landes verwiesen, Annas ergebener Kammerdiener Pierre de La Porte gefoltert und in eine Zelle der Bastille geschleppt – so wie im Laufe der Jahre fast ein jeder, den Anna in ihr liebevolles Herz geschlossen hatte. Es schien wie ein Wunder, dass bei so viel Kälte und Abneigung später doch noch Ludwig und Philippe gezeugt wurden, die kleinen Söhne zweier Königskinder aus verfeindeten Ländern.

In Stunden der Verzweiflung dachte Anna, dass sie eigentlich nur eine Geisel war, die Frankreich sich ins Land geholt hatte, um Druck auf Spanien ausüben zu können. Doch Spanien ließ sich genauso wenig nötigen wie jedes andere Land, das seine halbwüchsigen Prinzessinnen in ferne und fernste Länder verheiratete. Prinzessinnen brauchten nicht glücklich zu werden. Zu diesem Zweck waren sie nicht geboren, sondern dafür, verfügbare Steinchen auf dem riesigen Spielbrett der Staatsräson zu sein. Wenn man sie falsch platzierte, mussten sie sich damit abfinden und selbst zusehen, was aus ihnen wurde.

Als sie noch ein Kind war, hatte man Anna erzählt, ein König könne nur eine Königin lieben und umgekehrt. Das Leben aber hatte Anna eines Besseren belehrt. Manchmal fragte sie sich, ob sie an der Seite eines spanischen Granden, der so dachte und fühlte wie sie, nicht glücklicher geworden wäre und ob ihr schrecklicher Gemahl Ludwig sich nicht vielleicht auch nach einer Frau sehnte, die von den gleichen Traditionen und Anschauungen geprägt war wie er selbst. Einer solchen Gemahlin hätte er vielleicht vertraut. Er hätte keine Feindin in ihr gesehen und keine gefährliche Gefangene.

Nur gegen den Widerstand ihrer Umgebung hielt Anna an den Gewohnheiten ihrer Jugend fest: Sie ging spät zu Bett und schlief dafür fast bis Mittag. Im Sommer bestand sie auf eisgekühlten Getränken und tröstete an trüben Wintertagen ihre hungrige Seele mit Unmengen spanischer Schokolade. Doch die Einsamkeit blieb, und vor allem auch die Unfreiheit. Fast täglich beklagte sich Anna darüber, doch die Antwort darauf war immer gleich: Es gehe allein um die Sicherheit des Dauphins, dessen Leben von vielen Seiten her bedroht sei. Nicht zuletzt durch den Bruder des Königs, Gaston von Orléans, der »Monsieur« genannt wurde und der es nicht verwand, dass ihm durch die Geburt der beiden Knaben der Weg zum Thron versperrt war.

Die Königin von Frankreich durfte manches vom Leben erwarten, nur keine Freiheit und kein Glück. Sie habe die schönsten Hände der Welt, erzählte man sich im Volk. Hände, von Gott dafür geschaffen, ein Zepter zu halten. Glatte, weiße Hände mit langen, biegsamen Fingern. An manchen Tagen saß Anna stundenlang vor dem Spiegel, legte die Hände vor sich hin und betrachtete sie, die Hände einer Königin, die doch nichts fanden, an dem sie sich festhalten konnten.

5

Drei Wochen dauerte das Sterben Ludwigs XIII. im Schloss von Saint-Germain. Es begann damit, dass sich zu seinen gewohnten Schmerzen und Unpässlichkeiten ein schleichendes Fieber gesellte und danach ein Vorfall, den der königliche Leibarzt Bouvard ratlos als »Leberfluss« bezeichnete. Dieses neue, unerwartete Symptom wurde von den Heilkünstlern mit so vielen verschiedenen Mitteln bekämpft, dass der König bald nur noch um den Tod betete.

Seine Gemahlin und die beiden Söhne verbrachten fast den ganzen Tag an seinem Lager. Sogar Philippe verlor nun seine Fröhlichkeit. Da ihm immer öfter übel wurde, erließ ihm der König schließlich die Krankenwache. Ludwig aber stand stundenlang, halb tot an seine Mutter gelehnt, in dem verdunkelten Raum, dessen Fenster nicht geöffnet werden durften, weil die Frühlingsluft von draußen nach Meinung der Ärzte für den Kranken zu anstrengend gewesen wäre. Ludwig und Anna konnten kaum noch atmen bei dem Gestank, den die Abführmittel verursachten. Trotzdem bestand Anna darauf, dass Ludwig bei ihr blieb, um Bescheidenheit vor der Allmacht des Todes zu lernen. »Die einzige Bescheidenheit«, wie ihr Beichtvater sie gelehrt hatte, »die selbst Königen auferlegt wird.«

Gegen Abend trafen die offiziellen Besucher ein: die Prinzen und Herzöge, die Pairs und die hohen Beamten der Krone. Wie auf einem düsteren Gemälde gruppierten sie sich um das Fußende des Bettes. Schwarzer Samt und Federhüte, Gold und Juwelen. Ihre schweren Parfums vermischten sich mit den Gerüchen der Krankheit und des Todes. Man meinte, die Luft greifen zu können und von ihr erstickt zu werden. Trotzdem wäre keiner der Anwesenden auf den Gedanken gekommen, an diesem wichtigen Ereignis nicht teilzunehmen. Auch der Kranke sah es für selbstverständlich an, seine letzten Stunden vor den Augen derer zu erdulden, die ihm zu dienen hatten. Für den König von Frankreich gab es keine Privatheit. Vor aller Augen war er geboren worden. In Gegenwart aller hatte er – nur durch die Vorhänge des Alkovens geschützt – die Pflichten seiner Hochzeitsnacht vollzogen. Unter den Blicken aller würde er nun sterben. Ohne Geheimnis, doch vielleicht lag gerade darin das erhabene und zeitlose Geheimnis des Königtums.

Ein Königshof in Aufruhr. Je näher die letzte Stunde des Kranken rückte, umso aufgeregter zischelten die Höflinge miteinander und umso besorgter stritt jeder um den Platz, den er einnehmen würde, wenn die neue Ordnung angebrochen war. Allianzen bildeten sich und lösten sich wieder auf. Selbst Feinde umarmten einander und bedrohten sich schon eine Stunde später mit dem Tode. Keiner dachte an das Wohl Frankreichs. Jeder kämpfte um den eigenen Vorteil.

Sogar der König auf seinem befleckten Sterbelager zerbrach sich den Kopf, wie er mit seinem Letzten Willen die ungeliebte Gemahlin noch einmal demütigen und ihr alles nehmen konnte, was sie sich wünschte. Er wusste genau, dass es in Frankreich Tradition war, den Müttern der minderjährigen Könige die Regentschaft zu überlassen, da niemand deren Interessen so bedingungslos vertreten würde wie sie. Da dies aber bedeutet hätte, dass Anna durch den Tod ihres Gatten mit einem Schlag zur mächtigsten Frau Frankreichs aufstieg, verfügte der Sterbende, dass nach seinem Ableben ein Regentschaftsrat gebildet werden solle, der seine Entscheidungen mit der Mehrheit der Stimmen traf. Anna sollte zwar den Titel einer Regentin führen und dem Regentschaftsrat vorstehen, sie hatte sich jedoch den jeweiligen Mehrheitsentscheidungen zu unterwerfen.

Als Anna von dieser Anordnung erfuhr, zertrümmerte sie ihren kostbarsten Spiegel und schrie in ihrer Muttersprache Worte, die zum Glück keiner verstand. Wie eine Furie durchquerte sie ihre Gemächer und ließ umgestoßene Möbel, Scherben und zerfetzte Gardinen hinter sich. Sie zerkratzte sich das Gesicht und bedrohte jeden, der sie zu beruhigen versuchte.

Der Einzige, der sich nicht einmischte, sondern unbewegt an

einem Fenster stand und auf den Park hinausblickte, war Kardinal Mazarin. Vielleicht erinnerte er sich an die Temperamentsausbrüche seiner italienischen Mutter, vielleicht aber dachte er auch nur daran, dass die Welt niemals so still und friedlich ist wie nach einem Gewitter. So ließ er Anna toben und alle aus dem Zimmer treiben, bis sie schließlich erschöpft und verzweifelt auf ein Sofa sank und nicht einmal mehr weinen konnte. Kraftlos und resigniert starrte sie vor sich hin.

»Wenn wir dieses Testament nicht verhindern, wird mein Sohn niemals König«, flüsterte sie. »Sie werden ihn töten, noch bevor er großjährig ist, und sie werden mich aus dem Land jagen.«

Mazarin antwortete nicht. Noch immer stand er am Fenster und kehrte Anna den Rücken zu.

»Sie müssen mit meinem Gemahl sprechen, Eminenz!«, flehte Anna. »Er vertraut Ihnen. Sagen Sie ihm, dass es nicht Gottes Wille sein kann, den eigenen Sohn seinen Feinden preiszugeben.« Sie wartete auf eine Antwort. Draußen vor dem Fenster brach die Dämmerung herein. Einmal hörte man das Klirren von Glas und einen Schmerzensschrei des Königs.

Noch immer drehte sich Mazarin nicht um. Sein rotes Gewand leuchtete in der Dämmerung. »Sie müssen sich dem Willen Ihres Gemahls beugen, Majestät«, sagte er bedächtig. »Niemals wird er seine Entscheidung zurücknehmen.«

»Aber dann wird man uns vernichten!« Nun begann Anna doch zu weinen.

Mazarin zeigte keine Regung. »Ein toter König hat keine Macht mehr, Majestät«, erklärte er mit der sanftesten Stimme der Welt. Obwohl er ihr den Rücken zukehrte, hatte Anna plötzlich das Gefühl, dass er heimlich lächelte. »Man muss nur dafür sorgen«, setzte er hinzu, »dass das Parlament sein Testament nachträglich für ungültig erklärt und Ihnen als Regentin unbeschränkte Macht einräumt.«

Auf einen Schlag war Anna hellwach. »Und wie soll das gehen?«, flüsterte sie. Ihr war, als öffne sich eine Tür zum Licht.

Erst jetzt wandte sich Mazarin zu ihr um. »Wenn Sie es erlauben, Majestät, werde ich mich darum kümmern«, schlug er vor.

Anna starrte ihn an, lange und voller Argwohn. »Wie soll ich Ihnen vertrauen, Eminenz?«, fragte sie schließlich. »Wer sagt mir, dass Sie wirklich auf meiner Seite stehen und mich nicht nur beruhigen und dann im Stich lassen? Welches Interesse können Sie haben, mir zu helfen? Sie sind nicht einmal Franzose. Wenn Sie in Bedrängnis geraten, brauchen Sie nur wieder in Ihre Heimat zurückzukehren. Doch was wird aus mir und meinen Kindern?«

Mazarin zog einen Sessel heran, setzte sich zu ihr und umschloss ihre Hände mit den seinen. »Majestät«, sagte er leise. Es klang wie eine Liebkosung und beruhigte sie, als wäre sie auf einmal in Sicherheit. »Sie sind eine kluge Frau. Versetzen Sie sich in meine Lage. Dann werden Sie begreifen, warum Sie keinen treueren Verbündeten finden können als mich.« Er legte die rechte Hand auf die Brust und lächelte. Einen Augenblick lang sah er aus wie der Herzog von Buckingham – einst, in den vergangenen, seligen Zeiten.

»Giulio Mazarini«, sagte Mazarin in verbindlichem Ton, als wolle er sich vorstellen. »Mein Großvater war ein sizilianischer Fischer, mein Vater Haushofmeister von Don Filippe Colonna, Konnetabel von Neapel. Ich selbst war Cameriere von Don Girolamo, dem jüngsten Sohn des Konnetabels. Danach trat ich in die päpstliche Armee ein. Auf verschlungenen Pfaden begegnete ich meinem heutigen Vorgänger, Kardinal Richelieu – nicht gerade Ihr liebster Freund, wie ich weiß. Aber immerhin: Ich habe ihm viel zu verdanken. Er sorgte dafür, dass ich jetzt selbst Kardinal bin, obwohl ich nicht einmal die Weihen empfangen habe. Wie Sie wissen, hat er mich Ihrem Gemahl empfohlen.« Wieder griff er nach Annas Händen. »Nun bin ich hier«, fuhr er fort, »in einem dämmrigen Salon, allein mit der künftigen Regentin von Frankreich. Ich frage Sie: Wem können Sie vertrauen, wenn nicht einem Mann ohne Herkunft und ohne Anhang, der aus dem Nichts aufgestiegen ist, in das Sie ihn jederzeit zurückstoßen können? Auch wenn ich das Kardinalsbirett trage, bin ich doch kein wirklicher Kirchenfürst. Ich gehöre nicht dem Adel an und nicht dem Parlament. Eigentlich habe ich nicht einmal ein Vaterland. Ich spreche viele Sprachen, aber keine ohne Akzent. Alles Nachteile, aber für Sie die Sicherheit, dass ich ganz von Ihnen abhängen werde, wenn Sie sich entscheiden, mir zu vertrauen. Sie brauchen meine Unterstützung, Majestät, und mein diplomatisches Geschick, und ich brauche Ihre Protektion. Wenn Sie sich für mich entscheiden, sorge ich dafür, dass das Parlament Ihre Regentschaft anerkennt.«

»Und wie soll das gelingen?«

Mazarin lächelte und zuckte die Achseln.

»Und Ihr Preis?« Anna fühlte sich auf einmal, als wäre ihr die Regentschaft bereits sicher.

»Das Amt des Premierministers.«

»Ein zweiter Richelieu?«

»Vielleicht, Majestät. Aber einer, der bedingungslos Ihre Interessen vertreten wird und die Ihres Sohnes.«

Da errötete Anna. Sie befreite ihre Hände aus seinem Griff und nickte.

6

Es war der 14. Mai 1643. Der sterbende König fand keine Ruhe, weil er wusste, wie bedroht seine Söhne waren. Wer würde sie schützen, wenn er nicht mehr da war? Gaston etwa, sein Bruder, der selbst König werden wollte? Oder Anna, die Mutter, von ihm persönlich kaltgestellt? Der Adel mit seinem Dünkel und seinen kleinen Privatarmeen, die nur darauf warteten, eine Revolte anzuzetteln? Oder das Parlament, das nach eigener Macht strebte? Das Volk etwa, das alles hasste, was nach Obrigkeit roch? Der König von Spanien gar als Anwalt seiner Neffen? Oder womöglich der Kaiser in Wien, der sich für die Söhne einer Habsburgerin einsetzte? Es war kein Wunder, dass der König nach Atem rang und seinen Beichtvater um Rat anflehte.

Das Schloss von Saint-Germain schlief noch, als König Ludwig endlich zu einem Entschluss gelangte. Er ließ Kardinal Mazarin zu sich rufen und bemerkte mit Staunen, dass dieser schon wenige Augenblicke später bei ihm eintraf, als hätte er nur darauf gewartet, dass ihn der König brauchte.

Der König küsste seinen Ring und trug ihm auf, Richelieus Nachfolge anzutreten. Für höfliche Reden und lange Diskussionen war keine Zeit mehr. »Sichern Sie dem Dauphin den Thron!«, gebot der König mit brüchiger, aber entschlossener Stimme.

Mazarin versprach es. Auch er war in Eile. Lebenseile. Er wusste, dass dieses Gespräch über seine Zukunft entschied. »Ich weiß nicht, Majestät«, wandte er jedoch ein, »ob man meine Person anerkennen wird. Verglichen mit Monsieur oder dem Parlamentspräsidenten fehlt es mir an Legitimation.«

Der König schloss die Augen. Lange dachte er nach. »Die Taufe des Dauphin war seinerzeit nur vorläufig«, sagte er dann. »Hiermit bestimme ich, dass sie sofort wiederholt wird. Sie selbst, Eminenz, werden der Pate meines Sohnes sein – und damit an meine Familie gebunden. Das ist Legitimation genug.«

Mazarin brauchte keinen Augenblick lang abzuwägen. Es war, als hätte er diese Möglichkeit – vielleicht unter vielen anderen – längst in Gedanken durchgespielt. »Die zweite Patenschaft sollte ein Mitglied der königlichen Familie übernehmen«, schlug er vor. »Damit später niemand sagen kann, die Taufe sei nicht gültig.«

Überrascht öffnete der König die Augen. Auf einmal konnte er wieder atmen, als hätte ihn die Krankheit für kurze Zeit freigegeben.

»Eine Frau«, fuhr Mazarin fort. »Die zweite Patenschaft sollte einer Frau übertragen werden, die selbst keinerlei Ansprüche auf die Krone erheben wird. Wie wäre es mit der Prinzessin von Condé?«

Der König lächelte amüsiert. »Charlotte de Montmorency?« Er hüstelte und musste plötzlich lachen. »Aufgrund ihrer Stellung ist sie unantastbar und aufgrund ihrer gesellschaftlichen

Aktivitäten ist sie zu beschäftigt, um Ihnen jemals dreinzureden. Sie sind ein schlauer Fuchs, Mazarin. Ich wüsste keinen anderen, dem ich zutrauen könnte, dass er mit diesen Raubtieren fertig wird.«

Nie würde Ludwig vergessen, wie man ihn an jenem Morgen noch während der Dämmerung aus dem Schlaf riss und ihm ein prächtiges silbernes Gewand anzog. In fliegender Hast kämmten die Erzieherinnen seine Haare und puderten seine Wangen. Als ihn Madame de Lansac schließlich aus dem Zimmer zerrte, fiel er hin, weil man vergessen hatte, die Schnallen seiner seidenen Schuhe zu verschließen. »Beeilen Sie sich, Monseigneur!«, flehte Madame de Lansac. »Bitte, beeilen Sie sich doch!« Sie zupfte noch einmal mit ihren behandschuhten Fingern an Ludwigs Haar. Dabei war ihre eigene Frisur, aus der sonst kein Härchen entkam, zerzaust, als wäre auch die Gouvernante eben erst aufgestanden.

Von allen Seiten strömten aufgescheuchte Höflinge in die Kapelle, alle prunkvoll gekleidet, wenn auch mit kleinen Fehlern in der Ausführung. Es war offensichtlich, dass sie sich noch vor Kurzem zu Bett befunden hatten. Die Damen erfüllten zwar ihre Pflicht der Anwesenheit, doch versteckten sie ihre ungeschminkten Gesichter hinter Masken, die ihnen sonst auf der Jagd zum Schutz vor der Sonne dienten.

Vor dem Taufbecken nahm man Aufstellung. Noch immer begriff Ludwig nicht, worum es ging. Doch die Zeremonie, die nach altem Ritus ablief, ergriff seine Seele. Er spürte, dass er im Mittelpunkt stand, und genoss die ungeteilte Aufmerksamkeit, nach der er sich sein ganzes junges Leben lang gesehnt hatte. Die Anwesenden waren beeindruckt von der Gemessenheit und Würde, mit der sich das Kind den traditionellen Verrichtungen anpasste. Immer wieder warf Ludwig einen fragenden Blick auf seine Mutter, die ihm kaum merklich zulächelte, während sich Philippe an ihrem Rock festhielt und den großen Bruder bewundernd anstarrte. Wäre es nach Ludwig gegangen, hätte die

Zeremonie ewig dauern können. Immer mehr kam er zu dem Schluss, dass dies wohl seine Krönung war und dass er ab sofort der König von Frankreich sein würde.

Als die Glocken läuteten, verließ die königliche Gesellschaft die Kapelle und begab sich zu den Gemächern des Königs. Ludwig ging nun nicht mehr an der Hand seiner Mutter, sondern schritt selbstbewusst vor ihr her, so fest und entschlossen, dass er mit seinem Gang die Geschwindigkeit der ganzen Prozession bestimmte.

Man trat ein. Ludwig erwartete, seinen Vater mit wachsbleichem Gesicht auf dem Totenbett liegen zu sehen, einen Rosenkranz um die gefalteten Hände geschlungen und über allem die Aura des Friedens, den der König endlich gefunden hatte.

Welch ein Entsetzen jedoch, als Ludwig sah, dass der König die Augen geöffnet hatte und ihm entgegenblickte! Sein Gesicht war nicht totenblass, sondern sogar ein wenig gerötet. Ludwig meinte, sein Vater wäre von den Toten auferstanden und würde sich nun dafür rächen, dass sich sein Sohn hatte krönen lassen. Am liebsten wäre das Kind geflohen, wohin auch immer. Doch die Mutter hielt seinen Arm fest im Griff. Gemeinsam traten sie ans Bett des Königs, der Ludwigs Hand nahm und ihn anlächelte. Trotz der frischen Gesichtsfarbe des Königs waren seine Hände kalt, wie sie seit jeher kalt gewesen waren.

»Hat dir die Taufe gefallen, mein Sohn?«, fragte der König und hüstelte. »Komm, sag mir deinen Namen!«

Ludwig senkte den Kopf. Dann fiel ihm ein, dass sein Vater diese Geste immer verabscheut hatte. So reckte Ludwig den Kopf stolz in die Höhe, wie es sich für einen Nachkommen Ludwigs des Heiligen geziemte. Er nahm seinen ganzen Mut zusammen, um dem Blick des Vaters standzuhalten. »Ich heiße Louis Quatorze, lieber Vater!«, antwortete er mit fester Stimme. »Ludwig der Vierzehnte.«

Entsetzt hielten alle Anwesenden den Atem an. Man hätte das Flattern eines Schmetterlings hören können, so still war es im Raum.

Der König ließ Ludwigs Hand los. »Noch nicht«, sagte er missmutig, »noch nicht, mein Sohn.«

Auf ein Zeichen des Königs trat Monsieur de La Vrillière vor und verlas »Die Erklärung Seiner Majestät über die Regierung seiner Staaten«. Der König wies darin auf die wichtigsten Ereignisse seiner Regierungszeit hin, dankte dem Himmel für die Geburt der beiden Söhne und mahnte die Überlebenden zur Einigkeit. Am Ende legte er ausdrücklich fest, dass die einst beste Freundin der Königin, Madame de Chevreuse, auch nach seinem Tod bis zum Ende ihres Lebens als Hochverräterin in der Verbannung zu bleiben habe.

Bei diesem Affront flogen alle Blicke zur Königin. Sie jedoch verharrte in untadeliger Haltung. Nur Ludwig zuckte zusammen, weil Anna ihre Hand so erbittert verkrampfte, dass Ludwig meinte, sie zerdrücke die seine. Auch der König schaute verstohlen auf seine Gemahlin, als wollte er sich an der letzten Demütigung weiden, die er ihr zufügen konnte. Anna aber hielt seinem Blick mit undurchdringlicher Miene stand. Wer nicht Bescheid wusste, hätte meinen können, ihre Augen seien voller Liebe.

Enttäuscht schloss der König seine Lider und rang nach Atem. »Jesus«, seufzte er und legte den Kopf zur Seite. Alle Farbe wich aus seinem Gesicht. Bevor ihn der Husten noch einmal quälen konnte, starb Ludwig der Dreizehnte, König von Frankreich, den kaum jemand geliebt hatte.

Sein kleiner Sohn, Ludwig, der Gottgeschenkte, war nun König. Obwohl er fast sein kurzes Leben lang auf diese Würde gewartet hatte, überfiel ihn in diesem entscheidenden Augenblick ein Gefühl unerhörter Bedrohung. Er hätte am liebsten geweint und wäre davongelaufen, hinaus in die endlosen, schattigen Korridore, wo ihm vielleicht ein lächelnder, wohlgesonnener Mensch entgegenkam, der ihn tröstete und ihm sagte, was zu tun sei.

Ein Schloss auf dem Lande

I

Von Kind an hatte Nicolas Fouquet den Sommer geliebt: die heißen Nachmittage im August, wenn sich die Straßen leerten, weil sich die Menschen ins Innere der Häuser zurückzogen, um hinter geschlossenen Fensterläden im Dämmerlicht auszuharren, bis die Sonne tiefer sank und es keine Anstrengung mehr kostete, zu arbeiten, zu genießen oder einfach nur zu leben. Unvergesslich die Sommerabende im Haus seiner Eltern in Paris, in der Rue de la Verrerie, wenn sich die Familie mit den Gästen, die es immer gab, in der großen Vorhalle versammelte, die als Speisezimmer diente, und seine Mutter, Marie de Maupeou, das Tischgebet sprach.

Sechs Söhne und sechs Töchter saßen da, wenn das Glück es wollte, dass einmal alle zusammenkamen. Am Kopfende des Tisches der Vater, François Fouquet, der dritte dieses Namens in der langen Tradition der Familie. Dazu noch ein neues Familienmitglied, Louise Fourché, die junge Frau von Nicolas. So zart und anmutig war sie, dass alle immer wieder zu ihr hinschauten und manchmal zu antworten vergaßen, so sehr fesselte sie der Anblick dieser Frau, die fast noch ein Kind war und doch schon die Mutter eines kleinen Mädchens, das bei seiner Amme oben im Zimmer lag und versonnen mit den Fingerchen spielte.

Lange Sommerabende in einer Familie, in der einer für den anderen da war. Nie würde Nicolas vergessen, wie geborgen er sich als Kind gefühlt, wie er seine Mutter geliebt und seinen Vater bewundert hatte. Doch lange war es her, dachte er, und vieles hatte sich verändert. Wenn er nun bald nach Paris zurückkam, würden viele von einst nicht mehr da sein: vor allem nicht sein Vater, der Nicolas zu seinem Nachfolger als Familienoberhaupt bestimmt hatte, und auch nicht die zärtliche junge Louise, die nur ein halbes Jahr nach der Geburt ihrer kleinen Tochter gestorben war. Nicolas konnte es noch immer nicht glauben. Wenn er auf einer seiner vielen Reisen in der Kutsche saß und zwischen Wachen und Schlaf vor sich hin dämmerte, war er manchmal ganz sicher, sie bald wiederzusehen und ihre Stimme zu hören: »Wie schön, dass Sie wieder da sind, mein Liebster! Ich freue mich so!« Unvorstellbar, dass sie nun in einem engen Sarg in der Familiengruft der Fouquets lag und dass ihr kleines Mädchen, ihre Tochter Marie, niemals ihre Sanftmut kennenlernen würde, ihren Frohsinn und ihre Würde.

Neunundzwanzig Jahre war Nicolas nun alt. Schon vieles hatte er verloren, aber auch vieles gewonnen. An diesem Abend im August 1644 hatte er seine Begleiter in zwei Kutschen nach Paris vorausgeschickt und war unterwegs allein zurückgeblieben, um in Ruhe über sich selbst nachzudenken und darüber, wie sein Leben weitergehen sollte: Was er sich von Herzen wünschte und was er vermeiden wollte. Wer bin ich?, dachte er, und wer will ich sein?

Allmählich brach die Dämmerung herein. Über dem Teich, an dem Nicolas sich niedergelassen hatte, schwärmten die Mücken. Einmal sirrte eine Libelle so nah an seinem Gesicht vorbei, dass er aufschreckte und auswich. Danach schien sich für eine Weile nichts mehr zu bewegen. Eine Welt wie gemalt in der Hitze des Sommers, bis die Ruhe erneut gestört wurde und ein Fisch aus dem Wasser hochsprang und zuschnappte. Als er wieder untergetaucht war, schwappten kleine Wellen ans Ufer.

Nicolas legte sich ins Gras und blickte hinauf in das silbergrüne Blätterdach der Weide über ihm. Er spürte ein kleines Tier, das über seine Hand kroch, aber er schüttelte es nicht ab.

Welch ein Frieden, dachte er, inmitten dieser Welt von Feindseligkeit und Krieg! Er schloss die Augen. Bald würde es dunkel sein, und die Frösche würden mit ihrem Quaken die Nacht erfüllen, als wollten sie sogar von den unzähligen Sternen da oben gehört werden.

Eine Nacht auf dem Land. Auf seinem Land. Erst vor Kurzem hatte Nicolas den Herrensitz von Vaux-le-Vicomte erworben. Ein schneller Entschluss, gefasst auf einer Reise in die Provinz. Manchmal dachte Nicolas, dass es wohl Liebe auf den ersten Blick gewesen war, als er auf dem Weg nach Fontainebleau zu Mazarin an dem verwahrlosten Schloss vorbeigekommen war, das hinter staubigen Hecken verborgen lag, inmitten weiter Felder, Wiesen und Wälder. Vergessen, verwunschen – und doch schien es Nicolas, als hätte dieses verfallene Gemäuer auf ihn gewartet, auf ihn allein, damit er es zu neuem Leben erweckte und ihm wieder Glanz und Schönheit schenkte.

Der Höflichkeit halber wollte er den Kauf mit seiner Familie besprechen. Seine Mutter antwortete aber, nach dem Tod des Vaters sei nun Nicolas das Oberhaupt der Familie und nur er habe zu entscheiden. Dabei lächelte sie. »Ihr Vater hat schon lange nach einem geeigneten Ort für die Familie gesucht«, fügte sie hinzu. »Nach einem Besitz, groß genug, um unsere Ansprüche zu manifestieren. Machen Sie uns Ehre damit, mein Sohn!«

Bisher hatten ihn seine Ämter daran gehindert, sich mit dem Schloss zu befassen. Es blieb wie zuvor einem Verwalter überlassen, der mit seiner Frau in einem kleinen Nebengebäude hauste und sich um nichts kümmerte. Als Nicolas an jenem Augusttag mit seinem Kutscher angekommen war, hatte ihn der Verwalter nicht einmal erkannt und ihm gedroht, den Hund auf ihn zu hetzen, wenn er nicht sofort verschwinde. Er war erst zurückgewichen, als ihm der Kutscher die Peitsche drohend vor die Füße knallte, dass der Kies aufspritzte. »Der Sieur Fouquet?«, hatte er ungläubig gefragt, als Nicolas ausstieg. »Verzeihen Sie, Herr! Ich habe Sie nicht erkannt. Ich schütze doch nur Ihr Hab und Gut! Hier kommt so viel Gesindel vorbei, auch in Kutschen, da muss man vorsichtig sein.« Von nun an hatte er sich in Nicolas' Gegenwart nur noch tief gebückt bewegt und ihm nicht mehr ins Gesicht geschaut, um ihn nicht mit seinem Blick zu belästigen.

Nicolas beschloss, erst am nächsten Morgen weiterzureisen. Der Kutscher blieb im Haus des Verwalters, aß dort und ruhte sich aus, während Nicolas ganz allein durch die kahlen Säle und Kammern des Schlosses streifte. Überall Spinnweben, Staub und Schutt. Kaum noch Möbel. Wahrscheinlich hatte der Verwalter nach und nach alles verkauft. Doch Nicolas machte sich darüber keine Gedanken. Das alte Schloss interessierte ihn nicht. Er wollte ein neues bauen. Sein Schloss. Das Schloss seiner Familie. Seines Clans, dem er nun vorstand. Der Clan der Fouquets, der sich schon vor mehr als hundertfünfzig Jahren als Wappentier das Eichhörnchen gewählt hatte: erst nur, weil der Name Fouquet im Dialekt von Angers so viel wie Eichhorn bedeutete, dann aber auch aus Sympathie für das, was dieses kleine Tier verkörperte. *Quo non ascendet?*, hatte Nicolas' Vater als Motto gewählt. Wie hoch wird es nicht steigen? Erst mit der Zeit wurde Nicolas bewusst, dass seine Vorfahren kein passenderes Emblem hätten wählen können.

2

Die Fouquets waren eine Aufsteigerfamilie. Etwa anderthalb Jahrhunderte war es her, dass sie als kleine Edelleute auf dem Herrensitz Moulins-Neufs an der Loire residierten, Provinzjunker, nur mit dem einen Ehrgeiz, in der eigenen, begrenzten Welt angenehm zu leben und geachtet zu sein.

Doch dann kam das Jahr 1545, das bisher schwärzeste für die Familie: Der lebenslustige Mathurin Fouquet, der den Wein liebte, gutes Essen und schöne Frauen, musste erkennen, dass seine Ressourcen, für die er sich nie interessiert hatte, aufgebraucht waren und er mit den Seinen vor dem Ruin stand. Moulins-Neufs musste verkauft werden. Vorbei das sorglose Leben, vorbei das Ansehen in der ländlichen Gesellschaft. Beschämt zogen die Fouquets fort in die Stadt, nach Angers.

Doch was ein Tiefpunkt zu sein schien, entwickelte sich zum Segen. Mathurins Sohn François, der Erste dieses Namens in der Familie, gewann mit seinem guten Aussehen, seinem Charme und seiner Tatkraft die Zuneigung der besten Partie der ganzen Stadt: Lézine Cupif, die hübsche und lebhafte Tochter des größten Tuchhändlers weit und breit. Nach anfänglichem Zögern kamen ihre Eltern zu dem Schluss, dass der alte Mathurin Fouquet immerhin ein Edelmann war, wenn auch ein Luftikus und Nichtstuer, dass sein Sohn François dafür aber genau jenen Ehrgeiz besaß, den ein Kaufmann brauchte, um erfolgreicher zu sein als die anderen.

In ihrer Stadt standen die Cupif ganz oben, geachtete Patrizier schon seit Generationen. Auf ihren Handelsreisen hatten sie die Welt gesehen und erkannt, dass sie zwar in dem kleinen Teich Angers die fettesten Fische sein mochten, dass es darüber hinaus aber noch viel größere Teiche gab bis hin zum allergrößten: Paris mit seinem Reichtum und seiner Macht, die sich um den Hof des Königs scharte.

»Dorthin möchte ich!«, gestand François Fouquet seiner jungen Frau, die genauso dachte und fühlte wie er und die in dieser Nacht in der ehelichen Schlafkammer ihre kleinen Fäuste ballte bei dem Gedanken, in Paris zu sein, reich zu sein und mächtig. Madame Fouquet, vor der man sich nicht mehr nur in Angers verneigte, sondern wohin sie auch kam. Zwei Gleichgesinnte hatten einander gefunden und begründeten eine Dynastie, die wie ihr Wappentier immer höher strebte – in einer Epoche und in einem Land, in dem die Standesgrenzen fast unüberwindlich schienen.

Mathurin Fouquet hatte kein Verständnis für solche Ideen. Er, der sein Vermögen gedankenlos vergeudet hatte, bezeichnete sich nun selbst als bodenständig und nannte seinen Sohn einen Wolkengucker. Lézines Vater aber, der den Wert des Geldes kannte, erahnte auch die Kraft der Träume, wenn sie von den

Richtigen geträumt werden. »Ihr habt einen langen Weg vor euch«, sagte er und wog ein Ledersäckchen mit Silberstücken in seiner Hand. »Ein Einzelner kann es nicht schaffen. Eine Familie aber schon. Eine Generation und dann noch eine und immer so weiter. Ihr müsst nur beharrlich sein und immer besser und wacher als die anderen.«

Besser zu sein, mehr zu wissen und härter zu arbeiten als die anderen … Die Kinder der Fouquets erhielten die denkbar beste Ausbildung: Erziehung bei den Jesuiten, Studium von Kirchenrecht und Zivilrecht, Reisen durch ganz Frankreich, Reisen nach England und Italien. Das gemeinsame Abenteuer einer Familie, die sich eine Aufgabe gestellt hatte und mit Genuss und Stolz von Generation zu Generation daran arbeitete. Ehen wurden geschlossen mit Familien, die ähnlich dachten und einen Gewinn an Einfluss und Vermögen versprachen. Ehen, die wie die Fusion zweier Kapitalien erschienen, die jedoch bei aller Berechnung glücklich wurden durch das gemeinsame Ziel und den festen Glauben an die Zukunft.

Der Tuchhandel in Angers warf weiterhin seine saftigen Gewinne ab. Doch bald schon machten sich die begabtesten Kinder und Enkel der Fouquets auf den Weg in eine einflussreichere Welt. Staatsbeamte wurden sie, Advokaten. Immer näher rückten sie heran an die königliche Macht, bis im Jahr 1590 François II. Fouquet ausersehen wurde, als Notar das Testament der Königinwitwe Katharina von Medici zu vollstrecken. Damit war er am allergrößten Teich angelangt, während der andere Zweig der Familie in den Parlamenten der Bretagne die Fäden zog.

Nun war der Boden bereitet für den bisher fähigsten und tatkräftigsten Fouquet: Nicolas' Vater François, den Nicolas als den wahren Begründer der Familie ansah. Damals meinte er noch, ihm selbst würde eine lange Reihe von Generationen folgen, die den Witz und die Energie der kleinen Lézine und ihres draufgängerischen Gatten durch die Jahrhunderte weitervererbten.

3

Drei Leidenschaften waren es, die Nicolas' Vater bewegten: der Dienst für den König, das Eintreten für die Religion und die Begeisterung für das, was er die »Dinge des Meeres« nannte. Von Jugend an hatte François davon geträumt, einmal das Meer zu überqueren bis hinüber auf den amerikanischen Kontinent. Allein der Gedanke, mit dem Fernrohr in der Hand am Bug eines Schiffes zu stehen, den gewölbten Horizont vor Augen, berauschte ihn und erweckte sein Fernweh. Wenn er aus Paris in die Bretagne reiste, spürte er schon von Weitem die Gegenwart der See, die ihn zu rufen schien, als wäre er eigentlich dafür geboren, die fremden Erdteile zu bereisen, mit denen seine Familie Handel trieb, auf tropischen Inseln beängstigenden Tieren zu begegnen und Pflanzen zu betrachten, bunter und üppiger als im Garten des Paradieses.

Vor allem aber sehnte er sich danach, die Menschen kennenzulernen, die in den amerikanischen Kolonien lebten. »Huronen« nannten sich die indianischen Stämme, die sich auf einem ganz anderen Entwicklungsstand befanden als die alten, aufgeregten Völker Europas, welche nun schon seit Jahrzehnten miteinander im Krieg lagen. Reisende berichteten in den Pariser Salons, die Huronen seien eine Art »edle Wilde«, die in den Wäldern lebten und nicht einsehen wollten, dass es die weißhäutigen Fremden aus dem Osten nur gut mit ihnen meinten.

In jener Nacht am Teich von Vaux-le-Vicomte erinnerte sich Nicolas voller Liebe und Rührung daran, wie ihm sein Vater zum ersten Mal das Meer gezeigt hatte. »Siehst du, wie groß die Schöpfung ist?«, hatte er ihn gefragt, während die Wellen an das felsige Ufer peitschten. »Ein alter Fischer sagte mir einmal, alles Leben komme aus dem Meer, auch das unsere. Deshalb sei unser Blut immer noch salzig.«

Nicolas lächelte bei dem Gedanken, dass sein Vater nach dieser Bemerkung eine Weile verwirrt geschwiegen hatte. Vielleicht hatte er überlegt, wie sich die Erklärung des einfachen Mannes in die Schöpfungsgeschichte der Bibel einfügen ließ. Nicolas, das Kind, aber hatte sich niedergebeugt und den Mund ins Wasser gehalten. Bevor er jedoch kosten konnte, schwappte ihm eine Welle ins Gesicht, und er sprang wieder hoch. Nie würde er vergessen, wie herzlich sein Vater damals gelacht und ihn in den Arm genommen hatte! »Dummer Junge!«, hatte er liebevoll gesagt und den Kopf geschüttelt. Noch heute sah ihn Nicolas vor sich, wie er damals gewesen war: ein mittelgroßer, schlanker Mann mit braunem Haar und feinen Gesichtszügen, ihm selbst – so dachte Nicolas später – sehr ähnlich. Oh, wie stolz er darauf war!

Durch das gemeinsame Interesse für die »Dinge des Meeres« wurde Kardinal Richelieu auf François Fouquet aufmerksam. Zu jener Zeit war auch Richelieu noch nicht am Ziel seines Ehrgeizes angelangt als allmächtige Eminenz hinter dem Thron des Königs. Doch lange vor den meisten anderen hatte François Fouquet die Fähigkeiten des Mannes im roten Gewand erkannt und sich ihm angeschlossen, erst als Jurist, bald aber als einer der Hauptverantwortlichen für die französische Kolonialpolitik und den Überseehandel.

Der Kardinal schätzte François für seinen Einsatz und öffnete ihm die Türen zur Macht. Auch für seine Söhne interessierte er sich und sorgte dafür, dass der älteste, François IV., schon mit sechsundzwanzig Jahren zum Bischof von Bayonne ernannt wurde, obwohl der Vater geplant hatte, ihn auf den politischen Weg zu senden.

Doch der Kardinal wollte es anders. Seit ihm Nicolas vorgestellt worden war, war Richelieu überzeugt, dass dieser junge Mann alles besaß, was man brauchte, um nach ganz oben zu gelangen. Deshalb förderte er ihn, stellte ihm Aufgaben, und als er den Tod nahen fühlte, empfahl er seinem Nachfolger Mazarin, den zweitgeborenen Fouquet nur ja nicht aus den Augen zu verlieren.

Immer nur aufwärts war es für Nicolas gegangen. Nach einer

unbeschwerten, mühelosen Schulzeit bei den Jesuiten von Clermont hatte sein Vater einen Altersdispens für ihn erreicht, sodass Nicolas schon mit sechzehn Jahren als Ratsherr am Parlament von Metz zugelassen wurde. Mit gerade zwanzig war er bereits ohne Unterstützung der Familie in der Lage, das Amt eines Requettenmeisters zu erwerben, an den jeder französische Bürger herantreten konnte, der sich mit einer Beschwerde an den König wenden wollte. Aufgabe des Requettenmeisters war es, die Klage zu überprüfen, sie zu bewerten und an den Hof weiterzuleiten.

Nicolas hatte diese Arbeit geliebt. Dennoch wusste er von Anfang an, dass sie nicht der Endpunkt seiner Karriere sein konnte. *Quo non ascendet?* Wie hoch wird es nicht steigen? Der Erbe der Aufsteigerfamilie Fouquet durfte nicht innehalten oder gar stehen bleiben. Richelieu zeigte dafür Verständnis. Auch er hatte einen langen Weg hinter sich, und auch er sehnte sich vergeblich nach dem Gefühl, angekommen zu sein.

Nicolas konnte sich noch gut an den Kardinal erinnern, den alle gefürchtet hatten. Niemand durfte sich rühmen, sein Freund zu sein. Trotzdem hatte ihm Richelieu bei der letzten Begegnung die Hand auf die Schulter gelegt und dabei wortlos genickt. Bei jedem anderen hätte diese Gebärde alles bedeuten können oder nichts. Bei Richelieu aber gab es keine Beiläufigkeit und keine unüberlegten Freundlichkeiten. Nicolas zweifelte nicht daran, dass ihn der Kardinal mit dieser Geste ins Leben hinausgeschickt und ihm aufgetragen hatte, sich nicht zu vergeuden, sondern – wie es in der Bibel hieß – mit seinem Pfunde zu wuchern.

4

Wer bin ich? Wer will ich sein? Nicolas hatte das Gefühl, an einem Wendepunkt zu stehen. Bald würde er das dreißigste Lebensjahr erreicht haben. Er war das Oberhaupt seiner Familie und ein reicher Mann. Trotzdem war er mit seinem Leben und mit sich selbst nicht zufrieden. Seit drei Jahren schon bereiste er im Auftrag der Krone die entlegenen Provinzen Frankreichs, misstrauisch empfangen von den örtlichen Amtsträgern, deren Verwaltung, Finanzgebaren und Gerichtswesen er als Königlicher Kommissar prüfen, beurteilen und verbessern sollte.

Wenn er mit seinem stattlichen Gefolge eintraf, schlug ihm kalte Abneigung entgegen, widerwillige Höflichkeit und ungläubiges Erstaunen, dass ein so junger Mann bereits mit einer so verantwortungsvollen Aufgabe betraut war. Ein rücksichtsloser Hund musste er wohl sein; ein gewissenloser Günstling der verhassten Regierung; ein ehrgeiziger Aufsteiger, der nur den eigenen Vorteil im Sinn hatte: Karriere machte auf Kosten des Volkes, das längst nicht mehr in der Lage war, die Steuern aufzubringen, die man ihm abpresste, um Kriege zu führen, die nur Geld verschlangen. Geld, Geld, Geld. Um nichts anderes schien sich die Welt zu drehen, auch wenn niemals zuvor so viel Blut geflossen war im hehren Namen der einen Religion oder der anderen. Katholiken gegen Protestanten. Protestanten gegen Katholiken. Seit nahezu drei Jahrzehnten zerfleischte sich Europa in einem Krieg, dessen Ende immer noch nicht abzusehen war und in dem es nur vordergründig um den Glauben ging, doch in Wahrheit – so dachte Nicolas – um Macht und Vorherrschaft.

Von Tag zu Tag behagten ihm die Aufgaben seines Amtes weniger. Er hasste es, anzukommen und schon gefürchtet und verhasst zu sein, noch ehe das erste Wort gesprochen war. Wenn er unter den missgünstigen Blicken der Einheimischen aus der Kutsche stieg, war er nicht Nicolas Fouquet, der Sohn eines angesehenen Vaters und einer wohltätigen, gläubigen Mutter. Er war nicht der Vater der kleinen Halbwaise Marie oder der Vormund seiner jüngeren Geschwister. Nein, nichts anderes war er als ein Blutsauger des Königs, ein Stachel im Fleisch des Volkes. Wäre nicht die Angst vor der Rache der Krone gewesen, hätte man ihn und sein Gefolge bei lebendigem Leib in Stücke gerissen.

Die Einzigen, die sich über seine Ankunft freuten, waren die Steuereintreiber. Sie erhofften sich Unterstützung von ihm, Zuspruch und vielleicht sogar eine Aufwertung ihres Ansehens.

Gewalt, Hass und Tränen waren ihr tägliches Brot. Wenn sie in den Dörfern auftauchten, verschwanden die Menschen in ihren Häusern. Türen und Fenster wurden verriegelt, Kleinvieh und Lebensmittel eilends versteckt. Erst nach langem Klopfen und Hämmern öffneten sich die Türen wieder. Die Männer schworen, sie hätten nicht einmal genug, um ihre Familien zu ernähren, geschweige denn um Steuern zu entrichten. Die Frauen weinten und flehten um Aufschub. Die Kinder drückten sich schluchzend in die Zimmerecken.

Doch es half alles nichts. Auch den Steuereintreibern blieb keine Wahl. Die Forderungen ihrer Vorgesetzten saßen ihnen im Nacken. Jeder hatte zu liefern. Geld. Geld. Geld. Geld für den Krieg … Das fette Ferkel unten im Keller verriet sich durch sein Quieken und wurde hinausgetrieben. Der Korb voller Eier blieb nicht unbemerkt. Das Stoffsäckchen mit den paar kleinen Münzen, das der Bauer unter seinem Hemd versteckt hatte, wurde gefunden und konfisziert. Der, bei dem gar nichts zu holen schien, wurde damit bedroht, man werde ihm das Dach über dem Kopf anzünden, falls er nicht endlich seine Abgaben entrichtete. Wenn der erste Strohballen aufloderte, fiel auch dem Ärmsten noch etwas ein, das er besaß, und sei es noch so wenig. Die Bauern hassten die Steuereintreiber, und die Steuereintreiber hassten die Bauern. Sie zu verachten war die einzige Möglichkeit, die eigene Erbarmungslosigkeit zu ertragen.

Nicolas, der als Kind die Mutter bei ihren wohltätigen Besuchen begleitet und um die Weihnachtszeit gemeinsam mit den Geschwistern milde Gaben für die Armen der Stadt verpackt hatte, begegnete nun auf seinen Reisen dem Elend der Landbevölkerung und erkannte es als Folge von Misswirtschaft und der Hybris, Kriege zu führen, die man sich nicht leisten konnte. Und erlöse uns von dem Übel!, dachte er. Trotzdem war er noch jung genug zu hoffen, er könnte auf seinem Posten von mittlerem Einfluss der Gerechtigkeit dienen. So ließ er verkünden, er sei gesprächsbereit. Als die ersten Bittsteller wagten, sich an ihn zu wenden, hörte er ihnen aufmerksam zu und versuchte zu helfen.

5

Ein junger Mann von neunundzwanzig Jahren. Sohn reicher Eltern. Nun auch schon selbst vermögend und unabhängig. Wie viele seiner Altersgenossen hätte er es sich leicht machen können. Paris war ein amüsantes Pflaster, das jede Neigung und jede Perversion befriedigen konnte. Für jedes Vergnügen standen Partner bereit, willig und voller Fantasie, um noch zu steigern, was an Wünschen bereits vorhanden war. Wer bin ich? Wer will ich sein?

Vor einem Jahr hatte ihn Mazarin zum Intendanten der Dauphiné ernannt. »Ein neuer Posten für Sie, ein wichtiger Posten«, hatte er hinzugefügt und Nicolas dabei durchdringend gemustert, um keine seiner Reaktionen zu übersehen. »Sie werden in Grenoble residieren – zu weit von Paris entfernt, um Ratschläge einzuholen. Sie werden alles selbst entscheiden müssen. Erwarten Sie nicht, dass man Ihnen die Arbeit leicht machen wird! Der Gouverneur gehört einer einflussreichen Familie an, die sich schon seit Generationen aufführt, als wären sie alle kleine Könige: die Lesdiguières. Glauben Sie mir, mein junger Freund, Sie werden noch lernen, diesem Namen zu misstrauen! Die einzige Möglichkeit, mit dieser Sippschaft auszukommen, ist, ihr den Mund mit Geld zu stopfen. Für eine Weile vergessen sie dann die Interessen ihrer Landsleute und erfreuen sich des eigenen Wohlstands. Erst wenn das Geld aufgebraucht ist, erinnern sie sich wieder an die Belange ihrer Bürger und schreien nach Steuersenkung und königlichen Vergünstigungen.«

»Wie lange ist es her seit der letzten Vergünstigung?« Nicolas lächelte nicht bei dieser Frage. Er hatte längst gelernt, dass ausgegebenes Geld kein Grund ist, zu lächeln.

Mazarin antwortete, ohne zu überlegen. »Noch nicht lange. Ihre Majestät, die Regentin, hat nach dem Tod ihres Gemahls allerhand Geschenke verteilt, um die Provinzen bei Laune zu halten.« Mazarin schnaubte. »Ich muss gestehen, ich bin kein Freund solcher Großzügigkeiten, aber die Liebe des Volkes ist nun einmal nicht billig zu haben.«

Nicolas nahm sein Amt ernst. Schier endlose Arbeitstage, die schon vor Sonnenaufgang begannen und erst endeten, wenn die Kerzen auf seinem Schreibtisch niedergebrannt waren. Aktenstudium fast bis zum Morgen. Am Vormittag dann lange Audienzen mit Bittstellern aus allen Teilen der Bevölkerung. Obwohl er seine Räume kaum noch verließ, war Nicolas noch nie zuvor so nah am Leben des Volkes gewesen. Es war nicht nur die Landbevölkerung, so erfuhr er nun, die unter den Steuern stöhnte. Auch die Handwerker und die Bürger, selbst jene, die man als vermögend ansah, waren oft kaum noch in der Lage, die Steuerlast zu tragen. Mit ihrer Arbeit trugen sie die Bürde der Staatsfinanzierung, denn der Adel war von Steuern befreit, weil er das Schwert trug, und der Klerus, weil er Gott diente.

Schon seit Jahren hatte sich Nicolas als Fachmann für das Steuerwesen betrachtet; als einen, der mehr als die meisten anderen darüber wusste, wie sich der Staat finanzierte. Nun aber lernte er das Finanzgebaren der Krone von der anderen Seite her kennen: aus der Sicht derer, die die Münzen lieferten, welche in Kanonen umgewandelt wurden, in Sold für die Soldaten und Bestechungsgelder für die Verräter der Feinde … Der jährliche Zehent. Die Kopfsteuer. Die Grundsteuer. Abgaben, um sich vom Militärdienst freizukaufen. Indirekte Steuern für Warengeschäfte. Örtliche Steuern. Die Salzsteuer. Steuern auf die Erblichkeit von Ämtern. Steuern auf das Recht, Land zu bebauen. Und. Und. Und … Wenn dann noch die Soldaten des Königs über das Land zogen und sich bedienten, als wäre dies feindliches Gebiet, verzweifelten die Bürger, in deren liebevoll gepflegten Häusern sich die Offiziere einquartierten, und verzweifelten die Bauern, deren Ställe man ausplünderte, um die Soldaten zu ernähren. Der Krieg hatte das stolze Frankreich ins Elend gestürzt.

Nicolas prüfte die Akten, die seine Amtsräume füllten. Bald schon stellte er fest, dass der Staat zu weit gegangen war. »Man verlangt zu viel von diesen Menschen«, sagte er zu dem Ratsherren Coste, der beauftragt war, ihm zur Hand zu gehen. »Die Steuern sind zu hoch.«

Coste, ein Mann am nahen Ende seines beruflichen Weges, starrte ihn an. Noch nie hatte ein Kommissar der Krone eine solche Bemerkung gewagt. Die Steuern sind zu hoch … Bisher hatte Coste Nicolas für einen schlauen Kopf gehalten. Nun erschien er ihm wie ein Selbstmörder, dessen Tage im Amt gezählt waren. Trotzdem überkam den altgedienten Beamten ein Gefühl der Zuneigung, fast der Liebe für diesen jungen Menschen, der trotz seiner Position noch zum Mitgefühl fähig war. Vielleicht kein Mitleid, aber immerhin ein Gespür für Gerechtigkeit und Verhältnismäßigkeit, das Coste in seinem langen Leben bisher nur an wenigen Amtsträgern kennengelernt hatte. Eine Frage der Intelligenz?, überlegte er. Oder doch nur der Naivität und der Unerfahrenheit?

Trotzdem gab er Nicolas' Bemerkung unverzüglich weiter an die Agenten des Gouverneurs, die ihren Herrn über jede Äußerung des Kommissars der Krone informierten. Über alles wusste Lesdiguières Bescheid. Über jedes Hüsteln Nicolas', jedes Lachen und jeden Ausbruch von Zorn. Nun auch darüber, dass er die Steuern für überhöht hielt.

Noch ehe sich Nicolas an diesem Abend zu Bett gelegt hatte, waren Lesdiguières Boten unterwegs nach Paris, um sich bei Mazarin zu beschweren. Unsere Steuern sind zu hoch. Sogar Ihr eigener Vertreter, Eminenz, ist zu diesem Schluss gelangt: Nicolas Fouquet, den Sie persönlich in unsere Provinz gesandt haben. Unsere Steuern sind zu hoch. Wir stellen unsere Zahlungen ein, bis die Gerechtigkeit wiederhergestellt ist.

Auflehnung. Rebellion. Nicht die erste im kriegsgeschüttelten Frankreich und gewiss auch nicht die letzte. Unsere Steuern sind zu hoch … Das Volk war nicht länger bereit, sich aussaugen zu lassen. Wollte nicht mehr. Konnte nicht mehr.

In der Stadt Valence rotteten sich die Frauen zusammen und bewaffneten sich. Unter den dumpfen Schlägen der Trommeln zogen sie durch die Stadt, schrien ihr Elend heraus und forderten den Tod der Steuereintreiber, die in die Zitadelle geflohen waren. »Worauf wartet ihr noch?«, riefen die Frauen ihren Männern zu, die vorerst noch zögerten, wohl wissend, dass die Obrigkeit den Frauen ihre Rebellion verzeihen würde. Erhoben die Männer ihre Waffen gegen die Vertreter der Regierung, würde man sie am nächsten Baum aufknüpfen.

Als Nicolas von dem Aufstand der Frauen erfuhr, begab er sich unverzüglich nach Valence. Sich in seinem Amtssitz zu verschanzen, wäre gegen seine Natur gewesen. Er hinterließ den Befehl, ihm unverzüglich eine Schutztruppe nachzusenden. Doch auf sie warten wollte er nicht. Als seine Kutsche auf die Straße hinausfuhr, stieß sie fast mit einem berittenen Boten zusammen, der in den Schlosshof einbog. Der Bote rief und gestikulierte, doch Nicolas bedeutete dem Kutscher weiterzufahren. Er wusste nicht, dass der Bote aus Paris kam und in seinem Lederfutteral einen Brief Mazarins mit sich führte, in dem Nicolas' sofortige Amtsenthebung verfügt wurde. Die Macht in Paris war nicht geneigt, einem Steuerkommissar der Regierung zu gestatten, sich auf die Seite des Pöbels zu schlagen.

Nur Coste und ein weiterer Ratsherr begleiteten Nicolas. Als sich ihre Kutsche Valence näherte, hörte man schon von Weitem das Trommeln der Frauen und das Geschrei der Menge. Die Aufständischen hatten damit gerechnet, dass der Vertreter der Krone einschreiten würde. So riegelten sie die Straße nach Grenoble ab, bereit, den Truppen der Obrigkeit Widerstand zu leisten.

Nur den Ortskenntnissen des Kutschers war es zu verdanken, dass Nicolas und seine Begleiter im Palast des Bischofs Zuflucht fanden. Kaum war ihre Kutsche in den Hof gerollt, fiel schon das schwere Tor hinter ihnen zu. Die Riegel wurden vorgeschoben, während sich das Volk um den Palast scharte und erst Gerechtigkeit forderte, dann Befreiung von der Willkür der fernen Regierung und schließlich den Tod der Steuereinnehmer. Die ersten Fackeln wurden angezündet und gegen die Mauern der Zitadelle geschleudert. Auch die Männer beteiligten sich nun.

»Das ist eine Revolution«, murmelte der Bischof und bekreuzigte sich. Vielleicht erinnerte er sich daran, dass ihm sein Vater einst freigestellt hatte, eine weltliche oder eine kirchliche Karriere einzuschlagen, und dass er sich für die kirchliche entschieden hatte, weil sie ihm angenehmer erschienen war und weniger gefährlich.

Nicolas ließ ein Fenster öffnen. Mit einer beschwichtigenden Geste forderte er zur Ruhe auf. Dabei verfehlte ihn ein Stein so knapp, dass Nicolas den Luftzug an seiner Wange spürte. Einen Augenblick lang dachte er, dass er in Gefahr war und eigentlich Angst haben müsste. Doch er war ganz ruhig. Eben noch hatte ihm der Bischof von der Verfügung Mazarins berichtet, dass Nicolas seiner Ämter enthoben sei. Eigentlich, dachte er, bin ich gar nicht mehr verantwortlich. Ich könnte in meine Kutsche steigen und nach Paris zurückfahren. Ich könnte meine kleine Tochter in die Arme nehmen und mich endlich wieder einmal ausruhen.

Doch dies war keine Zeit für Müßiggang. Während Nicolas' Amtsperiode war dieser Aufstand ausgebrochen, also fühlte er sich verpflichtet, den Landfrieden wiederherzustellen. Mit ruhiger Stimme, kaum lauter als während einer Ratssitzung, fing er an zu sprechen. Noch immer schrien die Menschen unten auf dem Platz und drohten mit den Fäusten. Sie waren noch nicht bereit, ihm zuzuhören. Trotzdem redete er weiter, bis die ersten verstummten und den anderen bedeuteten, zu schweigen. Nach und nach verebbte der Lärm wie fernes Donnergrollen nach einem Gewitter. Nur hie und da noch ein Rufen, ein Protest, den keiner mehr hören wollte, weil da oben ein junger Mann stand und zu ihnen sprach, als wären sie längst offen für seine Worte.

Er erzählte von dem, was er hier in der Provinz erlebt hatte; von dem, was er beobachtet hatte und was ihm die Bittsteller bei den Audienzen berichteten. Er drückte sein Verständnis für die Nöte der Untertanen aus und sogar dafür, dass sie sich wehrten. Keine Drohung mit strengen Strafen. Kein Säbelgerassel. Zuletzt, als seine Ruhe zur Ruhe aller geworden war, die Einladung an die Frauen, ins Palais einzutreten und mit ihm zu verhandeln. Niemand würde bestraft werden, wie offen auch immer er sich äußerte.

Unter den entsetzten Blicken des Bischofs wurde das Tor geöffnet. Nicolas dachte an seine Mutter, die so wohltätig war. Sie würde kein Verständnis haben, wenn er die Frauen mit ein paar Versprechungen abspeiste und dann wieder in ihr Elend zurückschickte. Fürs Erste wäre damit die Ruhe zwar wiederhergestellt. Doch was war morgen?

So erteilte er noch in Anwesenheit der Frauen den Befehl, in diesem Herbst die Ernte nicht einzuziehen. Auch die Besteuerung der Bürger sei mit Wohlwollen neu zu berechnen. Als Gegenleistung verlangte er, dass alle Aufständischen unverzüglich in ihre Häuser zurückkehrten und ihre tägliche Arbeit wiederaufnahmen.

Langsam und zögernd verließen die Frauen den Palast. Manche weinten. Von seinem Fenster aus sah Nicolas, wie man die Frauen draußen mit Fragen bestürmte. Keiner blickte mehr zu ihm herauf, wie er da stand, selbst erstaunt über das soeben Erlebte. Man müsse sich selbst erkennen, hatte ihm sein Vater einmal gesagt. Nichts sei dem Menschen so fremd wie die eigene Seele. Wer bin ich?, fragte sich Nicolas in dieser Stunde zum ersten Mal. Wie kommt es, dass diese aufgeregten, gequälten Menschen auf mich hören, obwohl meine Macht doch so begrenzt ist?

Schon lange wusste er, dass er mit seinem Lächeln Menschen bezaubern konnte. Schon früh hatte er erfahren, dass zuzuhören die Herzen gewann. Doch nie zuvor hatte er erlebt, dass er mit seinen ruhigen Worten einen Sturm besänftigen konnte.

Eine Sommernacht in Vaux-le-Vicomte. Ein schmaler Lichtstreifen im Osten verkündete den neuen Tag. Nicolas wusch sich im Teich und ging dann hinüber zum Haus des Verwalters. Er fühlte sich frisch und befreit. Schon am Abend konnte er in Paris sein, daheim, in dem großen, schönen Haus in der Rue de la Verrerie. Bald würde er die kleine Marie wiedersehen, sie hochheben und an sich drücken. Der Reihe nach würde er alle Mitglieder seiner Familie begrüßen und danach mit ihnen speisen. Sie würden ihn mit Fragen überhäufen, und er würde bereitwillig erzählen, weil sie es so von ihm erwarteten. Keiner würde ihm vorwerfen, dass er sein Amt nicht zur Zufriedenheit Seiner Eminenz, des Kardinals Mazarin, erfüllt hatte. Kein Fouquet tadelte den anderen. »In einer Familie muss man einander achten und lieben«, hatte sein Vater einmal gesagt. »Wer sonst sollte es tun?«

Zurück aus der Provinz. Zurück nach Paris. Seine Amtszeit war zu Ende, ein Abschnitt seines Lebens. Bald würde er das dreißigste Lebensjahr erreichen – ein weiterer Grund, die eigene Existenz zu überprüfen und zu bewerten. Nicolas blickte auf das verfallene Schloss hinter den Bäumen und auf die ungepflegten Felder und Wiesen. So viele Möglichkeiten, und so wenig wurden sie genutzt! Doch was war verloren? Noch war er jung und stark. Ein Schloss wollte er bauen an genau dieser Stelle. Ein Schloss, wie es noch keines gegeben hatte. Und genauso vollkommen und wunderbar sollte auch sein Leben werden!

»Wir fahren nach Paris!«, rief er dem Kutscher zu, der am Tisch des Verwalters eine Brotsuppe löffelte. »Wir fahren nach Hause. Sofort!«

Der kleine König

I

Vier Jahre und acht Monate war Ludwig alt, als er König wurde: König von Frankreich und Navarra. Nachfolger Karls des Großen, Ludwigs des Heiligen und Heinrichs IV. Sein Sessel stellte den Thron des lebendigen Gottes dar, der ihm das Recht zu regieren übereignet hatte. Ludwig XIV., Herrscher von Gottes Gnaden: Im Parlament entboten ihm die Stände des Königreichs ihre Achtung wie einer sichtbar gewordenen Gottheit. Ludwig XIV., ein menschlicher Mythos, mit dem sich keiner im Lande vergleichen durfte. Ein Halbgott. Ein Fetisch. Aber immer noch ein Kind.

Die Mädchenkleider durfte er nun ablegen, doch an gewöhnlichen Tagen band man ihm immer noch ein Lätzchen um, bis er sich eines Abends in Gegenwart des halben Hofstaats schreiend zu Boden warf und sich das demütigende Kleidungsstück vom Halse riss. »Ich bin der König von Frankreich!«, schluchzte er, und Tränen sprangen aus seinen Augen. »Mir gebührt eine Krone, kein Lätzchen!«

Seine neue Gouvernante, Madame de Sénecé, eilte entsetzt herbei und versuchte vergebens, das strampelnde Kind hochzuheben. Seine Tränen befleckten ihre kostbaren lindgrünen Seidenschuhe. Aus den Augenwinkeln konnte Ludwig sehen, wie sehr sie ihn dafür hasste. Auch er hasste sie, gab er ihr doch die Schuld daran, dass ihn seine frühere Gouvernante, Madame de

Lansac, nicht einmal mehr besuchen durfte. In den Augen seiner Mutter war sie eine Agentin des verstorbenen Königs gewesen, eine Spionin, die man nun endlich davonjagen konnte. Dass der kleine König sie liebte, spielte keine Rolle, auch nicht, dass sie stets gütig zu ihm gewesen war und verständnisvoll und dass ihn ihre alte, zittrige Stimme jahrelang in den Schlaf begleitet hatte. Nur zu dieser Stunde hatte sie ihn geduzt, als wäre er nicht der Thronfolger, sondern ein kleiner Junge, der in seinem Bett lag und auf die Nacht wartete: »Mach die Augen zu, Ludwig! Die Engel werden dich behüten, und – so Gott will – wachst du morgen wieder auf.«

Sie sei gestorben, hatte man ihm gesagt, aber er glaubte es nicht. Zu oft schon hatte er gespürt, dass man ihn belog – auch seine Mutter, die ihm nun ihre gute Freundin Madame de Sénecé aufzwang, mit der sie so gern über die süßen Tage der gemeinsamen Jugend plauderte, vor allem über den leuchtenden Stern, dem ihre Gedanken nach wie vor galten: dem Herzog von Buckingham, einst englischer Botschafter in Paris. Dunkles Haar, dunkle Augen und eine zärtliche Stimme, die Anna zuraunte, sie sei schön – in dem klaren, weichen Akzent seiner Heimat, der sie ein Leben lang aufhorchen ließ. Dann fing ihr Herz an zu klopfen, und sie dachte daran, wie eine warme Hand verstohlen die ihre berührt hatte, und an die Nächte voller Sehnsucht an der Seite ihres unwilligen, nach Atem ringenden Gatten.

Madame de Sénecé genoss ihre Stellung. Sie veranstaltete kleine Feste, auf denen sie sich benahm, als wäre sie die Königin selbst. Barsch verlangte sie alle möglichen Vorrechte und kanzelte jeden ab, der ihre Forderungen in Frage stellte. Für ihren Schützling interessierte sie sich nicht und sprach kaum ein Wort mit ihm. Vor dem Einschlafen, wenn ihm früher Madame de Lansac aus der »Eselshaut« vorgelesen hatte, erschien nun die Zofe der Gouvernante und forderte Ludwig auf, sich zu beeilen und endlich Ruhe zu geben. Madame erwarte Gäste und müsse noch zurechtgemacht werden.

Als Ludwigs Mutter eines Abends den Wunsch verspürte,

mit ihrem Sohn das Nachtgebet zu sprechen, erkannte sie, wie pflichtvergessen ihre Freundin war. Madame de Sénecé hatte nicht einmal mehr Gelegenheit, ihren Gästen zu erklären, warum der amüsante Abend am Spieltisch ausfallen musste, so schroff wurde sie aufgefordert, noch in der gleichen Nacht auf ihre Güter zurückzukehren.

Schon am nächsten Mittag bezog ihre Nachfolgerin die Räume neben der Suite des kleinen Königs: Madame de Lassalle, die sich für Glücksspiele nicht interessierte, dafür aber für alles, was mit dem Militär zu tun hatte. Dem Alter nach stand sie zwischen ihren beiden Vorgängerinnen, doch ihre körperliche Verfassung war die eines jungen, durchtrainierten Soldaten. Jeden Nachmittag marschierte sie mit Ludwig und seinen Ehrenknaben durch den Park des Louvre. Sie steckte ihnen und auch sich selbst schwarze Federn ins Haar und hängte jedem einen hölzernen Degen an den Gürtel. Auf einer großen Wiese hatten die Kinder dann in Reih und Glied anzutreten und zu exerzieren. Auf die Witterung wurde dabei keine Rücksicht genommen. Als in der Folge der kleine Henri-Louis de Brienne an einem Sonnenstich fast starb und nach einem verregneten Ausflug die meisten anderen Kinder an den Atemwegen erkrankten, erreichten die Proteste der Familien sogar die Gemächer der Königin. Damit war auch Madame de Lasalles Gouvernantenkarriere beendet.

In ihrer Bedrängnis beauftragte die Regentin nun ihren Getreuen La Porte, der nach dem Tod des Königs umgehend aus der Bastille in den Louvre zurückgekehrt war, dafür zu sorgen, dass Seine Majestät liebevoll zu Bett gebracht wurde. Die Anordnung war nur für diesen einzigen Abend gedacht, doch das Provisorium verlängerte sich Woche für Woche, bis man erkannte, dass eine Gouvernante nicht mehr gebraucht wurde.

Von nun an war es La Porte, der Ludwig jeden Abend zu Bett geleitete und ihm vorlas, bis er eingeschlafen war. Ludwig verlangte, Märchen zu hören, wie er es gewohnt war. Doch La Porte erklärte ihm, er sei nun der König und mit fünf Jahren zu alt für die Geschichten der Kleinen. Es kostete viele Überlegungen, eine Lektüre zu finden, die die richtige Saat in die Seele eines Knaben senkte, der in wenigen Jahren über Leben und Gut von vielen Millionen Menschen entscheiden würde: seine Untertanen, sein Eigentum. Nach langer Beratung wählten die Königin und Mazarin die von Mézeray geschriebene »Geschichte von Frankreich«, mit deren Hilfe das Kind nach und nach seine Vorgänger auf dem Thron von Frankreich kennenlernen sollte: die Tüchtigen und die Faulen, die Erfolgreichen und die Glücklosen, die Gottesfürchtigen und die Sünder.

»Erläutern Sie ihm, was Sie lesen!«, befahl Mazarin. »Der König soll lernen, zu unterscheiden und zu urteilen. Scheuen Sie sich nicht, ihm klarzumachen, dass ein Herrscher nicht allein deshalb gut ist, weil er die Krone trägt, und wecken Sie seine Angst davor, zu versagen!«

La Porte hasste Mazarin wegen des Vertrauens, das ihm die Königin schenkte, und zudem, weil er Italiener war. La Porte verabscheute alles, was er mit Italien in Verbindung brachte: die listigen Kaufleute, die arroganten Künstler, die herrschsüchtigen Frauen, die Syphilis und die gleichgeschlechtliche Liebe. Misstrauisch blieb er in der Nähe, wenn der Kardinal den kleinen König besuchte. Ein einziges Mal schien es sogar, als sei dieses Misstrauen berechtigt.

Auch Ludwig erinnerte sich ein Leben lang an jenen trüben Vormittag, an dem La Porte den Beweis zu erhalten glaubte, dass Mazarin seine Verachtung verdiente. Gerade fünf Jahre war Ludwig damals alt geworden, und seine Mutter hatte ihm zum Geburtstag eine schwere goldene Kette geschenkt, die jemals wieder abzulegen er sich weigerte. Drei Wochen trug er sie nun schon ständig, tags über den Kleidern und beim Schlafen unter dem Nachthemd, damit er sich nicht strangulierte. Nach und nach hatte die Kette die Haut auf seiner Brust aufgerieben, doch noch immer weigerte sich Ludwig, das Schmuckstück abzunehmen.

An jenem nebligen Oktobermorgen hatte man ein Bad für das

Kind bereitet. Die Wanne stand in der Mitte des Raumes. Der Wasserdampf beschlug die Scheiben und trug so bei zu jener unwirklichen, beklemmenden Stimmung, als wäre man nicht auf dieser Welt der Menschen, sondern irgendwo verloren in einem Land ohne Grenzen und ohne Seele. Mit geschlossenen Augen genoss Ludwig die Wärme. Er bewegte seine Hände hin und her und hörte den Wellen zu, die leise an die Wanne klatschten.

La Porte saß im Nebenzimmer und schrieb, als plötzlich die Tür aufsprang und Mazarin hereinrauschte. Ganz gegen seine Gewohnheit war er ohne Begleitung. Er kümmerte sich nicht um La Porte, sondern stürmte in Ludwigs Zimmer und warf die Tür hinter sich zu. Anfangs war La Porte nur gekränkt, dass ihn der Kardinal nicht beachtet hatte. Dann aber wurde er unruhig, von Minute zu Minute mehr. Kein Ton drang aus dem Nebenzimmer. Trotzdem wagte La Porte nicht nachzusehen. Es stand ihm nicht zu, eine Begegnung des Kardinals und des Königs zu stören.

Auch Ludwig wunderte sich, dass sein Pate nicht mit ihm redete. Wortlos holte sich Mazarin einen Stuhl und setzte sich neben die Wanne. Dabei lächelte er gütig. »Sie müssen diese Kette ablegen«, sagte er nach einer halben Ewigkeit. »Sie verletzt Ihre Haut.«

Ludwig schüttelte den Kopf. »Sie ist ein Geschenk meiner Mutter!«, erklärte er. »Ich gebe sie nicht mehr her.« Dabei legte er seine Hände schützend über die Brust.

Mazarin lächelte noch immer. »Nehmen Sie die Kette ab, Majestät«, sagte er leise, fast flüsternd. Dabei griff er nach Ludwigs Handgelenken. Ludwig wehrte sich und riss sich los. Wasser schwappte aus der Wanne auf das Gewand des Kardinals.

In diesem Augenblick flog die Tür auf. Ludwig sah, was er damals nicht verstand und später nicht vergessen konnte: La Porte stand da, unbeweglich, mit weißem Gesicht und fremden, zornigen Augen, die den Kardinal zu durchbohren schienen. Kein Wort sagte La Porte, und auch der Kardinal schwieg. Mit einer fast verstohlenen Bewegung trocknete er sich die Hände an dem

Tuch ab, das La Porte neben der Wanne bereitgelegt hatte. Dann erhob er sich und schritt hoch erhobenen Hauptes hinaus. Ohne eine Bemerkung, eine Erklärung oder einen Gruß. La Porte hielt ihm die Tür weit auf und blickte ihm nach, bis seine Schritte verhallten.

Ludwig hatte das Gefühl, etwas Entscheidendes habe sich ereignet. Sein Herz klopfte, und er fühlte sich unbehaglich wie noch nie zuvor. Er stand auf und wartete, dass La Porte ihn abtrocknete. Doch der Diener wandte sich um und verließ ebenfalls den Raum. Ludwig fröstelte. Eigenhändig legte er sich das Tuch um und rieb sich damit trocken. Wieder kratzte die Kette auf der Brust, und diesmal störte es ihn. Er hatte plötzlich keine Freude mehr am Geschenk seiner Mutter. So hastig zog er die Kette über den Kopf, dass er sich dabei ein Büschel Haare ausriss. Er schrie leise auf und schleuderte die Kette von sich, als wäre sie eine giftige Schlange.

Seit diesem Vorfall misstraute auch Ludwig dem Kardinal, obwohl er sich nicht erklären konnte, warum. Trotzdem wog er von nun an jedes Wort seines Paten ab und beobachtete verstohlen jeden Blick und jedes Lächeln. Manches, das er bisher für selbstverständlich genommen hatte, erschien ihm jetzt falsch und zweideutig. Er solle mit Strenge erzogen werden, betonte Mazarin immer wieder. In Wahrheit aber erfüllte er Ludwig jeden Wunsch, oft sogar schon bevor das Kind ihn äußerte. Er solle sich Bildung erwerben, um später in Weisheit regieren zu können, sagte Mazarin. In Wahrheit kümmerte er sich wenig um Ludwigs Unterricht. Er sorgte nur dafür, dass das Kind die italienische Sprache lernte, angeblich weil seine Großmutter aus Italien stammte, sehr viel wahrscheinlicher jedoch weil sich Mazarin gegen die ständigen Angriffe auf seine eigene Herkunft absichern wollte. Er hoffte wohl, dass die Sympathie des Kindes für das Land wachsen würde, wenn es dessen Sprache beherrschte.

Aus dem gleichen Grund bestand die Königin darauf, dass Ludwig Spanisch lernte – trotz des jahrelangen blutigen Krieges, mit dem Ludwig aufgewachsen war, und trotz des Hasses, mit dem sein Vater die »verfluchten spanischen Hunde« verfolgt hatte. So wie Mazarin übertrug sie ihre Angst und ihr Heimweh auf ein Kind, das Unterpfand ihres eigenen Überlebens.

Je weiter Ludwig sich innerlich von Mazarin entfernte, umso enger schloss er sich La Porte an. Er wusste, dass der Diener der Königin in die Bastille geworfen worden war und dass keine Drohung und keine Strafe seine Treue erschüttern konnten. Seine besten Jahre hatte La Porte für die Königin geopfert. Wie zum Lohn dafür war er nur wenig gealtert. Etwa vierzig Jahre mochte er nun zählen, er war schlank und geschmeidig und liebte es zu scherzen und Ludwig aus seiner Trägheit zu locken. Wenn Ludwig, der sonst so ernst und bedächtig war, dann laut auflachte oder gar vor Vergnügen schrie, erschienen kleine Fältchen in den Augenwinkeln des Dieners, und seine weißen Zähne blitzten.

Zum ersten Mal in seinem Leben fühlte sich Ludwig geborgen. Er bat darum, dass La Porte den Kopf auf sein Kissen legte, bis Ludwig einschlief. Manchmal stand er sogar noch einmal auf und legte sich an die Seite des Dieners auf dessen Bett, niemals aber unter dessen Decke. Das wurde ihm verwehrt, selbst wenn er fröstelte. In diesen Momenten nannte er La Porte zärtlich »Monsieur Pierre«. »Monsieur Pierre«: mein Vertrauter, hieß das. »Monsieur Pierre«: der Einzige, der es gut mit mir meint.

Wenn sie so dalagen und die Bäume vor den hohen Fenstern im Nachtwind schwankten, stellte Ludwig die Fragen, die ihn bewegten. La Porte antwortete kurz und fast widerwillig und erklärte schließlich, es sei nun spät und er wolle endlich schlafen. Dann erhob sich Ludwig voller Bedauern und kehrte in sein eigenes Bett zurück, in dem er sich fast verlor, so riesig erschien es ihm und so kalt.

Es dauerte oft lange, bis er eingeschlafen war. An der Schwelle zwischen Wachen und Traum sah er dann seine Mutter vor sich, dic alles tat, was der Kardinal von ihr verlangte, und die sogar zuließ, dass Mazarin sie schroff und anmaßend behandelte, als wäre er der Herrscher und sie nur eine dumme Frau, die von ihm abhing. Mazarin … Wie charmant er dann wieder sein konnte!

Wie zärtlich er Ludwig zu lieben schien, als wäre er sein eigentlicher Vater. Und doch war da dieser trübe Vormittag, als Ludwig im Bade saß. Und doch waren da diese gepflegten weißen Hände, die ihn wie Schraubstöcke festgehalten hatten, wenn auch nur für einen Augenblick. Und doch war da dieser Blick des Abscheus, mit dem La Porte den Kardinal angestarrt hatte.

Allein in seinem großen Bett hielt Ludwig den Atem an, um sich zu vergewissern, dass La Porte noch da war. La Porte, der den Kardinal ebenfalls hasste, der eifersüchtig auf ihn war und ihm immer wieder versteckte kleine Nadelstiche versetzte. Bei der Abendlektüre verglich er ihn mit den Hausmeiern früherer Könige, die sich so oft mehr Rechte angemaßt hatten, als ihnen zustanden. Auf den Prunk verwies er, mit dem sich Mazarin umgab. Auf das riesige Gefolge, das ihn, den »Schurken aus Italien«, begleitete. Ja, einmal hatte La Porte es sogar ausgesprochen, und der kleine König nahm die Anregung willig auf.

»Da stolziert schon wieder der Großtürke vorüber!«, sagte er eines Mittags, als er mit seiner Mutter auf die Terrasse des Schlosses von Compiègne hinunterblickte. »Ich glaube, er hat mehr als fünfhundert Personen in seinem Gefolge.«

Die Königin erstarrte. Sie packte Ludwig am Arm und starrte ihm ins Gesicht. »Wie kommen Sie darauf, so etwas zu sagen?«, rief sie. »Wer bringt Sie auf solche Gedanken?«

Ludwig presste die Lippen zusammen.

»Wer?«

Ludwig schüttelte den Kopf. »Niemand!«, antwortete er trotzig.

»Das ist nicht möglich. Ein Kind denkt sich so etwas nicht aus.«

Doch Ludwig schwieg beharrlich. Als er abends wieder in seinem Bett lag, kam er zu dem Schluss, dass es nichts einbrachte, sich offen zu äußern. Er erinnerte sich an den jungen Mann, der ihm geraten hatte, freundlich zu sein. Bei seinem Vater hatte es gewirkt, auch wenn die offene Miene nur Verstellung gewesen war. Auch die Königin würde sich wieder beruhigen, wenn man sie täuschte. Ein freundliches Lächeln sogar für den Kardinal: warum nicht?

»Ich möchte ihn am liebsten in die Bastille werfen lassen!«, sagte er mit lauter Stimme in die Dunkelheit hinein. Er hörte, wie das leise Schnarchen aus La Portes Ecke aussetzte. »Ja!«, stimmte La Porte zu, ohne nachzufragen, um wen es ging. »Ja, Sire! Eine ausgezeichnete Idee!«

Ich bin der König!, dachte Ludwig. Noch bin ich ein Kind. Aber nicht mehr lange!

2

Als Ludwig sieben Jahre alt wurde, erklärte seine Mutter, die Zeit sei gekommen, dass er das Metier des Herrschers erlerne. Sie selbst befand sich seit dem Tod ihres ungeliebten Gatten in Aufbruchstimmung. Obwohl sie nach außen hin tiefen Schmerz und Trauer zur Schau trug, wie Anstand und Sitte es verlangten, riss sie sich den Witwenschleier vom Kopf, sobald sie in ihre eigenen Gemächer zurückgekehrt war. Sie breitete die Arme aus, atmete tief und tanzte vor dem Spiegel auf und ab. Jung fühlte sie sich, frei und ungebunden. Es kam ihr vor, als wären die angstvollen Jahre an der Seite ihres Gatten nur ein böser Traum gewesen, aus dem sie nun endlich erwacht war, ohne auch nur einen einzigen Tag gealtert zu sein. Wenn sie in den Spiegel blickte, der noch die Spuren ihrer Verzweiflungsausbrüche aufwies, glaubte sie in dem Scherbengespinst die junge Braut zu erblicken, die vor siebenundzwanzig Jahren nach Paris gekommen war, überzeugt, die ganze Welt liege ihr von nun an zu Füßen. Vierzehn Jahre war sie damals alt gewesen. Vierzehn Jahre nur.

Alles schien zu gelingen. Von der spanischen Front traf die Nachricht ein, dass der Feind in einer blutigen Schlacht bei Rocroi besiegt worden sei – nicht das Ende des Krieges, aber ein wichtiger Schritt dorthin. Fast schon für unbesiegbar hatte man die Spanier in Europa gehalten, doch nun hatte der Herzog von Enghien, der ehrgeizige und gefährliche Verwandte des Königs,

Sohn des Herzogs von Condé, gezeigt, wie stark das glorreiche Frankreich immer noch war. Das Volk jubelte seiner guten Königin zu, als hätte sie selbst die Kanonen auf die Armee ihres Bruders gerichtet. Auf baldigen Frieden hoffte man, damit man endlich von der Steuerlast befreit wurde und wieder leben konnte wie einst, zu einer Zeit, an die sich nur noch die ganz Alten erinnerten.

Der Louvre, in den sie nach dem Tod des Königs von Saint-Germain übersiedelt war, passte nicht zu Annas überschwänglicher Stimmung. Zu düster waren die Säle, zu lang und bedrückend die Korridore. Die Schicksale von Generationen hatten sich hier erfüllt, und nur selten zum Guten. Anna glaubte die Klagen der Verstorbenen zu hören, wenn sie nachts in ihrem riesigen Schlafgemach lag, dessen Luft sich nicht mehr erneuern ließ und das immer kalt war, selbst im Sommer.

So wurden wieder einmal die königlichen Möbel, der gesamte Hausrat und die persönlichen Besitztümer des Hofstaats zusammengepackt und der Sitz des Königs und der Regentin in das Palais verlegt, das Richelieu seinem Herrn vermacht hatte. Aus dem Palais-Cardinal wurde nun das Palais-Royal, in dem nach und nach wieder Empfänge und Festlichkeiten stattfanden. Der König ist tot, es lebe der König – und die Königinwitwe!

Auch Ludwig nahm an den Festen teil, den Bällen, den Jagden und den Kutschfahrten in die Natur. Er erlebte, wie seine Mutter immer freier und selbstbewusster wurde und außer Mazarin keinem mehr erlaubte, sie zu gängeln. Sogar ihre früheren Getreuen, die nach der Rückkehr aus der Bastille meinten, sie könnten nun bei Hofe die erste Geige spielen, wies sie in ihre Schranken. Die »Importants« nannte sie verächtlich ihre einstigen Vertrauten, die sich um Madame de Chevreuse scharten und den Hof mit ihren Ansprüchen terrorisierten. »Die Wichtigen! Man muss ihnen zeigen, wie unwichtig sie in Wahrheit sind!« Als dann auch noch das Gerücht umging, die »Wichtigen« planten den Mord an Mazarin, war ihr Urteil gesprochen: Madame de Chevreuse und ihr Kreis wurden des Hofes verwiesen. Voll heimlichem

Stolz erkannte Anna, dass sie mit ihrer Unerbittlichkeit einen weiteren Schritt getan hatte, die eigene Stellung zu festigen.

Auch Ludwig fühlte sich mit seinen sieben Jahren fast schon erwachsen. Vorbei die Zeit, bevor La Porte in sein Leben trat und man ihm vorschreiben durfte, wie er sich zu kleiden habe. Vorbei die Jahre der zerrissenen, zu kurz gewordenen Jacken und Hosen. Vorbei die Nachmittage, an denen er in einem klapprigen Wägelchen durch die königlichen Parks fuhr – zum Spott seiner eigenen Ehrenknaben, deren Familien für standesgemäßes Auftreten sorgten, während Ludwig und Philippe nur zu offiziellen Anlässen in kostbare Samtgewänder gezwängt wurden, federngeschmückt und goldbehangen, und von allen Seiten bedient wurden. Die Königin merkte nicht, dass man ihre Söhne wieder sich selbst überließ, sobald die Fanfaren verklungen waren. Einmal wäre Ludwig fast ertrunken. Erst im letzten Augenblick zog man ihn aus dem Teich, in dem er versunken war, als er versuchte, sich selbst das Schwimmen beizubringen.

Früh schon spürte er, dass man ihn vernachlässigte. Er fühlte sich gekränkt und beleidigt. Und doch hatte er wenigstens in seiner Kindheit das Gefühl der Freiheit kennengelernt. Anders als sein Vater. Anders als so viele Herrscher auf dem Lilienthron von Frankreich, die niemals erfahren hatten, was Freiheit bedeutete, und daher auch niemals jene verstanden, die sie einforderten.

Durch Annas Mund ernannte sich Mazarin zum »Oberaufseher der Erziehung und der Lebensführung des Königs«. Als Erzieher Seiner Majestät bestellte er den Marschall de Villeroy, der dafür sorgen sollte, dass Ludwig mit »allen Wissenschaften« bekannt gemacht wurde, von der Mathematik zur Literatur, von der Architektur zum Gitarrespiel.

Eine Schar von Lehrern eilte nun jeden Tag geschäftig durch seine Räume, so viele, dass der Knabe mehrere Wochen brauchte, bis er sich ihre Namen gemerkt hatte. Wie schwarze Käfer kamen sie ihm vor, devot und anmaßend zugleich, und sogar die jungen unter ihnen erschienen ihm wie alte Männer. Lehrer waren sie und zugleich Spione. Keine unübliche Bemerkung des kleinen Königs, die sie nicht dem Kardinal meldeten, keine Unpässlichkeit, kein Ausbruch von Wut oder Freude, kein Schmollen. Nicht die Interessen ihres Schülers vertraten sie, sondern ihre eigenen und jene des Kardinals, der als Premierminister und eigentlicher Herrscher hinter dem Thron stand und die Fäden zog. Übermächtig und verhasst. Entschlossen, den Charakter seines Patensohnes so zu formen, dass man ihn auch in Zukunft noch führen konnte, wenn er die Großjährigkeit erreicht hatte und mit allen Rechten die Regentschaft ausübte.

Die Königin wünschte, dass Ludwigs Erziehung auf der Religion basiere. Aus diesem Grund bestellte sie Villeroy persönlich zu sich, um ihm Richtlinien zu erteilen. »Vor allem keine Toleranz!«, betonte sie als Erstes. »Seine Majestät muss begreifen, dass es in allen Angelegenheiten und vor allem in denen der Religion nur eine einzige Wahrheit gibt. Wahrheit und Zweifel können nicht nebeneinander bestehen. Europa würde nicht vom Krieg zerrissen, hätte man den Anfängen gewehrt und nicht zugelassen, dass die wahre Religion kritisiert wird.«

Anna verstummte. Sie dachte an ihre Kindheit und an ihre Heimat, wo alles klar und eindeutig gewesen war. Wie geborgen hatte sie sich gefühlt im Schoße ihres Glaubens! Fasten an den vorgeschriebenen Tagen; die Freude an der Kommunion; das Gefühl der Sammlung, wenn sie sich mit ihrer Mutter vor den hohen Festtagen ins Kloster zurückgezogen hatte. Am Karfreitag hatte man schon früh um fünf mit den Exerzitien begonnen und war in der Seele eins geworden mit dem Opfertod des Heilands. Nur im Kloster Val-de-Grâce, ihrem geliebten Rückzugsort, erlebte Anna auch heute eine ähnliche Erfüllung wie einst, und zuweilen sehnte sie sich danach, für immer hinter den heiligen Mauern zu weilen.

»Ich will, dass mein Sohn die Gebärden des Glaubens erlernt und ausführt!«, sagte sie mit fester Stimme. »Sie sollen ihm in Fleisch und Blut übergehen, damit er niemals anfängt zu zweifeln. Es ist jedoch nicht nötig, dass er sich mit den Grundlagen befasst. Er braucht nicht in der Bibel zu lesen. Das werden seine Seelsorger für ihn tun. Einem König steht es nicht zu, geistliche Probleme zu lösen, und vor allem nicht, sich mit ketzerischen Gedanken auseinanderzusetzen, und sei es auch nur in der Theorie. Keine leichtfertigen Gedankenspiele! Keine Toleranz! Keine Freigeisterei!«

Villeroy verbeugte sich so tief, dass er Anna damit aus dem Konzept brachte. Sie räusperte sich und schwieg eine Weile. »Stattdessen«, fuhr sie dann fort, »muss er es als seine Pflicht betrachten, die Entscheidungen der Kirche durchzusetzen – mit allen – aber auch wirklich allen! – Mitteln, und seien sie noch so streng und unerbittlich.«

Wieder verbeugte sich Villeroy. Anna erhob sich und trat ans Fenster. »Was sein persönliches Leben betrifft, wünsche ich, dass er lernt, Gott zu fürchten. Er soll wissen, dass schlechtes Verhalten ein Verbrechen gegen Gott ist. Wenn er flucht, soll ihm klar sein, dass er damit Gott im Himmel beleidigt und dass er am Jüngsten Tag dafür bestraft werden wird.«

Als sie sich umwandte, verbeugte sich Villeroy erneut. Anna verstummte ärgerlich. Mit einer verächtlichen Handbewegung wies sie zur Tür. »Sorgen Sie dafür, dass meine Instruktionen befolgt werden!«, sagte sie mit kalter Stimme. Sie verharrte noch am Fenster, während Villeroy den Raum rückwärts und in gebückter Haltung verließ. Dann sank sie auf ein Sofa und bekreuzigte sich. Sie war erschöpft, doch zufrieden mit sich. Wenn ihre Anweisungen Frucht trugen, würde ihr Sohn dereinst ein König werden wie die Könige in ihrer Heimat.

3

Geld. Geld. Geld. Vom Krieg abgesehen, dachte Ludwig oft, ging es auf der Welt wohl immer nur um Geld. Geld, das nicht vorhanden war. Geld, das man leihen musste von Männern, die seine Mutter mit verächtlichem Unterton »Finanziers« nannte oder gar »Finanzlakaien«, wenn ihre königliche Stimmung besonders schlecht war. Vornehme Herren in schwarzen Gewändern wie Ludwigs Lehrer und Mazarins Sekretäre. Erst wenn man näher kam, entdeckte man, dass die Roben der Finanziers aus schwerem Samt waren mit Krägen aus Seide, zwischen deren exakt gelegten Falten da und dort, fast versteckt, ein kleines Schmuckstück aufblitzte, ein lupenreiner Diamant vielleicht oder eine kostbare Perle, die selbst der Königin zur Ehre gereicht hätte. Zurückhaltend und beherrscht gebärdeten sich die Herren des Geldes, weit entfernt vom anmaßenden Verhalten der Höflinge, die in ihren bunten Gewändern miteinander wetteiferten, weil jeder zeigen wollte, dass er der Schlagfertigste war, der Witzigste und Gewandteste.

Die Finanziers ließen sie gewähren, ohne sich ihnen anzupassen. Scheinbar gleichmütig verliehen sie ihr Geld und empfingen dafür Schuldscheine, von denen sie wussten, dass sie niemals eingelöst, sondern sich in Grundstücke verwandeln würden, die in den Besitz der Finanziers übergingen, oder in Pachthöfe, käufliche Ämter oder Juwelen.

Geld. Geld. Geld. Selbst die Regentin brauchte Geld. Geld vor allem für den Krieg gegen Spanien und gegen den Kaiser in Wien, ihren leiblichen Verwandten. Blutige Schlachten mussten finanziert werden.

Schon in jungen Jahren hatte Anna gelernt, dass Kredit nur hat, wer besitzend erscheint. Als es nun wieder an der Zeit war, Mittel zu beschaffen, um die Kriegskasse zu füllen, berief sie in Ludwigs Namen ein »Lit de justice« ein, eine feierliche Sitzung im Parlament, das nicht das Volk vertrat, sondern dem die Funktionen eines Obersten Gerichtshofes oblagen. Auch die großen Finanziers wurden geladen. Wochenlang beriet sich Anna mit Mazarin. Jede Geste wurde vorausgeplant, jedes Wort abgewogen. Doch was wie eine Inszenierung auf dem Theater erscheinen mochte, war in Wahrheit ein verzweifelter Kampf gegen die heimlichen Feinde der Krone und gegen den drohenden Staatsbankrott.

Bei strahlendem Sonnenschein nahmen als Erste die königlichen Garden vor dem Parlament Aufstellung. Das Stakkato ihrer Schritte hallte auf dem Pflaster wider und erfüllte den noch leeren Platz. Danach marschierten die Schweizer in ihren bunten Uniformen auf, begleitet von Trommelwirbeln und dem anerkennenden Gemurmel der Zuschauer, die sich hinter den Absperrungen drängten. Unter lautem Beifall und Jubelrufen folgten die Musketiere, die Lieblinge des Volkes, und danach die leichten Reiter, deren Pferde stoßweise Atemfahnen in die kühle Morgenluft sandten. Ein paar Kommandorufe noch, ein Trommelwirbel. Ein letztes Aufbäumen und Trippeln der Pferde, hie und da ein Wiehern. Dann erstarrte das Bild, als wäre es gemalt, Kulisse für das Schauspiel der Mächtigen.

Nach einer gemeinsamen Messe nahmen die Parlamentarier ihre Plätze im Sitzungssaal ein. Unterdrücktes Stimmengewirr und das Scharren Hunderter Füße erfüllten den Saal. Alle warteten auf die wahren Akteure dieses Morgens, die ihnen Geduld abverlangten – auch dies eine Demonstration ihrer Macht, mochte sie in Wirklichkeit noch so gefährdet sein. Es dauerte lange, bis die Fanfarenbläser ihre Instrumente an die Lippen hoben, doch dann durchschnitt ihr Ruf wie mit scharfen Messern die Geräusche im Saal.

Die Anwesenden erhoben sich. Das große Tor wurde geöffnet. Der Zeremonienmeister stieß seinen Stab mit voller Kraft mehrmals auf den Boden und kündigte mit lauter Stimme die Majestäten mit ihrem Gefolge an. Es gab niemanden im Saal, der nicht erwartungsvoll zur Tür geblickt hätte.

Die Regentin und ihr Sohn traten ein, gleich hinter ihnen Mazarin in seiner roten Robe, Annas Schwager Gaston von Orléans und der Prinz von Condé, der Vater des Siegers von Rocroi. Dahinter schritten die Damen und Herren des Gefolges.

Noch nie hatte man Anna so schön gesehen. Ihr goldblondes Habsburgerhaar leuchtete in den Strahlen der Sonne, die durch die Fenster drangen, als wären sie ein Teil der Inszenierung. Der schwarze Witwenschleier verstärkte das Funkeln des Colliers aus großen Diamanten und den Schimmer der birnenförmigen Perlenohrringe. Unvergleichlich aber war Annas Haltung voller Hoheit und Würde. Niemand wäre auf den Gedanken gekommen, dass sie dafür stundenlang vor dem Spiegel geübt hatte.

Wie es seinem Rang zukam, nahm Ludwig als Erster auf den lilienbestickten Kissen Platz. Voller Anmut setzte sich Anna neben ihn. Der Kardinal war ihr behilflich und stellte sich dann hinter sie. Den Anwesenden erschien die Konstellation wie ein Symbol. Einige tuschelten. Mit seinem langen Stab stellte der Zeremonienmeister die Ruhe wieder her. Es wurde still. Nicht einmal ein Atmen war zu hören.

Und dann diese klare, kindliche Stimme! Ludwigs Stimme. Die Stimme des Königs. »Verehrte Herren, ich bin hierhergekommen, um mit Ihnen meine Angelegenheiten zu erörtern. Mein Wille soll Ihnen kundgetan werden.« Dann schwieg er. Kein Wort zu viel. Könige, so hatte ihn sein Erzieher Villeroy gelehrt, hatten es nicht nötig, Erklärungen abzugeben. Die Versammlung atmete auf. Man mochte so manches gegen den Zustand der französischen Monarchie einzuwenden haben, doch eines war unbestreitbar: Dieser Knabe hatte Würde. *Allure. Grand'allure.* So spendete man mit lässiger Hand Beifall, für den sich Ludwig mit einem gemessenen Kopfnicken bedankte.

Nun trat Mazarin vor. Er hielt seine Ansprache ohne Manuskript. Sein italienischer Akzent war unüberhörbar. Einige Anwesende lächelten verächtlich, andere begnügten sich damit, die Brauen hochzuziehen. Mazarin erläuterte die Prinzipien der französischen Politik, die sich seit den Tagen Richelieus und Ludwigs XIII. nicht geändert hatten – eine groß angelegte Politik, die darauf zielte, Frankreich zum bedeutendsten christlichen Reich zu machen. Nur mit gewaltigen diplomatischen und militärischen Anstrengungen war dieses Ziel zu erreichen, doch diese wiederum kosteten Geld. Sehr viel Geld, das nicht vorhanden war. Mazarin sprach von »nicht unbeträchtlichen Ausgaben«.

Ludwig, den man gelehrt hatte, ein König habe alle Macht im

Staate inne, konnte nicht begreifen, warum er und seine Mutter mit der Hilfe von Mazarin bei den Parlamentariern dafür werben sollten, dass für den Krieg Geld zur Verfügung gestellt wurde. Für eine Steuererhöhung brauche man neue Gesetze, hatte ihm Mazarin erklärt, als sie in der Kutsche zum Parlament fuhren. Dem Parlament obliege es, diese Steuererhöhungen zu registrieren. Was nicht registriert wurde, trat nicht in Kraft. »Wir brauchen das Parlament, Sire«, hatte Mazarin versichert. »Wenn die Parlamentsräte die Gesetze, die wir vorschlagen, nicht wollen, können sie sie alle verhindern.«

Ludwig hatte eine Weile nachdenklich geschwiegen. Dann wurde seine Miene trotzig, fast tückisch, wie es Mazarin bisher noch nie bei ihm bemerkt hatte. »Dann muss man das Parlament eben abschaffen!«, hatte Ludwig erklärt, als wäre das die einfachste Sache auf der Welt.

Mazarin hatte halb amüsiert, halb erschrocken gelacht. »Vielleicht nicht gleich abschaffen«, hatte er geantwortet. »Doch es zu entmachten wäre nicht schlecht. Leider ist das nicht durchführbar. Ein solcher Schritt würde einen Bürgerkrieg auslösen.« Einen Augenblick lang hatte Mazarin überlegt, ob er Ludwig darüber aufklären sollte, welch revolutionärer Wind gegenwärtig in Europa wehte, in Portugal etwa, in Neapel oder Katalonien. Selbst der englische König musste um seine Krone fürchten und vielleicht sogar um sein Leben. Und Frankreich? Tag für Tag berichteten die Spitzel, dass im Parlament der Wunsch die Runde machte, Frankreich zur konstitutionellen Monarchie zu erklären und damit den König noch mehr zu schwächen.

So hatte Mazarin geschwiegen. Es war nicht klug, das königliche Kind so früh schon zu entmutigen. Ein langer, vielleicht lebenslanger Kampf stand ihm bevor, allein schon mit den beiden Feinden im eigenen Land, die selbst regieren wollten: das Parlament und der Adel: die Grandseigneurs.

»Wenn ich erwachsen bin, werde ich diesen Leuten zeigen, wer in Frankreich die Gesetze macht!«, hatte Ludwig mit fester Stimme erklärt. Danach hatte er unvermittelt angefangen zu weinen. Er hörte erst wieder auf, als die Kutsche anhielt, doch im Sitzungssaal war ihm nichts mehr anzumerken. Auf seinem lilienbestickten Sessel war er der König, auch wenn er noch ein Kind war. Die Kunst der Verstellung – er hatte sie früh erlernt.

Die Sitzung nahm ein versöhnliches Ende und klang mit großem Pomp aus. Als die letzte Kutsche den Platz verlassen hatte, zogen sich auch die militärischen Formationen zurück, als wäre dies eine Ballettaufführung, und die Bühne leerte sich nach den Vorgaben eines geschickten Choreografen. Auch die Zuschauer gingen nach Hause oder trafen sich in den Wirtsstuben. Eine eindrucksvolle Veranstaltung war es gewesen, fand man allgemein. Viel Glanz und Glorie. Und Geld würde es auch bald geben. Geld für den Krieg zum Ruhm der Nation. Das war wohl notwendig, denn wenn man jetzt zu kämpfen aufhörte, wären alle Opfer der Vergangenheit umsonst gewesen. Die gottverdammten Spanier hätten gesiegt – ein unerträglicher Gedanke auch für die Männer, die in den Tavernen beisammensaßen und mit vom Wein geröteten Gesichtern das Gesehene diskutierten.

Ein anstrengender Tag. Im Palais Royal legte Königin Anna mit Hilfe ihrer Kammerfrauen ihren Schmuck und ihre Kleider ab. Sie löste ihr Haar, bekreuzigte sich und sank erschöpft auf ihr Bett. Lange betrachtete sie ihre weißen Hände, so lange, dass die Kammerfrauen schon besorgte Blicke tauschten. »Hände, ein Zepter zu halten«, flüsterte Anna so leise, dass niemand sie verstand. Dann schlief sie ein. Die Kammerfrauen atmeten auf, deckten sie zu, zogen die Vorhänge vor die Fenster und schlichen auf Zehenspitzen hinaus. Niemand sah, dass Anna im Schlaf lächelte. Es waren wohl die Erinnerungen von einst, die wie ein Geschenk des Himmels immer wiederkehrten.

In seinen Amtsräumen informierte sich Mazarin über die neuesten Berichte von der Front und über die Angebote an kostbaren Diamanten in Antwerpen, die als Wertanlage geeignet waren und sich auf einer eventuellen Flucht leicht verstecken und transportieren ließen.

Währenddessen stand Ludwig im schwarzen Samtanzug königlich geschmückt mitten in seinem Zimmer, als wäre er ganz allein auf der Welt und zugleich ihr Mittelpunkt. So stand er noch immer, als die Dämmerung hereinbrach und La Porte eintrat, um ihn zum Essen zu führen. »Ich höre, Sie haben wunderbar agiert, Sire!«, sagte er anerkennend und voller Stolz auf seinen kleinen Herrn, den er fast als seinen eigenen Sohn betrachtete.

Ludwig antwortete nicht, sondern starrte noch immer vor sich hin. Dann hob er plötzlich den Kopf und blickte La Porte finster ins Gesicht. »Wunderbar agiert, Monsieur?«, fragte er mit barscher Stimme. »Ich habe mich gedemütigt! Es geziemt den Königen nicht, zu bitten.«

La Porte erschrak. Er dachte daran, dass er selbst sich immer bemüht hatte, diesem Kind, auf dessen Schultern bald eine so schwere Verantwortung lasten würde, eine Art von Herrengefühl einzupflanzen, damit es lerne, selbstständig zu urteilen und seine Wünsche durchzusetzen. Das Bemühen war wohl erfolgreich gewesen, dachte La Porte. Und dennoch … Er forschte in Ludwigs Miene und fand auf einmal nichts Kindliches mehr, nichts Vertrautes.

»Wenn ich erst König bin …«, flüsterte Ludwig und schob La Portes Hand von sich. »Wenn ich erst König bin!«

Da verneigte sich La Porte wie vor einem Fremden. »Sie werden ein großer König sein, Sire!«, versicherte er und hatte auf einmal Angst.

4

König zu sein gefiel Ludwig von Tag zu Tag besser. Er machte die Erfahrung, dass der gesamte Hofstaat erst einmal versuchte, seine Anordnungen zu überhören, dass jedoch niemand wagte, sich zu widersetzen, wenn er nur energisch genug auf seinen Wünschen beharrte. So wurde seine kindliche Stimme von Tag zu Tag lauter und barscher und seine Ungeduld immer größer. Was er verlangte, hatte sofort zu geschehen, jedes Begehren umgehend erfüllt zu werden. Bald wagte niemand mehr, ihm zu widersprechen. Zugleich rühmte man nach außen hin sein königliches Auftreten. Hinter seinem Rücken aber wünschte man ihn zur Hölle und überhäufte seinen Bruder Philippe mit Lob. Wie liebenswürdig der jüngere Bruder doch sei, raunte man sich zu, wie charmant und aufmerksam. Und mit hochgezogenen Brauen und einem Achselzucken beschwor man das Schicksal, das schon manchen Knaben dahingerafft hatte, noch bevor seine Kindheit vollendet war.

Ludwig verlangte, an sämtlichen Bällen der Regentin teilzunehmen. In Satin und Gold gewandet schritt er zum Tanz und machte mit gerunzelter Stirn den Damen Komplimente, die er den Herren abgelauscht hatte. Als Antwort erwartete er einen tiefen Knicks und ein geschmeicheltes Lächeln. Mit Bravour spielte er die Rolle des Erwachsenen, bis manche Damen in ihren Bemerkungen nun auch selbst immer kühner wurden.

Mehr noch als die Bälle faszinierten Ludwig die Truppenrevuen, die er in beispielhafter Haltung auf einem weißen Pferd abnahm. Dabei legte er größten Wert darauf, dass alles an ihm vorbildlich war. Auf den ersten Blick sollte zu erkennen sein, dass er und kein anderer der König war. Ihm stand die kostbarste Kleidung zu, der exquisiteste Schmuck und die perfekteste Frisur. Jeden seiner Auftritte durchdachte er genau und stimmte seine Kleidung darauf ab. Dass seine Unterrichtsstunden dabei zu kurz kamen, interessierte weder ihn noch sonst jemanden. Nicht einmal seine Mutter machte sich darüber Gedanken. Sie war stolz auf ihn. König zu sein bedeutete nicht, viel zu wissen, sondern wie ein König aufzutreten.

Ludwig hasste es, wenn eine andere Person mehr Aufmerksamkeit erregte als er selbst. Der junge Monsieur de Jarzé ahnte nicht, dass er sich für alle Zeit seine Karriere verbaute, als er zur Hirschjagd Geschmack und Einfallsreichtum bewies, indem er wegen des heißen Wetters ein besonders leichtes Wams trug, das nur aus einfachem weißem Leinen gefertigt war, ungefüttert und mit einer prachtvollen Spitze aus weißem Garn eingefasst.

Während der König und seine Begleiter in ihren Samtanzügen in der Hitze fast verschmachteten, trug Monsieur de Jarzé eine entspannte Miene zur Schau: der Triumph eines Modegecken, der etwas gefunden hat, um das ihn alle beneiden.

Doch sein Glück währte nicht lange. Als Ludwig das Wams bemerkte, rötete sich sein Gesicht noch mehr. Er fragte Monsieur de Jarzé nach dem Namen seines Schneiders und nach der Herkunft der Spitzen. Er habe sie sich aus Brüssel schicken lassen, antwortete Monsieur de Jarzé. Und mit heimlichem Frohlocken: Es habe sieben Monate gedauert, bis die Lieferung endlich eingetroffen sei.

Ludwig aber ging darauf nicht ein. »Ich will auch ein solches Pourpoint!«, befahl er, ohne sich an eine bestimmte Person zu wenden. »Sofort!«

Zwar fühlte sich niemand angesprochen, aber alle erschraken. Jemand flüsterte Monsieur de Jarzé zu, er solle sein Wams ausziehen und es dem König überreichen. Doch der junge Mann war dazu nicht bereit. Zu sehr genoss er die Genugtuung über den Neid des jungen Königs. Erst als Ludwig seinen Befehl wiederholte und Monsieur de Jarzé dabei wie ein Sperber ins Gesicht starrte, erfasste dieser den Ernst seiner Lage.

»Ich werde mich darum kümmern, Majestät!«, stotterte er und verneigte sich. Dann ritt er eilends davon, als wäre er auf der Flucht.

Als die Jagd zu Ende war und die Hofgesellschaft zum Schloss zurückritt, wartete Monsieur de Jarzé vor dem Tor. Auf beiden Händen, als trüge er ein Tablett, hielt er Ludwig das verlangte Pourpoint entgegen, seinem eigenen identisch, aber in der Größe, die dem König passen würde. Kein abgetrennter Faden wies darauf hin, dass die Spitzen von Monsieur de Jarzés eigenem Wams stammten, das der Schneider in höchster Eile aufgetrennt und neu genäht hatte.

Ein König hatte sich durchgesetzt. Der junge Jarzé verfluchte ihn dafür, doch das half nichts. Ebenso erfolglos bewarb er sich Jahre später mehrmals um einen Posten im diplomatischen

Dienst. Ludwigs Gedächtnis war unbestechlich. Auch nach der langen Zeit erinnerte er sich noch an die Demütigung, die ihm Jarzé bereitet hatte, indem er besser gekleidet gewesen war als der König selbst. Das nachfolgende Opfer zählte nicht. Es war selbstverständlich, dass die Wünsche des Königs erfüllt wurden.

Mit jedem Tag wurde Ludwig anmaßender. Sogar seine Lehrer fürchteten sich vor ihm. Nur mit Widerwillen drückten sie die Klinke nieder, die die zweiflügelige Tür zu seinen Gemächern öffnete. Kaum wagten sie, ihm die Themen vorzuschlagen, die sie mit ihm durchzunehmen gedachten. Wenn sie es doch taten, stellte er alles infrage. Er wollte wissen, warum sie genau diese Wahl getroffen hatten und welchen Vorteil es hatte, über das betreffende Thema Bescheid zu wissen. Wenn sie sich verteidigten, gab er ihnen Kontra, sodass der gesamte Unterricht in Form eines Streitgesprächs stattfand, das die Lehrer zum Schwitzen brachte und in Ludwig die Überzeugung verfestigte, dass er selbst besser als jeder andere wusste, was gut für ihn war. Auf diese Weise kam der Lehrstoff doch bei dem Schüler an, auch wenn der Lehrer anschließend erschöpft und fluchtartig die Räume verließ. Und weil er selbst die Methode bestimmt und sich keinem pädagogischen Diktat unterworfen hatte, fühlte sich Ludwig als Sieger.

Ständig wollte er beweisen, dass er die Nummer eins war. König von Gottes Gnaden. Unanzweifelbar, unangreifbar. Rivalen durfte es nicht geben, denn keiner war ihm gleich. Von seinem Bruder verlangte er, dass dieser ihn »Petit Papa« nannte, »kleiner Vater«, um damit den Unterschied in Alter und Rang hervorzuheben. Philippe gehorchte mit einem verschmitzten Augenzwinkern und hatte damit die Lacher auf seiner Seite. Nach einer schlaflosen Nacht gestattete ihm Ludwig am nächsten Morgen, ihn von nun an wieder ohne diesen Titel anzureden.

Eines Tages kam Ludwigs Vetter, der Prinz von Wales, der später einmal als Karl II. König von England werden sollte, zu Besuch nach Fontainebleau, wo die königliche Familie ihre Sommertage verlebte. Mit großem Gefolge, als wäre er schon König, traf der englische Prinz ein. Sein Vater hatte ihn nach Frankreich geschickt, um ihn in Sicherheit zu bringen, denn England befand sich in Aufruhr, und der Ausgang der Unruhen war ungewiss.

Die Höflichkeit gebot, dass man in Fontainebleau die Form wahrte und kein Wort über die prekäre Lage des jungen Gastes verlor. Auch Karl benahm sich, als wäre dies ein Freundschaftsbesuch in einer heiteren, ungefährlichen Zeit. Man sah ihm höchstens an, dass ihm die Strapazen der Reise zu schaffen machten. Er war erhitzt und offenkundig auch übermüdet. Dennoch spielte er seine Rolle mit Perfektion, machte seine Honneurs bei Königin und Kardinal und verneigte sich voller Anmut vor Ludwig – höflich, aber nicht allzu tief, als wolle er sagen: Noch bin ich nicht König, aber die Zeit wird kommen, wo wir einander gleich sind.

Auch Ludwig verneigte sich und begrüßte seinen »teuren Cousin« mit Phrasen, die sein Erzieher Villeroy mit ihm eingeübt hatte. Danach zog man sich der Hitze wegen ins Innere des Schlosses zurück. Anna meinte, es könnte sich für die Zukunft als günstig erweisen, wenn die beiden Könige schon in der Jugend Freundschaft schlossen. So sorgte sie dafür, dass sich Ludwig und Karl plötzlich allein fanden.

Es war still im Raum. Durch die geschlossene Tür hörte man das Stimmengewirr der Hofgesellschaft. Die beiden Knaben standen einander gegenüber und starrten sich an.

Keiner fing an zu sprechen, als bedeutete es eine Kapitulation, das Schweigen zu brechen. Schließlich wandte Karl seinen Blick ab und blickte sich um. Auf einem großen, rechteckigen Tisch in der Mitte des Raumes war das Gelände der Schlacht von Rocroi aufgebaut, in der der Große Condé die spanische Übermacht gebrochen hatte. Da aber auch der französische Hof erst vor zwei Tagen in Fontainebleau eingetroffen war, hatte man noch keine Zeit gefunden, die Zinnsoldaten in Schlachtordnung aufzustellen. Als ungeordneter Haufen lagen französische und spanische Truppen übereinander in der Mitte des Tisches zwischen den detailgetreu nachgebauten Hügeln und Niederungen von Rocroi.

Ludwig schämte sich für die Unordnung. Noch peinlicher wäre es ihm aber gewesen, das Durcheinander zu erklären. So schwieg er weiter und wandte den Blick schließlich ab. Zu seiner Erleichterung öffnete sich die Tür, und Anna trat beschwingt und heiter ins Zimmer. Der Besuch der englischen Gesandtschaft machte sie glücklich. Es kam ihr vor, als brächten ihr die Herren aus Britannien heimliche Grüße von ihrem einstigen Geliebten.

»Haben Sie sich gut unterhalten, meine Herren?«, fragte sie und lächelte. »Es ist so wichtig, dass die Mächtigen der Welt Freunde sind.«

Die beiden Mächtigen der Welt schwiegen trotzig. Dann verneigten sie sich voreinander. Karl begab sich in versteckter Eile zu seinen eigenen Leuten, während Ludwig noch immer auf das Zerrbild der Triumphschlacht gegen die gottverfluchten Spanier starrte.

Auch an den folgenden Tagen kam es zu keinem Gespräch zwischen den beiden Knaben. Erst beim Abschied nach zehn Tagen verneigten sie sich wieder voreinander und tauschten die Phrasen, die ihnen ihre Erzieher beigebracht hatten.

Ohne Bedauern verließ Karl das wunderbare Fontainebleau. Ebenfalls ohne Bedauern blickte Ludwig ihm nach. Er war froh, wenigstens der Gastgeber gewesen zu sein und nicht der Gast. Auf eigenem Terrain war man immer der Stärkere. Als von den Gästen bald nur noch eine Staubwolke hinter den Bäumen zu sehen war, nahm sich Ludwig vor, außer im Krieg das eigene Hoheitsgebiet niemals zu verlassen. Ein König von Frankreich hatte es nicht nötig, anderen Souveränen seine Aufwartung zu machen. Der Besuch des englischen Kronprinzen in Frankreich würde niemals durch einen Besuch Ludwigs in England erwidert werden.

5

In den engen Bergdörfern am Rande des Königreichs, wo Händler, Soldaten und fahrendes Gesindel des Weges zogen und Gutes wie Übles zurückließen, zählte man ein Kind erst zur Familie, wenn es die Pocken überstanden hatte. Vorher schenkte man ihm seine Liebe nur mit Vorbehalt, um sich selbst Kummer zu ersparen und mit der eigenen Leidensfähigkeit hauszuhalten. Der Tod von Kindern unter fünf Jahren wurde nicht einmal in die Pfarrregister eingetragen. Wenn das Schicksal zuschlug und das kleine Wesen dahingerafft wurde, tröstete man sich, man habe ja damit rechnen müssen. So sei nun einmal der Lauf der Welt: Von den vielen Kindern, die geboren wurden, blieben nur wenige übrig. Selbst die Eltern wagten nur in Maßen, zu trauern. »Es war ja nur ein Pockenkind!«, erklärten die Begräbnisgäste dem Fremden, der sich wunderte, warum das Ritual des Abschieds so geschäftsmäßig ablief. Die Pest, die Geißel des vergangenen Jahrhunderts, hatte ihre Kraft eingebüßt. An ihre Stelle waren die Pocken getreten und hielten ihre Ernte vor allem unter den ganz Jungen.

Alle Stände waren betroffen. Arme Kinder starben wie auch die Kinder der Reichen. Man glaubte, voneinander getrennt zu leben, doch die Königin hatte Hofdamen und die Hofdamen ihre Zofen und Mägde. Auch die Gärtner und Küchenmädchen kamen vom Land und besuchten ihre bäuerlichen Familien. Wenn sie zurückkehrten, brachten sie vielleicht den Tod mit sich, und ein verhätscheltes kleines Adelskind erkrankte und starb. Beim nächsten Mal ging der Weg vielleicht umgekehrt. Die Krankheit war nicht wählerisch. Es kam ihr nur darauf an zuzuschlagen. Überall.

Am 10. November 1647 vergaß Königin Anna die übliche Notiz in ihr Tagebuch, und auch in der Folge blieben viele Seiten leer. Zu groß war die Angst um ihren ältesten Sohn, der schon am Morgen nur mit Mühe dazu bewegt werden konnte, aufzustehen und sein Frühstück einzunehmen. Trotzdem schleppte er sich durch den Tag, auch wenn er seinen Lehrern kaum zuhörte und keine Antworten gab.

Für den Abend war der Besuch einer Komödie vorgesehen. Anna wusste, wie sehr Ludwig das Theater liebte, und hoffte, die Vorstellung würde ihn aufheitern. Doch während nach den ersten Witzen und spaßigen Szenen die Hofgesellschaft aus vollem Halse lachte und den Schauspielern applaudierte, hing Ludwig nur erschöpft in seinem Sessel. »Mein Rücken tut weh«, flüsterte er, als sich Anna zu ihm beugte. »Mir ist so elend!«

Erst jetzt wagte Anna sich einzugestehen, was sie schon den ganzen Tag befürchtet hatte. Ihr Sohn war krank. Aber wie krank? Sie wusste, dass so mancher am Hofe über diese Nachricht frohlocken würde. So erhob sie sich unauffällig, als es auf der Bühne besonders turbulent zuging, und führte Ludwig aus der Loge. Draußen brach er zusammen. Diener eilten herbei und trugen ihn in sein Schlafzimmer. Die Ärzte kamen und machten sorgenvolle Gesichter, während das Kind, halb ohnmächtig, leise vor sich hin wimmerte. Als die Ärzte erklärten, von nun an dürften die Fenster nicht mehr geöffnet werden, wusste Anna, wie es um Ludwig stand. Vor Entsetzen vermochte sie nicht einmal mehr zu weinen.

Die Nachricht verbreitete sich wie ein Windstoß. Die Schauspieler beendeten frühzeitig ihre Vorstellung, bauten in Todesangst die Kulissen ab und flohen aus dem Palast. Wer konnte, ließ seine Kutsche vorfahren und flüchtete auf die eigenen Güter. Besonders die jungen Damen zitterten um ihre Schönheit, deren Verlust ihre Heiratschancen zerstören würde und damit ihr Lebensglück. Die Angst, entstellt zu werden, vielleicht sogar zu sterben, griff um sich. Das Entsetzen hatte einen Namen, den man nur flüsternd zu nennen wagte: Pocken.

Ludwig verlor das Bewusstsein. Sein Körper bebte vor Kälte und glühte dann wieder vor Hitze. Sein Gesicht, seine Hände und Füße waren voller Flecken, die sich bald über den ganzen Körper ausbreiteten und zu eiternden Pusteln wurden, so viele und so nah aneinander, dass der ganze Leib und das ganze Gesicht wie von einem Panzer bedeckt schienen. Das pausbäckige Kind von einst war nicht mehr zu erkennen. »Mein kleiner Cherub«, hatte ihn Anna manchmal zärtlich genannt. Nun kam er ihr vor wie ein monströses Insekt, während sie weinend seine entstellten Hände festhielt, wenn er unter dem unerträglichen Juckreiz an den Pusteln rieb und kratzte. Sie wusste, dass jede aufgerissene Hautstelle nach der Genesung eine Narbe hinterlassen würde gleich einem Krater in einer zerstörten Landschaft. Eiter floss aus und verbreitete einen solchen Gestank, dass selbst die Ärzte mit Übelkeit kämpften. Die Pfleger fürchteten um das eigene Leben und vermieden es, sich dem kranken Kind zu nähern.

Nur Anna hielt aus. Sie tröstete Ludwig, streichelte ihn und versicherte ihm, bald würde er wieder gesund sein. Zugleich beschimpfte sie die Ärzte, dass ihre Behandlung keine Erfolge brächte. Kurpfuscher seien sie allesamt. Die Ärzte versicherten, sie seien machtlos. Die Krankheit habe nun einmal ihren Verlauf, der nicht aufzuhalten sei. Einzig ein Aderlass könne von Vorteil sein, um die schlechten Stoffe aus dem Körper abzuzapfen. So ließen sie das kranke Kind immer wieder zur Ader und schwächten es damit noch mehr. Ludwig fing schon an zu weinen, wenn sich ein Arzt auch nur über ihn beugte. Doch Anna versicherte ihm, das sei alles zu seinem Besten.

Trost fand sie nur bei Mazarin, der die Pocken nicht fürchtete, da er sie als Kind bereits durchgemacht hatte. Gemeinsam beteten sie zur heiligen Rita und zum heiligen Quirinus, wie einst schon Mazarins Mutter, die fromme Sizilianerin, die ihrem Sohn auch eine selbst gebraute Medizin eingeflößt hatte.

Anna horchte auf. »Welche, mein Freund? Ich flehe Sie an: Erinnern Sie sich!«

So mischten die eleganten französischen Hofärzte nach Mazarins Angaben voller Widerwillen und Abscheu den Heiltrank seiner bäuerlichen Mutter: Saft aus gepresstem Gänsekot, vermischt mit einer tüchtigen Dosis Branntwein. Damit rieb man Ludwigs Gesicht ein und gab ihm auch davon zu trinken. Als er sich weigerte, drückten ihm die Ärzte die Kiefer auseinander und flößten ihm die beißende Brühe ein.

Zwei Wochen währte der Höhepunkt der Krankheit, die Pockennot. Während der ganzen Zeit blieben die Fenster geschlossen. »Das Wichtigste ist die Wärme«, versicherten die Ärzte. »Wärme und vor allem: keine Zugluft!«

Ludwigs Krankheit versetzte den Hof in Aufruhr. Nach außen hin gab man sich entsetzt und verzweifelt. Man rief den Himmel an, er möge die geliebte Majestät erretten, und man gelobte beschwerliche Wallfahrten und Spendenopfer, wenn das Kind doch noch gesundete. In Wahrheit richtete man sich vom ersten Tag an auf die Situation ein, die mit Ludwigs Tod entstehen würde. Einen neuen König würde es dann geben: Philippe, der zwar von angenehmem, heiterem Gemüt war, aber auch wieder nur ein Sohn der Spanierin. Wenn er König wurde, änderte sich gar nichts. Anna blieb Regentin – und das sogar noch länger als bei Ludwig. Wirklich regieren aber würde wieder nur der italienische Schurke, dessen Position sich in letzter Zeit unerträglich gefestigt hatte, seit er die Verhandlungen kontrollierte, die in Westfalen geführt wurden, um jenen Krieg zu beenden, der Europa nun schon fast dreißig Jahre lang verwüstete. Es war nicht zu leugnen, dass Mazarin zum Vorteil Frankreichs geschickt und listig vorging. Wenn der Vertrag erst unterzeichnet war, war Mazarin so gut wie unangreifbar. Man hatte nicht mehr viel Zeit, ihn aus dem Sattel zu heben. Kein Wunder, dass die Parlamentsräte fieberhaft an einem Text feilten, nach dem kein Ausländer Minister sein durfte.

Mazarin wusste Bescheid: Alles wurde ihm gemeldet, vor allem dass Ludwigs Onkel Gaston von Orléans in seinen Gedankenspielen schon so weit gegangen war, die Männer auszuwählen, die nach Ludwigs Tod Philippe entführen sollten. Danach würde Gastons eigener Krönung nichts mehr im Wege stehen. »Der König ist tot, es lebe der König!«, prosteten ihm seine Freunde bereits zu. »Es lebe König Gaston I.!«

Täglich besuchte Gaston seinen Neffen. Seine Miene schien betrübt, doch sein Mund lächelte. »Jeden Tag bete ich für Ihre Gesundheit, mein liebster Neffe«, versicherte er und kämpfte gegen die Übelkeit in der verbrauchten Luft. »Ich bin sicher, der Himmel wird Gnade walten lassen.« Dann eilte er davon, den Hut schräg übers Ohr gezogen, weil die gute Laune, die ihn beflügelte, doch in irgendeiner Weise ausgedrückt werden musste.

Am vierzehnten Tag stand der Tod an Ludwigs Bett. Anna und Mazarin beteten den ganzen Abend lang. Um Mitternacht bewegte sich Ludwig nicht mehr. Anna versuchte, seinen Atem zu hören. Sie war plötzlich ganz sicher, dass es vorbei war. Auch Mazarin war blass geworden. Er legte seine Hand auf Ludwigs Stirn – auf Ludwigs kühle Stirn! »Er hat kein Fieber mehr«, sagte Mazarin leise. Schon wollte er hinzufügen: »Der Herr hat ihn zu sich genommen«, da öffnete Ludwig die Augen. Sein Blick war wach und klar wie schon lange nicht mehr. »Maman!«, sagte er zu Anna, als wollte er fragen, was eigentlich los sei. Er schien keine Schmerzen mehr zu haben.

Mit einem Aufschrei warf sich Anna über ihn. Sie umarmte ihn und dankte Gott für seine Rettung.

Von nun an ging es Ludwig mit jedem Tag besser. Doch dann schien auf einmal seine Mutter, entkräftet von seiner Pflege, dem Tode nahe. Erst als Weihnachten kam, waren Mutter und Sohn genesen, wenn auch beide von der Krankheit gezeichnet. Anna, blass und abgezehrt, konnte sich bei der Weihnachtsmesse kaum auf den Beinen halten, während Ludwig schon wieder kräftiger war. In der Zeit seiner Krankheit war er gewachsen, sodass ihm seine Kleider nicht mehr passten. Die Hofgesellschaft erkannte ihn kaum wieder, als er mit Anna die Kapelle des Palais Royal betrat. Groß und mager war er geworden, und seine Haut, einst so rosig und gesund, war voll von roten Flecken und halb verheilten Narben. Alle starrten ihn an, und Gaston umarmte ihn, als wäre er tatsächlich beglückt über seine Genesung.

Unter den Grandseigneurs flüsterte man sich zu, Gaston sei ein Schwächling, sonst hätte er die günstige Gelegenheit ergriffen und dem Schicksal nachgeholfen. Niemand hätte es ihm nachweisen können, und niemand wäre an einem Nachweis interessiert gewesen. Jetzt aber war es zu spät. Wieder einmal hatte sich gezeigt, dass sich Gaston in der Politik genauso verhielt wie bei seinen Liebesaffären: Den Anfang genoss er, danach brachte er sich in Sicherheit. Nicht einmal mit einem todkranken Kind war er fertig geworden. Eine einmalige Chance war vergeudet. Gaston und die Seinen saßen wieder in der zweiten Reihe, und die Spanierin mit ihrem italienischen Pfaffen triumphierte. Es blieb nichts anderes übrig, als dem Herrn überschwänglich für die gnädige Errettung zu danken und sich ehrerbietig vor dem entstellten Knaben zu verneigen, den man schon vorher nicht hatte leiden können, als er wenigstens noch einen passablen Anblick geboten hatte.

Ein Mann von Vermögen

I

Nicolas musste sich eingestehen, dass er tief gefallen war. Bisher hatte er immer nur Erfolge kennengelernt. In Grenoble aber war er nun wohl gescheitert. »Die Steuern sind zu hoch.« Eine einzige Bemerkung, die ausreichte, um den mächtigen Kommissar der Krone, Nicolas Fouquet, zu stürzen. Als er dann noch den Befehl erteilte, in diesem Herbst die Ernte nicht einzuziehen, rieben sich seine Rivalen in Paris die Hände. Der junge Fouquet hatte es zu weit getrieben. In der finstersten Provinz, wo andere ihre Karriere begründeten und sich mühelos bereicherten, hatte er sich wie ein Tölpel das eigene Grab geschaufelt. Ab sofort stellte er keine Konkurrenz mehr dar.

Gleich am Tag nach seiner Rückkehr ließ sich Nicolas bei Mazarin melden, um ihm persönlich den schriftlichen Bericht über die Vorfälle zu überreichen und danach Rede und Antwort zu stehen.

Noch machte er sich keine Sorgen. »Sie haben richtig gehandelt, mein lieber Sohn!«, waren die ersten Worte seiner Mutter gewesen, als er nach seiner Rückkehr in ihr Zimmer trat und ihre Hand küsste. »Ganz Paris streitet darüber, ob Sie Ihre Kompetenzen überschritten haben oder sich im Recht befanden.« Sie streichelte seine Wange. »Der Himmel weiß, Sie haben als Ehrenmann entschieden. Ihr Vater und ich, wir lehrten Sie, gütig zu sein und den Schwachen zu helfen. Was immer auch in den nächsten Tagen geschieht: Ihr Vater wäre stolz auf Sie, mein Sohn!«

Nun aber saß er mitten in der aufgeregten Menge der täglichen Bittsteller im ungelüfteten Wartesaal des Kardinals – er, der bisher bevorzugt behandelt und stets ohne Aufschub vorgelassen worden war!

»Wollen Sie mir Ihren Antrag aushändigen, Monsieur?«, fragte in herablassendem Ton ein junger Sekretär. »Ich werde ihn Seiner Eminenz übergeben, sobald er es wünscht.«

Nicolas weigerte sich. Er sei es gewohnt, mit dem Herrn Kardinal Mazarin persönlich zu verhandeln. Man solle ihn nur melden, dann werde ihn Eminentissime sicherlich empfangen.

Der Sekretär zog die Brauen hoch und schwieg. Seine Miene war voller Verachtung. Nicolas überlegte, ob er diesem Menschen schon einmal begegnet war, doch er konnte sich nicht erinnern. »Darf ich nach Ihrem Namen fragen, Monsieur?«, erkundigte er sich in scharfem Ton.

Der Sekretär würdigte ihn keiner Antwort. Mit einem kaum erkennbaren Achselzucken drehte er sich um und begab sich in Mazarins Räume zurück.

Nicolas begriff, dass ihm nichts anderes übrigblieb, als zu warten. So lehnte er sich zurück und kämpfte um Gleichmut.

Einer nach dem anderen wurden die Supplikanten aufgerufen, traten ein und kehrten wieder zurück. Als die Tür zum ersten Mal aufgegangen war, hatte Nicolas noch gemeint, man werde ihn hineinbeordern. Eilig war er aufgestanden. Doch dann hörte er einen fremden Namen. Noch glaubte er an einen Irrtum. Aber das Spiel wiederholte sich ein ums andere Mal.

Stunden vergingen. Die Dämmerung brach herein. Kein Name wurde mehr genannt. Nicolas saß allein in dem großen Saal. Noch hoffte er, Mazarin persönlich würde plötzlich in der Tür stehen und den Irrtum seines Sekretärs bedauern. Als sich die Tür aber endlich öffnete, war es wieder nur der Sekretär, der in den Saal trat, eine schwarze, prall gefüllte Samttasche unter dem Arm. Ohne Nicolas zu beachten, schritt er eilig zum Ausgang.

Nicolas erhob sich. »Ich habe Sie nach Ihrem Namen gefragt, Monsieur!«, sagte er mit lauter Stimme, die in dem leeren Saal widerhallte.

Der Sekretär hielt inne. Dann drehte er sich langsam um. »Mein Name ist Colbert«, antwortete er kühl, »Jean-Baptiste Colbert.« Damit ging er weiter. Mit einem lauten Knall fiel die Tür hinter ihm zu.

Nicolas ergriff die Mappe mit seinem Bericht. Der Weg von seinem Wartestühlchen zum Ausgang erschien ihm endlos. Er hörte die eigenen Schritte auf dem glatten Parkett und dann plötzlich das leise Knarren einer Tür hinter sich. Er fuhr herum und sah gerade noch einen schmalen Türspalt mit einem Lichtschein dahinter. Er war sicher, dass Mazarin dort stand und ihn beobachtete. Doch da wurde die Tür auch schon wieder zugezogen und fiel kaum hörbar ins Schloss. Es war, als hätte sich Nicolas nur getäuscht. Er erinnerte sich, dass sein Vater einmal gesagt hatte, Mazarin ermahne nie jemanden. Er sei ein Mensch der glatten Zunge, der lieber schmeichle als tadele. Das bedeute jedoch nicht, dass sein Urteil milde sei oder sein Missfallen versöhnlich. »Mazarin schlägt nicht zu«, hatte François Fouquet gesagt. »Er lässt lieber verhungern.«

Um allein zu sein und zur Ruhe zu kommen, schickte Nicolas seinen Kutscher nach Hause und machte sich zu Fuß auf den Weg. Erst jetzt wurde ihm bewusst, dass er in Ungnade gefallen war. Über eine lange Zeit war seine Familie ununterbrochen höher und höher gestiegen – ein lebendiger Organismus, der von Generation zu Generation nach selbst auferlegten Gesetzen voranschritt und sich dem Erfolg zuliebe dabei ständig erneuerte und anpasste. Das einzelne Mitglied verbrauchte sich und starb, doch das Gesamte lebte fort: die Großeltern in den Eltern und diese wieder in ihren Kindern und Enkeln und hoffentlich immer so weiter bis in alle Zukunft. Über zwei Jahrhunderte erinnerte sich die Familie zurück, angefangen bei den lebenslustigen Gutsherren von Moulins-Neufs. Mit dem ersten François und der tapferen kleinen Lézine hatten sie ihre ehrgeizige Wanderung angetreten, die sie weit über ihre Heimatprovinz hinausführen sollte, nun aber im Wartesaal des Kardinals Mazarin zum Stillstand gekommen war.

Nicolas Fouquet, auf den seine Eltern und Geschwister ihre ganze Hoffnung gesetzt hatten, hatte aus Leichtsinn und Unbedachtheit den zielstrebigen Marsch seiner Familie abgebrochen. Statt klug abzuwägen, hatte er geplappert wie ein Kind. Damit hatte er den Respekt verspielt, den sich die Seinen durch Umsicht, Energie und Beharrlichkeit erworben hatten. Er war in Ungnade gefallen und dabei so tief gestürzt, dass es ein unbedeutender Sekretär mit strähnigen Haaren und einem schlecht sitzenden Wams wagen durfte, ihn zu demütigen.

Zum ersten Mal im Leben begriff Nicolas, dass er verletzlich war. Zum ersten Mal war ihm der Respekt versagt worden, und zum ersten Mal spürte er, wie sehr er an diesen Respekt gewöhnt war. Er war ein Teil seines Selbstverständnisses und seiner Achtung vor sich selbst. Nur wenn man ihn anerkannte, konnte er sich seinem Wesen gemäß verhalten. Der junge Sekretär hatte sein Ehrgefühl verletzt, indem er ihn von oben herab behandelt hatte. Nicolas wünschte ihn dafür zur Hölle. Nie wieder wollte er auf einem niedrigen, harten Stühlchen warten, bis alle anderen gegangen waren. Nie wieder sollte jemand mit den Achseln zucken, wenn er eine Frage stellte. Nie wieder wollte er unverrichteter Dinge nach Hause gehen, weil man ihn nicht empfangen hatte. Er ballte die Fäuste, als wollte er mit aller Welt den Kampf aufnehmen – und eigentlich war das auch seine Absicht.

2

Zu Hause, in der Rue de la Verrerie, tauchte Nicolas in eine andere Welt ein. Als das schwere Eingangstor hinter ihm zufiel, schien der Lärm der Stadt mit einem Schlag zu verstummen. Von der gegenüberliegenden Wand blickte ihm das Porträt seines

Vaters so ernst und eindringlich entgegen, dass er versucht war, es zu grüßen. Unter dem Bild stand auf dem schwarz-weißen Steinboden wie schon seit Jahrzehnten der lange, indianische Einbaum, den sich François Fouquet einst aus den amerikanischen Kolonien hatte kommen lassen. Er sollte ihn Tag für Tag an seinen Jugendtraum erinnern, irgendwann einmal in dieses gelobte Land zu reisen, für das er sich von Amts wegen und aus Neigung verantwortlich fühlte und nach dem er sich sehnte. Dabei verstand er nicht einmal selbst, woher sein Fernweh rührte.

Nie war es zu dieser Reise gekommen, doch für die Kinder des Hauses war das Boot zu einem beliebten Spielzeug geworden. Sie gaben vor, wilde Indianer zu sein und über schäumende Stromschwellen zu sausen. In dem langen Bootskörper versteckten sie sich vor imaginären feindlichen Stämmen oder legten sich einfach nur hinein und blickten nach oben zur hohen Holzdecke mit den Schnitzereien, die sich um den schweren Kerzenlüster rankten. Dabei hingen sie den wirren Gedanken ihrer Jugend nach und ihren Träumen, die sie mit niemandem teilten und die sie später wieder vergaßen.

Neben dem Bild des Vaters hing im gleichen Rahmen und im gleichen Stil gemalt das Porträt der Mutter. Wie jung die beiden damals noch gewesen waren! Trotzdem wirkten sie bereits gesetzt und würdevoll. Nicolas tat das Herz weh, als er sie so sah. Sie erinnerten ihn daran, dass er selbst seine Pflicht vergessen oder nicht einmal erkannt hatte. Was war wichtiger gewesen in jener Stunde, als er vor Zeugen die Steuerpolitik der Krone kritisiert hatte: dem Volk Gerechtigkeit widerfahren zu lassen oder die Interessen des Königs zu vertreten? Damals hatte er gemeint, im Recht zu sein, als er aussprach, was er dachte. Jetzt aber, nach der vergeblichen Audienz bei Mazarin, erkannte er, dass es noch eine dritte Loyalität gab, die er zu beachten hatte und die für ihn schwerer wog als Mitgefühl oder Amtstreue: seine Familie und ihr Fortkommen und seine Verpflichtung gegenüber seinem Clan hier in Paris und sogar in der Provinz, wo der Name Fouquet einen Klang hatte wie eine Glocke aus Gold.

Was er selbst dachte oder fühlte, war gegenüber dieser Verantwortung belanglos. »Man muss wissen, wohin man gehört«, hatte sein Vater einmal zu ihm gesagt. »Wohin man gehört und wem man zu dienen hat.« Gedient hatten die Fouquets immer nur ihrem göttlichen Herrn und der Krone. Die Krone aber forderte, dass die Steuereinnehmer das Geld heranschafften, das der König verlangte. Wofür er es brauchte, darüber hatten die Kommissare nicht zu befinden und ebenso wenig, ob seine Forderungen angemessen waren.

»Ich habe meine Söhne von den Jesuiten erziehen lassen, damit sie lernen zu gehorchen«, hatte François Fouquet bei einer anderen Gelegenheit geäußert. Als Nicolas nun in der Halle seines Elternhauses stand und weder aus noch ein wusste, dachte er, dass er selbst vergessen hatte, wem er gehorchen sollte, und dass er mit seinem Alleingang der Familie geschadet hatte. Einmal jesuitisch, immer jesuitisch!, dachte er mit leiser Ironie. Hätte ich mich nur daran gehalten! Die Demütigung des heutigen Nachmittags wäre mir so erspart geblieben.

»Nicolas! Da sind Sie ja! Wir haben schon lange auf Sie gewartet!« Seine Mutter kam die Treppe herunter, festlicher gekleidet und gekämmt als sonst an einem Wochentag. »Ich hoffe, das Gespräch mit Seiner Eminenz ist erfolgreich verlaufen.«

»Er hat mich nicht empfangen, Maman. Ein Sekretär namens Colbert hat mich abgewiesen.«

Marie de Maupeou blieb stehen. »Das tut mir leid!«, sagte sie, ohne jedoch sonderlich beeindruckt zu sein. »Man meint wohl, man müsse Sie ein wenig schmoren lassen.« Sie stieg die letzten Stufen herab und umarmte Nicolas. »Macht nichts! Es gibt auch so genug für Sie zu tun. Ich habe in den letzten Jahren viel Zeit damit verbracht, mich um die Finanzen der Familie zu kümmern. Nun werden Sie sich einarbeiten und neue Wege beschreiten. Vor allem in der Bretagne warten viele Aufgaben. Sie werden es selbst sehen, wenn Sie hinreisen.« Sie lächelte. »Sie müssen unsere Pläne für die Zukunft festlegen und neue Mitarbeiter ernennen.

Fähige, verlässliche Männer, denen wir unser Vermögen anvertrauen können, wenn unser hochverehrter Kardinal geruht, Sie an den Hof zurückzuholen.«

Ihre Augen blitzten, als wäre sie ein junges Mädchen. In diesem Augenblick hatte sie keine Ähnlichkeit mit ihrem Porträt an der Wand. Vielleicht, dachte Nicolas, hatte er die Vielschichtigkeit seines eigenen Wesens, die ihn manchmal beunruhigte, von dieser Mutter geerbt, die Wohltätigkeit mit Geschäftssinn verband und tiefe Gläubigkeit mit der Fähigkeit zu unabhängigem Urteil. In ihrer Gegenwart war er der Sohn, auf den sie stolz war.

Keinen Augenblick zweifelte sie daran, dass der Staat Menschen wie ihn brauchte und auf Dauer nicht auf ihn würde verzichten können. Eine kleine Aufsässigkeit würde seine Karriere nicht für immer beenden. Außerdem liebte sie ihn für seinen Eigensinn. Auch die Heiligen der Kirche, unter deren Schutz sie sich fühlte, hatten sich widersetzt, wenn ihr Gewissen es verlangt hatte. Wer nach deren Beispiel lebte, brauchte nichts zu fürchten. Nichts und niemanden. Ihr Sohn war ein guter Mensch. Marie de Maupeou verstand, worum es ihm gegangen war, und gab ihm damit die Sicherheit zurück, die er schon verloren geglaubt hatte.

Es war wieder wie einst in seiner Kindheit: Wenn die Mutter an seiner Seite stand, war er geborgen, und keiner auf der Welt konnte ihm etwas anhaben: kein Kardinal und schon gar nicht ein unbedeutender, kleiner Sekretär, der sich selbst überschätzte.

Es kam Nicolas vor, als könne er endlich wieder atmen. »Ich danke Ihnen, Maman!«, sagte er erleichtert. Er küsste ihre Hand, doch sie zog sie schnell wieder zurück. »Wir sind in Eile«, erklärte sie. Ihre Wangen röteten sich. »Da ist jemand, der schon seit Stunden auf Sie wartet. Es wird Zeit, dass Sie endlich Ihre Tochter begrüßen.«

Als sie die breite Treppe hinaufstiegen, fing Nicolas' Herz an zu klopfen. Er konnte sich nicht erinnern, jemals so aufgeregt gewesen zu sein. Da oben in ihrem Zimmer, nur noch wenige Schritte von ihm entfernt, wartete seine kleine Tochter auf ihn, sein einziges Kind und das der armen Louise, die so früh gestorben war. Wie selten er in letzter Zeit an Louise gedacht hatte! Dabei hatte er sie geliebt, als sie in ihrer Heimatstadt Nantes gemeinsam vor den Altar getreten waren. Er hatte sich vorgenommen, für ihr Glück zu sorgen und sie zu beschützen. Zugleich war er sicher, dass auch sie ihn liebte und ihm vertraute.

Und doch hatte sie ihn verlassen. Er hatte es nicht glauben mögen, als der Brief eintraf, in dem ihm seine Mutter Louises Tod mitteilte. Tagelang war das Schreiben unterwegs gewesen. Tagelang hätte auch Nicolas gebraucht, um aus dem Grenzgebiet nach Paris zu reisen. So war er nicht dabei gewesen, als man seine junge Frau in der Familiengruft der Fouquets im Kloster Mariae Heimsuchung in der Rue Saint-Antoine zur letzten Ruhe gebettet hatte. Als er endlich zurückgekehrt war, war da nur mehr eine Inschrift mit Louises Namen und den Daten ihrer Geburt und ihres Todes, die wie ein Saum ihr irdisches Leben umschlossen. Und auch ein Kind war da, ein Säugling noch, der ungehalten zu schreien anfing, als Nicolas ihn aus der Wiege hob. Damals war Nicolas vom Besuch der Gruft noch zu erschüttert gewesen, um das Weinen des Kindes zu ertragen. Er hatte es der Kinderfrau gereicht, die einst seine eigene Amme gewesen war, und hatte den Raum und bald auch wieder die Stadt verlassen.

Vor der Tür zum Kinderzimmer blieb er stehen. Er hatte plötzlich das Gefühl, als besuche er nicht sein Kind, sondern in Wahrheit dessen Mutter, Louise, die er nie tot gesehen hatte, sondern immer nur lächelnd und voller Leben. Er legte die Hand auf die Klinke, doch er wagte nicht, sie niederzudrücken.

Seine Mutter lächelte aufmunternd. »Nur zu!«, sagte sie. Es war ihr anzumerken, dass sie es kaum erwarten konnte, Nicolas' Wiedersehen mit seinem Kind mitzuerleben.

Es war schon dunkel, doch als sie eintraten, brannten in allen Wandleuchtern die Kerzen und legten ihr mildes Licht wie einen milchigen Schleier über den ganzen Raum.

Nicolas hielt den Atem an. Ihm war, als käme er in eine fremde Welt. Vor ihrem Himmelbett mit den weißen Spitzenvorhängen stand seine Tochter, ein winziges Wesen, doch aufrecht und stolz wie einst ihre Mutter. Sie trug ein langes, himmelblaues Kleid aus kostbarem Samt, dazu ein Käppchen, das mit einer Seidenschleife unter dem Kinn zugebunden war, und Schuhe aus demselben Stoff. An einem Arm hing ein zierlicher Samtbeutel mit einer seidenen Kordel. Während sie so dastand, legte sie eine Hand über die andere, als hielte sie sich an sich selbst fest und sammle sich für das, was auf sie zukommen würde. Ernst und gemessen blickte sie ihrem Vater entgegen. In einer Ecke stand die Kinderfrau und wischte sich die Tränen aus den Augen.

Während all der Jahre hatte sich Nicolas oft vorgestellt, wie es sein würde, sein Kind wiederzusehen. Auf einer Wiese würde es wohl geschehen, einer Wiese voller Blumen, wo die Kleine mit vielen anderen Kindern spielte. Eine Weile würde er sie unbemerkt beobachten, doch dann würde sie ihn entdecken und sofort erkennen. Vor Freude jubelnd würde sie auf ihn zulaufen, und er würde sie in seinen Armen auffangen und hochheben. »Papa!«, würde sie rufen. »Endlich sind Sie da!«

Jetzt aber, in der Wirklichkeit, war es anders. Hier waren keine Kinder, die unbeschwert herumtollten. Hier war nur ein kleines Mädchen, das schon seit Stunden hier stand, um auf ihn zu warten: ihren Vater, das Oberhaupt der Familie, dessen Wort in diesem Hause Gesetz war. Ein Fremder, dem man gefallen musste und gehorchen. Einer, der kommen durfte, wann er wollte, und zu dessen Empfang man bereitzustehen hatte.

Langsam ging Nicolas auf sie zu. Als er vor ihr stand, machte sie einen Knicks. Dabei hob sie ihr Kleid an den Seiten ein wenig hoch und neigte anmutig den Kopf. Danach blickte sie gleich wieder zu ihm auf.

»Du hast blaue Augen«, sagte Nicolas leise, »wie deine liebe Mama!«

Es war, als hätten diese Worte einen Bann gebrochen. Marie errötete und lächelte plötzlich. Nicolas hielt den Atem an. Auch ihr Lächeln war das Lächeln ihrer Mutter.

Gerne hätte er sie hochgehoben, wie er es in seiner Fantasie getan hatte. Doch er fürchtete, sie zu erschrecken. »Ich habe ein

Geschenk für dich«, sagte er stattdessen. »Ich trage es schon seit Tagen bei mir.«

Marie antwortete nicht, aber er sah ihr an, dass sie neugierig war. Kaum merklich nahm ihr Lächeln einen Ausdruck von Verschmitztheit an, der Nicolas entzückte. Er griff in seine Brusttasche und holte ein samtenes Etui hervor, auf das in goldenen Buchstaben der Name eines Juweliers aus Grenoble graviert war. Wenigstens ein Gutes, dachte er, das er aus dieser Stadt mitgebracht hatte!

Er reichte Marie das Geschenk. Sie nahm es und blickte fragend zu ihrer Großmutter. Als diese nickte, ließ Marie den Deckel aufspringen. Auf schwarzem Samt lag da ein goldenes Kettchen mit einem Kreuz, in dessen Mitte ein Edelstein blitzte.

»Ein Aquamarin«, erklärte Nicolas, »blau wie deine Augen.«

Marie nickte. »Und mein Kleid«, fügte sie sachlich hinzu.

Plötzlich war die Spannung verflogen. Alle lachten erleichtert, als sich Marie die Kette über den Kopf hob und zum Frisierspiegel auf ihrer kleinen Kommode eilte. »Eine so schöne Kette!«, flüsterte sie und konnte die Augen nicht vom eigenen Anblick wenden. »Ich habe noch nie etwas so Schönes bekommen.«

Marie de Maupeou streichelte ihr über den Kopf. »Du musst dich bei deinem Papa bedanken!«, sagte sie. »Komm nur, du darfst ihn umarmen. Er ist doch dein Papa, der dich lieb hat!«

Das kleine Mädchen stand zögernd auf und ging zu Nicolas. »Ich danke Ihnen für das Geschenk!«, sagte es leise und blickte zu ihm auf.

Da beugte er sich vor und hob sie endlich zu sich hoch. Er konnte kaum glauben, wie leicht sie war. Am meisten überraschte ihn aber, dass sie roch wie ihre Mutter: kaum merklich nach Vanille, obwohl Louise niemals ein Parfum benutzt hatte. »Wer bin ich?«, fragte Nicolas, während Marie sich an ihn schmiegte. »Sag es mir!«

»Sie sind mein Papa!«, antwortete sie. »Sie sind der Sieur Nicolas Fouquet, verheiratet mit meiner Maman. Sie heißt Louise Fourché de Quéhillac.«

»Und wie heißt du selbst?«

Sie lachte. »Aber das wissen Sie doch!«, rief sie vergnügt. »Ich heiße Marie Fouquet, und ich habe eine sehr schöne Halskette.«

Über Maries Kopf hinweg blickte Nicolas hinüber zu seiner Mutter. Er hatte das Gefühl, dass er auf einmal der glücklichste Mensch war, den es je gegeben hatte, und dass die Welt außerhalb dieses Hauses diesem Glück nichts anhaben konnte. Zugleich fiel ihm plötzlich ein, dass sich heute der Todestag seiner Frau jährte. Trotzdem hielt sein Glücksgefühl an. Ihm war, als hätte er Louise in ihrer kleinen Tochter wiedergefunden.

3

Es war Winter geworden, nun schon Mitte Februar. Monate der Rastlosigkeit lagen hinter Nicolas. In letzter Zeit schien er immer nur in Eile gewesen zu sein, angetrieben von dem Drang, etwas zu erreichen, sich zu beweisen vor sich selbst und vor den anderen. Dabei war er doch so früh schon erfolgreich gewesen! In einem Alter, in dem sich andere noch vergnügten und Verantwortung scheuten, hatte er gleichberechtigt mit den ehrwürdigen Ratsherrn des Parlaments von Metz über die Geschicke der Stadt entschieden. Eigentlich, dachte er heute, war er seit seiner Schulzeit nicht zur Ruhe gekommen. Dennoch hatte er immer wieder das Gefühl, nicht genug geleistet zu haben. Wie das kleine Eichhorn, das Wappentier seiner Familie, trieb es ihn immer weiter, immer höher hinauf. Quo non ascendet? Wie hoch wird es nicht steigen?

Schon als Dreiundzwanzigjährigem hatte ihm sein Vater einen beträchtlichen Anteil an der »Compagnie des Îles d'Amérique« überschrieben, die François Fouquet gemeinsam mit anderen Financiers unter der Schirmherrschaft des Kardinals Richelieu gegründet hatte. Für Nicolas, der damals als Requettenmeister mehr als beschäftigt war, verbanden sich mit diesem Besitz nur ein paar wohlklingende geografische Namen, die mit seinem eigenen Leben wenig zu tun hatten: Guadeloupe, Martinique, Sainte-Lucie … Nur manchmal, wenn ihn die Bittsteller allzu sehr bedrängten, stellte er sich vor, wie es wohl wäre, statt in seinem schattigen Amtszimmer auf einer dieser Inseln zu sein, auf denen, wie es hieß, immer die Sonne schien und die Menschen unbeschwert und fröhlich lebten. Ein Paradies, dessen Früchte man nur zu pflücken brauchte an einem Meer voller Fische. Kein Mangel, keine Verpflichtungen.

In seiner Fantasie konnte er sich vorstellen, dort zu sein. Doch nach kurzem Zögern schien es ihm doch eher gemäß, seine Tage mit Arbeit und den Großteil der Nächte mit Aktenstudium zu verbringen. So war er erzogen worden, so hatte er es gelernt: Jeder Mensch hatte seinen Platz in dieser festgefügten Welt, in der selbst der Übergang von einer Gesellschaftsklasse zur nächst höheren nur unter Anstrengung und über Generationen hinweg möglich war. Inseln in der Sonne bewohnte man nicht, wenn man dem französischen Bürgertum oder dem Amtsadel entstammte. Man besuchte sie vielleicht, eroberte sie sogar, verwaltete sie oder trieb mit ihnen Handel. Die Heimat aber blieb immer nur Frankreich – trotz der Kriege, der Steuern und der quälenden Unzufriedenheit, die die Gedanken der Menschen vergiftete.

Ihrem Wesen nach, das hatte schon François Fouquet erkannt, strebten die Franzosen nur ungern über ihre eigenen Küsten hinaus. Wohl liebten sie das Meer und seine Früchte, doch es drängte sie nicht, sich ins Ungewisse hinauszuwagen, das tödlich sein konnte. Erst das Beispiel der Spanier, der Portugiesen, der Engländer und der Niederländer ließ sie erkennen, dass sie mit jenen nur Schritt halten konnten, wenn auch sie Besitztümer in anderen Weltteilen eroberten, die ihnen einbrachten, was die endlosen Kriege in Europa verschlangen: Edelmetalle. Gold und Silber.

So war schon unter Richelieu ein französisches Kolonialreich entstanden mit Besitzungen in Nordamerika und Kanada, auf den Westindischen Inseln, am Orinoco und am Amazonas; im Senegal, in Gambia und sogar in Ostasien. Ein Imperium, über die ganze Welt verstreut, doch vom eigenen Volk nur wenig geschätzt.

François Fouquet hatte dieses Reich geliebt. Der Gedanke an die Ferne hatte ihn berauscht und seine Leidenschaft geweckt. Machet euch die Erde untertan!, hieß es in der Bibel. Es musste Gott gefallen, wenn man die Wildnis eroberte und kultivierte. Wenn man den Bewohnern der Wälder und der einsamen Inseln Gottes Wort schenkte und sie mit der Zivilisation zusammenführte, dass sie Jahrhunderte der Verfeinerung übersprangen und innerhalb weniger Jahre zu Kindern der Neuzeit wurden.

Schon zu Beginn, als alles noch ein Abenteuer schien, das in den Ruin führen konnte, hatte François Fouquet Anteile an mehreren Handelskompanien erworben und schließlich sogar zwei eigene Schiffe ausrüsten lassen, die Fisch und Pelze aus Neufundland nach Frankreich beförderten und – unerwartet für seine Kritiker – seinen Reichtum mehrten. Ohne es jemals angestrebt zu haben, wurde der ehemalige Ratsherr zum Reeder. Die Nachkommen der kleinen Lézine Cupif begaben sich auf neue Wege, und diese Wege führten noch weiter nach oben.

Während der letzten Monate war Nicolas dem Beispiel seines Vaters gefolgt. Er versuchte kein zweites Mal, den Kardinal zu versöhnen, sondern verwendete seine Kraft darauf, den Besitz und die Macht seiner Familie zu vergrößern. Noch in der Woche seiner Rückkehr verließ er Paris erneut und reiste zu den Verwandten in die Bretagne, um sich mit ihnen abzusprechen. Gemeinsam mit seinem Cousin Christophe aus dem Zweig der Fouquets de Chalain besuchte er den Hafen von Concarneau mit seinen Anlegeplätzen und Lagerhallen, die noch nach den Plänen seines Vaters entstanden waren. Er ließ sich die Bücher vorlegen und fragte nach Verbesserungsvorschlägen. Erst jetzt begann er zu ermessen, wie umsichtig seine Mutter nach dem Tod ihres Gatten das Vermögen verwaltet hatte, obwohl sie doch viel lieber ihrem Hang zur Wohltätigkeit gefolgt wäre. »Es soll nun genug sein«, hatte sie erklärt, als Nicolas das Haus verlassen hatte. »Nun sind Sie an der Reihe, mein Sohn. Ich bin sicher, dass Sie uns Ehre machen werden.«

Es war ein neues Leben, das Nicolas jetzt kennenlernte. Wenn er aus der Kutsche stieg, erinnerte er sich an den Hass und die Angst, mit der man ihn noch vor Kurzem als Abgesandten der Krone empfangen hatte. Es war ihm nie gelungen, sich damit abzufinden. Vielleicht lag es an seinem Charakter, dass er sich nach Harmonie sehnte und danach, geliebt zu werden.

Vergeblich damals noch, doch nun war es anders. Wo Nicolas eintraf, öffneten sich alle Türen. Man begrüßte ihn voller Wärme, rühmte seinen Vater, lud ihn zu sich ein und putzte die heiratsfähigen Töchter für ihn heraus. Man setzte Hoffnungen in ihn und wünschte sich, dass er für immer bleiben möge. In der Bretagne brauchte Nicolas nicht zu sagen, wer er war. Hier lagen die Wurzeln seiner Familie. Hier vertraute man ihm. Schon nach ein paar Wochen hatte er das Empfinden, zu Hause zu sein, und wenn er aufs Meer hinausblickte, fühlte er sich eins mit allem, was um ihn war.

Was die Geschäfte betraf, dachte sein Cousin Christophe wie er. Trotz seiner Jugend war er in der Provinz hoch geachtet. Nicolas und er waren die einzigen Arbeitgeber, die in hartem Silbergeld bezahlten. Wer in ihrem Dienst stand, brauchte um das Brot für seine Familie nicht zu bangen. Fouquet und Fouquet de Chalain – das waren die großen Namen in der südlichen Bretagne: mächtige Anteilseigner der »Compagnie des Îles d'Amérique« sowie auch der »Compagnie de la Nouvelle-France« mit ihren Besitzungen in Kanada. Die Basis ihrer Aktivitäten war der Hafen Concarneau, von dem aus die Schiffe zu den Antillen aufbrachen, nach Kanada sowie auch nach Süden, an der afrikanischen Küste entlang.

Alle Unternehmungen befanden sich noch in den Anfängen, und so kam es den beiden jungen Männern, wenn sie ihre Pläne schmiedeten, vor, als stünden sie an der Schwelle zu unerhörten

Abenteuern. Der Krieg, der die Entwicklung Europas fast dreißig Jahre lang geknebelt hatte, ging seinem Ende entgegen. Schon seit Monaten verhandelten die Diplomaten der feindlichen Machtblöcke in den heimeligen Ratssälen von Münster und Osnabrück. Bald würden die Meere, auf denen die Korsaren kreuzten, sicherer sein und würde der Handel an Bedeutung gewinnen. Dann würden die erst richtig zum Zuge kommen, die schon in den gefährlichen Zeiten ihre Unternehmungen gewagt und ausgebaut hatten, während jene, die erst jetzt vortraten, kaum noch aufholen konnten.

»Wir müssen noch mehr Schiffe bauen lassen!«, entschied Nicolas, und sein Cousin, der ihm ähnlich sah wie ein Bruder, war der gleichen Meinung. Um sicherzugehen, beschlossen sie, jedes Schiff mit Kanonen auszurüsten, und gaben sogar ein eigenes Kriegsschiff in Auftrag, das die Handelsflotte begleiten sollte.

Fast unmerklich verschob sich das Schwergewicht der familiären Aktivitäten. Für François Fouquet war die Ferne noch voller Geheimnisse gewesen, über denen ein göttlicher Auftrag schwebte. Nicolas und Christophe teilten seine Ansichten und waren guten Willens. Doch je länger sie selbst die Verantwortung trugen, umso stärker veränderte sich ihr Blickwinkel. Mit jedem Schiff, das sie erwarben, und mit jeder Schiffsladung, die eintraf und feilgeboten werden musste, wurde das einstige Paradies mehr und mehr zum Lieferanten, dessen Waren Profit einbringen mussten, weil man investiert hatte und das Geld zurückzuzahlen war, damit die Geschäfte weitergingen und ausgeweitet werden konnten. Man wusste inzwischen, dass die Erde auf den Inseln der Sonne manchmal bebte, dass aus den Berggipfeln Asche und Feuer strömten und dass sich die Stämme in den kühlen Wäldern des Nordens gegen die weißen Männer auflehnten. Ein Paradies? Vielleicht für Träumer. Für die Besitzenden in Frankreich aber eine ferne Kolonie voller Möglichkeiten, aber auch Risiken.

Für Nicolas und Christophe und auch für die übrigen Mitglieder des Fouquet-Clans war es eine Zeit des Aufbruchs, erregend und berauschend. Etwas ganz Neues war im Entstehen, und sie waren nicht nur dabei, sondern hielten sogar die Fäden in der Hand. In langen Nächten planten sie und redeten bis zum Morgen voller Leidenschaft und Begeisterung. Als Nicolas dann wieder nach Paris reiste, um bei den Finanziers Geld aufzutreiben, gelang es ihm fast ohne Mühe, weil alle hofften, an seinen Gewinnen teilzuhaben. Ganz Paris sprach von den Lagerhallen, die in Concarneau entstanden waren, von den geplanten Fertigungsbetrieben, in denen man die Ware an Ort und Stelle für den Handel vorbereiten würde, und vom aufkeimenden Wohlstand der Küstenregion, die noch vor ein paar Jahrzehnten für ihre Armut berüchtigt gewesen war.

»Ich war bei Ihrer Majestät eingeladen«, erzählte Marie de Maupeou, als Nicolas für einen kurzen Aufenthalt in die Rue de la Verrerie kam. »Seine Eminenz erschien ebenfalls, um mich zu begrüßen.« Sie lächelte ein wenig boshaft. »Er erkundigte sich nach dir. Ich bin sicher, er wartet nur darauf, dass du bei ihm vorsprichst.«

Nun war es an Nicolas, mit den Achseln zu zucken wie damals der junge Sekretär.

4

Jeanne-Pélagie de Rieux, Marquise d'Asserac: Nicolas versuchte vergebens, sich an das kleine Mädchen zu erinnern, mit dem er in seiner Kindheit angeblich des Öfteren gespielt hatte. Während er verstohlen nachrechnete, kam er zu dem Schluss, dass die kleine Jeanne zu jener Zeit den Windeln kaum entwachsen war. Kein Wunder, dass sie damals keinen bleibenden Eindruck bei ihm hinterlassen hatte.

Ihren Namen kannte er wohl. Auch wusste er, dass ihre Familie zu den größten Grundbesitzern der Bretagne gehörte. Trotzdem hatten es die de Rieux nie verstanden, ihr Vermögen mit Umsicht zu verwalten. Zu tief verwurzelt war das Gefühl in ihnen, zu den Erwählten des Landes zu gehören, die es nicht nötig hatten, sich um Geld zu sorgen. Wie einst Mathurin Fouquet verbrauchten sie ihr Vermögen, verkauften hier ein Stück Land, um ihren Lebensstil aufrechtzuerhalten, oder dort ein Gutshaus und ein paar Wälder.

Noch schienen ihre Besitzungen unerschöpflich zu sein. Doch der lange Krieg hatte das Land ausgesaugt. Bald fanden sich keine Käufer mehr für Grundbesitz, der nichts einbrachte, oder für abgelegene Herrenhäuser, in denen schon seit Jahren niemand mehr gewohnt hatte. François Fouquet war einer der wenigen gewesen, die den de Rieux noch mit Geld aushalfen. Er lieh es ihnen, ohne auf Rückzahlung zu drängen. Dabei blickte er in die Zukunft und fand, dass das Geld bei den Verschwendern nicht schlecht angelegt war. Es konnte nicht schaden, sich eine führende Familie der Provinz zu verpflichten.

Inzwischen gehörten die Fouquets selbst zu den Großen, während die de Rieux zwar immer noch ihre glanzvollen Feste veranstalteten, zwischendurch aber von der Hand in den Mund lebten.

Jeanne d'Asserac war ein echtes Kind ihres Stammes. Zwei Mal schon hatte man sie innerhalb des eigenen Clans verheiratet. Zwei Mal, um ihre Mitgift in der Familie zu behalten. Jeder ihrer Ehemänner war alt genug gewesen, um ihr Großvater zu sein, während sie selbst aussah wie die blühende Jugend: schlank und biegsam und mit einem Gesicht zwischen Engel und Hexe. Sogar Nicolas, dessen Geschmack Jeanne nicht entsprach, betrachtete mit Staunen ihre rotbraunen Locken, die sie nicht zu zähmen versuchte, sondern ungebändigt und frei über den Rücken fallen ließ, als wäre sie noch ein junges Mädchen. Es war, als benutzte sie dieses Haar, um ihre Gefühle mitzuteilen. Sie schüttelte es, wenn sie lachte, strich es zurück, wenn sie nachdachte, und bedeckte es, wenn sie traurig war. Während ihr Nicolas gegenübersaß und an seinem Tee nippte, fragte er sich unwillkürlich, welche Rolle diese Locken wohl spielen mochten, wenn ihre Besitzerin sich hingab.

Jeanne hatte Nicolas zu sich eingeladen in ihr großes Haus an der Küste mit Blick auf das graue Wintermeer mit seinen hohen, schaumgekrönten Wellen und dem Himmel, der so tief hing, dass man meinte, bald würde man von ihm zugedeckt und erstickt werden. Nicolas hatte noch keinen Ort kennengelernt, an dem ihn die Übermacht der Natur so sehr ergriffen hatte wie in diesem Gebäude, dessen einziger Zweck zu sein schien, seinen Bewohnern Unterschlupf zu gewähren und den Ausblick auf die alles beherrschende See.

»Ich komme jeden Winter für ein paar Tage hierher«, erklärte Jeanne, als hätte sie seine Gedanken erraten. »Diesmal hatte ich allerdings auf ruhigeres Wetter gehofft.« Sie lächelte. »Ich wollte Sie auf eine kleine Seefahrt einladen.« Sie wartete auf Antwort. Als Nicolas schwieg, unterbrach sie ihren eigenen Gedankengang. »Darf ich Sie beim Vornamen nennen? Schließlich sind wir Freunde aus der Kinderzeit.«

»Können Sie sich denn noch an mich erinnern, … Jeanne?«

Sie musterte ihn prüfend. Dann lachte sie plötzlich und warf ihre Locken zurück. »Um es ehrlich zu sagen: nein«, gestand sie. »Aber irgendwie musste ich meine Einladung doch begründen, nicht wahr, Nicolas?« Sie goss Tee nach und bot Nicolas auf einem silbernen Teller Gebäck an. »Ohne Umschweife: Ich möchte ein Geschäft mit Ihnen machen.«

»Keine kleine Seefahrt?«

»Beides.« Sie lehnte sich zurück. Ihre Stimme wurde kühl und sachlich. »Ich habe Sie beobachtet. In kurzer Zeit haben Sie unsere Provinz verändert. Ich bin sicher, dass Sie noch lange nicht am Ende Ihres Weges angelangt sind. Was Sie brauchen, ist ein Stützpunkt für Ihre Schiffe und Ihre Waren.«

»Den habe ich.«

»Concarneau? Zu klein für Ihren Ehrgeiz!«

»So gut kennen Sie mich?«

»Aber ja, Nicolas! Wir sind doch alte Freunde.«

Nicolas stand auf und ging ans Fenster. »Was wäre denn das Ziel dieses Ausflugs gewesen?«, erkundigte er sich, während sich draußen der Himmel verfinsterte.

Jeanne trat an seine Seite, so nah, dass Nicolas ihr Parfum riechen konnte. »Die Île-Dieux«, antwortete sie leise, »die Insel Gottes. Meine kleine Insel. Sie ist wundervoll im Winter, besonders im Februar. Selbst wenn es hier an der Küste kalt und unwirtlich ist – auf meiner Insel sind die Tage mild, und die Mimosen blühen. Abertausende rosenrote Blüten mit einem Duft, der die Sinne verwirrt. Meine Mimosen: Es ist, als wären sie lebendige Wesen. Wenn man sie berührt, ziehen sie sich zurück. Es dauert lange, bis sie sich wieder vorwagen. Man wird selbst ganz vorsichtig und scheu, wenn man sich ihnen nähert. Man fürchtet, sie zu verletzen und zu weit zu gehen. Auf eine seltsame Weise habe ich sie immer als meine kleinen Schwestern betrachtet, und seit meiner Kindheit habe ich sie jedes Jahr im Februar besucht. Man hat nicht viel Zeit. Wenn der März kommt, sind sie verblüht. Es ist wie mit uns Menschen. Auch uns bleibt viel zu wenig Zeit.«

»Sind Sie nicht zu jung für solche Gedanken?«

Jeanne schüttelte den Kopf. »Vergessen Sie nicht: Ich habe zwei Ehemänner begraben. Beide hätten gern noch länger gelebt, und Ihnen und mir wird es einmal ebenso ergehen.« Sie setzte sich wieder an den Tisch. »Zurzeit ist es wirklich zu stürmisch für einen Ausflug auf die Insel«, gab sie zu. »Vielleicht müssen meine Blumen in diesem Jahr ohne mich auskommen.«

»Warum sind Sie nicht früher hingefahren?«

Sie sah ihn lange an, ehe sie antwortete. Im Dämmerlicht des Spätnachmittags waren ihre Augen dunkel. Es war nicht zu erkennen, welche Farbe sie hatten. »Weil ich auf Sie gewartet habe, Nicolas«, gestand sie. »Und Sie hatten bisher noch keine Zeit für mich.«

»So wichtig war es Ihnen, mich auf Ihrem Ausflug mitzunehmen?«

Sie nickte. »Ja«, antwortete sie. »Weil ich Ihnen die Insel anvertrauen möchte. Ich möchte sie Ihnen verkaufen. Es gibt keinen einzigen Platz an unserer Küste, der für Ihre Zwecke besser geeignet wäre. Meine Insel liegt nahe am Festland und doch weit genug entfernt, um vor Überfällen geschützt zu sein. Der Hafen im Osten bietet Platz für alle Anlagen, die Sie benötigen, und es gibt dort genug Familien, die gern bereit sein werden, für Sie zu arbeiten.«

Es war dunkel geworden, doch Jeanne zündete keine Kerzen an. Nur das Feuer im Kamin erleuchtete ihre Gesichter.

Nicolas beugte sich vor. »Sie haben von Freundschaft gesprochen«, sagte er sanft. »Freunde sind offen zueinander, nicht wahr? Aus welchem Grund wollen Sie mir die Insel verkaufen? Brauchen Sie Geld?«

Sie senkte den Kopf. »Warum soll ich es nicht zugeben?«, murmelte sie. Ihr Haar fiel nach vorne und versteckte ihr Gesicht. »Ich bin finanziell am Ende, und meiner Familie geht es nicht viel besser. Helfen kann mir jedenfalls keiner von ihnen. Niemand hier besitzt mehr Land als wir, aber Erde kann man nicht essen, und niemand hat Interesse an unserem nutzlosen Erbe. Als man mir von Ihnen erzählte, erinnerte ich mich daran, dass sich meine Eltern vor einer Ewigkeit von Ihrem Vater Geld liehen und es anscheinend niemals zurückzahlten.« Sie lächelte bitter. »Ich hoffe, Sie verlangen es nicht jetzt von mir. Ich würde selbstverständlich alles leugnen … Jedenfalls dachte ich, dass Sie meine Insel brauchen könnten. Sie als Einziger. Und dass Sie auch die Mittel hätten zu zahlen. Mit einem Schlag wäre ich alle meine Sorgen los. Ich wollte nur noch, dass Sie vorher meine Mimosen sehen, damit Sie ermessen können, wie wunderbar dieses kleine Eiland ist. Ich wollte, dass Sie wissen, was es mir bedeutet, damit Sie gut mit ihm umgehen.«

Nicolas schwieg. Er betrachtete ihr Gesicht, über das der Widerschein des Feuers flackerte. »Sie verkennen meine Situation, Jeanne«, sagte er dann leise. »Meine Familie hat in letzter Zeit viel investiert, doch ein Großteil des Geldes ist geliehen. Niemand wäre in der Lage, in so kurzer Zeit aus eigenem Vermögen so viel Kapital aufzubringen. Die Bauvorhaben in Concarneau und die neuen Schiffe müssen sich erst bezahlt machen, bevor wir weitere Pläne verwirklichen können. Der Kauf einer ganzen Insel würde uns ruinieren, und wir könnten die nötigen Investitionen auch gar nicht bezahlen. Kein Finanzier würde uns dafür etwas leihen.«

»Und wenn die Insel günstig zu haben wäre?«

Es kam ihm vor, als wäre Jeanne vor Scham errötet. »Selbst wenn sie geschenkt wäre, würde sie uns nicht nützen«, antwortete er.

Jeanne lachte auf. »Sie nützt niemandem, nicht wahr? Ihnen nicht und mir nicht. Sie ist wie meine Familie: Wir haben eine große Vergangenheit, aber keine Zukunft. Bestenfalls sind wir schön und amüsant. Aber die Welt braucht uns nicht mehr.« Sie bedeckte ihr Gesicht mit beiden Händen. »Wissen Sie, dass meine Verwandten seit Monaten vergeblich versuchen, mich zu verheiraten? Noch zur Zeit meiner Mutter hätten sich die Bewerber für eine de Rieux gegenseitig die Köpfe eingeschlagen. Aber der Krieg hat alles verändert. Die alte Welt ist zusammengebrochen. Traditionen zählen nicht mehr. Grund und Boden zählen nicht mehr. Jetzt regiert der Handel. Es regieren die Bürger. Um ihre unschuldigen Töchterchen reißt man sich, denn der Herr Papa winkt mit einer Mitgift in bar. Da sehen die jungen Männer aus unseren Kreisen nur allzu gern über den fehlenden Stammbaum hinweg und werfen ihre eigenen illustren Namen in die Waagschale für ein sorgloses Leben.«

»Sie sind verbittert. Ganz sicher zu Recht.« Nicolas ging zum Kamin und hielt einen Span ins Feuer. »Darf ich für ein wenig Licht sorgen?«

Jeanne zuckte die Achseln. »Ich sehe klar genug, fürchte ich«, murmelte sie. »Aber bitte sehr. Nur zu!«

Nicolas entzündete die Kerzen auf dem Tisch und an den Wänden. Von einem Augenblick zum anderen wirkte der große Raum plötzlich anheimelnd. Die aufgewühlte See draußen war nur mehr zu ahnen.

Jeanne starrte zu Boden. »Geben Sie es zu, Nicolas: Auch Sie wären nicht bereit, mich zu heiraten. Nicht einmal, wenn Sie meine Insel brauchen könnten. Ich weiß, dass Sie Witwer sind.

Vater einer kleinen Tochter, nicht wahr? Ich habe einen Sohn im gleichen Alter. Ihr bezauberndes Mädchen könnte durch ihn mit einem Schlag Marquise werden. Schade, dass die Kinder noch zu jung sind! Aber ich selbst käme ganz bestimmt nicht für Sie in Frage.«

Nicolas griff nach ihrer Hand, doch sie zog sie zurück. »Ich denke im Augenblick nicht an Heirat«, gab er zu. »Das hat aber nichts mit Ihnen zu tun, Jeanne.« Er lächelte sanft. »Ich danke Ihnen für Ihr Vertrauen. Von dieser Stunde an betrachte ich uns als Freunde. Ich bin bereit, Ihnen zu helfen.«

Sie starrte ihn feindselig an. »Suchen Sie eine Geliebte, Nicolas? Eine aus den höchsten Kreisen?«

Er schüttelte den Kopf. »Machen Sie sich nicht kleiner, als Sie sind, Jeanne! Das ist unter Ihrer Würde.«

Sie sprang beschämt auf, lief nervös zum Fenster und kehrte wieder zurück. »Es ist besser, wenn Sie gehen!«, rief sie. »Dieses Gespräch ist sinnlos!«

Er zog sie zurück auf den Sessel. »Ich habe eine Idee«, sagte er mit ruhiger Stimme. »Hören Sie mir zu und entscheiden Sie dann!« Er überlegte eine Weile. »Welche Besitzungen hier in der Bretagne gehören Ihnen? Ihnen persönlich, meine ich, nicht ihrer Familie. Grundbesitz oder Gebäude. Worüber können Sie verfügen?«

Sie zögerte. »Die Lehensgüter von Asserac und Largouët«, antwortete sie dann, »und die Seigneurie von La Guerche.«

»Was bringen sie ein?«

»Nicht genug, sonst säßen wir jetzt nicht hier.«

»Ich verstehe. Was sie als Erstes brauchen, sind fähige Verwalter. Möchten Sie, dass ich jemanden für Sie suchen lasse?«

Sie zuckte die Achseln. »Das wäre schon gut. Dennoch: Die Landwirtschaft wirft nichts ab.«

»Aber als Aristokratin zahlen Sie doch keine Steuern!«

»Trotzdem: Es reicht nicht.«

»Darüber werden wir später noch reden. Zuerst aber müssen wir dafür sorgen, dass Sie regelmäßige Einkünfte haben. Bargeld.«

»Sind Sie ein Zauberkünstler?«

Er lachte. »Vielleicht. Jedenfalls hat man mir vorige Woche die Gouvernements von Guérande und Croisic angeboten.«

»Meinen Glückwunsch!«

»Sie kosten zwanzigtausend Pfund. Dafür würden sie Ihnen ein regelmäßiges Einkommen garantieren.«

»Zwanzigtausend Pfund? Sagen Sie doch gleich zwei Millionen! Die könnte ich ebenso wenig aufbringen.«

Er lehnte sich zurück. »Ich mache Ihnen folgenden Vorschlag, Jeanne«, sagte er. »Ich strecke Ihnen die zwanzigtausend vor. Als Sicherheit dienen mir Ihre Güter von Asserac und Largouët. Ich gehe also kein Risiko ein. Mein Bankhaus wird mir das Geld dafür leihen, und ich verleihe es an Sie weiter. Ihr tägliches Leben wird durch diese Hypothek nicht belastet werden. Dafür treffen aber ab Vertragsunterzeichnung regelmäßig die Gewinne aus den beiden Gouvernements ein.« Er lachte. »Voilà! Madame la Marquise ist gesichert. Sie braucht keinen dritten Großvater zu heiraten, außer wenn sie es unbedingt möchte.«

Jeanne starrte ihn an. »Und das alles wäre wirklich machbar?«

»So laufen die Geschäfte.«

»Und ich bliebe ein freier Mensch?«

»Sie können tun und lassen, was Sie wollen. Ich würde Ihnen nur raten, Ihre Verwalter besser zu überwachen und mit Ihrem Vermögen von jetzt an vorsichtig umzugehen.« Er erhob sich. »Morgen früh fahre ich nach Paris. Dort werde ich mit meinem Notar Cousinet über die Verträge sprechen und mit dem Bankhaus Symmonet wegen des Kredits. Ich bin überzeugt, es wird keine Schwierigkeiten geben. Ihre Güter sind Sicherheit genug. Im Gegensatz zu Ihnen haben Grund und Boden für mich und für manchen anderen einen hohen ideellen Wert.« Er zögerte. »Vielleicht werden wir in einigen Jahren auch noch über Ihre schöne kleine Insel sprechen. Seien Sie vorsichtig: Sie müssen sie nicht gleich verkaufen, wenn Ihnen jemand ein Angebot macht.« Er ging zur Tür. »Ich darf mich verabschieden, liebe Freundin.«

Gemeinsam stiegen sie die Treppe hinab. Aus einem Raum, der

wohl die Küche war, eilte mit gerötetem Gesicht der Kutscher und stürmte hinaus.

»Wollen Sie nicht noch zum Essen bleiben?«, fragte Jeanne.

Nicolas nahm ihre Hand und küsste sie. »Wie Sie wissen, gibt es einiges zu tun.«

Jeanne hatte plötzlich Tränen in den Augen. »Ich bin Ihnen sehr dankbar«, sagte sie leise. »Ich habe einen jener geschäftstüchtigen jungen Männer zu mir eingeladen, die meine Familie so sehr verachtet. Ich wollte ihn ködern, indem ich auf eine alte Freundschaft anspielte, die es nie gab, und indem ich ihm erlaubte, eine Dame von hohem Rang einfach beim Vornamen anzusprechen. Ich wollte ihn ausnutzen und zugleich auf ihn herabsehen.«

»Ich weiß.«

Sie schwiegen beide.

»Alles ist anders gekommen, als ich es erwartet habe«, sagte Jeanne nachdenklich. Dann lächelte sie. »Glauben Sie, dass ich in irgendeiner Weise an Ihrem Leben teilnehmen könnte? Ich finde es aufregend. Unser Name gilt immer noch viel in der Region. Vielleicht brauchen Sie einmal eine Fürsprecherin oder eine Art Strohmann oder etwas Ähnliches. Die Marquise d'Asserac ist jedenfalls zu jeder Schandtat bereit.«

Er lachte und verneigte sich noch einmal kurz. Dann stieg er ein. Der Kutscher klappte das Treppchen hinauf. Jeanne blieb vor dem Haus zurück und wartete, bis das Fahrzeug in der Dunkelheit nicht mehr zu erkennen war.

Nicolas, in seiner Kutsche, lehnte sich zurück und schloss die Augen. Er war mit sich selbst im Reinen und mit seinem Leben, das seinen Wünschen entsprach. Von seinem Vater hatte er gelernt, wie befriedigend es war, Entwicklungen in Gang zu setzen und in Gang zu halten; von seiner Mutter wusste er, dass ein Mensch erst dann zur inneren Ruhe gelangte, wenn er anderen beistand. Der Abend im Haus an der Küste hatte ihm beides abverlangt. Nicolas wäre von sich selbst enttäuscht gewesen, wenn ihm keine Möglichkeit eingefallen wäre, Jeanne zu helfen.

»Du solltest lernen, Bitten zurückzuweisen!«, hatte sein Cousin Christophe einmal zu ihm gesagt. Doch Nicolas hatte sich gefreut, wenn es ihm wieder einmal gelungen war, einen Ausweg zu finden, wo andere längst aufgegeben hatten. So sah er sich: als einen, der findiger war als andere und dieses Talent großzügig zur Verfügung stellte. »Du bist wie ein Arzt, der für alle da ist und sich vormacht, er selbst könne nicht krank werden«, hatte Christophe hinzugefügt. Wieder hatte Nicolas nur gelacht und mit den Achseln gezuckt.

Vor seinen geschlossenen Augen sah er Jeanne mit ihren roten Lippen und ihrem üppigen Haar. Doch das Bild verflog so schnell wie Morgennebel in der Frühlingssonne. Einen Augenblick lang dachte Nicolas an die kleine Insel mit ihren Mimosen und ihrem ausbaufähigen Hafen. Danach glaubte er, den Duft von Vanille wahrzunehmen. Doch da schlief er auch schon ein, während die Kutsche in der finsteren Nacht über die steinige Landstraße holperte.

5

Nicolas trat in sein Arbeitszimmer, dessen Wände und Decke mit geprägtem, hellbraunem Leder ausgekleidet waren. Einst war dieser Raum das Kontor seines Vaters gewesen, das Allerheiligste des Hauses, in dem der Zusammenhalt und das Fortschreiten des Clans sichergestellt wurden. Jüngere Söhne und Töchter hatten hier keinen Zutritt, es sei denn, sie befanden sich an einem Wendepunkt ihres Lebens, an dem ihnen der Vater seine Ratschläge mit auf den Weg gab oder Ermahnungen, wenn ihr Verhalten von seinen Vorstellungen abwich. Erst wenn sie erwachsen waren, erlaubte man ihnen, hier einzutreten, doch auch dann bedurfte es noch eines triftigen Grundes.

Nach dem Tod des Vaters hatte sich Marie de Maupeou für ein paar Tage in das Kontor zurückgezogen, um gemeinsam mit dem Notar die Akten des Verstorbenen durchzusehen. Wie erwartet, befand sich alles in perfekter Ordnung, als hätte François

Fouquet jeden Tag seines Lebens damit gerechnet, dass er ohne Vorwarnung abberufen werden konnte. So bat die Mutter Nicolas zu sich und übergab ihm die Schlüssel für die mächtigen, deckenhohen Wandschränke. »Sie werden sich selbst einarbeiten, mein Sohn!«, erklärte sie. »Sollten Fragen auftauchen, wenden Sie sich vertrauensvoll an Monsieur Cousinet!«

Damals war Nicolas nicht dazu gekommen, seine Aufgaben als Nachfolger des Vaters zu übernehmen. Kardinal Mazarin hatte ihn in die Provinz beordert. Um eine Freistellung zu bitten wäre für einen Fouquet undenkbar gewesen. Wenn der Erste Minister des Königs rief, gab es keinen Widerspruch. Auch Marie de Maupeou hatte ohne Zögern die Aufgaben ihres Gatten übernommen, nichts hinzugefügt und nichts gewagt, aber alles unbeschadet bewahrt bis zu dem Tag, als Nicolas aus der Provinz zurückgekommen war und der Kardinal ihn nicht mehr vorgelassen hatte.

Inzwischen war das Kontor des Vaters für Nicolas sein eigenes geworden. Niemand hätte gewagt, sich auf seinen Sessel zu setzen, und nicht einmal die Mägde, die den Raum säuberten, wurden jemals ohne Aufsicht gelassen.

Das Kontor war die Seele aller Unternehmungen der Familie. Wenn sich Nicolas und Christophe in einer Idee festbissen, ohne einen Weg zu finden, wie sie verwirklicht werden konnte, zog sich Nicolas in diesen Raum zurück, der immer noch kaum merklich nach Leder roch. Da konnte es vorkommen, dass er stundenlang an seinem großen Schreibtisch saß, den Kopf in die Hände gestützt, und alle Möglichkeiten Revue passieren ließ. Manchmal sprang er dann auf und lief ziellos im Zimmer hin und her. Er öffnete ein Fenster, schloss es wieder und kehrte an seinen Platz zurück. Zuweilen schlief er sogar ein, den Kopf auf den Armen und immer wieder vor Kälte schaudernd, weil das Feuer im Kamin erloschen war. Die ganze Nacht quälte er sich, doch dann, wenn er den Mut schon fast verloren hatte und bereit war aufzugeben, fiel ihm eine Lösung ein, und plötzlich war alles ganz einfach. Die lange Generationenreihe der Fouquets schien sich dann auf einmal im Kontor zu versammeln. Es war ihm, als kennte er jeden Einzelnen von ihnen beim Namen. Sie nickten ihm aufmunternd zu und tätschelten seinen Arm. Auch sie hatten einst hier gesessen und über ihren Problemen gebrütet. Auch sie hatten ihre Lösungen gefunden und dem Namen Fouquet Ehre gemacht.

Nach seinen vielen Reisen tat es Nicolas gut, in diesen Raum zurückzukommen, um Kraft zu schöpfen und mit sich selbst allein zu sein. Auch an jenem Tag im Februar suchte er als Erstes sein Kontor auf. Er trug noch seinen warmen Umhang, auf dem die Schneeflocken langsam schmolzen, und wunderte sich, dass an den Wänden die Kerzen brannten, obwohl es noch nicht Abend war und niemand von seiner Rückkehr wusste. Erst jetzt sah er, dass seine Mutter an seinem Schreibtisch saß. Als sie Nicolas bemerkte, stand sie auf. Zu gleicher Zeit erhob sich der Besucher, der ihr gegenüber mit dem Rücken zur Tür Platz genommen hatte. Die hohe Lehne des Sessels hatte ihn bisher vor Nicolas' Blicken verborgen. Als Nicolas ihn erkannte, war ihm klar, warum Marie de Maupeou das eiserne Gesetz durchbrochen hatte. Nur das Oberhaupt der Familie stand hoch genug, um diesen Gast zu empfangen. Da Nicolas nicht anwesend war, hatte seine Mutter diesen Rang vorübergehend übernommen.

Es war Mazarin, der Erste Minister des Königs. Bei Hofe nannten ihn manche boshaft den »kleinen Kardinal« im Vergleich zu seinem Vorgänger, dem großen Richelieu. Mazarin selbst, Taktiker, der er war, sprach oft über Richelieu und bezeichnete ihn als den »großen Armand«, um durch die Verwendung des Vornamens die Nähe zu dem Unerreichbaren hervorzuheben. Groß – das war das Beiwort, das nie fehlte, wenn die Rede auf Richelieu kam. Groß – das bedeutete mächtig, erhaben, unantastbar. Beliebt bedeutete es nicht. Wahrscheinlich hatte es nie einen Menschen gegeben, der Richelieu geliebt hatte. Geachtet: ja. Bewundert: auch das. Gefürchtet: aber natürlich. Gehasst: und ob. Ein Mann, der eine ganze Epoche gestaltet hatte. Ein Mann, der Frankreichs Ruhm betrieb. Der Mann, der seinem König den Thron rettete.

Darin, vor allem anderen, war Mazarin ihm gleich. Wahrscheinlich hatte Richelieu dies erkannt, als er dem König den mittellosen Italiener als seinen eigenen Nachfolger empfahl. Ludwig XIII. hatte den Rat befolgt. So viel Schlechtes er seiner Gemahlin auch wünschte und so wenig er seinen Sohn auch liebte – in Wahrheit war nur eines von Bedeutung: das Königtum vor den Angriffen seiner Feinde zu schützen und den tausendjährigen Thron der Kapetinger zu bewahren. Ein Mann wie Mazarin war dazu imstande: verschlagen, rücksichtslos, bereit zu jeder List und jeder Intrige. Unterwürfig, wenn es Erfolg versprach; erbarmungslos, wenn es nötig schien. War Mazarin geachtet? – Nein. Gefürchtet? – Ja. Gehasst? – In höchstem Maße.

»Eminenz« war die Anrede, die ihm zustand. »Eminentissime« sagten die, die ihm schmeicheln wollten oder ihn hinter seinem Rücken verspotteten. Dazu kamen noch unzählige Bezeichnungen, die seinem Namen hinzugefügt wurden: italienischer Lump, ausländischer Spitzbube, gemeiner Taschenspieler, sizilianischer Komödiant … Das Volk kannte noch viel derbere Beschimpfungen und sparte nicht mit ihnen, wenn Mazarins Karosse durch die Straßen fuhr. Immer wieder wurden aus Hauseingängen und aus dem Dämmerlicht der Nebenstraßen Steine auf die Kutsche geworfen, und nur die bedrohliche Gegenwart seiner Eskorte verhinderte, dass man ihm die Pferde ausspannte und sich auf ihn stürzte. Die Franzosen hatten die Italiener nie geliebt, doch am wenigsten liebten sie Mazarin.

Marie de Maupeou küsste Mazarins Ring und verließ das Kontor. Mit einem ungeduldigen Winken wehrte Mazarin Nicolas' Ehrbezeugung ab. Er setzte sich und bedeutete Nicolas, seinem Beispiel zu folgen.

»Man erzählt mir, Sie seien ein Mann der Eile«, sagte er nach kurzem Schweigen. »Ein Mann des raschen Urteils und der schnellen Entschlüsse. Im Allgemeinen halte ich ein solches Verhalten für gefährlich. Als Sohn der Kirche ziehe ich es vor, abzuwägen und abzuwarten. Was Sie betrifft, berichtet man mir allerdings, Ihr Urteil sei trotz seiner Schnelligkeit meist klug und zutreffend. Eine hohe Begabung. Ich will sie nicht anzweifeln. Warum sollte Gott Sie nicht in dieser Weise bevorzugt haben?«

»Ich weiß, dass ich Ihr Missfallen erregt habe, Eminenz.«

Mazarin runzelte die Stirn. Er machte eine wegwerfende Handbewegung. »Alte Geschichten!«, murmelte er verdrießlich. »Kinderkram. Inzwischen sind Sie ein Mann von Welt, hoffe ich. Ich wüsste gern, wie Sie es angestellt haben, in so kurzer Zeit so viel zu erreichen.«

Nicolas lächelte. »Vielleicht war es ein wenig auch das Beispiel Seiner Eminenz, des Kardinals Richelieu«, sagte er. Er wollte weitersprechen, doch Mazarin unterbrach ihn ungeduldig:

»Wie auch immer ... Ich schätze, dass Sie großen Geschäftssinn besitzen. Dazu politisches Talent, wie Sie bei der Lösung des Dauphiné-Problems bewiesen haben. Man kann sagen, was man will: In dieser aufrührerischen Provinz sind Sie eine Art Legende geworden. Unvergessen. Auch das hat seinen Wert und darf nicht unterschätzt werden. Von der Bretagne will ich erst gar nicht reden – auch wieder im politischen Zusammenhang, das mögen Sie mir verzeihen. Die Politik ist nun einmal mein Metier. Es ist aber nicht nur Ihr Geschäftssinn, der gerühmt wird. Ebenso lobt man Ihren Charme, Ihr Verständnis und Ihre Freundlichkeit. Ich weiß nicht, wie Sie es anstellen, aber man vertraut Ihnen. Ich wüsste zu gern, wie so etwas entsteht. Nur den wenigsten wird es zuteil, und die merken es meistens nicht einmal.« Er unterbrach sich selbst. »Nun ja. Ich muss Sie auffordern, Ihre Geschäfte für eine Weile zu delegieren und an den Hof zurückzukehren.«

Nicolas errötete, dann wurde er blass. »Eminenz, noch vor ein paar Jahren hätte es kein größeres Glück für mich gegeben. Jetzt aber bin ich dabei, unsere Unternehmungen in der Bretagne auszubauen. Wir sind schon weit gekommen, aber trotzdem stehen wir noch am Anfang. Ich kann nicht einfach alles aufgeben.«

»Das sollen Sie auch gar nicht. Ich weiß genau Bescheid. Sie haben fähige Männer um sich geschart. Ihr Cousin Chalain ist vielleicht nicht ganz so begabt wie Sie, aber fast. Er wird Sie erfolgreich vertreten. Außerdem steht es Ihnen natürlich frei, von Zeit zu Zeit in die Bretagne zu reisen und dort Ihre Interessen wahrzunehmen.«

»Das wird nicht reichen, Eminenz!«

»Es muss!« Mazarin lehnte sich verärgert zurück und seufzte. »Es ist wohl nötig, dass ich Ihnen unsere Lage bewusst mache«, sagte er dann in versöhnlicherem Ton. »Aber Sie wissen: Dieses Gespräch ist vertraulich!«

Nicolas nickte. »Trotzdem, Eminenz …«

Mazarin schüttelte den Kopf und schloss für kurze Zeit die Augen, um jeden Widerspruch an sich abprallen zu lassen. »Wir sind in höchster Not!«, erklärte der dann mit leiser Stimme. Von einem Moment zum anderen sah er müde und alt aus. Alles höfische Gehabe schien von ihm abzufallen. Nicolas erkannte ihn kaum wieder. Dies hier war nicht der verschlagene Erzkomödiant, der nur um den eigenen Vorteil besorgt war. Dies hier war einer, den Nicolas noch nie kennengelernt hatte: einer, dem man vielleicht glauben konnte und dem auch andere glauben würden, wenn sie ihn in diesem Zustand der Sorge und Erschöpfung sähen. Doch es war unwahrscheinlich, dass dies je geschehen würde. Ein Mazarin ließ sich nicht in die Karten blicken. Sich bei Hofe eine Blöße zu geben, bedeutete, sich auszuliefern. Wie war das zu verstehen, dass Mazarin offenkundig bereit war, sich Nicolas anzuvertrauen?

»Frankreich hat keine finanziellen Reserven mehr«, fuhr Mazarin fort. Wieder schloss er die Augen. Es sah aus, als schliefe er oder wäre sogar schon tot. »Seit hundertfünfzig Jahren stand es nicht mehr so schlecht um dieses Land wie jetzt. Seit mindestens acht Jahren fürchten wir, dass es nicht mehr weitergeht. In jedem Jahr verbrauchen wir die Finanzen des folgenden. Wir leben auf Kosten der Zukunft und rauben sie aus, nicht weil wir es so wollen, sondern weil wir müssen. Die Kriege fressen uns auf. Erst wenn sie beendet sind, können wir aufatmen. Ich dachte immer, wir könnten noch bis zum Friedensschluss standhalten.

Spätestens im Oktober werden wir den Vertrag unterzeichnen. Es wird ein Triumph für uns sein. Für mich selbst der größte Erfolg meines bisherigen Lebens. Das Gesicht Europas wird sich wandeln – zugunsten Frankreichs. Der Kaiser wird seine Macht in Deutschland verlieren. Das Elsass wird französisch werden. Ich bin sicher, dass wir alle unsere Forderungen durchsetzen werden.«

Er lachte kurz auf. »Unsere beiden Unterhändler in Münster terrorisieren die Vertreter sämtlicher Teilnehmerstaaten. Man erzählt mir, Servien brüllt bei den Verhandlungen wie ein Löwe. Man hört ihn bis ins Freie. Kaum jemand wagt, ihm zu widersprechen.« Mazarins Gesicht wurde wieder ernst. Noch immer waren seine Augen geschlossen. »Mein lieber Freund«, fuhr er fort, »wir haben den Krieg gewonnen, aber er hat uns arm gemacht. Unser Staat kann seinen Verbindlichkeiten nicht mehr nachkommen. Die Justizkammer wird ihre Konten auf null setzen und den Staatsbankrott erklären.« Er öffnete die Augen und starrte vor sich hin. »Ich frage mich, wer die Zeche dafür zahlen wird. Noch nie hat eine Bankrotterklärung eine Situation wirklich bereinigt.«

Nicolas schwieg. »Und was sollte in diesem Zusammenhang meine Aufgabe sein, Eminenz?«, fragte er dann. »Warum meinen Sie, dass ich von Nutzen sein könnte?«

Mazarin sah ihm ins Gesicht. »Ich weiß es nicht«, gestand er. »Es ist ein Gefühl. In schwierigen Zeiten habe ich mich immer auf mein Gefühl verlassen, und es hat mich nie getäuscht.« Er drehte seinen Ring, als wollte er prüfen, ob er die Macht noch in Händen hielte. »Es geht um vieles, nicht nur um Geld«, sagte er dann. »Eigentlich geht es darum, ob das Frankreich, das wir kennen, überleben wird. Sein Thron wird von mehreren Seiten her bedroht. Es gab so viele Aufstände in den letzten Jahren! Ich zähle sie schon gar nicht mehr. Bisher konnten wir das Feuer noch immer austreten. Doch wir sind dabei selbst schwächer geworden. In einigen Ländern Europas revoltiert das Volk. Wer sagt uns, dass nicht auch hier eines Tages ein Gewitter losbricht, mit dem wir nicht mehr fertig werden? Das Volk ist gegen uns wegen der Steuern. Der Adel hat jeden Ernst und jede Würde verloren. Er betrachtet das Leben als ein Spiel, und das wildeste, erregendste Spiel ist wohl der Aufstand gegen den König und der berauschende Kampf um die Macht.«

Er erhob sich und begutachtete einen der beiden Globen, auf die François Fouquet so stolz gewesen war. Nachdenklich drehte Mazarin die große Weltkugel um die eigene Achse. Sie bewegte sich lautlos. Mazarin nickte anerkennend.

»Dazu noch die Schwierigkeiten mit dem Parlament!«, fuhr er dann fort. »Es würde am liebsten alles an sich reißen und den König völlig entmachten. Was es sich wünscht, ist ein lächelnder, bunter Kartenkönig, der seinem Volk freundlich zuwinkt, Gäste begrüßt und den Mund hält, wenn von Politik die Rede ist.« Mazarins Gesicht rötete sich. »Man hat mich nicht dafür berufen, dass ich so etwas zulasse! In vier Jahren wird unser König großjährig sein. Dann soll er auf einem Thron regieren, der diesen Namen verdient. Damit das geschehen kann, dürfen wir keine Revolution zulassen. Wenn sie dennoch ausbrechen sollte, müssen wir sie, wenn nötig, in Blut ertränken.«

Er setzte sich wieder an den Tisch. »Sie, Monseigneur, haben sich als ein Mann erwiesen, der mit Geld umgehen kann. Einer, der versteht, es aufzutreiben und einzusetzen. Die Finanziers vertrauen Ihnen, und – Gott helfe mir! – ich tue es auch. Ich kenne Ihre Familie, seit ich dieses Land betreten habe: verlässliche, ehrgeizige Menschen, religiös und königstreu. Familien wie die Ihre sind das Salz dieses Landes und ihr Rückgrat. Franzosen im besten Sinne.«

Nicolas senkte den Kopf. Er spürte, wie sich die Schlinge um ihn zuzog. Wie würde es ihm nach solchen Worten noch möglich sein, sich den Forderungen des Kardinals zu entziehen? Er dachte an den Hafen von Concarneau und an die vielen wunderbaren Pläne, die er mit Christophe geschmiedet hatte. Er dachte an die Bucht von Morbihan, an deren Potenzial schon François Fouquet geglaubt hatte. Er dachte an die Schiffe, die er selbst noch bauen wollte, und an die kleine Mimoseninsel der Marquise d'Asserac. Erst jetzt wurde ihm bewusst, dass er in seinem Inneren längst entschieden hatte, die Insel in seine Planungen einzubeziehen. Handel mit aller Welt wollte er treiben. Die Schiffe der Fouquets und der Fouquet-Chalains sollten die Meere durchkreuzen in allen Richtungen und mit allen Waren, nach denen Menschen fragten. Ein großer Reeder wollte er werden, vielleicht der größte, den es je gegeben hatte.

So viele Träume, und es war nicht unmöglich, sie wahr werden zu lassen. Erst jetzt begriff Nicolas, dass die vergangenen drei Jahre vielleicht die glücklichste Zeit seines Lebens gewesen waren: die Zeit seiner Unabhängigkeit und seiner freien Entfaltung. Wenn er Mazarins Ruf folgte, würde sie zu Ende sein. *Es steht Ihnen natürlich frei, von Zeit zu Zeit in die Bretagne zu reisen und dort Ihre Interessen wahrzunehmen …* Von Zeit zu Zeit – doch den größten Teil seines Lebens würde er im Dienste der Krone zubringen, täglich bedrängt von Angriffen und Feindseligkeiten. Die Machenschaften des Parlaments, die Unbotmäßigkeit des Adels, die Feindseligkeit des Volkes. Dazu der ständige Geldmangel und die Intrigen des Hofes; die Wünsche der Königin, die Wünsche Mazarins und die Wünsche des jungen Burschen, der die Krone trug, ohne seine Pflichten zu begreifen.

Nicolas spürte, dass ihn Mazarin beobachtete, und plötzlich überfiel ihn eine tiefe Trauer. Er dachte an den langen Weg, den seine Familie zurückgelegt hatte. Keiner seiner Vorfahren hätte es gebilligt, wenn das jüngste Oberhaupt der Familie die Einladung zum Machterwerb ausschlug. Reichtum hatten sie gewollt, sie alle, und politische Macht. Die am meisten. Schon einmal hatte Nicolas eigenmächtig entschieden, und er hatte es bereut. Während er nun hier saß, in seinem eigenen Kontor, Aug in Auge mit dem mächtigsten Mann des Landes, wusste er, dass sein Schicksal längst beschlossen war. Vielleicht würde er später zu den Aufgaben zurückkehren, die er geliebt hatte. Später. Irgendwann. Doch jetzt starrte ihm dieser fremde Mensch ins Gesicht, bereit, ihn seiner Freiheit zu berauben. Mazarin, der italienische Lump, der ausländische Spitzbube, der gemeine Taschenspieler, der sizilianische Komödiant … Du stiehlst mir mein Leben!, wollte Nicolas rufen. Lass mich doch bleiben, wo ich bin!

Mazarin presste die Lippen zusammen. Seine Augen wurden schmal. »Sind Sie bereit, Monseigneur?«, fragte er in scharfem Ton. »Sie sind doch bereit, nicht wahr?«

Nicolas schwieg lange. »Und wenn ich es nicht wäre?«, fragte er schließlich.

Mazarin zuckte die Achseln und zog zugleich auf italienische Weise die Mundwinkel nach unten. »Dann würde ich Sie daran erinnern, dass Sie noch immer das Amt eines Requettenmeisters innehaben und eines königlichen Kommissars. Nach Ihrer kleinen Eskapade sind Sie einfach fortgeblieben. Wir waren so gnädig, es Ihnen nachzusehen. Wir haben nie eine Kündigung ausgesprochen. Es wäre allerdings eine Art Desertion, wenn Sie sich jetzt Ihren Pflichten entzögen. In diesem Fall müsste man vielleicht über geeignete Sanktionen nachdenken.«

Trotz seines Umhangs, den Nicolas noch immer trug, fror er plötzlich. Doch Mazarins Miene veränderte sich von einem Moment zum anderen. Er lächelte, als läge ihm nichts so sehr am Herzen wie Nicolas' Glück. »Mein lieber Freund!«, sagte er in herzlichem Ton. »Ich habe Sie doch nicht erschreckt, oder? Das war ganz bestimmt nicht meine Absicht. Ich bin gekommen, um Ihr Talent zu belohnen, und biete Ihnen hiermit das Amt eines Intendanten von Paris an. Ein unerhörter Aufstieg, wie Sie zugeben werden. Ihre Aufgabe wird es sein, die Verpflegung der Stadt zu garantieren, die Eintreibung der Steuern zu überwachen und die militärischen Quartiere kontrollieren zu lassen. Verwaltung und Militär – auf beide werden Sie ein Auge haben. Ganz unter uns möchte ich Ihnen aber noch anvertrauen, dass dieses Amt keine Endstation sein soll. Ich habe noch ganz andere Pläne mit Ihnen. Doch davon später.«

Er erhob sich. »Ich habe Ihr Wort, Monseigneur?« Er streckte Nicolas die Hand zum Kuss entgegen. Dann trat er ans Fenster und winkte hinaus. Draußen erscholl ein scharfer Pfiff. Gleich darauf fuhren aus einer Nebenstraße drei Kutschen. Nicht Mazarins Prunkkarossen, sondern einfache Fahrzeuge, wie sie die Straßen von Paris zu Hunderten bevölkerten. »Beeilen Sie sich!«, sagte Mazarin und öffnete selbst die Tür. »Wir wollen da draußen nicht auffallen.«

Durch das schwere Eingangstor traten sie hinaus auf die Straße. Die drei Kutschen warteten bereits eng hintereinander. Niemand beachtete sie. Wie ein flüchtiger Schatten huschte Mazarin zur mittleren und stieg ein. Der Kutscher schloss die Tür und sprang auf seinen Platz. Nicolas wollte schon ins Haus zurückgehen, da sah er, dass Mazarin das Kutschenfenster zur Seite kippte und ihn noch einmal zu sich winkte.

Erstaunt und ein wenig beunruhigt trat Nicolas näher. In der Dämmerung sah Mazarins Gesicht bleich und ungesund aus. Stärker als im Kerzenlicht des Kontors trat hier die Schminke auf seinem Gesicht hervor: eine weiß gepuderte Fläche mit rosigen Flecken auf den Wangen, die Jugend und Frische vortäuschen sollten; zwei dunkle Bögen über den Augen und schwarze Farbe wohl auch auf dem Oberlippenbart und den drei dünnen Bartstrichen, die sich eng nebeneinander am Kinn nach unten zogen. Nicolas erinnerte sich nicht, Mazarin in früheren Jahren so alt und verbraucht gesehen zu haben. In seiner Erinnerung war der Kardinal bisher ein vitaler Mann an der Grenze seiner mittleren Jahre gewesen. Ein Mann aus dem Süden, der den Frauen gefallen konnte. Doch wahrscheinlich hatten ihn die Kämpfe und die heimliche Angst der letzten Zeit ausgelaugt.

»Eine Frage noch, mein lieber Fouquet!« Mazarin beugte sich vor und winkte Nicolas zu sich heran. Nicolas trat so nahe, dass er die Kutsche fast berührte. »Man sagt, Sie seien ein Genie darin, Geld aufzutreiben«, sagte Mazarin. Es klang gleichmütig und unbeteiligt, als spräche Mazarin über das Theaterprogramm des vergangenen Abends.

Nicolas schämte sich plötzlich. Kaum wagte er zu antworten. »Wie darf ich das verstehen, Eminenz?«, erkundigte er sich.

Ein paar junge Leute gingen vorbei und versuchten im Scherz, einander gegen Mazarins Kutsche zu stoßen. Mazarin beobachtete sie misstrauisch, während sich die Türen der beiden anderen Kutschen einen Spalt breit öffneten. Man war wohl bereit, das Leben des hohen Herrn mit allen Mitteln zu verteidigen.

»Wie viel können Sie bereitstellen?«, fragte Mazarin, als sich die jungen Leute entfernt hatten.

»Sofort?«

»Was sonst?« Mazarin lachte leise. »Ich werde es selbstverständlich nicht persönlich entgegennehmen. Sie werden es bei mir abgeben lassen. Was die Höhe der Summe betrifft: Bedenken Sie bitte, mit wem Sie es zu tun haben!«

Nicolas überlegte. Von Ferne hörte man noch immer das Kreischen und Lachen der jungen Passanten. Die Kutschentüren aber hatten sich wieder geschlossen.

»Nun?«, drängte Mazarin. »Nicht so schüchtern, mein Freund! Wie viel?«

»Zehntausend Pfund!« Nicolas seufzte. Der Himmel mochte wissen, wo er an diesem Abend noch so viel Geld auftreiben sollte.

Mazarins Gesicht kam näher. »Höre ich recht? Sagten Sie dreißigtausend?«

»Unmöglich, Eminenz!«

»Dreißigtausend!«

»Fünfzehntausend. Dabei habe ich keine Ahnung, wie ich das aufbringen soll.«

»Fünfundzwanzigtausend!«

»Das geht nicht, Eminenz!«

Mazarin beugte sich noch weiter vor. Fast berührte er Nicolas' Gesicht.

Nicolas roch sein Parfum. Hastig trat er einen Schritt zurück. »Zwanzigtausend!«, sagte er so kalt, wie er noch nie mit Mazarin zu sprechen gewagt hatte. »Und keine einzige Pistole mehr.«

Mazarin zog sich in den Wagen zurück. »Gut, gut!«, sagte er in besänftigendem Ton. »Wenn Sie zu mehr nicht in der Lage sind … Nun, immerhin. Sie wissen, wo Sie mich finden.« Ohne einen Gruß schloss er das Fenster wieder und klopfte mit dem Ring an die Scheibe. Ein weiterer Pfiff ertönte, dann setzte sich der kleine Konvoi in Bewegung.

Nicolas stand am Straßenrand und sah ihm nach. Zwanzigtausend Pfund! Dem Bauernsohn aus Sizilien mochte es dürftig erscheinen, der Aristokratin Jeanne sicherte es eine angenehme, standesgemäße Zukunft … Langsam ging er ins Haus zurück. Zwanzigtausend Pfund. Intendant von Paris. François Fouquet hätte sich darüber gefreut. Zwanzigtausend Pfund und von Zeit zu Zeit eine Reise in die Bretagne … Nicolas fiel plötzlich ein, dass sein Cousin Christophe den Kardinal den »Mann auf -i« zu nennen pflegte. Jules Mazarin – Giulio Mazarini … In der Bretagne, wie in jeder Provinz, tat man sich noch schwerer als in der Großstadt Paris, sich mit einem Ausländer als Erstem Minister abzufinden. Trotzdem diente man ihm, denn man war königstreu, und niemand vertrat die Interessen der Krone leidenschaftlicher als Mazarin.

Zwanzigtausend Pfund? Hatte Mazarin vor, sie jemals zurückzuzahlen, oder waren sie sein Preis für das hohe Amt, das er vergeben hatte? Ämter brachten Geld, das war die allgemeine Ansicht. Wahrscheinlich rechnete Mazarin damit, dass sich Nicolas die Summe schon irgendwie zurückholen würde.

Als das Tor hinter ihm zufiel und Nicolas die Treppe hinaufstieg, erinnerte er sich plötzlich an den Tag, als ihm François Fouquet zum ersten Mal das Meer gezeigt hatte. Ihm war, als schmecke er noch immer das Salz auf den Lippen. Wie geborgen er sich damals gefühlt hatte! Wie unschuldig er noch gewesen war! Klar und übersichtlich war seine Welt gewesen, unschuldig und rein wie das Wasser auf seinem Gesicht. Ein Kind war er gewesen. Später dann ein junger Mann, der sich anschickte, die Welt zu erobern. Und heute? Womit war er heute in Berührung gekommen?

Die Welt um diesen Mann mit dem großen Ring war nicht zu erobern. Sie eroberte selbst, fraß vielleicht sogar ihre eigenen

Kinder. Intendant von Paris, vielleicht bald noch mehr … Dieser Tag war wohl ein Abschied, dachte Nicolas, als er sein Kontor betrat, in dem das Kaminfeuer flackerte und es nach Kerzenrauch und Leder roch. Ein Abschied. Vielleicht sogar der Abschied von der Jugend und ihren Idealen … Lassen Sie mir mein Leben, Eminenz!, hätte er am liebsten gerufen. Lassen Sie mir mein Glück!

Zweites Buch

Die Mühen der Fronde

Das fette Tier

I

Es gab ein Wort, das Ludwig zeitlebens nicht in den Mund nahm. Es erfüllte ihn mit Scham, weil es ihn wie kein anderes an die Demütigungen erinnerte, die das Ende seiner Kindheit überschattet hatten. Eigentlich war es der Name eines Kinderspielzeugs, mit dem sich die Gassenjungen von Paris die Zeit vertrieben: eine Steinschleuder aus Lederstreifen und Stricken, die sich, ohne viel Platz zu brauchen, in die Tasche stecken ließ, unauffällig und scheinbar harmlos, doch bei Bedarf durch das Hinzufügen eines einzigen Kiesels von der Straße eine tödliche Waffe. »Fronde« nannte man dieses handliche Spielzeug, das die Knaben gegen Hauswände einsetzten, gegen Bäume oder das Wasser der Seine, bald aber auch gegen streunende Hunde und Katzen, Vögel oder gegeneinander. Willkürliche Stimmungen und Launen entschieden, wie das kleine Werkzeug angewendet wurde: aus Spielerei, aus der Lust, Schaden anzurichten, aus Streitsucht oder aus dem Willen zu töten.

Man überlegte nicht lange, auf welches Ziel man die Waffe richtete. Bald flogen die Steine auch gegen die Wachposten vor Mazarins Palais Cardinal. Wie flüchtige kleine Schatten näherten sich die Knaben und verschwanden wieder, wenn sie getroffen hatten: Soldaten, Pferde, die Fenster der Kutschen und manchmal auch einen Bediensteten oder einen Besucher. »Der Kardinal ist unser Feind!«, hieß das. »Wir hassen ihn und alle, die auf seiner Seite stehen.« Wer genau das war, wussten die jungen Aufrührer selbst nicht genau. Die Regierung eben. Die Mächtigen. Die Blutsauger, deren Blut man selbst gern vergossen hätte.

Ein Wind der Fronde
Hat sich heut Morgen erhoben.
Ich glaube, er bläst
Gegen den Mazarin.

Die Straßensänger auf dem Pont Neuf kannten die Seele des Volkes. Hier oben auf der Brücke, hoch über der Seine unterhielten sie die Menge mit ihrem Spott und ihrem Ungehorsam. »Mazarinaden« nannten sie die Spottlieder, die sie auf dem Pont Neuf vortrugen und danach als geschriebene Pamphlete aushängten. Auch gegen Anna richteten sich die frechen Verse. Man unterstellte ihr, sie unterhalte ein unzüchtiges Verhältnis mit dem Kardinal oder habe ihn vielleicht sogar heimlich geheiratet.

Die Obrigkeit ließ die Straßensänger gewähren. Manchmal verhaftete man den einen oder anderen, doch ließ man sie schnell wieder frei, wohl wissend, dass es nicht schaden konnte, wenn man dem Volk ein Ventil ließ für seine Aufmüpfigkeit, die wohl angeboren war. Lachen, Klatschen und Johlen begleiteten die scharfzüngigen Verse. Wer sich danach auf den Heimweg machte, hatte einen roten Kopf und war noch ein wenig gereizter und unzufriedener als vorher, ein wenig kämpferischer und bereit zum Aufruhr, der wie eine Befreiung erschien. Die Knaben warfen ihre Steine, doch auch die Älteren waren hungrig danach, die Faust zu ballen oder sich ebenfalls nach einem Stein zu bücken. *Ein Wind der Fronde hat sich heut Morgen erhoben.* Der Zorn wuchs.

Ludwig in seinen königlichen Gemächern, verwöhnt von Bücklingen und Schmeicheleien, wusste kaum etwas von dieser Welt da draußen. Er war jetzt zehn Jahre alt und verbrachte viel Zeit in den Räumen seines Paten. Oft saß er mit am Tisch, wenn

Mazarin seine Konferenzen abhielt. Manchmal stellte ihm Mazarin danach die Aufgabe niederzuschreiben, was er mit angehört hatte, und ein Urteil darüber abzugeben. Dann verharrte Ludwig oft den ganzen Nachmittag an seinem Schreibtisch am Fenster. Nicht einmal seine Lehrer und Erzieher hatten Zutritt. Einzig La Porte kratzte hin und wieder mit dem Nagel seines rechten kleinen Fingers an der Tür, um sich bemerkbar zu machen. Wenn kein Einspruch erfolgte, kam er auf Zehenspitzen herein und stellte ein Tablett mit Früchten auf den Tisch, mit Gebäck und Wasser. Bevor er den Raum wieder verließ, verbeugte er sich jedes Mal tief, auch wenn Ludwig ihn nicht beachtete. Ludwig war der König. Ein Kind noch, aber der König, und wie ein Kind freute er sich, wenn Mazarin seinen Aufsatz mit großer Aufmerksamkeit las und ihn mit ihm besprach. »Das haben Sie vorzüglich erfasst, Sire!«, sagte er dann. »Ich bin sehr stolz auf Sie.«

Ludwig hatte in den letzten Jahren vieles begriffen. Vor allem hatte er gelernt, dass es nur wenige Menschen gab, denen er vertrauen konnte. Seiner Mutter wohl am meisten und vor allen Übrigen auch Mazarin. Ludwig hatte nicht vergessen, wie heftig er als kleines Kind seinen Paten abgelehnt hatte. Auch jetzt liebte er ihn nicht. Er grollte ihm sogar immer wieder, wenn Mazarin bei Konferenzen die führende Rolle übernahm, die doch eigentlich Ludwig als dem König zugestanden hätte. Andererseits begriff Ludwig, dass er selbst noch gar nicht in der Lage gewesen wäre, Mazarins Aufgaben zu erfüllen, und dass Mazarin ganz offenkundig stets im Sinne der Krone handelte.

So wandelte sich nach und nach Ludwigs Einstellung dem Kardinal gegenüber. Manchmal war er sogar froh, ihn zu sehen, und er vermied es, an jenen befremdlichen Nachmittag zu denken, als sich Mazarin an seine Badewanne gesetzt hatte.

Trotz seiner Jugend hatte Ludwig bereits jede kindliche Arglosigkeit eingebüßt. Er hätte selbst nicht sagen können, wann er angefangen hatte, Menschen als Werkzeuge zu betrachten und sie danach zu beurteilen, ob sie ihm nützlich waren oder nicht. Mazarin war ihm nützlich, und Ludwig war bereit, ihn zu behalten, solange es so blieb. Auch das hatte er gelernt: Was später kam, konnte man nicht wissen. Vieles konnte sich ändern. Nichts war verlässlich. Von Mal zu Mal musste entschieden werden, und wer heute noch hilfreich war, konnte morgen schon im Weg stehen.

2

Fronde. Zum ersten Mal hörte Ludwig dieses Wort bei einem Gespräch zwischen Mazarin und Königin Anna. Auch ihr war der Begriff nicht geläufig. Mazarin erklärte ihn und versuchte, Anna zu beruhigen: Schon immer habe sich der Pöbel gegen alles aufgelehnt, was ihm Leistungen abverlangte. »Kein Grund zur Sorge, liebe Freundin! Diese lästigen Feuerchen werden wieder verlöschen.«

Doch die Stimmung verschlechterte sich. Beim folgenden Königlichen Gerichtstag griff der Parlamentspräsident Omer Talon die Regentin direkt an und forderte sie auf, am Abend in der Einsamkeit ihrer Kapelle über das Elend des Volkes nachzudenken und über die verarmten Provinzen, wo es kein Brot mehr gab und keine Hoffnung auf später, weil auch das Saatgut für die nächste Ernte längst verzehrt war.

Sogar gegen Ludwig wandte sich Talon im Tonfall eines Revolutionärs: »Sire, um das Parlament zu entmachten und um Geld zu beschaffen, führt man immer neue käufliche Ämter ein. Wie sollen wir arbeiten, wenn wir umgeben sind von Männern ohne Erfahrung, die sich großtun, ohne Bescheid zu wissen? Majestät, Sie sind unser souveräner Herr! Ihre Macht kommt von oben. Nur Gott schulden Sie Rechenschaft und Ihrem eigenen Gewissen, das Ihnen sagen sollte, dass wir freie Männer sind und keine Sklaven.«

Ludwig, auf seinen lilienbestickten Kissen, hörte ihn an. Er war nicht in der Lage zu antworten. Ein König habe nur knappe Feststellungen abzugeben, hatte man ihn gelehrt. Zu begründen brauche er nichts, und niemand war berechtigt, ihm zu widersprechen. Die Schönschreibübungen fielen ihm ein, die man ihm vor Jahren aufgetragen hatte, damit auch die äußere Form seiner Briefe und Anordnungen königliche Harmonie und Erhabenheit demonstrierten. Fünfhundert Mal hatte er denselben Satz in gleichbleibender Kalligraphie niedergeschrieben, auch wenn sich sein rechter Daumennagel nach außen bog und die Innenseite des Mittelfingers verhornte: »Les rois font ce qui leur plaît.« Die Könige tun, was ihnen beliebt … Immer und immer wieder, über viele Seiten hinweg mit tintenbefleckten, verschwitzten Kinderhänden, die ihre Abdrücke auf dem kostbaren Papier hinterließen. Trotzdem protestierte er nicht gegen die kleine Folter, die man ihm auferlegte, war dieser eine kurze Satz doch das Gebot einer ewigen, von Gott selbst erklärten Wahrheit: »Les rois font ce qui leur plaît.« Was bedeutete Monarchie, wenn nicht genau das, und wer es nicht anerkannte, war ein Hochverräter und verdiente den Tod.

Doch nun? Nun saß er hier in aller Pracht auf seinem Thron und musste sich zurechtweisen lassen, als wäre er ein Niemand! Am liebsten wäre er davongelaufen. Obwohl ihm der Schweiß ausbrach und seine Hände zitterten, schwieg er, wie auch Mazarin. Nur die Königin sprang auf, sprach von Majestätsbeleidigung und drohte mit Konsequenzen. Dann verließ sie den Saal, gefolgt von den Ihren, während unter den Parlamentsräten und den Zuhörern ein Tumult ausbrach.

Zurück im Palast, ließ Anna ihrem Zorn freien Lauf. Sie vergriff sich am Mobiliar, schleuderte ihren Schmuck durchs Zimmer und zerraufte sich die Frisur, während Ludwig und Mazarin hilflos dabeistanden und abwarteten. Bisher hatte sich die Regentin noch immer beruhigt. Manchmal hatte sie nach ihren Ausbrüchen geweint und war über ihren Tränen eingeschlafen. Meist jedoch war nach einer Weile mit einem Schlag ihr kühles Denken zurückgekehrt, und sie war wieder bereit gewesen, nach Lösungen zu suchen.

Diesmal aber war es anders. Zu tief fühlte sie sich verletzt. Sie drohte, das gesamte Parlament abzusetzen und die Anführer der

Verschwörung mit dem Tode zu bestrafen. Am liebsten hätte sie sogar das Parlamentsgebäude niederreißen lassen, diesen Hort der Revolution.

Lange wie noch nie dauerte es, bis Anna endlich erschöpft in ihren Sessel sank und schweigend vor sich hin starrte. Mazarin zog einen Stuhl zu sich heran und setzte sich zu ihr. »Wissen Sie, liebe Freundin, wie mein Vorgänger das Parlament nannte?«, fragte er mit sanfter Stimme.

»Lassen Sie mich mit Richelieu in Ruhe!«

Mazarin ließ sich nicht beirren. »›Das fette Tier‹ nannte er es«, fuhr er fort. »Das fette Tier, das man möglichst nicht anrühren sollte, damit es immer schön brav schläft.«

»Von schlafen kann ja wohl keine Rede sein!«

»Wir müssen abwarten, liebe Freundin!«, beharrte Mazarin. »Viele Dinge erledigen sich von selbst. Wer weiß, wie die Parlamentsräte inzwischen über ihren Präsidenten herfallen! Vielleicht erscheint er schon morgen, um Ihre Vergebung zu erflehen.«

Annas Miene war kalt und entschlossen. »Abwarten?«, fauchte sie. »Wir werden nichts dergleichen tun. Versuchen Sie nicht, mich zu beruhigen, sondern sorgen Sie dafür, dass meine Befehle ausgeführt werden!«

Ludwig, der am Fenster stand, atmete auf. Schon lange hatte er seine Mutter nicht mehr so geliebt wie jetzt. Wäre Mazarin nicht hier gewesen, wäre Ludwig zu ihr gelaufen, um sie wie früher zu umarmen. Anne d'Autriche, Anna von Österreich, die Tochter des Königs von Spanien, war eine wahre Königin, so erschien es ihm. Eine, die keine Angst davor hatte, zu entscheiden und zuzuschlagen. Und er, ihr Sohn, Ludwig der Gottgeschenkte, war wie sie.

Anna weckte das fette Tier. Als am nächsten Tag die Nachricht eintraf, dass Ludwigs Cousin, der Große Condé, die Spanier bei Lens in einer vielleicht den Frieden entscheidenden Schlacht zermalmt hatte, feierte ganz Paris diesen Sieg. Für ein paar Stunden war jeder Konflikt vergessen. Nur Anna vergaß nicht und verzieh nicht. Als in Notre Dame zur Feier des Sieges das Tedeum gesungen wurde, wartete am Ausgang der Kathedrale schon eine Abteilung der Musketiere, um vier führende Mitglieder des Parlaments zu verhaften. Zugleich wurde verkündet, dass mit diesem Tag die »Paulette« aufgehoben sei, die den Ratsherrn das Recht gab, die Erblichkeit ihrer Ämter zu erkaufen. Anna wusste, dass sie damit ihre Gegner bis ins Mark traf. Wer wollte seinen Kindern nicht verschaffen, was ihm selbst Rang und Namen garantiert hatte? Um dem Ganzen noch die Krone aufzusetzen, bestimmte Anna des Weiteren, dass sich ab sofort auch die Parlamentsräte an den Kriegskosten zu beteiligen hätten, indem sie vier Jahre lang auf ihr Gehalt verzichteten. »Es trifft bestimmt keine Armen!«, sagte Anna mit verkniffenem Lächeln zu Mazarin, der sich ihrem Triumph nicht anschließen mochte. Er wusste nur zu gut, dass alle Welt ihm die Schuld an Annas Rundumschlag geben würde.

Der Sturm brach los. Noch nie hatte Ludwig dergleichen erlebt. Innerhalb weniger Stunden waren die Straßen voller Barrikaden. Jeder scheine gegen jeden zu kämpfen, wurde im Palast gemeldet, vor lauter Rauch könne man in manchen Stadtteilen schon nichts mehr sehen. Dafür aber, dachte Ludwig, war umso mehr zu hören. Schüsse, Geschrei, Pfiffe, unerklärliches Krachen. Alles hörte er durch sein geschlossenes Fenster … Das dürfen sie doch nicht!, dachte er in hilflosem Zorn. Ich will es nicht, und ich bin der König!

Auch im Palast lief alles durcheinander. Mazarin verhandelte mit Männern, die Ludwig noch nie hier gesehen hatte. Die Königin nahm an den Verhandlungen nicht teil. Sie schloss sich in ihre Gemächer ein, und nur Mazarin und ihr geistlicher Berater Vinzenz von Paul durften zu ihr. Auf Ludwig nahm man kaum noch Rücksicht. Nur durch Zufall hörte er mit an, dass man die Gefangenen inzwischen freigelassen und die Paulette wieder in Kraft gesetzt hatte. Selbstverständlich war auch vom Gehaltsverzicht der Parlamentsräte keine Rede mehr.

Das fette Tier hatte sich gewehrt und seine Interessen durchgesetzt. Voller Entsetzen begriff Ludwig, was geschehen war. Er wollte Genaueres wissen, doch niemand nahm sich Zeit, ihn zu informieren. In der Bedrängnis wurde ihm klar, wie wenig ernst man ihn nahm, auch wenn man ihn in ruhigen Zeiten glauben ließ, er wäre an der Lenkung des Staates zumindest beteiligt. Die Erkenntnis traf ihn tief in seinem Stolz. Vor Wut und Enttäuschung wurde ihm übel, doch auch das schien niemanden zu interessieren.

3

Immer weiter breitete sich der Aufstand aus. Das Parlament hatte gesiegt. Am 24. Oktober 1648 unterzeichnete Königin Anna unter Tränen des Zorns und der Scham die »Deklaration zur Reform des Staates«, die Ludwig nun wirklich zu dem machen würde, was Mazarin noch vor Kurzem einen »lächelnden Kartenkönig« genannt hatte.

»Seien Sie unbesorgt!«, flüsterte Anna ihrem Sohn zu, als sie sich wieder zu ihm setzte. »Diese Unterschrift gilt nicht. Sie war erzwungen. Wir werden uns nicht daran halten.« Dann warf sie Mazarin einen langen Blick zu und drückte seine Hand. Sie wusste, wie schwer sein Herz war. Genau zu dieser Stunde seiner schlimmsten Niederlage in Frankreich wurde in Münster und Osnabrück der Westfälische Friede unterfertigt, der in Europa nach dreißig Jahren des Krieges endlich die Waffen zum Schweigen brachte. Mazarin hatte für Frankreich alles erreicht, was sich nur erreichen ließ. Der heutige Tag hätte der Tag seines größten Triumphs werden sollen.

Auf seinen langen Kutschfahrten hatte sich Mazarin manchmal zurückgelehnt, die Augen geschlossen und sich vorgestellt, der große Richelieu wäre für kurze Zeit zurückgekehrt, um von seinem Nachfolger Rechenschaft zu fordern. Im Halbdunkel der Kutsche säße er ihm nun gegenüber und musterte ihn mit seinem durchdringenden Blick. »Was haben Sie erreicht, mein Freund?«, würde er fragen, und Mazarin würde seine Erfolge aufzählen:

Ich habe die Krone gerettet, Eminenz. Ich habe Ihre Majestät daran gehindert, vorschnell zu handeln. Ich habe die Grandseigneurs im Zaum gehalten. Ich habe in der Hauptstadt für Ruhe gesorgt … Und dann: Ich habe den Friedensschluss in Westfalen dominiert. Ich habe die Macht des Kaisers begrenzt. Ich habe das Elsass für Frankreich gewonnen.

Ich habe, ich habe … Während Omer Talon seine Abschlussrede hielt, die versöhnlich klingen sollte, in Wirklichkeit aber eine einzige Ohrfeige für die Regierung darstellte, dachte Mazarin, dass inzwischen nur noch ein geringer Teil seiner Erfolge Bestand hatte. Der Aufstand des Parlaments und des Volkes hatte das Gleichgewicht der Kräfte zerstört. Nur die Erfolge von Westfalen mochten erhalten bleiben. Auf den Triumph von Münster durfte Mazarin stolz sein. Wie aber stand es um den Einfluss im eigenen Land? Zwar war die Krone gerettet, doch sie hatte an Bedeutung eingebüßt. Die Königin zitterte vor Rachsucht, und die Grandseigneurs warteten nur darauf, ihr eigenes Süppchen zu kochen. Ruhe in der Hauptstadt? Von wegen!

Vergeben Sie mir, Eminenz!, musste er wohl zu Richelieu sagen, dem solche Niederlagen erspart geblieben waren. Vergeben Sie mir: Ich tat mein Bestes, doch unsere Gegner waren stärker. Ich verspreche jedoch, dass ich in meinem Mühen nicht nachlassen werde. Ich werde diesem Knaben ein Land übergeben, das ihm gehorcht. Der Thron der Kapetinger soll seine Autorität wiedererlangen.

Doch der Thron der Kapetinger war bereits zu einem nutzlosen Möbel geworden. Das Parlament drehte sich im Taumel der Begeisterung über die gewonnene Macht. Das Volk ließ seine Arbeit liegen und tobte durch die Straßen, und die Grandseigneurs sahen endlich ihre Stunde gekommen, die Macht an sich zu reißen. Ihr heimlicher Anführer, der Koadjutor beim Erzbischof von Paris, Paul de Gondi de Retz, sauste wie eine riesige kohlschwarze Fliege durch die Stadt. Von einer Gruppe zur anderen hetzte er: von den Prinzen zu den Edelleuten, vom Klerus zu den Richtern, von den Kaufleuten zu den Handwerkern. Sogar vor den Bettlern hielt er seine Reden, und allen hämmerte er ein, der gegenwärtige Zustand sei nicht mehr zu ertragen und müsse geändert werden. Sofort. Unter welchen Opfern auch immer. Erst wenn die alte Ordnung aufgebrochen sei, könne man eine neue schaffen. Eine gerechte Ordnung. Er überließ es seinen Zuhörern, wie diese Ordnung aussehen würde. Jeder konnte sich selbst ein Bild davon schaffen, und bei allen, die er ansprach, sah dieses Bild anders aus.

»Retz! Retz!«, rief die Königin voller Abscheu, als Retz wagte, sogar bei ihr um eine Unterredung anzufragen. Trotzdem willigte sie ein, sich mit ihm im Kloster Saint-Honoré zu treffen. Doch für seine Überredungskünste blieb sie taub. Sie konnte kaum glauben, dass er tatsächlich versuchte, sie, die Regentin, am Umsturz zu beteiligen. Mit Mühe behielt sie ihre Freundlichkeit bei und versuchte ihrerseits, Retz auf ihre Seite zu ziehen. Als sie aber das Kloster verließ, hatte sie alle Hoffnung auf eine gütliche Einigung verloren. So befahl sie dem Großen Condé, der mit der Armee triumphierend aus Lens zurückgekehrt war, Paris einzunehmen und die Ruhe wiederherzustellen.

Eine Flucht im Winter

1

Am 5. Januar 1649 verließ Königin Anna, für alle überraschend, mit ihrem Hofstaat Paris, um das auf ihren Befehl hin der Große Condé bereits seine Reihen schloss. Niemand zweifelte daran, dass er mit der aufmüpfigen Stadt und vor allem mit dem Parlament kurzen Prozess machen würde. Wer Condé kannte, wusste, dass er sich gewaltsame Auseinandersetzungen nicht entgehen ließ. Wo er auftrat, floss Blut. Dennoch war er der Einzige, dem es gelingen konnte, die Ruhe in der Hauptstadt wiederherzustellen, das Parlament zum Einlenken zu zwingen und das Volk in seine Häuser zurückzujagen. Wie lange dies jedoch dauern würde, konnte niemand abschätzen, auch nicht, zu welchen Ausschreitungen es dabei kommen würde.

Anna begriff, dass sogar Ludwig und sie selbst in Gefahr schwebten. So beschloss sie, sich und die Ihren für die Zeit der Kämpfe in Sicherheit zu bringen. Erst wenn Condé die Aufrührer zum Schweigen gebracht hatte, sollte der Hof nach Paris zurückkehren. Auf Mazarins Rat nahm Anna als eiserne Reserve für die ungewissen Tage in einer großen Ledertasche einen Teil des Kronschatzes mit. Wie wertloses Talmi stopfte sie die kostbaren Juwelen in das unzulängliche Behältnis und zweifelte plötzlich – in Erinnerung an ihre religiöse Jugend – am Wert aller irdischen Güter.

Nie würde Ludwig vergessen, wie ihn sein Erzieher Villeroy

um drei Uhr morgens aufweckte und ihm gemeinsam mit La Porte beim Anziehen half. Auch Philippe wurde aus dem Bett geholt. Wie immer war er sofort hellwach und schien das unerwartete Abenteuer zu genießen. Im Laufschritt ging es die Treppen hinunter. Vor den Gittern des Palais Royal wartete bereits eine lange Reihe von Kutschen. Die Königin bestieg mit Mazarin die geräumigste von ihnen. Vorher umarmte sie noch einmal unter Tränen ihre Söhne und versicherte ihnen, bald würde alles wieder gut sein. Dann zog sie einen Seidenschal vor ihr Gesicht und stieg ein, während die königlichen Knaben mit Villeroy und La Porte in der nächstfolgenden Kutsche Platz nahmen. Dahinter kamen die Mitglieder des Hofstaats, alle übernächtigt und unwillig. Keiner von ihnen war auf eine Reise vorbereitet. Bis zuletzt war es Anna gelungen, die geplante Flucht geheim zu halten, und auch jetzt rechnete niemand damit, lange wegzubleiben.

So rumpelten die Kutschen des königlichen Hauses in mondheller Nacht bis Cours-la-Reine. So mancher sah mit schwerem Herzen die Umrisse der Stadtmauern seinen Blicken entschwinden und fragte sich, wie das alles wohl weitergehen würde.

Es dauerte nicht lange, und die ersten Soldaten tauchten wie schwarze Gespenster neben der Straße auf, blieben stehen und salutierten. Condé begann mit der Belagerung und der Blockade von Paris. Die Zeit der Spielchen war vorüber. Der Bürgerkrieg nahm seinen Anfang, der neunte innerhalb der letzten vierzig Jahre.

Ohne belästigt zu werden, gelangte der königliche Hof nach Saint-Germain, in das Schloss, in dem Ludwig geboren und sein Vater gestorben war. Seither war Ludwig viele Male hier gewesen und hatte sich immer wohlgefühlt. Als er aber diesmal durch das große Tor eintrat, erkannte er die bisher vertraute Umgebung kaum wieder. Da niemand von der Ankunft des Hofes wusste, war im Schloss für den königlichen Besuch nichts vorbereitet worden. Es war nicht üblich, dass die Schlösser des Monarchen zu jeder Zeit bewohnbar eingerichtet waren. Vielmehr transportierte man jedes Mal vor dem Besuch des Königs sein Mobiliar, das Leinenzeug, das Geschirr und die Lebensmittel vorneher, so dass bei der Ankunft der hohen Herrschaften alles Nötige bereitstand. Auch Dienerschaft war zu gewöhnlichen Zeiten nicht vorhanden, nur ein Verwalter und ein paar grobe Knechte.

So kamen die verwöhnten Höflinge in ein Schloss mit leeren Räumen und Sälen. Ein Schloss im Januar, ohne Holz für die Kamine und ohne Wasser. Nicht einmal Betten waren vorhanden. Nur für Anna und die beiden Knaben hatte Mazarin drei kleine Feldpritschen mitbringen lassen, während sich der übrige Hofstaat Stroh aus den Ställen herbeischleppen musste. Man hatte kein Gepäck, keine Decken und keine wärmende Kleidung außer der, die man am Leibe trug. Einige der hohen Herren versuchten, die Lage mit Munterkeit zu entschärfen, doch kaum jemand hatte Sinn dafür. Auf Stroh und mit Stroh zugedeckt lagerten die edlen Damen auf dem glatten Parkett und weinten wie Kinder, und alle gaben wieder einmal Mazarin die Schuld.

Gegen Morgen fing es an zu schneien. Es war bitterkalt, doch zu Mittag klärte sich der Himmel. Die Sonne brach hervor, und der weiche Schnee glitzerte wie Kristall. Philippe, der die Natur liebte und das Leben, lief ins Freie hinaus. Er breitete die Arme aus, als könnte er fliegen, und wälzte sich lachend im Schnee. Als ihn Anna vom Fenster aus sah, schrie sie entsetzt auf und ließ ihn hereinholen. Man schleppte ihn zu ihr. Er lachte noch immer, und seine Augen blitzten. Sein Gesicht war nass vom geschmolzenen Schnee und seine Backen rot wie Äpfel. Anna umarmte ihn und weinte fast: »Du dummes Kind!«, schalt sie ihn. »Begreifst du nicht, dass wir in einer Notlage sind? Wir alle müssen auf uns achtgeben. Wer hier krank wird, überlebt es nicht!« Es traf sie schwer, mit ihren Kindern in einer solchen Bedrängnis hausen zu müssen, und sie wäre nie auf den Gedanken gekommen, dass Philippe in späteren Jahren die Zeit in Saint-Germain als die glücklichste seines Lebens bezeichnen würde.

2

Es gab eine Art Engel in diesen Monaten, einen, auf den alle warteten, auch wenn er nur selten persönlich erschien. Immer wieder aber kamen seine Boten und erleichterten mit ihren Gaben das Leben der Gestrandeten. »Der Sieur Fouquet ist da!«, riefen die, die seine Schlitten von Ferne auftauchen sahen, beladen mit Brennholz, warmen Decken und Lebensmitteln. »Nur das Nötigste, Majestät!«, sagte Fouquet und lachte. Zugleich überreichte er Anna einen großen Korb voll mit Pralinen und anderen Leckereien. Alle Welt wusste, dass Anna nur schwer auf Süßigkeiten verzichten konnte, und tatsächlich freute sie sich über Fouquets Mitbringsel mehr als jemals zuvor über ein kostbares Schmuckstück oder eine Robe.

»Monsieur Fouquet ist der Intendant von Paris«, erklärte sie ihren Söhnen, für die sie hier viel mehr Zeit hatte als in Paris. »Er sorgt für die Verpflegung der Stadt.« Sie lächelte. »Und jetzt auch für die unsere.« Dann drängte sie ihn, sie zu informieren, was in der Hauptstadt geschah und welche Hoffnung bestand, dass man bald wieder zurückkehren konnte.

Die Nachrichten waren gut und schlecht zugleich. Das Parlament bereue bereits, die Macht des Königs so massiv beschnitten zu haben, berichtete Fouquet. Es erkenne, dass es sich damit selbst geschwächt hatte. Doch das Volk sei nur schwer zu zähmen. Es sei verwirrt, verstehe eigentlich gar nichts mehr und hoffe nur noch auf bessere Tage. Manchmal komme es zu Ausbrüchen der Gewalt. Ein paar Diener des Königs seien auf der Straße erkannt worden. Der Pöbel habe sie auf der Stelle totgeschlagen. Die wahren Gewinner seien die Grandseigneurs, und ihre Gier sei längst noch nicht befriedigt. Gaston von Orléans mache sich wieder Hoffnungen auf die Krone, und auch Condé sei nicht zu trauen. Zwar habe er Paris erobert, aber er behandle seine Heimatstadt und ihre Umgebung wie feindliches Gebiet. »Wer sich widersetzt, wird sofort getötet«, erzählte Fouquet. »Ich weiß nicht, Majestät, ob ich Ihnen noch mehr zumuten darf.«

»Ich bin die Regentin«, antwortete Anna gefasst. »Ich muss alles wissen. Außerdem kenne ich Condé zur Genüge. Er ist mein Neffe. Er war ein hässliches, unangenehmes Kind, und er hat sich nicht gebessert, als er erwachsen wurde. Sogar seine eigene Mätresse sagte einmal, er gewänne lieber Schlachten als Menschenherzen.«

»Immerhin hat er uns Paris zurückerobert«, gestand ihm Fouquet zu. »Aber er kann nicht aufhören. Er ist kein Politiker, nur Soldat, und er ist stolz darauf. Er denkt nicht daran, dass er später wieder in Frieden in dieser Stadt leben soll. Er schafft sich ewige Feinde. Gefangene werden in die Seine geworfen, oder man lässt sie nackt erfrieren. Seine Söldner rauben Kirchen aus und foltern die Landbewohner. Man erzählt sich, dass sie Kinder auf dem Herd rösten. Von den Frauen will ich gar nicht reden.«

Anna schauderte, doch sie bat Fouquet weiterzusprechen.

»Sie können jetzt noch nicht zurückkehren, Majestät«, sagte er leise. »Aber lange darf es nicht mehr dauern. Die Stimmung in ganz Europa ist gegen Monarchien eingestellt.« Er zögerte. »Ich möchte Sie nicht erschrecken, Majestät.«

»Reden Sie!«

Fouquet senkte den Kopf. »Ihr Verwandter, der König von England …«

»Karl?«

»Er ist getötet worden.«

»Getötet? Was heißt das? Wie denn?«

Fouquets Augen waren voller Mitleid. »Verzeihen Sie, Majestät«, sagte er. »Man hat ihn enthauptet.«

Anna konnte sich kaum noch aufrecht halten. Sie schrie nicht auf. Sie weinte nicht. Sie meinte nur, sie würde nie wieder lachen können.

Fouquet wartete auf eine Antwort. Als Anna jedoch schwieg, stand er auf und verbeugte sich. Anna sah ihm nicht nach, als er den Raum verließ.

Ludwig ergriff ihre Hand. »Können wir diesem Mann trauen?«, fragte er.

Anna nickte. »Wie uns selbst!«, antwortete sie, doch ihre Gedanken waren anderswo.

Ludwig atmete auf. Trotz der schlimmen Nachrichten hatte er auf einmal ein gutes Gefühl. »Bin ich ihm schon einmal begegnet, Maman?«

Anna sah ihn zerstreut an. »Wem?«, fragte sie.

»Monsieur Fouquet.« Es kam Ludwig immer mehr vor, als kenne er diesen Namen längst.

Doch Anna schüttelte den Kopf. »Bestimmt nicht«, antwortete sie. »Er ist erst seit kurzer Zeit wieder bei Hofe.« Sie legte ihre Finger an die Schläfen. »Mein lieber Sohn«, murmelte sie, »wissen Sie, was diese Nachrichten bedeuten? Man hat einen König hingerichtet! Nicht bei einem Attentat auf der Straße ermordet wie Ihren Großvater Heinrich, was einem Heldentod im Krieg gleichkommt. Aber nein, diese Ehre blieb Karl versagt! Sie haben ihn hingerichtet wie einen Verbrecher!« Sie schüttelte den Kopf. »Dabei gelten die Engländer als viel besonnener als unser Volk.« Tränen traten in ihre Augen. »Ich wollte, ich wäre nie in dieses Land gekommen! Als junges Mädchen träumte ich immer davon, in ein Kloster einzutreten. Wie friedlich könnte ich leben, wenn man es mir erlaubt hätte!« Sie zog Ludwig an sich. Er ließ es geschehen. Die Berührung ihres warmen Körpers erinnerte ihn an seine frühe Kindheit. Wie sehr hatte er seine Mutter damals geliebt! Die ruhigen Tage in Saint-Germain ließen ihn manchmal vergessen, wie schmählich sie ihn noch vor Kurzem vernachlässigt hatte.

»Seit ich in Frankreich bin, muss ich immer nur kämpfen«, fuhr Anna klagend fort. »Kein Tag vergeht, an dem ich nicht um meine Position bange und manchmal sogar um unser aller Überleben.« Sie lehnte sich zurück, um Ludwig in die Augen zu blicken. »Mein Gott, wie ich sie alle hasse!«

Schon lange hatte Ludwig seine Mutter nicht mehr aus dieser Nähe gesehen. Ihre Züge waren voller geworden, schwerer, und ihre blauen Augen kamen ihm viel blasser vor als früher. Er erinnerte sich, dass sich Anna immer viel auf ihre weiblichen Reize zugutegehalten hatte. Inzwischen aber war ihre Jugend endgültig vorbei. Nichts erinnerte mehr an die kokette kleine Infantin, die bei dem Namen »Buckingham« so übermäßig errötet war, dass alle meinten, ihr Kopf müsse platzen.

Der Frühling kam und machte den Aufenthalt in Saint-Germain erträglicher. Fast jeden Tag lieferten Fouquets Bedienstete Lebensmittel und luxuriöse Kleinigkeiten, die den Alltag ein wenig angenehmer gestalteten. In den ersten Wochen hatten es die Höflinge noch amüsant gefunden, sich nicht rasieren zu können und fast wie Piraten herumzulaufen. Danach aber erschien allen das ungewohnte Leben von Tag zu Tag abscheulicher, und sie ließen ihre Unzufriedenheit aneinander aus. Ständig kam es zu Streit und kleineren Handgreiflichkeiten.

Wie auf einer einsamen Insel lebten sie. Da Anna keinen Zugang zu ihren Finanzen hatte, konnte sie ihr Personal bald nicht mehr bezahlen und musste die Pagen entlassen. Als sie schon überlegte, mit Fouquets Hilfe die Diamanten der Krone zu verpfänden, traf ein Bote von Condé ein und meldete, Paris sei befriedet. Der Hof könne nun zurückkehren. Da war es bereits Sommer, und Ludwig hatte endgültig verlernt, sein Volk zu achten oder gar zu lieben.

3

Am 18. August 1649 kehrten Ludwig und Anna mit ihrem Hofstaat nach Paris zurück. Mazarin war schon zwei Wochen vorher aufgebrochen, um die Sicherheitslage zu prüfen und die Ankunft des Königs und seiner Begleitung vorzubereiten.

Die Sonne brannte vom Himmel, als sich ihre Kutschen der Hauptstadt näherten. Am Straßenrand warteten immer wieder Gruppen von Dorfbewohnern. Jedes Mal, wenn in der Ferne eine Menschenansammlung zu erkennen war, konnte Anna vor Angst kaum atmen. Sie dachte an das Schicksal des englischen Königs und das so vieler Monarchen, die dem Zorn ihres Volkes zum Opfer gefallen waren. Wer würde sie, Anna, und ihre

Söhne schützen, wenn die Menge über sie herfiele? Auf die Garde konnte man nicht zählen angesichts der Menschenmassen, die in Paris zu erwarten waren.

Welch ein Erstaunen aber, als die Bauern vor den Dörfern dem königlichen Gefolge freundlich zuwinkten! Manchmal liefen junge Leute neben Annas Kutsche her und hielten der Königin lachend Blumensträuße entgegen. Trotzdem wagte sie nicht, das Fenster zu öffnen, sondern winkte nur auf die distanzierte, huldvolle Weise, die man sie schon als Kind gelehrt hatte. Enttäuscht verlangsamten die Grüßenden ihre Schritte. Sie blieben stehen und sahen dem Gefolge nach, während sie der aufgewühlte Straßenstaub umschloss und unsichtbar machte.

Die Hitze in den Kutschen war kaum zu ertragen. Trotz aller Verbote öffnete Philippe das Wams und den Hemdkragen und pustete auf seine nackte Brust. La Porte blickte zur Seite und verbarg ein Schmunzeln, doch Villeroy erinnerte den Knaben streng an seine Herkunft als Mitglied der königlichen Familie. Erst nach einer Weile gehorchte Philippe, nicht ohne aber mit dem Kinn auf Ludwig zu weisen: »Er da ist der König. Er muss perfekt sein. Ich bin bloß der kleine Bruder.«

In der Stadt waren die Straßen voller Menschen. Ludwig konnte kaum glauben, dass auch sie ausgelassen winkten. War es wirklich möglich, dass sie sich freuten? Sie: diese Menschen, die noch vor Kurzem Barrikaden errichtet und Schmählieder gesungen hatten. »Der Pöbel ist launisch wie der April«, hatte Mazarin oft gesagt, und ihm war anzusehen gewesen, dass er den April nicht mochte. Auch Ludwig, der nun in seine Stadt zurückkehrte, glaubte in den freundlichen Gesichtern am Straßenrand die mögliche Fratze des Aufruhrs zu erkennen.

Sie erreichten das Palais Royal und stiegen aus. Vor dem Tor wartete eine Abordnung der Garde. Als Anna das Palais betreten wollte, öffnete ihr niemand das Tor. Vielmehr trat ein Offizier vor sie hin, salutierte und versperrte ihr den Zugang.

»Was soll das?«, fuhr ihn Anna an, doch er bewegte sich nicht zur Seite. Wie abgewiesene Bittsteller standen Regentin und König vor dem eigenen Palast, fast verschmachtet nach der langen Fahrt in glühender Sonne.

Es schien eine Ewigkeit zu dauern, bis sich endlich das Tor von innen öffnete und der Große Condé in Begleitung eines riesigen Gefolges selbstbewusst herausstürmte, als wäre er der König und nicht der Knabe, der hier wartete und die Hitze kaum noch ertrug. So energisch eilte Condé ins Freie, dass Anna nichts anderes übrigblieb, als zurückzuweichen und Platz zu machen für Monsieur le Prince und sein Gefolge. Bis zu den Kutschen wurde die königliche Gesellschaft zurückgedrängt, während Condé sich mit ironischem Lächeln verbeugte und höflich-herablassend seinen Federhut schwang. Mit seiner knarzenden Stimme begann er eine Begrüßungsrede.

Doch Anna hatte inzwischen ihre Fassung zurückgewonnen. Sie ging stracks auf Condé zu und wischte ihn mit dem Unterarm wie ein lästiges Insekt zur Seite. Überrumpelt taumelte Condé und ließ sie vorbei. Ohne ihn weiter zu beachten, drängte sich Anna durch sein Gefolge, das verblüfft auseinanderwich, und trat in das Schloss. Ludwig und der Hofstaat eilten im Laufschritt hinter ihr her. Die Letzten des königlichen Gefolges – niemand wusste später, wer es eigentlich gewesen war – drückten mit vereinter Kraft die Flügel des Palasttores zu und verriegelten es von innen, sodass nun der Große Condé seinerseits in der Sommerhitze stand und innerlich Rache schwor.

Zum Palast!

1

Anders als sein Bruder Philippe war Ludwig nie ein heiteres Kind gewesen. Die schlimmste Erinnerung an seine jungen Jahre aber war und blieb jene Sommernacht im Jahre 1650, als der Pöbel von Paris an die Tore des Palais Royal hämmerte und mit Geschrei und Gejohle Einlass begehrte.

Ein Jahr des Streits und der Ungewissheit lag hinter Anna und ihren Söhnen, ein ständiger Kampf gegen die prinzliche Verwandtschaft, allen voran der Große Condé, der alles tat, um Anna zu erniedrigen. Er bezahlte junge Männer, die ihr als bestellte Amants den Hof machen sollten, um sie abzulenken, unter ihnen der weichliche, elegante Marquis de Jarzé, der vor Jahren mit seinem Jagdwams aus Brüsseler Spitzen Ludwigs Neid erregt hatte. Sogar der Aufrührer Retz, dem man den Kardinalshut in Aussicht gestellt hatte, machte sich an die Königin heran. Noch immer schätzte man sie als die naive Kokette ein, die sie einmal gewesen war, und bedachte nicht, dass sie inzwischen Erfahrungen gesammelt und erlebt hatte, dass es nicht jeder ehrlich meinte, der ihr versicherte, sie sei die Schönste der Welt und er liebe und verehre sie wie noch nie eine Frau zuvor. Wider Condés Erwarten kanzelte sie die eitlen Herrchen mit barschen Worten ab, auch den ehrgeizigen Retz, und erteilte schließlich den Befehl, Condé und seine engsten Mitstreiter zu verhaften und in Vincennes festzusetzen.

Damit erreichte der Bürgerkrieg einen neuen Höhepunkt. Keiner der Grandseigneurs liebte Condé. Die meisten von ihnen hatten sogar jeden Grund, ihn zu verabscheuen. Dennoch war er einer der ihren, und was ihm angetan wurde, konnte auch jeden anderen von ihnen treffen. Man durfte der Regentin nicht gestatten, die Blüte des französischen Adels wie Verbrecher zu behandeln. So zogen die Grandseigneurs und ihre Damen ins Feld. Als wäre das alles nur ein unverbindliches Spiel, wiegelten sie die Provinzen auf und belagerten die königlichen Festungen. Die Fronde der Aristokratie nahm ihren Anfang und löste jene des Volkes und jene des Parlaments ab.

Doch auch Anna zögerte nicht. Sie hatte gelernt, den Zorn, der sie so oft überfiel, als einen göttlichen Hinweis zu erkennen, der ihr sagte, wann ein Aufbegehren nicht mehr hingenommen werden durfte. So legte auch sie ihr Kriegsgewand an und begab sich ebenfalls ins Feld.

Ludwig begleitete sie. Nie würde er vergessen, wie in Condés eigenem Gouvernement Burgund die königliche Armee die Festung Bellegarde belagerte. Auf Annas Wunsch inspizierte Ludwig selbst mit großem Ernst seine Truppen, während die Rebellen von der Mauer aus zusahen. Als er näher kam, brachen sie in höhnisches Gelächter aus und riefen laut: »Vive le roi! Es lebe der König!« Zur gleichen Zeit erteilten sie den Schießbefehl. Der Hauptmann, der Ludwig begleitete, stürzte getroffen zu Boden. Ludwig wusste, dass die Schüsse ihm gegolten hatten.

Zur Strafe ließ Anna das prachtvolle Schloss von La Rochefoucauld in Verteuil schleifen. Mochten die hohen Herrn und ihre Damen die Fronde auch als eine amüsante Maskerade und als Liebesreigen mit wechselnden Partnern auffassen – in Wahrheit ging es um Leben und Tod. Es ging um die Macht, um die Krone und vor allem um den zwölfjährigen König, der allen im Wege war.

Von Tag zu Tag verschlimmerte sich die Not im Lande. Inzwischen hatten auch die Spanier die Schwäche ihres Feindes erkannt und rückten triumphierend von Norden her in Frankreich ein. Ihr Ziel war Paris. Auf einmal schien es denkbar, dass das glorreiche Frankreich in die Hände des Erzfeindes fiel.

Das Volk litt. Es gab keine Ernten mehr, keine Weinlesen, und alle Soldaten ernährten sich auf Kosten des Landes: die Spanier, die Franzosen selbst und die Söldner aus allen Teilen Europas, die vom Dreißigjährigen Krieg übriggeblieben waren und den Weg in ein friedliches Leben nicht mehr gefunden hatten. Bezahlter Abschaum ohne Bindung an irgendein Land oder an eine Moral und ohne einen Rest von Mitgefühl für jene, die sie beraubten, quälten oder gar ermordeten. Trunkene Totentänzer auf den Trümmern einer Ordnung, die selbst auch nicht vollkommen gewesen war.

Das Volk beschuldigte Mazarin. Ohne ihn, behauptete man, wäre es niemals so weit gekommen. Man verbrannte Stoffpuppen, die aussahen wie er, und hängte ihn in effigie. Ein letztes Mal versuchte Mazarin, das Parlament für sich zu gewinnen, doch er erreichte nur das Gegenteil. Ohne die Regentin zu befragen, beschlossen die Parlamentsräte die Befreiung Condés und der anderen Prinzen und setzten Mazarin als Premierminister ab.

Dies war der Moment, in dem sogar Mazarin, der Diplomatische, allzu Geschmeidige, seine Beherrschung verlor. Nach Atem ringend verglich er in heftigen Worten den Adel und das Parlament mit den englischen Königsmördern. Noch während er sprach, wusste er schon, dass er damit zu weit ging und dass seines Bleibens nun nicht länger war. Zitternd und blass wie der Tod verließ er den Saal und kehrte in den Palast zurück. Dort raffte er die Krondiamanten zusammen, verkleidete sich als Musketier und floh erst nach Saint-Germain und dann weiter nach Deutschland. In seiner Begleitung befand sich sein Sekretär Colbert.

2

In Paris sammelten sich mittlerweile die Bürgermilizen. Die Stadt brauste vor Lärm. Das Volk machte die Nacht zum Tage. Überall Fackeln, überall Feuernester, als sollte die große Stadt bald ein Opfer der Flammen werden.

Aus irgendwelchen Quellen entstand in den Gassen das Gerücht, auch die Königin sei mit ihren Söhnen geflohen. Mazarin habe sie dazu überredet. Natürlich Mazarin! Es gebe keine Regentin mehr, hieß es, und keinen kleinen König. Das Land sei ohne Herrscher. So gut wie ein jeder könne es an sich reißen, könne Frankreich pflücken wie einen reifen Apfel. Man brauchte nur die Dreistigkeit dazu, und der Dreisteste war nicht unbedingt der Beste.

Plötzlich ging die Angst um. Wie auch immer man bisher über die Spanierin und ihren Sohn geredet hatte, wie tief auch immer man meinte, sie zu verabscheuen – auf einmal fehlten sie. Niemand hatte je von einem Frankreich gehört, das keinen König hatte. Ein König – das bedeutete Tradition und Stabilität. Mochte er sein Amt gut oder schlecht ausüben, blieb er doch immer der König von Gottes Gnaden. Wenn die Regentin und ihr Sohn nicht mehr da waren, war das Land wie eine Familie ohne Vater und Mutter. Jeder würde plötzlich tun und lassen können, was er wollte. Bald würde es überhaupt kein Gesetz mehr geben und keine Gerechtigkeit.

Auf einmal schien es dem Volk, als gäbe es in Paris nur einen einzigen Platz der Hoffnung. Einen einzigen absoluten Mittelpunkt, der Sicherheit versprach, Ordnung und Schutz: der Palast des Königs, das Palais Royal, von dem aus schon Richelieu regiert hatte, den man einst ebenso infrage gestellt hatte wie später Mazarin, der aber wie sein Monarch und wie nun der Kindkönig Ludwig garantierte, dass die gottgegebene Ordnung erhalten blieb.

Von allen Seiten strömte das Volk von Paris auf den Palast zu. Es hatte sich herumgesprochen, dass die Stadttore inzwischen geschlossen waren. Es hieß, Mazarin habe dies veranlasst, damit die flüchtige Königin und ihre Söhne nicht eingeholt werden konnten. In Wahrheit aber stammte die Unterschrift zu dem Befehl von Madame, der Gattin Gastons von Orléans, der sich wieder einmal Chancen auf den Thron ausrechnete, aber nicht mutig und entschlossen genug war, die Verantwortung zu übernehmen. So unterzeichnete seine Gemahlin in unleserlicher Handschrift den Befehl und sah sich bereits als Königin. Ihre beste Freundin, die Herzogin von Chevreuse, einst die beste Freundin der Königin, beglückwünschte sie dazu.

»Zum Palast!«, schallte es durch die Straßen. »Zum König!« Niemand wusste mehr, was Gerücht und was Wahrheit war – ob die Königin nicht doch schon längst über die Grenze entkommen war oder ob sie sich noch wie ein gefangenes Wild in ihrem Palast versteckte. Die kleinen Leute in ihrer Sorge und ihrer Hysterie hofften wohl, sie wäre noch da und mit ihr die Aussicht, dass es irgendwann einmal doch wieder Frieden gab und die plündernden Soldaten dorthin zurückgepfiffen wurden, wo der Pfeffer wächst.

3

Auch Anna im königlichen Palast konnte den Lärm, der bis zu ihren Gemächern heraufdrang, nicht einordnen. Sie ließ ihre Söhne holen und umarmte sie, als wäre es das letzte Mal. »Das ist die Revolution, meine Kinder!«, flüsterte sie und wünschte sich vergeblich ihren Beichtvater herbei, um nicht ohne Vergebung der Sünden sterben zu müssen. »Man wird uns töten wie den König von England! Oh, dieses schreckliche Volk!«

Vorsichtig schob sie die Vorhänge zur Seite. Der Platz vor dem Palast war voller Menschen. Im Fackelschein sah es aus, als drohten sie alle mit den Fäusten. Dann hämmerten die ersten an die Tore und forderten Einlass. »Was ist mit den Wachen?«, fragte Anna verzweifelt La Porte, der schweigend an der Türe stand. »Warum verteidigen sie uns nicht? Was sollen wir nur tun? Wir können doch nicht tatenlos warten, bis der Pöbel hereinstürmt!«

In diesem Augenblick klopfte es leise an die Tür. Anna schrie auf und sah sich nach einer Fluchtmöglichkeit um. Doch da öffnete sich die Tür bereits, und ein Mann trat hastig herein. Er hatte eine Kapuze über den Kopf gezogen, sodass sein Gesicht nicht zu erkennen war. Erst als er die Kapuze zurückschob, sahen sie, dass es Fouquet war.

Die Königin atmete auf. »Monsieur Fouquet!«, flüsterte sie. »Hören Sie es? Man will uns töten. Sagen Sie uns, was wir tun sollen!«

Fouquet legte seinen Umhang ab und reichte ihn La Porte. Er trat auf die Königin zu und führte sie zu ihrem Sofa. Erleichtert setzte sie sich, gehorsam wie ein Kind, und starrte Fouquet an, als könne nur er allein sie noch retten.

Erst jetzt verneigte sich Fouquet. »Sie verkennen die Lage, Majestät«, sagte er sanft. »Man will Sie nicht töten und auch nicht Ihre Kinder. Man möchte sich nur vergewissern, dass Sie das Land nicht verlassen haben. Wenn Sie den Beweis dafür liefern, wird man sich beruhigen und nach Hause gehen.«

Anna zitterte noch immer, doch ihr Atem wurde ruhiger. »Meinen Sie, Monsieur Fouquet?«, fragte sie, noch immer ängstlich. »Hören Sie denn nicht, wie sie schreien?«

»Sie rufen nach Ihnen, Majestät. Nach Ihnen und nach dem König.«

Anna blickte ihn zweifelnd an. »Sie meinen, wir sollen ans Fenster treten? Und was, wenn man auf uns schießt?«

Fouquet schüttelte den Kopf. »Es ist dunkel, Majestät. Man würde Sie nicht erkennen und vielleicht einen Betrug vermuten.«

»Und dann?«

»Dann könnte es wirklich gefährlich werden, Majestät.« Er beugte sich vor. »Meine Beobachter berichten mir, dass Monsieur de Retz auf dem Weg zum Palast ist, um zum Volk zu sprechen. Ich glaube nicht, dass er in unserem Sinne zu reden gedenkt.«

Anna senkte den Kopf. »Retz!«, flüsterte sie voller Abscheu.

»Er würde alles tun, um uns aus dem Weg zu räumen.« Ihre Augen verdunkelten sich bei der Erinnerung an das geheime Treffen im Kloster, zu dem sie sich herabgelassen hatte. Der Aufsteiger Retz würde nie verzeihen, wie verächtlich sie ihn behandelt hatte, als er ihr angeboten hatte, ihr den Thron zu retten, wenn sie ihn an Mazarins Stelle treten lasse.

»Als eine Art heimlicher Gatte, Majestät. Das ist der Herr Kardinal doch, nicht wahr?«

Anna kannte das Gerücht. Tatsächlich hatte es in ihrem Leben Zeiten gegeben, in denen es sie zu Mazarin hinzog, weil sie sich immer noch jung fühlte, weil er ständig um sie war und weil er – wenn er wollte – gewinnend sein konnte und ihr zu verstehen gab, dass auch er sie begehrte. Nie hatte Anna gelernt, ihre sinnlichen Gefühle zu verbergen, und so wusste bald jedermann bei Hofe, wie es um sie stand.

Doch die ständigen Sorgen hatten sie ausgelaugt. Inzwischen war Mazarin längst kein möglicher Liebhaber mehr für sie, und schon gar nicht ein Gatte. Was sie wollte, war Sicherheit, und sie hatte begriffen, dass die Sicherheit der Könige einen ganz anderen Namen trug: Macht! Ohne Macht waren Anna und ihre Söhne schutzlos, und wer ihr die Macht entriss, war ihr Todfeind. »Retz!«, wiederholte sie und schwor sich, dass der Augenblick kommen würde, an dem Retz ihre Macht spüren würde. Während sie unbewusst die Fäuste ballte, fiel ihr Blick auf Ludwig, der sie anstarrte. Sie sah, dass seine Augen schmal wurden.

»Retz!«, flüsterte auch er. »Die schwarze Fliege!«

Mit einer Handbewegung bedeutete Anna Fouquet, sich zu setzen. »Sie verlangen doch nicht von mir, dass ich zu denen hinuntergehe?«, fragte sie.

Fouquet nahm ihr gegenüber Platz. »Nein, Majestät«, antwortete er sanft. »Aber Sie müssen dem Volk erlauben, sich hier im Palast von Ihrer Anwesenheit zu überzeugen.«

Anna fuhr auf. »Sind Sie wahnsinnig, Monsieur? Ich soll dem Pöbel die Tore öffnen?«

Fouquet blieb ruhig. »Wenn Sie es nicht tun, Majestät, wird die Stimmung da draußen umschlagen, und die Tore werden Sie nicht mehr schützen.«

Anna erhob sich und trat noch einmal ans Fenster, als könnte sie ihrem ersten Eindruck nicht trauen. Durch den Spalt zwischen den Vorhängen schien es ihr, als hätte sich die Menschenmenge inzwischen verdoppelt. Auch der Lärm war größer geworden, weil wohl auch die Ungeduld gewachsen war. Anna starrte hinaus und wurde plötzlich ganz ruhig. Es war wie im Krieg, und den Krieg kannte sie. Man musste abschätzen, wie viele Truppen man zur Verfügung hatte, wie viele Waffen und wie man sich die örtlichen Gegebenheiten zunutze machen konnte. Danach musste getan werden, was die Lage erforderte.

Anna ließ den Vorhang fallen und drehte sich um. »Wie stellen Sie sich das vor?«, fragte sie mit kalter Stimme. »Wir können Sie doch nicht alle hier hereinlassen!«

Fouquet hatte sich ebenfalls erhoben. »Eine Abordnung, Majestät! Aber sie muss groß genug sein, damit man ihr traut.«

»Wie viele?«

Fouquet zuckte die Achseln. »Entscheiden wir nach Gefühl, Majestät«, sagte er. »Damit draußen Ruhe einkehrt, müssen wir viele von ihnen in den Palast lassen, aber hier in Ihre Gemächer nur einige wenige.«

Anna fuhr auf. »In meine Gemächer?«, rief sie empört. Die einstige Infantin von Spanien erinnerte sich daran, dass in ihrer Heimat mit dem Tode bestraft wurde, wer einem Mitglied der Herrscherfamilie zu nahe kam. Fouquet blickte ihr in die Augen. »Es geht nicht anders, Majestät«, beharrte er sanft.

»Und wenn sie da sind?«, Annas Hände suchten das Kreuz auf ihrer Brust. »Hier, in meinen eigenen Räumen?«

Fouquet dachte nach. »Ich werde versuchen, einen Anführer ausfindig zu machen oder mehrere«, sagte er dann. »Man muss ihnen das Gefühl vermitteln, dass alles in Ordnung ist, dass Sie, Majestät, keine Angst haben und Ihr Leben weiterführen, als wäre nichts geschehen.« Plötzlich lächelte er. »Majestät, erlauben

Sie mir, ausnahmsweise etwas zu sagen, was ich sonst nie sagen dürfte: Sie sind eine schöne, bezaubernde Dame. Die Männer aus dem Volk werden Ihrer Liebenswürdigkeit nicht widerstehen können. Seien Sie bitte ganz Sie selbst! Plaudern Sie mit ihnen, als gehörten sie alle zum Hofe. Als wären sie Freunde.«

Anna wurde blass, dann errötete sie auf einmal wie einst in den schönen Tagen. »Muss das sein?«, fragte sie und war doch schon halb gewonnen. Wer sie an ihren Charme erinnerte, weckte ihn.

Fouquet nickte. »Ja, Majestät!«, erklärte er. »Es muss sein. Eine schwere Aufgabe, würdig einer Königin, die ihrem Sohn den Thron retten will.« Er drehte sich zu La Porte um. »Bringen Sie den Prinzen Philippe in sein Zimmer, Monsieur! Er soll sich zu Bett legen und wenn er kann, einfach schlafen. Niemand wird ihn belästigen.«

Anna fuhr auf. »Meine Kinder bleiben bei mir!«, rief sie entschlossen.

Fouquet verbeugte sich. »Es soll sein wie an einem ganz normalen Abend, Majestät«, erklärte er mit besänftigender Stimme. »Prinz Philippe liegt in seinem Zimmer, und auch der König schläft bereits, denn es ist spät.« Er verneigte sich vor Ludwig, der schweigend zugehört hatte. »Wir sollten die Situation allerdings übersichtlich halten. Sie, Majestät, sollten hier im Nebenzimmer schlafen.«

»Aber das ist mein Schlafgemach, Monsieur!«, wandte Anna ein. »Was soll er da?«

Doch Ludwig hatte verstanden. »Ich werde nicht schlafen, Maman«, erklärte er. »Ich werde nur so tun.« Allein der Gedanke an die ungebetenen Besucher bereitete ihm Übelkeit. Doch er begriff, dass Fouquet recht hatte.

Fouquet verneigte sich dankend. »Legen Sie sich bitte ins Bett, Majestät, und decken Sie sich zu«, sagte er. Und dann: »Aber behalten Sie Ihre Stiefel an!«

Ludwig wurde blass, doch er nickte. Er ging hinaus und schloss die Türe hinter sich. Anna wollte ihm folgen, aber Fouquet hielt sie zurück.

»Die Stiefel?«, fragte Anna heiser. Tränen schossen ihr in die Augen. »Womit rechnen Sie, Monsieur?«

Fouquets Miene war ernst. »Mit allem, Majestät. Sagen wir: mit dem Schlimmsten, aber auch mit dem Besten, was immer das sein mag. Eines weiß ich: Wir können uns nicht entziehen. Einfach nur abzuwarten wäre tödlich. Überlassen wir nicht den anderen die Entscheidung! Nehmen wir die Situation selbst in die Hand!« Er gab La Porte ein Zeichen, Philippe fortzubringen, doch Anna stürzte sich auf ihren kleinen Sohn und riss ihn in die Arme. »Mein süßes kleines Mädchen!«, rief sie weinend. »Warum soll er fort? Er kann doch ebenso gut hier schlafen.«

Doch Philippe machte sich los. Er verbeugte sich und küsste Annas Hand. »Gute Nacht, Maman«, sagte er ruhig und folgte La Porte.

Anna starrte ihm nach.

»Sie haben Grund, auf Ihre Söhne stolz zu sein«, sagte Fouquet. »Würden Sie jetzt bitte Ihren Schmuck ablegen? Eine große Königin wird die Männer aus dem Volk empfangen, aber zugleich auch eine einfache, mütterliche Frau, der sie vertrauen können. Verstehen Sie, was ich meine, Majestät?«

Anna nickte. »Ob mir das alles gelingt?«, fragte sie zweifelnd.

Fouquet lächelte aufmunternd. »Wem, wenn nicht Ihnen, Majestät?«

Da errötete sie wieder und streifte als Erstes ihre Ringe ab.

4

Sie kamen. Ludwig, auf dem Bett seiner Mutter, hörte, wie sie die Treppen herauftrampelten und an den Türen rissen. Auch an die Tür der Königin hämmerten sie und verlangten Einlass. Ludwig wusste nicht, wer ihnen öffnete und zuerst mit ihnen sprach, doch er war überzeugt, dass Fouquet die Situation unter Kontrolle hatte.

Von Dunkelheit umgeben lag Ludwig auf dem Bett. Das Gewicht der Stille im Zimmer drückte auf seine Brust. Wie Fouquet ihm geraten hatte, hatte er die Stiefel anbehalten. Die schwere Überdecke aus Brokat, unter die er geschlüpft war, steckte noch fest in den Seiten und beengte ihn. Mit Händen und Füßen zerrte er sie heraus, strampelnd wie ein Säugling. Noch nie im Leben hatte er sich in ein Bett gelegt, das ihm La Porte nicht vorher gerichtet hatte.

Von draußen drangen Stimmen herein, Gemurmel und das Scharren vieler Füße. Fouquet sagte etwas, das fast wie eine Begrüßungsrede klang, freundlich und melodisch wie immer bei ihm, und wirklich verstummte das Murren nach und nach und Stille trat ein.

Ludwig konnte sie sich nicht vorstellen, da draußen im eleganten Salon seiner Mutter. Volk, Pöbel, Kanaille: Er hatte sie schon unzählige Male gesehen, in den Straßen von Paris und in den Dörfern, durch die die königlichen Kaleschen ihre edle Fracht zu den Sommerpalästen befördert hatten. Die Knaben, denen aufgetragen war, ihm Gesellschaft zu leisten, pflegten zu sagen, das Volk sei schmutzig und habe einen Geruch wie ein Schweinestall. War es wirklich möglich, dass sich solche Kreaturen im Palast aufhielten, nah, ganz nah bei der Königin, sodass sie nur die Hand auszustrecken brauchten, um sie zu berühren? In Ehrfurcht oder in Hass. Demütig oder mit einem Messer in der Hand.

Ludwig spürte, dass ihm der Schweiß ausbrach. Er dachte an den König von England und was das Volk ihm angetan hatte. Karl I. In Whitehall hatte man ihm den Kopf abgeschlagen. »Das ist kein gutes Jahr für Könige!«, hatte Ludwigs Spielgefährte Rohan boshaft gesagt, und die anderen hatten gelacht.

Kein gutes Jahr für Könige. Ludwig musste auf einmal an seinen Vater denken – zum ersten Mal seit Jahren, vielleicht sogar zum ersten Mal seit seinem Tode. Jedes Mal, wenn der tote König versucht hatte, sich in Ludwigs Gedanken zu drängen, hatte Ludwig die Lider zusammengepresst, um nichts zu sehen und nichts zu hören. Er wollte, dass sein Vater verschwunden war.

Für immer! Schwach und krank war er gewesen. Nur so war es möglich, dass seine Witwe und sein Sohn nun hilflos der Willkür des Pöbels ausgeliefert waren. Kein König, der für die Seinen sorgte. Kein König wie jener im Märchen von der »Eselshaut«, das Ludwig früher so geliebt hatte. Kein König, an den sich Ludwig erinnern wollte.

Auf einmal wurde es im Nebenzimmer noch stiller als zuvor. Dann hörte Ludwig plötzlich die Stimme seiner Mutter. Einzelne Wörter verstand er sogar: Krieg, Not, Hunger. Auch vom König sprach sie, also von ihm, Ludwig, von Feinden und von der Sehnsucht nach Frieden. Kein anderer Laut war mehr zu vernehmen, nur Annas Stimme, so ruhig und sanft und doch so kräftig wie niemals sonst. Kein Schmollen, kein Jammern. Die Stimme einer Königin!, dachte er und war auf einmal sicher, dass nun alles gut werden würde. Seine Mutter würde die Eindringlinge veranlassen, einfach wieder wegzugehen, weg aus dem Palast, zurück in ihre eigenen Wohnungen und in ihr eigenes Leben.

Doch dann zuckte er zusammen. Er hörte, wie seine Mutter näher kam und die Türe zu dem Raum, in dem er lag, öffnete. »Kommen Sie, meine Herren!«, sagte sie liebenswürdig. »Überzeugen Sie sich selbst! Ihr König hat Sie nicht verlassen. Er wird Sie nie verlassen und immer für sein Volk da sein.«

Ludwig hielt die Augen fest geschlossen, um schlafend zu erscheinen. Nur einmal blinzelte er kurz und sah, wie La Porte einen Leuchter mit mehreren brennenden Kerzen auf das Tischchen neben dem Bett stellte. Der Lichtschein fiel direkt auf Ludwigs Gesicht. Schnell schloss er die Augen wieder. Er spürte den kalten Schweiß der Angst auf seiner Stirn und in seinen Achselhöhlen. Trotzdem nahm er sich zusammen und gab weiterhin vor zu schlafen. Er vernahm die Schritte der Fremden, die das Zimmer betraten, langsam und zögernd, aber doch zielstrebig.

»Mein Sohn schläft bereits«, erklärte Anna mit zärtlicher Stimme. »Wir wollen ihn nicht stören. Seien Sie bitte leise, wenn Sie ihn ansehen!«

Sie waren leise, aber sie waren da! So nah neben ihm, dass er sie riechen konnte. Sie rochen nicht alle gleich, während sie sich neugierig über ihn beugten, aber alle rochen schlecht. Schweiß, Tabak, Fusel, Gewürze – eine Unzahl von Gerüchen, die sich vermischten und im Raum verteilten, dass Ludwig meinte, sie beinahe greifen zu können.

In einer langen Schlange stellten sie sich an, um ihn zu sehen. Die ersten Besucher waren noch schüchtern, vorsichtig und ängstlich, und wenn sie in den Salon zurückkehrten, berichteten sie den Wartenden, was sie gesehen hatten. Doch nach und nach löste sich die Anspannung. Erste Scherzworte wurden geflüstert. Frauen kicherten und machten frivole Bemerkungen. Manche strichen sogar über die Bettdecke, und einmal legte sich eine warme, raue Hand sekundenlang auf Ludwigs Wange, dass sich die Härchen auf seinen Armen aufrichteten vor Erschrecken, Ekel und zugleich auch in einer unerklärlichen Anwandlung von Lust.

Er wagte nicht, sich zu bewegen. Sein Körper schmerzte, und seine Füße in den Stiefeln waren heiß und schwer. Nach einem kurzen Moment der Ruhe ergriff ihn wieder die Angst. Mochte die Menge auch besänftigt sein, so genügte doch ein einziger Attentäter, der am Ende tatsächlich sein Messer aus dem Hosenbund zog und gegen ihn erhob. Wenn der Mörder Glück hatte, konnte er sogar in der Menge untertauchen und entkommen. Ein nächtlicher Palast voller Menschen, deren Stimmung unberechenbar war … *Der Pöbel ist launisch wie der April! Ein Wind der Fronde hat sich erhoben*, erinnerte sich Ludwig.

Die Zeit verging. Der Besucherstrom löste sich auf. Als die Kerzen schon fast niedergebrannt waren, schlossen sich endlich die Palasttore. Erst jetzt wagte Ludwig, die Augen zu öffnen. Die Königin und Fouquet kamen herein. Annas Gesicht war rot von der Anspannung. »Mein armes Kind!«, rief sie zärtlich und streichelte Ludwigs Wange an der gleichen Stelle, die eben noch von einer ganz anderen Hand berührt worden war.

Ludwig setzte sich auf. Fouquet lächelte ihm zu. Seinem Gewand entströmte ein kaum wahrnehmbarer Duft von Parfum, wie um zu beweisen, dass die Gefahr vorüber war und der stinkende Pöbel sich zurückgezogen hatte. Man war wieder unter sich. »Sie haben eine Schlacht gewonnen, Sire!«, sagte Fouquet anerkennend. »Man kämpft nicht nur mit dem Schwert.«

Ludwig nickte und ließ sich erleichtert auf das Bett zurückfallen. Es ist vorüber!, dachte er. Er schloss die Augen, um sich zu vergewissern, dass es ihm keine Angst mehr machte, nichts zu sehen. Doch im gleichen Moment kehrte die Panik wieder. Er roch den Schweiß der Eindringlinge, spürte die Hitze in seinen Füßen und auf einmal auch den Druck auf seiner Blase. Wie zuvor war er ein Gefangener, und er meinte plötzlich, in seinem ganzen wie aufgebahrt daliegenden Körper zu spüren, wie die Erde sich drehte.

Schnell öffnete er die Augen wieder und blickte in die vertrauten Mienen. Er setzte sich hastig auf und schwang sich aus dem Bett, um der Erdbewegung zu entgehen und der Erinnerung an seine Hilflosigkeit. Zugleich war er sicher, dass er jenen gesichtslosen Kreaturen, von denen er nur den Geruch kannte, niemals vertrauen würde.

Fast ein Freund

I

Manchmal sehnte sich Ludwig danach, einen Freund zu haben. Er war inzwischen vierzehn Jahre alt geworden. Nach dem überlieferten Gesetz der Könige von Frankreich war er nun großjährig. Trotzdem spürte er, dass er noch nicht erwachsen war. Obwohl ihm Anna an seinem dreizehnten Geburtstag offiziell die Regentschaft übertragen hatte, entschieden immer noch andere, wie der tödlichen Herausforderung der Fronde zu begegnen sei.

An der Spitze einer von ihm selbst finanzierten Privatarmee war Mazarin inzwischen aus seinem deutschen Exil zurückgekehrt. Achttausend Soldaten trugen sein Feldzeichen, eine grüne Schärpe. Gleich hinter der Grenze stießen sie auf die Truppen der Madame de Longueville mit ihren isabellfarbenen Bändern. Es war wie in den unseligen Zeiten der mittelalterlichen Anarchie, als jeder Grandseigneur über eigene Soldaten verfügte und jeder nach Lust und Laune jeden bekämpfte.

Mazarin wusste Bescheid, in welches Frankreich er zurückkehrte. Ihm war klar, dass sein Leben einfacher gewesen wäre, wenn er den Lockungen der Katholischen Majestät von Spanien nachgegeben hätte. Goldene Berge hatte ihm Spanien versprochen, während in Frankreich das Parlament ganze Arbeit geleistet hatte: Sein gesamter Besitz war beschlagnahmt, seine prachtvolle Bibliothek mit ihren vierundfünfzigtausend Bänden in alle

Winde zerstreut, seine Häuser versteigert und die unschätzbaren Kostbarkeiten seiner Kunstsammlungen meistbietend verschleudert.

Trotzdem zog es ihn zurück. In Frankreich residierte Anna, deren Schicksal mit dem seinen so seltsam verwoben war; hier lebte sein Patenkind, dem er die Krone bewahren wollte; und hier hielten sich auch die einzigen Verwandten auf, die das Blut seiner Familie in die Zukunft weitervererben würden. Obwohl Mazarin keine eigenen Söhne oder Töchter besaß, würden sich seine Nichten und Neffen mit dem Hochadel Frankreichs vermählen und damit den heimatlosen Giulio Mazarini im Schoß einer aristokratischen Generationenfolge verankern.

Vor allem in seinen Neffen Paul Mancini setzte Mazarin seine Hoffnungen. Als er zurückkehrte und ihm der Hass der Grandseigneurs und des Parlaments entgegenschlug, schien ihm in Wahrheit nur eines wichtig: dass Paul inzwischen siebzehn Jahre alt geworden war. Ein prachtvoller Bursche, der als Offizier für seinen König kämpfte, zugleich ein gebildeter junger Mann von sanftem, verständnisvollem Wesen, vielleicht dazu geboren – so hoffte Mazarin –, der Favorit des Königs zu werden.

Mazarin kannte die Menschen. Seine Karriere beruhte darauf, dass er sie durchschaute und einzuschätzen wusste. Schon während des ersten, kurzen Gesprächs nach seiner Rückkehr, spürte er die Einsamkeit seines Patensohns.

Die meisten von Ludwigs einstigen Ehrenknaben, die ihm auch später Gesellschaft zu leisten hatten, standen nun auf Seiten der Fronde. Nur wenige waren zurückgeblieben: Vivonne, Duplessis-Praslin, Brienne … Doch sie waren Höflinge, keine Vertrauten. Der Krieg hatte ihren Spielraum verengt. Sie fühlten sich wie Gefangene und gerieten immer häufiger miteinander in Streit, ohne zu ahnen, dass es auch die Grandseigneurs der Fronde kaum noch miteinander aushielten und einander wie schlimmste Feinde beleidigten. Handgreiflichkeiten waren an der Tagesordnung und arteten zu regelrechten Raufhändeln aus. Tödliche Duelle wegen nichts und wieder nichts. Alles lief falsch, das spürten beide Seiten. Doch anstatt dem Grauen ein Ende zu setzen, gingen sie immer brutaler vor und vergaßen jedes Maß und jede Achtung vor dem Leben.

Condés Armee war inzwischen auf fünftausend Mann zusammengeschmolzen. Sie lagerte bei Saint-Cloud und wartete auf ihren Einsatz gegen die Truppen des Königs und Mazarins. Schon monatelang hatten die Soldaten der Fronde keinen Sold mehr erhalten. Auch für die Verpflegung mussten sie selbst sorgen. In ihrem Zorn verwüsteten sie die Umgebung von Paris. Sie vernichteten die Ernte und schikanierten die Bevölkerung. Sie plünderten das wenige, das noch vorhanden war, und brannten danach die Häuser der Geschundenen nieder. Feinde im eigenen Land. Das Volk verfluchte sie und betete zum Himmel, er möge die Teufel bestrafen und die Ordnung wiederherstellen. Wenn der König nur zusammen mit Mazarin zu haben war, dann sollte der Italiener eben bleiben. In den Zeiten, als er das Heft noch in der Hand hatte, war man wenigstens sicher gewesen. Es lebe der König!, hieß es auf einmal wieder und: Tod den Grandseigneurs! Tod Condé! Tod seinen Söldnern! Tod ihnen allen, die sogar den spanischen Feind ins Land ließen! Es lebe der König! Es lebe das Volk! Es lebe das arme, gemarterte Frankreich!

2

Die Könige von Frankreich waren immer von Schloss zu Schloss gezogen. Nun aber schien es, als gebe es überhaupt keinen festen Platz mehr für Ludwig und seinen Hof. Man wusste kaum noch, wo sich Ludwig und die Seinen gerade aufhielten. Nur wenige Eingeweihte waren informiert. Zu ihnen gehörte Nicolas Fouquet, der sich während Mazarins langer Abwesenheit vorsichtig und diplomatisch für die Interessen der Krone eingesetzt hatte. Vor allem im Parlament trat er für die Sicherheit des Landes ein und für den Frieden im Innern, der – so betonte er – nur zu erreichen und zu halten sei, wenn König und Parlament am gleichen

Strang zogen. Nur allzu schmerzlich habe man erfahren, wohin man geriet, wenn diese Regel verletzt wurde.

Fouquet war freundlich, fand Ludwig. Fouquet war ehrlich zu ihm. Er beantwortete seine Fragen, ohne ihn wie ein unmündiges Kind zu schonen. Manchmal meinte Ludwig, Fouquet könnte der Vertraute sein, nach dem er sich sehnte, der Freund, der ihm die Welt erklärte und mit ihm lachte. Ja, inmitten des Bürgerkriegs und des menschlichen Elends fand Fouquet immer wieder Worte, die Ludwig aufmunterten. Einen Engel hatte Anna den jungen Mann genannt, als der Hof in Saint-Germain gestrandet war und darauf wartete, dass Condé geruhte, ihn zurückzurufen.

Doch Fouquet kam immer nur wie ein Gast. Er erledigte seine Aufgaben und stieg dann wieder in seine Kutsche. Nie wusste man, wann er auftauchen würde. Manchmal war er in so großer Eile, dass ihn Ludwig kaum zu Gesicht bekam. Mit Bedauern sah er ihn dann gehen, gekränkt und ärgerlich, weil sich Fouquet nicht genug Zeit für ihn nahm.

Mazarin mit seiner Kenntnis der menschlichen Seele durchschaute Ludwigs Dilemma. Er wäre nicht er selbst gewesen, wenn er die Einsamkeit seines Patensohnes nicht sofort als Chance für sich selbst erkannt hätte. Er ließ seinen Neffen Paul Mancini zu sich rufen und stellte ihn vorübergehend vom Kriegsdienst frei. Paul habe ab sofort an der Seite seines Onkels zu leben und dem jungen König Gesellschaft zu leisten.

Paul Mancini gehorchte ohne Widerrede. Von nun an stand er bereit, wann immer der König es wünschte. Er spielte mit ihm Schach, ging mit ihm auf die Jagd und nahm an seinen Fechtstunden teil. Dabei war er stets aufmerksam und heiter. Ludwig konnte sich nicht erinnern, jemals so schöne Stunden verbracht zu haben. Er ließ sich schildern, wie das Leben des jungen Mannes verlaufen war, als er noch in Italien gelebt hatte; wie er sich damals vergnügt hatte und was er über Frauen wusste. Zum ersten Mal interessierte sich Ludwig für einen anderen Menschen, und je mehr ihm Paul erzählte, umso unbefangener öffnete auch Ludwig sein Herz.

Könige hätten keine Freunde, hatte man ihm bisher eingeschärft. Er hatte sich daran gehalten, und auch jetzt gab er nicht alles preis. Trotzdem hielt er es für möglich, dass Paul Mancini ein lebenslanger Vertrauter für ihn werden konnte, vielleicht sogar der treue Freund, von dem die Dichter sangen.

Es war Sommer. Der Hof befand sich in Melun. Ludwig und Paul Mancini schwammen im Teich und liefen um die Wette, bis sie sich außer Atem erschöpft zu Boden fallen ließen. Ihre Haut war braun von der Sonne und ihr Haar viel heller als sonst. Fast den ganzen Tag verbrachten sie miteinander. Sie genossen es, dass sich kaum jemand um sie kümmerte, da die Zeit drängte, um Condé endlich niederzuringen, ehe er und seine Horden die Umgebung von Paris dem Erdboden gleichmachten.

Noch nie hatte sich Ludwig in einer solchen Hochstimmung befunden. Am Morgen stand er viel früher auf als sonst und wartete ungeduldig darauf, dass Paul Mancini auftauchte und ihn mit seinem Elan mitriss. Gemeinsam lachten sie über La Porte, der den jungen Freund mit verdrießlicher Miene ankündigte und ihm, wenn es nur ging, seine Dienste verweigerte. »Ich glaube, er hasst Sie!«, erklärte Ludwig vergnügt. »Bestimmt ist er eifersüchtig.«

Dann kam der Johannistag. Obwohl es noch immer nicht gelungen war, Condé zu entwaffnen, schien Mazarin guter Laune. Er veranstaltete ein kleines Fest für Ludwig und lud mehrere junge Leute dazu ein. Der liebste Gast aber war auch diesmal der hübsche, schwarzhaarige Paul Mancini, der das Fest beherrschte und alle bei Laune hielt.

Es war bereits weit nach Mitternacht, als die Diener anfingen, die Kerzen zu löschen. Ludwig war müde von dem langen Abend, doch satt, zufrieden und fast glücklich. Von der Terrasse, auf der noch die Fackeln loderten, blickte er hinunter auf den Park, der sich in der Nacht verlor. Dann hörte er, wie jemand ins Freie kam und sich näherte. Ludwig zweifelte nicht daran, dass es sein Freund Paul Mancini war. Lächelnd drehte er sich um, doch Paul erwiderte dieses Lächeln nicht. Mit ernster, fast tragischer Miene trat er ganz eng an Ludwig heran und näherte sein Gesicht dem des Königs.

Ludwigs Lächeln erlosch. Wie ein Unbekannter kam ihm Paul auf einmal vor. Aus der geringen Entfernung wirkten seine Züge fremd. Trotzdem wich Ludwig nicht zurück, als riete ihm etwas in seinem Innern abzuwarten. Wollte er verhindern, dass er Paul Unrecht tat? Oder wollte er, dass der junge Mann zu Ende führte, was er sich wünschte?

Doch ein Klirren von Gläsern brach den gefährlichen Zauber. Ludwig und Paul fuhren auseinander und starrten zur Tür, wo La Porte stand. So weiß war sein Gesicht, dass man es sogar im Halbdunkel nicht übersehen konnte. »Sire!«, flüsterte er. »Sire!« Er machte keine Anstalten, die beiden jungen Männer allein zu lassen. Ludwig wollte ihn wegschicken, doch er wagte es nicht. Als hätte dies alles schon gar nichts mehr mit ihm zu tun, sah er mit an, wie sich Paul Mancini vor ihm verbeugte und dann die Terrasse verließ. Die Splitter der zerbrochenen Gläser knirschten unter seinen Schritten. Es kam Ludwig vor, als hätte er diese Situation schon einmal erlebt oder zumindest eine ähnliche. »Ich bin müde, Monsieur!«, sagte er in kühlem Ton zu La Porte. Dieser verneigte sich und eilte davon, um Ludwigs Lager vorzubereiten. Paul Mancini hatte sich lautlos entfernt.

Neun Tage später fiel Mazarins Neffe in der Schlacht gegen Condé. Keiner habe tapferer gekämpft als er, berichtete man. Mit der blanken Waffe habe er sich ins Getümmel gestürzt, als hielte er sich für unsterblich.

»Welch eine glänzende Laufbahn hätte dieser begabte junge Mensch noch vor sich gehabt!«, sagte Königin Anna und tupfte sich die Tränen aus den Augen.

Mazarin antwortete nicht. Die ihn sahen, berichteten, er sei ein gebrochener Mann.

Der junge König ließ nicht erkennen, was er empfand. Er versuchte jedoch nie wieder, eine Freundschaft zu schließen.

Wir haben gesiegt, Sire!

1

Die Schlacht, in der Paul Mancini sein Leben verlor, besiegelte auch das Schicksal der Fronde. Alle Beteiligten hatten die Geduld verloren und sehnten das Ende herbei. Mazarin drängte Generalmarschall Turenne, endlich für eine Entscheidung zu sorgen, und auch der Große Condé war zum Kampf entschlossen. Mit seinen fünftausend verwilderten, halb verhungerten Soldaten verschanzte er sich außerhalb der Pariser Stadtmauern unweit der Bastille. Dahinter, innerhalb des Mauergürtels, lag, vor Schreck erstarrt, die Stadt Paris. Hierher hatte sich Gaston von Orléans zurückgezogen, in seiner Begleitung seine Tochter Anne Marie, die Grande Mademoiselle, die einst gehofft hatte, Ludwigs Gemahlin zu werden, die inzwischen aber ihr Herz an den Großen Condé verloren hatte. Vom Turm der Bastille aus beobachtete sie durch ihr Fernrohr den Truppenaufmarsch und grollte ihrem Vater, weil er Condé nicht unterstützte.

Auch Ludwig und Mazarin befanden sich auf dem Gelände der geplanten Schlacht. Vom Hügel von Charonne aus gedachten sie, den Ablauf der Kämpfe zu verfolgen. Es war der 2. Juli im Jahre 1652, eines der schlimmsten Jahre in der Geschichte Frankreichs.

Alle wussten, dass die Entscheidung bevorstand. Schon in der Morgendämmerung begab sich Königin Anna zum Karmeliterkloster von Saint-Denis und kniete vor dem Altar nieder. Betend verharrte sie dort den ganzen Tag, voller Sorge und zugleich auch voller Hoffnung.

Inzwischen nahmen die Truppen Aufstellung. Es dauerte Stunden, bis sie einander vor den Stadtmauern gegenüberstanden: Turennes königliche Soldaten und die revolutionären des Großen Condé. Die bedrückende Stille wurde nur vom gelegentlichen Scharren und Wiehern der Pferde unterbrochen. Ludwig und Mazarin bebten vor Ungeduld. Sie sandten einen Boten, um nachzufragen, warum Turenne nicht endlich zum Angriff blasen lasse. Der General erwiderte, man warte noch auf die Kanonen des Marschalls de La Ferté. Man brauche sie unbedingt, um Condés Barrikaden niederzuwerfen.

Die Sonne stieg höher, doch La Ferté tauchte nicht auf. Auf dem Hügel von Charonne kursierte bereits das Wort »Verrat«. So entschloss sich Turenne, ohne Artillerie anzugreifen. Wie einst vor Troja marschierten die feindlichen Armeen einander nun aus kürzester Entfernung entgegen. Mann gegen Mann kämpften sie, die blanke Waffe in der Faust. Wolken von Staub wurden aufgewirbelt. Menschen schrien und starben. Pferde stürzten zu Boden und begruben ihre Reiter unter sich.

Gegen Mittag wurde es so heiß, dass Turenne und Condé eine zweistündige Kampfpause ausrufen ließen. Danach veränderte sich das Gleichgewicht der Kräfte, da endlich auch La Ferté mit seiner Artillerie eingetroffen war. Ohne eine Chance auf Gegenwehr wurden die Frondeure von den Geschützen niedergemäht. Wer nicht getroffen war, ließ die Waffen fallen und floh zum Tor Saint-Antoine, um in der Stadt Schutz zu suchen. Doch das Tor war geschlossen, und die Nachdrängenden erdrückten ihre Kameraden, bis sie selbst niedergestoßen und überrannt wurden.

Von ihrer Anhöhe aus überblickten Ludwig und Mazarin das Chaos. »Wir haben gesiegt, Sire!«, flüsterte Mazarin. Noch wusste er nicht, dass sein Neffe für diesen Triumph sein Leben gelassen hatte. »Wir haben gesiegt!« Auf einmal schrie er es, so laut, dass Ludwig seine Stimme nicht wiedererkannte. Welche Erleichterung! Wir haben gesiegt!

Noch nie waren die beiden einander so nahe gewesen. Ihre Gesichter waren rot vor Hitze und nass vom Schweiß, doch ihre Augen glänzten. Auf einmal lachten sie beide und weinten zugleich und umarmten einander. Anspannung und Angst von fünf Jahren Bürgerkrieg schienen von ihnen abzufallen, als hätte es sie nie gegeben, und während die königliche Artillerie ihr Blutbad fortsetzte, dankten König und Kardinal dem Himmel für die Erlösung.

Doch dann schien sich plötzlich etwas zu verändern. Noch immer donnerten die Kanonen. Noch immer brüllten die Fliehenden in ihrer Bedrängnis. Doch hinter den Schwaden von Pulverdampf und Staub bewegte sich auf einmal etwas. Man konnte nicht erkennen, was es war.

Ludwig und Mazarin hielten ernüchtert inne. Sie griffen nach ihren Fernrohren. Da sahen sie es: Von innen her wurde das Tor Saint-Antoine geöffnet. Weit geöffnet. Ganz geöffnet, sodass die besiegte Armee in die Stadt hineinflüchten konnte. In völligem Durcheinander und unter dem Kugelhagel La Fertés drängten sich die Soldaten durch das Tor, stockend, denn einer stand dem andern im Weg, und wer ins Stolpern geriet, wurde niedergetrampelt. Ein langsamer Rückzug, aber doch die Rettung für Condé, der ohne sein Pferd mitten unter seinen Soldaten in die Stadt hineintaumelte, das Gesicht voller Schweiß, Staub und Blut. Mit heiserer Stimme fragte er nach Gaston, der ihn ja wohl gerettet habe.

Als Antwort ein Kopfschütteln. Nicht Gaston sei es gewesen. Der habe sich in den Tuilerien versteckt und wolle niemanden sehen. Er habe nicht einmal versucht, die Schlacht zu beobachten oder sich wenigstens über ihren Fortgang zu informieren. Nein, Gastons Tochter müsse er danken, Anne Marie, der Grande Mademoiselle, die ihm, ihrer heimlichen Liebe, zu Hilfe geeilt sei und die Schöffen der Stadt gezwungen habe, das Tor öffnen zu lassen. Da stiegen Condé, dem Kalten, Steinernen, die Tränen in die Augen. Danach eilte er aber unverzüglich zum Stadttor zurück, um den Rückzug zu regeln.

Als Turenne die Situation erkannte, sandte er sofort seine Kavallerie nach vorne, damit sie die Nachhut der Frondeure am Betreten der Stadt hindere. Doch die Reiter kamen nicht weit. Noch während sie auf das Tor zustürmten, war der Turm der Bastille plötzlich in Rauch gehüllt. Die Donnerstöße der Geschütze bremsten den Schwung der Kavallerie und hielten sie dann ganz auf.

Hinter den Frondeuren schloss sich das Tor. Ein letztes Mal glaubte der Große Condé, den Sieg doch noch errungen zu haben. Aber das Feuer, das Frankreich ein halbes Jahrzehnt lang versengt hatte, war erloschen. Die Fronde zerfiel zu Staub. Ihre Anführer ergaben sich und baten um Gnade oder flohen ins Ausland, allen voran Condé, der sich von Frankreich lossagte und zu den Spaniern überlief, um wie ein Condottiere der Renaissance für Geld zu kämpfen – am liebsten gegen Frankreich. »Wenn ich ganz Frankreich zum Aufruhr verleiten könnte«, schrieb er in sein Tagebuch, »wenn ich in der Lage wäre, die ganze Welt auf meine Seite zu ziehen, würde ich es aus vollem Herzen tun, und es wäre sehr dumm, daran zu zweifeln.«

2

Ludwig wusste, dass sein Thron die Prüfung überstanden hatte. Das Volk wollte Frieden. Die Vertreter der Milizen und der Zünfte baten um Audienz und warfen sich Ludwig zu Füßen. Sie flehten ihn an, er möge endlich wieder in seine getreue Hauptstadt zurückkehren, deren Bewohner ihn von Herzen liebten.

So geschah es auch. Am 21. Oktober 1652 zog Ludwig als unumstrittener Sieger in Paris ein, an seiner Seite Karl II., der geächtete König von England, und dessen Bruder, der Herzog von York. Beide hatten unter Turennes Befehl gekämpft und mit ihrer Tapferkeit zu Ludwigs Sieg beigetragen. Man hielt zusammen. Alle drei hatten gelernt, wie zerbrechlich die Macht war, auf die sich die Kronen stützten.

Das Volk jubelte, als der König zurückkehrte. Man nahm nicht einmal mehr Anstoß daran, dass in der zweiten Reihe Mazarin ritt, der sizilianische Schurke. Persönliche Animositäten waren nicht mehr wichtig. Hauptsache, es war endlich Friede!

Auf Ludwigs Befehl hin kehrte der Hof nicht mehr ins Palais Royal zurück, sondern richtete sich im Louvre ein, wie die Herrscher vergangener Zeiten. Ludwig erinnerte sich an seine Hilflosigkeit, als der Pöbel in die königlichen Gemächer eingedrungen war, und verstand plötzlich, warum Frankreichs Monarchen bisher vermieden hatten, in privaten Gebäuden zu residieren, die nicht durch Gräben gesichert waren. Am liebsten hätte er sich ganz aus Paris zurückgezogen, das zu lieben er verlernt hatte. Er wusste, wo seine Feinde saßen, und verbannte als Erste Gaston und dessen Tochter aus den Tuilerien.

»Das darf man sich mit uns nicht erlauben!«, rief Gaston in seiner üblichen, wirkungslosen Empörung. »Das wird Folgen haben! Wir werden uns bei den Hallen verschanzen und Barrikaden errichten. Der Krieg ist noch nicht zu Ende!« Dann wandte er sich um und flüsterte seiner Tochter zu, sie solle sich schnellstens in Sicherheit bringen, bis sich die Lage beruhigt habe. Er selbst habe vor, für eine Weile in Limours unterzutauchen.

»Und die Revolution?«, rief die Grande Mademoiselle ungläubig. »Unsere schöne kleine Fronde?«

Gaston antwortete nur mit einem Achselzucken und seinem schiefen Lächeln, das alle so gut kannten als ein Zeichen seiner Resignation.

Da begriff auch seine Tochter, dass der Kampf vorbei war und verloren. Sie überlegte lange, dann sagte sie niedergeschlagen: »Da werde ich wohl nach Saint-Fargeau gehen müssen oder wohin auch immer.« Sie trat vor einen Spiegel zwischen zwei Fenstern und schaute hinein. Zum ersten Mal seit fünf Jahren blickte ihr nicht das Gesicht der blendenden Grande Mademoiselle entgegen, des strahlenden Geschöpfs ihrer eigenen Fantasie, willensstark, begehrenswert und jung, so jung! Nein, was Gastons Tochter auf einmal sah, war eine blasse, ältliche Jungfer mit Pockennarben und einer allzu langen Nase. Keine glänzende Göttin des Krieges, für die ein Condé eine Châtillon verlassen würde. »Haben wir also wirklich verloren?«, fragte Anne Marie ungläubig und legte die Hände auf ihre zerklüfteten Wangen. Wo war sie nur geblieben, die Grande Mademoiselle?

3

Eine Liste wurde erstellt mit Namen, die in den letzten Jahren die Gespräche beherrscht hatten. Mazarin hatte die Königin und Ludwig davon überzeugt, dass es nicht zweckdienlich war, die Grandseigneurs für ihren Aufstand zu bestrafen. Fast alle großen Familien waren in die Fronde verstrickt gewesen; mit Gaston und seiner Tochter und mit dem Großen Condé sogar die Bourbonen selbst. »Die Kleinen hängt man, die Großen lässt man laufen«, zitierte Mazarin achselzuckend die gängige Praxis. »Nur durch eine Generalamnestie vermeiden wir, dass die Fronde wieder ausbricht und dieses Land endgültig untergeht.« Er lächelte. »Natürlich können wir taktische Ausnahmen festlegen. Indem wir, zum Beispiel, Madame de Châtillon für schuldig erklären, bestrafen wir indirekt auch ihren Galan in seinem spanischen Paradies. Wenn Sie erlauben, Majestät, werde ich eine Liste derer aufstellen, die durch die Amnestie nicht geschützt werden. Wir können sie morgen im Parlament verkünden und anschließend die Verhaftungen vornehmen lassen – sofern sich die Herrschaften nicht längst in Sicherheit gebracht haben.«

Die Königin, die bisher schweigend am Fenster gestanden hatte, wandte sich um. »Retz!«, sagte sie mit harter Stimme. »Ich will, dass auch er von der Amnestie ausgenommen wird. Ich will, dass man ihn verhaftet und einsperrt. Er war derjenige, der das Volk aufhetzte. Er war derjenige, der mich mit seinen Avancen beleidigte. Trotzdem hat ihn der Papst zum Kardinal erhoben. Sollen wir diesen Menschen auf ewige Zeiten ertragen?« Der Zorn erstickte ihre Stimme.

Mazarin zögerte, doch auch Ludwig mischte sich nun ein. »Ich will ebenfalls, dass er auf die Liste kommt, Eminenz. Noch hat er Paris nicht verlassen. Noch können wir seiner habhaft werden.«

Mazarin nickte. »Er hält sich im Kloster Notre-Dame auf«, sagte er nachdenklich. »Wenn wir ihn auf die Liste setzen, wird er dort bleiben, und wir können ihn nicht verhaften. Das Kirchenasyl schützt ihn.«

»Dann müssen wir ihn herauslocken!« Erst jetzt wurde Ludwig bewusst, wie sehr ihm Retz, die schwarze Fliege, zuwider war.

Mazarin lächelte kaum merklich. »Ich weiß, wie wir es machen«, erklärte er. »Wir setzen ihn nicht auf die Liste der Aufrührer. Damit fühlt er sich sicher. Auf diese Weise kitzeln wir ihn aus seinem Versteck. Er ist viel zu ehrgeizig, um sich nicht sofort wieder ins politische Spiel zu bringen. Es wird nicht lange dauern, und er erscheint bei Hofe. Dann haben wir ihn.«

Anna war noch nicht überzeugt. »Er wird sich auf die Amnestie berufen«, wandte sie ein.

Doch Mazarin lächelte nur. Er sah Anna lange an, ohne dass dieses Lächeln erlosch. Da verstand Anna und atmete auf.

Gleich am Tag nach seinem Einzug in Paris hielt Ludwig einen königlichen Gerichtstag ab. Unter dem Klang der Trommeln besetzten hundert Soldaten der Schweizer Garde den Saal. Als jeder seinen Platz eingenommen hatte, traf der König ein, begleitet von einem riesigen Gefolge. Schon an seiner Haltung und seiner Miene erkannten die Anwesenden, dass er nicht mehr der Gleiche war; nicht mehr das Kind, das keine Antwort wusste, als es angegriffen wurde. Nein, der jetzt auf dem lilienbestickten Thron Platz nahm, war ein Mensch, der die Tücken des Lebens kennengelernt hatte. Einer, dem es gleichgültig war, was andere von ihm hielten, wusste er doch, dass er über ihnen stand und sie sich gegen ihn nicht wehren konnten. Zu offen hatten sie ihm ihre Feindschaft gezeigt, als dass er noch Wert auf ihre Billigung gelegt hätte.

Der Kanzler trat vor. Mit blumigen Worten rühmte er die

Weisheit der Majestäten, die Milde walten ließen, indem sie ihren Gegnern verziehen. Er verlas den Text der Generalamnestie und danach die Liste derer, die von ihr ausgenommen waren. Alle Anwesenden erwarteten auch den Namen Retz und wunderten sich, als der Kanzler das Papier beiseitelegte, ohne Retz zu erwähnen.

Als Nächster trat Mazarin vor. Ohne Erklärung verlas er eine weitere Verlautbarung des Königs. Von nun an, wurde in eindeutigen Worten bestimmt, sei es den Parlamentariern untersagt, sich mit den Prinzen und Großen des Landes einzulassen, ferner, sich in Staats- oder Finanzfragen einzumischen, da es ihnen dafür an Wissen mangele. Vom heutigen Tage an hätten sie sich auf ihre richterlichen Funktionen zu beschränken. Politik sei ausschließlich eine Angelegenheit der Regierung.

Schon lange hatte das Parlament keinen solchen Aufruhr mehr erlebt. Nach einem ersten, ungläubigen Schweigen schrien die Räte ungehemmt durcheinander, gestikulierten und drohten. Es hätte nicht viel gefehlt, und sie wären nach vorne gestürmt, um mit eigenen Händen die Revolution doch noch zu vollenden. Nur die Gegenwart der Garde hielt die Erzürnten zurück.

Ludwig starrte in die Menge. Vierzehn Jahre war er alt, aber er fühlte sich als König von Gottes Gnaden. Es kam einem Schuss gleich, als er plötzlich den rechten Arm nach vorn schnellen ließ und mit ausgestrecktem Zeigefinger auf die wogende Menge zielte, die – als hätte man sie auf den Mund geschlagen – plötzlich verstummte. Der Blick des jungen Königs, den die Räte noch für ein Kind gehalten hatten, war der eines Raubvogels.

Dann hörten sie seine Stimme, nicht mehr klar und unschuldig wie vor noch gar nicht langer Zeit. Nein, eiskalt und schneidend klang sie, jeden Widerspruch erstickend, gefährlich. »Ich bin hierhergekommen«, begann er, und jedes Wort klang wie ein Peitschenhieb, »um auf der Durchführung meiner Befehle zu bestehen. Jeder kennt die Schwierigkeiten, die Ihre Versammlung in meinem Reich verursachten, und die gefährlichen Folgen, die Sie heraufbeschworen haben. Ich bin Ihr König. Es steht Ihnen nur zu, meine Anweisungen hinzunehmen, nicht aber, sie zu beurteilen.«

Sogar Mazarin erschrak. Die Königin war so blass wie noch nie in ihrem Leben. Sie erwartete, dass der Tumult erneut ausbrach und diesmal den König, sie selbst und auch Mazarin mit sich riss; dass die Monarchie zerbrach, weil ihre Vertreter vom eigenen Parlament ermordet wurden. Wie gerne hätte sich Anna bekreuzigt, um den Allmächtigen selbst zu ihrem Schutz herbeizurufen! Doch nicht einmal das wagte sie, sondern umklammerte nur mit zitternder Hand das große spanische Kreuz an ihrer Halskette.

Das Schweigen im Saal wollte nicht enden. Jeder meinte, irgendetwas müsse noch geschehen, ein Widerspruch der Parlamentsräte vielleicht oder eine einlenkende Bemerkung des Königs.

Doch Ludwig ertrug die Stille. Er hatte sogar das Gefühl, an ihr zu wachsen. Zum ersten Mal in seinem Leben hatte er sich als König erwiesen. Sein Vater fiel ihm ein, er verglich sich mit ihm und wusste, dass jener es nie gewagt hätte, seine Macht so absolut auszuüben. Ludwig XIII. – das war Vergangenheit. Es lebe Ludwig XIV.!

Mit einer raschen, unerwarteten Bewegung sprang Ludwig auf und verließ den Saal. Ein paar Augenblicke lang hörte man nur das Knallen seiner Absätze auf dem Boden. Dann erhoben sich auch seine Begleiter und folgten ihm hastig. Trommelwirbel klang auf, wie um die Gegner am Reden zu hindern. Doch da war kein Einziger, der sprechen wollte. Alle schwiegen und wussten, dass sie verloren hatten.

4

Am folgenden Tag empfing Ludwig schon am frühen Morgen lächelnd und huldvoll die ersten Besucher. Sie machten ihre Aufwartung, um sich einzuschmeicheln und ihre künftige Karriere voranzutreiben. Vor der Fronde hatte man sich immer nur an Mazarin gewandt. Nun musste man wohl auch den jungen König in Betracht ziehen. Wer dabei gewesen war, würde nie seine Stimme vergessen, mit der er das Parlament niedergepeitscht hatte.

Nur wenige Schritte von Ludwig entfernt stand der junge Gardehauptmann d'Aumont. In kurzem Abstand folgte er Ludwig, während dieser von einem zum anderen schritt und leutselig plauderte, wie man es bei ihm bisher nicht erlebt hatte.

Ein Diener trat ein und flüsterte d'Aumont eine Nachricht ins Ohr. Der Hauptmann ging zum König und gab die Botschaft weiter. Ludwig lächelte und nickte seiner Mutter zu, die sich mit einer anderen Besuchergruppe unterhielt. Dann trat er ans Fenster und blickte hinunter. Er sah Kardinal Retz mit großer Begleitung, wie er aus der Kutsche stieg und selbstbewusst zum Eingangstor eilte. Keine schwarze Fliege mehr, dachte Ludwig, als Kardinal nun eine rote.

Retz wurde gemeldet und trat ein. Er verneigte sich vor Ludwig und hielt ihm dann die Hand zum Kuss entgegen. Einen kurzen Augenblick lang schien sich ein Sonnenstrahl im Stein seines kostbaren Ringes zu verfangen.

Doch Ludwig ergriff die Hand nicht. Langsam ließ Retz sie sinken. Er errötete und forschte in Ludwigs Miene. Er atmete auf, als er sah, dass Ludwig lächelte: freundlich und unbefangen wie das Kind, das er vor Kurzem noch gewesen war.

»Sire!«, sagte Retz und wartete auf eine Begrüßung. Als Ludwig noch immer schwieg, richtete sich Retz auf – ganz Kirchenfürst, ganz erfahrener Politiker vor einem König, der dem Alter nach ja doch noch ein Knabe war. »Sire!«, wiederholte er. »Alle Untertanen Eurer Majestät können Ihnen ihre Sorgen anvertrauen. Doch nur die Kirche hat das Recht, Ihnen von Ihren Pflichten zu sprechen.« In diesem Tonfall ging es weiter. Hätte Ludwig nicht ganz andere Pläne verfolgt, von denen der Kardinal nichts ahnte, hätte ihn längst der Zorn gepackt, und auch die Königin hätte sich nicht mehr zurückgehalten.

Als Retz merkte, dass ihm niemand widersprach, riss ihn die Redelust weiter fort. Er stellte Forderungen, an die zu denken er vor diesem Besuch nicht gewagt hätte. Eigentlich stellte er mit jedem Satz die Berechtigung des Königtums mehr in Frage und diente sich doch zugleich als eine Art graue Eminenz an.

Auch Mazarin hörte Retz zu, während sich dieser immer tiefer in den Kerker hineinredete. Als immer noch keine Antwort kam und Ludwig keine Anstalten machte, das Gespräch zu beenden, verneigte sich Retz schließlich, gleichsam als Verabschiedung. Ludwig nickte ihm huldvoll zu.

Mit dem Rücken zur Tür zog sich Retz zurück. Er zuckte zusammen, als der König unerwartet doch noch etwas äußerte: »Niemand sonst soll auf der Bühne stehen!«, sagte er mit lauter Stimme zum Gardehauptmann d'Aumont, woraufhin dieser salutierte und auf Retz zutrat.

Retz blieb verwirrt stehen. Die Bemerkung des Königs schien keinen Sinn zu ergeben. Und doch … Der Kardinal fuhr zusammen, als er begriff, dass es ein Stichwort gewesen sein musste. Ein abgesprochener Befehl an den Offizier, der ihm nun die Hand auf die Schulter legte und ihn aus dem Saal schob. »Vielleicht nach Vincennes, Eminenz?« Es klang wie eine ironische Frage, doch Retz wusste, dass es sinnlos war, sich zu widersetzen.

Die königliche Gesellschaft blieb zurück. »Er hatte keinen Verdacht!«, flüsterte Anna betroffen. »Wie milde Sie ihn angelächelt haben, mein Sohn! Welche Kaltblütigkeit und Verstellungskunst!« Sie wandte sich zu Ludwigs Beichtvater Paulin, der schweigend dastand. »Was sagen Sie dazu, mon père?«

Paulin errötete und senkte den Kopf. Auch Ludwig antwortete nicht. Gleichmütig und unbefangen ging er weiter zur nächsten Gruppe und plauderte über das Theaterstück, das man sich am Abend ansehen wollte. Die Jahre des Brudermords und der Verwüstung waren wie ausgelöscht. *Ein Wind der Fronde hat sich erhoben.* Die Fronde? Was war das? Es lebe der König! Es lebe Louis Quatorze! Niemand außer ihm durfte auf der Bühne stehen.

Drittes Buch

Von der Macht der Liebe und der Liebe zur Macht

Nicolas und die Liebe

1

Als die Fronde begann, war Nicolas seit sechseinhalb Jahren Witwer. Wenn er darauf angesprochen wurde – und das kam oft genug vor –, konnte er selbst kaum glauben, wie schnell diese Zeit für ihn vergangen war. Einerseits schien es ihm noch wie gestern, dass ihm der Bote den Brief seiner Eltern übergab, in dem sie ihm Louises Tod mitteilten; andererseits hatte er immer öfter Mühe, sich Louise vorzustellen. Immer noch hätte er alle Einzelheiten ihres Gesichts und ihrer Gestalt beschreiben können, doch mit jedem Tag schien die Erinnerung blasser zu werden und jede Sinnlichkeit zu verlieren, als hätte er die Zeit mit dieser bezaubernden jungen Frau gar nicht selbst erlebt, sondern nur von ihr gelesen oder erzählt bekommen. Nie würde er vergessen, dass er ganz besonders ihre Stimme geliebt hatte, so ruhig und sanft, so voller Zuneigung für ihn. Was hätte er darum gegeben, sie in sein Gedächtnis zurückrufen zu können! Doch es gelang ihm nicht. An vieles, was sie zu ihm gesagt hatte, konnte er sich noch genau erinnern. Doch die Worte hatten ihre Seele verloren, waren auf einmal nur noch Zitate aus einer Vergangenheit, die sich mit jedem Tag weiter von ihm zurückzog.

Wenn bei den seltenen Besuchen zu Hause seine kleine Tochter auf seine Knie kletterte und ihn nach der Mutter fragte, erzählte er ihr bereitwillig von Louise – wie schön sie gewesen war, wie freundlich zu jedem, und vor allem wie sehr sie ihr kleines

Mädchen geliebt hatte. Marie konnte nicht genug davon bekommen, obwohl sie auch von ihrer Großmutter und der Amme jeden Tag Geschichten von Louise Fourché erbettelte. Ihre Mutter, über die sie nur Gutes hörte, erschien ihr wie ein Engel, und sie hatte vor nichts Angst, weil ihr Marie de Maupeou gesagt hatte, die Mutter sei nun oben im Himmel und passe in jeder Minute auf ihr kleines Mädchen auf, damit es gesund bleibe und ihm kein Leid geschehe.

Marie weinte nicht um ihre Mutter und betrauerte sie nicht. Für sie war Louise noch am Leben, wenn auch in veränderter Gestalt. Auch Nicolas trauerte nicht mehr. Eigentlich hatte er nie die Zeit gehabt für Trauer und Schmerz. Nur manchmal kam es vor, dass ihn inmitten seiner Tätigkeiten, wenn er umringt war von Menschen, plötzlich wie ein Stich ins Herz die Erkenntnis traf, dass er Louise für immer verloren hatte. Dann erlosch für kurze Zeit das Lächeln auf seinen Lippen, und er verlor den Faden seiner Rede. Doch bevor es seine Gesprächspartner merkten, hatte er sich wieder gefasst und verhandelte weiter, als wäre nichts geschehen. Zurück blieb eine sanfte Traurigkeit, die ihn bis in den Schlaf hinein begleitete, sodass er nachts plötzlich wach wurde und spürte, dass seine Wangen nass waren von Tränen. Mit der Zeit aber wurden diese Verstimmungen immer seltener. Die Traurigkeit überfiel ihn dann eher in Gestalt von Mitleid, weil Louise keine Zeit gegönnt gewesen war, sich an ihrem Kind zu erfreuen und überhaupt an ihrem jungen Leben, das so glücklich und erfüllend hätte sein können.

Bei jedem seiner Besuche in der Rue de la Verrerie brachte seine Mutter früher oder später das Gespräch darauf, wie dringlich es sei, dass Nicolas endlich wieder heiratete. »Wir haben einen Fehler gemacht, Ihr geliebter Vater und ich«, gab sie bekümmert zu. »Ein Clan wie der unsere braucht eine durchdachte Familienpolitik. Die Voraussetzungen waren hervorragend, doch wir haben sie nicht ausreichend genutzt.«

Nicolas wusste, was seine Mutter meinte. Fünfzehn Kinder

hatte sie geboren, davon hatten zwölf überlebt. Sechs Knaben und sechs Mädchen. Für die Söhne galt es, Rang und Namen der Familie am Leben zu halten. Die Töchter sollten durch günstige Heiraten dazu beitragen, dass der Familienverband das Netzwerk erweiterte, das ihm seine Position sicherte und womöglich sogar seinen Aufstieg vorantrieb. Die künftigen Schwiegersöhne sollten mindestens gleichrangig sein, wenn möglich jedoch besser gestellt. Das bedeutete nicht unbedingt, dass ihre Familien reicher sein mussten als die Familien der Bräute. Ein einziger Verwandter in einflussreicher Position konnte durch seine Protektion hilfreicher sein als eine üppige Mitgift. Auch ein Adelstitel zählte mehr als Grundbesitz oder eine stattliche Immobilie, öffnete er doch Türen, die Bürgern verschlossen blieben.

Marie de Maupeou hatte recht: Was die Verheiratung ihrer Kinder betraf, hatten sie und ihr Gatte ihren sonst so wachen Realitätssinn vermissen lassen. Eine nach der anderen erklärten ihre Töchter, sie wünschten nicht, sich zu verheiraten, sondern zögen es vor, den geistlichen Weg zu beschreiten. Als Vorbilder wirkten dabei ihre selbstbewussten Tanten, die als Äbtissinnen ihrer Klöster große Damen waren, von aller Welt hoch geachtet. Dazu kam noch, dass das Haus in der Rue de la Verrerie immer offen gewesen war für alle, die Hilfe brauchten. Mit dem Dienst am Nächsten, einer Hauptaufgabe der Klosterfrauen, waren die jungen Mädchen aufgewachsen. Die christliche Caritas war eine Selbstverständlichkeit für sie. Zudem gestanden sie einander verstohlen, dass es ihnen zusätzlich noch gefiel, keinem strengen Ehemann verpflichtet zu sein, keine Geburtsschmerzen ertragen und keine Kinder beweinen zu müssen.

Jedes Mal, wenn wieder einmal eine der Töchter ihr Lebensziel klarstellte, freuten sich François Fouquet und Marie de Maupeou. Sie schoben ihre Bedenken beiseite, dass mit jeder Tochter, die hinter Klostermauern verschwand, auch eine Chance verlorenging, die Familie zu vergrößern und mit Hilfe einer neuen Verwandtschaft noch ein Stück höher zu klimmen.

Jeder wusste, wie reich die Fouquets waren. Es wäre leicht

gewesen, die jungen Mädchen unter eine ansehnliche weltliche Haube zu bringen, zumal sie alle hübsch und anziehend waren – ein gemeinsames Erbteil, das sich auch in den Söhnen wiederfand: eine schlanke, ebenmäßige Gestalt mit anmutigen Bewegungen; feine Gesichtszüge mit dunklen Augen, welliges braunes Haar, das lange nicht ergraute, dazu noch eine Stimme, die Herzen gewinnen konnte. Alle waren sie intelligent und witzig, und der Ehrgeiz war ihnen in die Wiege gelegt worden. Ihn nahmen die Fouquet-Töchter sogar in ihr Klosterleben mit. So war es kein Wunder, dass bei allen religiösen Forderungen nach Demut und Gehorsam jede ihr Ziel erreichte: Äbtissin zu werden und damit in ihrer eigenen kleinen Welt an der Spitze zu stehen. Höher ging es nicht für eine Frau ihres Standes.

Bei den Söhnen wiederholte sich das Spiel. Der Erstgeborene, François, vier Jahre älter als Nicolas, war bereits mit sechsundzwanzig Jahren zum Bischof von Bayonne geweiht worden. Er schloss sich eng an den heiligmäßigen Vinzenz von Paul an, den geistlichen Berater der Königin, den das Volk liebte und den es den »Apostel der Armen« nannte. Auch die übrigen Brüder beschritten die geistliche Laufbahn, wobei der dritte, Basile, sein angeborenes Organisationstalent dazu nutzte, im Auftrag von Mazarin einen Geheimdienst aufzubauen, dem kaum eine Information entging. Zum Missfallen seiner Mutter lebte Basile weltlicher, als es einem Geistlichen zukam. Mit offiziellen Kindern, die den Namen Fouquet weiterführten, war auf Grund seines Standes jedoch nicht zu rechnen.

»Mir ist da kürzlich jemand vorgestellt worden …« Wenn Marie de Maupeou ein Gespräch mit diesen Worten einleitete, wusste Nicolas sofort, was es geschlagen hatte und wie es weitergehen würde. Als Erstes würde ihm seine Mutter berichten, dass sie rein zufällig diese oder jene alte Bekannte aufgesucht habe und dass ebenso zufällig gerade ein Töchterchen des Hauses anwesend gewesen sei: natürlich jung, natürlich hübsch, natürlich fromm und natürlich heiratsfähig. Danach folgte eine genaue Schilderung der Familienverhältnisse der jungen Dame: Vermögen und Position des Vaters und der übrigen Verwandten, Entwicklungsgeschichte der Familie, Ausbaufähigkeit ihrer gesellschaftlichen Position und selbstverständlich auch die Höhe der Mitgift der möglichen Braut.

»Ich werde nie verstehen, wie es Ihnen und Ihren Freundinnen gelingt, immer geradewegs zur Sache zu kommen«, sagte Nicolas halb amüsiert, halb verärgert. »Unser Kardinal Mazarin braucht mindestens eine Stunde, bis er andeutungsweise das Geld erwähnt, das er einem aus der Tasche ziehen will.«

»Nicolas!«

Nicolas schüttelte den Kopf. »Es kann doch nicht sein, dass Sie das arme Mädchen in die Mitte des Zimmers stellen und darüber diskutieren, was es zu bieten hat.« Er imitierte das Zwiegespräch der beteiligten Mütter: »Und die Mitgift, meine Liebe?« – »Fünfzigtausend, Liebste. Dazu noch das Amt eines Schatzmeisters bei der Provinzregierung Irgendwo.« Er wiegte den Kopf hin und her. »Schatzmeister? Nun ja, meine Liebe. Aber mein Sohn hat bereits mehrere Posten, und über fünfzigtausend können wir unmöglich reden. Meine Familie würde mich auslachen, wenn ich sie mit einem solchen Vorschlag behelligte.« – »Aber meine Tochter sieht sehr gut aus!« – »Das tut mein Sohn auch. Wirklich, meine Gute, fünfzigtausend!«

»Hören Sie auf, Nicolas!« Marie de Maupeou lachte. »Wissen Sie«, gestand sie, »so hübsch fand ich die betreffende junge Dame auch gar nicht. Vor allem aber kam sie mir mürrisch vor.«

»Ich wäre auch mürrisch, wenn man mich so behandelte.«

Marie de Maupeou schüttelte den Kopf. »Das ist nicht wahr, Nicolas. Sie wären charmant in dieser Situation. Wäre das Mädchen so charmant gewesen, wie Sie es sein können, hätte ich Sie Ihnen auf jeden Fall vorgestellt – mitsamt ihren fünfzigtausend und ihrem Schatzmeisterposten.« Sie wurde ernst. »Es waren übrigens fünfundsiebzigtausend und ein Gut in der Provence.«

»Das ändert natürlich alles.«

Marie de Maupeou senkte den Kopf. »Die Jahre vergehen,

Nicolas, und Sie haben nur eine Tochter. Wir müssen weitersuchen.«

Nicolas küsste ihre Hand. »Ich werde weitersuchen, Maman. Ich! Ich denke, ich bin alt genug, um zu wissen, was ich will.«

Marie de Maupeou streichelte seine Wange. »Wissen Sie das wirklich, mein Sohn? Man redet vieles in Paris, und für Ihr Privatleben hat man sich immer ganz besonders interessiert. Ich höre da Dinge, die mich beunruhigen.« Marie de Maupeou errötete. »Ich weiß, Sie sind alt genug, selbst zu entscheiden, doch Sie sollten bedenken, dass für Ihre Heirat nur eine sehr junge Frau in Frage kommt. Sie muss in der Lage sein, Kinder zu gebären. Mehrere Kinder. Sehen Sie mich an! Ich war vierzehn, als ich verheiratet wurde. Drei meiner Kinder sind gestorben. Aber ich hatte noch Zeit genug, es von Neuem zu versuchen, und der Himmel war uns gnädig.« Ihr Blick wurde flehend. »Wenn Sie heiraten, muss es ein ganz junges Mädchen sein. Bedenken Sie das bitte, bevor Sie sich entscheiden!«

Nicolas schwieg. Er wusste, worauf seine Mutter anspielte und was sie beunruhigte. Ihre Worte klangen noch in seinen Ohren: »Mir ist da kürzlich jemand vorgestellt worden.« Mir auch!, dachte er. Mir auch.

2

Ihr Name war Suzanne Marquise Duplessis-Bellière. Sie entsprach in keiner Weise dem Bild der Frau, mit der Marie de Maupeou ihren Sohn in Verbindung sehen wollte. Allein schon aus zwei Gründen musste Madame Fouquet Suzanne als Gefahr für ihren Sohn betrachten: Zum Ersten war die Marquise bereits verheiratet, und zum Zweiten war sie einige Jahre älter als Nicolas.

Sie war eine geborene Suzanne de Bruc de Montplaisir. Damit gehörte sie zu einer der angesehensten Familien des Landes. Da die Fouquets mit den de Brucs verwandt waren, hatte Nicolas schon als Kind die junge Suzanne im Haus seiner Eltern gesehen:

er als Knabe, zu Besuch aus dem Internat, Suzanne als noch unverheiratetes junges Mädchen, so strahlend und temperamentvoll, dass Nicolas die Augen nicht von ihr abwenden konnte. Er war sicher, dass es in ganz Frankreich keine schönere Frau gab als diese Suzanne de Bruc, die ihn bei der Begrüßung lachend auf die Wange küsste und ihren »schönen kleinen Cousin« nannte. Als sie wieder fort war und die Sonne sich verdunkelte, lief er zum Spiegel, um nachzusehen, ob sie mit ihrer Bemerkung recht gehabt hatte. Aufmerksam durchforschte er sein Gesicht und betrachtete kritisch seine Gestalt. Dann atmete er auf. Zum ersten Mal war er sich seines Aussehens bewusst und freute sich, dass seine Augen glänzten, dass sein braunes Haar dicht und wellig war und sein Körper aufrecht und biegsam.

Bei der nächsten Begegnung war Suzanne bereits verheiratet. Ihr Gemahl kämpfte im Dreißigjährigen Krieg, für den man damals noch keinen Namen hatte. Angeblich, so brachte Nicolas in Erfahrung, war der Marquis erfolgreich und berühmt. Ein großer Herr, erzählte Marie de Maupeou, hoch gebildet und angenehm im Umgang. Er sei sehr verliebt in seine junge Frau und sie wohl auch in ihn.

Dem kleinen Jesuitenschüler Nicolas brach fast das Herz. Es tröstete ihn nur wenig, dass ihn Suzanne auch diesmal wieder auf die Wange küsste. Offenkundig erinnerte sie sich daran, dass sie ihn »ihren schönen kleinen Cousin« genannt hatte. Auch diesmal tat sie es wieder und zeichnete ihn vor seinen Brüdern aus, denen sie nur freundlich zunickte. Dennoch: Sie war nun eine verheiratete Frau, und auch altersmäßig würde er sie niemals einholen können.

Ein paar Wochen lang erwog Nicolas allen Ernstes, wie sein älterer Bruder Geistlicher zu werden. Doch nach und nach beruhigte er sich, vor allem auch, weil er Suzanne de Bruc, die nun eine Marquise Duplessis-Bellière war, nicht mehr wiedersah. Es kränkte ihn schon gar nicht mehr, als er erfuhr, dass sie eine Tochter geboren hatte. Einen kurzen Augenblick lang dachte er sogar, wenn dieses Mädchen, das man auf den Namen Catherine getauft hatte, so bezaubernd würde wie seine Mutter, würde er sich später vielleicht sogar in Catherine verlieben und als Mann die Tochter seiner ersten, heimlichen Geliebten zur Frau nehmen. Das waren die verworrenen Träume eines halbwüchsigen Jungen gewesen, der mit seiner Mutter Weihnachtsgeschenke für die Armen verpackte und verteilte, um nach den Feiertagen ins Internat zurückzukehren und viel früher als alle Gleichaltrigen sein Studium abzuschließen. An Suzanne de Bruc dachte er da kaum noch. Nur manchmal erinnerte er sich noch, wie sie ihn genannt hatte, und er war ihr dankbar, weil sie ihm damit viele Selbstzweifel der Jugend erspart hatte.

Während der Fronde begegnete er Suzanne wieder. Sie hatte ihn in ihr prächtiges kleines Palais in Charenton eingeladen, wo die geistige Elite von Paris zusammentraf. Besitz und Stellung spielten hier keine Rolle. Es zählten nur Bildung, intellektuelle Beweglichkeit und Talent. Mademoiselle de Scudéry war hier zu Gast, deren Romane in keiner Bibliothek fehlten; Pelisson, gleicherweise begabt im Gebrauch der Sprache wie in der Führung seiner Geschäfte; Scarron, der rebellische Poet vom Pont Neuf, der das Königtum infrage stellte, und der unvergleichliche Corneille, der es verteidigte; Le Brun, dessen Gemälde schon Richelieu bewundert hatte, und Pecquet, der als Arzt neue Wege ging und die Zaubertränke des Mittelalters hinter sich ließ.

Ein jeder wurde angehört, alle Meinungen respektiert, so verschieden sie auch sein mochten. Voll Bewunderung beobachtete Nicolas die heitere Gelassenheit und Toleranz, mit der Suzanne die scheinbar Unvereinbaren zusammenführte. Man diskutierte, widersprach einander heftig und ließ einander dennoch gelten. Man musizierte und las Unveröffentlichtes vor, man speiste und trank und unterhielt sich. Und immer wieder war von Freundschaft die Rede. Das Talent, das jeden der Anwesenden auszeichnete, wirkte wie ein heimliches Blutsband. Auf eigentümliche Art war man miteinander verwandt; irgendetwas hatte man gemeinsam. Bei aller Verschiedenheit der Ansichten trafen die so unterschiedlichen Menschen sich immer wieder im Kerzenschein des Salons der Marquise Duplessis-Bellière. Wer einmal hier gewesen war, den zog es zurück.

Vom ersten Abend an war Nicolas gefangen vom Charme dieser Frau, der es gelang, in allen ihren Gästen Vertrauen zu erwecken, sodass sie ihre Vorsicht ablegten und ihr Misstrauen gegen Andersdenkende. Er konnte kein Auge von ihr lassen, wenn sie sich mit schwingenden Röcken zwischen den einzelnen Grüppchen hin und her bewegte, einem jeden gegenüber höflich und einer jeden Meinung gegenüber respektvoll. »Ich möchte etwas schreiben, in dem ich die Wesensmerkmale der Personen verschlüsselt bloßlege«, gestand ihm ein ganz junger Dichter, der zum ersten Mal eingeladen war. »Ich weiß noch nicht, wie ich es anstellen werde, doch es wird mir gelingen.« Nicolas, der nicht richtig zugehört hatte, schreckte auf. »Ich habe mir Ihren Namen nicht gemerkt, Monsieur«, bekannte er, »verzeihen Sie bitte!« Der junge Mann verbeugte sich. »Es ist eine Ehre, dass Sie mich danach fragen, Monseigneur!«, antwortete er. »Mein Name ist Jean de La Fontaine. Ich weiß, ich habe noch nichts zu bieten, aber ich verspreche, dass ich Ihr Interesse rechtfertigen werde.«

Als Gastgeberin fühlte sich Suzanne jedem Einzelnen verpflichtet. Trotzdem spürte Nicolas, dass sie ihn vorzog. Ein wenig später als bei den anderen zog sie ihre Hand zurück, über die er sich zur Begrüßung gebeugt hatte. Ein wenig aufmerksamer hörte sie zu, wenn er etwas sagte, und ein wenig länger blieb er, wenn alle anderen sich verabschiedet hatten. Dann stand sie ihm gegenüber und erkundigte sich mit veränderter Stimme nach seiner Arbeit, nach seinen Geschäften in der Bretagne und nach seiner politischen Meinung.

Er antwortete ihr, während sie an der Tür standen und sich nicht einmal zu setzen wagten. Ihr Gesicht schien ihm so vertraut, als hätte er es zu jeder Stunde seines Lebens vor Augen gehabt. Er wünschte sich, ihr näher zu kommen, so nahe, wie es nur ging. Doch er wagte es nicht, weil er fürchtete, dann alles zu verlieren. »Es war ein schöner Abend!«, versicherte er leise. »Ich wünschte, er ginge nie zu Ende.« Suzanne widersprach nicht. Es kam ihm sogar vor, als nicke sie kaum merklich. »Bis zum nächsten Mal, mon cousin!«, sagte sie sanft und bedeutete dem Diener, die Tür zu öffnen. Nicolas trat in die Nacht hinaus, erfüllt von der Erinnerung an diesen Abend, der gerade erst zu Ende ging, und bedrückt von der Unerfüllbarkeit seiner Wünsche.

Nach den Abenden in Suzannes Salon war Nicolas glücklich und traurig zugleich. Er wusste, dass Freundschaft das Einzige war, was er von Suzanne erwarten durfte. Nie würde sie ihm so unverhohlen entgegenkommen wie Jeanne d'Asserac, die seine Cousins in der Bretagne nach ihm ausfragte und immer zur Stelle war, wenn er dorthin reiste. Nie würden er und Suzanne ein gemeinsames Leben führen in einem prächtigen Haus mit wohlerzogenen Dienern oder gar eigenen Kindern. Suzanne besaß das alles bereits. Die wenigen Jahre, die sie ihm voraushatte, rückten sie in unerreichbare Ferne. Dabei war Nicolas sicher, dass er nie mehr einer Frau begegnen würde, die seinem Idealbild so sehr entsprach.

Fast ein Jahr verging, ohne dass sich für Nicolas und Suzanne etwas änderte. So viel sich draußen auch ereignen mochte – in ihrer eigenen kleinen Welt wagten sie nicht weiterzugehen.

Im Mai starb ganz unerwartet Nicolas' jüngerer Bruder Yves und erinnerte die Familie daran, wie zart und zerbrechlich ein Menschenleben war. »Sie müssen an eine Ehe denken, Nicolas!«, flehte Marie de Maupeou erneut und zerknüllte ihr schwarzes Spitzentaschentuch. Sie wusste genau, wo ihr Sohn so viele Abende verbrachte. Ganz Paris wusste es und tuschelte. Doch niemand hatte etwas in der Hand. Wenn der Marquis von der Front zurückkam und in der Pariser Gesellschaft auftrat, beobachtete man ihn genau und suchte nach einer Verstimmung zwischen den Eheleuten. Doch nichts war zu erkennen. Liebevoll wie eh und je gingen sie miteinander um. Selbst wenn sie mit Nicolas zusammentrafen, war keine Verlegenheit zu bemerken, keine Abwehr. Nur Nicolas sah den Schatten der Traurigkeit, der sich einen Augenblick lang über Suzannes Gesicht legte, wenn sie ihm begegnete und sich dann wieder ihrem Gatten zuwandte, der so fürsorglich war und so liebenswert.

3

Doch Nicolas' Leben bestand nicht nur aus den Abenden in Charenton und der Sehnsucht, die bis in seine Träume reichte. Von Jahr zu Jahr wurde die bekannte Maxime, dass nichts eine Karriere so kräftig beschleunigen kann wie ein Krieg, mehr und mehr Wirklichkeit. Nach den Misserfolgen der Fronde drehte sich das Parlament nun im Kreis und suchte nach Halt. Was ihm fehlte, war die Führung durch eine Persönlichkeit, der es gelang, die gegensätzlichen Meinungen zu bändigen und auszugleichen und nebenher auch das Verhältnis zum König – das heißt zur Regierung – endlich wieder zu normalisieren.

Eine Schlüsselstellung zwischen den beiden Machtblöcken nahm der Generalprokurator des Parlaments ein. Als Oberster Staatsanwalt stand er an der Spitze der Parlamentsräte. Wie alle Ämter war auch das seine käuflich. Wer es besaß, hatte aber trotzdem nicht das Recht, es einfach weiterzuveräußern. Im Unterschied zu allen anderen Chargen war für die Ernennung zum Generalprokurator auch die Zustimmung des Königs erforderlich.

Als oberster Beamter des Parlaments und zugleich als Auserwählter des Königs befand sich der Generalprokurator eigentlich zwischen allen Stühlen. Im schlimmsten Fall hielten ihn beide Seiten für einen Verräter; im besten stellte er die diplomatische Verbindung zwischen Regierung und Parlament her – ein Garant für den Frieden im Staate, vielleicht aber auch nur ein Wunschtraum, dem nachzustreben jedoch nur nützen konnte. Zum Ausgleich für den Druck, unter dem der Amtsinhaber Tag für Tag stand, bewilligte man ihm den Schutz vor jeglicher Strafverfolgung: Der Generalprokurator von Frankreich war immun.

Nicolas hoffte noch immer, bald wieder in die Bretagne zurückkehren zu können, da tauchte in einer eisigen Dezembernacht ganz unerwartet Mazarin in seinem Kontor auf, ließ sich ihm gegenüber in den Sessel fallen, warf ihm seine Ernennung zum Generalprokurator auf den Schreibtisch und verlangte dafür umgehend dreihunderttausend Pfund sowie das Amt des Requetenmeisters als kleines Trostpflaster für die Familie des amtierenden Generalprokurators, der sich als unfähig erwiesen hatte.

»Wir sind in Eile, Monseigneur!«, erklärte er atemlos. »Aber daran sind Sie ja gewöhnt. Ich lasse Ihnen gleich morgen früh das Patent ausstellen, und Sie besorgen das Geld. In drei Tagen findet die feierliche Eröffnung der Weihnachtssession des Hofes statt. Bei diesem Anlass will ich Sie bereits als Generalprokurator empfangen. Ich habe keine Lust auf ein Hin und Her und endlose Einwände. Unsere Situation ist auch ohne diese Personalie schon schwierig genug.« Er erhob sich. »Ich hätte nicht gedacht, dass Méliand so versagt. Aber immerhin macht er uns den Abschied leicht.« Er unterdrückte ein Gähnen. »Ich nehme an, es wird bald hell. Schlafen wir noch ein wenig. Das Leben wird nicht leichter in den nächsten Tagen.« Er eilte zur Tür. Dort drehte er sich noch einmal um und wies auf den Schreibtisch. »Ein schönes Stück, dieser Brieföffner.«

Nicolas verbeugte sich. »Er gehört Ihnen, Eminenz. Es ist mir eine Ehre, ihn zu überreichen – als Erinnerung an diese bedeutsame Unterredung.«

Mazarin nahm das Geschenk gleichmütig entgegen. »Bedeutsam, das ist das richtige Wort.« Er hielt den Brieföffner in der Hand wie ein Küchenmesser, mit dem er sich verteidigen wollte. »Es gäbe vieles zu sagen über dieses Amt und darüber, was von Ihnen erwartet wird. Aber es ist wirklich schon sehr spät, und Sie wissen ohnedies über alles genau Bescheid.« Er lachte kurz auf. »Auch ein Grund, warum ich sofort an Sie gedacht habe: Sie können alles so gut! Juristerei, Militär, Finanz – überall sind Sie firm. Außerdem sind Sie schlau und können vermitteln. Sie haben etwas von einem Menschenverführer. Nicht im Bösen natürlich. Aber Sie können manipulieren. Niemand weiß besser als ich, wie nützlich diese Fähigkeit in der Politik ist.« Er seufzte. »Ich will ja nicht wieder von den Jesuiten anfangen, aber geschadet hat Ihnen deren Schule sicher nicht. Trotzdem: Solche Talente sind angeboren. Von außen her kann man sie höchstens fördern. Sie, mein Lieber, sind eine politische Naturbegabung. Wenn ich älter wäre, hätte ich vor Ihnen Angst. Aber irgendwie sind Sie auch noch verlässlich. Ich nehme an, auch das lernt man bei den Jesuiten.«

Er machte eine wegwerfende Handbewegung, als hätte er schon zu viel gesagt. Dann eilte er die Treppe so schnell hinunter, dass ihn Nicolas erst am Tor einholte. Er wollte ihn noch verabschieden, doch Mazarin winkte ab und lief hinaus. Von unsichtbarer Hand öffnete sich die Tür der mittleren Kutsche. Mazarin schwang sich hinein, und die drei Gefährte setzten sich in Bewegung. Einen Augenblick später war die Straße wieder leer. Man hätte meinen können, hier wäre nie jemand gewesen.

Nicolas stand am Tor. Die Nacht umgab ihn, als könnte er sie greifen. Weit und breit kein Geräusch. Eine schlafende Stadt in einer unruhigen Zeit. Große Anstrengungen würden nötig sein, um die Ruhe wiederherzustellen. Große Anstrengungen und große Macht. Macht, wie er sie nun besaß. Nicolas Fouquet, Generalprokurator von Frankreich. So nahe an der Krone, so nahe an der höchsten Macht. Quo non ascendet? Das kleine Eichhorn, so leichtfüßig und flink, war nach oben geklettert – fast mühelos, so schien es. Der lange Weg von Moulins-Neufs an der Loire bis ins absolute Zentrum des Königreichs hatte es nicht ermüdet. Der Ururuenkel der ehrgeizigen kleinen Lézine aus Angers war an der Spitze angelangt. Von hier aus ging es nicht mehr weiter. Oder doch?

Langsam stieg Nicolas die Stufen zu seinem Kontor hinauf. Wäre da nicht noch kaum wahrnehmbar der Geruch von Mazarins Rosenparfum in der Luft gehangen, hätte er glauben können, das alles wäre nur ein Traum gewesen.

Welch eine Nacht!, dachte er. Deutlich, fast wie eine Erscheinung, erblickte er plötzlich Suzannes Ehemann vor sich, Jacques de Rougé, Marquis Duplessis-Bellière, so stattlich, so gelassen. Alles an ihm schien groß zu sein: seine Gestalt, der anzusehen war, dass er sich gern bewegte, sein gebräuntes Gesicht mit den breiten Wangen und den ausgeprägten Zügen. Seine schön gezeichneten Brauen, so dicht und viel dunkler als das hellbraune, gelockte Haar, das ihm bis auf die Schultern fiel. Der zierliche Schnurrbart und das kurze Bärtchen am Kinn zeigten, dass der Marquis nicht ohne Eitelkeit war. Auch seine Kleidung war stets erlesen. Wie Nicolas ihn zu dieser nächtlichen Stunde vor sich sah, erschien er ihm wie das Idealbild eines großen Herrn. Ein Grandseigneur, doch einer, der die guten Sitten nicht vergessen hatte. Ein Ehrenmann.

Während der Morgen graute, nahm Nicolas Abschied von seinen Träumen. Es wunderte ihn kaum noch, dass Mazarin aufgetaucht war wie ein unruhiger Geist und sein Leben in eine neue Richtung gezwungen hatte. Als Sohn Marie de Maupeous glaubte Nicolas an das von Gott gelenkte Schicksal der Menschen, und als Sohn seines Vaters wollte er sich nicht schämen müssen vor einem Mann von Ehre wie Suzannes Gemahl. Er wusste, was zu tun war. Trotzdem zerriss ihm der Verzicht, den er noch gar nicht geleistet hatte, fast das Herz.

4

Vom ersten Tag seiner Amtstätigkeit an erlebte Nicolas, dass auf einmal alles, was er unternahm, mit seiner Position in Verbindung gebracht wurde. Vorbei die Zeit, in der er sich einfach in die Kutsche gesetzt hatte, um Besuche zu machen oder an der Meeresküste neue Kraft zu schöpfen. Vorbei die Zeit, in der er freundlich, doch mit wenig innerer Begeisterung mit den jungen Damen plauderte, die seine Mutter zu sich eingeladen hatte, damit er sie begutachtete. Längst schon wagte sich Marie de Maupeou nicht mehr an solche Überraschungen, wohl wissend, dass jedes junge Mädchen, das ihr Haus betrat, sofort als mögliche Braut betrachtet wurde und der Lächerlichkeit preisgegeben war, wenn sich die heimlichen Wünsche der Brauteltern nicht erfüllten.

Doch alle Bedenken schienen plötzlich wie weggeblasen, als Marie de Maupeou über Marie Madeleine de Castille sprach, ein junges Mädchen aus der entfernten Verwandtschaft der Fouquets.

»Ein Traum ginge in Erfüllung, wenn diese Hochzeit zustande käme!«, schwärmte Marie de Maupeou, als sie zum ersten Mal die mögliche Braut erwähnte, die bisher für eine Heirat noch zu jung gewesen war. »Ich kann Ihnen sagen: Sie ist wunderbar!« Sie legte ihre Hand auf Nicolas' Arm. »Lernen Sie sie kennen, Nicolas! Ich bin sicher, Sie werden sie lieben!«

Nicolas schwieg. Lieben?, dachte er. Wie soll ich sie denn lieben, da sie nicht die ist, die ich möchte?

Marie de Maupeou spürte seine Zweifel. Ernüchtert zog sie ihre Hand zurück. »Ich verstehe«, murmelte sie, »aber können Sie nicht wenigstens darüber nachdenken? Sie kennen jedes Für und Wider. Mit gutem Willen werden Sie zu dem gleichen Schluss kommen wie ich.« Sie stand auf und ließ ihn allein. Von da an verging kein Tag, an dem sie nicht auf dieses Thema zu sprechen kam.

Nicolas ging aus dem Haus, um zum Parlament zu fahren. Die Straßen waren voller Menschen, alle aufgeregt, zornig oder ängstlich. Ein großes Land kam nicht zur Ruhe. Was bedeutete da schon die Eheschließung zweier Menschen, die ja doch nur darauf ausgerichtet war, dass Kinder gezeugt wurden und der Name einer Familie erhalten blieb?

Nicolas lehnte sich zurück. Er schämte sich plötzlich über die eigene Distanziertheit. Sein Amt war wohl dabei, ihn zu prägen. Hunderte Entscheidungen Tag für Tag. Wichtige Entscheidungen, die Schicksale veränderten. Dabei musste alles schnell gehen. Man hatte nicht Zeit abzuwägen, wie die Betroffenen mit dem Urteil fertig wurden. Was zählte, war das Gesetz, das Recht … Summum ius – summa iniuria!, dachte er. Höchstes Recht – höchstes Unrecht. Auch die Entscheidung für diese Heirat mochte richtig sein. Aber war sie auch gerecht?

Sie ist wunderbar!, hatte Marie de Maupeou versichert. Glauben Sie mir, Nicolas, Sie werden sie lieben!

Nicolas erschrak plötzlich. Von so vielem war die Rede gewesen, doch die Person, um die es ging, erwähnte man nur in zwei kurzen Sätzen. Dabei war sie es, deren Leben sich am meisten verändern würde. Sie würde das Haus ihrer Eltern verlassen und zu einer Familie ziehen, die sie nicht kannte und von der sie nicht wissen konnte, ob sie freundlich war, kalt oder aggressiv. Aufgrund eines Sakraments würde man von ihr verlangen, dass sie sich vor einem Mann entblößte, den sie nicht kannte, dass sie ertrug, was er von ihr verlangte – und alle Welt würde das für richtig und angemessen halten, wie auch immer es ihr selbst dabei ging.

Seine kleine Marie fiel ihm ein, die auch bald in das Alter kommen würde, in dem ein Mädchen verheiratet wurde. Sein Vorgänger im Amt hatte schon angefragt, ob man nicht einen Ehevertrag schließen wolle: sein eigener Sohn und Marie Fouquet. In drei Jahren könnte der Vertrag eingelöst werden. Finanziell und gesellschaftlich ein Gewinn für beide Seiten … Nicolas hatte gezögert und um Bedenkzeit gebeten. Er hatte das Gefühl, Marie schützen zu müssen, obwohl es doch eine Selbstverständlichkeit war, dass junge Menschen heirateten.

Fünfzehn Jahre sei Marie Madeleine alt, hatte seine Mutter gesagt. Fünfzehn Jahre!, dachte er. Das ist doch noch ein Kind! Ihm wurde bewusst, dass seine mögliche Braut bisher kein Gesicht für ihn hatte. Was einzig und allein zählte, waren die Folgen, die sich aus der Heirat mit ihr ergaben. Außerdem warteten alle immer nur darauf, wie er sich entscheiden würde, was er wollte. Hatte jemand bisher darüber nachgedacht, was dieses junge Mädchen wollte und wie es entscheiden würde, wenn nur irgendjemand auf den Gedanken käme, es nach seinen Wünschen zu fragen?

Nicolas atmete auf. Er klopfte ans Fenster und fragte den

Kutscher, ob er das Haus der Castilles kenne. La Forêt bejahte. Es sei gar nicht weit. Liege direkt auf dem Weg zum Parlament.

»Fahr mich hin!«, befahl Nicolas und schloss das Fenster. »Schnell!«

5

Er wolle nicht stören, versicherte Nicolas und merkte, dass er genau das tat. Dem Diener, der ihn eingelassen hatte, war das Entsetzen über den unerwarteten hohen Besuch anzusehen. Er stammelte ein paar konfuse Sätze, denen Nicolas entnahm, dass sowohl der Herr des Hauses als auch seine Gemahlin erkrankt waren und keine Besuche empfangen konnten. Erst nach langem Hin und Her war der Diener bereit, Nicolas dem einzigen Familienmitglied zu melden, das noch gesund war und in der Lage, einen Gast zu empfangen. »Aber nicht vielleicht doch lieber ein anderes Mal, Monseigneur?« Dem Diener war sichtlich nicht wohl in seiner Haut. Bevor Nicolas jedoch antworten konnte, hörte man Schritte, die näher kamen. Als Nicolas zum Treppenpodest hinaufblickte, wurde ihm bewusst, wie dunkel es hier war. Wie aus der Tiefe einer Höhle tauchte eine schlanke Frauengestalt auf und stieg die Treppe herab.

Der Diener verbeugte sich. »Der Herr Generalprokurator von Frankreich!«, meldete er. »Der Sieur Nicolas Fouquet.« Und dann: »Mademoiselle Marie Madeleine de Castille.« Damit entfernte er sich eilig, als wolle er sich in Sicherheit bringen.

Marie Madeleine de Castille trat auf Nicolas zu. »Guten Tag, Monseigneur!«, sagte sie mit ruhiger Stimme. »Ich vermute, Sie sind meinetwegen gekommen.«

Er verbeugte sich tief. Auch sie neigte den Kopf und wies Nicolas in den Salon. Ein paar Schritte weit ging sie vor ihm her. Ihm fiel auf, dass sie größer war, als er erwartet hatte, dass sie schlank war und sich anmutig bewegte. Nicolas war schon immer für Anmut empfänglich gewesen, viel mehr noch als für blendende Schönheit. Die Grazie von Bewegungen konnte ihn entzücken: bei Menschen, bei Tieren und sogar bei Bäumen im Wind oder bei Schiffen. Es war offenkundig, dass auch Marie Madeleine de Castille anmutig war – nicht bewusst, sondern ganz natürlich aus sich selbst heraus. Im Halbdunkel der Halle hatte er ihr Gesicht noch kaum betrachten können. Doch als er sie gehen sah, dachte er, dass sie ihm gefallen könnte.

Nach dem Dämmerlicht und der Kälte in der Halle war es im Salon hell und warm. Ein riesiger Raum, mehr als doppelt so groß wie der Salon in der Rue de la Verrerie. Kostbare alte Möbel, dunkle Ölgemälde und überall Silber. Der Salon einer reichen, traditionsbewussten Familie. Wahrscheinlich war die Einrichtung vor drei Jahrzehnten auch nicht anders gewesen als jetzt, und bestimmt war man sogar stolz darauf, nicht das geringste Detail verändert zu haben. Alles hier atmete wohlhabenden Stillstand, ganz anders als das Haus der Fouquets mit seinen vielen Hinweisen auf das Fernweh seiner Bewohner und auf ihren Glauben an die Zukunft. Hier, im Hause Castille, wurde die Gegenwart zur Vergangenheit und umgekehrt. Der Blick nach vorne fehlte. Nicolas fragte sich, ob sich eine junge Frau, die hier aufgewachsen war, an seiner Seite überhaupt wohlfühlen konnte.

Ein Diener brachte Tee und Konfekt. Marie Madeleine bedeutete ihm, sie wolle den Gast selbst bedienen. Mit geschickten Händen schenkte sie den Tee ein. Dann reichte sie Nicolas das Konfekt. Er bediente sich und wartete, bis sie die Tasse zu den Lippen hob. Fast gleichzeitig tranken sie. Immer unwirklicher kam ihm die Situation vor. Erst jetzt wurde ihm bewusst, wie unhöflich sein Besuch war: Der große Generalprokurator von Frankreich fand es nicht der Mühe wert, sich bei der Familie, für deren Tochter er sich interessierte, anzumelden. Fast schon wie Mazarin tauchte er einfach auf und verlangte, dass man ihn empfing. War sein Amt bereits dabei, ihn zu verändern? »Ich habe Sie in Verlegenheit gebracht«, sagte er leise. »Ich bitte um Vergebung.«

Marie Madeleine schüttelte den Kopf. Dann lächelte sie plötzlich. »Ehrlich gesagt haben Sie unserem Haushalt eine große

Unruhe erspart. Was glauben Sie, wie sich alle über Ihren Besuch aufgeregt hätten!« Sie wurde wieder ernst. Nicolas bedauerte fast, dass ihr Lächeln verschwunden war. Einen Augenblick lang kam es ihm vor, als hätte er dadurch etwas verloren. Mit ihrem Lächeln hatte sie ihn an sich herangelassen und eine Verbindung zu ihm hergestellt. Danach war sie wieder die höfliche Gastgeberin: eine schöne junge Frau mit einem blassen Gesicht und schwarzem Haar, so dunkel, dachte Nicolas, wie Vogelschwingen. Sie trug es in der Mitte gescheitelt und im Nacken mit einer breiten schwarzen Seidenschleife zusammengebunden. Keine aufwändige Frisur, wie sie bei den Damen des Hofes üblich war. Nein, die Haartracht eines jungen Mädchens, das keinen Besuch erwartete und nicht darauf aus war, um jeden Preis zu gefallen. Trotzdem wirkte Marie Madeleine edel und vornehm. Wahrscheinlich, dachte Nicolas, würde sie bei all ihrer Einfachheit die meisten Schönheiten des Hofes in den Schatten stellen.

Sie erinnerte ihn an das Gemälde einer unbekannten Dame aus Arles, das er bei Mazarin gesehen hatte. Er hatte es lange betrachtet, bis ihm Mazarin die Hand auf die Schulter gelegt und gesagt hatte: »Wir haben alle unsere Sehnsüchte, nicht wahr, mein Lieber?« Nicolas hatte gelächelt und geantwortet, er habe noch nie eine Dame wie diese kennengelernt. Eigentlich wisse er nicht, ob sie seinem Geschmack entspreche. Schön sei sie aber auf jeden Fall. Mazarin hatte nur gelacht und gesagt, er sei Italiener und: »Wir lieben das Dunkle, Leidenschaftliche.« Die Franzosen hätten es aber wohl lieber etwas zierlicher und niedlicher …

Nicolas betrachtete Marie Madeleine. Dunkel, ja, das war sie, dachte er. Ob sie auch leidenschaftlich war, konnte er nicht beurteilen. Sie erschien ihm eher ruhig und ausgeglichen, aber trotz ihrer Jugend nicht kindlich. Er hatte nicht das Gefühl, älter zu sein als sie und sich zurücknehmen zu müssen, um sie nicht zu erschrecken oder zu überfordern.

Während er sie ansah, kam es ihm auf einmal vor, als ob auch sie ihn beobachtete und abschätzte. Dann bemerkte sie seinen Blick und schaute schnell zur Seite. »Meine Eltern können Sie heute leider nicht empfangen«, erklärte sie. »Mein Vater ist krank. Sagen wir: das Alter. Wir fürchten sehr, dass er sich nicht mehr erholen wird. Bei meiner Mutter ist es anders. Sie verträgt die Kälte nicht. Wenn der Frühling kommt, wird es ihr sicher wieder gutgehen. So ist es jedes Jahr.« Sie nahm einen kleinen Schluck aus der Tasse. »Irgendwie ist dieses Gespräch peinlich für mich«, gestand sie dann. »Deshalb wird es am besten sein, wenn wir offen miteinander reden. Wenn wir uns so entscheiden, wie unsere Familien es möchten, werden wir auch später immer wieder Dinge miteinander klären müssen. Wenn aber nicht, ist es am klügsten, schnell zur Sache zu kommen und sie abzuschließen.«

Nicolas blickte sie verwundert an. Ein so junges Mädchen, dachte er, und so entschieden … Sie gefiel ihm immer besser. Sein Herz klopfte nicht wie bei Suzanne, und auch der leise Nervenkitzel, den Jeanne d'Asserac bei ihm auslöste, fehlte. Trotzdem hatte dieses junge Mädchen etwas an sich, das ihn aufmerken ließ. Souveränität? Das mochte es wohl sein. Halb so alt wie er war sie. Nach allem, was er wusste, wünschte sich ihre Familie von ganzem Herzen, dass er sie heiratete. Trotzdem versuchte sie nicht, ihm zu gefallen. Ihr Verhalten war ohne Koketterie. Genauso gut hätte sie an einem Schreibtisch in der Bretagne sitzen können, so sachlich war sie.

Es überraschte ihn fast selbst, dass er sich heimlich fragte, ob sie auch anders sein konnte. Ihr erstes, kurzes Lächeln ließ vermuten, dass sie witzig war. Er liebte heitere Frauen, den schnellen kleinen Spott, der zurechtrückte und klarstellte. Doch er liebte auch die Zärtlichkeit und die Sanftmut. Beides konnte er sich bei Marie Madeleine nicht vorstellen. Doch wie wäre das nach so kurzer Zeit auch möglich gewesen?

»Es besteht wohl der Wunsch, dass wir heiraten«, sagte er mit der gleichen Nüchternheit wie sie. »Vieles spricht dafür. Eigentlich kommt es nur darauf an, wie wir beide uns entscheiden.« Er wunderte sich über sich selbst. Wie anders war es gewesen, als er zum ersten Mal mit Louise zusammengetroffen war! Seine Eltern und ihre Mutter hatten bereits alles ausgehandelt. Als er Louise begegnete, wusste er schon, dass sie seine Frau werden würde. Ihre Zartheit hatte ihn bezaubert. Er hatte es kaum erwarten können, mit ihr allein zu sein. Auch Louise war aufgeregt und glücklich gewesen.

Sie waren entzückt voneinander, verliebt, wie man es nur sein konnte. Das Leben war ein wunderbares Spiel. Es war vollkommen. Als sie zum ersten Mal ganz allein waren, weinte Louise vor lauter Glück. Ein gesegneter Anfang für eine Ehe. Wer konnte damals ahnen, dass ihr nur so wenig Zeit vergönnt sein würde?

Und nun? Keine Freudentränen bei Marie Madeleine. Ihr erstes Alleinsein: eine sachliche Verhandlung. Dabei hatte er sich längst entschieden, das wurde ihm auf einmal klar. Noch bevor er in ihrem Gesicht forschte und nach Zügen suchte, die er vielleicht lieben konnte, hatte sie ihn mit dem gewonnen, was er an Menschen schätzte: Geradheit, Offenheit und vielleicht auch Charme.

Sie merkten nicht, wie die Zeit verging. »Sind Sie mit der Hochzeit einverstanden?«, fragte er. Marie Madeleine nickte. »Wir sollten nicht allzu lange warten«, antwortete sie, obwohl es die Sitte doch verlangte, dass sich junge Bräute zierten. »Meinem Vater geht es wirklich nicht gut. Er wünscht sich so sehr, dass meine Zukunft geregelt ist.« Sie lächelte traurig. »Wenn wir warten, erlebt er diese Freude vielleicht nicht mehr. Außerdem ist ihm klar, dass wir nach seinem Tod das Trauerjahr einhalten müssten, und in einem Jahr kann viel geschehen.«

Nicolas ergriff ihre Hand und küsste sie. Dann ließ er sie schnell wieder los. »Sie denken immer nur an das Wohl der anderen«, sagte er leise. »Aber wie geht es Ihnen dabei? Sie kennen mich noch gar nicht. Es heißt doch, dass die Verlobungszeit für eine Frau der schönste Abschnitt ihres Lebens sei. Wollen Sie sie gar nicht auskosten?«

Marie Madeleine zuckte die Achseln. »Ich brauche Sie nicht besser kennenzulernen«, widersprach sie, und da war es auf einmal wieder, dieses Lächeln, das ihm schon beim ersten Mal so gut gefallen hatte. »Ganz Paris spricht über sie. Ich glaube, ich weiß viel mehr über Sie als Sie über mich.« Diesmal blieb das Lächeln auf ihren Lippen und in ihren Augen. Nicolas fragte sich, was Marie Madeleine wohl über ihn erfahren hatte. Es kam ihm plötzlich vor, als stünde Suzanne hinter Marie Madeleines Sessel und wartete auf seine Antwort und ob er sie darin erwähnte. »Nennen Sie ein Datum, und es wird mir recht sein!«, sagte er und riss sich von seinen Gedanken los.

Marie Madeleine betrachtete ihn forschend. »In sechs Wochen?«, schlug sie vor.

Nicolas verbarg seine Verwunderung. »Einverstanden«, stimmte er zu. »Vorher müsste ich allerdings noch mit Ihren Eltern sprechen. Nach allem, was ich weiß, werden sie aber keine Einwände haben.«

Marie Madeleine lächelte noch immer. Erst jetzt merkte Nicolas, dass sie sich freute. »Mein Vater wird mit Ihnen die Mitgift aushandeln wollen«, sagte sie und wurde nun doch wieder ernst. »Wenn es Ihnen recht ist, erkläre ich Ihnen gleich jetzt die Situation, dann wird es für meinen Vater weniger anstrengend.«

Nicolas winkte ab. »Ich bitte Sie, Mademoiselle!«, sagte er sanft. »Wir haben es nicht nötig, zu feilschen.«

Doch Marie Madeleine ließ sich nicht abbringen. »Ich bin das einzige Kind meiner Eltern«, erklärte sie. »Ich werde also den gesamten Besitz allein erben. Das meiste liegt in Immobilien fest. Wenn Sie auf Barvermögen Wert legen, müssen wir etwas verkaufen. Das wäre allerdings schade in diesen unsicheren Zeiten. Meine Mitgift beträgt darum derzeit nur hunderttausend Pfund in Bargeld und Rentenpapieren. Ihre verehrte Frau Mutter hat uns anvertraut, dass Ihre erste Gattin hundertsechzigtausend Pfund in die Ehe mitbrachte. Trotzdem müssen wir uns nicht verstecken. Das Erbe, das ich zu erwarten habe, umfasst alles in allem über zwei Millionen Pfund.« Es war Marie Madeleine anzusehen, wie stolz sie darauf war.

Nicolas hatte nicht erwartet, dass es so viel sein würde. »Sie beschämen mich, Mademoiselle!«, sagte er. »Ich wünschte, ich könnte Sie davon überzeugen, dass diese hohe Summe meine Entscheidung nicht beeinflusst.« Noch während er es sagte, spürte er, dass es die Wahrheit war. Wenn es denn seine Pflicht war, sich zu verheiraten, dann sollte es dieses Mädchen sein. Einen kurzen Augenblick lang überlegte der Ururenkel der ehrgeizigen kleinen Lézine, dass ein Erbe von zwei Millionen Pfund nicht zu verachten war, doch fast zugleich schon dachte Nicolas Fouquet – der ein so zärtliches Kind gewesen war, das das Meer liebte –, dass diese junge Frau etwas Besonderes war und dass diese Besonderheit nicht in dem Vermögen lag, das sie in die Ehe mitbrachte. »Ich freue mich darauf, Sie zu heiraten!«, sagte er. Er war sich bewusst, dass diese Bemerkung eine Höflichkeit war, aber keine Lüge.

Marie Madeleine errötete. »Ich glaube Ihnen, Nicolas!«, versicherte sie – atemlos und so leise, dass er es kaum verstand. Trotzdem fiel ihm auf, dass sie ihn beim Vornamen genannt hatte. Die Verlobungszeit, die so schön sein konnte, hatte für Marie Madeleine de Castille nun wohl begonnen. Wie gerne hätte er ihr mehr geboten!

Obgleich Nicolas wusste, dass man ihn im Parlament erwartete, befahl er La Forêt, ihn nach Charenton zu fahren. Er hatte das Gefühl, es sei seine Pflicht, Suzanne sofort von seinem Entschluss zu berichten. Auf keinen Fall sollte sie durch andere davon erfahren. Außerdem war er sicher, dass sie bereits mit seiner Wiederheirat rechnete. Manchmal, nach den langen Abenden in ihrem Salon, hatten sie darüber gesprochen. Er hatte gespürt, dass es sie traurig machte. Dennoch wusste sie, dass sie kein Recht hatte, ihn zurückzuhalten. Hätte sie aber nur ein Wort dagegen gesagt, dachte er, so hätte er sich wohl nie dazu entschlossen.

In Charenton ließ ihn der Diener sofort ein. Aus dem Salon drang Stimmengewirr. »Madame la Marquise hat Besuch«, erklärte der Diener überflüssigerweise.

Nicolas wollte schon umkehren, da trat Suzanne in die Halle.

Als sie ihn sah, schloss sie die Tür hinter sich. Sie ging auf ihn zu und forschte beunruhigt in seinem Gesicht. »Was ist geschehen?«, flüsterte sie.

Er antwortete nicht, sondern zuckte nur die Achseln. Hilflos sah er mit an, wie sich ihre Augen mit Tränen füllten.

Der Diener stand noch immer da und wartete auf einen Befehl. Nun verbeugte er sich erschrocken und eilte davon.

»Wann?«, fragte Suzanne mit kaum hörbarer Stimme.

»In sechs Wochen.«

»So früh schon!«

Drinnen im Salon wurde gescherzt und gelacht. Jeden Augenblick konnte jemand herauskommen, um Suzanne zu suchen.

»Und die junge Dame?«, Suzanne versuchte, Haltung zu bewahren. »Ist sie nett?«

»Ich denke schon.«

Suzanne nickte. »Das ist gut.«

Sie wussten nicht mehr, was sie sagen sollten. Nicolas wandte sich um. »Ich muss gehen.«

Der Diener eilte herbei und öffnete das Tor. Noch einmal wandte sich Nicolas um. Suzanne streckte kaum erkennbar die Hand nach ihm aus, doch da stand er schon draußen. »Ich komme wieder!«, versprach er.

Suzanne nickte. »Natürlich kommen Sie wieder, Nicolas!«, stimmte sie zu. Dann drehte sie sich um. Das Tor fiel ins Schloss.

Nicolas stieg in seine Kutsche und fuhr zum Parlament. Er konnte selbst kaum glauben, dass es ihm gelang, den Tag zu überstehen, ohne dass jemand merkte, wie er sich fühlte. Erst spät am Abend kehrte er in die Rue de la Verrerie zurück. Als er Marie de Maupeou von der Verlobung berichtete, weinte sie vor Erleichterung und vor Glück.

6

Am 5. Februar 1651 heiratete, für viele überraschend, der Generalprokurator Nicolas Fouquet die junge Marie Madeleine de Castille-Villemareuil aus einer wohlhabenden Pariser Amtsadelsfamilie. Die Trauung fand in Paris statt, in der Kirche Saint-Nicolas-des-Champs. Nur die allerengsten Familienmitglieder nahmen daran teil.

Schon seit Tagen hatte Nicolas das Parlament kaum noch verlassen. Innerhalb der sechs Wochen hatte er nur zwei Mal Zeit gefunden, Marie Madeleine zu besuchen. Beide Male hatte ihn seine Mutter begleitet, und auch Marie Madeleines Eltern waren anwesend gewesen. Beim ersten Mal ließ sich der Vater trotz seiner Schwäche korrekt ankleiden und in den Salon führen. Er versuchte, Nicolas in ein Schwiegervater-Schwiegersohn-Gespräch zu verwickeln und ihn dabei herzlich willkommen zu heißen. Doch schon nach kurzer Zeit brach er erschöpft zusammen und musste von den Dienern in sein Schlafgemach zurückgetragen werden. Beim zweiten Besuch empfing er seine Gäste gleich an seinem Lager. Er versuchte, die Stimmung aufzuheitern, indem er Nicolas tröstete, dass er seinen Schwiegervater zwar bald verlieren werde, dass aber das Erbe, das dieser Verlust mit sich brachte, auch nicht zu verachten sei. Dabei lächelte er verschmitzt, und unwillkürlich fühlte sich Nicolas an das kleine Lächeln Marie Madeleines erinnert, das ihn bei seinem allerersten Besuch entzückt hatte.

Marie Madeleines Mutter war viel jünger, als Nicolas erwartet hatte. Doch ihre Erkältung machte ihr derart zu schaffen, dass man sie unter all den Stolen und Fußdecken, mit denen sie sich im warmen Salon vor der Winterkälte schützte, kaum noch wahrnehmen konnte. Nur hin und wieder ließ sie von sich hören, um ihren Gatten wegen seiner scherzhaften Bemerkungen zu tadeln oder die schlimmen Zeiten zu beklagen. Bald aber versank sie dann wieder in ihren Stoffmassen und rieb die frierenden Hände aneinander.

Marie Madeleine und Nicolas traten ans Fenster und blickten hinunter auf die Straße. Unwillkürlich sprachen sie leiser, um von den anderen, die alte Zeiten aufleben ließen, nicht gehört zu werden. »Im Sommer werden Sie meine Mutter kaum wiedererkennen«, versprach Marie Madeleine und lachte. »Es kann gar nicht heiß genug für sie sein. Wenn wir alle schon vor Hitze verschmachten, läuft sie immer noch wie ein Fohlen durch die Gegend.«

Nicolas lächelte. »Es tut mir leid, dass ich so wenig Zeit für Sie habe«, gestand er. »Gibt es denn irgendeinen Wunsch, den ich Ihnen erfüllen könnte?«

Marie Madeleine wurde ernst. Sie zögerte. »Eigentlich ist da schon etwas. Aber meine Mutter hat mir verboten, darüber zu sprechen.«

»Tun Sie denn immer, was Ihre Mutter sagt?«

Marie Madeleine lachte. »Selten!«, gestand sie. Sie senkte den Kopf. »Eigentlich ist es gar kein Wunsch. Mehr ein Traum.«

»Nun?«

»Mein Vater hat mir zum fünfzehnten Geburtstag ein Haus geschenkt. Ein wunderschönes, großes, helles Haus, hier in Paris, in der Rue de Jouy. Es stand leer. Er hat mir erlaubt, es auf seine Kosten nach meinem Geschmack einzurichten. Nach und nach. Ich bin noch nicht fertig damit, aber das Bestehende liebe ich. Es kommt mir vor, als wäre es ein Teil von mir. Es wäre mein Traum, in diesem Haus als Ehefrau zu leben und meine Kinder dort aufwachsen zu sehen.« Sie schlug die Hände vors Gesicht. »Verzeihen Sie, Nicolas! Ich weiß, dass ich das nicht von Ihnen verlangen darf. Ihre Tochter lebt in der Rue de la Verrerie und auch Ihre Mutter. Sogar Ihr Kontor befindet sich dort.« Sie hob abwehrend die Hände. »Ja, das weiß ich alles, obwohl bisher noch nicht Zeit war, Sie zu besuchen!« Noch nie hatte er sie so aufgeregt gesehen. »Wirklich, Nicolas, es war nur ein Traum!«, versicherte sie. »Ich werde nie wieder darüber sprechen.«

Er hatte keine Gelegenheit, ihr zu antworten, denn seine Mutter mischte sich ins Gespräch und lud die junge Braut zu einem Besuch in der Rue de la Verrerie ein. Ihre Eltern mussten vorläufig noch ablehnen. »Schon im Frühling wird alles anders!«, versprach Madame de Castille. »Wenn diese eisige Hölle hinter uns liegt. Aber zuvor haben wir ja noch die Hochzeit.«

Marie Madeleine war eine schöne Braut! Da es kalt und windig war, trug sie ein Kleid aus Wollstoff mit kleinen aufgenähten Perlen. Zum ersten Mal sah Nicolas ihr Haar offen, dicht und schwarz wie bei niemandem in seiner eigenen Familie. Es reichte bis unter die Taille. Um ihre Stirn lag wie der Blütenkranz einer Elfe eine geflochtene Krone aus dem gleichen Stoff wie das Kleid und geschmückt mit den gleichen Perlen. Darüber ein Schleier aus dem Besitz der Familie.

Man sah ihr an, dass sie glücklich war. Auch ihre Eltern waren heiter und wie von einer Sorgenlast befreit, vor allem ihr Vater, den man auf einem Lehnsessel in die Kirche getragen hatte. Auch ihre Mutter hatte aufgehört zu husten und schob – um besser sehen zu können – während der Trauungszeremonie den dichten Schleier zurück, der sie vor der Kälte schützen sollte. Er glitt zu Boden, und bei all dem Glück vergaß sie sogar, ihn wieder umzulegen.

Nicolas kniete neben seiner Braut. Er versuchte, sich an seine erste Trauung zu erinnern. Doch auf einmal erschien ihm seine Vergangenheit ganz fern. Dies war ein Augenblick, in dem die Zukunft vorbereitet wurde. Ein Augenblick, der ihm gehörte und der jungen Frau an seiner Seite. Von Anfang an hatte sie ihm vertraut, und wie es schien, hatte sie ihn von Anfang an geliebt. Er streifte den goldenen Ring über ihren Finger und blickte ihr danach in die Augen. Als er sah, dass sie weinte, wurde ihm bewusst, dass von dieser Stunde an ihr Glück von seinem Verhalten abhing. Er lächelte, und sie lächelte zurück. Erst jetzt fiel ihm auf, wie dunkel ihre Augen waren. Dunkel wie ihr Haar.

Nun steckte auch sie ihm den Ring an den Finger. Der Priester verband ihre Hände miteinander und segnete sie. Nicolas spürte, dass sein Herz klopfte. Wieder suchte er den Blick seiner jungen

Frau, und er hatte auf einmal das Gefühl, genau das Richtige zu tun.

Draußen in der Kälte warteten die Kutschen. Eilig stieg man ein und fuhr in die Rue de Jouy, wo das Hochzeitsmahl wartete. Alle wussten davon, nur die Braut nicht. Schon während der Fahrt mahnte sie mehrmals, man nehme nicht den richtigen Weg. Hier gehe es nicht zur Rue de la Verrerie. Sie begriff erst, als der Hochzeitszug bereits anhielt und die Gäste ausstiegen. Nie würde Nicolas den Blick vergessen, mit dem sie ihn ansah. Sie wollte ihm wohl danken, doch ihre Stimme versagte. Es rührte ihn, als sie sich mit der Bewegung eines kleinen Mädchens eine Träne von der Wange wischte.

Auch Marie de Maupeou weinte. Sie schämte sich ein wenig für ihre Erleichterung darüber, dass Nicolas und seine junge Frau nicht in der Rue de la Verrerie wohnen würden. »Ich bin so sehr daran gewöhnt, die Herrin im Hause zu sein!«, hatte sie ihrem Beichtvater gestanden. »Außerdem kann ich mir kaum vorstellen, mein Schlafzimmer abzutreten, in dem meine Kinder geboren wurden und mein Gemahl starb.« Im Dämmerlicht des Beichtstuhls zuckte sie die Achseln. »Zudem lade ich oft die Ärmsten der Armen in unser Haus ein. Ich könnte es verstehen, wenn die neue Herrin damit nicht einverstanden wäre.« Sie wartete auf eine Antwort, doch der Beichtvater schwieg. »Wie denken Sie darüber, mon père?«, fragte Marie de Maupeou ängstlich. Wieder blieb es still. Erst nach einer Weile antwortete Vinzenz von Paul. Aus dem Klang seiner Stimme glaubte Marie de Maupeou herauszuhören, dass er schmunzelte. »Ich denke, Ihre Schwiegertochter hat eine kluge Entscheidung getroffen. Sie und natürlich auch Ihr Sohn.« Marie de Maupeou atmete auf. »Und ich muss mich nicht schämen?«, fragte sie leise. Doch die Antwort des weisen Mannes beruhigte sie: »Nur die Engel denken nie an sich selbst, meine Tochter!«

Lachend und plaudernd stand die Hochzeitsgesellschaft vor dem hellen, freundlichen Haus in der Rue de Jouy und blickte hinauf zu den hohen Fenstern, hinter denen auf funkelnden

Glaslüstern die Kerzen leuchteten. Die Eingangstür war mit Tannenreisig und weißen Bändern geschmückt, und die Wappen der beiden Familien krönten den Eingang.

Es kam Nicolas vor, als blicke er auf ein Tor in ein neues Leben. Er spürte, dass Marie Madeleine nach seiner Hand griff, und wandte sich ihr zu. Sie lächelte ihn an – so verschmitzt wie bei seinem ersten Besuch im Haus ihrer Eltern. Ganz unerwartet stellte sie sich auf die Zehenspitzen und küsste ihn auf die Wange, so schnell wie ein kleiner Vogel, der nach einem Korn pickt.

Alle lachten, stießen ein Hoch aus, und Nicolas' Bruder Basile verlangte lautstark, dass der Bräutigam die Braut über die Schwelle trage. Nicolas löste sich aus seiner Verzauberung und gehorchte vergnügt. Die Gäste klatschten und jubelten, während Nicolas mit Marie Madeleine das geschmückte, hell erleuchtete Haus betrat. Ihr Gesicht war dem seinen ganz nah. Dabei sah er in ihren Augen das, was er schon einmal kennengelernt hatte, was er verloren geglaubt und wonach er sich heimlich gesehnt hatte: die Liebe der Frau, mit deren Leben das seine verbunden war.

Der König hat die Wahl

1

Im Jahre 1653 wurde Ludwig fünfzehn Jahre alt. Die Fronde war erloschen, doch der Krieg gegen Spanien dauerte fort, immer wieder angeheizt durch den Großen Condé, der an der Spitze der spanischen Truppen die Grenzen seiner Heimat bedrohte und zerstören wollte, was er hätte lieben sollen.

Von Paris aus gesehen, war die Front jedoch fern. Nach dem Chaos des Bürgerkriegs atmete die Stadt auf. Es schien, als wäre ein neues Zeitalter angebrochen. Eine Epoche des Genusses, der Verschwendung und der atemlosen Vergnügungen. Der Adel, der sich in der Fronde finanziell verausgabt hatte, stand am Rande des Ruins. Trotzdem war man nicht gewillt, sich einzuschränken. Man verkaufte Schlösser, Gutshöfe, Wälder und Ackerflächen ebenso bereitwillig wie den Familienschmuck, Gemälde und Kunstgegenstände. Sogar die eigenen Söhne und Töchter wurden zur Handelsware, die man für eine fette Mitgift mit den Kindern der reich gewordenen Bürgersfamilien vermählte. Die ungleichen Paare lebten in den Schlössern, von denen sich der Adel getrennt hatte, um sein üppiges Leben bei Hofe zu finanzieren: die kostbaren Kleider aus besten Stoffen und von den teuersten Schneidern; die erregenden Abende am Spieltisch, wo immer wieder ganze Vermögen ihre Besitzer wechselten; rauschende Bälle im Schein Hunderter Kerzen; erlesener Schmuck für aufwändig zurechtgemachte Damen; edle Pferde, prächtige

Kutschen; ein Leben in Prunk und ohne Gedanken an morgen; Musik und Tanz; Theater, in dem sogar der junge König seine Rollen spielte. Jung, ja, jung war das Wort, das über allem stand. Nach dem Blutbad der Fronde übernahm die glanzvollste, zügelloseste und gierigste Jugend das Ruder, beherrschte die Ballsäle und die blühenden Parkanlagen und verlachte die Mahner als altmodische Überbleibsel aus der Zeit vor dem Bürgerkrieg.

Man scharte sich um Ludwig. Man hofierte ihn, und die jungen Damen ließen erkennen, dass sie nicht abgeneigt waren – doch wovon? Ludwig wagte kaum, sich einzugestehen, wie wenig er in Wahrheit von den Frauen verstand. Der einzige Vertraute, mit dem er über sie gesprochen hatte und über das, was man Liebe nannte, war Mazarins Neffe Paul Mancini gewesen. Doch der Tod am Tor von Saint-Antoine hatte diese Freundschaft beendet, und vielleicht war es auch nie eine Freundschaft gewesen.

Ludwig war zu stolz, um mit den jungen Leuten, die ihm schmeichelten, weil er der König war, über seine Unsicherheit zu sprechen. Er gab sich überlegen und gleichmütig. Niemand kam auf den Gedanken, dass er an sich zweifeln könnte. Alle warteten voller Neugier nur darauf, für welche der Schönen er sich wohl entscheiden würde. »Der König hat die Wahl«, hieß es, und man beneidete ihn dafür.

Seine Mutter war die Einzige, die ihn durchschaute. Nie hatte sie vergessen, wie sie in ihrer Hochzeitsnacht mit ihrem Gatten in den ehelichen Alkoven gestiegen war, während draußen im Zimmer die Höflinge darauf warteten, dass die Ehe vollzogen wurde. Nur halb hatte man die Vorhänge zugeschoben, damit das junge Paar nicht auf den Gedanken kam, sich seiner Pflicht zu entziehen. Zwei Kinder von vierzehn Jahren: Anna hatte man gesagt, sie habe alles zu tun, was Ludwig von ihr verlange. Ludwig wusste nur, dass er in Anna einzudringen hatte, wie schwierig sich dieses Unterfangen auch immer gestalten mochte. Erst wenn das Laken blutig war, hatte er seine dynastische Pflicht fürs Erste erfüllt.

Noch heute sah sich Anna auf ihrem Bett liegen, die Beine

zusammengepresst. Noch heute hörte sie Ludwigs Keuchen vor Anstrengung und Angst, während draußen die Zeugen ihre Hälse reckten, um nichts zu versäumen. Jemand flüsterte. Jemand lachte. Anna hörte alles, während sich ihr kindlicher Gatte verzweifelt abmühte. Sie hasste ihn. Erst Jahre später erlaubte sie sich den Gedanken, dass auch er ein Opfer gewesen war.

Die Vorstellung, dass Ludwig Ähnliches widerfahren könnte, war für Anna unerträglich. Zwar merkte sie, dass sich die Sitten bei Hofe verändert hatten, doch es entging ihr auch nicht, dass ihr Sohn zu stolz war, sich eine Blöße zu geben, indem er seine Unerfahrenheit eingestand. Mazarin hatte ihr erzählt, dass nach den Meldungen seiner Spitzel Ludwig eines der Küchenmädchen höflich ersucht hatte, die Röcke für ihn zu heben und ihm Einblick zu gewähren. Weiter war er jedoch nicht gegangen. Die betreffende Person berichtete sogar – in spöttischen Worten, wie es hieß –, dass der König von dem Anblick schockiert gewesen sei und die junge Frau aufgefordert habe, sich eilends wieder zu bedecken.

»Wären Sie bereit, mit meinem Sohn über gewisse Dinge zu sprechen?«, wandte sich Anna an Nicolas Fouquet, der inzwischen zum Finanzminister aufgestiegen und damit – nach Mazarin – zum mächtigsten Diener der Krone geworden war. »Ich habe versucht, Abbé Paulin für diese Aufgabe zu gewinnen, doch der wies mich nur darauf hin, dass voreheliche Betätigungen – und dazu gehören auch lüsterne Gespräche, wie er es nannte – das sechste Gebot verletzen und deshalb für einen Monarchen nicht infrage kommen. Ein Mensch in seiner Position habe Vorbild zu sein. Allzu viel zu wissen verführe nur zur Sünde. Wenn es so weit sei, dass der König seine ehelichen Pflichten zu erfüllen habe, werde ihn der Heilige Geist schon erleuchten.« Anna dachte an die eigene Hochzeitsnacht und errötete. »Helfen Sie mir, Monseigneur! Helfen Sie meinem Sohn!«

Nicolas verneigte sich. »Ich danke für Ihr Vertrauen, Majestät«, antwortete er vorsichtig. »Aber ich glaube, dass man die Angelegenheit anders arrangieren sollte. Wenn ich richtig verstehe, hat Seine Majestät nie versucht, sich bei Männern Ratschläge zu holen. Vielmehr hat er sich mit großer Natürlichkeit direkt an junge Damen gewandt. Ich finde, Sie sollten über so viel Zielstrebigkeit erfreut sein.«

Anna lächelte erleichtert. »Sie haben recht, lieber Freund!«, stimmte sie zu. Wie schon oft dachte sie, dass kaum jemand es so verstand wie Nicolas Fouquet, sie von ihren Sorgen zu befreien. Seit er die Finanzgewalt des Staates in Händen hielt, hatte sich ihr Vertrauen noch verstärkt. Wann immer sie Hilfe benötigte, wandte sie sich an ihn. Vor allem finanzielle Unterstützung war dies in letzter Zeit gewesen, seit die Damen des Hofes immer eleganter wurden, ihre Roben immer teurer und die Einsätze an den Spieltischen immer höher. Als Königin wollte Anna nicht zurückstehen, doch die Kassen der Krone waren leer. »Ich brauche Geld, Monseigneur!«, sagte Anna immer öfter zu Nicolas, und er ersparte ihr Ermahnungen und Peinlichkeiten. Was sie verlangte, bekam sie.

»Eine Dame also, wenn ich Sie richtig verstehe?«, fragte Anna nach. »Und welche? Sie meinen doch nicht etwa mich?«

In diesem Augenblick klopfte es leise an die Tür. Catherine Bellier, Annas Erste Hofdame, kam herein. Als sie Nicolas bemerkte, entschuldigte sie sich und wollte wieder gehen.

»Warten Sie bitte, Madame!«, bat Nicolas höflich. Dann nickte er Anna zu und wies kaum merklich auf die Hofdame.

Anna schaute ihn verblüfft an. »Das ist nicht Ihr Ernst, Monseigneur!«, flüsterte sie. Mit einer Handbewegung entließ sie die Hofdame. Als die Tür zugefallen war, wandte sich Anna wieder an Nicolas. »Catherine Bellier ist hundert!«, rief sie. »Und mein Sohn ist noch nicht einmal sechzehn!«

»Sie ist vierzig, und keine kennt den verlangten Unterrichtsstoff besser als sie.«

»Catherine Bellier?« Vor Anna taten sich Abgründe auf. »Sie ist kurzsichtig wie ein Maulwurf!«

»Glauben Sie, dass die Sehschärfe in diesem Zusammenhang eine Rolle spielt, Majestät?«

Anna schüttelte den Kopf. »Ich hatte keine Ahnung!«, gestand sie. »Sie meinen, Catherine Bellier hat tatsächlich Liebhaber?« Allein es auszusprechen erforderte bereits Überwindung.

»Unzählige, wie man sagt. Es heißt aber auch, sie sei gutmütig und herzlich. Was könnte man sich mehr wünschen für einen jungen Mann, der alles wissen möchte und sich schämt zu fragen?«

Anna seufzte resigniert. »Also die Bellier!«, murmelte sie. »Allerdings hätte ich meinem Sohn eine hübschere erste Liebe gewünscht.«

Nicolas hob abwehrend die Hand. »Wir sprechen nicht von Liebe, Majestät!«, widersprach er. »Würde es denn überhaupt Ihren Absichten entsprechen, wenn Ihr Sohn sich verliebte? Liebe kann schmerzlich sein, wie uns ja bekannt ist.«

Anna senkte den Kopf. Nicolas wusste genau, an wen sie jetzt dachte. »Ich bin überzeugt«, fuhr er fort, »Madame Bellier wird Seiner Majestät Sicherheit mitgeben für sein künftiges Leben. Sie wird dafür sorgen, dass er sich mit Frauen wohlfühlt. Sie wird sein Selbstbewusstsein stärken. Trotzdem wird er sie nicht lieben. Vielleicht aber wird er sie gernhaben und auch später noch mit Sympathie an den Unterricht bei ihr denken.« Nicolas erhob sich. »Ich vertraue dieser Frau, Majestät«, versicherte er. »Zumindest auf dem Gebiet, von dem wir sprechen.«

Anna hatte noch immer Bedenken. »Wenn sie überhaupt zustimmt!«, wandte sie ein. »Ich kenne meine Hofdame ganz anders. Ehrlich gesagt, habe ich sie immer für tugendhaft gehalten. Vielleicht empfindet sie es als Beleidigung, wenn wir solche Dienste von ihr verlangen.«

Nicolas wandte sich zum Gehen. Nur Mazarin und er durften es wagen, ein Gespräch mit der Königin zu beenden. »Ich bitte Sie, Majestät!«, sagte er und lachte. »Fragen Sie die Dame ruhig! Ich bin sicher, sie wird entzückt sein.«

Anna konnte es kaum glauben, doch Catherine Bellier war tatsächlich entzückt. Sie begriff sofort, worauf Anna hinauswollte, und gestand, dass sie sich längst darüber Gedanken gemacht hatte, wer wohl das Vergnügen haben werde, dem jungen König jene neue Welt zu eröffnen, an der er so lebhaft interessiert war. Anna fiel auf, dass ihre Kammerfrau von »Vergnügen« sprach und nicht von der Ehre, die es vielleicht auch bedeuten konnte, wenn man im Leben des Königs von Frankreich eine so bedeutsame Rolle spielen durfte.

Anna selbst wäre nie darauf gekommen, in diesem speziellen Zusammenhang von »Vergnügen« zu reden. Sie musste schon sehr weit zurückdenken, um eine derartige Verbindung herzustellen. Dann aber fiel ihr der junge Buckingham ein und wie aufgeregt sie immer gewesen war, wie heiter plötzlich und doch auch wieder ängstlich, wenn er sich in ihrer Nähe befand. Erging es Ludwig etwa ebenso wie einst ihr? Was fühlte er in Gesellschaft eines hübschen Mädchens? Und wie – beim Himmel, wie? – sollte die kurzsichtige Catherine Bellier die gleiche Wirkung bei ihm erzielen?

Doch immerhin hatte Nicolas Fouquet, der die Welt kannte, dazu geraten, und so besprach die einstige Infantin von Spanien mit ihrer französischen Kammerfrau, auf welche Weise man den jungen König dazu bringen konnte, mit einer Dame, über die er sich wohl noch nie Gedanken gemacht hatte, allein zu sein und sich ihr anzuvertrauen. Wie zwei Komplizinnen dachten sich die beiden Frauen alle möglichen Situationen aus. Dabei lachten sie wie junge Mädchen, bis sich Anna daran erinnerte, dass es hier um ihren eigenen Sohn ging, dessen Beichtvater ein solches Arrangement zutiefst verdammen würde.

2

Es war Sommer. Ein besonders heißer, trockener Sommer, dass sogar die Räume im finsteren Louvre warm und stickig wurden. Nicht einmal in der Nacht kühlte es ausreichend ab. Alle warteten darauf, dass die Königin den Befehl erteilte, der ganze Hofstaat habe sich nach Fontainebleau zu begeben. Zwar würde es auch dort heiß sein, doch statt der dumpfen Stadtluft würde man die sanfte Brise des weiten Landes spüren. Die Nächte würden erfrischend sein und so still, als wären die ganze Welt und der Himmel in Schlaf versunken.

Doch Anna wollte nicht fort. Sie wollte nicht auf die tiefen Wassergräben verzichten, die ihren Wohnsitz umgaben, nicht auf die dicken, uneinnehmbaren Mauern und die unzähligen Wachen, denen nichts entging. Sie scheute die Fahrt durch die ausgeplünderten Dörfer und die Begegnung mit dem Volk, das sich von der Fronde noch lange nicht erholt hatte. Sie fürchtete sich vor dem weiten Land, das ihren Sommersitz umgab. Einst hatte es ihr Freiheit verheißen, Luft zum Atmen, Raum für Jagden und Spaziergänge. Nun aber konnte hinter jedem Baum ein Feind lauern, ein Meuchelmörder wie jener, der Ludwigs Großvater Heinrich erdolcht hatte. Der Bürgerkrieg mochte zu Ende sein, doch sicher fühlte sich Anna deshalb noch lange nicht.

Ludwig und seine Gesellschaft versuchten der Hitze zu trotzen, indem sie jeden Nachmittag in einem langen Kutschenkonvoi zur Seine fuhren, um sich beim Baden zu erfrischen. Wie ein hübsches, einladendes Dörfchen warteten am Ufer weiße Zelte, geschmückt mit Blumen. Dort zog man sich um oder suchte Schutz vor der Sonne. Man unterhielt sich, scherzte und lachte. Manchmal verschwand ein Pärchen in einem der Zelte und ließ die Vorhänge am Eingang niederfallen. Ludwig bemerkte es immer, doch er schwieg, um nicht kleinlich zu erscheinen und den Eindruck zu erwecken, er sei noch nicht erwachsen.

Er selbst liebte den Sport. Kaum einer schwamm so schnell wie er. Sein Körper war kräftig und muskulös, seine Haut von der Sonne gebräunt. Die Damen gingen der Sonne aus dem Weg. Wenn sie nicht wie Kinder im Wasser herumplantschten, suchten sie unter den Bäumen Schutz, unter Sonnenschirmen oder in den Zelten. Die meisten von ihnen waren jung, ihre Begleiterinnen jedoch hätten dem Alter nach ihre Mütter sein können.

Es war auf den ersten Blick zu erkennen, wer Herrin war und wer Dienerin. Nur die Damen von Rang trugen Badekleidung:

weite Hängerchen mit tiefem Ausschnitt und so kurz, dass sie die Knie kaum bedeckten. Dazu lange weiße Kniestrümpfe aus feiner Spitze und weiße, gerüschte Badehauben, um die Frisur zu schützen. Wenig wurde gezeigt, doch vieles angedeutet.

Anna war noch nie an der Badestelle ihres Sohnes gewesen. Welche Überraschung, als sie plötzlich mit ihrer Kammerfrau dort auftauchte! Schon fürchtete man ein drohendes Verbot. Doch die Königin nahm wohlwollend am Ufer Platz und ließ sich mit Erfrischungen und Leckereien verwöhnen. Mit mildem Lächeln sah sie dem munteren Treiben zu. Erst als die Sonne langsam tiefer sank, mahnte sie zum Aufbruch. Sie lud ihren Sohn in ihre Kutsche ein und wartete nicht, bis sich auch die anderen Badenden umgezogen hatten und ihr folgten. Lachend und entspannt plauderte sie mit Ludwig. Dabei zog sie auch immer wieder Madame Bellier ins Gespräch.

Als sie den Louvre erreichten, unterhielten sie sich gerade über ein neues Quellwasser, das Madame Bellier in einem der feinen Läden auf dem Cours-la-Reine entdeckt hatte und das sie seither ihren Gästen anzubieten pflegte. »Es kommt aus Chateldon«, erklärte die Königin begeistert. »Und stellen Sie sich vor, Ludwig, es wird in Flaschen serviert! Sie müssen es unbedingt probieren.«

Ludwig wunderte sich über die aufgeräumte Stimmung seiner Mutter. Zugleich aber freute er sich darüber, dass sie zum ersten Mal seit dem Ende der Fronde wieder fröhlich war. Es befremdete ihn auch nicht, dass ihn Anna in den Salon ihrer Kammerfrau begleitete, wo das edle Getränk schon bereitstand. Bevor er jedoch Platz nehmen konnte, meldete ein Diener, Seine Eminenz, der Herr Kardinal, warte schon seit einiger Zeit in ihren Räumen auf Ihre Majestät. Es handle sich um eine dringliche Angelegenheit.

Mit großem Bedauern verabschiedete sich Anna von ihrem Sohn. Sie bestand jedoch darauf, dass er sich den Genuss des Wassers von Chateldon nicht entgehen ließ. »Bleiben Sie ruhig noch ein wenig, Ludwig!«, ermunterte sie ihn. »Vielleicht komme ich auch schon in ein paar Minuten wieder zurück.« Damit ließ sie die beiden allein. Draußen auf dem Korridor bekreuzigte sie sich und nahm sich vor, gleich am nächsten Morgen alles zu beichten. Heute Abend allerdings noch nicht, sonst verlangte man womöglich noch von ihr, zu unterbrechen, was zu Ende geführt werden musste.

Ein Diener brachte einen kleinen Imbiss. Die Bewegung im Freien hatte Ludwig hungrig gemacht, deshalb bediente er sich gern. Auch das versprochene Quellwasser kostete er, doch es beeindruckte ihn nicht sonderlich. So lehnte er auch nicht ab, als ihm seine Gastgeberin ein Glas Wein kredenzte: keinen schweren roten aus Spanien, wie Anna ihn zu trinken pflegte, sondern einen leichten, spritzigen aus der Champagne, den er selbst bevorzugte. Dabei unterhielten sie sich über seine Vorlieben: die Jagd, Theater und Musik und vor allem über das Tanzen, in dem er seit seinem sechsten Lebensjahr unterrichtet wurde.

Eigentlich hatte er nicht vorgehabt, länger zu bleiben. Doch es gefiel ihm in dem großen Salon in Rot und Gold, den die Abendsonne in ein sanft glühendes Licht tauchte. Als die Sonne immer tiefer sank, blendete sie ihn. Catherine Bellier stand auf und zog die Vorhänge gerade so weit zu, dass ihn das Licht nicht mehr störte. Nichts war aufdringlich, nichts beunruhigend. Eigentlich hatte er sich schon lange nicht mehr so wohlgefühlt. »Ich sollte gehen«, sagte er, obwohl er eigentlich keine Lust dazu hatte.

Catherine Bellier schwieg. »Sie können gehen, Sire, oder bleiben«, antwortete sie dann.

Erst jetzt horchte er auf. Er merkte auf einmal, dass die Sonne schon fast hinter dem Horizont verschwunden war. Wie auf Spielkarten, die durcheinanderfielen, sah er die Bilder des Nachmittags, der so ganz anders verlaufen war als sonst: seine Mutter an der Seine; ihr ungewohntes Wohlwollen seinen Begleitern gegenüber; ihr Drängen, dass er ihr hierher folgte; ihr eiliges Verschwinden … Er hätte misstrauisch sein können, doch eigentlich gefiel ihm, was er erlebte. »Warum bin ich hier, Madame?«, fragte er und ahnte es doch bereits.

Catherine Bellier lächelte. Ihm fiel auf, dass sie schöne weiße Zähne hatte. Bisher hatte er sie altersmäßig mit seiner Mutter in Verbindung gebracht. Nun aber, im Schein der letzten Sonnenstrahlen des Tages, kam sie ihm viel jünger vor. Jedoch kein Mädchen mehr, sondern eine Frau. Keine Gleichaltrige, die forderte und schmollte, sondern eine, die älter war als er und die gewährte. Er erinnerte sich daran, dass unter seinen Gefährten viel über sie geredet wurde. Bisher hatte er sich dafür nie interessiert, doch jetzt suchte er in ihrem Gesicht nach Zeichen ihrer sinnlichen Neigungen. »Hat meine Mutter dieses Treffen arrangiert?«, fragte er, ohne sein Gegenüber aus den Augen zu lassen.

Catherine Bellier ließ ihn auf die Antwort warten. »Ja, Sire«, lächelte sie dann. »Es ist Ihnen doch nicht unangenehm, oder?«

Ihre Trägheit übertrug sich auch auf ihn. Ihm war, als tauche er mit der aufkommenden Dämmerung in eine andere Welt ein. »Es ist mir durchaus angenehm, Madame«, gab er zu. »Ich weiß nur nicht, was Sie von mir erwarten.«

Sie räkelte sich kaum merklich. »Ich erwarte nichts, Sire. Es geschieht nur, was Sie erwarten.«

»Soll ich Fragen stellen?«

»Wenn Sie es möchten.«

»Oder dachten Sie eher an eine praktische Unterweisung?« Er musste plötzlich lachen. Doch Catherine Bellier ging nicht auf seine Heiterkeit ein. »Wie Sie sich das wünschen, Sire.«

Er lehnte sich zurück. »Erklären Sie mir bitte, Madame: Was erwartet eine Frau von einem Mann?« Noch während er es sagte, fürchtete er schon, sie könnte ihn auslachen. Doch sie tat es nicht, sondern schien auf einmal ernster als zuvor. »Das möchten alle Männer wissen, Sire«, antwortete sie. »Aber es kommt immer auf den Einzelnen an. Auf den ganz bestimmten Mann und die ganz bestimmte Frau.« Sie nahm ihr Glas und hielt es gegen das schwache Abendlicht. »Ich kann Ihnen aber trotzdem antworten, Sire. Ich weiß genau, was die Frauen von Ihnen erwarten. Ist Ihnen das nicht viel wichtiger?« Sie betrachtete das Glas, als könnte sie darin die Wahrheit lesen.

»Sie sind der König, Sire. Alle Augen sind auf Sie gerichtet, als trügen Sie einen Mantel aus Licht. Wenn Sie sich einer Frau zuwenden, fällt dieses Licht auch auf sie und hebt sie damit aus der Menge hervor. Durch die Aufmerksamkeit des Königs wird sie selbst zur Königin, wenn auch vielleicht nur für kurze Zeit.« Sie stellte das Glas nieder und blickte Ludwig gerade in die Augen. Es erstaunte ihn, wie intensiv ihr Blick war. Wahrscheinlich, dachte er, lag es an ihrer Kurzsichtigkeit. »Das ist es, Sire«, sagte sie, »das ist es, was die Frauen von Ihnen erwarten: Sie wollen von Ihnen beachtet werden. Sie wollen, dass Sie sie ansehen, dass Sie mit ihnen sprechen und sie vielleicht sogar berühren. Vor aller Augen. Durch Ihre Aufmerksamkeit und Höflichkeit werden sie unter all den anderen zu etwas Besonderem. Diese Macht haben Sie, weil Sie der König sind. Kein anderer besitzt diese Macht in einem solchen Ausmaß.«

Das goldene Licht von draußen hatte das Zimmer verlassen. Ein sanfter Dämmerschleier legte sich über den großen Raum. Ludwig verbarg seine Enttäuschung. »Aber das reicht doch nicht, Madame!«, wandte er ein. »Wünschen sich die Menschen denn nicht mehr?« Er sah, dass Catherine Bellier lächelte. »Viel mehr!«, gab sie zu. »Doch die Aufmerksamkeit steht immer am Anfang, und in dieser Hinsicht kann kein Mann Sie übertreffen.«

Langsam und in großen Schlucken trank sie aus ihrem Glas. Danach prostete sie Ludwig zu. Zögernd trank auch er sein Glas leer und sah Catherine Bellier zu, wie sie es erneut füllte so wie auch das ihre. »Was Sie da behaupten«, sagte er leise, »bedeutet es nicht, dass jeder andere Mann an meiner Stelle die gleiche Macht besäße?«

Catherine Bellier runzelte die Stirn. »Warum fragen Sie das, Sire?«, tadelte sie ihn sanft. »Keiner ist an Ihrer Stelle. Sind Sie nicht König von Gottes Gnaden?« Sie stand auf und entzündete die Kerzen auf dem Tisch. Als sie sich wieder setzte, erschien sie ihm viel jünger und schöner als zuvor. »Ich frage Sie noch einmal, Madame«, beharrte er. »Was wünschen sich die Menschen?«

Durch das zarte Flackern der Kerzen hindurch sah sie ihm in

die Augen. »Sie wünschen, geliebt zu werden«, antwortete sie sanft, »begehrt zu werden, bewundert zu werden. Das gilt für beide, für die Männer wie für die Frauen.« Sie beugte sich vor und legte ihre Hand auf die seine. »Es gilt für Könige wie für ihre Kutscher, für große Damen wie für kleine Gärtnerstöchter.«

Er errötete. Doch Catherine Bellier ließ nicht zu, dass er sich unwohl fühlte. »Sie möchten wissen, wie es weitergeht, nicht wahr, Sire?«, fragte sie und zog ihre Hand zurück. Plötzlich senkte sie den Blick. »Ich kenne die Männer, Sire«, gestand sie. »Ich kenne das, was man Liebe nennt. Eigentlich ist es immer das Gleiche. Man kommt sich näher und immer näher ...« Sie erhob sich und trat ans Fenster. Während sie Ludwig den Rücken zukehrte, redete sie weiter. »Sie brauchen keine Unterweisung, Sire«, sagte sie. »Ich habe Sie beobachtet. Sie sind dafür geboren, mit Frauen umzugehen. Das haben Sie wohl von Ihrem Großvater geerbt. Ich wollte, ich hätte ihn gekannt. Und genauso werden sich viele Frauen wünschen, Sie zu kennen, Sire, nicht nur, weil Sie der König sind.« Sie schwieg und wartete.

Ludwig erhob sich und trat zu ihr. Sie drehte sich nicht um. Er legte seine Hände um ihre Arme und wartete. Ihr Nacken fiel ihm auf, so zart und so nahe an seinem eigenen Gesicht. Er brauchte gar nicht zu überlegen, was zu tun war. Mit seinen Lippen strich er über die weiße Haut und küsste sie dann. Erst jetzt wandte sich Catherine Bellier um. »Sehen Sie, Sire?«, flüsterte sie. »Sie brauchen keinen Unterricht. Sie wissen alles schon ganz genau. Sie müssen nur auf sich selbst hören.«

Und das tat Ludwig auch.

Er besuchte sie noch oft, selbst dann noch, als alle seine Fragen längst beantwortet waren. Wenn er müde war, überreizt und ärgerlich, sodass er keinen Menschen mehr um sich dulden mochte, fiel ihm Catherine Bellier ein, die nichts forderte und ihm nichts aufdrängte. Er hatte begriffen, dass ihn diese Frau eigentlich nicht brauchte. An der Seite der Königin führte sie ihr eigenes Leben, kümmerte sich um die Belange ihrer Herrin, ohne sich ihr auszuliefern; sie nahm sich ihre Liebhaber, wo sie sich boten, und trauerte ihnen nicht nach, wenn sie verschwanden. Lange wusste nicht einmal Ludwig, dass sie einen Ehemann hatte, der jedoch nie bei Hofe auftauchte. Sie war selbstständig und warmherzig, und eigentlich verstand Ludwig sie nicht. Doch darauf kam es nicht an. Es genügte ihm, dass er sich bei ihr wohlfühlte und dass auch sie sich über seine Gesellschaft zu freuen schien – nicht weil er der König war, sondern weil er ein junger Mann war, mit dem sie das tun konnte, für das sie sich geboren fühlte.

Bei Hofe hasste man sie für ihre Beziehung zum König. In Anspielung auf ihre Kurzsichtigkeit nannte man sie die »einäugige Cato« und erfand haarsträubende Geschichten über ihre angeblichen Ausschweifungen. In der Folge machten sich fast alle jungen Männer des Hofstaats an sie heran. Sie waren erstaunt und beleidigt, wenn sie ablehnte, und verwundert und beschämt, wenn sie es nicht tat und sie sie näher kennenlernten.

Die Königin war erleichtert, dass sich ihr Problem auf eine so einfache und befriedigende Weise gelöst hatte. Da es üblich war, dass ein Untertan, der seinem Herrscher einen persönlichen Dienst erwiesen hatte, dafür auch königlich belohnt wurde, ernannte man Catherine Bellier zur Baronin und setzte ihr eine Pension von zweitausend Pfund aus. Aus der einfachen Catherine Bellier wurde die Comtesse de Beauvais.

»Wie werden Sie Ihr Geld anlegen, Madame?«, fragte Nicolas Fouquet, als er ihr im Beisein des Königs die Urkunden überreichte.

Catherine de Beauvais lächelte. »Ich werde ein Haus bauen, Monseigneur«, erklärte sie, »mitten in Paris. Das Grundstück dafür habe ich mir bereits ausgesucht. Genau an dieser Stelle stand früher das Haus, das der unglücklichen Héloïse gehörte, die sich in ihren geistlichen Lehrer Abélard verliebte. Sie kennen die Geschichte ja, Monseigneur.«

Nicolas Fouquet nickte. »Ich kenne auch das Grundstück, Madame«, sagte er. »Seine Rückseite geht zur Rue de Jouy hinaus, wo meiner Gemahlin ein Haus gehört. Es ist einer unserer Hauptwohnsitze. Eine sehr schöne Gegend. Sie haben gut gewählt, Madame.« Er zögerte. »Die Nachbargebäude sind allerdings sehr groß. Viergeschossig, so viel ich weiß. Der Bau Ihres Hauses wird eine Menge Geld verschlingen.«

Catherine de Beauvais zuckte die Achseln. »Ich habe Zeit«, antwortete sie gleichmütig. »Und wenn es zwanzig Jahre dauert!« Mit einem Knicks verabschiedete sie sich von Nicolas Fouquet und vom König, der schweigend zugehört hatte.

Als sie das Zimmer verlassen hatte, wandte sich Nicolas Fouquet an Ludwig. »Es gibt da eine Schatulle mit Edelsteinen«, sagte er nachdenklich. »Reste von Schmuckstücken, die zerbrachen oder zum Teil verlorengingen. Sie werden nach und nach veräußert. Das Geld wird für Reparaturarbeiten hier im Louvre verwendet. Wem würde es allerdings schaden, wenn ein paar der Steinchen den Bau eines Stadtpalais' finanzierten?«

So kam es, dass der Bau des Hôtel de Beauvais nur zwei Jahre dauerte: vier Stockwerke an der Straßenfront; im Erdgeschoss Boutiquen, die vermietet werden konnten. Es war offenkundig, dass die Bauherrin gewohnt war, praktisch zu denken. Trotzdem war das Gebäude von großem Charme. Im ersten Stockwerk wurden elegante Repräsentationsräume eingerichtet, so stilvoll und vornehm, dass selbst die Königin gern zu Besuch kam. Dann trat sie auf den großen Balkon hinaus und blickte hinunter auf die Straße, wo die Kutschen einander den Weg abschnitten und die Menschen eilig hin und her liefen. Der riesige Ameisenhaufen Paris öffnete sich vor seiner Königin und war ihr doch fremder als jedes neue Theaterstück.

»Was für ein schönes Haus Sie da haben, meine Liebe!«, lobte sie dann und stieg manchmal sogar die Treppe hinunter zur Rückseite des Hauses, wo hinter dem Frontgebäude ein geräumiger Innenhof lag, der an der rechten Seite durch Stallungen für achtzehn Pferde begrenzt war, hinten durch Remisen für vier Kutschen und eine darüberliegende Kapelle. Die linke Seite wurde durch eine Fuchsmauer abgeschlossen, eine Fassade mit vorgetäuschten Fenstern. Auch einen kleinen Garten gab es. Als besondere Vergünstigung hatte man der Bauherrin erlaubt, ihr Haus mit einigen bodentiefen Fenstern auszustatten – eine Genehmigung, die zuvor noch keiner Privatperson erteilt worden war. »Wie übersichtlich hier alles ist!«, seufzte die Königin und dachte an den riesigen Escorial, in dem sie aufgewachsen war, und an den finsteren Louvre, in dem sie sich nun vergrub. »Man kennt hier jedes einzelne Zimmer und jeden Gang. Was für ein wunderbar einfaches Leben!«

Bei Hofe war man weniger freundlich. »Cato meint, sie kann sich alles erlauben!«, stichelte man und berichtete genüsslich von der neuesten Zügellosigkeit, die man ihr unterstellte, mochte sie wahr sein oder nicht. Doch wie viel man auch erfand, erzählte, dazudichtete und wiederholte: Madame de Beauvais schwieg dazu. Sie verschönte ihr Haus, führte ihr Leben bei Hofe weiter, wie sie es gewohnt war, und wenn der König sie nach dem berühmten Quellwasser von Chateldon fragte, wusste sie genau, wonach ihm zumute war.

3

Catherine de Beauvais hatte den Bann gebrochen. Seit dem ersten Nachmittag mit ihr hatte Ludwig das Gefühl, die ganze Welt stehe ihm offen. Er brauche nur zu wählen und zuzugreifen. Der ganze Louvre, ganz Paris, ja ganz Frankreich waren auf einmal voll von Frauen, die ihn anlächelten und ihm zuzunicken schienen. Auch er selbst fühlte sich schön und anziehend. Mit Wohlgefallen betrachtete er in den vielen Spiegeln des Schlosses sein Gesicht. So jung noch diese kindliche, nur durch ein paar Pockennarben gezeichnete Stirn und dieser suchende Blick! Nur die starke Nase und der fest geschlossene, manchmal fast unerbittliche Mund verrieten die harte Schule der vergangenen Jahre. Wenn Ludwig aber lächelte, entspannte sich dieser Mund und wurde zum Mund eines jungen Menschen, der an die Zukunft glaubte und zur Sinnlichkeit fähig war.

Die gängige Mode hätschelte das Ideal des romantischen Jünglings. Auch diesem Bild entsprach der junge König. Alle Welt rühmte sein langes, lockiges Haar, so dicht und so weich, dass selbst die Königin manchmal nicht widerstehen konnte und es – wenn beide allein waren – zärtlich bürstete, bis sich Ludwig unwillig aus ihrem Griff befreite und auf sein Alter hinwies.

Auch seine Talente und Neigungen entsprachen den Vorstellungen, die man sich im Paris nach der Fronde von einem idealen Jüngling machte. Er liebte die Musik, vor allem das Gitarrespiel. Die Araber hatten das Instrument nach Spanien gebracht. Von dort hatte es seinen Weg auch nach Frankreich gefunden. Es rührte Anna zu Tränen, dass ihr Sohn ein Musikinstrument aus ihrer Heimat bevorzugte. Immer wieder erzählte sie ihm von den Meistern der Gitarre, die man am Hofe ihres Vaters als große Künstler verehrt hatte. Mit Hilfe Mazarins sorgte sie dafür, dass Ludwig von Kind an den bestmöglichen Gitarrenlehrer erhielt: Francisco Corbetta, der schon an den Höfen von Bologna, Mailand und Madrid gelehrt hatte.

Als Ludwig älter wurde, erzählte ihm Francisco Corbetta zwischen den einzelnen Musikstücken von den wunderbaren Liebesstunden, die ihm seine Kunst beschert hatte. Schöne, vornehme Damen, die den bürgerlichen jungen Mann ohne seine Gitarre niemals beachtet hätten, lauschten seinem Spiel und ließen sich davon rühren. Manchmal sang er auch dazu. Dabei ging es immer um Sehnsucht und um Liebe. »Wenn Sie sich wünschen, wahrhaft begehrt zu werden, Majestät«, sagte er, und in seinen dunklen Augen spiegelten sich wunderbare Erinnerungen, »dann umwerben Sie Ihre Angebetete mit der Gitarre! Jeder Ton wird sie ins Herz treffen, und Ihr Verlangen wird sich aufs Schönste erfüllen.«

Ludwig versprach, den Rat zu beherzigen, doch es dauerte lange, bis es wirklich dazu kam. Während seines ganzen Lebens gab es nur eine Einzige, die ihn eine Zeit lang so tief berührte, dass er für sie spielte und sang. Schon in den ersten Jahren seiner Jugend hatte er daran geglaubt, dass er ihr begegnen würde. Er ahnte nicht, dass er sie bereits kannte.

Inzwischen übte er sich, neben seinen Studien der Politik bei Mazarin, in der zweiten der Künste, die allgemein verehrt wurden und einen Mann von Stand erst wirklich zum Kavalier machten: dem Tanz, der den Menschen angeboren ist wie das Gehen und die Liebe. Die Bauern in ihren Dörfern tanzten ausgelassen auf ihren einfachen Festen und vergaßen dabei ihr Elend. Das Volk in den Städten tanzte in den Wirtshäusern und auf den Plätzen unter Bäumen. Die Bürger imitierten auf ihren Bällen das vornehme Gehabe der Aristokraten, und selbst der Klerus wusste den Tanz zu schätzen: Jeder Jesuitenschüler wurde auch im Tanz unterrichtet. Die würdevollen, abgezirkelten Bewegungen dieser Tänze fanden ihre höchste Vollendung in den Aufführungen des Hofballetts. Katharina von Medici hatte diese Einrichtung aus Florenz mitgebracht, als sie nach Frankreich gekommen war, um den König zu heiraten. Sogar Ludwigs Vater, so krank und mürrisch er auch war, hatte hin und wieder mit dem Hofballett getanzt.

Von seinem Sohn Ludwig sagte man, er habe bereits mit acht Jahren die schwierigen Schrittfolgen der Courante perfekt beherrscht. Als Fünfzehnjähriger stellte er auf der Bühne des Louvre in einem goldenen Kostüm die aufgehende Sonne dar, an seiner Seite ein junger Mann aus dem Haushalt der Grande Mademoiselle: Jean Baptiste Lully, der seine ersten Versuche als Komponist bereits hinter sich hatte und davon träumte, ein größerer Künstler zu werden, als es je einen gegeben hatte. In großartiger Erhabenheit tanzte er neben dem König, während sich professionelle Tänzer, als Bettler verkleidet, kniend der Sonne Ludwig näherten und ihm ihre verbundenen Wunden zeigten, damit er sie heile. Ein paar Monate später tanzte Ludwig bereits in einem weiteren Ballett: »Die Hochzeit von Peleus und Thetis«. Diesmal war er Apollo selbst, und die hübschesten jungen Damen des Hofes umgaben ihn als die neun Musen.

Ludwig liebte den Tanz. Wenn er sich im Rhythmus der Musik nach Vorgabe seiner Rolle bewegte, konnte er vor aller Augen darstellen, als was er sich fühlte: als der Erste unter allen, als die

Sonne und als der Gott der Künste. Auch als Zephir trat er auf – ganz allein auf der Bühne – und einmal als »Scherz und Lachen«. In diesen Augenblicken spürte er voller Genuss seinen eigenen Körper, seine Kraft und Beweglichkeit und die Schönheit der Jugend. Er wusste, dass man seine Beine rühmte und seine Körpergröße. Inzwischen überragte er Mazarin um einen halben Kopf – ein heimlicher kleiner Triumph, fast so beglückend wie der Erfolg bei den Aufführungen des Hofballetts.

Trotz all dieser Zerstreuungen hörte Ludwig nicht auf, Tag für Tag seinen Meister Mazarin zu besuchen, dessen Zimmer genau über dem seinen lag. Hier herrschten Stille und Konzentration. Während Mazarin mit seinem Staatssekretär Colbert die Akten besprach, mit dem Minister Fouquet die Finanzen des Staates diskutierte oder die geheimen Unterhändler des englischen Protektors Cromwell empfing, erlebte Ludwig, wie sich das Räderwerk der Regierung drehte, welchen geschriebenen und ungeschriebenen Gesetzen es gehorchte und auf welchen dunklen Geheimnissen und Winkelzügen scheinbar selbstverständliche Entscheidungen beruhten. Noch immer erfüllte Ludwig seine Pflichtarbeit, mit der er schon vor Jahren begonnen hatte: Er protokollierte für sich selbst, was er gehört hatte, mit zunehmender Reife aber immer mehr, welche Schlüsse er daraus zog. Die Lehrzeit fing an, Früchte zu tragen.

Auch das Verhalten seiner Umgebung und ganz besonders sein eigenes beobachtete und beurteilte er, um Menschenkenntnis zu gewinnen und sich selbst zu vervollkommnen. Die kaum verhohlene Verachtung, mit der ihn seine Spielgefährten einst gedemütigt hatten, hatte ihn gelehrt, dass er niemandem trauen durfte, am wenigsten dem Adel. Keiner der jungen Aristokraten, die sich über seine »Apotheker-Großmutter« lustig gemacht hatten, sollte je wieder wagen, sein Maul zu wetzen.

Doch mit der Fronde war auch die Kraft des Adels gebrochen. Ludwig war entschlossen, den Spöttern von einst mit hoheitsvoller Kälte zu begegnen. Vollendete Manieren, eine edle Sprache und perfekte Gelassenheit sollten die Waffen sein, mit denen er sie innerlich von sich fernhielt. Mit niemandem scherzte er und ließ auch keine Scherze gelten, die auf seine Kosten gehen konnten. Diesen selbstgesetzten Regeln folgte er sogar, wenn er mit seinen Gefährten auf die Jagd ritt, zum Baden an die Seine fuhr oder die Bälle des Hofes anführte. Er verlangte, dass alle ihn begleiteten, doch als ihr König begegnete er ihnen nicht mit Freundlichkeit und Güte, sondern mit einem Stolz, der keine menschliche Wärme zuließ. Dass er sich in diesen jungen Jahren fast täglich neu verliebte, lag weniger an einer Suche nach Zuneigung als vielmehr an seinem starken körperlichen Verlangen. Er hatte es wohl von seiner Mutter geerbt, auch wenn diese eine solche Veranlagung nicht einmal vor sich selbst eingestanden hätte.

Von Madame de Beauvais hatte er gelernt, dass die Frauen Aufmerksamkeit von ihm erhofften. Da er selbst die Höflichkeit für eine seiner wichtigsten Verhaltensweisen hielt, gewöhnte er sich an, vor jeder Frau, der er im Schloss begegnete, den Hut zu ziehen oder ihn zumindest ein wenig zu lüften. Anfangs war er nicht sicher, ob es nicht zu weit ging, sogar eine einfache Kammerfrau auf diese Weise zu beehren, doch schnell bemerkte er die unerhörte Wirkung seines Benehmens. Der junge König liebe die Frauen, hieß es. Er sei ein wahrer Kavalier. Kein Mann sei wie er. Er sei eben der König.

4

Die junge Gesellschaft, mit der Ludwig seine freie Zeit verbrachte, wurde von einer kleinen Gruppe angeführt, die sich von den übrigen Höflingen durch ihr Temperament und ihre Sorglosigkeit unterschied. Vor sechs Jahren hatte Kardinal Mazarin den Wunsch verspürt, sich mit eigenem Fleisch und Blut zu umgeben. Sein geistliches Amt verbot ihm zwar, selbst eine Familie zu gründen, doch er hatte seine beiden Schwestern Laura und Hieronyma aus Italien geholt. Laura, die ältere, mit einem gewissen Signor Martinozzi verheiratet, brachte ihre beiden Töchter

Laura und Anna Maria mit nach Frankreich. Nie wäre ihr in den Sinn gekommen, die Einladung ihres Bruders auszuschlagen, versprach er ihr doch glänzende Partien für ihre beiden Mädchen, die mit ihrem blonden Haar und ihrer fülligen Gestalt dem gängigen Schönheitsideal aufs Beste entsprachen. Noch mehr zählte jedoch, dass sie Nichten des allmächtigen Mazarin waren, dem sich nach der Fronde sogar die ältesten Familien des Landes andienten, um die kleinen Ausrutscher vergessen zu machen, die sie sich während des Bürgerkriegs geleistet hatten.

So kam es, dass Anna Maria sogar in die Verwandtschaft des Königs einheiratete und die Gemahlin des buckligen Prinzen Conti wurde.Laura, die jüngere Schwester, traf es noch besser. Sie heiratete den Prinzen von Modena, pendelte danach in lustvoller Unabhängigkeit zwischen Italien und Frankreich hin und her und genoss das Beste von beiden Ländern.

Die Martinozzi-Mädchen waren älter als Ludwig und deshalb für den täglichen Umgang weniger interessant als ihre jüngeren Cousinen und Cousins, Kinder von Hieronyma Mancini, der zweiten Mazarin-Schwester. Schon äußerlich unterschieden sich die Mancinis von Lauras züchtigen, blonden Martinozzi-Töchtern. Alle Mancinis waren dunkelhaarig, temperamentvoll und entschlossen, sich von absolut niemandem die Butter vom Brot nehmen zu lassen. Bei aller Konkurrenz, die auch zwischen ihnen herrschte, hielten sie nach außen hin bedingungslos zusammen. Keiner durfte wagen, einer der Schwestern unhöflich zu begegnen,sonst bekam er es unweigerlich mit ihnen allen zu tun, und dagegen kam nicht einmal Mazarin selbst an. Sie waren zu acht, fünf Mädchen und drei junge Männer, von denen einer, Paul Mancini, Mazarins Liebling gewesen war. Noch immer traten Tränen in die Augen des Kardinals, wenn die Rede auf Paul kam, den die Natur mit allem beschenkt hatte, was sie zu vergeben hatte, und dem sie dennoch nur siebzehn Jahre gewährte, um zu leben.

Pauls Bruder Philippe war jünger und freundete sich deshalb mit Ludwigs jüngerem Bruder an. Bei Hofe munkelte man, Philippe Mancini sei nicht der richtige Umgang für den Bruder des Königs, trotz seiner Jugend sei er schon verdorben. Aus seiner alten Heimat Italien habe er jenes Laster mitgebracht, das die Männer den Frauen entfremdet.

Auch Mazarin, dem nichts entging, kam das Gerücht zu Ohren. Trotzdem unternahm er nichts. Jüngere Brüder von Monarchen galten immer schon als gefährlich. Wenn man sie zu stark werden ließ, meinten sie, sie könnten selbst nach der Krone greifen. Es schadete also nicht, wenn sich der Königsbruder Philippe mit seinem Namensvetter aus Italien einließ und damit seinen Ruf verspielte. Mit seinem Charme, seiner Herzlichkeit und seinem militärischen Talent war er ohnedies bedrohlich genug. Einen zweiten Gaston konnte Frankreich nicht brauchen.

Der jüngste der drei Brüder war noch ein Kind, und auch später drängte er sich nicht vor – im Gegensatz zu seinen fünf Schwestern, die mit viel Sinn für Glanz und Gloria durch die Säle des Louvre tänzelten, immer auf der Suche nach Vergnügungen und Unterhaltung. Es war unmöglich, sie zu übersehen oder zu überhören. Sie wussten, wer sie waren, und die älteren von ihnen konnten sich noch an die Zeiten in Italien erinnern, als es ihnen noch nicht so gut gegangen war.

Sie zweifelten nicht daran, dass die Einladung ihres Onkels der Glücksfall ihres Lebens gewesen war. Als die Königin sie zum ersten Mal bei sich empfing, trugen sie einfache schwarze Seidenkleidchen und wussten nicht, wie sie sich benehmen sollten. »Sehe man sich nur diese kleinen Fräulein an!«, raunte Ludwigs Erzieher Villeroy dem Beichtvater Paulin zu. »Jetzt besitzen sie noch rein gar nichts, aber bald werden sie schöne Schlösser, große Einkünfte, herrliches Geschmeide und Silberzeug und vielleicht sogar hohe Würden ihr Eigen nennen.«

Die Pamphletisten vom Pont Neuf riefen dazu auf, das italienische Jungvolk schnellstens wieder dorthin zurückzuschicken, wo es hergekommen war. Nicht einmal ihr Äußeres wollten sie gelten lassen und sangen voller Hohn:

Elles ont les yeux d'un hibou
L'écorce blanche comme un chou
Les sourcils d'une âme damnée
Et le teint d'une cheminée.

Eulenaugen, Kohlkopfschwarte, Höllenbrauen, Schornsteinhaut: Es ließ sich nicht bestreiten, dass die jungen Damen aus dem Nachbarland dem Geschmack der Brückendichter nicht entsprachen, was aber eher an ihrer Verwandtschaft mit dem Kardinal als an ihrem tatsächlichen Aussehen lag.

Lebhaft waren sie alle. Wenn sie gemeinsam auftraten, schienen sie einander sehr ähnlich zu sein. In Wahrheit aber unterschieden sie sich ihrem Wesen nach deutlich voneinander. Die Älteste, Laura, war sanft und vernünftig. Sie wusste es zu schätzen, dass ihr Onkel sie mit einem Enkel Heinrichs IV. verheiratete, dem Herzog von Mercoeur, und sie damit in den höchsten Adel des Königreichs aufstieg. Dankbar nahm sie ihre Rolle an und erfüllte sie mit Würde. Bald vergaß man fast, dass sie eine jener Kardinalsnichten war, die vom Volk und bei Hofe »Mazarinetten« genannt wurden. Von ihrer Schwester Hortense sagte man, sie sei die Schönste von allen. Von Olympia hieß es, sie sei die Charmanteste und Gefährlichste. Und Marianne, die Jüngste, liebte die Poesie und noch mehr die Poeten.

Doch auch ein Aschenputtel gab es in der Familie: Marie, das Kind in der Mitte der Geschwisterfolge, ein Jahr jünger als der König und die sprühende Olympia, welche nicht von Ludwigs Seite wich. Marie war die unauffälligste der Schwestern. Ihr Haar und ihre Haut hatten die dunkelste Färbung, und sie war mittelgroß und schlank – in einer Zeit, in der Frauen idealerweise Rundungen besaßen. Wer ihr freundlich gesonnen war, lobte die Anmut, mit der sie sich bewegte, ihre dunklen Augen mit den langen Wimpern und ihre weißen Zähne. Wenn sie lächle, hieß es, verändere sich ihr Gesicht und die Sonne gehe auf. Doch Marie lächelte nicht oft. Das mochte an dem Verhalten liegen, mit dem ihre Mutter ihr begegnete:

Als Marie gerade geboren war, so munkelte man, hatte eine Wahrsagerin an das Tor des Hauses geklopft und der jungen Mutter prophezeit, dass dieses neugeborene Kind einmal große Schwierigkeiten bereiten würde. Die abergläubische Hieronyma hatte ihr geglaubt. Von diesem Tag an, dem ersten in Maries jungem Leben, hatte ihre Mutter vor ihr Angst. Als sie mit ihren Töchtern nach Paris kam, warnte sie den Kardinal vor dem jungen Mädchen, dem ein unruhiges Schicksal prophezeit worden sei. »Versprechen Sie mir, lieber Bruder, dass Sie Marie nach meinem Tode in ein Kloster bringen lassen und sie dort bis an ihr Lebensende festhalten!«, bat sie.

In der Folgezeit beruhigte sie sich jedoch. Sie sah, dass Marie ganz offenkundig niemandem schadete, und kam zu dem Schluss, dass sich die Wahrsagerin wohl geirrt hatte. Marie durfte bleiben. Sie ahnte nichts von den Vorbehalten ihrer Mutter, doch sie spürte, dass etwas nicht so war, wie es sein sollte. So flüchtete sie in eine Welt, in der niemand sie störte: in die Welt der Literatur. Keine war belesener als sie und keine geistig ansprechbarer. »Marie ist das Gehirn unserer Familie«, sagte Olympia manchmal. Es klang spöttisch, doch die Mazarinetten verspotteten einander nicht. Olympia meinte es ernst, und sie hatte wohl recht damit.

Schon in diesen jungen Jahren offenbarten sich bei Ludwig die beiden Triebfedern, die ein Leben lang sein Verhalten bestimmten: Rachsucht und Stolz. Noch fühlte er sich nicht etabliert genug, dem Adel die Demütigungen der Fronde heimzuzahlen. Doch das Bedürfnis, sich zu rächen, staute sich an und wartete nur auf eine Konstellation, in der der junge Monarch den Daumen nach unten richten konnte, um die Grandseigneurs auf Dauer zu unterjochen und zu demütigen. Der Stolz, der ihn erfüllte, half ihm dabei, den Wunsch nach Revanche aufrechtzuerhalten. Geltung und Vergeltung: Das waren die machtvollen Verbündeten, von denen sich Ludwig leiten ließ.

So war es auch kein Wunder, dass er sich mit jener jungen Frau zusammentat, die alle anderen in den Schatten stellte. Nicht etwa durch außerordentliche Schönheit, durch Bildung oder Herkunft. Nein, einzig und allein durch Vitalität und Rücksichtslosigkeit. Es war Olympia Mancini, die einst so arme Nichte des Kardinals, die Ludwigs Aufmerksamkeit auf sich zog.

Sie war so alt wie er und genauso stolz. Wenn sie einen Raum betrat, drehten sich alle nach ihr um; wenn sie redete, verstummten die anderen. Nur den König ließ sie gelten. Da sie sich fast ständig an seiner Seite aufhielt, geschah, was Madame de Beauvais vorausgesagt hatte: Ludwigs Licht fiel auf Olympia und hob sie heraus. Kein Fest bei Hofe, bei dem Olympia nicht der Mittelpunkt gewesen wäre. Keine Jagd, bei der sie nicht gemeinsam mit Ludwig die Richtung bestimmte. Keine Theateraufführung, an der sie nicht teilnahm und von der sie nicht hingerissen war, weil sie wusste, dass Ludwig es von ihr erwartete.

Ihr schwarzes Haar verzieh man ihr, hob stattdessen ihr rundliches Dekolleté und die Grübchen in den Wangen hervor, so reizvoll und unerwartet in einem länglichen, spitzen Gesicht. Man rühmte ihre Arme und Hände und vor allem die Eleganz, mit der sie sich zu kleiden verstand. Ihre Fantasie mochte sich auf Äußerlichkeiten beschränken, doch keine andere bei Hofe erfand raffiniertere Staffagen in ihren Räumen und amüsantere Nichtigkeiten, die der Kardinal großzügig finanzierte. Umgeben von tropischen Vögeln und Zwerghunden hielt sie Hof und sorgte dafür, dass Ludwig mit den fabelhaftesten Gerichten verwöhnt wurde, wenn er sie aufsuchte.

Man unterstellte ihr, sie lege es sogar darauf an, vom König geheiratet zu werden. Als Kardinal Mazarin von diesem Gerücht erfuhr, schmetterte er seinen exquisiten Brieföffner – ein Geschenk des Finanzministers Fouquet – zu Boden. Danach ging er mit sich selbst zu Rate und ließ Olympia rufen. Listig wie ein Fuchs eröffnete er ihr, es sei sein heimlicher Traum gewesen, sie, seine geliebte Nichte, die er höher schätze als alle anderen, dereinst an der Seite des Königs zu sehen.

Olympia hielt den Atem an. Dann strahlte sie und küsste

ihrem Onkel die Hand. Bevor sie jedoch jubeln konnte, fuhr Mazarin gramgebeugt fort, er habe einen Sterndeuter befragt, der ihn bisher stets richtig beraten habe. Von ihm habe er erfahren, dass Olympia ein grauenvolles Schicksal drohe, wenn sie dem König zu nahe kam. »Verbannung, Tod oder noch Schlimmeres, du armes Kind!«, fügte er düster hinzu.

Olympia, ganz Tochter ihrer abergläubischen Mutter, brach zusammen. Mit Verwunderung und Befremden beobachtete der Kardinal die italienische furia seiner Nichte. Durch die Königin war er einiges gewohnt, doch Olympia setzte neue Maßstäbe. Trotzdem ließ der Kardinal sie gewähren, bis sie endlich erschöpft verstummte und von einer Sekunde zur anderen wieder Herrin ihrer Sinne war. Der Kardinal atmete auf. Er versprach Olympia einen Bräutigam von allerhöchstem Rang und eine Mitgift von mehreren hunderttausend Pfund.

»Werde ich denn weiter bei Hofe leben dürfen?«, erkundigte sich Olympia besorgt. Sie seufzte erleichtert, als ihr die Erlaubnis dafür erteilt wurde.

Als sie in ihre Gemächer zurückging, waren ihre Tränen versiegt, und auf ihren Lippen lag ein Lächeln. Es schien ihr, als wären mit einem Schlag all ihre Probleme gelöst. Das eine vor allem: dass Ludwig in letzter Zeit immer heftiger gedrängt hatte, sie möge sich ihm hingeben, und dass auch sie selbst mehrmals nahe daran gewesen war, keinen Widerstand mehr zu leisten. Sie spürte, dass sie nicht weniger leidenschaftlich war als der König, doch sie war auch ein kluges italienisches Mädchen, das den Wert der Jungfräulichkeit zu schätzen wusste. Bis zur Ehe habe man keusch zu sein, daran glaubte sie fest, wenn auch mehr aus Berechnung denn aus Sittsamkeit. Der Bräutigam, den der Onkel für sie auswählen würde, konnte zufrieden sein: Er bekam eine aufregende junge Gemahlin, die zudem – wie es sich gehörte – noch Jungfrau war, zumindest eine halbe.

Als Ludwig von Mazarins Anordnung erfuhr, meinte er, eigentlich müsste er jetzt unglücklich sein und um eine verlorene Liebe weinen. Er wunderte sich selbst, dass es ihn kaum berührte.

»Werden Sie denn weiter bei Hofe leben?«, erkundigte er sich, ohne zu wissen, dass dies auch Olympias drängendste Frage gewesen war.

Olympia bejahte, und Ludwig lächelte in der gleichen Weise wie zuvor seine Freundin. Auf die erste Liebesnacht in ihrem Leben kam es ihm nicht an. Wenn sie erst verheiratet war, würde sich für ihren Gatten schon eine Auslandsmission finden oder ein Auftrag im Krieg gegen die Spanier. »Ich bin ungemein traurig, liebe Freundin!«, versicherte Ludwig und senkte den Kopf, als hätte er Tränen zu verbergen.

Olympia tat desgleichen. »Ich auch, Sire!«, antwortete sie mit bebender Stimme und dachte an die herrliche Freiheit, die ihr bevorstand. »Welch ein Verzicht! Am liebsten würde ich sterben.«

5

Sie hieß Marthe und war die Tochter eines Gärtners. Sie war blond und zierlich mit einem hübschen, blassen Gesicht, das sogar der Sonne trotzte. Was Ludwig am meisten bei ihr auffiel, war die sanfte Neigung ihres Nackens, die ihrer Haltung etwas Demutsvolles, Hingebendes verlieh, das ihn anzog – vielleicht weil es sich so beruhigend vom selbstbewussten, fordernden Benehmen der Mazarinetten unterschied, an das er sich zwar gewöhnt hatte, das er aber insgeheim manchmal als recht anstrengend empfand.

Er konnte sich nicht erinnern, wann er Marthe zum ersten Mal gesehen hatte. Wahrscheinlich war sie schon immer dagewesen als Tochter ihres Vaters, der im Dienst der Krone stand. Wirklich aufgefallen war sie ihm aber erst, als sie bei seinen Jagdausflügen am Wegrand stand und mit unbewegter Miene die bunte Gesellschaft beobachtete, die wie eine wilde Horde an ihr vorbeiritt, rufend und grölend und begleitet von einer kläffenden Hundemeute voller Jagdlust.

Es hätte sich gehört, dass die stille Zuseherin höflich knickste, wenn der König an ihr vorbeisprengte. Doch das alles dauerte nur einen Augenblick und war so laut und überwältigend, dass Marthe einfach wartete, bis die übermütige Gesellschaft hinter den Bäumen verschwunden war und nur noch Hufspuren und versprengte Erdbrocken davon zeugten, dass Marthe nicht geträumt hatte.

Ludwig wusste nicht, wie oft sie schon so dagestanden war – ein wenig verloren und hilflos – und den jungen Menschen zugesehen hatte, die nur wenig älter waren als sie selbst, die so nahe bei dem kleinen Holzhaus lebten, das sie mit ihrem Vater bewohnte, und die dennoch aus einer anderen Welt kamen, die ihr unverständlich war. Ungeheuer schön erschienen sie ihr in ihren prächtigen Gewändern in Farben, die Marthe bisher nur bei Blumen gesehen hatte. Dazu diese wehenden Locken, die über den Rücken herabfielen wie Kletterpflanzen! Wenn sich das Mädchen danach über den Brunnen beugte, um sich zu vergleichen, musste es enttäuscht sein, wenn es sich selbst erblickte. Denn was ihm ins Auge fiel, war nur der äußere Anschein, der sich mit den strahlenden Geschöpfen auf ihren Pferden nicht messen konnte.

Eines Tages kam ihr Ludwig entgegen. Weil sie den Kopf so demütig senkte und seine Fragen nicht beantwortete, ersuchte er Marthe höflich, ihm ihre Brüste zu zeigen. Wieder antwortete sie nicht, sondern gehorchte nur. Zu gehorchen war ihre Sprache. Sie ließ alles zu, auch dass Ludwig ihre Brust berührte, sich dafür bedankte wie für ein süßes Dessert und sich dann ohne Eile wieder entfernte.

Bei ihrer nächsten Begegnung grüßte er sie, und wieder vergaß sie ihren Knicks. Wie zuvor die Jagdgesellschaft starrte sie nun ihn an und wartete darauf, wie es weitergehen würde.

»Wie heißt du?«, fragte Ludwig, als er von seinem seigneurialen Recht Gebrauch machte und seine Hände an ihren Beinen hinaufgleiten ließ.

»Marthe«, antwortete sie, doch er hörte schon gar nicht mehr zu. Was ihm Olympia geschickt verweigerte, brauchte er sich hier nur zu nehmen. Von Catherine de Beauvais hatte er gelernt, wie es ging. Auch glaubte er zu wissen, wie eine Frau seine Aufmerksamkeiten beantworten sollte. Catherine de Beauvais hatte leise gestöhnt und ihn wie einen Musterschüler gelobt. Die kleine Marthe tat nichts dergleichen. Sie neigte nur ihren Kopf noch ein wenig tiefer, schloss nicht einmal die Augen, sondern blickte starr vor sich hin. Lediglich ihre Wangen röteten sich. Doch Ludwig war zu sehr mit seinen eigenen Empfindungen beschäftigt, um sich darüber Gedanken zu machen oder es auch nur zu bemerken.

Noch ein paarmal suchte er die Begegnung mit ihr. Nie aber sprachen sie miteinander. Ihren Namen hatte er nicht gehört, weil er schon zu erregt gewesen war. Sie war für ihn die Unbekannte am Wegrand, die stets zur Verfügung stand, wenn er sie wollte. Eigentlich war sie nur ein Körper für ihn, obwohl er oft an sie dachte, immer aber nur in dem einen Zusammenhang. Es interessierte ihn nicht, sie näher kennenzulernen. Zu einfach und angenehm war es, einfach auf sie zuzugehen und die Hand nach ihr auszustrecken.

Eines Tages fand er sie nicht. Er schlenderte eine Weile umher und betrachtete die Gemüsebeete des Küchengartens. Dann kehrte er enttäuscht ins Schloss zurück. Ihm war, als hätte man ihm eine wohlschmeckende Speise versprochen und ihm stattdessen einen leeren Teller vorgesetzt. Der ganze Tag war ihm verdorben. Nicht einmal Olympia konnte ihn aufheitern. Das verwirrte und entsetzte sie so sehr, dass sie sich näher an ihn herandrängte als sonst und ihn mehr ermunterte als je zuvor.

Doch Ludwig blieb kühl. Mürrisch starrte er vor sich hin. Er wusste selbst, dass er am nächsten Morgen wieder zum Küchengarten gehen würde, um sein Recht als König und Herr einzufordern.

»Nicht wahr?«, fragte Olympia und wartete auf eine Antwort. Erst jetzt merkte sie, dass er gar nicht zugehört hatte, und er merkte, dass ihm dieses schweigende junge Mädchen mehr fehlte, als ihm lieb war.

Als er am nächsten Morgen in den Küchengarten kam, sah er einen Schatten hinter den Bäumen. Sein Herz fing an zu klopfen. Er eilte hin, doch anstelle der Erwarteten trat ihm ihr Vater entgegen. Ludwig kannte ihn vom Sehen und rechnete mit einem devoten Gruß. Doch der Mann starrte ihn an, als wollte er ihn töten. »Was suchen Sie hier, Majestät?«, fragte er mit heiserer Stimme.

Ludwig fasste sich. »Du vergisst, dass dies mein Garten ist!«, antwortete er kalt.

Das Gesicht des Gärtners rötete sich. »Das mag schon sein, Majestät«, sagte er in drohendem Ton. »Das ist Ihr Garten, aber es war meine Tochter!«

Ludwig erschrak. Am liebsten wäre er einfach nur ganz schnell weggegangen. Der Mord an seinem Großvater Heinrich war in der Erinnerung seiner Familie allgegenwärtig. Ludwig bedauerte, dass er keine Waffe bei sich trug. Er schwor sich, in Zukunft nie mehr unbewaffnet ins Freie zu gehen. »Deine Tochter?«, fragte er, als wüsste er nicht, von wem der Mann sprach.

Der Gärtner trat einen Schritt nach vorn. Ludwig wich zurück.

»Sie haben sie in Schwierigkeiten gebracht, Majestät!« Es klang, als spuckte er die Anrede »Majestät« verächtlich aus. Dann aber traten Tränen in seine Augen. »Sie war ein anständiges Mädchen!«, klagte er. »Sie hätte etwas Besseres verdient.« Er trat noch einen Schritt näher. Ludwig hob abwehrend die Hände. »Warum bedienen Sie sich nicht unter Ihresgleichen, Majestät?«, rief der Gärtner mit heiserer Stimme. Es sah aus, als wollte er Ludwig schlagen. »Warum bedrängen Sie die Schwachen, die nicht wagen, sich zu wehren?«

Ludwig schüttelte den Kopf. »Ich verstehe dich nicht!«, versicherte er und versuchte vergeblich, arrogant zu bleiben. »Was ist denn geschehen?«

Der Gärtner starrte ihn ungläubig an. Dann drehte er sich um und ging davon. Nach ein paar Schritten spuckte er auf den Boden. Ludwig atmete auf. Langsam kehrte er ins Schloss zurück. Das Volk!, dachte er. Die Kanaille!

Natürlich wusste er, worum es ging, wenn der Mann sagte, Ludwig habe seine Tochter in Schwierigkeiten gebracht. Doch Ludwig weigerte sich, sich mit diesem Problem zu befassen. Es gab Dinge – hatte man ihn gelehrt –, die waren unter der Würde eines Monarchen. Es war nicht nötig und auch nicht passend, dass er sich mit ihnen belastete. Armut und Elend gehörten ebenso dazu wie die Schande gefallener Mädchen. Was geschehen war, war geschehen. Trotzdem stockte ihm plötzlich der Atem, und er fing an zu zittern. Doch schnell beherrschte er sich wieder, atmete tief und ermahnte sich, dass er der König war.

In einem Korridor des Schlosses kam ihm Olympia entgegen. Seit Tagen war ihm nicht mehr aufgefallen, wie blühend sie aussah und wie sorglos sie dahinschritt. Als sie einander erreicht hatten, versank Olympia in einen tiefen Knicks. Dabei zeigte sie Ludwig ihr schönes Dekolleté und die bezaubernden Grübchen in ihren Wangen. »Majestät!«, gurrte sie leise und lächelte, damit sich die Grübchen noch vertieften.

Eine tiefe Erleichterung überkam ihn. Mit einem Schlag war die Welt da draußen vergessen. Er griff nach Olympias Hand und zog sie hoch. »Liebste!«, sagte er und küsste zärtlich ihren Arm.

Auch Olympia atmete auf. »Wie bin ich froh, Sire!«, seufzte sie. »Gestern hatte ich schon Angst, irgendetwas wäre nicht in Ordnung.«

Er führte sie den Korridor entlang. »Gestern?«, fragte er, als wäre nichts geschehen. »Gestern ist längst vorbei, meine Liebe!« Er drängte sie in eine Ecke und genoss es, dass sie sich an ihn schmiegte. »Ich liebe es, dass Sie so selbstbewusst sind und so lebhaft!«, gestand er und küsste sie. »Ich mag Frauen nicht, die nicht wissen, was sie wollen.« Dabei legte er seine Hand ein Stück unter ihre Taille – jedoch nicht tiefer, denn das gehörte sich nicht bei einer jungen Dame von Stand, die den berechtigten Wunsch hatte, sich günstig zu verheiraten.

Ludwig musste lernen, dass seine Taten Folgen nach sich zogen. Nachdem er drei Mal seine Beichte verweigert hatte, wandte sich sein Beichtvater Paulin an die Königin. Irgendetwas Unrechtes müsse geschehen sein, dass der junge König nicht zur Beichte bereit sei. Man müsse nachforschen, um seine Seele vor Schaden zu bewahren.

Anna erschrak. Dennoch wagte sie nicht, ihren Sohn zu bedrängen. So beauftragte sie Madame de Beauvais mit dieser heiklen Aufgabe, die jedoch für die lebenserfahrene Hofdame keineswegs heikel war. Sie fragte Ludwig einfach, und er war froh, sich der lästigen Erfahrung zu entledigen, indem er über sie sprach.

Catherine de Beauvais lächelte amüsiert. »Sie werden also Vater, Sire«, stellte sie fest. »Welch frühe Leistung!«

Ludwig allerdings war nicht bereit, über sich selbst auch nur zu lächeln. Eilig ging Catherine de Beauvais auf seine Stimmung ein. Sie werde mit der Königin sprechen, erklärte sie. Ganz diskret natürlich. Diese werde wahrscheinlich seinen Paten befragen, den hochverehrten Herrn Kardinal, der für jedes Problem eine Lösung wisse. »Zumindest finanziell«, konnte sich Madame de Beauvais nicht verkneifen hinzuzufügen. »Zu Zeiten Ihres glorreichen Großvaters Heinrich hätte man keinen Gedanken an eine derartige Affäre verschwendet«, stellte sie bedauernd fest. »Leider ist seit der Fronde alles so gewichtig geworden! Wenn die Dichter auf dem Pont Neuf Wind davon bekommen, wird man sich noch in zwanzig Jahren das Maul zerreißen über den kleinen König und die Gärtnerstochter.«

Ludwig war beleidigt, dass sie ihn als »kleinen König« bezeichnete. Doch was sie riet, leuchtete ihm ein. So setzte sich das schwerfällige Räderwerk der Krone in Bewegung und endete bei Mazarins Staatssekretär Colbert, der es nicht unter seiner Würde fand, die »unangenehme kleine Affäre« – wie es die Königin nannte – zu bereinigen.

Mit juristischer Akribie erkundigte sich Colbert nach Einzelheiten, die schädliche Gerüchte nähren konnten. Ludwig antwortete, da wäre nichts weiter. Er habe mit dem Mädchen keine Gespräche geführt. Dann schwieg er verärgert, weil Colbert nicht verbarg, wie sehr er sein Verhalten missbilligte.

»Könnte sich nicht Monseigneur Fouquet um die Angelegenheit kümmern?«, fragte Ludwig. Er erinnerte sich plötzlich daran, dass er sich früher manchmal gewünscht hatte, Fouquet zum Freund zu haben. Seine Gedanken wurden jedoch unterbrochen, weil Colbert mit einem Mal so heftig errötete, dass man meinen konnte, sein Kopf würde platzen. Einen Augenblick später wurde er so bleich, dass Ludwig befürchtete, Colbert könnte umsinken. Er fasste sich jedoch gleich wieder, doch seine Blässe blieb. »Monseigneur Fouquet ist ein zu bedeutender Herr, um Zeit für anderes zu haben als für große Politik und für Geschäfte«, antwortete er spitz. Die unerwartete Bosheit in seiner Stimme ließ es nicht ratsam erscheinen, sich diesen Mann zum Feind zu machen. Ludwig erinnerte sich daran, dass Colberts Wappentier eine Natter war.

Tüchtig jedoch war Colbert. Schon ganz früh am nächsten Morgen wurde die Tür des Gärtnerhauses eingetreten. Es war noch zu dunkel, um zu erkennen, wer die Männer waren, die den Gärtner und seine Tochter gewaltsam aus dem Haus zerrten. Der Gärtner wehrte sich heftig. Seine Tochter gehorchte stumm. Vor dem Haus wartete ein Mann in schwarzem Gewand, der dem Gärtner wie der Teufel persönlich vorkam. Er hatte den Mann noch nie gesehen, er gehörte nicht zu den Höflingen, die den König bei seinen Vergnügungen begleiteten.

»Wer sind Sie, Herr?«, fragte der Gärtner, als ihn die Knechte zu ihm führten.

»Halt's Maul!«, knurrte ihn einer der Knechte an. »Das ist der große Monsieur Colbert. Wenn er etwas sagt, gilt es genauso viel, als hätte der Herr Kardinal gesprochen.«

»Und der Herr Kardinal verjagt uns aus unserem Haus?«

Der Gärtner war offensichtlich keiner der Demütigen, dachte Colbert. Es war wirklich besser, ihn für immer dorthin zurückzuschicken, wo er geboren war. Er hielt dem Mann einen prall gefüllten Lederbeutel hin. »Das ist für deine Tochter«, sagte er in verächtlichem Ton. »Pures Gold! Bettelarm seid ihr hierhergekommen. Als reiche Leute kehrt ihr in euer Dorf zurück. Dank dieser Mitgift wird sich jedes kleine Bäuerlein darum reißen, deine Tochter zur Frau zu bekommen.«

»Und den Bastard des Königs noch obendrein!« Das Gesicht des Gärtners war fast blau von der Anstrengung, sich gegen den Griff der Knechte zu wehren.

Colbert zuckte die Achseln. »So viele Kinder sterben früh«, antwortete er gleichmütig. »Das gute Geld aber bleibt. Ihr solltet dankbar sein für diesen Reichtum.«

Der Gärtner spuckte auf den Boden, während die Knechte seine Habseligkeiten aus dem Häuschen holten und sie auf eine Karre warfen. Das Geld nahm er nicht.

»Die Karre kannst du behalten und das Pferd auch«, sagte Colbert. Er bedeutete den Knechten, den Gärtner und seine Tochter loszulassen. Der Gärtner hatte sich beruhigt, doch seine Tochter zitterte vor Angst. Verwirrt und ratlos setzten sich die beiden auf den Kutschbock. »Wenn du klug bist und fleißig, bist du jetzt ein gemachter Mann«, sagte Colbert und warf dem Gärtner den Geldbeutel in den Schoß.

Der Gärtner schwieg. Er rührte das Geld nicht an, aber er gab es auch nicht zurück. Als sich das Pferd in Bewegung setzte, drehte sich Marthe noch einmal nach dem Häuschen um, in dem sie aufgewachsen war. Sie ließ es nicht aus den Augen, bis sie es nicht mehr sehen konnte. Dann senkte sie den Kopf und fing an, leise zu weinen.

Für Ludwig stellte es sich als Vorteil heraus, dass ihn Colbert auf diesem speziellen Gebiet betreute. Von nun an verwies Ludwig alle Forderungen, die sich aus seinen Vergnügungen ergaben, an den Sekretär. Durch ihn wurden sie zur Zufriedenheit und diskret erledigt – überhaupt war Diskretion eine hervorstechende Eigenschaft Colberts. Seinen Gleichmut verlor er nur, wenn die Rede auf Nicolas Fouquet kam, der so beliebt war und den alle bewunderten.

Ludwig fragte sich, ob es Neid war, was Colbert gegen Fouquet aufbrachte. Soviel Ludwig wusste, stammte auch Colbert aus einer recht vermögenden Familie. Wenn er Fouquet beneidete, dann vielleicht um seinen Charme, seine Ungezwungenheit und die stilvolle Eleganz, mit der er auftrat und mit der er sich umgab. »Ich habe heute Monseigneur Fouquet getroffen«, sagte Ludwig deshalb manchmal zu Colbert, um ihn zu ärgern. »Es heißt, er sei dabei, sich ein neues Haus einzurichten. Ich bin sicher, es wird sensationell.«

Colbert schwieg. »Die Gärtnerstochter, die in ihr Dorf zurückgekehrt ist«, sagte er dann mit Gift in der Stimme, »man teilte mir mit, sie habe ein Kind geboren.«

Ludwig zuckte zusammen, doch er fragte nicht nach.

Colbert gewann seine Beherrschung zurück. Seine Stimme klang wieder ruhig und gleichmütig. »Beiden geht es gut«, berichtete er unaufgefordert. »Die junge Frau ist inzwischen verheiratet. Dank ihrer Mitgift ist ihr Mann der reichste im Dorf.«

Ludwig dachte an den demütigen Nacken des Mädchens. »Und er ist gut zu ihr?«, erkundigte er sich.

Colbert lächelte kaum merklich. »Wie diese Bauern eben zu ihren Frauen sind«, erklärte er genussvoll. »Man hat mir nichts Auffälliges berichtet.« Er verneigte sich, um sich zu verabschieden. Als er die Tür erreicht hatte, blieb er noch einmal stehen, weil Ludwig eine Frage stellte: »Wie war noch der Name der jungen Frau, Monsieur?«

Colbert blickte ihn verblüfft an. »Ja, wissen Sie ihn denn nicht, Sire?«, fragte er. »Marthe. Sie heißt Marthe, so viel ich weiß.«

Ludwig nickte. »Ach ja«, murmelte er. »Marthe.« Damit beschloss er, sie für immer zu vergessen. Sie und auch dieses Kind, von dem er weder das Geschlecht kannte noch den Namen, den ihm sein bäuerlicher Stiefvater gegeben hatte.

Noch einmal verneigte sich Colbert. Dann ging er hinaus. Die »unangenehme kleine Affäre« wurde fortan nicht mehr erwähnt.

Ein schweres Amt

I

Wer das Leben von Nicolas Fouquet von außen her betrachtete, musste zu dem Schluss kommen, dass es kaum einen glücklicheren Menschen geben konnte als ihn. Er bekleidete nun eines der höchsten Ämter im Staate, das des Oberintendanten der Finanzen, was sogar den König und Mazarin zu seinen Bittstellern machte. Als Reeder kontrollierte er mit seinen Cousins Chalain die Küste der Bretagne und den Handel mit den Kolonien des Westens. Als Mäzen und Sammler liebte und förderte er Künste und Künstler. Als Bauherr war er dabei, jeden anderen in Europa zu übertreffen. Als Mensch wurde er von seiner Familie und seinen Freunden geliebt und von vielen, die ihn erst kennenlernten, bewundert.

»Was Monsieur Fouquet anfasst, wird zu Gold«, sagte Königin Anna über ihn. Dabei überlegte sie, wie sie es wohl anstellen sollte, ihm dieses Gold herauszulocken. Dass ihre Worte an den großen König Midas erinnern konnten, unter dessen Händen sich alles, was er berührte, in Gold verwandelte, kam ihr nicht in den Sinn. Vielleicht wusste sie auch nicht, dass der beneidete Midas ein trauriges Ende genommen hatte. Wahrscheinlich hätte sie diese Kenntnis aber auch nicht erschüttert, denn reich zu sein erschien ihr nach allen Erfahrungen ihres glanzvollen und doch auch abhängigen Lebens nach der Heiligkeit als der höchste anzustrebende Zustand.

Nicolas hatte nun das achtunddreißigste Lebensjahr erreicht. Von der langen Sorge um einen männlichen Erben seines Namens war er inzwischen doppelt befreit. Marie Madeleine hatte in rascher Folge zwei Söhne geboren: François, zurzeit achtzehn Monate alt, und Louis Nicolas, der noch in der Wiege lag – beide benannt nach den wichtigsten Männern in Nicolas' Leben: François nach seinem Vater und Louis nach seinem König und nach Nicolas selbst

Nicolas freute sich darüber, dass der kleine François das schwarze Haar und die schwarzen Augen seiner Mutter geerbt hatte. Wenn Marie Madeleine das Kind im Arm hielt, ihre Gesichter ganz nah beieinander, schien der Kleine ein Ebenbild seiner Mutter zu sein – so ähnlich, dass Nicolas darüber lachen musste und manchmal am liebsten geweint hätte über so viel Glück, das ihn erfüllte.

Welch ein Geschenk des Himmels, dass er diese Frau geheiratet hatte! Wie glücklich sie gewesen war, als ihr klarwurde, dass er ihren Wunsch erfüllte und sie nicht in das Haus seiner Eltern heimführte, sondern seinerseits in ihr Haus zog, das sie nach ihren eigenen Vorstellungen eingerichtet und geschmückt hatte! Sein Kontor in der Rue de la Verrerie behielt er, denn es war das Zentrum der Familiengeschäfte. Am Abend aber kehrte er wie ein braver Advokat in die Rue de Jouy zurück, zu Marie Madeleine und den Kindern.

Schon kurz nach der Hochzeit war Marie Madeleines Vater gestorben; erleichtert fast, weil er die geliebte Tochter in guten Händen wusste. Während der Bestattung erkältete sich seine Witwe und erlebte den Frühling, auf den sie so sehnsüchtig gewartet hatte, nicht mehr. »Schade, dass sie ihre Enkelkinder nicht mehr kennengelernt hat!«, sagte Marie Madeleine mit einem traurigen Lächeln. »Der kleine François hätte sie auf Trab gehalten. Dann hätte sie vielleicht weniger gefroren. Sie war verrückt nach Kindern. Leider hatte sie nur mich.«

Zu Anfang hatte Nicolas befürchtet, seine erste Tochter Marie würde auf die Stiefmutter, die nur vier Jahre älter war als sie selbst, eifersüchtig sein. Diese Sorge war auch einer der Gründe gewesen, warum er beschlossen hatte, in der Rue de Jouy zu wohnen – eine kluge Entscheidung, die der Tochter ermöglichte, sich langsam an die neue Frau des Vaters zu gewöhnen. Schon vorher war Nicolas die meiste Zeit verreist gewesen und tagsüber ständig unterwegs. Für Marie hatte sich deshalb nicht viel geändert. Auch nun traf sie ihn meist nur für kurze Zeit und dann meist allein. So wuchs ihre Neugier auf die Stiefmutter, die sich nicht aufdrängte.

Eines Tages tauchte Marie ganz unerwartet mit ihrer Gouvernante in der Rue de Jouy auf. Sie bemerkte sofort, dass sich Marie Madeleine verändert hatte. Als diese ihr lächelnd anbot, ihren Bauch zu berühren, erschrak Marie und hätte plötzlich am liebsten geweint. Dann aber fragte sie nach, wie es denn sei, ein Kind in sich wachsen zu spüren. Während Marie Madeleine darüber sprach, dachte das Mädchen wieder an die eigene Mutter und stellte sich vor, wie auch jene sich bestimmt darauf gefreut hatte, ein Kind zu bekommen. Ein Kind, das nun elf Jahre alt war und sich noch immer von seiner Mutter im Himmel beschützt fühlte. Wie einer Freundin erzählte Marie der neuen Gattin des Vaters von Louise. Marie Madeleine hörte aufmerksam zu und gab nur kurze Antworten. Sie war glücklich und erleichtert darüber, dass ihr die Stieftochter vertraute.

Auch Nicolas' Mutter war froh darüber, dass ihr niemand die Rolle als Herrin des Hauses streitig machte. Wie bisher konnte sie schalten und walten, wie es ihr gefiel. Die Fronde und der lange Krieg gegen Spanien hatten das Volk ärmer gemacht, als es je zuvor gewesen war. Immer wieder las Marie de Maupeou hilflose Menschen von der Straße auf und nahm sie mit in ihr Haus, um sie aufzupäppeln und dann in einer der Einrichtungen unterzubringen, die Vinzenz von Paul gegründet hatte, der Heilige der Armen. »Wie klug Sie gewählt haben, Nicolas!«, seufzte Marie de Maupeou manchmal und sah dem kleinen schwarzhaarigen Knaben zu, der gewandt durchs Zimmer lief. »Sie waren auch so beweglich und so munter!«, erzählte sie. »Man musste ununterbrochen auf Sie aufpassen, weil Sie auf jeden Sessel kletterten und unter jedes Sofa kriechen wollten.«

Alles schien vollkommen. Durch die Heirat mit Marie Madeleine hatte Nicolas vieles gewonnen und nichts verloren. Wie bisher besuchte er hin und wieder Suzannes Salon in Charenton, um die alten Freunde zu treffen und die Künstler, die er unterstützte. »Unser Patron« nannte ihn der Dichter Scarron, der sonst kaum jemanden gelten ließ und von niemandem außer Fouquet Hilfe annahm. »Mein Freund!«, sagte Suzanne leise zu Nicolas, und dabei hatte es zu bleiben. Man traf sich, plauderte – auch über vergangene Zeiten – und machte manchmal Geschäfte miteinander, denn auch Suzanne setzte auf den Überseehandel und beteiligte sich an den Investitionen der Reederei Fouquet. Sie konnte sicher sein, dass Marie Madeleine nichts dagegen hatte.

Nicolas erinnerte sich manchmal daran, dass er Marie Madeleine bei ihrer ersten Begegnung als »souverän« empfunden hatte. Ein Mädchen noch, aber kein Kind mehr. Ein junger Mensch mit Urteilsvermögen, bodenständig und unsentimental. Eine kleine Realistin. Kein Schmollmund, keine verdrehten Träumereien. Sie wollte ihn zum Mann und gab diesen Wunsch zu erkennen. Als sie ihr Ziel erreicht hatte, machte sie das Beste daraus – für ihn wie für sich selbst.

Sollte er seine alte Freundin ruhig treffen! Sie, Marie Madeleine de Castille war die Frau, die er geheiratet hatte. Zu ihr kam er heim, mit ihr verbrachte er die Nächte, und sie war es, die seine Kinder gebar. Außerdem gefiel ihr Suzanne de Bruc. So viel Charme, so viel Eleganz, so viel Grazie! Wenn sie einen Raum betrat, schien er heller zu werden, so offen und heiter war sie. Im Haus der Castilles war es immer dämmrig gewesen, in jeder Hinsicht. Man zog die Vorhänge zu und dachte an gestern, und die Beschäftigung mit den eigenen Krankheiten war wichtiger als frische Luft und die Lust am Leben.

Die eigene Mutter, die ständig klagte und fror, war für Marie Madeleine nie ein Vorbild gewesen. Trotz ihres Reichtums war Madame de Castille gesellschaftlichen Verpflichtungen immer aus dem Weg gegangen. Marie Madeleine war deshalb mit den heimlichen Regeln der großen Gesellschaft, in der sie sich nun bewegen sollte, nie bekanntgemacht worden. Doch sie war klug und bereit zu lernen – warum nicht auch von der bewunderten Marquise Duplessis-Bellière, der kaum eine andere das Wasser reichen konnte? Marie Madeleine wusste nicht, woran es lag, doch sie vertraute Suzanne. Sie war überzeugt, dass Nicolas' Herzensfreundin nie versuchen würde, ihr zu schaden.

»Ich freue mich über Ihren Besuch!«, versicherte sie deshalb auch ohne Vorbehalt, als Suzanne an einem Nachmittag erstmals zu ihr kam, während sich Nicolas in der Bretagne aufhielt. Suzanne blickte ihre Gastgeberin prüfend an. Sie spürte, dass Marie Madeleine die Wahrheit sprach. Von da an besuchten sie einander gelegentlich, und einmal äußerte Marie Madeleine sogar, es wäre doch eine gute Idee, wenn Suzanne die Patenschaft übernähme, sollten Marie Madeleine und Nicolas je eine Tochter bekommen.

Auch mit Jeanne d'Asserac traf Marie Madeleine zusammen, als sie Nicolas zum ersten Mal in die Bretagne begleitete. Er konnte es kaum glauben, als er hörte, dass sie noch nie am Meer gewesen war. »Aber davon leben wir doch!«, lachte er und zupfte an ihrer Halskette. »Das Silberzeug auf unseren Tischen und all die schönen Schmuckstücke werden auf See verdient.« Er wurde ernst. »Es wird Ihnen gefallen, Marie Madeleine«, versicherte er. Er konnte es kaum erwarten, ihr zu zeigen, was er so sehr liebte.

Seine Vorfreude wurde belohnt. Voller Staunen stand Marie Madeleine am Ufer, genau dort, wo François Fouquet seinem Sohn zum ersten Mal das Meer gezeigt hatte. »Vorsicht! Es schmeckt salzig!«, scherzte Nicolas.

»Aber das weiß ich doch!« Marie Madeleine beugte sich vor und versuchte zu kosten. Da diesmal kein hoher Wellengang war, gelang es ihr ohne Mühe.

»Ich wurde damals ganz nass«, erzählte Nicolas und spritzte ihr mit der Hand Wasser ins Gesicht. Sie schrie auf und rächte sich, bis sie beide bis auf die Haut durchnässt waren. Da ließ sich

Nicolas einfach fallen und riss sie mit. »Ich kann nicht schwimmen!«, rief sie und versuchte, sich zu befreien. Doch er ließ sie nicht los. »Dann fangen wir sofort an, es zu lernen!«, lachte er und küsste sie.

»Ich liebe das Meer!«, rief Marie Madeleine atemlos, als sie Hand in Hand zu ihren Pferden zurückliefen, die sie oben am Rand der Felsküste an einen Baum gebunden hatten. So gut es ging, wrangen sie ihre Kleider aus und versuchten, sich die Haare zu trocknen. Dann ritten sie zurück zu dem Haus, das Nicolas gehörte und in dem er wohnte, wenn er sich in Concarneau aufhielt. Ausgelassen wie Kinder scherzten und lachten sie während des ganzen Ritts und konnten sich nicht vorstellen, dass dieser Tag jemals enden würde.

Sie meinten schon, niemand hätte sie in ihren nassen Kleidern gesehen, da rief eine Frauenstimme Nicolas' Namen. Sie drehten sich um und sahen Jeanne, die vom Pferd sprang, dann aber wie gebannt stehen blieb. Nicolas ging auf sie zu. »Jeanne!«, rief er erfreut. Doch ihr Gesicht war ernst und traurig. Sie starrte auf Marie Madeleine, die langsam näher kam. Ihr Kleid klebte an ihrem Körper, und ihr schwarzes Haar ringelte sich in nassen Löckchen um ihr blasses Gesicht, so jung und frisch und – das wurde Nicolas in diesem Augenblick deutlicher bewusst denn je – so begehrenswert! Er spürte, dass Jeanne das Gleiche dachte.

»Genau das hatte ich mir für mich gewünscht!«, sagte Jeanne so leise, dass Marie Madeleine es nicht hören konnte. »Genau das!« Damit sprang sie auf ihr Pferd und ritt davon.

Nicolas und Marie Madeleine blickten ihr nach. »Nehmen Sie es ihr nicht übel!«, bat Nicolas. »Sie ist impulsiv, aber sie ist eine gute Freundin.«

Marie Madeleine schüttelte den Kopf. »Ich nehme es ihr nicht übel«, versicherte sie. »Ich habe keinen Grund dazu. Mir gehört doch alles, was sie gerne haben möchte.«

2

Es schien, als wollte der Krieg gegen Spanien niemals enden. Keine der gegnerischen Mächte konnte die andere bezwingen. In den Augen der beiden Völker wirkte der Krieg wie das Duell zweier einzigartiger Feldherrn, die sich in ihren Siegen und Niederlagen abwechselten. Immer wieder führten sie einen Ausgleich herbei, sodass es nie ein wirkliches Ende gab. Turenne kommandierte die Franzosen, der Große Condé die Spanier. Der eine vernünftig und überlegt, der andere wie ein Wilder und voller Hass auf das eigene Volk.

Mehrere Male nahm Mazarin mit Spanien Verhandlungen auf. Auch Philipp IV., die Katholische Majestät von Spanien, hätte gern mit seinem Neffen Ludwig, dem Allerchristlichsten König von Frankreich, Frieden geschlossen. Auch Philipps Land war ausgeblutet, und auch seine Kassen waren leer. Die Ehre gebot jedoch, dass bei Kriegsende die Helden der Kämpfe belohnt wurden. Condé übertrieb wieder einmal und forderte Vergünstigungen, die ihm Frankreich nicht gewähren konnte, ohne das Gesicht zu verlieren. So verlangte er ein eigenes großes Gouvernement in Frankreich, und schon die Wortwahl, mit der er es beanspruchte, ließ keinen Zweifel daran, dass ihn die Lust nicht verlassen hatte, in Frankreich erneut einen Bürgerkrieg zu entfesseln. Der Held der Fronde war des Kriegsspiels noch lange nicht müde.

So endeten die Verhandlungen, die den Frieden bringen sollten, mit einem bedauernden Achselzucken und Mazarins hilfloser Äußerung, Spione hätten berichtet, Condé leide unter schmerzhaften Gichtanfällen, die ihn oft tagelang ans Bett fesselten. »Vielleicht verlassen ihn bald seine Kräfte, und er ist froh, zur Ruhe zu kommen«, seufzte Mazarin und versuchte, nicht daran zu denken, dass Condé jünger war als er selbst. »Dieser Krieg bringt uns noch alle um«, fügte er hinzu und beschloss, die Verhandlungen mit England wiederaufzunehmen, wo der Königsmörder Cromwell regierte – ein Protestant, wie er protestantischer nicht hätte sein können.

»Dieses Jahrhundert steht für ein Gesetz, das frühere Zeiten nicht kannten«, murmelte Mazarin und spürte plötzlich sein Alter und die Last seines Amtes. »Die Staaten überleben nur, wenn sie ihre religiösen Überzeugungen den politischen Interessen unterwerfen.« Er legte eine Hand auf das Kreuz an seiner Brust und fragte sich, ob sich sein heimlicher Traum je erfüllen würde: Papst zu sein, oberstes Haupt der Christenheit, unangreifbar, ungefährdet bis zum Tode. »Ein Bündnis mit Cromwell!«, fuhr er dann fort. »Wir brauchen einen mächtigen Partner, sonst besiegen wir Spanien nie.« Karl II. fiel ihm ein, der rechtmäßige König von England, der schon als Kind im französischen Exil gelebt hatte: ein witziger, etwas derber Knabe, der die Abkunft von den dunkelhaarigen Medici nicht verleugnen konnte. In seiner Bedrängnis hatte er sogar versucht, Mazarin um die Hand einer seiner Nichten zu bitten. Mazarin verachtete ihn dafür. Ein Stuart sollte nie vergessen, wer er war. Auch nicht, wenn ihn ein Emporkömmling wie Cromwell aus seinem Land vertrieben hatte.

Nach seiner Rückkehr aus dem Exil hatte sich Mazarin drei Ziele gesetzt: den Krieg gegen Spanien siegreich zu beenden, Ludwig zum König zu erziehen und sich ein Vermögen zu verschaffen. Über sein geheimstes Ziel, den Papststuhl im Rom, schwieg er. Erst mussten die drei anderen Aufgaben erfüllt sein, vor allem die dritte.

Sein Leben lang hatte er sich danach gesehnt, reich zu sein. Bevor ihn die Fronde ins Exil gejagt hatte, hatte er bereits viel erreicht. Seine Besucher waren überwältigt von dem köstlichen Luxus, mit dem er sich umgab, während der junge König auf zerschlissenen Laken schlief. All die Kunstwerke, Juwelen, Spiegel und Parfums! All der Prunk und die Eleganz seiner Gemächer! Vor allem aber seine Bibliothek, sein kostbarster Besitz: vierundfünfzigtausend Bände! Während der Fronde hatte das Parlament sie geplündert und verkauft. Nichts war davon übriggeblieben. Auch seine Häuser hatte man versteigert. Die Erlöse versickerten in unsichtbaren Kanälen.

Als Mazarin aus dem Exil zurückgekehrt war, war er so gut wie mittellos gewesen. »Ich werde alt«, hatte er zur Königin gesagt. »Doch ich werde nicht zulassen, dass ich auch arm bin. Nichts ist jammervoller, als in Armut zu altern.« Anna hatte geschwiegen. Sie wusste, dass der Mann, den das Volk ihren »heimlichen Gemahl« nannte, überall zugriff, wo es Geld gab. Doch seit den Tagen des Mangels in Saint-Germain hatte sie dafür Verständnis.

Auch Nicolas kannte längst die Gier des Kardinals. Wenn ihm vor Jahren Mazarin die Hand zum Kuss entgegengestreckt hatte, war Nicolas jedes Mal aufgefallen, wie blass und gepflegt diese Hand war, makellos glatt wie bei einer Statue aus Marmor. Inzwischen war viel Zeit vergangen. Das Leben hatte den Kardinal gezeichnet. Mochte er sein Gesicht auch pflegen und schminken – seine Hände konnte er nicht vor dem Verfall bewahren. Unbarmherzig zeigten sie sein Alter und seine Habsucht. Die einst so schlanken, geraden Finger schienen mit jedem neuen Zugreifen mehr zu Klauen zu werden, die nicht mehr losließen, was sie einmal gepackt hatten. Mit Erfolg, denn während das Land immer ärmer wurde, wurde Mazarin von Woche zu Woche reicher. »Er raubt mich aus!«, beklagte sich Nicolas einmal bei Marie Madeleine. »Jedes Mal, wenn ich mit ihm zusammentreffe, verlangt er Geld von mir.«

Alle wollten Geld von Nicolas, seit er zum Oberintendanten der Finanzen ernannt worden war. Er hatte sich dieses Amt gewünscht, weil es einen weiteren Schritt nach oben bedeutete und weil sich die Fouquets von jeher verpflichtet fühlten, den Stand ihrer Familie zu erhöhen. Auch die Macht, die mit dem Amt verbunden war, gefiel ihm, weil er sicher war, dass er dieses Amt besser ausüben würde als irgendjemand sonst. Auf seinen vielen Reisen durchs Land begegneten ihm Not und Hoffnungslosigkeit. War es da ein Wunder, dass sich der Sohn der mildtätigen Marie de Maupeou wünschte, einzugreifen und die Last derer zu erleichtern, die unter ihr fast zusammenbrachen?

Doch das Gute zu wünschen und es auch zu erreichen, waren verschiedene Dinge. Jeder Vorschlag, den er unterbreitete, traf auf tausend Einwände, und jede Maßnahme, die er in Gang setzen wollte, stieß auf einen Berg von Widerständen. Manchmal, des Nachts, saß er erschöpft an seinem Schreibtisch und starrte vor sich hin. Oberintendant der Finanzen!, dachte er dann. Sein Vater hätte sich gefreut. Hatte er aber ermessen können, was es bedeutete, dieses Amt auszuüben? »Willst du nicht lieber gleich von der Klippe springen?«, hatte ihn sein Cousin Christophe gefragt, der »Präsident Chalain«, da er inzwischen zum Präsidenten des Parlaments der Bretagne ernannt worden war. »Warum bleibst du nicht hier bei uns, lässt Schiffe bauen, verdienst viel Geld in aller Welt und freust dich deines Lebens? Der königliche Hof ist längst nicht mehr, was er angeblich einmal war. Die Zukunft gehört uns. Uns steht die Welt offen. Wenn erst dieser hirnrissige Krieg zu Ende ist, werden wir die Entscheidungen treffen – nicht der kleine König und sein sizilianischer Patenonkel.«

Nicolas schüttelte den Kopf. »Du vergisst, dass wir Fouquets immer königstreu waren!«, sagte er abweisend. »Und wir sind nicht schlecht dabei gefahren.«

Christophe zuckte die Achseln. »Die Zeiten haben sich geändert, Nicolas«, erwiderte er. »Unsere Schiffe fahren hinaus in alle Welt. UNSERE Schiffe, Nicolas! Deine und meine und die unserer Familie. Wir marschieren nicht mehr nur kreuz und quer auf diesem Fleck Land umher, unserem göttlichen Frankreich, das bald ein Armenhaus sein wird, wenn sich deine Leute in Paris nicht endlich mit der spanischen Verwandtschaft unserer Königin einigen. Wir erobern die Welt. Wir bauen Niederlassungen in Gebieten, von denen unsere Großeltern noch nicht einmal gehört haben. Unsere wunderbaren Schiffe fahren von einer Küste zur anderen, den Bauch gefüllt mit Waren, die benötigt und bezahlt werden. Dem Handel gehört die Zukunft, Nicolas! Zur Zeit deines Vaters mochte es noch das Ziel aller Wünsche darstellen, politische Macht in der Umgebung der Krone zu gewinnen. Heute aber brauchen wir uns nicht um unseren Wohlstand zu sorgen, während der König bei den Bankiers betteln muss, wenn er einen ausländischen Gast empfängt, dem er vorspielen möchte, kein

Herrscher lebe prächtiger als der König von Frankreich. Bettler in Seidengewändern sind sie, Nicolas, deine Leute bei Hofe. Überlege dir gut, ob du dir nicht lieber einen anderen Umgang suchen solltest!«

3

Doch Nicolas war bereits zu tief verstrickt in das Spiel der Macht und des Geldes. Manchmal kam es ihm vor, als hätte ihn sein Vater schon als Kind behutsam mit Geld vertraut gemacht, als er ihn in sein ledernes Kontor rief und ihn aufforderte, sich neben ihn zu stellen, während er selbst wie ein König in seinem hochlehnigen Armsessel thronte. Nie würde Nicolas vergessen, wie sein Vater in die Tasche griff und eine Münze hervorholte. »Was ist das, mein Sohn?«, fragte er Nicolas.

»Eine Goldmünze, Vater.«

François Fouquet nickte und legte eine zweite daneben. »Und das?«

»Eine Silbermünze.«

Wieder nickte François Fouquet. »Nimm sie in die Hand!«, gebot er.

Nicolas gehorchte. Er nahm die goldene Münze in die Rechte und die silberne in die Linke.

»Sieh sie dir an!«, sagte sein Vater. »Was du hier in der Hand hältst, bestimmt unser Leben. Gold und Silber, die zwei Edelmetalle. Sie sind das Zahlungsmittel in unserem Königreich und darüber hinaus in ganz Europa. Sie ermöglichen die Vorgänge unseres Lebens: dass unsere Köchin die Lebensmittel kauft, die wir benötigen, und dass ich ihr dafür ihren Lohn zahle. Alles in Münzen. Wenn du einmal heiratest, wird deine Braut eine Mitgift in die Ehe bringen: wieder Münzen, und wenn du dir später ein Haus kaufst oder ein Amt, wirst du dafür Münzen auf den Tisch legen. Steuern werden mit Münzen bezahlt, das Gehalt der Beamten und der Sold der Soldaten. Alles nur mit Münzen. Verstehst du das?«

Nicolas erinnerte sich, dass er mit nur geringem Interesse die Münzen in seiner Hand betrachtet hatte.

»Es gibt nur eine begrenzte Menge von Münzen in jedem Land«, fuhr sein Vater fort. »Manche Länder besitzen mehr, manche weniger. Das meiste Gold und Silber kommt aus den Kolonien. Wenn nichts mehr nachgeliefert wird, bleibt die Geldmenge im Lande gleich. Dann kann es vorkommen, dass der Handel stockt. Nichts geht mehr weiter, weil zu wenig Geld im Umlauf ist. Wenn dann noch die Ausgaben für einen Krieg dazukommen, kann es sein, dass ein Land verarmt.« François Fouquet überlegte, ob er noch weiterreden sollte. Dann aber entschloss er sich, das Gespräch zu beenden, um das Kind nicht zu überfordern.

Nicolas ging hinaus und legte sich in den Einbaum in der Halle. Er schloss die Augen, bis er plötzlich merkte, dass er immer noch die beiden Münzen in der Hand hielt. Vor Schreck wurde ihm heiß. Er sprang auf und wollte zu seinem Vater laufen, um ihm das Geld zurückzugeben. Doch da kam François Fouquet schon die Treppe herunter.

»Verzeihen Sie, Vater!«, rief Nicolas. »Ich habe das Geld mitgenommen, aber es war keine Absicht!« Er fürchtete schon, gescholten zu werden, doch François Fouquet zog ihn nur scherzhaft an einem Ohr. »Du darfst es behalten, Nicolas! Überlege dir gut, was du damit machst!« Damit ging er hinaus.

Nicolas starrte auf die beiden Münzen. Er konnte sich nicht vorstellen, dass er jemals wagen würde, sie auszugeben. Wahrscheinlich erwartete sein Vater eine ganz besonders kluge Entscheidung von ihm und tadelte ihn, wenn er falsch handelte. Nicolas überlegte, ob er seine Mutter um Rat fragen sollte, doch er wusste, sie würde ihm raten, das Geld den Armen zu schenken. Dazu aber hatte er keine Lust. So steckte er es wieder in die Tasche und trug es von nun an mit sich.

Es dauerte mehr als einen Monat, bis sich sein Vater wieder nach den Münzen erkundigte. Nicolas holte sie hervor. »Hier sind Sie, Vater!«, erklärte er.

»Warum hast du sie nicht ausgegeben?«, fragte François Fouquet. »Oder sie in deine Sparschatulle gelegt?«

Nicolas zuckte die Achseln. »Ich wollte sie aufheben, Vater«, gestand er. »Sie sollten mich an unser Gespräch erinnern. Aber sparen wollte ich sie auch nicht. Nicht in der Schatulle bei den anderen Münzen.«

»Du meinst, sie sind etwas Besonderes?«

»Ich glaube schon, Vater.«

»Geld ist also nicht gleich Geld für dich?«

Nicolas errötete verlegen. »Das weiß ich nicht, Vater.«

Sein Vater nickte. »Irgendwann wirst du es wissen, Nicolas.«

Mehr als dreißig Jahre waren seither vergangen. Nicolas besaß die Münzen noch immer. Trotzdem war ihm nicht klar geworden, worauf sein Vater damals hinausgewollt hatte. Es rührte ihn aber, sich zu erinnern, wie ernst François Fouquet zu ihm gesprochen und wie liebevoll er ihn danach am Ohr gezogen hatte.

Manchmal dachte er auch noch an ein anderes Gespräch mit seinem Vater, später, viel später, als François Fouquet schon sehr krank gewesen war und ein paar Tage lang fast nur noch vor sich hin gedämmert hatte. Damals hatte er plötzlich die Augen geöffnet und gesagt, er bedaure es, seine mannigfaltigen Erfahrungen nicht aufgeschrieben zu haben.

»Manches erleben wir täglich«, sagte er leise. »Und doch bilden wir uns kein klares Urteil darüber.« Seine Hand tastete nach der seines Sohnes. »Du bist Beamter, Nicolas. Ein Diener der Krone in Zeiten des Krieges.« Er hüstelte. Dann schwieg er. Nicolas dachte schon, er wäre eingeschlafen. Doch da sprach er plötzlich weiter. »Der Krieg«, sagte er. »Zwei Armeen stehen einander gegenüber. So ist es doch, nicht wahr?«

»Ja, natürlich, Vater.«

François Fouquet drückte seine Hand noch fester. »Die Armeen sind nicht die Hauptsache, mein Sohn«, sagte er. »Sie sind nur Werkzeuge, die Befehle ausführen. In ihrer Gestalt stehen sich auch zwei Völker gegenüber. Vielleicht auch zwei Religionen.

Zwei Philosophien. Zwei politische Systeme.« Er öffnete die Augen. »Auf jeden Fall aber zwei Finanzmächte. Das vor allem. Ohne Finanzen käme die Begegnung der Armeen erst gar nicht zustande. Zwei Finanzmächte: Frankreich und Spanien oder wie auch immer sie heißen mögen. Geld ist erforderlich, viel Geld. Tausende Soldaten sind ständig im Einsatz. Man muss sie bewaffnen, ausrüsten und ernähren. Eine riesige Organisation ist vonnöten, um alles zu beschaffen und zeitgerecht zu liefern. Nur Schnelligkeit garantiert Erfolg. Dabei widerspricht die Situation eines Krieges jeder finanziellen Vernunft. Zu Friedenszeiten gilt das Gesetz, dass sich die Ausgaben eines Staates nach den Einnahmen zu richten haben.«

François Fouquet schlug auf Nicolas' Hand, um seine Aufmerksamkeit zu erhöhen. »Im Krieg ist es genau umgekehrt, ist dir das einmal aufgefallen? Im Krieg haben sich die Einnahmen nach den Ausgaben zu richten. Das budgetäre Gleichgewicht gilt nicht mehr. Der Krieg ist kein ökonomisches Phänomen: Er muss nicht rentabel sein. Wenn man ihn gewinnen will, muss man ihn ohne Rücksicht darauf führen, was er kostet. Erst im Nachhinein macht man sich Gedanken, wie das alles bezahlt werden soll.«

Nicolas wollte antworten, doch da erschlaffte die Hand des Vaters und er schlief ein.

Auf seinem Posten in der Dauphiné hatte sich Nicolas noch oft an jene Worte erinnert. Hier erlebte er, wie die Kosten des Krieges aufgebracht wurden. Wie der Staat die Steuerschraube anzog, bis die Bauern und Handwerker nicht mehr wussten, was sie ihren Kindern zu essen geben sollten. Wie kaum jemand sich noch Salz leisten konnte und wie die verzweifelten Frauen mit Trommeln durch die Straßen zogen. Was für ein Wahnsinn!, dachte Nicolas. Was für eine abgrundtiefe Dummheit!

Oberintendant der Finanzen. Nicolas' Aufgabe war die Oberaufsicht über die Finanzverwaltung des gesamten Königreichs. Nur der König selbst stand noch über ihm, de facto also Mazarin. Darüber hinaus war Nicolas niemandem verantwortlich. Zu Kriegszeiten war er fast allmächtig, denn nichts brauchte der Staat so dringend wie Geld. Die Monarchie befand sich in höchster Not. Seit dem Staatsbankrott hatte sie das Vertrauen der Geldgeber verspielt.

Mazarin wusste nur zu gut, warum er gerade Nicolas das hohe Amt übertragen hatte: Durch seine Herkunft war Nicolas geformt. Obwohl er mutig und einfallsreich war, war er doch alles andere als ein Spieler. Durch seine Studien und seine praktischen Erfahrungen kannte er sämtliche Wege und Schleichwege des Steuer-Finanzsystems, auf dem die Monarchie beruhte. Seine Gewandtheit und sein Charme würden helfen, die Finanziers wieder zu beruhigen.

Mazarin, der gewiefte Menschenkenner, war sicher, Nicolas durchschaut zu haben: seinen Wunsch, alles gut zu machen und nützlich zu sein, seinen Ehrgeiz, Ruhm zu erwerben, und die Faszination, die die Macht auf ihn ausübte. Ein echter Jesuitenschüler!, dachte Mazarin und lächelte ein wenig spöttisch. Nützlich und erfolgreich, aber am Ende nicht egoistisch genug … Den letzten Biss und die letzte Rücksichtslosigkeit hatte man Nicolas Fouquet in der Klosterschule wohl ausgetrieben. Wenn es wirklich darauf ankam, würde er einem Gegner unterliegen, der von unten aufgestiegen war und auf keine Bindungen Rücksicht nehmen musste, seien sie familiärer oder religiöser Art. Mazarin war überzeugt: Käme es zu einer Auseinandersetzung zwischen einem Mazarin und einem Fouquet, musste Fouquet unterliegen, weil der Gegner zu Waffen griff, die für den verwöhnten, anstandsgläubigen Klosterschüler nicht infrage kamen. Zu kämpfen lernte man in der Not, nicht im Überfluss. Wenn es erst hart auf hart ging, würden Fouquet selbst seine Beziehungen zu den Jesuiten nichts mehr nützen. Die Societas Jesu, dachte Mazarin und lächelte maliziös, war wie eine Frau: Im Zweifelsfall hielt sie sich an die Mächtigen.

Mazarin war zufrieden: mit sich selbst und mit der Wahl, die er getroffen hatte. Er sah, dass die Ernennung Nicolas Fouquets von der vermögenden Klasse, die sich in ihm wiedererkannte, begrüßt wurde. Auf diese Männer aber kam es Mazarin an, denn in ihren Truhen lagerte der Reichtum des Landes. Ihre Unterstützung brauchte er, doch genau sie waren es auch, die ihn, den Niemand aus Sizilien, nie anerkannt hatten. Angehörige der Hocharistokratie, Mitglieder des Amts- und des Schwertadels, wohlhabende Beamte, großbürgerliche Rentiers: Nicolas Fouquet war einer von ihnen. Wenn er bei ihnen vorsprach, hoben sie die schweren Deckel ihrer Truhen und überließen ihm zu einem Zinsfuß, den er erhöht hatte, um sie zu überzeugen, ihr gutes Geld. Schon wenige Wochen nach Nicolas' Amtsantritt waren mehr Münzen in Umlauf als je zuvor. Die Soldaten, von denen Hunderte desertiert waren, konnten nun bezahlt werden und sich endlich wieder satt essen, und die Bauern in den Dörfern wunderten sich, dass die Steuereintreiber ihre Forderungen zurückschraubten.

Nicolas wusste, dass die Verwaltung der Finanzen erst in zweiter Linie seine Aufgabe war. Diese Verpflichtung konnte er auch delegieren. Für seine Hauptfunktion aber war nur er selbst zuständig: Einkommensquellen für den Staat zu suchen und zu finden und, wenn nötig, neue zu schaffen. Dabei wusste er genau, dass dies nur gelingen konnte, wenn er das Vertrauen in den Staat wiederherstellte. Es ging nicht an, dass man à la Mazarin Geld lieh und es dann einfach nicht mehr zurückzahlte; dass man Verträge nicht einhielt und die Ertragszinsen je nach Bedarf senkte. Die lange Eimerkette der Finanzierung musste verlässlich werden. Eins musste ins andere greifen. Kein Glied durfte ausfallen. Zugleich mussten die Geldgeber sicher sein können, dass der Staat nicht nur guten Willen zeigte, sondern auch in der Lage war, seine Verpflichtungen korrekt und pünktlich zu erfüllen.

Genau an dieser Stelle griff Nicolas ein. Mit seinem eigenen Vermögen bürgte er für das geliehene Geld. Da jeder seine achtbare Familie kannte, glaubte man ihm. Sein Wort genügte, denn der Reichtum seiner Sippe und die legendären Überseebeziehungen waren Sicherheit genug. Mazarin rieb sich die Hände und erhob Nicolas zum Vizekönig von Amerika, um den überseeischen Einfluss der Fouquets noch deutlicher hervorzuheben. »Der Titel kostet uns nichts«, beruhigte er Ludwig, dem diese Ernennung nicht gefiel, weil sie ihm zu monarchisch klang. »Bei den Banken aber wirkt er Wunder. Wollen wir ihm das Schmuckstück gönnen!«

Auch für sich selbst witterte Mazarin Morgenluft. Seit Jahren schon machte er lukrative Geschäfte als Heereslieferant. Gemeinsam mit seinem Intendanten Colbert gelang es ihm, die Kosten für die Lieferungen niedrig zu halten und den Gewinn ständig zu steigern. In seinem Streben nach Reichtum und Sicherheit hortete er riesige Gütermengen und verlangte dennoch von Nicolas jedes Jahr hohe Summen für die Vorauszahlungen, die er angeblich zu leisten hatte. Dabei betrachtete er es als selbstverständlich, dass seine Angelegenheiten bevorzugt behandelt wurden. Mochten die Geldgeber ruhig warten – in früheren Zeiten hatte man es doch auch so gehandhabt!

Nicolas verzweifelte fast. Immer häufiger drohte er mit Rücktritt und blieb dann doch, weil er wusste, dass das System ohne ihn zusammenbrechen würde. Auch der Krieg wäre dann verloren, und die Opfer so vieler Jahre wären vergeblich gewesen. So zahlte er wieder aus seinem eigenen Vermögen, worauf Mazarin eigentlich keinen Anspruch hatte. Trotz aller Schwierigkeiten gelang es ihm sogar, die Finanziers bei Laune zu halten, indem er alte Schatzanweisungen, die beim Staatsbankrott ihren Wert verloren hatten, wieder anerkannte, sodass die Verlierer von damals das Geld, das ihnen zustand, nun doch noch zurückbekamen.

»Hör auf damit, Nicolas!«, warnte ihn sein Cousin Christophe. »Hör auf, solange du noch kannst! Glaubst du wirklich, irgendjemand wird es dir danken, wenn du dich ruiniert hast?«

Nicolas nickte und machte dennoch weiter. Im Jahr 1656 verlangte Mazarin eine Summe von über dreizehn Millionen Pfund für das Heer. Eigentlich hätte er selbst das Geld bereitstellen müssen, denn er hatte es längst einkassiert. Doch er weigerte sich und behielt sogar die Nerven, als zwei königliche Armeen wieder einmal ohne Bezahlung blieben. Einen Monat später verloren die französischen Truppen bei Valenciennes gegen die Spanier. »Das wäre nicht geschehen, wenn Sie, Monseigneur, mehr Einsatz gezeigt hätten!«, tadelte er Nicolas. »Ohne Geld kein Sieg. Ohne Sieg kein erträglicher Friedensschluss. Dabei dachte ich immer, Sie wären ein Patriot.«

Wieder erklärte Nicolas seinen Rücktritt. Wieder wurde er ihm verweigert. Dennoch spürte Mazarin mit seinem untrüglichen Instinkt, dass er diesmal zu weit gegangen war. So nahm er Nicolas beiseite. »Dies sind Notzeiten!«, gab er zu und legte zerknirscht die Stirn in Falten. »Ich rechne aber fest damit, dass der Friede nicht mehr fern ist. Dann können Sie sich zurückholen, was Ihnen angeblich zusteht. Ich habe nichts dagegen. Außerdem …«, er lächelte plötzlich fast zärtlich, »außerdem bin ich schon lange auf der Suche nach einem Nachfolger. Das Amt als Premierminister des Königs hat mich müde gemacht. Ich bin nicht mehr der Jüngste. Zudem denke ich manchmal, dass sich auch noch eine andere Aufgabe für mich bieten könnte. Eine Aufgabe außerhalb dieses Landes, wir verstehen uns?«

Nicolas schwieg. Seine Erfahrung hatte ihn gelehrt, dass Mazarin vieles versprach, wenn er selbst etwas wollte. Trotzdem war es verlockend, sich vorzustellen, selbst an der Spitze des Staates zu stehen. Ein solches Ziel war einige Opfer wert. Nicolas dachte an Christophe, der Mazarin nichts mehr glaubte, und er dachte an Marie Madeleine, die ihm ihr gesamtes Vermögen anvertraut hatte. Tue ich das Richtige?, fragte er sich und blickte in das flackernde Licht der Kerze, die schon fast zur Gänze niedergebrannt war, während draußen der nächtliche Himmel langsam heller wurde.

5

Im letzten Jahrzehnt seines Lebens hatte sich Nicolas' Vater hauptsächlich als Reeder betrachtet. Bei Nicolas war es nicht anders. Jedes Mal, wenn er das Kontor seiner Cousins Chalain aufsuchte, beneidete er Christophe, der als Gouverneur wie ein kleiner König agierte, doch ohne die Intrigen und Machtspielchen des königlichen Palastes. Ein paar Stunden in Concarneau genügten, und Nicolas wäre am liebsten überhaupt nicht mehr nach Paris zurückgekehrt, das hinter dem Horizont zu verschwinden schien wie ein finsterer Kontinent voller Gier, Verrat und Verleumdung.

Nicolas war es gewohnt, dass ihn das Volk liebte. Wo auch immer er auftauchte, wurde er freundlich begrüßt. In der Bretagne aber jubelte man ihm zu. Auch er selbst fühlte hier seine Wurzeln, die Fundamente seines Lebens, zu denen er immer wieder zurückkehrte.

Nantes: Hier hatte er seinen ersten Lebensbund geschlossen mit der zärtlichen Louise. Hier lebte auch Jeanne d'Asserac, die sich immer weitreichender an den Geschäften der Fouquets beteiligte und ihm nun auch ihre geliebte kleine Insel zur Nutzung überließ.

Der Golf von Morbihan: Hatte nicht Richelieu selbst ihn einst als Basis seiner Überseepolitik ausgewählt und François Fouquet damit beauftragt, hier seine Interessen zu vertreten? Um Religion war es damals gegangen, um die Missionierung der Völker auf der anderen Seite des Atlantiks. Vielleicht auch um Gold, auch wenn darüber nicht offen gesprochen wurde. Nun aber ging es fast nur noch um Handel und um den Gewinn, den er erbrachte. »Eine gesetzmäßige Entwicklung«, wie Christophe achselzuckend erklärte.

Concarneau: Wie wohlhabend es geworden war unter der Führung der Chalains und der Erweiterung durch Nicolas!

Die Île-Dieux und ihre größere Schwester Belle-Île, die Nicolas soeben erworben hatte: Von hier aus wollte er seine Schiffe über den Atlantik senden. Ein riesiges Imperium sollte entstehen. Nicolas zweifelte nicht daran, dass es ihm gelingen würde, es aufzubauen.

Was zählten bei solchen Plänen da noch die gierigen Hände Seiner Eminenz und der Neid seines Intendanten Colbert, der davon überzeugt war, dass er nach dem Tod seines Herrn ein Anrecht auf dessen Stellung haben würde? Kein Wunder, dass er Nicolas als den Rivalen seines Lebens betrachtete!

Die Bretagne war der erste Schauplatz eines Konkurrenzkampfes, der von Colbert erbittert geführt wurde und auf den Nicolas zu Beginn fast nur mit Achselzucken reagierte, bis er merkte, wie ernst es war. Fast unbemerkt entbrannte nach und nach ein heimlicher Krieg der Spione.

Nicolas' Bruder Basile, den man den Abbé Fouquet nannte, hatte für Mazarin einen Geheimdienst aufgebaut, der alles und jeden beobachtete, sogar Colbert, denn Mazarin traute niemandem ganz. Basile wusste, dass Colbert seine eigene Stellung durch Nicolas bedroht sah und sich deshalb über alle Schritte des Intendanten informieren ließ. Colbert hatte zwei Spione in die Bretagne entsandt, die ihm regelmäßig von allem berichteten, was sie über die Tätigkeiten des Fouquet-Clans herausgefunden hatten. Es war nicht schwer für Basile, sich diese Berichte zu beschaffen. Er erschrak, als er das Ausmaß des Hasses erkannte, von dem Colbert beherrscht wurde. Jede Nachricht war gefärbt von dem, was der Empfänger hören wollte. Nicht um den Ausbau von Seehäfen für den Handel gehe es hier, wurde gemeldet, sondern um die Befestigung eines ganzen Küstenstrichs. Eine geschäftstüchtige Großfamilie wurde zu einer Bande krimineller Revolutionäre erklärt.

Tatsächlich hatten die Fouquets die Befestigungsanlagen auf der Île-Dieux reparieren lassen. Auch ein Hafenbecken wurde ausgebaggert, das mit einer Kette geschlossen werden konnte und durch einen Wachturm an jeder Seite geschützt wurde. An anderen Stellen der Insel, dort, wo die Natur günstige Landemöglichkeiten bot, errichtete man kleine Forts – all das zu Zeiten eines Krieges, in dem immer noch Piraten unbefestigte Inseln überfielen und plünderten. Die Bevölkerung der Île-Dieux war dankbar für den Schutz und vor allem auch für die Arbeitsmöglichkeiten, die sich aus den Bauarbeiten ergaben.

Colberts Misstrauen wuchs. Er konnte gar nicht genug bekommen von Schreckensnachrichten aus der Bretagne. Seine Spione lieferten prompt: Eine Fregatte mit achtzehn Kanonen sei auf der Insel gelandet. Es bestehe kein Zweifel, dass sie Munition gebracht hatte. Ununterbrochen träfen Schiffe aus der Bretagne ein. Eines habe fünfzig Zentner Schiffszwieback geliefert – bestimmt nur ein Vorwand dafür, dass wohl auch Pulver, Blei und Kanonenkugeln an Bord waren.

Immer abenteuerlicher klangen die Meldungen aus der Bretagne. Manchmal kamen selbst Colbert Zweifel. Andererseits: Hatte Nicolas Fouquet nicht schon Unglaubliches erreicht? Warum sollte er nicht auch nach der Krone streben? Wieder war Colbert entschlossen, alles in diesem Sinne auszulegen. Als Jeanne d'Asserac mit hundert Mann auf der Île-Dieux landete, ihr Schiff bis obenhin mit Weizen beladen, glaubte Colbert längst nicht mehr an Handel und die Verpflegung der Bauarbeiter, und als Nicolas Belle-Île endgültig erwarb, war Colbert längst überzeugt, dass hier ein Schlupfwinkel für Piraten und Revolutionäre entstehen sollte.

Basile informierte seinen Bruder über den heimlichen Feind, der ihn beschattete. Doch Nicolas zuckte wieder nur die Achseln und lud Basile ein, ihn in die Bretagne zu begleiten. So sah Basile Fouquet zum ersten Mal mit eigenen Augen, wie aus einer verschlafenen Küste ein Relais für internationalen Handel entstand und wie zugleich auch schon die Anlagen für die Weiterverarbeitung der Waren errichtet wurden.

»Das erste Schiff, das von hier ausfuhr, war die ›Écureuil‹«, erklärte Nicolas seinem Bruder, als sie vom Kontor zu den Hafenbecken gingen. »Écureuil – das Eichhorn! Wie unser Wappentier.

Sie brachte Weizen nach Portugal. Unter portugiesischer Flagge übrigens. Das ist sicherer in diesen Zeiten.« An der Mole blieben sie stehen. »Das hier ist die ›Sainte-Anne‹.« Nicolas wies auf ein kleines Schiff, das zum Ausfahren fertig gemacht wurde. »Sie hat einen weiten Weg vor sich. Von hier aus bringt sie Sardinen nach Malaga. Dort fasst sie spanischen Wein und Rosinen und liefert sie nach Irland. In Irland wartet schon eine Ladung Butter und Unschlitt. Die werden hierher gebracht. Danach gibt es allerdings auch keine lange Ruhezeit, denn schon im Juli fährt die ›Sainte-Anne‹ weiter nach Martinique.«

Basile hörte seinem Bruder staunend zu. Ihn selbst hatte der Vater nie hierher mitgenommen. Basile errötete über die Ungerechtigkeit, dass seinem Bruder so viele Gelegenheiten geboten worden waren, während man ihn, Basile, von Anfang an für das geistliche Amt bestimmt hatte, das ihn langweilte und das er insgeheim sogar als naiv und unmännlich verachtete.

»Wir besitzen zurzeit zehn Schiffe«, fuhr Nicolas fort. »Die Zahl ist nicht immer gleich. Erst vor drei Monaten haben wir zwei Schiffe an den König verkauft. Doch die ersetzen wir bald wieder. Es ist übrigens nötig, dass auf jedem Schiff mindestens zwei Kanonen installiert werden. Die Gefahr durch Piraten ist nicht zu unterschätzen. Wenn aber erst der Krieg vorbei ist, werden auch die Meere wieder sicherer sein.« Er lächelte, während ihm der salzige Wind durch die Haare wehte. »So viele Waren warten darauf, von einem Ort zum anderen befördert zu werden! Holz aus Bayonne, Fisch aus Neufundland, Gips aus Rouen, Salz aus Aunis, Lebensmittel, Getreide, Munition, Baumaterial ... Ich wünschte, ich müsste nicht nach Paris zurück!«

Basile antwortete nicht. Während sich der ungewohnte Seewind in seiner Soutane verfing, verstand Basile plötzlich den Neid und die Abneigung Colberts für diesen Mann, der alles hatte. »Fouquet macht aus jedem Holz Feuer!«, hatte der Kardinal einmal gesagt, und er meinte damit immer nur den einen Fouquet: den erfolgreichen, charmanten, den das Volk liebte und die Frauen, obwohl ihm doch schon genug Glück zugefallen war mit

Marie Madeleine, die so anmutig war, dass Basile sie immer anstarren musste. Welche Ungerechtigkeit!, dachte er, während sich die Dockarbeiter im Vorbeigehen tief vor Nicolas verneigten. Er rief ihnen ein paar scherzhafte Worte zu und trug ihnen auf, ihre Familien zu grüßen. »Ich bin immer noch viel zu selten hier«, sagte er bedauernd. »Aber die meisten eingesessenen Familien kenne ich doch persönlich. Manchmal besuche ich sie zu Hause. Ich glaube, sie freuen sich darüber.«

Basile erinnerte sich an den Bericht von Colberts Spionen. »Er kauft alle und jeden«, stand darin. Wer die Papiere las, musste glauben, Nicolas sei ein Monstrum, das alle versklavte und nur den eigenen Profit im Sinn hatte und die eigene Macht.

Wenn es nur so wäre!, dachte Basile. In der Kindheit war der ältere Bruder sein Vorbild gewesen. Der kleine Basile hatte sich über die Familienähnlichkeit gefreut, die zwischen ihnen bestand. Nun aber ärgerte sie ihn auf einmal, als hätte ihm Nicolas etwas weggenommen, das ihm allein gehören sollte. Wie gern wäre Basile an Nicolas' Stelle gewesen! Hätte mein Vater mich so gefördert wie ihn, dachte Basile voller Erbitterung, so stünde ich jetzt hier und zeigte ihm meine Schiffe. Das Volk verneigte sich vor mir und nicht vor ihm, und wenn ich nach Paris zurückkäme, warteten die Bittsteller vor meiner Tür und die Künstler rühmten meinen Namen.

»Heute Abend speisen wir bei Jeanne d'Asserac!«, kündigte Nicolas vergnügt an. »Sie wird dir gefallen, Basile. Sie ist unglaublich! Was wir nicht erreichen, macht sie für uns möglich. Wenn alle Frauen wären wie sie, hätten wir Männer nichts mehr zu tun.«

»Hört sich interessant an«, sagte Basile missmutig. Als ihm aber am Abend die Marquise d'Asserac zulächelte, errötete er und kam sich vor wie ein Schuljunge, der einer Königin begegnet.

Saint-Mandé

1

Von der Bretagne abgesehen, hielt sich Nicolas am liebsten in seinem Haus in Saint-Mandé auf. Schon bald nach der Hochzeit hatte Marie Madeleine erkannt, dass das Haus in der Rue de Jouy für das gesellschaftliche Leben ihres Gatten nicht geräumig genug war. Nüchtern und vernünftig, wie sie schon immer gewesen war, verabschiedete sie sich von ihren Mädchenträumen und schlug Nicolas vor, einen anderen Wohnsitz zu suchen, der sich für seine Zwecke besser eignete.

Als Erstes versuchten sie es mit dem Hôtel de Castille, das seit dem Tod von Marie Madeleines Eltern leerstand. Doch keiner von ihnen fühlte sich dort wohl. Obgleich Nicolas mehrere Umbauten durchführen ließ und das Gebäude eigentlich groß genug für seine gesellschaftlichen Verpflichtungen gewesen wäre, kam es ihnen doch finster und unfreundlich vor. Schon nach wenigen Wochen beschlossen sie, erneut umzuziehen. Ihre Wahl fiel auf Saint-Mandé, ein Anwesen, das unmittelbar an das neue Domizil Mazarins, das Schloss von Vincennes, grenzte.

Der Kardinal, der sich bisher zumeist im königlichen Palast aufgehalten hatte, hatte mit zunehmendem Alter immer mehr das Bedürfnis empfunden, der Gegenwart der Königin zu entfliehen. Durch die tägliche Nähe waren sie wie ein altes Ehepaar geworden, das die Anwesenheit des anderen nur noch mit Gereiztheit ertrug. Anna war nicht mehr Mazarins wahre Ansprechpartnerin. Seit Ludwig erwachsen war, tauschte sich Mazarin fast nur noch mit ihm aus.

Das Schloss von Vincennes schien Mazarin der passende Ort zu sein, um seine letzten Amtsjahre zu verbringen: eine uneinnehmbare Festung, von dreihundert Musketieren bewacht. Hohe Mauern sollten Mazarin vor dem Hass seiner Gegner schützen, dazu tiefe Gräben voller Wasser oder mit wilden Tieren, die absichtlich schlecht genährt wurden, damit der Hunger sie auf jeden hetzte, der einzudringen versuchte. Eine Trutzburg für einen halben Geistlichen und faktischen Alleinherrscher, der hier seine Schätze hortete, die er nach der Demütigung des Exils angehäuft hatte. Der reichste Mann Frankreichs hatte er werden wollen, und das war ihm gelungen.

In den geheimen Zimmern von Vincennes stapelten sich die Tizians, Corrèges und Van Dycks. Tausende kostbare Bücher. Schränke voller Juwelen, von denen Mazarin so viel verstand wie kaum ein anderer. Eigentlich waren sie nach dem Bargeld sein liebster Besitz. Immer noch steckte die Angst in ihm, man könnte ihn vertreiben und er müsste sein Hab und Gut in kurzer Zeit zusammenraffen und mit sich nehmen. Bei seinem Exil während der Fronde hatte er sogar den Kronschatz mitgeschleppt. Anna musste ihn mehrere Male daran erinnern, ihn wieder herauszugeben.

Inzwischen überstieg sein eigener Besitz an Schmuck und Edelsteinen längst den Wert der Kronjuwelen Frankreichs. Trotzdem hatte er immer noch nicht genug. Ein innerer Drang zwang ihn dazu, immer mehr zu fordern und an sich zu reißen. Längst schon war seine Stellung so sicher, dass kaum noch jemand gegen ihn aufmuckte. Dennoch wurde er mit jedem Jahr unruhiger und ängstlicher, auch wenn nach außen hin niemand pompöser und selbstbewusster auftrat als er. Häuser, Schlösser, Ländereien gehörten ihm. Kostbare Möbel und Silberzeug. Hunderte Pferde, die edelsten der Welt. Seine Nichten heirateten Fürsten, und der junge König unterwarf sich seinen Wünschen.

Doch es genügte Mazarin nicht, seinen Besitz um sich zu sammeln. Auch die Menschen, die für ihn tätig waren, sollten jederzeit erreichbar sein, so nahe, dass er sicher sein konnte, sie würden nichts unternehmen, um ihm zu schaden, damit er doch noch davongejagt wurde und ins Nichts zurücksank, aus dem er so unfassbar hoch aufgestiegen war.

Vor allem in Bezug auf Nicolas Fouquet sorgte er sich. Zwar sagte ihm seine Menschenkenntnis, dass der Oberintendant der Krone treu ergeben war – so wie sein ganzer Clan seit jeher. Mazarin traute Nicolas und traute ihm doch wieder nicht. Wenn er mit Nicolas sprach, fühlte er sich gut beraten. Doch dann kam wieder Colbert und legte ihm die Berichte seiner dubiosen Spione vor. »Ich halte das für Unsinn!«, antwortete Mazarin jedes Mal mürrisch und verärgerte damit Colbert nur noch mehr. Wenn Colbert jedoch das Zimmer verlassen hatte, trat Mazarin ans Fenster und erinnerte sich an Nicolas' Vater, den alten François, den alle für seine Charakterfestigkeit gerühmt hatten.

Kein Mensch, so entschied Mazarin trotz alledem, war wirklich verlässlich, auch der scheinbar ehrlichste und geradlinigste nicht. Es wäre deshalb unklug gewesen, dem Sohn des achtbaren François Fouquet unbesehen zu vertrauen, denn geradlinig war er jedenfalls nicht. Mazarin sagte sich zwar, dass er selbst es gewesen war, der seinen Oberintendanten immer wieder dazu getrieben hatte, gewundene Wege aus der finanziellen Misere zu suchen. Andererseits aber hatte Nicolas Fouquet auch aus eigenem Antrieb stets neue Schleichpfade gefunden. In letzter Zeit war er sogar dazu übergegangen, den Staatsschatz in seinem eigenen Kontor aufzubewahren, um schnell und unbürokratisch auf die Erfordernisse des Krieges und die Bedürfnisse seines hohen Herrn reagieren zu können. Mazarin hatte nichts dagegen, solange er selbst nicht zu kurz kam. Längst war ihm klar geworden, dass sein Finanzminister sogar auf das eigene Vermögen zurückgriff, wenn es nötig war. Irgendwie, dachte Mazarin, musste Fouquet doch nicht ganz richtig im Kopf sein. Ihm selbst, Mazarin, wäre eine solche Dummheit jedenfalls nie in den Sinn gekommen.

An den Park des Schlosses von Vincennes grenzte der Küchengarten von Saint-Mandé. Das Anwesen hatte Catherine de Beauvais gehört, für die es allerdings viel zu groß war. Seit Annas Hofdame ihre gesamten Einkünfte in Bau und Einrichtung ihres Palais in der Stadt steckte, blieb für Saint-Mandé, das nie zu ihr gepasst hatte, nichts mehr übrig. Schon jetzt wucherte der Park wie ein kleiner Urwald, und in einigen Räumen löste sich der Putz von den Decken.

So war Catherine de Beauvais mehr als erleichtert, als ihr Nicolas anbot, Saint-Mandé zu kaufen. Sie stimmte sofort zu und freute sich, ihr schönes Hôtel de Beauvais, ihren königlichen Liebeslohn, nun ohne finanzielle Engpässe fürstlich ausstatten zu können.

Schon zwei Wochen später war das Schloss geräumt. Eine Kompanie von Bauarbeitern und Handwerkern marschierte auf und renovierte in Windeseile das Gebäude nach den Wünschen des neuen Hausherrn. Dabei beobachtete man mit Erstaunen, dass sich auch die junge Gemahlin des Ministers energisch um den Fortgang der Bauarbeiten kümmerte.

»Da leben wir also jetzt im Schatten der Macht!«, spöttelte Marie Madeleine und hob ihren kleinen Sohn auf den Schoß, François, vier Jahre alt, ein lebendes Abbild seines Vaters. »Die Fouquets sehen sich alle ähnlich«, sagte Marie de Maupeou jedes Mal, wenn sie ihn erblickte. »Dabei hätte ich immer gern ein Kind gehabt, das auch ein wenig von mir geerbt hat. Nun ja, irgendetwas hat sich unser gütiger Vater da oben sicher dabei gedacht.« Sie hielt ihrem zweiten Enkel ihre Finger hin, damit er mit ihnen spielte. »Mein kleiner Louis Nicolas!«, sagte sie zärtlich. »An den Kindern merkt man, wie die Zeit verrinnt. Ich sage euch, bald wird auch er laufen können.« Sie lächelte und blickte auf die Taille ihrer Schwiegertochter. »Und danach geht es gleich wieder weiter. So muss es ein. Nur durch die Zahl unserer Kinder sichern wir unsere Zukunft. Man weiß nie, wie lange man die Kleinen behalten darf. Da ist es gut, wenn es viele sind.«

Marie Madeleine erschrak. »So etwas dürfen Sie nicht sagen,

Mutter!«, rief sie und wurde blass. »Ich könnte es nicht ertragen, eines meiner Kinder zu verlieren. An etwas so Fürchterliches will ich gar nicht denken.«

Marie de Maupeou seufzte. »Der Herr gibt und der Herr nimmt«, sagte sie leise. »Wir müssen alle lernen, dass es eine Sünde ist, mit dem Schicksal zu hadern.« Sie lächelte beruhigend. »Aber sehen Sie sich Ihre beiden nur an! Das blühende Leben! Und geliebt werden sie auch. An etwas anderes wollen wir gar nicht denken.«

Nicolas stand an der Tür. Die beiden Frauen wussten nicht, wie lange er schon zugehört hatte. »Dann sollten wir auch nicht davon anfangen!«, sagte er zu seiner Mutter, die daraufhin errötete. Bisher war es noch nie vorgekommen, dass einer ihrer Söhne sie tadelte, schon gar nicht Nicolas, ihr Liebling, der so freundlich war und ein so zärtlicher Sohn. Nun aber war er auch ein Ehemann und hielt zu seiner Frau. Ein wenig schmerzlich war das schon, dachte Marie de Maupeou, aber es war auch richtig so. In einer guten Ehe hielt der Mann zu seiner Frau. Bei ihr und François war es nicht anders gewesen.

»Gott schütze euch und eure Kinder«, sagte Marie de Maupeou leise. »Möget ihr alle immer gesund und glücklich sein!« Sie erschrak plötzlich und wusste nicht, warum. Über Glück oder Unglück sollte man erst gar nicht reden!, dachte sie. Es ist, als riefe man damit etwas herbei, Gutes oder Schlimmes … Doch das Leben war das Leben. Man sollte es nicht beurteilen. Glück oder Unglück waren nur eine Erfindung der Menschen, die von ihren eigenen Wünschen geblendet waren, anstatt das Leben als ein Geschenk Gottes zu betrachten und es zu nehmen, wie ER es bot.

2

Saint-Mandé war Nicolas' kleines Paradies: nahe genug am Zentrum der Macht, verkörpert durch Mazarin, und doch ein abgeschlossener Kosmos, in dem Nicolas zur Ruhe kam. Wenn er am Abend die weiten Flächen gezähmter Natur im Park von Vincennes durchquerte, freute er sich schon auf das versteckte Törchen, an dem nicht einmal eine Wache stand. Niemand eilte dienstfertig herbei, um die verrostete Klinke niederzudrücken und die Pforte zu öffnen, die sich mit einem herzzerreißenden Wimmern in den Angeln drehte. So vollkommen sich Nicolas sonst die Umgebung wünschte, in der er lebte – dieses Törchen sollte bleiben, wie es immer war: ein Memento, dass es auch noch ein anderes Leben gab, das nicht vergessen werden sollte. Im Winter, wenn Park und Garten zugeschneit waren, benutzte Nicolas einen Geheimgang zwischen den Kellerräumen, um zu Mazarin zu gelangen. Doch in der warmen Jahreszeit gab es für ihn nur den Weg im Freien.

Durch das Pförtchen wechselte Nicolas über von der Konzentration zur Kontemplation, vom Staat zur Familie. Hier der symmetrische Park von Schloss Vincennes in seiner Kühle und strengen Schönheit, dort der Küchengarten von Saint-Mandé mit seinen duftenden Kräutern, den langen Beeten voller Gemüse und üppiger Blumen, die zu einfach und bäuerlich waren, um die Säle des Schlosses zu schmücken, die aber wie jene Frankreich verkörperten, das andere Frankreich jedoch, das ländliche, lebensfrohe, das die vergoldeten Säle bezahlte und die sinnlosen Kriege.

Nicolas liebte dieses Frankreich. Jedes Mal, wenn er durch den Küchengarten ging und die Sträucher an seine Beine schlugen, atmete er tief ein. Er hörte das Summen der Bienen und sah den Schmetterlingen zu, die trunken über den Blumen tanzten. Der weiche Boden dämpfte das Geräusch seiner Schritte, und von einem Ast ließ sich ein Käfer auf seinen Ärmel fallen. Nur ein paar Schritte war man von den Schreibzimmern und den

Empfangsräumen entfernt, nur ein paar Schritte und doch in einer anderen Welt.

Hier wartete seine Familie auf ihn. Von Jahr zu Jahr wusste er das Glück mehr zu schätzen, dass ihm nach Louises Tod ein neuer Anfang gewährt worden war, der ihn glücklicher machte, als er es je erwartet hatte. Er sei ein »homme aux femmes« hieß es über ihn, einer, auf den die Frauen flogen und der nichts dagegen hatte, sich hier und da zu vergnügen. Die erste Anmerkung traf zu, doch die zweite verkannte die Erziehung im Haus seiner Eltern und deren Beispiel, nach dem er sich richtete. Mochte er noch so aufwendig und aristokratisch leben – das Vorbild seiner Eltern, die einen großbürgerlichen, religiösen Lebensstil gepflegt hatten, war tief in ihm verwurzelt und bewahrte ihn davor, leichtsinnig aufs Spiel zu setzen, was ihm wertvoll war.

Kaum einer war freundlicher zu Frauen als er, fürsorglicher und zu manchen fast zärtlich. Er kümmerte sich um die Bittstellerinnen, die zu ihm kamen, fand Ehemänner für sie und verschaffte ihnen Stellungen bei Hofe. Es gab viele, die meinten, in seiner Gunst ganz oben zu stehen und vielleicht sogar sein Herz gewonnen zu haben. In Wahrheit aber war er ungefährdet. Marie Madeleine brauchte sich nicht zu sorgen, und sie tat es auch nicht. Zu Beginn hatte sie sich ein wenig vor Suzanne gefürchtet, doch bald erkannte sie, dass jene ihr niemals ihren Platz streitig machen würde und es auch nicht wollte. Suzanne hingegen war klug genug, um zu wissen, dass die Zeit gegen sie arbeitete. Als Geliebte hätte sie es schwer gehabt gegen eine blühende Ehefrau, die halb so alt war wie sie. Als gute Freundin jedoch war ihr ihr Platz sicher, und sicher fühlte sie sich auch in ihrer eigenen Ehe.

Von Freundschaft war viel die Rede in Saint-Mandé, ganz nahe auch am Schlösschen von Charenton gelegen, in dem Suzanne ihren Salon führte. Ihre Gäste waren nun zugleich auch Gäste in Saint-Mandé: Dichter, Musiker, Architekten, Maler, Ärzte. Namen wie Perlen in der Geschichte des Landes: Corneille, Scarron, La Fontaine, Pelisson, Le Brun. Dazu berühmte Frauen wie die Romanschriftstellerin Mademoiselle de Scudéry oder die große Briefschreiberin Madame de Sévigné. Einmal kam auch Christine von Schweden zu Besuch, nachdem sie auf ihren Thron verzichtet hatte. Sie war verwundert, dass ihr Gastgeber sie, die Tochter des großen Königs Gustav Adolf, nicht aufmerksamer behandelte als alle anderen Damen und dass er keine Anstalten machte, die Nacht mit ihr zu verbringen.

Als sie am folgenden Nachmittag bei Königin Anna zum Tee eingeladen war, verglich sie Nicolas mit Lorenzo de' Medici und nannte ihn den »vielleicht letzten Renaissancemenschen«. »Nicht jeder Mensch wird in die Zeit hineingeboren, in die er gehört«, sagte sie unerwartet leise, als wüsste sie genau, was ein solches Schicksal bedeutete.

Doch Anna schüttelte ärgerlich den Kopf. »Lorenzo war Alleinherrscher in Florenz. Nicolas Fouquet hingegen ist ein Diener des Königs. Sein Amt wurde ihm verliehen und kann ihm jederzeit wieder genommen werden. Anderes zu behaupten, wäre Majestätsbeleidigung und Hochverrat.«

Christine antwortete nicht. Anna erschrak über die eigene Heftigkeit. In dem weitläufigen Raum, in dem sie saßen, schien das Wort »Hochverrat« wie eine schreckliche Drohung nachzuhallen. Anna schämte sich plötzlich, dass sie es in Zusammenhang mit ihrem getreuen Fouquet gebraucht hatte. Innerlich gab sie ihrem schwedischen Gast die Schuld an dieser Entgleisung. Dirne!, dachte sie in Erinnerung an die pikanten Gerüchte, die ihr Catherine de Beauvais über Christine zugeflüstert hatte. Dirne!

3

Manchmal, wenn Nicolas allein war und außer ihm alle im Schloss schliefen, erfasste ihn eine große Unruhe. Die unzähligen Entscheidungen des Tages schienen noch einmal auf ihn einzustürzen, als wälzte sich eine riesige Welle auf ihn zu und ließe ihm kaum noch Luft zum Atmen. Ich brauche Ruhe!, sagte er sich dann und nahm sich vor, sich in der nächsten Woche etwas mehr Muße zu gönnen. Doch in der nächsten Woche überrollte ihn die Welle erneut, und wieder verschob er die stillen Tage, nach denen er sich sehnte. Längst hatte er begriffen, dass sich seine Arbeit selbstständig gemacht hatte. Er konnte nicht mehr sagen: heute nicht, sondern morgen!, denn die Anforderungen von morgen befanden sich bereits auf dem Weg zu ihm. Dabei tat er seine Arbeit gern. Es war nur einfach zu viel, was auf ihn einstürmte.

Nicht einmal Marie Madeleine wusste, wie bedrängt er sich manchmal fühlte. Auch vor ihr behielt er sein ungezwungenes Lächeln bei, das alle glauben ließ, er sei ein Liebling der Götter, dem alles mühelos gelang. Sogar vor sich selbst spielte er diese Rolle, und beinahe glaubte er schon selbst daran. Nur in der Bretagne war er noch ganz er selbst. Doch immer seltener fand er die Zeit, dorthin zu reisen.

Manchmal wurde ihm bewusst, dass er inzwischen das vierzigste Lebensjahr erreicht hatte – eine unsichtbare Grenze, von der sein Gegner Colbert zu sagen pflegte, ab jetzt gehöre ein Mann zu den Alten. Nicolas aber hatte das Temperament seiner Jugend nie verloren. Er konnte sich noch an alle seine Sehnsüchte von früher erinnern, und er maß den eigenen Erfolg daran, wie weit er sie verwirklicht hatte.

So vieles war ihm gelungen! Er war ein großer Herr, und wie nur wenige großen Herren wurde er auch geliebt. Geliebt und verehrt, beneidet und gehasst. In der Meinung des Volkes stand er inzwischen höher als die Grandseigneurs, deren Ahnen seit Jahrhunderten die Geschicke Frankreichs bestimmt hatten. Alle paar Wochen sprachen Genealogen bei ihm vor und präsentierten einen angeblichen Stammbaum seiner Familie, den sie für ihn erarbeitet hatten. Je höher die Vorfahren angesiedelt waren, umso höher figurierten auch die Honorarforderungen der gelehrten Herren. Sobald Nicolas sie empfing, waren sie überzeugt, sie hätten nun ihr Glück gemacht und seien für immer versorgt. Doch Nicolas blätterte nur beiläufig ihre Unterlagen durch und gab sie ihnen dann zurück. »Welch hohe Ehre, Monsieur!«, stellte er amüsiert fest. »Karl der Große persönlich! Ich danke Ihnen für Ihre hohe Meinung.« Damit war die Audienz beendet. Mit einer kaum merklichen Handbewegung wies Nicolas seinen Sekretär Bruant an, den Ahnenforscher für seine Mühe zu entlohnen. Danach wurde der nächste Antragsteller hereingerufen.

Trotz der Lässigkeit, mit der Nicolas die falschen Stammbäume zurückwies, kaufte er doch mit einem Gefühl der Rührung das Landschloss zurück, in dem die Geschichte seines Clans ihren Anfang genommen hatte: Moulins Neufs, östlich von Angers, wo die ersten Fouquets als Landjunker ihr Leben in vollen Zügen genossen hatten, bis die Reserven verbraucht waren und der erste François gemeinsam mit seiner tüchtigen kleinen Lézine einen neuen Anlauf hatte nehmen müssen. »Ich würde mich schämen, mir irgendwelche ausgedachten Vorfahren anzueignen«, sagte Nicolas zu Marie Madeleine, als sie zum ersten Mal vor dem alten Gemäuer standen, in dem der Aufstieg des Eichhörnchens begonnen hatte. »Es käme mir wie eine Beleidigung meiner wahren Ahnen vor.« Er lächelte. »Ich glaube, sie waren wunderbar, sie alle!«

Marie Madeleine lachte. Sie erinnerte sich an die Gemälde in der Rue de la Verrerie. »Und sie sahen alle so ähnlich aus wie Sie, mein Liebster!«

Hand in Hand streiften sie durch die dämmrigen Räume des alten Schlösschens – alles so niedrig und eng im Vergleich zu den Prachträumen, in denen Nicolas nun zu leben gewohnt war. Efeu hatte die Fenster fast überwachsen, und Spinnweben hingen bis zum Boden. Unter den Schritten von Nicolas und Marie Madeleine knirschte der Stuck, der von den Decken gefallen war, und die Türen ließen sich nur noch mit Gewalt öffnen. »Ich werde das alles renovieren und einrichten lassen«, erklärte Nicolas. »Und wenn es fertig ist, reisen wir gemeinsam hierher: wir beide, meine Mutter und unsere Kinder.«

Marie Madeleine stellte sich auf die Zehenspitzen. »Eines mehr als bisher!«, flüsterte sie ihm ins Ohr. Sie lachte. »Ja, ja, mein Lieber! Wir werden langsam eine große Familie. Und dabei hatten Sie schon Angst, Ihr Name könnte aussterben. Welch ein Glück für Sie, dass ich Sie geheiratet habe!«

Ein allzu hoher Preis

I

»Frauen, Kinder und alte Männer!«, seufzte Königin Anna. »Niemand sonst ist mehr hier. Alle jungen Männer sind an der Front. Wie konnte ich nur auf die Idee kommen, nach Fontainebleau zu fahren!«

Marie Madeleine, die neben ihr herging, lächelte. »Ich dachte immer, der Hof verbringt jeden Sommer ein paar Wochen hier.« Sie musste auf ein Rasenstück ausweichen, weil ihr Anna den Weg abschnitt. Von Kind auf war Anna daran gewöhnt, dass man ihr Platz machte. Sie kam gar nicht auf den Gedanken, Rücksicht auf andere zu nehmen. Es war auch noch nie nötig gewesen. »Frauen, Kinder und alte Männer!«, wiederholte sie missmutig. »Wie soll man es auf dem Land aushalten, wenn keiner da ist, der einen aufmuntert?«

Sie hatte Fontainebleau nie geliebt, seit ihr Gemahl sie und ihre Söhne hier eingesperrt hatte, wenn er auf seinen Feldzügen unterwegs gewesen war. Diese Zeiten waren längst vorbei, doch wenn Anna nachts in die Dunkelheit hinaushorchte, glaubte sie noch immer, die unheimliche Stimme der Landschaft zu vernehmen, das bedrückende Schweigen der Weite, von der man nicht wusste, was sie verbarg. Anna fürchtete das offene Land. In ihrer Heimat war sie ständig von Mauern umschlossen gewesen. Doch das empfand sie immer noch weniger als Gefängnis, als die scheinbar grenzenlose Landschaft um sie herum, nur Hügel,

Wiesen und Wälder; Äcker, Bäche und ein paar Dörfer mit Menschen, vor denen sie sich ebenfalls fürchtete. Paris war weit. Auch Paris war bedrohlich. Aber dort gab es immerhin als Zuflucht das königliche Schloss mit seinen tiefen Gräben und dicken Mauern und den Hunderten Musketieren, die ihre Königin beschützten.

»Ich habe Nachricht von meinem Sohn«, erzählte Anna und legte eine Sekunde lang ihre Hand auf Marie Madeleines Arm. Die Hofdamen im Gefolge tauschten eifersüchtige Blicke und hielten gekränkt ein paar Schritte Abstand. »Turenne hat Dünkirchen erobert. Es muss ein wunderbarer Sieg gewesen sein.« Anna lächelte schmerzlich. »Gegen unseren Condé allerdings und gegen meinen lieben Verwandten Don Juan d'Austria.« Sie blieb stehen. »Mein Sohn ist als Sieger in die Stadt eingezogen«, fuhr sie fort. »Danach hat er sie persönlich den englischen Truppen übergeben – als Preis dafür, dass die Engländer ihr Bündnis mit uns einhalten werden und nicht zu den Spaniern überlaufen.« Anna schwieg eine Weile. Es fiel ihr immer noch schwer, von den Spaniern als ihren Feinden zu sprechen. Vielleicht nahm sie deshalb dem Großen Condé seinen Verrat nicht wirklich übel. Was hatte er anderes getan, als sich auf die Seite ihres Bruders zu schlagen? »Ich mag die Engländer nicht!«, gestand sie und errötete gegen ihren Willen. »Damit meine ich nicht unsere englischen Verwandten, sondern dieses protestantische Pack um Cromwell herum, der jedes göttliche Recht auf den Kopf stellt. Auch wenn die Engländer derzeit unsere Bündnispartner sind, sollten wir ihnen doch nie verzeihen, dass sie ihren eigenen König ermordet haben.« Sie versank in Gedanken.

»Darf ich fragen, wie es Seiner Majestät geht?«, erkundigte sich Marie Madeleine, um Anna aufzumuntern.

Anna blieb stehen. »Es geht ihm gut«, antwortete sie bereitwillig. »Nach Dünkirchen nahm er an der Einnahme von Bergue teil. Danach begab er sich in das Lager von Mardyck. Dort ist er noch immer, so viel ich weiß. Ich hoffe, er kommt nicht zu Schaden. Die Zustände dort sollen recht unangenehm sein.«

Von Nicolas wusste Marie Madeleine, dass Anna recht hatte. Wahrscheinlich ahnte die Königin gar nicht, wie schlimm die Lage in Mardyck wirklich war. Ein unerträglicher Gestank liege über der Stadt, wurde gemeldet. Hospitäler und Leichenhäuser seien überfüllt, die Lebensmittel verdorben. Seuchen breiteten sich aus. Nicolas hatte Mazarin im Verdacht, dass er schlechte Ware billig aufgekauft und an die Front geliefert hatte. »Wenn dem König etwas zustößt, ist der Kardinal nicht frei von Schuld«, hatte Nicolas gesagt. Marie Madeleine wusste, dass Anna davon kein Wort erfahren durfte.

2

Außer der Königin und ihrem Hofstaat verbrachte auch Mazarin mit der gesamten Regierung den Sommer in Fontainebleau. Nicolas hielt sich ebenfalls hier auf, zusammen mit Marie Madeleine und den Kindern François, Louis Nicolas, Marie-Madeleine – Suzannes Patenkind – und Charles, der gerade laufen lernte. Für die Familie war es ein glücklicher Sommer, vor allem weil Nicolas dabei war, den Traum seiner Jugend zu verwirklichen.

Fast fünfzehn Jahre hatte es gedauert, bis er vor drei Jahren endlich den Auftrag erteilt hatte, das alte Schloss Vaux-le-Vicomte, nicht weit von Fontainebleau, abzureißen und an seiner Stelle ein neues Schloss zu errichten. Groß und prächtig sollte es werden, eine herrliche Residenz, mit der die Fouquets endgültig die Bourgeoisie verließen und sich dem Adel zuordneten; ein »chateau de prestige«, das den Bankiers demonstrieren würde, dass der Besitzer dieses Palastes kreditwürdig war.

Immer wieder kamen in Paris Gerüchte auf, der Oberintendant der Finanzen habe sich übernommen. Zu großzügig habe er die Forderungen des Kardinals erfüllt. »Auch die vollste Truhe wird einmal leer, wenn man immer nur herausnimmt!«, hieß es. Nicht einmal der erfolgreiche Seehandel könne in der Lage sein, die Gier Mazarins zu befriedigen, ohne sich selbst zu ruinieren.

»Kredit hat nur der Besitzende!«, pflegte François Fouquet zu sagen. Daran hatte sich auch nach der Fronde nichts geändert. Nicolas wusste, dass er seine Geldgeber beruhigen musste, indem er ihnen seinen Reichtum offen zeigte. Nur so konnte er sich ihr Vertrauen bewahren. Durch nichts aber ließ sich Reichtum deutlicher manifestieren als durch einen wunderbaren Palast, schöner als alle anderen in Frankreich.

Zu bauen hatte er schon immer geliebt. Nun ging er als Erstes daran, die besten Künstler zu verpflichten, die es in Frankreich gab: Le Vau, den begabten Architekten, Le Nôtre, den Schöpfer der schönsten Gärten, und Le Brun, der aus Rom herbeigerufen wurde, um das Schloss im Innern auszustatten. Nicolas hatte alle drei schon vorher gekannt. Wenn sie sich in Paris aufhielten, besuchten sie regelmäßig seinen Salon in Saint-Mandé. Außerdem hatte Le Nôtre im vergangenen Jahr den Park dort gestaltet. Den Küchengarten, der Nicolas am Herzen lag, hatte er belassen, wie er war, doch das übrige Gelände, das Catherine de Beauvais einst dem Wildwuchs preisgegeben hatte, entzückte nun alle Besucher durch die Symmetrie seiner Wege und Rabatten; durch seine Statuen und Bassins und durch die ruhige Eleganz, die dem Besucher das Gefühl vermittelte, von vollkommener Schönheit umgeben zu sein, von Ruhe und Konzentration in einer gezähmten Natur.

Schon die Planung des neuen Vaux-le-Vicomte hatte Nicolas genossen. Ganze Nächte verbrachte er über den Entwürfen der Schlossanlage und des Parks. Lange Diskussionen folgten. Mit jedem Mal wurden die Planungen großartiger und weitläufiger. Längst schon reichten sie über das Gebiet hinaus, das Nicolas gehörte. Trotzdem ermunterte er Le Nôtre, sich nicht einschränken zu lassen. Man würde schon Möglichkeiten finden, den Platz für das Schloss und die Gärten bereitzustellen, damit das angestrebte Ideal verwirklicht werden konnte. »So viel Geld wird für den blutigen Krieg verschwendet«, sagte er mit ruhiger Stimme. »Warum sollten wir an der Schönheit sparen?«

Obwohl er so lange gezögert hatte, den Bau überhaupt in Angriff zu nehmen, packte ihn plötzlich fieberhafte Eile. Die Planung war noch nicht abgeschlossen und die nötigen Grundstücke noch nicht erworben, da marschierten schon die ersten Arbeiterkolonnen auf. Zugleich fuhr Nicolas' Sekretär Bruant in seiner Kutsche durch die Dörfer und verhandelte mit den Grundbesitzern. Kaum einer war gegen einen Verkauf.

In den vergangenen Jahren war es Mode geworden, dass sich der Adel, der während der Fronde königstreu geblieben war und sich so sein Vermögen bewahrt hatte, im Umkreis von Paris Schlösser baute, mit Vorliebe in der Nähe von Fontainebleau, der Sommerresidenz des Königs. Die Bewohner des Landstrichs hatten erlebt, dass sich der eine oder andere Nachbar durch den Verkauf von Grundstücken ein bescheidenes Vermögen geschaffen hatte, das ihm das Leben erleichterte.

So wurden Bruant die Türen, an die er klopfte, bereitwillig geöffnet. Oft ging es nur um ein paar Wiesen oder um winzige Parzellen, die noch fehlten, um die Umrisse von Le Nôtres Park zu vervollkommnen. Doch auch ganze Bauernhöfe wurden aufgekauft sowie kleine und größere Herrenhäuser mit ihrem reichen Grundbesitz. Mit dem Anwachsen der Pläne ließ Le Nôtre das Dörfchen Vaux komplett abreißen und an anderer Stelle wieder aufbauen. Bald darauf ereilte die beiden Weiler Jumeaux und Maison Rouge das gleiche Schicksal. Eine juristische Ameisenarbeit: zweihundert Kontrakte wurden abgeschlossen, die Hälfte der Grafschaft Melun aufgekauft. Um den Park und seine Fontänen zu bewässern, wurden sogar die Ufer des Anqueil befestigt und das Flüsschen meilenweit in Bleirohren umgeleitet, die eigens aus England geliefert wurden. Man scheute weder Kosten noch Mühen, um mit Vaux-le-Vicomte das vollkommene Kunstwerk zu erschaffen, die poetische Einheit von menschlicher Schöpferkraft und Natur.

In diesem Sommer fuhr Nicolas fast jede Woche nach Vaux, um sich vom Baufortschritt zu überzeugen. Vor drei Jahren hatte man begonnen, nun stand man fast schon vor dem Abschluss.

Vor einem Jahr war bereits das Dach montiert worden, und die Schreiner und Marmorierer gingen an ihr Werk. Im Park wurden die Bassins fertiggestellt und die Alleen angelegt. Die ersten Statuen mit ihren antiken Motiven fanden ihren Platz, und die Blumenrabatten wurden vorbereitet.

Doch noch immer fehlte der Schliff, fehlte die Seele. Die Zeit von Le Brun war gekommen, der mit seiner hohen, lauten Stimme die Handwerker im Schloss unbarmherzig umherscheuchte und seine Helfer durch ganz Europa sandte, damit sie von überall die kostbarsten und vollkommensten Objekte herbeischafften, die aus dem Schloss erst das Juwel machen würden, das Nicolas vorschwebte.

Manchmal nahm Nicolas Gäste mit, um ihnen sein Schloss zu zeigen. Auch Mazarin begleitete ihn einmal und kehrte missmutig nach Fontainebleau zurück. »Sie beschämen uns alle, mein Lieber!«, sagte er beim Abschied und dachte insgeheim, dass er seinen Oberintendanten der Finanzen wohl noch immer nicht genug geschröpft hatte. Es tat ihm wohl, als Colbert seiner Antipathie gegen Nicolas freien Lauf ließ. Zum ersten Mal empfand der Kardinal ein Gefühl der Verbundenheit mit seinem Intendanten, den er sonst nicht viel besser behandelte als einen Lakaien.

Obwohl sich noch niemand vorstellen konnte, wie prächtig das Schloss tatsächlich aussehen würde, wenn es erst fertiggestellt war, wurde es schon während der Bauarbeiten von vielen missbilligt. Auch ohne dieses Schloss war Nicolas beneidet worden… Dass er seinen Vorzügen und Erfolgen nun auch noch diesen prachtvollen Besitz hinzufügte, war für manchen Konkurrenten mehr, als er ertragen konnte. Vor allem für Colbert, der seine Karriere von einer ähnlichen Position aus begonnen hatte und dem immer noch fehlte, was sich nicht benennen ließ, das »je-ne-sais-quoi«, das Nicolas in so hohem Maße geschenkt war. Sein Cousin Christophe brachte es einmal auf den Punkt: »Wenn man erst reich und mächtig genug ist, beneidet man andere nicht mehr um ihren Besitz, sondern um das, was man nicht kaufen kann: um Geschmack, Stil, Charme und Beziehungen – vielleicht auch um eine Inbrunst der Gefühle, die Fähigkeit zu lieben und Liebe zu erwecken.«

3

Als der kleine schwarzhaarige Knabe in die Kutsche kletterte, kam es Nicolas vor, als schlösse sich ein Kreis. Ihm war, als sähe er sich selbst, wie er sich vor mehr als dreißig Jahren zu seinem Vater in die Kutsche gesetzt hatte, um mit ihm ans Meer zu fahren – weit weg von Paris, weit weg vom alltäglichen Leben eines Kindes. Auf eine unendlich lange Reise schien es damals zu gehen, in eine andere, ferne Welt. Dennoch hatte Nicolas keine Angst gehabt, weil sein Vater bei ihm war, der ihn beschützen würde, was auch immer ihnen auf den langen, gefährlichen Landstraßen begegnen mochte. Nicolas war überzeugt, dass sich sein kleiner Sohn ähnlich fühlte wie damals er selbst. Aufgeregt rutschte François in eine Ecke am Fenster und blickte erwartungsvoll dem Vater entgegen, der sich von seiner Gemahlin verabschiedete und von seinen anderen Kindern, die kichernd umhersprangen, als gingen auch sie mit auf die Reise.

Dann war es so weit. La Forêt klappte das Treppchen hoch und schloss die Wagentür. Er setzte sich auf den Kutschbock und schnalzte mit der Peitsche, dass der kleine Charles vor Entzücken aufjubelte. Voller Stolz, weil er der Auserwählte war, der den Vater begleiten durfte, winkte François den Zurückbleibenden zu, bis die Kutsche abbog und das Schloss sich immer weiter entfernte – ein Märchenpalast in der Weite einer blühenden Landschaft, dann nur noch ein heller Fleck zwischen Grün und Gelb unter dem tiefen Blau des französischen Himmels.

François hatte lange um diese Fahrt gekämpft. Immer wieder hatte er gebettelt und gefleht, sein Vater möge ihn doch zu diesem Schloss mitnehmen, von dem alle sprachen. Die Antwort war immer gleich: Die Fahrt sei zu weit und zu anstrengend für ein Kind. Sie dauere mehr als drei Stunden und danach das

Gleiche noch einmal zurück. »Geh lieber spielen!«, hatte man ihn vertröstet. »Warte, bis du älter bist! Dann wirst du in diesem Schloss sogar wohnen dürfen.«

Doch François wollte nicht warten. Zwei Mal versteckte er sich in der Kutsche, um heimlich mitzufahren. Jedes Mal aber entdeckte man ihn und schickte ihn zu seinen Geschwistern zurück. »Ich bin nicht klein!«, widersprach er trotzig und unterdrückte seine Tränen der Enttäuschung. »Ich bin doch schon über vier Jahre alt.«

Jetzt hatte er also sein Ziel erreicht. Gerührt beobachtete ihn Nicolas, wie er seine Nase ans Fenster drückte, um die Welt, die draußen vorbeizog, besser sehen zu können. Schließlich erbarmte sich Nicolas und klappte das Fenster hoch. Der warme Fahrtwind wehte in die Kutsche herein. François lachte und hörte nicht auf zu reden. Alles fiel ihm auf, über alles wusste er etwas zu sagen. Dazu stellte er die absurdesten Fragen, die Nicolas nur mit Mühe beantworten konnte. »Wenn der Tag vorbei ist, wo geht er dann hin?«, fragte François. »Und der gestrige Tag? Wohin ist er verschwunden?«

Auf halbem Weg machten sie eine Pause. La Forêt breitete unter einem Baum eine Decke aus. Er brachte Wasser, für jeden eine kleine Schüssel mit gezuckerten Erdbeeren und Biskuit. Auf Nicolas' Aufforderung hin setzte auch er sich dazu, als wäre er ein Mitglied der Familie oder ein Freund. Für François war er das auch. Noch hatte das Kind nicht gelernt, wie hoch und unüberwindbar die Schranken waren, die die einzelnen Stände voneinander trennten.

Während der letzten Fahrtstrecke schlief François. Er lehnte sich an seinen Vater, der den Arm um seine Schultern legte. Schon lange war Nicolas nicht mehr so glücklich gewesen. Zum ersten Mal seit Monaten kam er zur Ruhe. Wie fern sein alltägliches Leben auf einmal war! Wie fern Mazarin mit seinen gierigen Händen, wie fern die Bankiers mit ihren wachen Augen und wie fern all die Colberts, die ihm Übles wollten!

Gegen Mittag erreichten sie ihr Ziel. Als die Kutsche anhielt, wachte François auf. Durch das Fenster sah er das Schloss, so groß und so schön wie in den Märchen, die ihm seine Mutter vorlas. Dann stand er draußen. Diesmal fragte er nichts mehr, sondern schaute nur sprachlos um sich, die Sonne im Gesicht. Keine Lobeshymnen seiner Besucher konnten mehr ausdrücken als dieser Blick seines Sohnes, dachte Nicolas. »Gefällt es dir?«, fragte er. Da lächelte François und nickte.

Den ganzen Nachmittag lang gingen sie umher, durchstreiften die Säle und Korridore und schlenderten durch den Park, wo François den Männern zuwinkte, die hier ihre Arbeit verrichteten. Nicolas spürte, dass sein Sohn die Schönheit erfasste, die hier entstanden war; dass er Sinn hatte für die Dinge, die sein Vater liebte.

Auf einmal konnte sich Nicolas genau vorstellen, wie seinem Vater zumute gewesen war, als sie am Meer standen und Nicolas das Wasser kostete. In seiner Vorstellung war sein Vater immer ein reifer, älterer Mann gewesen, doch als er nun nachrechnete, merkte er, dass François Fouquet damals sogar jünger gewesen war als er nun selbst. Ja, ein Kreis schloss sich gerade. Nicolas hatte das Wasser des Meeres gekostet, sein kleiner Sohn nippte am Kelch der Schönheit und der Harmonie.

Es war geplant, dass sie in Vaux übernachteten und erst am nächsten Morgen die Rückfahrt antraten. In zwei aneinandergrenzenden Räumen richtete ihnen La Forêt die Betten. Zuvor aber setzten sie sich noch auf die Terrasse und nahmen einen Imbiss ein. Nicolas war froh, dass Le Brun nach Paris gereist war, um persönlich Möbel und Gemälde auszusuchen, die er Nicolas zur Auswahl vorführen wollte. Wäre er hier gewesen, dachte Nicolas, wäre der Tag ganz anders verlaufen, und sein kleiner Sohn wäre ihm nicht so nahe gekommen.

»Hat dir der Tag gefallen?«, fragte Nicolas.

François nickte. »Es war wie im Himmel, Papa!«, versicherte er und verzehrte mit großem Appetit das einfache Brot und den weichen, weißen Käse aus der Region. »Am liebsten würde ich für immer hierbleiben.«

Der Tag ging zu Ende. Schweigend sahen sie zu, wie die Sonne immer tiefer sank. Die Bauarbeiter und die Gärtner räumten ihre Geräte weg und gingen langsam zu ihren Hütten. Eine große Stille legte sich über das Schloss und den Park. Nicolas wollte schon La Forêt anweisen, er solle ihnen Kerzen bringen. Welch ein Erlebnis würde es sein, in der Dunkelheit hier zu sitzen und im Schein der Sterne nur noch die Umrisse dessen zu erkennen, was auch sein Sohn inzwischen zu lieben gelernt hatte!

Doch mit der Dämmerung kamen auch die Mücken aus den feuchten Baugruben am Ende des Parks. In summenden Schwärmen tauchten sie auf und verleideten Nicolas und François den Aufenthalt im Freien. Lachend und um sich schlagend flüchteten sie ins Schloss. Obwohl es noch nicht spät war, begaben sie sich gleich zur Ruhe. Je früher sie am nächsten Morgen aufbrachen, umso eher konnten sie die Hitze des frühen Nachmittags vermeiden.

Wie jeden Abend sprach François sein Gebet. Danach dankte er noch für den glücklichen Tag. Es war nicht zu erkennen, ob er sich dabei an den himmlischen oder seinen irdischen Vater wandte. Danach schloss er gleich die Augen. Auch Nicolas blieb nicht mehr auf. Er ließ die Tür zwischen den beiden Räumen halb offen stehen und horchte immer wieder nach Geräuschen aus dem Nebenzimmer. Dann aber schlief auch er ein.

Als er mitten in der Nacht aufwachte, hörte er, wie sich François umdrehte und zufrieden seufzte. Nicolas lächelte. Welch ein wunderbarer Gedanke war es doch gewesen, mit seinem Sohn hierherzukommen!

Noch ehe sie in Fontainebleau ausgestiegen waren, kam schon Mazarin auf die Kutsche zugestürzt. Er war außer sich vor Sorge, weil im Lager von Mardyck, wo sich der König aufhielt, Typhus ausgebrochen war. »Man kann nur hoffen, dass sich Seine Majestät schnellstens in Sicherheit gebracht hat!«, rief Mazarin verzweifelt. Er zitterte am ganzen Körper. Die Sicherheit des jungen Königs war auch seine eigene. »Man meldet mir, Seine

Majestät wolle eventuell nach Calais«, fuhr er fort. »Noch ist mir aber nichts Genaues bekannt. Mein Gott, Fouquet, können Sie sich vorstellen, was geschieht, wenn er krank wird? Oder noch schlimmer … Nein, ich will es gar nicht aussprechen!« Entsetzt schlug er die Hände vors Gesicht.

Nicolas half seinem Sohn aus der Kutsche und versuchte gleichzeitig, Mazarin zu beruhigen. Es tat ihm leid, dass die Reise ein so abruptes Ende nahm. Gern hätte er François noch zu seiner Mutter zurückgebracht und mit angehört, mit welcher Begeisterung das Kind von seinem Ausflug berichtete. So küsste er François nur zärtlich auf die Stirn und versprach, am Abend noch einmal zu ihm zu kommen.

François nickte ohne Enttäuschung. Sein Vater war ein wichtiger Mann. Alle brauchten seine Hilfe und seinen Rat, sogar der mächtige Kardinal. Welch ein Vorzug, dass er selbst, der kleine François, fast zwei Tage mit ihm allein sein durfte! François Fouquet, dem sein Vater in der Kutsche eben noch gesagt hatte, er erinnere ihn an das Wappentier der Familie: das kluge Eichhörnchen, so flink und so keck und so ohne jede Furcht vor der Höhe. »Quo non ascendet?«, zitierte er den Spruch, den er auf der Fahrt gelernt hatte. Dann lief er zu La Forêt, der ihn zu seiner Mutter führte.

4

Während der folgenden Tage warteten alle im Schloss auf die Eilboten, die von der Front berichteten. Für die Front selbst interessierte man sich kaum. Nach dem Sieg bei den Dünen und der Einnahme von Bergue waren die Kämpfe ohnedies zum Stillstand gekommen. Alle Sorge galt nun dem Zustand des jungen Königs. Tatsächlich wurde gemeldet, er habe sich plötzlich elend gefühlt. Als ihn auch noch das Fieber packte, transportierte man ihn eilends nach Calais. Dort kümmerten sich vier Ärzte um sein Wohl. Sie konnten jedoch nicht verhindern, dass der Typhus ausbrach. Während der Kranke schon nicht mehr bei

Bewusstsein war, verabreichten ihm seine Doktoren noch zusätzlich Abführmittel, ließen ihn zur Ader und bedeckten seinen leidenden Körper mit Pflastern, die die Krankheit herausziehen sollten. Immer nur für kurze Zeit erwachte Ludwig aus seinen Delirien. Dann meinte er, er wäre bereits gestorben und befände sich in der Hölle.

In Fontainebleau breitete sich Angst aus. Königin Anna befahl, dass der gesamte Hofstaat umgehend nach Paris zurückkehren solle. Die Bediensteten arbeiteten die ganze Nacht, um die Reisekisten ihrer Herrschaften zu packen. Am nächsten Morgen brach man auf. Während die Königin und ihr Gefolge zu den Kutschen eilten, zog ein Gewitter herauf. Innerhalb weniger Minuten goss es in Strömen, blitzte und donnerte es. Schon erwog man umzukehren, doch dann beruhigten sich die Elemente wieder. Die Sonne drängte durch die Wolken und bildete einen Regenbogen, dem die schier endlose Kolonne der königlichen Kutschen entgegenfuhr. Alle Reisenden waren beim Einsteigen bis auf die Haut nass geworden, doch Anna erlaubte keine Verzögerung.

Nach der Ankunft in Paris war der halbe Hofstaat erkältet. Auch Nicolas fühlte sich nicht wohl, und sogar die Kinder jammerten. Am schlechtesten ging es François. Er klagte über Kopf- und Gliederschmerzen und weinte ständig, obwohl er doch sonst ein so fröhliches Kind war. Auch Nicolas fühlte sich wie erschlagen. Während einer langen Besprechung bei Mazarin, der einen neuen Bürgerkrieg aufkeimen sah, konnte sich Nicolas schon nicht mehr konzentrieren. Später wusste er nur noch, dass ihn plötzlich ein heftiger Schüttelfrost gepackt und das Gesicht des Kardinals auf einmal zu schwanken begonnen hatte, um dann in Wellen zu zerfließen und sich aufzulösen.

Da so viele krank waren, hielt sich die Sorge über Nicolas' Zustand zunächst in Grenzen. Doch es dauerte lange, bis der Schüttelfrost endlich aufhörte. Danach trat starkes Fieber auf. »Das ist doch keine Erkältung mehr!«, rief Marie Madeleine und schickte ihre Zofe zu Doktor Pecquet, dem einzigen Arzt, zu dem sie Vertrauen hatte. Doch noch während sie Nicolas' Stirn mit Essigwasser kühlte, stürzte die Kinderfrau herbei. Dem kleinen François gehe es immer schlechter! Erst habe er am ganzen Leib gezittert, nun aber sei er plötzlich so heiß, als stünde er in Flammen. Jetzt habe er auch noch das Bewusstsein verloren. »Er wird sterben, Madame, wenn man ihn nicht abkühlt!«, rief die junge Frau. Erst jetzt bemerkte sie Nicolas, der fiebernd auf seinem Bett lag. Entsetzt schlug sie die Hände vor den Mund. »Genau so, Madame!«, flüsterte sie und zeigte mit dem Finger auf Nicolas. »Genau so ist es bei François!«

Doktor Pecquet warf nur einen einzigen Blick auf Nicolas. »Hat sich Ihr Gatte in letzter Zeit in einem Sumpfgebiet aufgehalten?«, fragte er sachlich.

Marie Madeleine schüttelte den Kopf. Sie hätte sich am liebsten in zwei Teile zerrissen, um gleichzeitig bei Nicolas zu sein und bei ihrem kranken Kind. »Wir waren in Fontainebleau«, erklärte sie ungeduldig. »Da gibt es keine Sümpfe.«

»Mücken?«

»Aber nein!« Sie zögerte. »Oder doch! Mein Gemahl und François waren einen Tag und eine Nacht lang in Vaux-le-Vicomte. François hatte zwei, drei Stiche auf dem Handrücken und an der Wange. Er kratzte daran, aber inzwischen sieht man es schon gar nicht mehr.«

»Und Ihr Gatte? Wurde er auch gestochen?«

»Das weiß ich nicht, Monsieur.«

Doktor Pecquet sah sie mitleidig an. »Beten Sie, Madame!«, sagte er leise. »Beten Sie für Ihren Gatten und Ihren Sohn!«

In Marie Madeleines Augen schossen Tränen. »Was ist es denn, Monsieur?«, flüsterte sie. »Was haben die beiden?«

Doktor Pecquet legte eine Hand auf Nicolas' Bettdecke, als könnte er ihm damit Kraft geben. »Ich bin sicher, dass es sich um Wechselfieber handelt, Madame. Ihren Sohn muss ich noch untersuchen, aber nach der Beschreibung der Kinderfrau habe ich keinen Zweifel.«

»Wechselfieber?« Marie Madeleine war blass geworden.

Doktor Pecquet nickte. »Die Italiener nennen es ›mal aria‹, das heißt ›schlechte Luft‹. Die Luft aus den Sümpfen. Auch an großen Baustellen sammelt sich immer irgendwo Wasser, und wo Wasser ist, gibt es im Sommer auch Mücken. Wenn die aber verseucht sind, übertragen sie mit ihrem Stich die Krankheit.«

»Und wann werden die beiden wieder gesund, Monsieur?«

Doktor Pecquet zögerte. »Ich weiß es nicht, Madame«, gestand er. »Wenn die akute Krankheit überstanden ist, bleiben die Fieberanfälle erhalten. Etwa alle drei, vier Tage kehren sie wieder. Das kann ein paar Jahre dauern und hört dann vielleicht plötzlich auf. Bei manchen kommt es aber ein Leben lang nicht zum Stillstand.«

Marie fing an zu weinen. »Auch bei Kindern?«

Doktor Pecquet antwortete nicht. Gemeinsam gingen sie in das Zimmer hinüber, in dem der kleine François lag und gegen das Fieber kämpfte.

Wenn Nicolas später an diese Zeit zurückdachte, kam es ihm vor, als hätte man aus seinem Leben ein Stück herausgeschnitten. Nur ein paar Bruchteile, an die er sich noch erinnern konnte, waren davon zurückgeblieben. Vor allem die unerträgliche Hitze während der Fieberschübe blieb ihm im Gedächtnis und die Hilflosigkeit, wenn die Eiseskälte seinen Körper so sehr schüttelte, dass er sich nicht mehr in der Gewalt hatte. Seine Zähne klapperten, obwohl er versuchte, sein Gesicht zu beherrschen, und sein Körper zitterte in Krämpfen. Manchmal sah er Marie Madeleine und seine Diener, die ihn in warme Tücher einpackten und ihn niederdrückten, um das Beben zu unterbinden. Alle waren sie aufgeregt und ängstlich. Dabei redeten sie auf Nicolas ein, um ihn zu beruhigen. Das eine oder andere Wort verstand er auch, doch er antwortete nicht, weil er gleich wieder vergaß, was er eigentlich sagen wollte. Die Krankheit beherrschte ihn. Sein Körper war nur noch eine leidende Hülle, die Geist und Seele keinen Raum mehr ließ.

Auch an seine Mutter erinnerte er sich. Sie musste sehr oft und sehr lange bei ihm gewesen sein, denn sein Gedächtnis bewahrte viele Bilder von ihren Besuchen auf. Stundenlang musste sie an seinem Bett gesessen haben, betend und immer wieder weinend. Irgendwie hatte er auch registriert, dass sie ganz in Schwarz gekleidet war. Er wollte ihr schon sagen, das sei wirklich nicht nötig. Noch sei er ja am Leben. Dann aber dachte er, dass die Farbe wohl ihrer Stimmung entsprach und der Sorge um ihn. Wieder wollte er zu ihr sprechen, doch wieder vergaß er es und schlief ein.

Auch Doktor Pecquet tauchte häufig auf. Seine Gegenwart beruhigte Nicolas am meisten. Wie viele Gespräche hatten sie doch geführt in seinem Salon! Immer schon hatte sich Nicolas für Medizin interessiert und Pecquet unzählige Fragen gestellt. Der Arzt hatte stets bereitwillig geantwortet, erfreut über die Anteilnahme des großen Herrn, des »Patron«, wie Nicolas von seinen Freunden und Schützlingen im Salon oft genannt wurde. Ausführlich hatte der Arzt erklärt, was er wusste, und bedauert, dass es so wenig war. Auch am Krankenbett erzählte er Nicolas etwas über ein Heilmittel, das er beschaffen wollte. »Es kommt aus Südamerika, Monseigneur«, sagte er, während Nicolas darum kämpfte, seine Lider offen zu halten. »Nur Eingeweihte wissen davon. Sie nennen es das ›Jesuitenpulver‹, weil nur den Jesuiten Genaueres bekannt ist. Sie haben es nach Europa gebracht. Angeblich wird es aus der Rinde eines Baumes gewonnen, den die Indianer ›Quina‹ nennen. Man sagt, es könne das Wechselfieber zwar nicht heilen, aber lindern.«

Nicolas' Lider flatterten. »Wechselfieber?«, fragte er, ohne zu verstehen. Dann schlief er wieder ein. Plötzlich aber zuckte er zusammen und wachte wieder auf. »Meine Mutter!«, murmelte er kaum verständlich. »Sie hat viele religiöse Beziehungen. Sie weiß, wen man fragen muss.« Wieder überwältigte ihn seine Schwäche. Zugleich schmerzte ihn sein Körper. Gibt es da nicht eine antike Sage, dachte er, in der irgendein Raubtier irgendeinem bedauernswerten Menschen die Leber aus dem Leib reißt?

Er vermisste Marie Madeleine. Es kam ihm vor, als tauche sie immer seltener an seinem Bett auf. Dann sah er sie lange Zeit gar nicht mehr. Er nahm sich vor, Doktor Pecquet nach ihr zu fragen. Da aber kam sie doch wieder. Wie seine Mutter war auch sie schwarz gekleidet, und ihre Augen waren entzündet, als hätte sie sehr lange geweint. »Seien Sie nicht traurig, Marie Madeleine!«, versuchte er sie zu trösten. »Vielleicht werde ich ja doch wieder gesund.« Da begann sie von Neuem zu schluchzen. Erst bemühte sie sich noch, ihr Weinen zu unterdrücken, doch dann wurde sie davon überwältigt. Mit beiden Händen umfasste sie eine Hand und drückte sie gegen ihr Gesicht. Dabei weinte sie so laut, wie Nicolas noch nie einen Menschen hatte weinen hören. »Armes Mädchen!«, sagte er sanft, obwohl er ihren Schmerz nicht verstand. Damit war seine Kraft erschöpft. Wieder schlief er ein.

Als er erwachte, war es finstere Nacht. Eine Kerze auf seinem Nachttisch war zur Hälfte niedergebrannt. Auf einem Stuhl vor seinem Bett saß sein Diener und Kutscher La Forêt. Sein Kopf war auf die Brust gesunken. Er schlief und schnarchte dabei leise. Nicolas beobachtete ihn eine Weile. Dann merkte er plötzlich, dass er nicht mehr benommen war. Trotz der Dunkelheit sah er seine Umgebung klar und deutlich. Wie eine Erleuchtung überkam ihn der Gedanke, dass er gesund geworden war. Keinen Augenblick lang zweifelte er daran. Die Krankheit hatte von ihm abgelassen. Er war dem Tod entronnen.

Langsam setzte er sich auf. Er stellte die Füße auf den Boden und hielt sich am Bettende fest. Langsam erhob er sich. Erst jetzt merkte er, wie schwach er war. Seine Beine konnten ihn kaum halten. Trotzdem tastete er sich an der Wand entlang bis zur Tür. Er wusste auf einmal ganz genau, wohin er wollte. Er sah François vor sich, wie er vor dieser Ewigkeit, die die Krankheit gedauert hatte, laut weinend über Schmerzen geklagt hatte, die auch Nicolas nun so unerträglich vertraut waren. François! War er wirklich nur erkältet gewesen?

Nicolas nahm alle Kräfte zusammen. Er trat auf den Korridor hinaus, wo neben der gegenüberliegenden Tür an der Wand zwei Kerzen flackerten. Schwankend bewältigte er den kurzen Weg und öffnete die Tür zu dem Zimmer, in dem François zu schlafen pflegte. Er drückte die Klinke nieder. Im Zimmer war es dunkel. Es bedurfte all seiner Kraft, die Kerze aus dem Wandleuchter zu nehmen. Dann ging er zum Bett seines kleinen Sohnes. Es war leer.

»Nein!«, schrie Nicolas so laut, dass in den angrenzenden Räumen alle erwachten. »Nein!« Dann stürzte er ohnmächtig zu Boden. Die Kerze fiel ihm aus der Hand und erlosch.

Viertes Buch

Der Gesang der Nymphen

Geheime Pläne

1

Als ihr die täglichen Schreckensmeldungen von der schweren Erkrankung ihres Sohnes den Schlaf raubten, gelangte Königin Anna zu der Erkenntnis, dass sie während ihres ganzen bisherigen Lebens, das immerhin siebenundfünfzig Jahre gedauert hatte, in wichtigen Angelegenheiten so gut wie nie die Initiative ergriffen hatte. Immer war ihr gesagt worden, was zu tun sei: erst von ihrem Vater, dann von ihrem königlichen Gemahl und nun von Mazarin. Dazu gesellten sich noch unzählige andere Berater, die sich anmaßten, für sie zu entscheiden: ihre Beichtväter, ihre Ärzte, die Hoflieferanten und Schneider ihrer Roben und ihre sogenannten Vertrauten, deren wahrer Charakter sich während der Fronde enthüllt hatte.

Erst damals hatte Anna begriffen, dass sie keinem der Grandseigneurs, die vor ihr buckelten, trauen konnte. Dennoch war sie weder verletzt noch verhärtet genug gewesen, um endlich als Königin selbstständig zu denken, zu urteilen und zu handeln. Eigentlich, dachte sie, hatte sie sich nur ein einziges Mal als wahre Königin erwiesen: in jener Nacht, als ihre Existenz am schwersten bedroht gewesen und der Pöbel bis in ihre Gemächer vorgedrungen war. Damals hatte ihr niemand die Entscheidung abgenommen, und niemand außer sie selbst hatte sie retten können.

Doch der Bürgerkrieg war erloschen. Anna konnte aufatmen.

Wieder aber hatte sie sich fallen gelassen. Wieder hatten andere für sie entschieden und wieder erwies sich nun, wie unsicher die Existenz einer Königin von Frankreich war.

Schon bei der ersten Nachricht von Ludwigs Krankheit hatten die Grandseigneurs ihre Köpfe zusammengesteckt. Als hätte es das unrühmliche Ende der Fronde nie gegeben, vereinbarten sie im Geheimen, wie es weitergehen sollte, wenn der arrogante Sohn der Spanierin endlich das Zeitliche segnete. Die erste Figur auf dem Brett, die fallen würde, wäre der sizilianische Schurke. Danach wäre es wohl das Klügste, den jungen Philippe auf den Thron zu setzen – erstens, weil er ohnedies der rechtmäßige Erbe war, und zweitens, weil seine Mutter und der Kardinal gute Vorarbeit geleistet hatten, indem sie alles taten, um ihn zu entmündigen. Keiner konnte übersehen, dass Philippe eigentlich der klügere der beiden Brüder war, der charmantere und herzlichere. Wer ihn auf dem Schlachtfeld erlebt hatte, kannte seine Tapferkeit und sein militärisches Talent. Doch er war der Zweitgeborene und demnach nicht der Erbe des Throns. Deshalb musste er klein gehalten werden, verwöhnt und verweichlicht. Jeder seiner Wünsche wurde prompt erfüllt, und Philippe Mancini, der jüngere Neffe des Kardinals, sorgte dafür, dass auch sein Ruf beim Volk beschädigt wurde …

Wie wunderbar!, raunten die neuen Aufrührer in den Salons des Palais Royal. Genau einen solchen König brauchen wir! Mit einem wie ihm auf dem Thron haben wir das Zepter in der Hand … So sandten sie eilends ihre Boten nach Rom, wo der ewige Frondeur Kardinal Retz schon ungeduldig darauf wartete, dass endlich seine Stunde schlug. Sollte er sich nicht durchsetzen können, gab es immerhin noch den alten Gaston, der es schon so oft versucht hatte. Man durfte hoffen, dass die Ziele der Fronde nun doch erreicht wurden. Wann starb das Bürschchen in Calais denn endlich?

Basile Fouquet, der Mazarins Geheimdienst leitete, ließ alles abhören und berichtete vollständig. Kardinal Mazarin wusste genau, wer seine Feinde waren, wo sie saßen und dass er von ihnen umzingelt war. So traf er, wie zur Zeit der Fronde, seine Vorbereitungen. Er ließ die Garnison von Vincennes und die Befestigungen der Bastille überprüfen und sorgte für eine verstärkte Bewachung. Für den schlimmsten Fall standen drei reisefertige Kutschen bereit, und die kostbarsten Diamanten seiner Sammlung warteten in handlichen Lederbeuteln an einem sicheren Ort.

In der Nacht zum 7. Juli 1658 empfing Ludwig in Calais die Sterbesakramente. Das Volk von ganz Frankreich nahm Anteil. Bittprozessionen zogen durch die Städte, und in den Kirchen knieten die Gläubigen und beteten für die Genesung ihres Königs.

Doch Ludwigs Leibarzt Valot gab seinen Patienten verloren. Er setzte seine große Brille ab und verließ das Krankenzimmer. Seine Kollegen blieben ratlos zurück. Einer erinnerte sich, dass ein junger Arzt aus der Provinz schon seit zwei Tagen draußen wartete, ein gewisser Sausoi, der behauptete, er kenne ein Mittel, das dem Kranken vielleicht noch helfen konnte. Da ohnehin alles verloren schien, rief man ihn herein. »Brechweinstein!«, erklärte der Außenseiter, und da Valot nicht da war, um ihn hinauszuwerfen, ließ man ihn zu dem Patienten, der schon nichts mehr sah und nichts mehr hörte.

Einen Tag später war Ludwig fieberfrei. Die Mediziner konnten es kaum glauben. Valot befahl Sausoi, sich umgehend in seine Heimatstadt Abbéville zurückzuscheren und über seine Rolle am Krankenbett des Königs zu schweigen. »Ein Wunder ist geschehen!«, verkündete Valot dann öffentlich und ließ sich feiern.

Als in Paris die Nachricht von der Heilung des Kranken eintraf, stob die Palastrevolution auseinander. Keiner war dabei gewesen. Gaston, dem das Alter zu schaffen machte, war erleichtert, dass er wieder seine Ruhe hatte, und Philippe hatte ohnedies von der Verschwörung nichts gewusst. In seinen Augen standen Tränen der Erleichterung und der Freude. Die Anwesenden beobachteten ihn befremdet. Schwer zu glauben, aber es hatte wirklich den Anschein, dass Philippe seinen Bruder liebte.

Die körperliche Genesung des jungen Königs machte rasche Fortschritte. Offensichtlich aber hatte seine Seele Schaden genommen. Ludwig weigerte sich, sein Krankenzimmer zu verlassen und Besucher zu empfangen. An eine Rückreise nach Paris war nicht zu denken. Man berichtete Mazarin und der Königin, Seine Majestät sitze den ganzen Tag auf seinem Bett und starre aus dem Fenster. Obwohl er längst kräftig genug sei, um aufzustehen, trage er immer nur Nachtkleidung und ein schwarzes Tuch um den Kopf wie ein Pirat.

Anna erschrak. Ein schwermütiger König war beinahe so gefährdet wie ein sterbender. Wenn nicht bald eine Besserung eintrat, würden die Aufrührer wieder aus ihren Löchern kriechen. Wer konnte wissen, ob sie am Ende nicht doch noch Erfolg hatten? »Ich fahre nach Calais!«, entschied Anna. »Morgen früh schon. Ich brauche genügend Wachen zu meiner Sicherheit und mehrere Personen als Begleitung.«

Mazarin hatte so viel Entschlusskraft nicht erwartet. Doch er war einverstanden. »Sie verstehen aber, liebe Freundin«, wandte er ein, »dass ich hierbleiben muss?«

Anna nickte. »Unbedingt!«, stimmte sie zu. Sie lächelte bitter. »Einer muss doch auf unseren schönen Thron aufpassen, nicht wahr?«

»Und wen wünschen Sie als Begleitung, Majestät?«

Anna überlegte nicht lange. »Das übliche Personal«, bestimmte sie sachlich. »Außerdem Monsieur Fouquet und …«, sie zögerte, »Ihre Nichte.«

Mazarin runzelte die Stirn. »Olympia?«, fragte er verblüfft. »Nichts hätte ich weniger erwartet!«

»Nicht Olympia. Marie!«

»Ich verstehe nicht.«

Anna beugte sich vor. »Er braucht Trost, mein Freund«, sagte sie eindringlich. »Er ist ein junger Mann, der eigentlich das Leben liebt. Doch wenn seine Seele so finster ist, wie man berichtet, reichen die Worte einer Mutter nicht aus, ihn aus der Dunkelheit hervorzulocken. Nur eine junge Frau kann jetzt noch zu ihm vordringen.« Ihre Stimme wurde schärfer. »Olympia allerdings kommt nicht infrage! Seit sie verheiratet ist, kennt sie keine Grenzen mehr. Sie wissen doch selbst, dass sie längst die Ehe gebrochen hat. Ich will nicht, dass ihr mein Sohn verfällt, weil sie seine Schwäche ausnutzt. Nein, Olympia wird bestimmt nicht mit mir reisen. Ich will Marie.«

»Aber warum ausgerechnet sie? Ich glaube nicht, dass er sich in sie verlieben wird.«

»Das soll er auch nicht.« Anna stand auf. »Haben Sie die beiden beobachtet?«, fragte sie. »Ich bin sicher, sie sind so etwas wie Freunde. Beide lieben das Ballett. Ist Ihnen aufgefallen, wie viele Rollen Ludwig während der letzten Saison Marie übertragen hat? Viel mehr als jeder anderen!«

»Er wollte sie trösten, weil ihre Mutter gestorben ist.«

»Sie war auch die Mutter der anderen Mancini-Mädchen, und die hat er nicht getröstet!« Anna ließ sich nicht beirren. »Er sagt zum Beispiel auch, er bewundere ihre Stimme. Er lässt sogar von Lully Lieder komponieren, die sie dann vorsingt. Und er – er selbst! – begleitet sie dabei auf der Gitarre.«

»Und verbringt danach die Nacht mit Olympia!« Mazarin war noch immer skeptisch.

Anna schüttelte den Kopf. »Er mag Marie!«, beharrte sie. »Er liebt sie nicht, er begehrt sie nicht, aber er mag sie. Genau das brauchen wir, um ihm jetzt zu helfen.«

Mazarin erinnerte sich an seine Rolle als Vormund der Mazarinetten. »Ich muss aber darauf bestehen, dass Maries Gouvernante mitfährt«, sagte er gottergeben. »Immerhin ist Marie ein unverheiratetes Mädchen.«

Anna hatte nichts einzuwenden. »Madame de Venel? Selbstverständlich.«

»Und warum Monsieur Fouquet?«

Anna lächelte. »Als Begleitung für mich.« Mazarin dachte, dass Anna bei einer solchen Bemerkung früher unweigerlich errötet wäre. Er musste übersehen haben, dass sie sich in letzter Zeit verändert hatte.

2

Nicolas hatte gebeten, ihm die Fahrt nach Calais zu erlassen, doch Anna bestand darauf. Sie verlangte sogar, dass er in ihrer Kutsche mit ihr reiste. »Ich weiß, dass Sie eine schwere Zeit hinter sich haben, Monseigneur«, sagte sie, nachdem er über eine lange Strecke geschwiegen hatte. Anna kannte ihn gut genug, um zu wissen, dass diese Unhöflichkeit nicht seiner Art entsprach. »Das Wechselfieber«, murmelte sie nachsichtig. »Man wird zwar gesund, aber doch nicht ganz. Haben Sie immer noch Beschwerden?«

»Die üblichen, Majestät.«

»Fieber?«

»Alle paar Tage, Majestät. Man weiß aber, dass es wieder aufhören wird, und kann sich darauf einstellen.«

»Haben Sie heute etwas Derartiges zu erwarten?«

»Nein, Majestät. Und morgen auch nicht.«

Anna nickte. »Gut.«

Schweigend fuhren sie weiter. »Und Ihre Gemahlin?«, fragte Anna dann.

Nicolas blickte ihr gerade ins Gesicht. »Sie leidet sehr, Majestät. Der kleine François war ein so liebes und aufgewecktes Kind! Wir hätten nie erwartet, dass er uns genommen werden könnte.«

Anna schaute aus dem Fenster. Nur Wiesen und Felder waren zu sehen und hin und wieder ein paar Bäume oder in der Ferne ein Dorf. »Nehmen Sie es mir übel, dass ich Sie von Ihrer Gemahlin weggeholt habe?«, fragte sie.

Nicolas antwortete nicht. Anna verzieh es ihm. Beide hingen ihren Gedanken nach, bis Anna plötzlich auffuhr. »Ich habe einige Kinder verloren, bevor sie geboren wurden!«, stieß sie hervor und kämpfte mit den Tränen. Schnell aber beherrschte sie sich wieder. »Aber das ist wohl etwas anderes als bei Ihnen«, murmelte sie.

Nicolas sah sie nicht an. »Ja, vielleicht«, sagte er, ohne darauf einzugehen. Ich lasse meine Gemahlin, die mich braucht, allein, um einen jungen Mann aufzumuntern, um den sich schon genug andere kümmern!, dachte er. Er konnte sich auf einmal kaum noch vorstellen, dass er jemals fröhlich gewesen war und dass der Augenblick kommen würde, an dem diese Fröhlichkeit zurückkehrte. Marie Madeleine!, dachte er. Meine arme Liebste!

Anna spürte, was in ihm vorging. Erst jetzt wurde ihr bewusst, wie schmal er geworden war. Sie legte ihre Hand auf die seine. »Sie haben einen Sohn verloren«, sagte sie so sanft, dass Nicolas plötzlich ahnte, was aus ihr hätte werden können. »Sie haben einen Sohn verloren, und ich verliere womöglich den meinen. Verzeihen Sie mir?«

Nicolas war auf einmal versöhnt. In höfischer Weise neigte er dankend den Kopf. »Majestät!«

Von nun an sprachen sie während der ganzen Fahrt nur noch wenige Worte miteinander. Jeder hing seinen eigenen Gedanken nach. Es war das erste Mal in Annas Leben, dass jemand mit ihr schwieg.

Ludwig weigerte sich, irgendjemanden außer seiner Mutter zu empfangen. Doch auch mit ihr sprach er nur wenig. Als Anna das Krankenzimmer wieder verließ, war sie blass und erschöpft. »Er will weder Sie sehen noch Marie Mancini«, sagte sie zu Nicolas und schwankte.

Nicolas fing sie auf. »Ich werde trotzdem hineingehen«, erklärte er entschlossen. »Wir können ihn nicht sich selbst überlassen.«

Anna blickte ihn zweifelnd an, doch sie ließ zu, dass er leise anklopfte und danach, ohne eine Antwort abzuwarten, sofort eintrat.

Das Krankenzimmer war ein großer, dämmriger Raum. Außer vor dem Krankenbett waren alle Vorhänge der Fenster zugezogen. Als Nicolas eintrat, hatte er das Gefühl, in eine Gruft zu kommen. Alles schien grau zu sein. Auch die Luft im Zimmer war wie in einem Grab. Wahrscheinlich hatte man sich an die alte Medizinerregel gehalten, dass nichts einem Kranken so sehr schade wie Zugluft. Auch frische Luft galt als Zugluft, und so mischten sich in Ludwigs Zimmer wie eine Chronik des Ekels alle Gerüche seiner langen Krankheit.

Nicolas schloss die Türe hinter sich und blieb stehen. »Majestät?«

Ludwig antwortete nicht. Auch Nicolas wartete ab. »Sind Sie noch immer da?«, fragte Ludwig nach einer halben Ewigkeit. Wie man es gemeldet hatte, saß er auf dem Bett und schaute aus dem Fenster.

Nicolas trat zu ihm. »Ich habe Ihnen etwas mitgebracht, Sire«, erklärte er sanft. Er ging zum Fenster, zog die Vorhänge vollends zurück und öffnete die Fensterflügel ganz weit. Danach machte er auch die beiden anderen Fenster auf. Sie ließen sich nur mit Gewalt bewegen. Anscheinend war im Lauf der Zeit ihre eigentliche Funktion vergessen worden.

Die warme Sommerluft strömte in den Raum, der nach Osten ausgerichtet war, sodass man die Sonne nicht direkt sehen konnte. Sie spiegelte sich aber in den Fenstern der gegenüberliegenden Häuser und auf ihren Dächern. Wie rotes Gold leuchteten die Fassaden im späten Nachmittagslicht – so warm, so voller Leben!

Ludwig runzelte die Stirn. »Wollen Sie mich umbringen, Monsieur?«

Nicolas lächelte. »Im Gegenteil, Sire!«

Ludwig schaute zu ihm hoch. »Sie sagen, Sie haben mir etwas mitgebracht?«, fragte er, nun doch neugierig geworden. Es war, als hätte ihn allein schon der Anblick der lebendigen Welt da draußen daran erinnert, dass er noch nicht tot war.

Nicolas nickte. »Wollen Sie es sehen, Sire?«

Ludwig schüttelte den Kopf. »Nein«, murmelte er und starrte zu Boden, als wolle er sich gegen den blendenden Anblick der Welt da draußen wehren.

Nicolas legte einen weinroten Samtbeutel, den er mitgebracht hatte, neben Ludwig auf das Laken. Gegen seinen Willen schaute Ludwig nun doch hin: misstrauisch, ablehnend und dennoch ein wenig neugierig. »Was soll das sein?«, fragte er unwirsch.

Nicolas zuckte die Achseln. »Sehen Sie nach, Sire!«

Ludwig kämpfte mit sich. Dann siegte die Neugier. Er nahm den Beutel und zog das Seidenband auseinander. Er schaute hinein, konnte den Inhalt aber nicht erkennen. So drehte er den Beutel um und leerte ihn auf das Laken. Es dauerte eine Weile, bis er begriff, was da vor ihm lag. Dann errötete er so heftig, dass Nicolas erschrak. »Wie kommen Sie darauf?«, fragte Ludwig mit belegter Stimme.

»Durch meinen Arzt«, erklärte Nicolas. »Doktor Pecquet. Ich glaube, er ist Ihnen schon einmal vorgestellt worden, Sire. Er ist großartig in seinem Beruf. Der beste Arzt, den ich kenne.«

»Und doch konnte er Ihren Sohn nicht retten!« Es klang wie ein Triumph, um den Besucher dafür zu bestrafen, dass er gesund war und gleichmütig.

Nicolas hätte am liebsten das Zimmer verlassen. »Nein«, antwortete er dann jedoch in ausdruckslosem Ton. »Nein, Sire, das hätte wohl niemand gekonnt.«

»Und was hat dieser grandiose Arzt damit zu tun?« Ludwig wies mit dem Kinn auf das Mitbringsel.

Nicolas ließ sich nicht provozieren. »Er erklärte mir den Verlauf Ihrer Krankheit«, sagte er, »und die Folgen.« Er zeigte auf das Tuch, das sich Ludwig um den Kopf gebunden hatte. Schon erwartete er eine weitere aggressive Bemerkung des jungen Königs, da schlug dieser plötzlich die Hände vors Gesicht. »Können Sie sich vorstellen, was das alles für mich bedeutet?«, fragte er mit erstickter Stimme.

»Ja, Sire, darum habe ich das da auch mitgebracht.«

Ludwig griff nach seinem Kopftuch. »Soll ich Ihnen zeigen, wie ich aussehe, Monseigneur!« rief er. Er war nahe daran, zu weinen.

Nicolas machte eine abwehrende Bewegung. »Nein, Sire!«, sagte er ruhig. »Vielleicht würden Sie es später bereuen.« Er lächelte. »Doktor Pecquet sagte, nach der Genesung wird es gar nicht mehr lange dauern, und alles wird wieder so sein wie vorher.«

Ludwig starrte ihn an. »Ist das wahr, Monseigneur? Doktor Valot meinte, man könne nie wissen.«

Nicolas lachte. »Doktor Valot ist ein Wichtigtuer, Sire. Verzeihen Sie meine Offenheit, aber es gefällt ihm anscheinend, Sie in Abhängigkeit zu halten. Wenn dann alles gut wird, rühmt er sich, das sei sein Verdienst.«

Ludwig war noch immer misstrauisch. »Möchten Sie Ihrem Freund Doktor Pecquet eine Stellung als königlicher Leibarzt verschaffen, Monseigneur?«, fragte er boshaft.

»Keineswegs, Sire. Doktor Pecquet ist mein Leibarzt und soll es auch bleiben.«

Ludwig überlegte. Dann griff er nach der Glocke und läutete. Noch im gleichen Augenblick erschien ein Diener. »Einen Spiegel!«, befahl Ludwig. »Den größten, der sich auftreiben lässt.«

Der Diener verbeugte sich. »Hier neben der Tür steht noch der, den Majestät hinausschaffen ließ!«, sagte er und hob den Spiegel hoch.

Ludwig schnippte ungeduldig mit den Fingern. »Her damit! Worauf wartest du noch?«

Als der Diener wieder draußen war, drehte Nicolas Ludwig den Rücken zu. Er hörte, wie der König das Tuch vom Kopf riss und wie er sich danach die Perücke, die Nicolas mitgebracht hatte, überstülpte. »Voilà!«, rief er dann und betrachtete erstaunt das eigene Spiegelbild. Nicolas drehte sich um und lächelte. Ludwig sah aus wie immer.

»Eine Löwenmähne, Monseigneur!«, stellte Ludwig ungläubig fest. »Sie haben mir eine richtige Löwenmähne verpasst.«

Nicolas schüttelte den Kopf. »Nicht anders als Ihr eigenes Haar, Sire!«, versicherte er.

Ludwig blickte ihn misstrauisch an. Dann wandte er sich wieder dem Spiegel zu. »Ist das wahr?«, fragte er, insgeheim geschmeichelt, und drehte sich hin und her. »Habe ich immer schon so ausgesehen?«

»Zumindest seit Sie erwachsen sind, Sire, und, wie gesagt, bald werden Sie das kleine Hilfsmittel nicht mehr brauchen.« Er zuckte die Achseln. »Obwohl bei Hofe jeder Zweite eine Perücke trägt.«

»Sie auch?«

Nicolas lachte. »Ich nicht, Sire.«

Ludwig war aus seiner Erstarrung erwacht. Er verlangte ein Bad und ließ sich den Körper mit einem Tuch abreiben, das mit Rosenparfum getränkt war. Allein schon diese Forderung ließ die Organisation des Hauses fast zusammenbrechen. Erst eine Anfrage im größten einschlägigen Etablissement der Stadt sorgte für eine Lösung des Problems. Man kam zu dem Schluss, dass ein gemütskranker König bei Weitem leichter zu behandeln war als ein gesunder.

Ludwig ahnte nichts von den Schwierigkeiten, die er bereitete, doch es hätte ihm auch nichts ausgemacht. Dass er sich wieder gesund fühlte und auch so aussah, war das Einzige, was ihn interessierte. Er ließ sich anziehen und das Gesicht pudern. Zuletzt folgte die Perücke. »Was prophezeit Ihr tüchtiger Doktor doch so schön?«, fragte er Nicolas, der an dem kleinen Esstisch des Krankenzimmers saß und das Ergebnis der Wiedergeburt begutachtete. »Bald brauche ich dieses tröstliche Stück nicht mehr.«

»Sehr richtig, Sire!«

Dann stand Ludwig da, in der Mitte des Zimmers, und sah wieder aus wie er selbst. Einen kurzen Moment lang überwältigte ihn Rührung. »Ich danke Ihnen, Monseigneur«, sagte er leise. Doch danach gleich mit hochgezogenen Brauen: »Selbstverständlich werde ich mich erkenntlich zeigen.« So hatte er es gelernt: Ein König war immer der Stärkere, selbst in den Stunden seiner Schwäche. Wer ihm einen Dienst erwies, wurde dafür entschädigt: mit Orden, Titeln, Ämtern oder kostbaren Geschenken, die nicht zurückgewiesen werden durften. Jeder Dienst hatte seinen Preis. Die einzige Währung jedoch, in der ein Monarch niemals bezahlen durfte, war Dankbarkeit.

Nicolas verbeugte sich. Die Schranke hatte sich wieder gesenkt. Der hilflose Kranke war wieder König. Doch so gehörte es sich auch. »Ich würde mich freuen, wenn ich jetzt mit Mademoiselle Mancini sprechen könnte«, sagte Ludwig. Er sah sich um. »Aber selbstverständlich nicht hier. Es muss in dieser

Bruchbude doch wenigstens einen Raum geben, in dem man es aushalten kann!«

3

Sowohl Anna als auch Mazarin waren in ein Alter gekommen, in dem sich Menschen fragen, ob sie die Ziele, die ihnen das Leben gesetzt hat, erreicht haben oder zumindest noch erreichen können. Für beide war klar, dass alle ihre Verpflichtungen mit Ludwig zusammenhingen. Wäre er seiner Krankheit erlegen, wären alle Mühen umsonst gewesen. Nun aber war er genesen und saß – seine neue Löwenperücke auf dem Kopf – mit Marie Mancini und deren Gouvernante in seiner Kutsche nach Paris. Seine Niedergeschlagenheit hatte einer ungewohnten Ausgelassenheit Platz gemacht. Ohne auf Madame de Venel Rücksicht zu nehmen, scherzten und lachten die beiden jungen Menschen, tauschten boshafte Bemerkungen über Abwesende aus und konnten sich vor Lachen ausschütten, während Madame de Venels Lippen immer schmaler wurden und sie von leisem Räuspern überging zu einem tadelnden »Mademoiselle!« und danach zu einem »Ich bitte Sie, Mademoiselle! Bedenken Sie, was Sie sich schuldig sind!«.

Zum ersten Mal seit Langem fühlte sich Ludwig wieder wohl – und das nicht nur körperlich. Schon immer hatte er sich gern mit Marie unterhalten. Dass sie nun die beschwerliche Fahrt auf sich genommen hatte, um ihn an seinem Krankenbett zu besuchen, schien ihm zu beweisen, welch eine treue, hingebungsvolle Freundin sie war. Allein schon dieser Besuch hob sie aus seinen übrigen Gefährten heraus, vor allem auch, weil ihm seine Mutter zugeflüstert hatte, Marie sei wegen seiner Krankheit untröstlich gewesen. Man habe sie einfach mitnehmen müssen. Anna wusste genau, wie sehr Ludwig darauf wartete, geliebt zu werden – eine Schwäche, die er von ihr, seiner Mutter, geerbt hatte und die sie sich nun zunutze machte.

Dabei ging es Anna in Wahrheit nur darum, Maries Schwester

Olympia auszuschalten. Zu viel Zeit verbrachte Ludwig mit ihr, vor allem des Nachts. Doch auch tagsüber und abends gelang es den beiden immer wieder, heimlich zu verschwinden: auf der Jagd, indem sie den anderen davonritten, um dann leicht derangiert aus den Büschen wieder aufzutauchen; bei Bällen, wenn beide auf einmal nicht mehr zu finden waren und sie dann mit unschuldiger Miene durch verschiedene Eingänge zurückkehrten; oder einfach nur zwischen zwei Verpflichtungen des jungen Königs, wenn plötzlich die Tür einer Kammer von innen abgeschlossen war und ein Bediensteter sie vergeblich zu öffnen versuchte, bis sie auf einmal von selbst aufsprang und Seine Majestät persönlich heraustrat und den verwirrten Mann mit einem sinnlosen Auftrag in einen anderen, weit entfernten Trakt des Schlosses schickte. Dass bald darauf auch Olympia de Soissons, geborene Mancini, aus der Kammer schlüpfte und sich seufzend die Röcke zurechtstrich, sah der Ärmste schon gar nicht mehr. War es ein Wunder, dass die schöne Olympia der Königin ein Dorn im Auge war?

Königin Anna galt als eine warmherzige, ein wenig naive Frau. Vielleicht war sie das früher auch gewesen, doch die Erkenntnis, wie weit sie noch von dem entfernt war, was es zu erreichen galt, hatte ihre Unruhe geweckt. Sie war nicht mehr bereit, alles einfach geschehen zu lassen, wie es kam. Wenn Olympia nun der Königin im Wege war, dann musste sie unschädlich gemacht werden. Marie ahnte nicht, dass sie nur Mittel zum Zweck war, und auch Ludwig traute seiner Mutter vor allem Sanftheit zu, Zärtlichkeit und ein gewisses Maß an Schwäche.

Marie entsprach im Gegensatz zu ihren Schwestern und den beiden Martinozzi-Mädchen nicht dem gängigen Schönheitsideal. Sie hatte das schwärzeste Haar von allen, und dunkel wie die Nacht waren auch ihre Augen, umrandet von einem Kranz langer, schwarzer Wimpern unter einem schön geschwungenen Brauenbogen. Ihre schmale Taille sei bemerkenswert, gestand man ihr zu, und ihr Mund ganz hübsch, vor allem, weil Marie mit einem Vorzug gesegnet war, den man nicht oft antraf: schneeweißen Zähnen, die sie mit ihrem Lächeln zeigte, wenn sie etwas erreichen wollte. Die strengen Schönheitskritiker bei Hofe fanden allerdings, dass Maries Haut indiskutabel war – glatt und makellos zwar, aber dennoch der dunkle Teint einer geborenen Italienerin. Und wann hätten die Franzosen je ihre südöstlichen Nachbarn zu schätzen gewusst?

Nach Ansicht der Kenner war das Beklagenswerteste an Marie jedoch ihre knabenhafte Gestalt, für die sie sich noch dazu nicht einmal schämte. Während die anderen jungen Damen in weiten Samtröcken zur Jagd erschienen, trug Marie zu ihren Stiefeln mit Vorliebe unweibliche Reithosen, knapp sitzende Samtjäckchen mit Pelzaufschlägen an Kragen und Ärmeln und manchmal auch eine große, schwarze Seidenschleife oben an der Bluse. Monsieur de Jarzé, der sich so sehr für Mode interessierte, hatte als Einziger einmal gewagt, Maries schlanke Erscheinung als »hinreißend« zu bezeichnen. Daraufhin waren die anwesenden jungen Damen empört über ihn hergefallen. In ihrem Ärger gingen sie sogar so weit, Jarzé zu verdächtigen, Marie Mancini gefalle ihm nur, weil sie so wenig weiblich wirke. »Aber sie wirkt weiblich!«, widersprach Jarzé. »Aber doch nur auf eine knabenhafte Art!«, antwortete man ihm streng. Damit war das Urteil gefällt. Marie Mancini mochte schlau sein, belesen und musikalisch, eine Konkurrenz beim König war sie trotzdem nicht, denn dazu war sie zu knabenhaft.

Dies war wohl auch der Gedankengang, dem die Königin folgte. Ihr Sohn mochte Marie und schätzte sie, doch verfallen würde er ihr niemals. Mit einem Wort: Unter den gegebenen Umständen war Marie die ideale Begleiterin für ihn. Wenn sie ihre Schuldigkeit getan hatte, konnte sie ja wieder gehen.

4

Was aber war das Ziel, dem die Königin so leidenschaftlich nachstrebte?

»Ahnen Sie es wirklich nicht, mein Freund?«, fragte sie Nicolas Fouquet auf der gemeinsamen Rückfahrt nach Paris. Sie sehnte sich nach einem offenen Gespräch. Der Einzige, bei dem sie nicht auf der Hut sein musste, war Mazarin. Der aber behandelte sie in letzter Zeit immer ungeduldiger. Die Gicht plagte ihn sowie auch einige Leiden des Alters, die er verschwieg und unter der Schminke versteckte. Nur dem König gegenüber blieb er aufmerksam und höflich. Alle anderen hatten unter seiner Unrast zu leiden, sogar sein engster Vertrauter Colbert, der die Launen seines Herrn jedoch mit stoischer Ruhe ertrug und die Hoffnung nicht aufgab, später mit dem Amt des Premierministers dafür belohnt zu werden.

»Ahnen Sie es wirklich nicht?« Anna war sicher, dass sie Nicolas vertrauen konnte. Er wusste fast alles über sie, versorgte sie mit Geld und organisierte die Erfüllung ihrer Wünsche. Er hörte ihr zu, wenn sie sich beklagte, und kannte stets das richtige Wort, damit sie sich wieder wohlfühlte.

»Als ich noch ein Kind war«, erzählte sie ihm, »war ich oft sehr einsam. Trotzdem war ich nicht untröstlich. Ich war sicher, dass sich alles ändern würde, wenn ich erst verheiratet war. Als Gemahl aber kam nur einer infrage: der König von Frankreich. So war es fast immer gewesen: Eine spanische Infantin heiratete den französischen König oder den Kaiser in Wien. Umgekehrt kamen die französischen Prinzessinnen an den Hof von Madrid als Gemahlinnen der Könige von Spanien. Auch wenn der Kontrakt noch nicht unterzeichnet war, zweifelte ich nie daran, den Sohn Heinrichs IV. zum Ehemann zu bekommen. Jeder andere wäre für mich zu gering gewesen.« Sie schwieg in Gedanken an die Enttäuschung, die diese ersehnte Ehe für sie bedeutet hatte.

Nicolas hörte ihr aufmerksam zu. Dabei blickte er jedoch aus dem Fenster, um der Königin nicht zu nahezutreten. Anna bemerkte seine Diskretion und wusste sie zu schätzen. »Als ich von der Geburt der Infantin Maria Theresia erfuhr, jubelte ich insgeheim«, fuhr sie fort. »Von der ersten Stunde an war es selbstverständlich für mich, dass sie meine Schwiegertochter werden würde. Maria Theresia, die älteste Tochter meines Bruders Philipp – sie ist die einzig würdige Königin von Frankreich.«

»Frankreich befindet sich seit dreiundzwanzig Jahren im Krieg gegen Spanien, Majestät!«, gab Nicolas zu bedenken.

Anna lachte bitter auf. »Wer wüsste das besser als ich, Monseigneur! Mein Gemahl sprach nie anders als von den ›verfluchten Spaniern‹. Er merkte nicht einmal, wie weh er mir damit tat.«

»Der Krieg ist noch immer nicht zu Ende, Majestät.«

Anna legte ihre Hand auf die seine. »Er wird es sein, wenn diese Ehe geschlossen ist, Monseigneur!«, versicherte sie eindringlich.

Nicolas blickte sie mitleidig an. »In Wahrheit ist Spanien längst besiegt«, sagte er. »Trotzdem ist König Philipp nicht bereit, einem Friedensschluss zuzustimmen.«

Anna lächelte milde. »Er ist stolz!«, sagte sie zärtlich. Sie schwieg eine Weile in Gedanken an ihren Bruder, den sie seit ihrer Kindheit nicht mehr gesehen hatte. »Trotzdem bin ich überzeugt, dass auch er sich nichts so sehr wünscht wie diese Heirat. Man hat mir erzählt, die Infantin besitze ein Bild meines Sohnes und betrachte es manchmal. Dabei erröte sie. Gibt es einen besseren Beweis dafür, dass sich auch Spanien nach dieser Verbindung sehnt?«

»Es wird viel erzählt, Majestät«, sagte Nicolas in sanftem Ton, um Anna nicht zu verletzen.

Anna lehnte sich zurück. »Mein Sohn ist die beste Partie der Welt«, sagte sie und schloss die Augen. »An allen Höfen Europas träumt man von ihm. Dennoch müssen alle anerkennen, dass Maria Theresia die Erste Prinzessin der Welt ist. Mein Bruder nennt dreiundzwanzig Kronen sein Eigen, wussten Sie das?« Erst jetzt sah sie Nicolas wieder an. »Ich will Ihnen etwas anvertrauen, Monseigneur«, kündigte sie an. »Madame Royale, Christine, Regentin von Savoyen, hat sich an Seine Eminenz gewandt. Wie Sie wissen, ist sie die Schwester meines Gemahls. Sie erinnert uns an die Bedeutung, die die Alpenpässe auf ihrem Gebiet auch für Frankreich haben, und bietet uns Heiratsgespräche an: ihre Tochter Marguerite als Gemahlin für meinen Sohn Ludwig und ihr Sohn als Gemahl für Gastons Tochter.«

Nicolas hielt den Atem an. »Die Grande Mademoiselle?«, fragte er ungläubig. »Sie ist mehr als zehn Jahre älter als der junge Herzog. Auch sonst entspricht sie bestimmt nicht seinen Vorstellungen.«

Anna zuckte die Achseln. »Die zweite Hochzeit ist ohne Bedeutung!«, sagte sie leichthin. »Wenn der Bräutigam nicht will, wird ihm Gaston eine seiner Töchter aus zweiter Ehe anbieten. Die beiden sind ganz niedlich, wie Sie wissen. Trotzdem ist das alles nicht wichtig. Nur die Hochzeit meines Sohnes zählt.«

Nicolas beugte sich zum Fenster. Sie fuhren durch ein Dorf. Die Bewohner standen an der Straße und winkten. Sie wussten, dass dies die königliche Gesellschaft war, die nach Paris zurückreiste. »Vive le roi!«, riefen einige. Sie waren sicher, dass der junge König an ihrem Elend keine Schuld trug. Welch eine Erleichterung, dass er wieder gesund war! Einen weiteren Bürgerkrieg hätte das Land wohl nicht verkraftet. Der König war ein Garant dafür, dass die Grandseigneurs nun im Zaum gehalten wurden.

Nicolas winkte den Menschen zu. Anna aber lehnte sich in die Ecke, um nicht gesehen zu werden.

»Ich verstehe nicht ganz, Majestät«, sagte Nicolas. »Sie wünschen sich von ganzem Herzen eine Verbindung mit Spanien. Trotzdem planen Sie Heiratsgespräche mit Savoyen?«

Anna nickte, dann lächelte sie verschmitzt. »Sie kennen doch Seine Eminenz, nicht wahr? Ein Meister der Diplomatie, auch der etwas eigenwilligen.«

Nicolas begann zu begreifen. Der sizilianische Schurke!, dachte er amüsiert. Welch ein Meister der Intrige!

»Keine Verhandlung brachte Erfolg«, klagte Anna. »Kein Köder, den man meinem Bruder hinhielt, wurde angenommen.«

Plötzlich lächelte sie. »Ich denke, Seine Eminenz könnte recht behalten. Wenn mein Bruder erfährt, dass wir eine Hochzeit mit Savoyen planen, wird er erst mehr als wütend sein und dann mehr als einsichtig. Seine Eminenz ist sicher: Noch ehe die Verlobung mit Savoyen beschlossen ist, trifft ein Bote aus Madrid ein und bietet uns an, was wir so sehr wünschen.«

»Die Infantin?«

Anna schüttelte den Kopf. »Mehr als das, Monseigneur. Die Infantin und den Frieden!«

»Und deshalb sollte Seine Majestät nicht mehr durch die schöne Olympia abgelenkt werden?«

Anna lächelte. »So ist es, Monseigneur.« Ihr Gesicht wurde ernst. »Beten Sie, dass wir Erfolg haben!«

Nicolas schwieg. »Die Infantin und der Friede!«, wiederholte er dann. Nachdenklich schaute er in die Landschaft hinaus, die ihm auf einmal viel schöner erschien als noch vor wenigen Augenblicken. Friede!, dachte er. Keiner von uns hat ihn je erlebt.

Ein falscher Bräutigam

1

Der königliche Hof brach in Richtung Lyon auf. Zugleich setzte sich in Turin die Kutschenkolonne der Madame Royale mit demselben Ziel in Bewegung. Langsam und träge bewegten sie sich aufeinander zu. Der Zweck der beiden Reisen schien der gleiche zu sein: die Verlobung und spätere Heirat des französischen Königs mit Marguerite von Savoyen. Für die Savoyer war es eine Herzenssache, den Franzosen bedeutete es so gut wie nichts. Die wenigsten Reiseteilnehmer wussten über Mazarins wahre Beweggründe Bescheid. Trotzdem betrachteten sie die Brautschau vor allem als Gelegenheit, sich zu amüsieren.

Nicht einmal Ludwig selbst war von Mazarin eingeweiht worden. Nach seiner Genesung hatte er sich in die Vergnügungen gestürzt, die der Hof so reichlich bot. Über die bevorstehende Heirat machte er sich kaum Gedanken. Dabei gefiel ihm die Vorstellung einer hübschen, jungen Frau an seiner Seite, die seinen Status weiter anheben und den Einfluss seiner Mutter mindern würde. Die einzige Bedingung, die er stellte, war, dass ihm seine künftige Gemahlin gefallen müsse.

Die Bilder, die man ihm vorlegte, zeigten ein zartes, ängstlich blickendes Wesen mit einem wahrscheinlich dunklen Teint, hatte sich doch sogar der beflissene Hofmaler gezwungen gesehen, dieses Merkmal anzudeuten. »Sie hat schöne Augen«, erklärte Marie höflich, als ihr Ludwig das Porträt seiner möglichen

Braut zeigte. Dann aber brach bei aller Selbstbeherrschung das Mancini-Temperament durch, und Marie flüsterte ärgerlich: »Schämen Sie sich nicht, dass man Ihnen eine so unschöne Braut geben will?« Danach schwieg sie aber, denn ihr fiel ein, dass bei ausreichender Hässlichkeit der Braut die Hochzeit vielleicht nicht zustande kam und der gegenwärtige angenehme Lebensstil nicht gestört wurde.

Immer wieder betonten Ludwig und Marie, sie seien nur Freunde. Von Liebe könne keine Rede sein. Ludwig hatte noch nie Freunde gehabt. Der Gedanke gefiel ihm, mit diesem lebhaften, geistreichen Mädchen, das vor niemandem Angst hatte, befreundet zu sein. Olympia, die ebenfalls nach Lyon mitreiste, beachtete er kaum noch. Wenn sie an ihn herantrat und ihre Grübchen spielen ließ, neigte er höflich den Kopf und wandte sich dann wieder Marie zu. Dabei verwirklichte sich, was Catherine de Beauvais über die Frauen gesagt hatte, die er mit seiner Aufmerksamkeit ins Licht rückte. Es dauerte nicht lange, und Marie stand im Mittelpunkt der eitlen, geltungssüchtigen Hofgesellschaft, in der nur zählte, wer im Gespräch war.

Und Marie war im Gespräch! Hatte man bisher boshaft darauf hingewiesen, dass sie »irgendwie anders« sei, so versuchte man nun, dieses Anderssein zu ergründen. Was ein Makel gewesen war, gewann plötzlich an Wert. Marie Mancini sei ein Bücherwurm, hatte man gespottet. Dabei genüge es doch für eine Dame von Welt, die Nase von Zeit zu Zeit in den Katechismus zu stecken. Wer dann noch die seelenvollen Romane des Fräuleins von Scudéry las, galt bereits als hoch gebildet. Alles darüber hinaus war »preziös«, und das überließ man getrost den wenigen Damen, die zwar auch zur Aristokratie gehören mochten, ihr Leben aber lieber in elitären Salons verbrachten, in denen von vornehmen Kavalieren wie Nicolas Fouquet bis zu einem Gesindel wie dem Dichter Scarron alles zusammenkam. Marie Mancini lag wohl auf der gleichen Linie. Nur die strenge Hand ihres Onkels verhinderte, dass sie in Kreise ausschwärmte, die eine Dame von Stand und Anstand besser mied.

Ludwig war von Maries Bildung hingerissen. Obwohl er als Kind ständig von Erziehern umgeben gewesen war, hatte er nie gelernt, sich mit Dichtung auseinanderzusetzen. Einmal erzählte er Marie, dass er das Märchen von der »Eselshaut« geliebt hatte und dass er sich damals wünschte, ein so edler König zu werden wie jener im Märchen. Als Marie das hörte, schüttelte sie den Kopf und sagte, dieser König sei in Wahrheit gar nicht edel gewesen. Immerhin habe er die eigene Tochter bedrängt. Ludwig erschrak. Er nahm sich vor, das Märchen nach seiner Rückkehr von dieser Reise noch einmal zu überprüfen. Dabei blickte er in Maries dunkle Augen und wünschte sich, dass sie bei der Lektüre an seiner Seite säße oder an einem Sommertag neben ihm im Gras läge.

Am meisten von allem liebte Marie die heroischen Schauspiele von Corneille, besonders den »Cid«. Um Liebe und Leidenschaft ging es da, zugleich aber auch um Ehre, Ruhm, Pflichterfüllung und Verzicht. Diesen Gedankengängen folgte auch Ludwig gern. Hatte er nicht erst vor Kurzem sein Hofballett veranlasst, eine Aufführung in diesem Stil zu inszenieren – »Alcidiane und Polexandre«, wo die Worte vorkamen, die danach in aller Munde waren: »Dein Reich, o Liebe, ist ein grausam Reich. Die ganze Welt klagt, die ganze Welt seufzt …«

So jung waren sie noch, Ludwig und Marie! Der Schmerz der Liebe erschien ihnen süß, weil sie ihn noch nie ertragen mussten. Sie spielten damit, ihn sich vorzustellen. Und immer noch sagten sie, es sei nur Freundschaft.

2

Für Mazarin bedeutete die Reise nach Lyon eine reine Qual. Einerseits war er sicher, dass die Katholische Majestät längst von Ludwigs Brautfahrt unterrichtet worden war, andererseits konnte er sich nicht darauf verlassen, dass Philipp den Köder auch schlucken würde. So zog er die Reise von Tag zu Tag mehr in die Länge. Die Aufenthalte in den einzelnen Städten wurden über Gebühr ausgedehnt, was vom Volk als Leutseligkeit des Monarchen ausgelegt wurde. Es sprach sich herum, dass sich der Hof verändert hatte. Viele junge Leute gebe es da nun, lustige Zeitgenossen, die sich freuten, wenn man sie mit Salutschüssen empfing und Ansprachen zu ihren Ehren hielt.

Mazarin wäre nicht er selbst gewesen, hätte er sich wegen seiner Sorgen die Gelegenheit entgehen lassen, die königliche Kasse und auch seine eigene aufzubessern. So setzte er in den größeren Städten, die sie passierten, Königliche Gerichtstage an, auf denen gleichsam im Vorübergehen den Bürgern Geld aus der Tasche gezogen wurde. Die Höflinge vergnügten sich in der Zwischenzeit auf der Jagd oder beim Kartenspiel. Man war sich einig, dass diese Brautschau die vergnüglichste Reise war, die man seit Langem erlebt hatte. Die Braut aus Savoyen? Nun ja, die gab es natürlich auch. Doch eigentlich interessierte sich niemand für sie.

In seiner langen Laufbahn hatte Mazarin viele Aufgaben übernommen, die Geschick verlangten, Diskretion und Mut. Er kannte die hohe Diplomatie, doch ebenso vertraut war er mit den heimlichen Machenschaften, dem Augenzwinkern über den Wirtshaustisch hinweg, dem ein Treffen in irgendeinem finsteren Winkel folgte, bei dem man die Hände des anderen nicht aus den Augen ließ. Den seltsamsten Menschen konnte man bei solchen Aufträgen begegnen, den vornehmsten Herren und dem schlimmsten Abschaum … Auf eine dieser Personen wartete Mazarin; auf einen, der mehr zuhörte als redete; der zu allem zu gebrauchen war und nichts scheute.

Doch die Reise ging ihrem Ende entgegen. Lyon war nicht mehr weit. Die Boten meldeten, Madame Royale sei mit ihrem Gefolge bereits angekommen. Mazarin hatte Mühe, Königin Anna zu beruhigen. In Gesellschaft beherrschte sie sich in vorbildlicher Weise. Doch wenn sie mit Mazarin allein war, überhäufte sie ihn mit Vorwürfen. Nie – ganz bestimmt niemals! – würde sie zulassen, dass die kleine graue Maus aus Turin Ludwigs Gemahlin wurde! Ehe das geschah, würde sie persönlich eine Revolution entfachen, gegen wen auch immer … Anna war verzweifelt.

Auch Ludwigs Freundschaft mit Marie fing an, ihr Sorgen zu bereiten. Eines Abends in Dijon hatte sie die beiden beobachtet, wie sie allein auf einer Bank saßen und leise vor sich hin sangen. Maries schöne Stimme hatte sich jener des Königs wunderbar angepasst. Wäre der junge Mann nicht ihr Sohn gewesen, hätte der Anblick der beiden Annas Herz gerührt. Da es aber Ludwig war, der plötzlich so glücklich aussah, wurde Anna von Angst gepackt. »Alles ist misslungen!«, jammerte sie bei Mazarin. »Wir sind am Ende!«

3

Am Abend nach der Ankunft in Lyon traf man sich zu einem Ball. Der junge Herzog erbleichte, als ihn die Grande Mademoiselle mit ihren großen Zähnen anlächelte. Ludwig hingegen verneigte sich galant vor der kleinen Marguerite, die so schüchtern war, dass sie nicht einmal wagte, ihm ins Gesicht zu blicken. Alle Anwesenden versuchten, Ludwigs Gedanken zu erraten. Doch seine Haltung war untadelig. Königin Anna biss sich auf die Lippen, als ihr Sohn das Mädchen aus den Bergen zum Tanz führte. Marie, die zum ersten Mal seit Langem keinen Kavalier zum Tanzen hatte, erhob sich und verließ den Saal.

Mazarin sah das alles. Er war nahe daran, die Hoffnung aufzugeben. Da trat plötzlich Colbert, der große Gesellschaften lieber mied, in den Saal. Er stellte sich hinter Mazarin und flüsterte ihm ins Ohr, es sei so weit.

Mazarin konnte es kaum fassen. Eilig erhob er sich. Vor Aufregung verließen ihn einen Augenblick lang die Kräfte. Er hielt sich an der Tischkante fest, dann folgte er Colbert, der ihm über die Musik und das Stimmengewirr hinweg zurief, ein Fremder sei erschienen – ohne Pass und ohne große Begleitung. Er habe verlangt, sofort den Kardinal zu sprechen.

Es war wirklich ein Bote, und er kam wirklich aus Spanien! Aus Madrid. Geschickt von Seiner Katholischen Majestät persönlich, König Philipp IV. von Spanien!

»Don Antonio Pimentel!«, stellte er sich vor und schlug seine Kapuze zurück.

»Kardinal Jules Mazarin.«

Es war fast dunkel in dem kleinen Zimmer, in das Colbert die beiden Männer geführt hatte. Nur eine einzige Kerze flackerte auf dem Tisch. Die beiden verneigten sich respektvoll voreinander und warteten, bis Colbert das Zimmer verlassen hatte.

Mazarin hätte vor Erleichterung weinen mögen. Don Antonio Pimentel, der Erste Minister des spanischen Königs! Dass Philipp einen Mann dieses Ranges geschickt hatte, zeigte, welche Bedeutung er diesem Gespräch beimaß. Kein verkleideter Bettelmönch war gekommen, kein fahrender Händler oder Sterndeuter. Nein, vom ersten Wort an, das gesprochen wurde, war man auf gleicher Ebene, ausgestattet mit höchsten Vollmachten.

Den Kardinal überkam eine große Ruhe. In diesem Augenblick erfüllte sich sein Schicksal. Millionen Menschen konnte nun der Friede gebracht werden. Mehr als zwanzig Jahre Krieg würden nur noch eine traurige Erinnerung in der Geschichte zweier Völker sein. Mazarin wusste, dass man ihn den sizilianischen Schurken nannte. Von diesem Augenblick an war er jedoch ein Mann des Friedens. Mit dem Trick eines Taschenspielers hatte er die passende Gelegenheit herbeigezaubert. Nun aber würde er mit Gottes Hilfe maßvoll und verantwortungsbewusst seine diplomatischen Talente und seine Erfahrung nutzen.

Schon einmal hatte er geglaubt, er habe nun ein Anrecht auf die Achtung der Welt: damals, als in Westfalen nach dreißig Jahren Krieg Europa endlich zur Ruhe kam. Mazarin war einer der größten Architekten dieses Friedens gewesen. Trotzdem hatte man ihn weiter beschimpft und im eigenen Land sogar einen Bürgerkrieg entfesselt. Verschlagen und habgierig nannte man ihn. Er wusste es und konnte es doch nicht ändern. Konnte sich selbst nicht ändern. Dabei wäre er so gern ein guter Mensch gewesen!

In dieser Stunde, in der kleinen Kammer in Lyon war er es: ein guter Mensch. Kardinal Jules Mazarin, Giulio Mazarini, war nicht mehr der sizilianische Schurke, sondern der Vater des Friedens. »Wir haben viel zu besprechen, Don Antonio!«, sagte er ohne lange Umschweife. Aus Höflichkeit verwendete er die spanische Sprache.

Sie setzten sich einander gegenüber auf die harten Stühle an dem kleinen Holztisch – zwei Männer, die die Mitte ihres Lebens schon überschritten hatten. Beide waren sie guten Willens und mit der Macht ausgestattet, diesen Willen auch durchzusetzen.

»Ich freue mich über diese Begegnung«, sagte der Kardinal. »Wir mussten lange darauf warten.«

Pimentel nickte. »Auch wir sind froh, dass nun eine neue Zeit beginnen kann«, antwortete er.

Über den Tisch hinweg reichten sie einander die Hände, während drüben im Ballsaal die Regentin von Savoyen daran zu zweifeln begann, dass es die Franzosen ehrlich meinten.

4

Auf Mazarins Rat hin regelte man die heikle Situation unter Frauen. Im Ballsaal tanzten noch die letzten Unermüdlichen, da bat Anna ihre Schwägerin um eine Unterredung. Beide waren müde von dem langen Tag und dem anstrengenden Abend. »Es ist spät, liebe Schwägerin«, sagte Madame Royale, während sie Anna gegenüber Platz nahm.

Fast noch Kinder waren sie gewesen, als sie einander zum ersten Mal trafen: Madame Royale in sicherer Position als Prinzessin von Frankreich, Anna als die fremde Braut, die nicht einmal der Sprache des Landes mächtig war, dessen Königin sie werden sollte. Es gab kaum Gemeinsamkeiten zwischen den beiden und keine Gefühle füreinander, weder im Guten noch im Schlechten. Sie waren einander ganz einfach fremd. Als Christine den Herzog von Savoyen heiratete, sah Anna sie ohne Bedauern ziehen.

Während der vielen Jahre, die seitdem vergangen waren, hatten sie einander nicht wiedergetroffen. Sie hätten es niemals eingestanden, doch jede war beim Anblick der anderen erschrocken. Wie alt sie geworden ist!, dachte Anna. Sie war sicher, dass sie selbst sich kaum von jener jungen Frau unterschied, die die Liebe des englischen Botschafters gewonnen hatte.

Doch darum ging es jetzt nicht. Jetzt galt es, dieser Frau zu gestehen, dass sie und ihre Tochter belogen, benutzt und betrogen worden waren. Eine Zumutung, fand Anna, dass Mazarin diese peinliche Pflicht nicht selbst übernommen hatte.

Da ihr nichts Besseres einfiel, entschloss sich Anna zur Offenheit. Ganz überraschend habe sich ihr geliebter Bruder, die Katholische Majestät von Spanien, gemeldet. Es gehe um den Frieden, »den wir alle ersehnen«, als Unterpfand dafür jedoch auch um eine Heirat zwischen Ludwig und der Infantin.

Die wenigen Worte genügten. Madame Royale begriff. Zwar stürzte das ganze wunderbare Gebäude ihrer ehrgeizigen Hoffnungen bei dieser Erklärung in sich zusammen, doch die einstige Prinzessin von Frankreich wusste, dass ihre Schwägerin nicht anders handeln konnte. Trotzdem brach Madame Royale in Tränen aus. Sie sagte kein Wort, sondern weinte nur leise vor sich hin, ohne sich vor ihrer Schwägerin zu schämen. »Zwei Dinge verlange ich«, sagte sie, als sie sich wieder in der Gewalt hatte. »Erstens, dass es meine Tochter ist, die erklären wird, sie habe sich gegen die Heirat mit dem König entschieden.«

Anna nickte. Jede junge Dame der hohen Gesellschaft hatte ihren Marktwert, der von vielem abhing. Eine abgewiesene Braut konnte nicht mehr viel verlangen. Zumindest musste ihre Mitgift um einiges erhöht werden, sollte sie ihren Status nicht ganz verlieren. Was es für das betroffene Mädchen aber persönlich bedeutete, zurückgewiesen zu werden, wog noch viel schwerer. Anna wusste, was sie ihrer Schwägerin und ihrer Nichte antat. Doch allein das Wort »Staatsräson« genügte, um jeder Rücksichtslosigkeit Absolution zu erteilen. »Und zweitens?«, fragte sie.

Madame Royale trocknete ihre Tränen mit einem Spitzentuch. »Françoise von Orléans!«, sagte sie entschlossen. »Die älteste Tochter aus der zweiten Ehe unseres Schwagers Gaston. Ich habe ihr Porträt gesehen. Sie ist bildhübsch.« Wieder fing sie zu weinen an. »Wenn schon meine Tochter nicht glücklich sein darf, soll es wenigstens mein Sohn sein.«

»Also nicht die Grande Mademoiselle?«

»Nein, Madame!«

Anna nickte. »Einverstanden.« Sie erhob sich und gab damit als Ranghöhere das Zeichen zur Beendigung des Gesprächs. Dabei schoss ihr die Frage durch den Kopf, ob sie wirklich noch die Ranghöhere war. Immerhin war Madame Royale Regentin ihres Landes und sie, Anna, nur noch die Königinmutter … Daran werde ich mich nie gewöhnen!, dachte sie erbittert und tröstete sich damit, dass sich Frankreich und Savoyen ja wohl nicht miteinander vergleichen ließen. Bei einem gleichrangigen Land hätte man sich einen Affront wie diese Reise auch nicht erlauben können.

Man schenkte der verschmähten Braut prachtvolle Ohrringe aus zwei riesigen Diamanten, umschlossen von schwarzem Email. Marguerite bedankte sich artig bei ihrer Tante. Danach verabschiedete man sich in großer Förmlichkeit. Niemandem fiel auf, dass Marguerite ihrem falschen Bräutigam noch nie ins Gesicht geblickt hatte.

Dann setzten sich die Wagenkolonnen in entgegengesetzter Richtung wieder in Bewegung. Die Stimmung der Franzosen war ausgelassener denn je, die Savoyer waren bedrückt. »Ich bin froh, wenn wir wieder in Turin sind«, sagte Madame Royale zu Marguerite. »Frankreich war meine Heimat, aber es ist mir fremd geworden.« Sie drückte die Hand ihrer Tochter, die alles so geduldig ertragen hatte. Nun aber, in der engen Abgeschiedenheit der Kutsche fing sie an zu weinen und gestand, sie schäme sich so.

5

Marie war überzeugt, dass die Entscheidung gegen die savoyardische Heirat von Ludwig gekommen war, und sie wunderte sich nicht darüber. Sie hatte ihn beobachtet, wie er auf dem Ball seine künftige Braut begrüßte: ehrerbietig, galant und fürsorglich. Welch eine Erleichterung war es da für Marie gewesen, dass das junge Mädchen keine Reaktion zeigte! Wie eine wohlerzogene Puppe hatte sie ihre Rolle gespielt, bis auch Ludwigs Bemühungen immer schwächer wurden. Trotzdem hatte es Marie weh getan, ihn mit einer anderen zu sehen, die vielleicht bald ein Anrecht auf ihn haben würde. Wir sind doch nur Freunde!, versuchte sich Marie selbst zu beruhigen. Doch die Musik erfüllte den Saal, und jeder hatte jemanden, der irgendwie zu ihm gehörte. Nur sie selbst saß allein da und wurde von niemandem beachtet. Das königliche Licht, das sie in den letzten Wochen so hell beschienen hatte, erstrahlte nicht mehr für sie. Es fiel auf eine andere, die jedoch nichts damit anzufangen wusste. Er gehört mir, dachte Marie und wunderte sich selbst über diesen Einfall. Ich will ihn nicht hergeben!

Als Ludwig noch in derselben Nacht von seiner Mutter erfuhr, dass sich der spanische König gemeldet hatte, verstand er nur eines: Die Hochzeit mit seiner Cousine aus Savoyen würde nicht stattfinden! Zugleich dachte er, dass durch diese Entscheidung zumindest vorläufig alles so bleiben konnte wie bisher. Weiterhin würde er sich mit Marie treffen. Sie würden auf die Jagd gehen, tanzen, musizieren und gemeinsam lesen. Weiterhin würde Marie manchmal ganz nahe bei ihm sitzen, dass sich ihre Arme berührten, und manchmal, wenn sie den Kopf drehte, würde ihn ihr Atem streifen. Wir sind doch nur Freunde!, dachte auch er und eilte zu den Gemächern, die sie bewohnte. Er hämmerte an die Tür, bis Madame de Venel öffnete.

»Sire!«, rief die Gouvernante vorwurfsvoll. »Es ist ungehörig …«

Doch Ludwig unterbrach sie. »Sagen Sie Mademoiselle Mancini, die Hochzeit findet nicht statt!« Seine Stimme überschlug sich vor Aufregung.

Madame de Venel wurde blass. »Aber Sire …!«

»Sagen Sie es ihr!« Danach lief er durch die winkeligen Gänge zu seinem Schlafgemach. Zwei Mal verirrte er sich und musste nach dem Weg fragen. Man erklärte es ihm und schaute ihm verwundert nach. Er war wie betrunken und fragte sich, was mit ihm geschehen war. Dann wusste er es auf einmal: Er war glücklich! Erst jetzt begriff er, was das war: Glück! Wie oft hatte er davon gelesen und auch mit Marie darüber gesprochen. Doch erlebt hatte er es noch nie. Vielleicht, weil er noch nie geliebt hatte? Bisher!, dachte er, während er nach seinen Gemächern suchte. Nun aber war alles anders. Marie Mancini, mit der er so viele Stunden verbracht hatte, war für ihn mehr geworden als nur eine gute Freundin. Ich bin verliebt!, dachte er und hatte alle anderen vergessen, von Catherine de Beauvais angefangen bis zu Olympia. Von jetzt an sollte es nur noch eine einzige Frau für ihn geben: die aufregende kleine Marie mit ihrem pechschwarzen Haar und ihren funkelnden Augen, so dunkel wie die Nacht.

Endlich fand er doch noch zu seinem Zimmer. An La Porte vorbei stürmte er hinein und ließ sich aufs Bett fallen.

»Haben Sie noch einen Wunsch, Majestät?«, fragte La Porte besorgt.

Ludwig konnte nicht begreifen, dass es einen Menschen gab, der in diesem Augenblick so ernst sein konnte. »Tausende Wünsche, Monsieur Pierre!«, rief er. »Aber jetzt lassen Sie mich erst einmal allein!«

Als die Tür hinter La Porte zugefallen war, hämmerte Ludwig mit den Fäusten auf das Kissen. Er wusste nicht, wohin mit all dem Glück, das ihn auf einmal erfüllte. Marie!, dachte er immer nur. Ob sie auch so fühlte wie er? Er konnte es kaum erwarten, sie am nächsten Morgen wiederzusehen, und er war viel zu aufgeregt, um einschlafen zu können.

Trotzdem schlummerte er ein und hatte einen Traum, der ihm endlos lang vorkam. Als er am Morgen erwachte, wusste er nicht mehr, worum es in dem Traum gegangen war. Es musste aber etwas Schönes gewesen sein, denn er fühlte sich erfrischt und noch immer so glücklich wie am Abend davor.

Das grausame Reich der Liebe

1

Ein König dürfe vom Schicksal mehr erwarten als gewöhnliche Menschen, hatte man Ludwig als Kind gelehrt. Macht gehöre dazu, sie vor allem. Dazu aber auch Ehre, Ruhm und Reichtum. Von Liebe und Glück war nicht die Rede gewesen. Beides hatte Ludwig auch nie wissentlich angestrebt, obwohl er meinte, Anspruch darauf zu haben, dass man ihn verehrte. Vielleicht war Verehrung aber nur die verschleiernde Bezeichnung für ein Gefühl, das eigentlich Liebe war. Aus eigener Erfahrung war seine Mutter überzeugt, dass ihr Sohn sein ganzes Leben lang nicht lernen würde, Menschen zu widerstehen, die ihm Liebe oder Verehrung entgegenbrachten oder vorgaukelten.

Auch jetzt wartete er darauf. Jetzt vor allem, als sein Herz klopfte, weil er kaum erwarten konnte, Marie wiederzusehen, von der er einen Abend und eine Nacht lang getrennt gewesen war – eine Ewigkeit, wie es ihm auf einmal vorkam.

Dann sah er sie. Sie stand mit Madame de Venel vor ihrer Kutsche und wartete auf das Signal zum Einsteigen. Es war ein kühler Morgen. Ein frischer Wind hob die bunten Federn auf Maries breitkrempigem Hut, der ihr Gesicht zur Hälfte verbarg. Sie schien zu frösteln in ihrem schwarzen Samtkostüm mit dem engen Mieder, das sie schon von ferne zart und schmal erscheinen ließ. Während Madame de Venel mit dem Kutscher wegen des Gepäcks verhandelte, stand Marie schweigend da, in sich gekehrt, als wüsste sie nichts mit sich anzufangen. Dabei musste sie doch wissen, dachte Ludwig, dass sich mit dem Ende der Brautschau auch für sie alles verändert hatte. Die spanischen Pläne waren ihr sicher nicht bekannt. Noch waren sie geheim, und auch Ludwig war nicht bereit, über sie auch nur nachzudenken. Er glaubte an die Zukunft. Das Schicksal musste auf Seiten der Liebenden sein.

Ein paar Schritte von Marie entfernt blieb Ludwig stehen und wartete darauf, dass sie ihn wahrnahm. Und nun sah sie ihn auch! Sie forschte in seinem Gesicht und merkte, dass sich sein Blick im Vergleich zu früher verändert hatte. Nicht nur sein Blick – alles hatte sich verändert. Marie begriff es sofort. Auch Madame de Venel, die Marie zum Einsteigen aufforderte, hielt inne und starrte Ludwig überrascht an. Sie sank in einen tiefen Knicks und blickte zugleich misstrauisch zu ihrem Schützling hoch. Auch ein König war ein Mann, und ihre Aufgabe als Gouvernante war es, Marie vor jeglichem Schaden, den Männer verursachten, zu bewahren.

Doch Marie wollte vor gar nichts bewahrt werden. Am liebsten wäre sie zu Ludwig hingelaufen und hätte sich in seine Arme geworfen. Sie zweifelte nicht daran, dass er sie beglückt umfangen hätte. Er liebt mich!, dachte sie. Ich bin sicher, dass er mich liebt … Die Schmach des gestrigen Abends war vergessen, als sie beschämt aus dem Ballsaal geschlichen war, weil niemand von ihr Notiz genommen hatte. Nun aber fiel das Licht wieder auf sie. Ludwig ging auf sie zu – langsam, um den kostbaren Moment nicht zu verkürzen. Sie ließen einander nicht aus den Augen. Marie knickste, wie es sich gehörte, aber sie verneigte sich nicht. Als Ludwig sie erreicht hatte, streckte er ihr die Hand entgegen, um ihr aufzuhelfen. Auch als sie bereits stand, ließ er sie nicht los.

Inzwischen waren sämtliche Reisenden bei ihren Kutschen angekommen. Alle sahen auf Ludwig und Marie, die selbst nichts wahrnahmen als einander. Keiner der beiden lächelte. Noch nie war ihnen etwas so ernst gewesen wie dieser Augenblick.

Als sie sich dann doch voneinander lösten, stieß Maries Hand schmerzhaft gegen den Knauf von Ludwigs Schwert. Sie schrie leise auf und rieb sich die betroffene Stelle. Ludwig sah ihr erschrocken zu, dann riss er das Schwert aus der Scheide und warf es weit von sich. Klirrend blieb es mitten auf der Straße liegen.

Die Zuschauer stöhnten auf und flüsterten anerkennende Kommentare über die Ritterlichkeit des Königs. Ludwig selbst verneigte sich vor Marie und nahm vorsichtig ihre Hand. Ohne jemand anderen zu beachten, führte er Marie zu seiner Kutsche.

Madame de Venel hob in hilflosem Entsetzen ihre Arme. Dann raffte sie ihre weiten Röcke zusammen und folgte den beiden. Als sie eingestiegen waren, bestand sie darauf, ebenfalls mitgenommen zu werden. Dass es die Kutsche des Königs war, spielte für sie keine Rolle. Ihre Pflicht bezog sich auf die Nichte des Kardinals, die sich – davon war Madame de Venel überzeugt – soeben in die größte Gefahr ihres Lebens begab. Sie jetzt nicht im Stich zu lassen, war nicht nur Christen-, sondern auch Gouvernantenpflicht. Außerdem: Der König war zwar der König, aber das Sagen hatte wohl immer noch der Kardinal, und der war ihr Auftraggeber und der Vormund des unglückseligen Mädchens, das dabei war, offenen Auges ins Verderben zu rennen.

2

Tage des Glücks und der Verliebtheit folgten und wurden zu Wochen und zu Monaten. Allein schon die Rückreise nach Paris war das Schönste, was Ludwig je erlebt hatte. Wie in einem Taumel vergingen die wenigen Tage, in denen der Winter näherkam und es allmählich kälter wurde. Eines Morgens fiel sogar Schnee. Die Königin und der Kardinal, Olympia und Hortense zogen sich warm verpackt in ihre Kutschen zurück, ließen jedoch zu, dass Ludwig und Marie den Schutz der Fahrzeuge verschmähten und Seite an Seite durch den kalten Tag ritten. Manchmal trieben sie ihre Pferde zum Galopp an. Dann wieder hielten sie an einem besonders reizvollen Punkt der Landschaft inne und sahen sich um. »Das ist Ihr Land, Sire!«, sagte Marie leise. »Sie sollten es lieben.«

Ludwig nickte nachdenklich. Noch nie war er mit sich selbst so sehr im Reinen gewesen wie jetzt, und noch nie hatte er sich als Teil eines wundervollen, riesengroßen Ganzen gefühlt, das er nicht benennen konnte, das ihm aber manchmal fast die Tränen in die Augen trieb. Sie nannten einander beim Vornamen, und manchmal wagte Marie sogar, Ludwig zu duzen, als wären sie beide noch kleine Kinder, Geschwister oder Freunde, die einander gleichgestellt waren. Kein Knicks, wenn sie allein waren, nur eine sanfte, ehrerbietige Zärtlichkeit, die Ludwig niemals überschritt, weil er zutiefst daran glaubte, dass eine Liebe, wie er sie nun empfand, sogar dem strengen Schicksal genehm sein musste. Niemand konnte verlangen, dass sie sich jemals wieder trennten. Sogar der Kardinal und die standesbewusste Königin würden zugestehen müssen, dass es Gefühle gab, die alle Grenzen überschreiten durften. Auch der Hof würde es verstehen. Frankreich würde es verstehen. Die ganze Welt würde es verstehen. In alle Ewigkeit würde man den jungen König von Frankreich rühmen, weil er so sehr geliebt hatte, dass alle Schranken zusammenbrachen.

So ritten die beiden durch die winterlichen Tage. Immer wieder fiel Schnee, bis das ganze Land davon bedeckt war. Ludwig auf seinem tänzelnden Pferd beugte sich zu Marie hinüber und küsste ihre eiskalten, geröteten Wangen. »Meine Mutter hat noch nie etwas gegen uns beide gesagt!«, flüsterte er. »Ich bin sicher, sie versteht uns.«

Marie nickte lächelnd. »Mein Onkel ebenfalls«, erklärte sie. »Ich glaube, man gönnt uns unser Glück.« Dann ritten sie weiter. Erst am Abend trafen sie in den Rastorten wieder mit ihrer Reisegesellschaft zusammen. Man aß und trank, spielte Gitarre und sang.

Die Einzige, die ihr Missfallen nicht verbergen konnte, war Madame de Venel. Doch alles, was sie von den Liebenden dafür erntete, war Lachen und Spott. Die Gouvernante konnte kaum glauben, wie kindisch fast erwachsene Menschen durch das hemmungslose Ausleben ihrer Verliebtheit werden konnten. Einmal brachte ihr Ludwig eine wunderbar bemalte Schachtel als Geschenk mit. Zögernd nahm sie sie entgegen. »Süßigkeiten, Sire?«, erkundigte sie sich vorsichtig. Ludwig verneigte sich und verließ den Raum. Madame de Venel öffnete die Schachtel und ließ sie gleich darauf schreiend zu Boden fallen. Anstelle der Pralinen, die sie erwartet hatte, sprangen ihr zwölf Mäuse entgegen. Madame de Venel starb fast vor Schreck. Sie war überzeugt, dass sie in ihrem Innersten nie wieder Achtung vor diesem König haben konnte.

Marie bekam andere Geschenke. Als sie wieder in Paris waren, verlangte Ludwig von Mazarin ein Präsent für seine Liebste. Mazarin zögerte. Er war nicht gegen diese offenkundig immer noch unschuldige Verbindung seines Patensohns und seiner Nichte. Sie kam ihm sogar ganz gelegen, wusste doch ganz Europa bereits davon, auch die Katholische Majestät, was Mazarin bei seinen Verhandlungen mit Pimentel zugutekam. Philipp von Spanien musste damit rechnen, dass sein Heiratsangebot abgelehnt wurde, wenn er zu viel dafür verlangte. Wenn man sich allerdings geeinigt hatte, mussten die verliebten Spielchen ein Ende haben.

»Ich bin Maries Vormund!«, beruhigte Mazarin die Königin, der alles schon viel zu weit ging und die Marie immer weniger ausstehen konnte. Trotzdem umarmte sie sie manchmal zärtlich und nannte sie »liebes Kind«. Marie konnte nicht ahnen, wie schwankend der Boden war, auf dem sie sich bewegte.

Ludwig schenkte ihr das kostbarste Perlencollier, das es in Europa gab. Zuvor war es im Besitz der englischen Königin gewesen. Als man deren Gemahl enthauptet hatte, war Henriette nach Frankreich geflohen. Der Verkauf des Colliers bewahrte sie davor, Königin Anna wegen jeder Kleinigkeit um Unterstützung zu bitten. Siebzigtausend Livre war das Schmuckstück wert. Ein wahrhaft königliches Geschenk, das Ludwig da seiner Angebeteten um den Hals legte. Nur zähneknirschend hatte Mazarin das

Geld herausgerückt. Er tröstete sich damit, dass der Besitz eines so wertvollen Schmuckstücks seiner Nichte den unausweichlichen Abschied versüßen würde.

Vielleicht würde es bis zu diesem Abschied gar nicht mehr so lange dauern. Zwar wurde der Krieg an der Front immer noch blutig weitergeführt, doch die Verhandlungen gingen ihrem Ende entgegen. Zum ersten Mal kamen Besucher aus Spanien nach Paris. Don Juan d'Austria, Gouverneur der Niederlande und natürlicher Sohn Philipps IV., besuchte seine Tante, Königin Anna, im Louvre und wurde liebevoll aufgenommen. Auch Don Antonio Pimentel hätte sich keinen freundlicheren Empfang wünschen können, und als der Sonderbotschafter Frankreichs, Gramont, nach Madrid reiste, wurde ihm sogar gestattet, der spanischen Königin, die allein zu speisen pflegte, bei ihrem Diner zuzuschauen. Zwei Hofdamen, ganz in Weiß gekleidet, bedienten kniend ihre Herrin, während der Botschafter das Gefühl hatte, sich auf einem anderen Stern zu befinden. Doch es war wohl eine große Ehre, die ihm da zuteil wurde, und so verbarg er sein Befremden hinter der undurchdringlichen Miene, die am spanischen Hof wohl üblich war.

Marie begriff nicht, was das Hin und Her spanischer Gäste zu bedeuten hatte. Allzu sicher fühlte sie sich durch Ludwigs Liebe, die von Tag zu Tag größer zu werden schien. Das Perlencollier, das er ihr umgelegt hatte, kam ihr wie ein heimliches Verlobungsgeschenk vor. Dass Madame de Venel Bedenken äußerte, überhörte Marie mit Bedacht.

»Man sollte keine Präsente annehmen, wenn man mit dem Betreffenden nicht verheiratet ist!«, tadelte die Gouvernante. »Habe ich Sie das nicht gelehrt, Mademoiselle?«

Marie lachte. »Sogar mein Onkel wusste davon, Madame«, widersprach sie. »Wollen Sie strenger sein als der Kardinal?«

Madame de Venel schwieg. Es stand ihr nicht zu, ihren Herrn zu kritisieren. Trotzdem fand sie, dass er diesmal, bei all seiner Güte, das Falsche getan hatte. »Noch dazu Perlen!«, fügte sie hinzu. »Wissen Sie nicht, dass Perlen Tränen bedeuten?«

Marie betrachtete sich wohlgefällig im Spiegel und fuhr lächelnd mit den Fingerspitzen über das schimmernde Collier. »Diese nicht!«, versicherte sie leise. »Glauben Sie mir, Madame! Diese nicht!«

3

Man verhandelte bereits über den Termin und die Modalitäten des Friedensschlusses und der Hochzeit mit der Infantin, da trat Ludwig vor seinen Paten hin und bat ihn um die Hand seiner Nichte Marie. »Ich wüsste kein besseres Mittel als diese Heirat, Sie für Ihre wertvollen, langjährigen Dienste zu entlohnen, mein lieber Pate!«, sagte er herzlich. Er zweifelte nicht daran, dass sich der Kardinal über den Antrag freuen würde.

Mazarin, dessen Gedanken in diesen Tagen nur um das Thema der Verhandlungen mit Pimentel kreisten, blickte Ludwig verblüfft an. Nicht einmal zornig wurde er. Er konnte nur nicht glauben, dass dieser junge Mensch, den er zur Vernunft erzogen hatte, ein solches Ansinnen an ihn stellte. »Als Sie ein Kind waren, Sire«, antwortete er in schleppendem Ton, »suchten wir nach einer Lektüre, die Ihren Charakter formen sollte. Sie sollten lernen, was einen guten König von einem mittelmäßigen oder einem schlechten unterscheidet.« Seine Miene veränderte sich nicht. »Wir hatten viel Freude an Ihrer Entwicklung. Wir dachten, Sie hätten Klarheit darüber, was es bedeutet, König zu sein.«

Ludwig runzelte die Stirn. Er merkte, dass das Gespräch ganz anders verlief, als er es erwartet hatte. »Ich denke schon, dass ich das weiß, Eminenz«, antwortete er. Er war plötzlich auf der Hut, obwohl er noch vor wenigen Minuten darauf vertraut hatte, dass ihn sein Pate verstehen würde.

Mazarins Blick war hart und ohne Erbarmen. Ein Leben lang hatte er um Ansehen gekämpft, um einen ehrenvollen Platz in der Geschichte. Sollte nun die Verwirrung eines Jünglings den Traum zerstören, dessen Erfüllung zum Greifen nahe war? »Wir haben Ihre Freundschaft mit meiner Nichte geduldet«, sagte er.

»Wir haben Ihnen erlaubt, ihr wertvolle Geschenke zu machen. Von einer Heirat war jedoch nie die Rede.«

»Und von Liebe?« Schon während er es sagte, wusste Ludwig, dass Liebe für Mazarin kein Argument war. Der Kardinal sprach es nicht aus, doch Ludwig wusste, was er dachte. Ein bürgerliches Mädchen kam für einen König von Frankreich als Gemahlin nicht infrage. Frauen wie Marie Mancini heiratete ein Bourbone nicht. Er nahm sie sich höchstens als Mätresse.

»Marie ist Ihre eigene Nichte!«, beharrte Ludwig. »Missfällt Ihnen der Gedanke, eine Ihrer Verwandten könnte Königin von Frankreich werden?«

Mazarin blickte zum Fenster hinaus. Der Himmel war grau und verhangen. »Wem würde ein solcher Gedanke nicht gefallen?«, antwortete er. »Doch er ist undurchführbar. Die Folge wäre eine neue Fronde. Die Folge wäre eine Fortdauer des Krieges mit Spanien. Die Folge wäre ein Chaos und der Untergang dieser Monarchie. Mit Marie als Gemahlin wären Sie bald kein König mehr, sondern irgendwo im Ausland auf der Flucht.« Er erhob sich und trat ans Fenster. »Dann stünden Sie im nächsten Buch über die Könige von Frankreich als ›Ludwig der Törichte‹ oder als ›Ludwig der Letzte‹.«

Ludwig spürte, wie Zorn in ihm aufstieg. »Wie können Sie es wagen, so mit mir zu reden, Eminenz!«, rief er. »Vergessen Sie nicht: Ich bin einundzwanzig und ich bin der König! Ein Befehl von mir, und Sie sind heimatlos.«

Mazarin schaute immer noch zum Fenster hinaus. Der Gedanke kam ihm, dass er noch in dieser Stunde vor den Scherben seines Lebenswerks stehen konnte. Trotzdem veränderte sich der Ton seiner Stimme nicht. »Wenn es denn sein soll, Majestät«, sagte er ruhig. »Sprechen Sie diesen Befehl, wenn Sie es wünschen! Wir werden ohnedies am Ende sein, wenn Sie Ihren Willen durchsetzen.«

Ludwig war blass geworden. »Ist das Ihr letztes Wort, Eminenz?«, fragte er kalt.

Mazarin drehte sich zu ihm um und hob in einer hilflosen

Geste die Arme. »Welche Wahl hätte ich denn?«, fragte er. »Ich kann Sie nur anflehen, noch einmal darüber nachzudenken. In der Zwischenzeit vertraue ich auf Ihre Vernunft und setze die Verhandlungen mit Spanien fort.«

Ludwig merkte, dass er zu weit gegangen war. »Warum sollte es nicht möglich sein, über den Frieden zu verhandeln, doch auf die Heirat mit der Infantin zu verzichten?«, lenkte er ein.

Mazarin ging zu seinem Schreibtisch zurück. Er setzte sich und legte die Finger an die Schläfen. »Weil es dafür längst zu spät ist«, antwortete er müde. »Es wäre immer schon zu spät gewesen, weil von Anfang an feststand, dass Sie und die Infantin füreinander bestimmt sind.«

»Sie meinen, es gibt keinen Ausweg für mich?«, Ludwig begann zu begreifen, doch er war noch weit davon entfernt, sich zu beugen.

»Es gab niemals einen Ausweg, Sire. In Wahrheit hatten Sie nie eine Wahl.«

»Hat ein Mensch nicht immer eine Wahl, mein Pate? Wären Sie hier, wo Sie sind, wenn Sie nicht immer wieder Ihre Wahl getroffen hätten?«

Mazarin schüttelte den Kopf. »Von mir ist nicht die Rede«, antwortete er. »Doch auf der Waage, die über Ihr Leben entscheidet, ist das Gewicht auf der einen Seite so schwer, dass es durch nichts aufgewogen werden kann.«

»Aber welches Gewicht wäre das?«

Mazarin zuckte die Achseln. »Die Krone natürlich!«, antwortete er. Seine Stimme wurde scharf. »Vielleicht steht sogar Ihr Kopf auf dem Spiel, Sire! Denken sie an den König von England, Ihren Verwandten! Bis zum Schluss hatte er nicht die geringste Ahnung, in welcher Gefahr er schwebte.«

Ludwig suchte nach einer Antwort, doch er fand keine. Da drehte er sich um und eilte hinaus. Mazarin blieb zurück. Mit einem leisen Stöhnen strich er über seine Waden, die ihn so sehr schmerzten, dass er manchmal dachte, so müsse man sich im Fegefeuer fühlen. Für kurze Zeit schloss er die Augen. Dann seufzte er und wandte sich wieder seinem Entwurf des Friedensvertrags zu, der nach dem Wunsch der Katholischen Majestät erst nach der Hochzeit von Ludwig und Maria Theresia in Kraft treten sollte.

4

Es war, als hätte man eine brennende Fackel in einen ausgedörrten Heuhaufen geworfen. Geschrei und Tränen überall. Am schlimmsten gebärdete sich Königin Anna, die alle Schuld auf Marie häufte. »Ich weiß, es sind Ihre Nichten, mein Lieber!«, fiel sie über Mazarin her. »Aber das allein sagt noch nichts über ihren Charakter aus.« Sie raufte sich buchstäblich die Haare. »Erst Olympia, die war schon schlimm genug! Aber sie spielte wenigstens nicht die kühle Preziöse. Bei ihr wusste man, woran man war. Doch Marie! Mein Gott, wer hätte gedacht, dass mein armer Ludwig auf so etwas hereinfällt!« Sie sank auf ihr Sofa. »Wir sind alle viel zu gutmütig. Die Medici-Frauen hätten gewusst, wie man mit einem derartigen Problem fertig wird.« Sie winkte ab. »Ja, ja, mein Freund. Ich höre schon auf. Trotzdem müssen wir der Sache ein Ende setzen. Sofort und für immer.«

Doch auch Marie entfesselte die italienische furia, für die ihre Familie berüchtigt war. »Sind Sie der König, oder nicht?«, fragte sie Ludwig und brach in Schluchzen aus. »Mein Onkel ist Ihr Minister, sonst nichts. Was Sie befehlen, hat er auszuführen. Wenn er das nicht einsieht, muss er eben gehen.«

Ludwig, um den sich alles drehte, stand zwischen den Fronten. Er warf sich seiner Mutter zu Füßen und schilderte ihr seine Liebe. In seiner Gegenwart wagte Anna nicht, sich gegen Marie zu äußern. Sie führte ihm nur die politischen Folgen seines Handelns vor Augen. Dann brach auch sie weinend zusammen und überließ Mazarin das Schlachtfeld. Der erinnerte sich inzwischen daran, dass ihn seine Schwester immer schon vor Marie gewarnt hatte. »Sie ist als Störenfried geboren!«, sagte er zu Ludwig, der es inzwischen aufgegeben hatte, seine Tränen vor ihm zu verbergen. »Sie ist von Ehrgeiz besessen, jähzornig und ohne Rücksicht auf andere. Sie hat tausend Fehler. Mir fiele keine einzige Eigenschaft ein, die sie der Ehre Ihres Wohlwollens würdig machte, Sire!« Danach beging er den Fehler, mit seinem Rücktritt zu drohen.

Ein gefährliches Schweigen entstand. Anna, die auf ihrem Sofa leise vor sich hin geweint hatte, horchte auf. Auch Ludwig wusste erst keine Antwort. Dann wurde er plötzlich ganz ruhig. »Machen Sie, was Sie wollen, Eminenz!«, antwortete er kühl. »Wenn Sie unsere Angelegenheiten nicht mehr führen wollen, gibt es genügend andere, die es gern tun werden.« Damit verließ er den Raum. Von draußen hörte er, wie seine Mutter aufschrie und beschwörend auf den Kardinal einredete.

Zur gleichen Zeit wurden die Verhandlungen mit Spanien weitergeführt. Auch hier ging es drunter und drüber. Man feilschte um Grenzgebiete, um Provinzen und Städte und um das Schicksal des Großen Condé, dem sich Spanien verpflichtet fühlte. Für Mazarin war er nur ein Verräter. Trotzdem würde man ihn wohl in allen Ehren wieder aufnehmen müssen.

»Das alles ist zu viel für mich!«, sagte Mazarin eines Abends zu Nicolas Fouquet, der darauf drängte, den Friedensvertrag endlich zu unterzeichnen. »Wir können uns diesen Krieg nicht länger leisten, Eminenz!«, sagte er. »Meine Kreditgeber verweigern mir schon die Zusammenarbeit. Wie kommt es, dass plötzlich wir die Spanier hinhalten?«

Mazarin schilderte ihm Ludwigs leidige Liebesgeschichte. Nicolas hörte ihm kopfschüttelnd zu. »Der arme Junge!«, murmelte er. Mazarin fuhr auf. »Sie haben doch wohl nicht Verständnis für eine solche Dummheit?«, rief er. Nicolas zuckte die Achseln. »Für die Dummheit schon, Eminenz. Doch ich hätte kein Verständnis, wenn Sie sie zuließen.« Er schüttelte den Kopf. »Diese Heirat ist unmöglich. Seine Majestät muss darauf verzichten. Trotzdem zeigt er uns mit seiner Unvernunft, dass er ein Mensch ist, der lieben kann. Wir sollten für ihn da sein.«

Mazarin starrte ihn finster an. »Sie sind mir keine Hilfe, Monseigneur!«, murrte er. »Zumindest nicht in dieser Angelegenheit.« Dann begab er sich in Ludwigs Gemächer und teilte ihm mit, er könne nicht mitansehen, wie Ludwig das Werk seiner Väter zerstöre. Sollte er nicht auf diese Heirat verzichten, werde er, Kardinal Jules Mazarin, mit seinen noch unverheirateten Nichten Frankreich verlassen und nach Italien ziehen. Als Maries Vormund werde er ihr eine Heirat mit dem König verbieten. Nur so sei Frankreich noch zu retten.

Ludwig hatte nächtelang nicht geschlafen. Er war erschöpft und niedergeschlagen. Wenn er Marie traf, lagen sie einander in den Armen und schworen sich ewige Liebe. Doch gleich danach überkam sie wieder die Verbitterung über den Widerstand, mit dem sie nicht gerechnet hatten. Sie überboten sich in Angriffen auf die Königin und den Kardinal, bis es ihnen selbst zu viel wurde und sie anfingen, aneinander zu leiden. So gingen sie für kurze Zeit auseinander, und Ludwig begab sich wieder zum Kardinal, obwohl sich seit dem letzten Gespräch nichts geändert hatte.

Doch auch Mazarin konnte nicht mehr. »Ich schäme mich schon vor meinen spanischen Gesprächspartnern, Sire«, erklärte er müde. »Sie drängen auf Klarheit, und ich vertröste sie nur.« Er legte die Lupe aus der Hand, die er in letzter Zeit zum Lesen benötigte. »Ich brauche eine bindende Entscheidung von Ihnen: Soll ich die Friedensverhandlungen fortführen oder nicht? Verstehen Sie mich recht, Sire: Friedensverhandlungen bedeuten immer auch Verhandlungen über den Heiratsvertrag. Auf etwas anderes lässt sich König Philipp nicht ein.« Er senkte den Kopf. »Es tut mir leid, mein Lieber. Nie im Leben hätte ich gedacht, dass ich in eine solche Situation kommen könnte. Auch Ihnen hätte ich mehr Glück gewünscht.« Er blickte Ludwig in die Augen. »Aber es geht nicht anders, verstehen Sie mich? Es geht nicht anders.«

Ludwig schwieg lange. Dann nickte er. »Machen Sie weiter wie bisher, Eminenz!«, bestimmte er. Seine Lippen zitterten.

Mazarin atmete auf. »Und Marie?«, fragte er. »Die Spanier wissen genau, dass Sie sich immer noch mit ihr treffen.«

Ludwig kämpfte mit sich. »Wir werden uns für kurze Zeit trennen«, gab er nach. »Vielleicht nicht für immer. Und wir werden uns schreiben, sooft wir wollen. Darauf bestehe ich.« Er meinte, gleich müssten ihm wieder die Tränen kommen wie so oft in den vergangenen Tagen. Doch nichts geschah. Er war nur müde. Entsetzlich müde und traurig. Dein Reich, o Liebe, ist ein grausames Reich!, dachte er.

Am nächsten Morgen, es war der 22. Juni 1659, führte Ludwig Marie zu ihrer Karosse. Er half ihr beim Einsteigen und blieb dann noch lange bei ihr stehen. Er blickte in ihr Gesicht, das ihm so vertraut und kostbar erschien wie kein anderes auf der Welt.

Marie schaute zu ihm hinunter. »Ach, Sire«, sagte sie leise. »Es ist eine verkehrte Welt. Sie sind der König, Sie weinen, und ich gehe.«

Der Kutscher schloss den Wagenschlag. Marie steckte ihre Hand durchs Fenster. Ludwig griff danach und hielt sie fest. Da gab Marie dem Kutscher ein Zeichen und riss sich los. »Ich bin verlassen!«, rief sie, als der Wagen davonfuhr.

Ludwig blieb zurück. Alles schien ihm verloren. Er ließ sich sein Pferd bringen und ritt stundenlang durch den Wald. Danach kehrte er zurück und schrieb den ersten von unzähligen Briefen, die Marie aus ihrer Verbannung mit Hortense und Madame de Venel alle beantwortete.

Zwei Mal trafen sie einander noch. Beim ersten Mal sagte Marie, sie müsse sich dem Willen ihres Onkels unterwerfen und bitte Ludwig, ihr nicht mehr zu schreiben und auch ihre früheren Briefe zu verbrennen. Ludwig konnte es nicht glauben. Wieder und wieder schrieb er ihr trotzdem und schickte ihr sein Schoßhündchen Friponne. Am Halsband trug es einen silbernen Anhänger mit der Inschrift »Ich gehöre Marie Mancini.«

Marie wusste trotzdem, dass sie verloren hatte. Der Kardinal teilte ihr mit, er habe einen Gemahl für sie gefunden, einen aus den allerhöchsten Kreisen: den Prinzen Lorenzo Colonna, dem seine eigenen Vorfahren einst als Kammerherrn gedient hatten.

Doch Marie hatte kein Gefühl für den Aufstieg ihrer Familie. »Ein Italiener?«, fragte sie. »Ihre Majestät sagte mir, auch Prinz Karl von Lothringen käme für mich infrage. Dann könnte ich in Frankreich bleiben.«

Mazarin schüttelte den Kopf. »Es tut mir leid, mein Kind«, antwortete er, ohne ihren Einwand zu beachten. »Die Entscheidung ist bereits gefallen.«

»Prinz Colonna also?«

Mazarin nickte. »Endgültig.«

Marie fügte sich. Auch Ludwig verbrannte nun ihre Briefe.

Seine verzweifelten Ritte durch den Wald wurden seltener, als seine Mutter anfing, Maries Ruf zu untergraben. Ständig sei das junge Mädchen auf Festen. Dem Prinzen Karl von Lothringen habe sie so offen schöne Augen gemacht, dass schon alle Welt darüber rede.

Ludwig glaubte, das Herz zerreiße ihm. »Ist das wahr, Maman?«, rief er.

Anna sah ihm tief in die Augen. »Habe ich jemals gelogen, mein Sohn?«, fragte sie. Ludwig wusste, wie streng Annas Beichtvater mit ihr war, und schenkte ihr Glauben. So kam es, dass er sich bei der zweiten Begegnung nach der Trennung nur kühl vor Marie verneigte.

Für Marie selbst hatte sich nichts verändert. »Ludwig!«, sagte sie zärtlich. »Wie geht es Ihnen?«

Der Klang ihrer Stimme traf ihn ins Herz. Trotzdem blieb seine Miene beherrscht. »Ich danke für die Nachfrage, Mademoiselle«, antwortete er abweisend. Noch einmal verneigte er sich kalt. Dann ließ er sie stehen.

Marie starrte ihm nach. Sie war nicht in der Lage, sich zu bewegen. Ihre Schwester Hortense eilte herbei und führte sie wie eine Kranke in ihre Gemächer.

Ludwig aber ritt ein letztes Mal durch den Wald und nahm

endgültig Abschied von seiner Liebe. Er wusste, dass er nie mehr dergleichen empfinden würde. Nie mehr würde er so glücklich sein wie mit Marie, nie mehr aber auch so verletzlich.

Als Marie nach Italien ging, um den Prinzen Colonna zu heiraten, äußerte dieser seinen Verwandten gegenüber, er sei überrascht. »Ich hätte nicht erwartet, in der Liebe von Königen Unschuld zu finden!«, stellte er fest. Trotzdem blieben die beiden einander fremd.

Die Infantin

1

Nicolas Fouquet und Marie Madeleine befanden sich in dem Gefolge, das den französischen König zu seiner Hochzeit mit der Infantin von Spanien begleitete. Gute vier Wochen hatte man für die Reise zur spanischen Grenze veranschlagt, wo Braut und Bräutigam einander zum ersten Mal begegnen sollten. Erst wenn ihre Trauung vollzogen war, würde der Friedensschluss zwischen den beiden Ländern auch offiziell in Kraft treten.

Im November 1659 hatten Kardinal Mazarin und Don Luis de Haro das Friedensdokument unterzeichnet. Beide erduldeten mit Gleichmut, dass ihnen die Öffentlichkeit ihrer Länder vorwarf, dem jeweiligen Kriegsgegner zu viele Vorteile eingeräumt zu haben. Doch weder der Kardinal noch Don Luis zweifelten daran, dass man sich sehr bald schon an die neuen Konstellationen gewöhnen würde und dann nur noch froh war, dass endlich die Waffen schwiegen.

So kam es auch. In einem noch nie erlebten Triumphzug bewegten sich die königlichen Karossen gegen Süden. In allen Städten und Dörfern wurden sie jubelnd empfangen.

Erst jetzt kam Ludwig zu Bewusstsein, wie sehr das Volk unter der Bürde des Krieges gelitten hatte. »Von nun an soll alles anders werden!«, sagte er zu Nicolas. Er hatte ihn zu sich in seine Kutsche befohlen, um ihn über die finanzielle Lage nach dem Krieg zu befragen. An Mazarin wollte er sich damit nicht wenden.

Jeder konnte sehen, dass der Kardinal gesundheitlich geschwächt war. Trotzdem gab er das Heft nicht aus der Hand. Wenn erst diese Hochzeit vollzogen war, dachte er wohl, würde man nach Paris zurückkehren, wo er sich erholen und dann endlich dem letzten Ziel zustreben würde, das er sich für sein Leben gesetzt hatte. Das höchste aller Ziele für einen Mann seines Standes: der Papstthron.

Es würde nicht leicht sein, sich diesen Traum zu erfüllen. Zu viele Hebel mussten in Bewegung gesetzt, zu viele Stimmen gewonnen werden. In Mazarins Augen war es eine Frage des Geldes und der Beziehungen. Dies war wohl auch der Grund, warum der Kardinal darauf bestanden hatte, dass Nicolas an dieser Reise teilnahm. Wenn er nicht die nötigen Mittel beschaffte, war Mazarins Traum vom Vatikan für immer ausgeträumt. Sein eigenes Vermögen anzugreifen kam Mazarin nicht in den Sinn. Was ihm gehörte, benötigte er als Garantie für seine eigene Sicherheit, die ihm noch wichtiger war als jedes Amt und jede Würde.

»Es sieht nicht gut aus, Sire«, sagte Nicolas zu Ludwig, der ihm gegenübersaß. »Der Krieg hat unsere Staatskasse geleert. Unser Kredit ist erschöpft. Wenn Sie erlauben, darf ich sagen, dass ich in letzter Zeit immer öfter auf mein eigenes Vermögen zurückgreifen muss.«

Ludwig runzelte die Stirn. Es entsprach nicht seiner Vorstellung von einer Monarchie, dass die Staatskasse durch einen Privatmann vor dem Zusammenbruch bewahrt wurde. In letzter Zeit hatte sich Ludwig häufig Gedanken über die Königswürde gemacht. Oft genug hatte man ihn wegen Marie Mancini daran erinnert. Leere Kassen passten nicht in sein Bild von königlicher Erhabenheit. Eigentlich erschien es ihm unerträglich, dass es in seinem Reich Untertanen gab, die vermögender waren als er selbst. Ein König war das Nonplusultra in seinem Land. Es grenzte an Majestätsbeleidigung, ihn in irgendeiner Weise zu übertreffen.

Doch noch dachte er diesen Gedanken nicht zu Ende. Er blickte in das angenehme Gesicht seines Finanzministers, sah sein Lächeln und hörte seine gepflegte Stimme. Er erinnerte sich an die Perücke, die ihm Nicolas gebracht hatte, und an die vielen Bemerkungen und Gespräche, mit denen jener ihn ermutigt hatte. Ludwig gestand sich ein, dass er diesen Mann gern um sich hatte – ihn und auch seine Gemahlin mit ihren dunklen Augen und ihrem schwarzen Haar, die ihn an etwas erinnerte, das er tief in seine Erinnerung verbannt hatte und nach dem er sich wohl immer heimlich sehnen würde. Er hoffte nur, dass ihn am Ziel dieser Reise eine Frau erwartete, die es wie jene Unvergessen-Vergessene mit ihm aufnehmen konnte, die ihn mit ihrem Witz zum Lachen brachte und seine Gedanken herausforderte.

Ach, Sire, es ist eine verkehrte Welt. Sie sind der König, Sie weinen, und ich gehe! Ludwig wollte nicht, dass diese Welt eine verkehrte Welt war. Oben sollte oben bleiben und unten unten. Da nun alles entschieden war und die Erste Prinzessin der Welt auf ihn wartete, würde er dafür sorgen, dass bald nirgendwo mehr jemand es wagte, sich ihm gleichzusetzen. Kein Regent eines anderen Landes sollte sich ihm ebenbürtig fühlen; kein ausländischer Diplomat den zuvorkommenden Gruß eines französischen erwarten, und kein Schiff auf dem Meer sollte versäumen, als Erstes zu grüßen, wenn es einem französischen Schiff begegnete.

Er hatte verzichtet und gelitten. Doch seine Tränen hatten ihn hart und klarsichtig gemacht. Er wusste nun, dass er für alle immer nur der König sein würde: Ludwig XIV. Ludwig der Mensch interessierte niemanden. Ludwig XIV. beanspruchte es als sein königliches Recht, alle zu benutzen, und wusste, dass umgekehrt alle das Gleiche bei ihm versuchen würden.

Seine künftige Gemahlin war die einzige Unbekannte in dieser Rechnung. Immer wieder betrachtete Ludwig das kleine Porträt, das man ihm von ihr geschickt hatte. Es war kein Geheimnis, dass die meisten Bilder dieser Art geschmeichelt waren. Doch auf feststehende Tatsachen, wie etwa die Haarfarbe, konnte man sich wohl verlassen. Auch den Herzog von Gramont befragte er. Gramont hatte als Sonderbotschafter dem spanischen König Ludwigs Heiratsersuchen offiziell überbracht. Bei der Audienz war er auch der Infantin begegnet. Nach spanischer Sitte durfte er, wie er Ludwig verlegen gestand, den Saum ihres Kleides küssen. »Sie ist nicht sehr groß«, berichtete er Ludwig, was dieser sofort als »ziemlich klein« auslegte. »Sie hat ein längliches Gesicht mit vollen Wangen und eine bezaubernd frische Gesichtsfarbe. Ihre Augen sind blau wie Saphire, und sie hat – wenn Majestät gestatten – einen energischen Mund.«

Ludwig wusste, was Gramont damit meinte. Die kräftige Unterlippe der Habsburger setzte sich in fast jeder Generation durch. Sie wurde schon gar nicht mehr als Schönheitsfehler angesehen, sondern vielmehr als Zeichen königlicher Abstammung. »Und ihre Zähne?« Unwillkürlich musste Ludwig an einen anderen Mund denken mit Zähnen so weiß, dass er manchmal gescherzt hatte, sie würden im Dunkeln leuchten.

»Verzeihung, Majestät, die Zähne habe ich nicht gesehen. Die spanischen Damen benehmen sich sehr zurückhaltend.«

Ludwig nickte, aber er war enttäuscht. Doch Gramont fiel noch etwas ein. »Ihr Haar, Majestät!«, rief er, froh, dass er doch noch etwas zu bieten hatte. »Die Infantin hat wundervolles goldblondes Haar, so dicht, dass es sich bestimmt nur mit Mühe zähmen lässt.« Ludwig musste an seine Mutter denken. Vieles an Maria Theresia erinnerte ihn an sie. Das war wohl auch kein Wunder. Immerhin war Anna eine Tante ersten Grades ihrer künftigen Schwiegertochter, und auch davor waren die meisten Heiraten der spanischen Könige innerhalb der eigenen Familie geschlossen worden. »Wie kleidet sie sich?«, fragte er. Er schätzte elegante Frauen. Auch bei sich selbst betrachtete er Eitelkeit als lobenswerte Eigenschaft.

Der Herzog zuckte die Achseln. »Ich fürchte, Majestät, die Spanier haben einen etwas anderen Geschmack als wir Franzosen«, antwortete er vorsichtig. »Eigentlich sind am spanischen Hof alle Damen in der gleichen Weise gekleidet. Alle in Schwarz und …«, was er sagen wollte, war ihm sichtlich peinlich, »alle mit weiten Röcken. Sehr weiten Röcken, Sire, und sehr vielen Röcken darunter. Wenn ich so frei sein darf: Einer meiner Begleiter meinte, die spanische Mode lässt die Damen aussehen wie breite Tonnen, aus denen Pfähle emporragen.« Er suchte verzweifelt nach einer Entschuldigung für die anschaulichen Worte, zu denen er sich verpflichtet gefühlt hatte.

Doch Ludwig lachte. »Das wird sich leicht ändern lassen, wenn die Infantin erst Königin von Frankreich ist, meinen Sie nicht auch, mein Freund?«

Gramont atmete auf. »Unbedingt, Sire!«, stimmte er zu. »Ihre Majestät wird mit ihrer Schönheit und Eleganz alle anderen Damen überstrahlen.« Danach berichtete er von der hervorragenden Erziehung, die die Infantin genossen habe. Das Einzige, worauf leider verzichtet worden sei, sei die französische Sprache. »Ich nehme an, der lange Krieg war ein Grund dafür, Sire.«

Ludwig seufzte. Die ersten Unterhaltungen mit seiner künftigen Gemahlin würde er wohl auf Spanisch führen müssen. Immerhin hatte seine Mutter dafür gesorgt, dass er die Sprache ihrer Heimat lernte. Er beherrschte sie fließend, wenn auch mit starkem französischem Akzent und mit vielen Fehlern, wie Anna jedes Mal bedauernd feststellte. Doch verständigen würde man sich können, und mit der Zeit würde Maria Theresia gewiss die Sprache des Landes lernen, dessen Königin sie dann war.

Seit der Friedensschluss mit Spanien so gut wie sicher war, hatte sich vieles verändert. Als Ludwig noch mit Marie durchs Land geritten war, hatte er für kurze Zeit den Respekt des Hofes eingebüßt. Er war zu einem Gegenstand des Klatsches geworden, über den sich jeder zu äußern wagte. Man sah in ihm nicht, wie er erwartet hatte, den romantischen Liebhaber, den die Welt nie vergessen würde, sondern nur einen unreifen Jüngling, der auf eine ehrgeizige Ausländerin hereingefallen war.

Erst als Marie die Bühne verlassen hatte, wurde Ludwig wieder zum König. Bald war er es sogar mehr als je zuvor. Auch sein eigenes Verhalten trug dazu bei. Er war kühl geworden, oft sogar abweisend. Manchmal bestellte er Madame de Beauvais zu sich, Olympia oder eine andere verfügbare Dame des Hofes. Doch von nun an benahm er sich als Herr, dessen Wünschen nicht widersprochen werden durfte. Catherine de Beauvais war die Einzige, die sich von seinem Auftreten nicht einschüchtern ließ und ihm weiter mit einer Art mütterlicher Zärtlichkeit begegnete.

Sogar der Große Condé, der über sich immer nur den Himmel geduldet hatte, bekam die Härte des neuen Ludwig zu spüren. Als er zum ersten Mal wieder am Hof erschien, verspätete er sich. Ludwig bestrafte ihn dafür, indem er ihn einfach übersah. Es dauerte lange, bis er Condé dann plötzlich mit der direkten Frage überfiel, ob er beabsichtige, an der spanischen Hochzeit teilzunehmen. Dem Tonfall nach konnte man darauf schließen, dass Monsieur le Prince bei der Hochzeit nicht erwünscht war.

Alle staunten, dass er sofort verstand und einlenkte. Er habe vor, sein Schloss in Chantilly auszustatten, antwortete er. Diese Aufgabe würde ihn in nächster Zeit voll beanspruchen. Condé wusste nur zu gut, dass er in Ludwigs Augen ein Verräter war. Hätte Richelieu noch gelebt, hätte er Condé wohl um einen Kopf kürzer gemacht, obwohl dieser doch mit einer Nichte des Kardinals verheiratet war. Condé begriff jedenfalls, dass es an der Zeit war, Demut zu üben. Vor allem diesem jungen König gegenüber, so höflich und kalt und so glatt wie harter Marmor.

Ludwig spürte, dass er anders behandelt wurde als früher. Es gefiel ihm. Als Kind hatte er oft versucht, sich so charmant zu geben wie sein Bruder Philippe. Man hatte zwar gelacht, wenn er ein Späßchen versuchte, doch eigentlich hatte er hauptsächlich Befremden geerntet. So gab er seine Bemühungen schließlich auf.

Jetzt, nach der verlorenen Liebe, betrachtete er die meisten Menschen seiner Umgebung als mögliche Feinde. In seiner schweren Zeit hatte niemand zu ihm gehalten. Somit war auch er niemandem verpflichtet. Er war frei und er war der König. Er ersuchte nicht mehr, sondern er befahl. Je kühler seine Stimme dabei klang, umso beflissener gehorchte man ihm. Die Aufrührer von einst wurden handzahm. Die Fronde verschwand und war nur noch eine unangenehme Erinnerung an eine chaotische Zeit.

Auch der Tod trug dazu bei, dass die alten Verschwörer immer weniger wurden. Im Februar 1660 war Gaston von Orléans gestorben, der so gern König geworden wäre und doch immer Angst vor dem eigenen Mut gehabt hatte. Sogar noch auf dem Totenbett entschuldigte er sich bei seiner Tochter, dass er nicht streitbarer gewesen war. »Damals, am Tor von Saint-Antoine …«, murmelte er. Doch nicht einmal seine Abschiedsworte brachte er zu Ende. Damit verärgerte er ein letztes Mal die Grande Mademoiselle. Sofort nach seinem Ableben verließ sie das Sterbezimmer.

Schon vor der Beerdigung stellte sich heraus, dass der Onkel des Königs sein Vermögen so gut wie aufgebraucht hatte. Er hatte wohl doch mehr Geld in die Fronde gesteckt, als man angenommen hatte. Ein großer Teil seines Silberzeugs musste schließlich verpfändet werden, damit die Bestattung standesgemäß über die Bühne gehen konnte.

Die Grande Mademoiselle, immer noch eine der reichsten Personen Frankreichs, weigerte sich, für die Kosten aufzukommen. Stattdessen kaufte sie sich ein märchenhaftes Collier aus zwanzig Reihen Perlen, weil Perlen so gut zur Trauerkleidung passten und außerdem in Mode waren, seit Ludwig sie seiner Liebsten zum Geschenk gemacht hatte. Die bevorstehenden Hochzeitsfeierlichkeiten würden eine gute Gelegenheit sein, mit der neuen Erwerbung zu prunken.

Das Volk hingegen beweinte Gaston, der ihm so viel Leid gebracht hatte. Bis zuletzt war er für viele ein Relikt der alten Zeit gewesen, ein Gegen-Mazarin, so französisch, wie ein Franzose nur sein konnte.

Herzog von Orléans: Der zweitgeborene Bruder des jeweiligen Königs trug diesen Titel, zusammen mit der ehrenvoll-einfachen Anrede »Monsieur«.Gastons Titel ging nun auf Ludwigs jüngeren Bruder über: Philippe. Er war jetzt der Herzog von Orléans, und wenn man von ihm sprach, sprach man von »Monsieur«.

Dem Rang nach stand »Monsieur« nach dem König an zweiter Stelle. Sollte er sich verheiraten, wäre seine Gemahlin »Madame« und nach der Königin die ranghöchste Dame.

So wenig wie die Grande Mademoiselle trauerte auch Ludwig um Gaston. Er bedauerte nicht, dass sein Onkel nicht mehr da war. Seine Gegenwart hatte Ludwig immer daran erinnert, dass es eine Zeit gegeben hatte, in der eine andere Generation regierte. Ludwig dachte an die Sagen der Antike, Lektüre seiner Kindheit. Auch die Götter von einst hatten ihre Vorgänger vom Thron gestürzt, so wie er nun bereit war, den eigenen Vater dem Vergessen preiszugeben und sich nach und nach dem Diktat der Älteren zu entziehen. Ludwig XIV., König von Frankreich: Man vergab ihm seine Kälte ein wenig, als man merkte, dass er sich auf seine Hochzeit freute.

2

Anfang Mai brach der Hof in Richtung Süden auf, um an der französisch-spanischen Grenze mit König Philipp IV. zusammenzutreffen und mit seinem kostbarsten Gut, der Infantin Maria Theresia. Ganz Frankreich war beglückt über dieses erfreuliche Ende eines langen Krieges. Doch auch das spanische Volk war erleichtert und überhäufte die Infantin mit Segenswünschen. Während der ganzen Reise von Madrid her gab es herzbewegende Abschiedsszenen, wusste man doch, dass die junge Braut ihr Land für immer verließ. Wenn alles seinen erwünschten Verlauf nahm, würde Maria Theresia als Königin von Frankreich ihre neue Heimat nie mehr verlassen dürfen. Käme sie dennoch zurück, würde dies bedeuten, dass ihre Ehe aus irgendeinem tragischen Grund annulliert worden war – eine ungeheure Schande und eine Katastrophe für alle Beteiligten. Doch davon konnte an diesen bittersüßen Frühlingstagen keine Rede sein. Zwei Länder waren bereit, aufeinander zuzugehen, und sandten als Zeichen dafür zwei junge Menschen, die mit ihrem eigenen Bund den Friedensschluss verkörpern sollten.

Vor dem gemeinsamen Eheleben standen jedoch Tradition und Protokoll. Eine Infantin von Spanien durfte ihr Land nicht verlassen. Ein König von Frankreich das seine ebenso wenig. So musste zuallererst aus der Infantin eine Französin werden, und dies auf spanischem Boden. Eine Heirat durch Prokuration löste dieses rechtliche Problem. Sie sollte in Fuenterabbia stattfinden, wo Don Luis de Haro den Bräutigam vertreten würde.

Beide Hochzeitsgesellschaften waren inzwischen an der Grenze angelangt. Die Spanier nahmen Quartier in San Sebastian, die Franzosen in Saint-Jean-de-Luz. Ludwig, in Unkenntnis des spanischen Protokolls, versuchte, mit seiner Braut Kontakt aufzunehmen, indem er ihr einen Boten mit einem Brief schickte. Nach großem Hin und Her gelang es dem Boten, zu Maria Theresia vorgelassen zu werden. Man führte ihn in einen Saal voller Menschen. Längst schon hatte er gemerkt, wie unpassend sein Auftrag war. Trotzdem gelang es ihm, bis zur Infantin vorzudringen. Ehrerbietig verbeugte er sich und wollte ihr das Schreiben überreichen. Sie aber blickte ihn nur entsetzt an. Es war ihm unbegreiflich, in welchem Maße sie sein Ansinnen erschreckte.

»Ich darf ohne Erlaubnis meines Vaters keine Briefe erhalten!«, erklärte sie mit zitternder Stimme. »Doch übermitteln Sie bitte der Königin meine Grüße!« Der Bote ließ enttäuscht die Hand mit dem verschmähten Brief sinken. Noch einmal verbeugte er sich tief. Da flüsterte ihm Maria Theresia atemlos zu: »Was ich der Königin sage, kann auch für den König gelten.«

Der Bote atmete auf. Beschwingt begab er sich zurück nach Saint-Jean-de-Luz. Auch Ludwig freute sich über die Nachricht. Anna aber jubelte. »Sie liebt Sie, mein Sohn! Es besteht kein Zweifel: Sie liebt Sie!«

Am nächsten Tag, dem 3. Juni 1660, fand die Heirat durch Prokuration in einer einfachen Kirche in Fuenterabbia statt. Der große Velázquez hatte als Hofmaler des Königs das schmucklose Gebäude mit Wandteppichen, Blumen und zahllosen Kerzen veredelt. Die gesamte spanische Hofgesellschaft war anwesend sowie auch ein großer Teil der Franzosen. Ludwig und Anna als königliche Majestäten waren hinter der Grenze im eigenen Land geblieben.

Schon auf dem Vorplatz der Kirche schienen zwei Welten unvereinbar aufeinanderzuprallen. Die Franzosen prunkten mit ihren auffallendsten Gewändern, selbst die Herren in vielen bunten Farben. Überall sah man Borten, Federn und Bänder, und Edelsteine blitzten in der Sonne. Die Spanier hingegen schienen zeigen zu wollen, wie sehr sie das übermütige Gehabe und all die schreienden Farben verachteten. Stumm, bleich und bewegungslos wie Statuen warteten sie in der heißen Frühsommersonne auf den Einlass, schwarz gekleidet sie alle, Damen wie Herren, und als sich die Tore öffneten, schienen die Damen mit ihren weiten Röcken in die Kirche hineinzusegeln wie schweigsame Schiffe in einen schattigen Hafen.

Als König Philipp IV. mit seiner Tochter das Gotteshaus betrat, hielten alle den Atem an. Dies also, dachten die Franzosen, war der verfluchte Spanier, den sie jahrelang zur Hölle gewünscht hatten! Dieser hochgewachsene Mann, dünn und farblos wie eine Treibhauspflanze! Als Kriegshetzer und Blutsäufer hatte man ihn verunglimpft. Erst in den letzten Wochen, auf der Reise nach Süden, hatte man erfahren, dass er Komödien schrieb und die umfangreichen Werke des italienischen Historikers Guichardin ins Spanische übersetzt hatte. Man hatte gehört, dass er eine ausführliche Korrespondenz mit der seherisch begabten Nonne Maria d'Agreda unterhielt und dass ihm nichts eine größere Freude bereitete, als seine Hauptstadt Madrid zu verschönern.

Philipp von Spanien, der einstige Feind. Wie blass er war, als er seine Tochter an der linken Hand zum Altar führte! Im Unterschied zu seinem Gefolge war er in Grau und Silber gekleidet. Auf seinem Hut funkelte ein riesiger Diamant, der »Spiegel von Portugal«. Darüber schimmerte die größte Perle der Welt, die »Pelegrina«. Ein wahrer König!, dachten die Franzosen anerkennend, und so empfanden es wohl auch die Spanier.

Auch die Braut strahlte hohe Würde aus. Sie sei schüchtern

und ungeschickt, hatten die Franzosen während der Reise getuschelt. Ihrem Vater gegenüber benehme sie sich mit einer Unterwürfigkeit, die sich eine Französin nicht einmal vorstellen könne. Dass sie pummelig sei, könne jeder sehen. Doch man wisse auch, woher dieser Makel stamme: Wie verrückt sei Maria Theresia nach Naschwerk und Marmelade! Ihr ganzes Verhalten sei einer Prinzessin unwürdig. Ihre Schoßtiere behandle sie wie Kleinkinder, und zu ihrer Unterhaltung umgebe sie sich mit Zwerginnen und Hofnarren. Was aber das Schlimmste sei: Nicht einmal Tanzen habe sie gelernt!

Fast zwanghaft fiel bei solchen Gesprächen der Name Marie Mancini. Wie sollte der König nach dieser sprühenden, geistvollen jungen Frau mit einer Gemahlin leben, die keine eigenen Entschlüsse fasste und nicht einmal als Gesprächspartnerin infrage kam?

Dennoch: Heute, in der Kirche, an ihrem Hochzeitstag, entsprach Maria Theresia in keiner Weise den Klatschgeschichten, die man über sie verbreitete. An der schützenden Hand ihres Vaters bewegte sie sich anmutig und würdevoll. Es schien ihr nicht darauf anzukommen, zu gefallen. Sprachlos bemerkte die Grande Mademoiselle mit ihren zwanzig Reihen Perlen um den Hals, dass die Braut – Tochter eines großen Königs! – ein einfaches weißes Wollkleid trug. Nur ein paar Edelsteine zierten das enge Mieder, doch sonst sah man an der Infantin keinerlei Schmuck.

Die Katholische Majestät führte seine Tochter zum Altar, wo ein Samtkissen für sie bereitlag. Im Schein der Kerzen kniete Maria Theresia nieder, während ihr Vater zur Seite trat. Die Zeremonie begann. Als der Augenblick gekommen war, wo die Braut ihre Zustimmung zur Heirat kundtun sollte, erhob sich Maria Theresia und verbeugte sich tief vor ihrem Vater. »Sí!«, antwortete sie leise. Trotzdem hörten es alle, so still war es in der Kirche.

Auch Don Luis de Haro, der den Bräutigam vertrat, sprach sein Ja. Damit war es vollbracht. Maria Theresia, Infantin von

Spanien, war nun die Gemahlin des französischen Königs. Mit Tränen in den Augen wandte sie sich ihrem Vater zu, der sie zärtlich umarmte – für die Franzosen eine Selbstverständlichkeit, doch für die Spanier ein Wunder. Noch nie hatte jemand den König so ergriffen gesehen.

3

Der folgende Tag brachte für Königin Anna eine Begegnung, nach der sie sich gesehnt hatte, seit sie vor fünfundvierzig Jahren ihre Heimat verlassen hatte. Damals hatte sie noch damit rechnen müssen, ihren Bruder Philipp niemals wiederzusehen. Durch den langen Krieg war es dann sogar noch schlimmer gekommen. Als Königin von Frankreich durfte sie nicht einmal mehr in familiärer Weise über ihn sprechen. Philipp, mit dem sie als Kind gespielt und gelacht hatte, war am französischen Hof für jeden außer ihr ein Monstrum, fast so schlimm wie der Teufel selbst.

Nun aber würde diese schwere Zeit ein Ende haben. Schon Tage vor dem ersehnten Zusammentreffen hielt die Königin den Atem an, wenn sie an das bevorstehende Wiedersehen dachte. Sie freute sich über alle Maßen und konnte es kaum erwarten. Zugleich aber hatte sie Angst davor. Als junges Mädchen hatte Philipp sie zuletzt gesehen. Nun aber war sie eine Frau von bald sechzig Jahren. Natürlich würde er sie erkennen, wenn sie ihm gegenübertrat. Doch würde er sie auch *wieder*erkennen? Würde er in dem Gesicht einer reifen Frau die kindlichen Züge wiederfinden, die ihm einst vertraut gewesen waren? Oder würde er bei ihrem Anblick erschrecken über die Spuren des langen Lebens, das zwischen der letzten Begegnung und dem Wiedersehen lag?

Noch nie hatte Anna eine so lange Zeit vor dem Spiegel verbracht wie an jenem Morgen. Jeden Handgriff ihrer Zofe verfolgte sie und griff ein, wenn das immer noch goldblonde Haar nicht genau so festgesteckt wurde, wie sie es wünschte. Dabei beugte sie sich immer wieder vor, um ihr Gesicht im Spiegel zu betrachten. Vor Aufregung hatte sie in der vergangenen Nacht schlecht geschlafen. War ihr der Mangel an Ruhe anzusehen? Und ihre Wangen? Waren sie fest genug? Rosig genug? Bin ich schön?, dachte Anna voller Sorge. Bin ich immer noch schön?

Mit einem Boot gelangten Anna und ihr Hofstaat auf die Fasaneninsel in der Bidassoa. Vor einem Jahr hatte hier die Friedenskonferenz begonnen. Noch immer war die kleine Insel durch eine gewaltige Palisade in einen spanischen und einen französischen Bereich geteilt. Während der Verhandlungen waren die beiden Delegationen häufig in Streit geraten. Die Spanier übten sich in Hochmut, die Franzosen in Ironie, beide so lange, bis Degen gezogen wurden und die mühsam aufrechterhaltene Friedensbereitschaft zu zerbrechen drohte. Es war das Verdienst von Mazarin und Don Luis de Haro, dass sich die Wogen immer wieder glätteten und als letzte Konsequenz nun die königliche Hochzeit gefeiert werden konnte.

Die Begegnung der Geschwister fand in einem Konferenzsaal statt. Von beiden Seiten hatte man riesige Teppiche entrollt. Der schmale Zwischenraum in der Mitte war die Grenzlinie zwischen Frankreich und Spanien, für beide verbotenes Gebiet. Anna und Philipp hatten jeder im eigenen Königreich zu bleiben.

Das große Gefolge der Katholischen Majestät stellte sich auf der einen Seite auf, die Franzosen auf der anderen. Der Einzige, der fehlte, war Ludwig. Erst bei der zweiten Trauung, der »richtigen«, sollte ihm gestattet sein, seine Braut zu sehen und von ihr gesehen zu werden. Maria Theresia allerdings war anwesend, ging es bei dieser Begegnung doch auch darum, sie mit ihrer Schwiegermutter bekanntzumachen.

Ludwig war neugierig. Wenigstens einen Blick wollte er auf seine Gemahlin werfen. Sogar Anna staunte, wie sehr er sich auf das junge Mädchen freute. Trotzdem hatte es verzwickter diplomatischer Winkelzüge bedurft, bis Philipp endlich die Erlaubnis erteilte, sein Schwiegersohn dürfe vor dem Fenster des Konferenzsaals vorbeireiten und hereinschauen. Auch Maria Theresia wurde gestattet, dabei den Blick nicht zu senken, sondern ebenfalls zu ihm hinzusehen. Kopfschüttelnd dachten die Franzosen an die Freizügigkeiten von Ludwigs lebenslustigem Großvater Heinrich IV. Hätte er sich wohl mit so viel Strenge abgefunden?

Noch wusste niemand, dass auch Ludwig nicht bereit war, sich dem Diktat seines Schwiegervaters so vollständig zu unterwerfen. Als sich die Delegationen bereits im Konferenzsaal versammelt hatten, ließ er Mazarin ein Schreiben überreichen, in dem er ihm mitteilte, er werde nicht nur vorbeireiten, sondern als »unbekannter Fremder« bis zum Tor kommen, das man ihm auf sein Klopfen hin öffnen möge. Nachdem Mazarin den Brief gelesen hatte, lächelte er und nickte dem Boten zu.

Nun wurde es still im Saal. Durch die eine Tür trat die Katholische Majestät in den Konferenzsaal, durch die andere die Königinmutter von Frankreich. Jeder in seinem eigenen Land, gingen sie über die Teppiche aufeinander zu. Dabei ließen sie einander nicht aus den Augen. Schon nach wenigen Schritten schien die Zeit für sie stillzustehen. Anna war wieder die rosige kleine Infantin, die ihren Bruder anhimmelte, und Philipp der allzu ernste, gehemmte Prinz, der die Krone mehr fürchtete als begehrte. Vor der Ritze zwischen den Teppichen blieben sie stehen. Beide hatten Tränen in den Augen. Da konnte Anna nicht anders: Über die Grenze hinweg beugte sie sich nach vorn, um ihren Bruder nach langer Zeit endlich wieder in die Arme zu schließen.

Doch Philipp zuckte zusammen und wich zurück. Gleichzeitig erinnerte sich Anna, wie anders als in Paris die Sitten in Madrid waren. Sie begriff sofort, dass sie in den Augen ihres Bruders eine unerhörte Vertraulichkeit begangen hatte, die ihn vor seiner Begleitung beschämte. So zog sie sich hastig wieder zurück und nahm ganz unwillkürlich die steife Haltung an, die man sie einst gelehrt hatte und für die man in Frankreich kein Verständnis aufbrachte. »Ich bin glücklich, Sie wiederzusehen, Majestät!«, versicherte sie mit beherrschter Stimme in spanischer Sprache.

Ihr Bruder stimmte ihr zu. »Viele schwere Jahre liegen hinter uns.« Er murmelte das Wort »Krieg« und wurde dann ganz unerwartet von einer heftigen Erregung mitgerissen. »Es war ein Werk des Teufels!«, rief er. »Wir haben es nie so gewollt.«

Anna nickte. »Ja, Majestät!«, stimmte sie zu. »Ein Werk des Teufels. Doch am Ende hat Gott gesiegt.«

In diesem Augenblick hörte man Hufgetrappel. Alle starrten zum Fenster und fingen an zu lachen, als sie Ludwig erkannten, der vorbeiritt. Maria Theresia errötete so sehr, dass alle meinten, gleich müsse sie umsinken. Die Anspannung, die bisher den Raum beherrscht hatte, löste sich. Die Franzosen lachten und scherzten, und sogar die Spanier erwachten aus ihrer Erstarrung.

Plötzlich klopfte es an die Tür, laut und energisch. Wie abgeschnitten brach der Lärm ab. Ein Edelmann, der eingeweiht war, öffnete die Tür und meldete mit lauter Stimme einen »unbekannten Fremden«. Alle wussten genau, wer dieser Fremde war. Doch mit großem Vergnügen machte man das Spiel mit und fragte die anderen, wer das da draußen nur sein könne. Noch nie zuvor hatten sich Franzosen und Spanier so gut miteinander verstanden. Alle amüsierten sich und waren neugierig, wie es nun weitergehen würde.

Der Edelmann trat beiseite, damit der unbekannte Fremde gesehen werden konnte. Mit lautem Oh! und Ah! heuchelte man Verwunderung, als man entdeckte, dass es der französische König selbst war, der jedoch ohne einzutreten auf der Schwelle stehen blieb.

Maria Theresias Gesichtsfarbe wechselte erneut. Sie war nun auf einmal ganz blass und zitterte. Da ihr die Regeln des Zeremoniells zur zweiten Natur geworden waren, wusste sie, dass sie auf keinen Fall sprechen durfte. Doch sie hätte ohnedies nicht gewusst, was sie sagen sollte.

Ihr Vater musterte Ludwig mit strenger Miene. Dann schmunzelte er plötzlich. »Ein schöner Schwiegersohn!«, sagte er anerkennend zu Anna. Er nickte zufrieden. »Wir werden viele Enkelkinder haben.«

Anna lachte erleichtert und strahlte vor Stolz und Glück. »Das werden wir, Majestät. Ganz bestimmt.« Sie wandte sich an Maria Theresia. »Mein liebes Kind«, sagte sie zärtlich, »was halten Sie von dem unbekannten Fremden?«

Wieder errötete Maria Theresia. Hilfesuchend blickte sie auf ihren Vater.

Er stand ihr bei. »Das ist nicht der richtige Augenblick für eine solche Frage!«, erklärte er streng.

Die Franzosen murrten enttäuscht. Doch Philippe, der neue Herzog von Orléans, wollte nicht, dass sein Bruder ohne Antwort entlassen wurde. »Liebe Schwester«, sagte er mit seinem schelmischen Lächeln, »sagen Sie mir bitte: Wie gefällt Ihnen die Tür?«

Maria Theresia hielt den Atem an. Ohne Zweifel spürte sie, dass alle auf ihre Antwort warteten. Alle, auch ihr junger Gemahl, der ihr so schön erschien wie kein anderer Mann auf der Welt. So vergaß sie für einen Augenblick auf jedes Zeremoniell und sogar auf die Meinung ihres Vaters. »Die Tür ist sehr schön, mein Bruder!«, flüsterte sie und wagte sogar ein winziges Lächeln. »Sie gefällt mir sehr gut.«

Gegen Abend verließen die königlichen Gäste die Insel wieder. Im Boot der Katholischen Majestät nahm man eine wertvolle Truhe mit, die Ludwig an seine Braut geschickt hatte. Sie war voll mit Juwelen und anderen kostbaren Überraschungen. Philippe von Orléans hatte sie überbracht. Nachdem er sie Maria Theresia zu Füßen gestellt hatte, wartete er darauf, dass seine Schwägerin sie öffnete. »Dürfen wir Ihre Freude miterleben, liebe Schwester?«, fragte er lächelnd.

Doch Maria Theresia hatte sich wieder auf das besonnen, was man sie gelehrt hatte. Sie schüttelte den Kopf und erklärte leise, das wäre nicht passend. Mit einer Handbewegung bedeutete sie ihren Hofdamen, sich um den Transport der Truhe zu kümmern.

Enttäuscht kehrte Philippe auf die französische Seite zurück. Er konnte nicht ahnen, mit welcher übermütigen Freude seine

Schwägerin am Abend ihre Präsente auspackte. Sie legte die Schmuckstücke an, drehte sich vor dem Spiegel und schwärmte ihren Damen vor, wie wunderbar ihr Gemahl sei und wie sehr er sie lieben müsse, um ihr solche Geschenke zu machen.

Die ganze Nacht konnte sie nicht schlafen. Bis weit nach Mittag blieb sie in ihrem Bett liegen, während ihr Vater und ihr Gemahl nun ganz offiziell auf der Fasaneninsel zusammentrafen, um vor dem Abschied noch einmal den gemeinsamen Frieden zu bekräftigen.

In der Mitte des Konferenzsaals hatte man einen niedrigen Tisch aufgestellt, die eine Hälfte in Spanien, die andere in Frankreich. Mit gemessenen, würdevollen Bewegungen knieten die beiden Könige davor nieder und legten ihre rechten Hände auf zwei völlig gleiche Kruzifixe. In abwechselnder Rede und jeder in seiner eigenen Sprache schworen sie einander Frieden, Bündnistreue und ewige Freundschaft. Ihre beiden Sprachen verwoben sich melodisch ineinander. Die eine schien die Schönheit und den Wohlklang der jeweils anderen noch zu erhöhen und zu verstärken. Die Stimme eines alten Mannes und eines ganz jungen. Ein Spanier und ein Franzose – vor Kurzem noch Feinde, doch nun zur Versöhnung bereit.

Am nächsten Morgen trennte man sich für immer. Anna weinte die bittersten Tränen ihres Lebens. »In unserem Alter dürfen wir nicht mehr darauf hoffen, dass uns das Schicksal ein zweites Wiedersehen schenken wird!«, flüsterte sie. Diesmal wagte sie nicht, sich ihrem Bruder zu nähern. Nun aber tat er es. Er umarmte sie und nannte sie seine »geliebte Schwester«. Damit raubte er ihr vollends die Fassung.

Auch Maria Theresia war einer Ohnmacht nahe. Drei Mal warf sie sich weinend vor ihrem Vater auf die Knie. Drei Mal hob er sie wieder zu sich hoch und umarmte sie. Dann drehte sie sich um und ging fort – einen Augenblick lang ganz allein und einsam. Königin Anna sah es und eilte ihr nach. Tröstend legte sie den Arm um die Schultern ihrer Schwiegertochter und führte sie zum Boot. Niemand konnte besser wissen als sie, was Maria Theresia in dieser Stunde verlor.

Die Katholische Majestät schaute seiner Schwester und seiner Tochter nach und blickte dann auf sein schwarz gewandetes Gefolge, das untadelige Haltung von ihm erwartete. So wandte auch er sich um und kehrte zu seinem Boot zurück. Während es auf das spanische Ufer zufuhr, blickte er hinüber auf die andere Seite der Bidassoa, wo sich das Boot mit seiner Tochter dem französischen Ufer näherte. Er konnte die Endgültigkeit dieses Anblicks kaum ertragen, doch er hatte nicht die Kraft wegzusehen. Da drüben saß seine Tochter, und wie er sie kannte, weinte sie wohl. Doch das war nun nicht mehr seine Angelegenheit. Von jetzt an konnte er sie nicht mehr trösten oder beschützen.

Philipp wusste, dass Maria Theresia noch in dieser Stunde unter Aufsicht ihrer Schwiegermutter und der hohen Damen des französischen Hofes alle ihre Kleider ablegen musste. Nicht das kleinste Stück Stoff aus ihrer Heimat durfte sie mitnehmen, keine Wäsche, keinen Schal, kein Taschentuch. Die Infantin von Spanien gab es nicht mehr. Es gab nur noch die Königin von Frankreich, die man aus Tradition wahrscheinlich genauso einkleiden würde wie einst seine Schwester, als sie ihrem Gemahl nach Frankreich folgte: in eine prachtvolle, leuchtend rote Atlasrobe, die mit Gold und Silber bestickt und mit Juwelen in schweren Goldfassungen behängt war.

Als man Philipp diese Kleidung damals beschrieben hatte, hatte er sich geschämt. »Das ist das Gewand einer Dirne!«, hatte er gerufen und mit der Faust auf den Tisch geschlagen. Auch diesmal wollte er am liebsten nicht daran denken, dass sein bescheidenes, gehorsames Kind, dem bisher seine gottgeschenkte goldene Haarpracht als Schmuck genügt hatte, so liederlich herausgeputzt wurde. Der heimliche Zorn auf die Franzosen, den er fast schon überwunden geglaubt hatte, überkam ihn wieder. Zugleich erinnerte er sich an den Freundschaftsschwur, den er gemeinsam mit seinem Schwiegersohn vor dem Kruzifix geleistet hatte. Ein Versprechen im Namen Gottes – es durfte nicht gebrochen werden, auch nicht in Gedanken. »Verzeih mir, Herr!«, murmelte Philipp und bekreuzigte sich. Dann befahl er mit lauter Stimme, man solle noch vor dem Abendessen seinen Beichtvater zu ihm schicken.

4

In Frankreich nannte das Volk Maria Theresia die »Braut mit dem Frieden als Mitgift«. Allein schon dafür liebte man sie. In der langen Geschichte Frankreichs war nur selten eine Hochzeit so allgemein bejubelt worden. Man glaubte fest daran: Mit dem Eheversprechen zwischen Ludwig und Maria Theresia würde eine Friedenszeit beginnen, ein Goldenes Zeitalter, in dem Milch und Honig flossen.

Auch die Hochzeitsgesellschaft war sich der eigenen Bedeutung bewusst. Hatte man die Fahrt nach Süden noch als eine Art Vergnügungsreise begonnen, so änderte man nach und nach diese Einstellung und sah sich selbst als Teil eines geschichtlichen Ereignisses. Man fühlte sich wie unter einer Glasglocke: von allen gesehen, doch zugleich auch von allem getrennt. Ein kleiner Kosmos mit eigenen Gesetzmäßigkeiten, die sich immer mehr einspielten, sodass man sich nach ein paar Wochen schon nicht mehr vorstellen konnte, wieder sesshaft zu sein.

Schon immer waren die französischen Könige durch ihr Land gezogen, doch nie war man so lange von Paris fortgeblieben. Das war schon keine Reise mehr, die als Ausnahmefall zwischen Phasen der Ruhe stattfand. Nein, die Hochzeitsfahrt Ludwigs XIV. war ein Zustand an sich. Freundschaften und Liebesbeziehungen entstanden, Feindschaften brachen aus. Kinder wurden unterwegs geboren, und Menschen erkrankten und mussten an fremden Orten zurückgelassen werden, wo sie vielleicht sogar sterben würden.

Auch Marie Madeleine war von den Beschwernissen der Reise geschwächt worden. Schon kurz nach dem Beginn der Fahrt erlitt sie eine Fehlgeburt und wünschte sich nur noch eines: schnellstens zurückzukehren in die sanfte Stille von Saint-Mandé, wo ihre Kinder waren, wo man nicht den ganzen Tag lang durchgeschüttelt wurde und wo es kein Ungeziefer gab, das nachts in den Betten lauerte.

Nicolas ersuchte Mazarin, man möge seine Gemahlin von ihren Pflichten als Reisebegleitung des Königs entbinden. Doch Mazarin war dagegen. Er schickte Marie Madeleine ein Gebetbuch mit vergoldetem Einband und wünschte ihr eine schnelle Genesung. Sogar die Königinmutter kam zwei Mal zu Besuch und erzählte ausführlich von ihren eigenen Fehlgeburten – dies aber immer nur am Abend, denn tagsüber saß man in der rumpelnden Kutsche.

»Das alles wäre nicht passiert, wenn diese Reise nicht so lang und so anstrengend wäre«, sagte Marie Madeleine in sachlichem Ton. Nicolas wunderte sich fast, wie rasch sie sich erholte. Nur ein einziges Mal hatte er sie weinen sehen. Da aber sprach sie von ihrem kleinen François. »Damals war es viel schwerer«, gestand sie. »Er war uns so vertraut. Er war ein Teil unseres Lebens.« Sie lächelte traurig. »Das arme Seelchen jetzt war eigentlich erst die Idee eines Menschen. Ein Versprechen da drinnen in mir.« Dann erzählte sie wieder von François. Nicolas hörte ihr zu und hielt ihre Hand.

Als sie die Grenze erreichten, hatte sich Marie Madeleine körperlich schon wieder erholt. Sie klagte nicht über das, was ihr zugestoßen war. Sie wusste, dass es in der ganzen königlichen Reisegesellschaft kaum eine Frau gab, die diese Erfahrung nicht irgendwann schon gemacht hatte. Man musste sich wappnen und mit dem Verlust abfinden. Von Marie de Maupeous Kindern waren drei noch als Kleinkinder gestorben. Von denen, die die Geburt erst gar nicht erreicht hatten, redete Nicolas' Mutter nicht einmal. Nicolas erinnerte sich an ihren Spruch »Der Herr hat's gegeben, der Herr hat's genommen«. Er wusste, dass es für sie nicht nur Worte waren. Sie glaubte fest daran, und daher rührte wohl ihre Kraft.

»Ihre Gemahlin ist stark«, lobte Königin Anna. »Das müssen

wir auch sein, wir Menschen.« Sie lächelte plötzlich, weil sie so glücklich war. Diese Wochen waren die schönste Zeit ihres Lebens. Zu allem Erfreulichen war soeben auch noch die Nachricht eingetroffen, dass Karl II. am 31. Mai, seinem dreißigsten Geburtstag, auf den englischen Thron zurückgekehrt war. Damit war die Zeit der bürgerlichen Emporkömmlinge unter Cromwell, die seinen Vater ermordet hatten, endgültig vorbei. Das Blatt hatte sich gewendet. Das Jahr 1660 war das beste Jahr für Könige seit langer Zeit, und wenn Gott es wollte, konnte alles so wunderbar weitergehen, wie es angefangen hatte.

5

Am 9. Juni 1660 fand in Saint-Jean-de-Luz Ludwigs zweite Hochzeit statt, die »richtige«, der Höhepunkt der ganzen Unternehmung. Der französische König heiratete auf französischem Boden die französische Königin. Die Hochzeit hätte nicht feierlicher sein können. Schon der Weg von den königlichen Häusern bis zur Kirche war mit kostbaren Teppichen belegt. Zu beiden Seiten standen hohe Pfeiler, weiß-golden bemalt und verbunden durch Girlanden, die sich im sanften Wind leise bewegten. Dahinter drängte sich eine unübersehbare Menschenmenge. Auch die Fenster und Balkone waren voll mit Schaulustigen, die einander fast über die Brüstung drückten, um nur ja nichts zu versäumen. Zu gleicher Zeit erschallte von den Kirchtürmen der Stadt ein ohrenbetäubendes Glockenläuten. Für manche Zuschauer war dieser heilige Lärm später sogar die grandioseste Erinnerung an diese Hochzeit. Er schien die ganze Stadt zu erfüllen und jedes Gespräch unmöglich, aber auch unnötig zu machen.

Die Glocken beherrschten die Stadt und kündigten den Festzug an, der sich über die Teppiche in feierlicher Langsamkeit zur Kirche schob. Die Zuschauer reckten die Hälse und versuchten, die Würdenträger zu erkennen. Bei dem ersten fiel es ihnen wegen seiner verwachsenen Gestalt nicht schwer. Es war Prinz

Conti, ein enger Verwandter des Königs. Der alte Frondeur!, dachten viele und wunderten sich, wie vornehm er trotz allem aussah. Ein Prinz von Geblüt, zurückgekehrt in das System der Monarchie.

Ihm folgte Kardinal Mazarin mit einem prächtigen Hermelinumhang und darunter einem purpurnen Mantel, so weit und so lang, dass er ihn wie eine Schleppe hinter sich herzog. Dies war auch sein Tag. Eigentlich – so dachte er – vor allem der seine. War nicht er es gewesen, der mit seiner Schlauheit und Tatkraft die Katholische Majestät zum Einlenken gebracht hatte? War nicht er es gewesen, der den jungen König auf den rechten Weg zurückgeführt hatte? Der Friedensschluss mit den Spaniern war der zweite große Triumph seines Lebens. Den ersten hatte ihm die Fronde verleidet. Diesen zweiten aber wollte er auskosten wie den süßesten Wein.

Die Zuschauer schrien auf, als in einigem Abstand nun der König selbst vorbeischritt. Sein Gesicht war ernst. Er blickte nicht zur Seite. Er trug ein goldenes, schwarz umschleiertes Gewand, das in der Sonne leuchtete, als wäre er selbst die Sonne. Niemand konnte majestätischer aussehen als er. In diesem Augenblick, als ihn das Glockengeläut umbrauste, war er mit sich selbst im Reinen. Alle Verirrungen waren vergessen. Das schlanke Mädchen mit dem schwarzen Haar und den schwarzen Augen hätte nicht in dieses Bild gepasst. Mit ihr hätte es diesen Festzug nicht gegeben und auch nicht den Triumph des Friedens.

Noch nie hatte sich Ludwig so sehr als König gefühlt wie jetzt. Er blickte auf den Kardinal und sah ihn auf einmal mit anderen Augen. Mazarin war nicht mehr der verhasste Erzschurke, der mit seinem Gefolge protzte. Er war nicht mehr der Erwachsene, der einem Kind die Aufmerksamkeit seiner Mutter entzog. Nein, er war der treue Diener, der ihm den Weg geebnet hatte. Nicht uneigennützig zwar, aber erfolgreich. Mein Pate!, dachte Ludwig ohne Liebe, aber mit Hochachtung. Danach dachte er wieder an sich selbst, wie es sich gehörte für einen König, der an seinem Ehrentag durch die Volksmenge schritt.

Hinter Ludwig folgte seine Gemahlin, zur Rechten geleitet von ihrem Schwager Philippe von Orléans, der zum Entzücken der Zuschauer einmal sogar in die Menge lächelte, und zur Linken von ihrem Ehrenkavalier, Monsieur Bernaville. Maria Theresia war noch prächtiger gekleidet als ihr Gemahl: über ein weit schwingendes Gewand aus Silberbrokat floss ein violetter Mantel aus zehn Ellen Stoff, bestickt mit goldenen Lilien. Die adeligen Fräulein Valois und Alençon trugen die beiden Seiten des Mantels, als wären sie Flügel, und die Prinzessin Carignan folgte mit der Schleppe. Zwei weitere Damen hielten die Krone über Maria Theresias Haupt mit dem schönen blonden Haar. Wie bei einer Feiertagsprozession bewegte sich dieses golden und silbern schimmernde Menschengebilde zur Kirche hin, dass die Zuschauer den Atem anhielten. Maria Theresia war nicht mehr das schüchterne junge Mädchen, das mit Schoßtieren spielte. In dieser Stunde verkörperte sie das Königtum von Gottes Gnaden. Sie spürte, dass sie ihre Sache gut machte, und wünschte sich nichts mehr, als dass ihr Vater sie so hätte sehen können. Ganz bestimmt wäre er stolz und glücklich gewesen.

Auch der Anblick seiner Schwester hätte König Philipp tief berührt, vielleicht auch als Vorahnung, wie Maria Theresia später einmal aussehen konnte. Trotz ihrer Jahre war Anna noch immer schön. Ihrer Würde und ihrem Alter gemäß trug sie einen langen schwarzen Schleier, der mit Silber bestickt war. Doch ihr Gesicht lag frei, und alle, an denen sie vorüberkam, konnten sehen, dass sie glücklich war.

Die Grande Mademoiselle beschloss den Zug der königlichen Familie. Wegen ihrer Trauer um den Vater trug sie Schwarz, doch ihre berühmten Perlen schimmerten im Sonnenlicht. Es war offenkundig, dass dies kein schöner Tag für sie war. Hatte sie nicht während ihrer ganzen Jugend Ludwig als ihren »kleinen Gemahl« betrachtet? Sie sei zu alt für ihn, hatte man ihr später gesagt – nicht mit diesen harten, doch sehr eindeutigen Worten. Wie war es nur möglich, dass Ludwig nie erkannt hatte, wie stark sie war, wie voller Leben? Sie wäre seine wahre Königin gewesen, nicht diese kleine, dicke Spanierin mit ihren vielen, womöglich sogar falschen Haaren. Nicht einmal Ludwigs Sprache beherrschte sie. Doch noch war nicht aller Tage Abend. Wer konnte wissen, ob Ludwig nicht doch noch erkannte, wer seine wahre Gefährtin war? Der Platz der Gemahlin war zwar nun besetzt. Doch die Könige von Frankreich hatten sich nie unnötig eingeschränkt.

Als der Festzug die Kirche erreichte, hatte die Hochzeitsgesellschaft drinnen bereits ihre Plätze eingenommen. Als wären sie nicht Gäste, sondern nur Zuschauer, versuchten alle, die Neuvermählten zu sehen, als sie sich unter ihren Thronhimmel begaben, der mit den Lilien der Bourbonen bestickt und mit Helmbüschen geschmückt war. Für Königin Anna war ein separater Platz auf einer mit schwarzem Samt ausgeschlagenen Estrade vorbereitet, überwölbt von einem Baldachin aus dem gleichen Stoff.

Der Bischof von Bayonne vollzog die Trauung. Maria Theresia, die sonst so leicht in Tränen ausbrach, blieb gefasst. Sie hatte erreicht, was sie immer ersehnt hatte. Doch es war nicht die Krone von Frankreich, um die es ihr ging. Viel lieber wäre sie Königin von Spanien gewesen. Nein, es war dieser junge Mann an ihrer Seite, der Einzige auf der Welt, der ihr ebenbürtig war. Wie allen Infantinnen war auch Maria Theresia von ihrem Beichtvater erzählt worden, dass Könige nur Königinnen lieben könnten, und umgekehrt sei es genauso. Maria Theresia hatte es geglaubt, wie alle spanischen Prinzessinnen vor ihr. Kein einziges Mal hatte sie einem anderen Mann absichtlich in die Augen geblickt. Immer hatte es nur Ludwig für sie gegeben, obwohl sie ihn noch nicht einmal gekannt hatte. Als ihr ihre Zwergin zuflüsterte, Ludwig poussiere mit einer Italienerin, hatte Maria Theresia nur gleichgültig die Achseln gezuckt.

Nach der Trauung erhoben sie sich von ihren Samtkissen. Die Damen ordneten Maria Theresias Mantel und Schleppe. Dabei blickte die junge Königin verstohlen zur Seite. Sie hatte Glück. Ihre und Ludwigs Augen begegneten einander. Maria Theresias erster Impuls war, sich schnell wieder wegzudrehen. Dann aber fasste sie sich ein Herz und schaute ihrem Gemahl geradewegs in die Augen. Auch er blickte sie an. Dann lächelte er plötzlich und neigte kaum merklich den Kopf. Maria Theresia wurde blutrot. Sie wagte nicht, Ludwigs Lächeln zu erwidern, doch während sie sich wieder abwandte, dachte sie in Dankbarkeit an ihren Beichtvater, als hätte er das wunderbare Gesetz königlicher Liebe erwirkt.

Wolken von Weihrauch erfüllten das Gotteshaus, und die Glocken läuteten noch kräftiger als zuvor, als der Bischof mit seiner Begleitung den Neuvermählten voranschritt. Die königliche Familie und die Hochzeitsgäste schlossen sich an. Unter dem Jubel der Zuschauer traten sie durch das Hauptportal hinaus auf den sonnigen Vorplatz.

Als sich die Kirche geleert hatte, löschten Ministranten die Kerzen, und ein Priester verschloss unter dem Beifall der Bevölkerung das Hauptportal. Bis in alle Ewigkeit, so hatte Königin Anna verfügt, sollte dieses Tor nicht mehr geöffnet werden, um die nachfolgenden Generationen daran zu erinnern, welch erhabenes und glückliches Ereignis hier stattgefunden hatte.

6

Nach der Zeremonie speisten der König, die beiden Königinnen und Philippe von Orléans miteinander. Auf dem Platz vor dem Haus warteten die Zaungäste darauf, dass sich die Neuvermählten noch einmal zeigten. Alle klatschten und jubelten, als Ludwig und Maria Theresia auf den Balkon traten und Geldstücke unter die Menge warfen. Dabei lachten sie fröhlich und sahen so glücklich aus, wie man es bei Menschen ihres Ranges nur selten beobachten konnte. Trotzdem wagte Maria Theresia nicht, ihren Gemahl unaufgefordert anzusprechen oder ihm in die Augen zu blicken. Sie wartete immer darauf, dass sie gefragt wurde. Dann antwortete sie vorsichtig und zurückhaltend, wie man es sie in Madrid gelehrt hatte. Sie konnte sich nicht vorstellen, dass sie sich jemals auf gleicher Höhe mit ihrem Gemahl unterhalten würde.

Es war noch Nachmittag und ganz hell, als Ludwig plötzlich erklärte, es sei nun an der Zeit, schlafen zu gehen. Niemand antwortete, nur Maria Theresia rief entsetzt: »Aber es ist doch noch viel zu früh!« Dann schlug sie, erschrocken über ihre eigene Auflehnung, die Hände vor den Mund, erhob sich schnell und lief in ihr Schlafgemach. Dort befahl sie ihren Kammerfrauen, die Vorhänge ganz dicht zuzuziehen und ihr danach gleich beim Auskleiden zu helfen. Auch sie schien es auf einmal eilig zu haben. »Rasch!«, trieb sie ihre Hofdamen an. »Beeilt euch! Der König erwartet mich!«

Sie war aufgeregt wie ein Kind, als Ludwig ins Zimmer trat. Auch Anna, Mazarin und die Mitglieder der königlichen Familie erschienen nun sowie mehrere ausgewählte Vertreter der Hofgesellschaft. Sie alle stellten sich an der Wand gegenüber dem königlichen Alkoven auf und sahen zu, wie Ludwig und Maria Theresia in ihr Bett stiegen.

Seit Jahrhunderten war es üblich, dass die Zeugen der königlichen Hochzeitsnacht bis nach dem Vollzug der Ehe anwesend blieben. Doch Anna sorgte dafür, dass es diesmal anders war. Zu quälend war die Erinnerung an den Beginn ihrer eigenen Ehe, als sie die neugierigen Augen der Höflinge hinter dem angestrengten Gesicht ihres Ehemannes gesehen und nicht gewusst hatte, wer ihr Schlimmeres antat: ihr Gemahl, der ihren Körper verletzte, obwohl er es eigentlich nicht wollte, oder diese Fremden, denen sie jeden Tag begegnen würde und die sie mit ihren Blicken demütigten.

Ihrem Sohn und seiner Gemahlin wollte Anna diese Erfahrung ersparen. So wartete sie, bis sie sich unter die Decke gelegt hatten. Dann küsste sie die beiden auf die Stirn, segnete sie und ihren Bund und zog dann eigenhändig die Vorhänge zu. Danach wandte sie sich an die enttäuschten Zeugen. »Unsere Aufgabe ist erfüllt!«, entschied sie mit einer Stimme, die keinen Widerspruch duldete. »Wir wollen uns nun zurückziehen.«

Erst am nächsten Morgen kehrten die Zeugen zurück. Man öffnete die Vorhänge wieder und blickte auf das junge Paar, das an die vielen Kissen gelehnt in seinem Bett saß. Ludwig verzog keine Miene, doch Maria Theresia erstaunte alle, weil sie, viel weniger schüchtern als erwartet, ihre kleinen, weißen Hände aneinanderrieb und dann liebevoll lächelnd auf ihren Gemahl blickte. Alle wunderten sich noch über die Veränderung, die mit der scheuen Infantin vorgegangen war, da fing sie plötzlich, wie nach einer gelungenen Theateraufführung, an zu klatschen. Die Zeugen tauschten betretene Blicke und entschlossen sich dann einer nach dem anderen, ebenfalls Beifall zu spenden. Nur Anna beteiligte sich nicht. Stattdessen nahm sie sich vor, mit ihrer Schwiegertochter behutsam über das Verhalten einer Königin zu sprechen.

Maria Theresia legte ihre Händchen auf die Bettdecke. »Ich möchte gerne die Heilige Kommunion empfangen, liebe Mutter«, erklärte sie, zu Anna gewandt. »Man muss dafür beten, dass der Himmel nach der gegebenen Frist Frankreich ein Kind schenkt.«

Mazarin

1

»Sehen Sie sich das nur an, Monseigneur!«, sagte Königin Anna fassungslos zu Nicolas Fouquet, der neben ihr auf dem Balkon des Hôtel de Beauvais stand, von dem aus sich der beste Ausblick auf die riesige Prozession bot, mit der Ludwig XIV. und seine junge Gemahlin in Paris einzogen. »Ich war auch neu vermählt, als ich hierherkam, und ich war auch die Tochter eines spanischen Königs. Doch so etwas habe ich nicht erlebt.«

Es war nicht der Prunk allein, der Ludwigs Zuschauer mitriss. Prächtige Auftritte des Königs war man in Paris gewöhnt. Es war vielmehr die Lebenslust, die der königliche Hof auf einmal ausstrahlte. Das übermütige Selbstbewusstsein nach den Jahren des Streits und des Krieges. Seht her!, schien der König zu rufen, als er in seinem silbernen Gewand neben der Karosse seiner Gemahlin durch die Straßen ritt. Seht her, ich bringe euch den Frieden! Ich bringe euch die Jugend! Ich bringe euch die Zukunft!

Ein junger Mann von zweiundzwanzig Jahren statt der bisher nur alten Männer, die ihre griesgrämige Macht ausgeübt hatten. Zweiundzwanzig Jahre auch seine Gemahlin, die als süßestes aller Geschenke den Frieden mitbrachte: Maria Theresia, deren Haar wie Gold in der Sonne leuchtete. Viel mehr als das konnte man von ihr nicht sehen. Nur dieses wunderbare Haar und eine kleine weiße Hand, die – von einem großen Diamantring beschwert – aus dem Fenster winkte. Doch das genügte schon, um die Zuschauer zu begeistern. Sie sei bereits guter Hoffnung, erzählte man sich. Aber das konnte auch ein bloßes Gerücht sein – wie ganz Paris in diesen Tagen voll war von Gerüchten, eines erfreulicher als das andere. Ein zerrissenes, verunsichertes Volk fand sich selbst wieder, war aufgeregt und begeistert und glaubte endlich wieder daran, dass von nun an alles besser werden würde; dass das glorreiche Frankreich zum Wohlstand zurückkehrte, zur Einigkeit und vielleicht sogar zur Vorherrschaft über die anderen Völker des Kontinents.

Die junge Königin habe Ludwig das Versprechen abgenommen, jede Nacht bei ihr zu beenden, erzählte einer und schwor, seine Quellen seien sicher. Wie spät es auch immer sei, dass er zu Bett gehe: Es müsse immer das ihre sein. Alle lachten. »Spanische Weisheit!«, erklärte man. Ein anderer berichtete, wenn der König Maria Theresia seine Gunst erwiesen habe, bekreuzige sie sich und rufe nach dem Segen der Heiligen Jungfrau. Bei Hofe nenne man diesen Vorgang inzwischen schon »zu Maria kommen«, weil sogar Ludwig selbst einmal gesagt habe, auch er ziehe es vor, im Zimmer seiner Gemahlin zu schlafen. Da könne man bequemer »zu Maria kommen«. Lange Diskussionen über die Liebesgewohnheiten der Spanier folgten, die den Franzosen nach der langen Feindschaft fast genauso exotisch vorkamen wie die Völker des tiefsten Afrika.

»Niemand vermisst mich!«, beklagte sich Anna leise, während auf der Straße die Menschen sangen und tanzten. »Ich will die Aufmerksamkeit nicht von Ihnen ablenken«, hatte sie zu Ludwig und Maria Theresia gesagt. »Deshalb werde ich einen Tag vor Ihnen inkognito nach Paris fahren und als einfache Zuschauerin an Ihrem Triumph teilnehmen.«

Dass es ein solcher Triumph werden würde, hatte Anna allerdings nicht erwartet. Auch nicht, dass es keine einzige Stimme gab, die nach ihr rief. Bisher war sie die Königin gewesen, die Erste Dame, wo auch immer sie auftrat. Dass auf einmal niemand mehr nach ihr zu fragen schien, versetzte ihr einen Schlag, der ihr weh tat. Sie sah den Diamanten, der an Maria Theresias kleiner Hand in der Sonne blitzte, und plötzlich wurde ihr bewusst, dass von nun an diese junge Frau die Stelle einnehmen würde, die bisher ihr, Anna, zugekommen war.

Von Anfang an war Anna entschlossen gewesen, ihre Schwiegertochter und Nichte zu lieben wie ein eigenes Kind. Inzwischen fühlte sie sich allerdings ernüchtert. Maria Theresia hatte ihre Erwartungen enttäuscht. Dass sie die französische Sprache nicht beherrschte, konnte ihr nicht angelastet werden. Ebenso wenig, dass ihr Verstand unter dem Durchschnitt geblieben war. Maria Theresia war verspielt wie ein Kind. Nie war sie glücklicher, als wenn sie mit ihren Schoßtieren und Zwerginnen spielen konnte, und immer stand ein Tellerchen mit Naschwerk dabei. Auch ihr Umgang mit Ludwig hatte etwas Treuherziges und Kindliches. Wenn Maria Theresia Liebe machte, tat sie es auf die gleiche naiv-sinnliche Weise, mit der sie ihre Pralinen genoss oder den Finger in die Marmelade tauchte.

Anna, die die beiden aufmerksam beobachtete, hatte den Eindruck, dass Ludwig dennoch mit seiner Ehe zufrieden war. Doch wie lange noch? Wie sollte sich ein Mann, der der Liebhaber von Olympia Mancini gewesen war und Marie Mancini geliebt hatte, auf Dauer mit einer Frau begnügen, die immer noch jeden Morgen klatschte, um den Hofstaat über seine nächtliche Leistung zu informieren, und die immer noch davon überzeugt war, dass ein König nur eine Königin lieben könne?

Sie blickte hinunter auf die Straße, wo nun hinter dem Wagen der Königin die Equipagen des Kardinals auftauchten. Auch ihnen winkte das Volk gutmütig zu. Längst hatte man aufgehört, Mazarin zu hassen. Dieser Tag war auch sein Triumph. Alle wussten, dass es Mazarin gewesen war, der den Frieden herbeigetrickst und listig erschachert hatte. »Vive le cardinal!«, rief eine einzelne, raue Stimme. Trotzdem konnte man hinter den Scheiben der ersten Equipage, in der man den Kardinal vermutete, nichts erkennen. Keinen Umriss eines Menschen, keine winkende Hand.

Niemand ahnte, dass die Equipagen des Kardinals leer waren.

Schon seit einem Jahr hatte sich Mazarin krank gefühlt. Nur die riesige Herausforderung des Friedens mit Spanien hatte ihn noch aufrechterhalten. Schon während der Rückfahrt aber hatten ihn immer öfter seine Kräfte verlassen. Die Gicht quälte ihn, dass er es kaum noch aushielt, und nachts rang er nach Luft. Die meiste Zeit konnte er nicht einmal mehr liegen, sondern saß, der Verzweiflung nahe, aufrecht in seinem Himmelbett. Er dachte an Rom, an den Vatikan und wie viel noch bedacht und organisiert werden musste, bis der gegenwärtige Papst das Zeitliche segnete.

Mazarin lachte bitter auf, während sein Beichtvater, der Theatiner Joly, an seinem Bett saß, das Kinn auf der Brust und die Augen geschlossen. »Womöglich bin ich früher dran als er!«, klagte Mazarin und schüttelte den Kopf.

Der Mönch schreckte hoch. »Wer, Eminenz?«, fragte er schlaftrunken. Als Mazarin nicht antwortete, dachte der kleine Mönch, dass Eminentissime auch nicht jünger wurde und manchmal nicht mehr ganz richtig im Kopf war.

Die Prozession war vorbeigezogen. Die Menschen am Straßenrand folgten ihr. Nach und nach wurde es ruhig. »Darf ich Sie in den Salon bitten, Majestät?«, fragte Catherine de Beauvais. Sie hatte die ganze Zeit geschwiegen. Ihr Gesicht ließ nicht erkennen, was sie dachte, als da unten ihr kleiner König in all seinem Glanz vorbeiritt.

Anna erhob sich. Nicolas reichte ihr den Arm und führte sie ins Innere des Hauses, wo eine kleine Mahlzeit vorbereitet war. »Für Sie wird es in nächster Zeit auch nicht einfacher, Monseigneur«, seufzte Anna. »Ich gebe Ihnen nur einen Rat: Seien Sie vorsichtig!« Sie setzte sich auf das Sofa, auf dem in ihrer Gegenwart niemand anderer Platz nehmen durfte. Man reichte ihr eine Tasse Tee. Sie nippte daran. »Dass Sie mindestens einen Feind haben, wissen Sie ja.« Sie stellte ihre Tasse nieder. »Ich will nicht übertreiben, aber ich möchte fast sagen: einen Todfeind.«

2

Niemand wusste besser als Jean-Baptiste Colbert, wie krank der Kardinal wirklich war. Seit fast zehn Jahren arbeitete Colbert von morgens um fünf bis tief in die Nacht im Dienste des Kardinals, immer im Schatten, wenig bedankt. Mazarin, der so vieles zu verbergen hatte, hatte vor Colbert keine Geheimnisse. Sogar während der Fronde war er aus dem Exil ohne Unterbrechungen mit ihm in Verbindung gestanden. Als er zurückkam und reich werden wollte, begleitete ihn Colbert auf allen krummen Wegen. Immer effizient, immer verschwiegen und dabei auch immer kalt und mürrisch.

In Gesellschaft äußerte Mazarin manchmal gut gelaunt, dass er Colbert eigentlich nicht leiden könne. Trotzdem werde er sich wohl nie von ihm trennen, denn niemandem könne er so bedingungslos vertrauen wie diesem Mann aus Reims, der natürlich – alter Scherz von Mazarin! – bei den Jesuiten erzogen worden war, so wie Mazarin selbst und alle wirklich tüchtigen Staatsdiener, die gelernt hatten, die Wege der Macht zu überblicken und die richtigen Abkürzungen zu nutzen, um auf den Hauptplatz zu kommen.

Wenn Colbert, was zu Beginn seiner Karriere selten vorkam, über sich selbst sprach, bezeichnete er sich als einen Mann aus einfachen Verhältnissen. Ein Tuchhändler aus Reims sei sein Vater gewesen, so wie auch dessen Vorfahren. In Wahrheit gehörten die Colberts jedoch zu den Patriziern ihrer Stadt. Schon Colberts Vater war nach Paris gezogen, um dort als Finanzier ein Vermögen zu erwerben. Auch der junge Jean-Baptiste war entschlossen aufzusteigen. Doch nicht einmal seine engsten Verwandten trauten es ihm zu. Wie sollte einer nach oben gelangen, der nicht einmal lachen konnte? Einer, der immer nur arbeitete und jedem über den Mund fuhr, der ein Wort zu viel sagte!

Trotzdem unterstützte man ihn, wie jeder Clan seine Mitglieder unterstützte. Nach dem Studium in Reims schickte man ihn zu einer Banklehre nach Lyon. Dort fiel er einem Notar auf, der ein Arbeitstier suchte, dem Aktenarbeit Lust bereitete. Colbert erfüllte diese Anforderung aufs Beste. Trotzdem stand er immer noch im Schatten. Doch seine Familie fing an, sein Talent zu erkennen. Man half ihm beim Kauf einer Charge als Staatsrat und vermittelte ihm als Ehefrau eine gewisse Marie Charron aus einflussreicher Finanzfamilie.

Immer noch wurde er von den meisten übersehen. In Gesellschaft wich man ihm aus, weil er zu unfreundlich war. Seine große Chance bot sich erst, als der Kriegsminister Le Tellier ihn Mazarin empfahl. »Ich brauche eine Art Faktotum«, hatte der Kardinal erklärt. »Einen, der etwas von Geschäften versteht und der nicht herumschwätzt.«

Le Tellier lächelte. »Muss er auch sympathisch sein, Eminenz?«

Mazarin zuckte die Achseln. »Wozu? Charmant bin ich selbst.«

Von diesem Tag an diente Colbert seinem Herrn. Er schaufelte ihm die Wege frei und mehrte seinen Profit. Er sah alles, was mit dem Kardinal zu tun hatte, überwachte alles, zählte alles, notierte alles. Er spionierte, kalkulierte und intrigierte. Im Auftrag von Mazarin handelte er mit Ämtern, Pfründen und Einfluss. Er kaufte Kunstwerke, Schmuck, Bücher und Grundbesitz. Ganz nebenbei betrieb er auch seine eigenen Geschäfte und vergrößerte das eigene Vermögen. Mazarin hatte nichts dagegen, solange er selbst davon keinen Nachteil hatte. Ein Sekretär, der selbst für sich sorgte, verlangte wenigstens kein großes Gehalt.

Colbert kümmerte sich um alles. Längst hatte er gemerkt, dass sein Herr von Geschäften eigentlich nicht viel verstand. Sein Talent lag darin, anderen ihr Geld aus der Tasche zu ziehen. Colbert wusste, dass ihm selbst niemand freiwillig auch nur ein trockenes Brot geben würde. So ergänzten die beiden einander perfekt. Mit der Zeit ließen sie sogar ihre Launen aneinander aus, und der große Mazarin, vor dem alle buckelten, wusste, er würde nie erleben, dass ihm sein Sekretär schmeichelte.

»Colbert – das ist der Norden!«, sagte Madame de Sévigné, eine gute Freundin von Nicolas, und so war es auch. Wer gezwungen war, sich an Colbert zu wenden, lernte das Frieren.

Es sprach sich herum, dass Colberts Wappentier eine Ringelnatter war. Seine Vorfahren hatten diese Wahl getroffen, weil das lateinische Wort für Natter »coluber« lautete, was an »Colbert« denken ließ. Auf dem Wappenbild sah man jedoch keine harmlose kleine Natter, sondern eine furchterregende Schlange, die sich angriffslustig auf ihrer Schwanzspitze aufrichtete und sich dabei gefährlich züngelnd um einen azurblauen Pfahl wand.

Noch bekamen nur wenige dieses Wappen zu sehen. Erst nach und nach entpuppte sich Mazarins Sekretär als ein Mann von Ehrgeiz. Doch solange es ihm schaden konnte, neben Mazarin aufzufallen, hielt er sich zurück. Aus eigener Erfahrung wusste er, was Neid war und wie viel Hass er hervorrufen konnte. Noch fühlte er sich nicht stark genug, dem Neid zu begegnen, doch in seinem Inneren brannte es. Am liebsten wäre es ihm gewesen, es hätte keinen einzigen Menschen gegeben, der über ihm stand.

So saß Colbert täglich mindestens sechzehn Stunden im Vorzimmer des Kardinals, ein Genie der Ordnung, ein Liebhaber des Details. So kannten ihn alle: ein mittelgroßer Mann von unbestimmtem Alter. Als er zu Mazarin kam, war er dreißig und sah zehn Jahre älter aus. Sein Gesicht war blass, sein Haar schwarz und grob. Da es schon früh schütter wurde, trug Colbert bereits in jungen Jahren ein Käppchen, um seine Kahlheit zu bedecken. An eine Perücke, wie es Mode war, dachte er nicht einmal. Mazarin betrachtete es bereits als Fortschritt, dass Colberts Kleidung, nach einigen Jahren boshafter Bemerkungen, wenigstens regelmäßig gebügelt wurde. »Sie möchten mein Nachfolger werden?«, scherzte Mazarin, und für ihn war es zu dieser Zeit wirklich nur ein Scherz. »Da müssen Sie sich aber wesentlich besser kleiden!«

Das waren genau die Worte, einen Colbert zu motivieren! Von jenem Tag an achtete er auf sein Äußeres. Mazarin bemerkte es wohl, doch er wagte nicht, Colbert aufzuklären, dass er in Konkurrenz mit einem großen Herrn wie Nicolas Fouquet keine Chance hatte.

3

»Hüte dich vor Colbert!«, warnte Christophe de Chalain seinen Cousin Nicolas. Da Nicolas nach seiner langen Abwesenheit keine Zeit hatte, in die Bretagne zu reisen, war Christophe nach Paris gekommen, um Bericht zu erstatten und neue Projekte zu besprechen. Er empfahl Nicolas, eine Insel in der Karibik zu erwerben, Sainte-Lucie, die ein günstig gelegener Umschlagplatz für den Handel der Fouquet-Chalain werden konnte. »Außerdem soll diese Insel landschaftlich das reine Paradies sein«, fügte Christophe hinzu. »Hättest du nicht Lust, diesen Raubtierkäfig hier zu verlassen und dir eine Reise dorthin zu gönnen? Vielleicht ließe ich mich sogar überreden, dich zu begleiten. Ich bin wohl immer noch nicht vom Fernweh meiner Jugend geheilt.« Er zögerte. »In der Zwischenzeit könnte diese Schlange im Kontor des Kardinals ihr Gift bei anderen verspritzen, und du wärst erst einmal aus der Schusslinie.«

Danach berichtete er das Neueste von den Spionen, die Colbert seit Jahren in die Bretagne schickte. »Immer zu zweit. Einem Einzelnen traut er nicht.« In der geschlossenen Gesellschaft der kleinen Küstenstädte fielen die Fremden schnell auf und wurden enttarnt. Sie verschwanden auf Nimmerwiedersehen, doch bald schon tauchten die Nächsten auf und schickten ihre Berichte nach Paris, wo Colbert sie mit Neid im Herzen empfing.

»Niemanden hasst er mehr als dich«, sagte Christophe zu Nicolas, der sich eben von einem seiner Fieberschübe erholte. »Er kann es nicht ertragen, dass ein Mensch, der aus einem ähnlichen Milieu kommt wie er selbst, ein so glänzendes Leben führt. Ich bin sicher, auch er ist längst ein reicher Mann. Doch Geld wird für ihn immer nur eine Reihe von Zahlen sein. Er setzt es nicht um in wunderbare Gebäude, Kunstwerke, Bücher oder strahlende Feste. Er zählt es immer nur – und selbst das nur auf dem Papier. Dabei knirscht er mit den Zähnen, weil du bei der Königin ein und aus gehst. Er weiß: Trotz seiner Macht kommt er immer nur durch den Hintereingang in den Palast, du aber über den Ehrenhof.«

»Und jetzt soll ich in die Karibik reisen und ihm das Feld überlassen? Das kann doch nicht dein Ernst sein!« Nicolas begann sich wieder besser zu fühlen. Er hatte sich mit seiner Krankheit abgefunden. Wenn sich das Fieber ankündigte, legte er sich für ein paar Stunden nieder. Nicht einmal die Bittsteller schickte man dann heim. »Es wird nicht lange dauern«, versicherte sein Sekretär Bruant den Wartenden. Man wusste, sobald der Oberintendant wieder Herr seiner selbst war, öffneten sich seine Türen, und er war der Gleiche wie immer.

Durch seine Spione, die im Dienste Mazarins standen, doch auch seinen Sekretär nicht ausnahmen, hatte Basile Fouquet erfahren, dass Colbert schon seit zwei Jahren an einer Akte arbeitete, in der er Material gegen Nicolas sammelte.

Nur durch Zufall war das brisante Dokument bekannt geworden. Ein Schreiber, der in Wahrheit ein Agent war, sollte bei Colbert eine Mappe für Mazarin abholen. In der kurzen Zeit, in der Colbert daraufhin den Raum verlassen hatte, wühlte der Besucher in Colberts Papieren, da er beim Eintreten beobachtet hatte, dass Colbert hastig einen Ordner zudeckte. Den suchte der Mann nun und stellte mühelos fest, dass die enthaltenen Schriftstücke eindeutig gegen den Finanzminister gerichtet waren.

Lange Zahlenreihen fanden sich da, aber auch eine genaue Aufstellung aller Gesprächspartner, die mit Nicolas zusammengetroffen waren. Sogar deren Lebenslauf war hier verzeichnet sowie ihre allgemeine Situation. Als Anhang dann eine lange Liste mit Vorwürfen gegen Nicolas Fouquet, die in ihrer Ausführlichkeit sogar als Grundlage eines gerichtlichen Verfahrens dienen konnten.

Der Oberintendant der Finanzen sei schuld an der Verarmung des Volkes, hieß es da. In krimineller Weise habe er sich selbst bereichert. Ohne Vermögen sei er in sein Amt gekommen. Inzwischen sei er reicher als der König selbst. Gemeinsam mit seinen vertrauten Finanziers plündere er die Staatskasse. Es müsse sogar befürchtet werden, dass er einen Staatsstreich plane, um – wie es in England geschehen war – den König zu stürzen.

Die Befestigungsanlagen von Belle-Isle seien der beste Beweis dafür, dass Nicolas Fouquet massiv aufrüste. Die religiösen Geheimbündler der Compagnie du Saint-Sacrement warteten nur darauf, mit Fouquet gemeinsam erst einen Staat im Staate zu bilden und dann die Regierung an sich zu reißen. Zwar rühme alle Welt die guten Werke der Compagnie, die angeblich allein im Dienste der Armen stehe. Doch davon solle man sich nicht täuschen lassen. Wahrscheinlich sei sogar Fouquets Mutter Marie de Maupeou an den Plänen ihres Sohnes beteiligt. Jeder wisse, wie innig sie der Compagnie verbunden sei. Doch um die Armen ginge es ihr dabei wohl nicht.

Weiter konnte der Spion nicht lesen. Colbert kam zurück. Wenn er Verdacht geschöpft hatte, so ließ er es sich jedenfalls nicht anmerken. Vielleicht machte es ihm auch gar nichts aus, dass Nicolas Fouquet womöglich von dieser Akte erfuhr. Dass Colbert der Oberintendant im Weg war, wusste ohnedies ein jeder. Noch aber war Nicolas Fouquet nach Mazarin der mächtigste Mann im Staat, Colbert jedoch nur der engste Mitarbeiter des Kardinals. Manche lachten und sahen in dem heimlichen Duell der beiden Gegner ein spannendes Spiel. Andere aber wunderten sich, dass Nicolas Fouquet den Fehdehandschuh nicht aufnahm, sondern seinen Feind gewähren ließ.

»Vernichte ihn!«, rief Christophe und meinte, was er sagte. »Vernichte ihn, ehe er dich vernichtet! Es ist ihm ernst, das schwöre ich dir.«

Auch Königin Anna warnte Nicolas immer wieder, ebenso wie Marie Madeleine, die sagte, sie fürchte diesen Mann. »Er ist so finster und er hasst dich so sehr! Irgendwie ist er wohl in seinem bisherigen Leben zu kurz gekommen. Er sieht, dass du genau das Gegenteil von ihm bist. Dafür möchte er sich rächen. Die Schlange ist wirklich das passende Wappentier für ihn.«

Suzanne Duplessis-Bellière, Jeanne d'Asserac, die Künstler aus dem Salon von Saint-Mandé, Parlamentsräte und Notare … Ein Chor von Stimmen, die sich mischten. Alle sagten das Gleiche: Vorsicht vor Colbert! Unterschätze ihn nicht! Er ist gefährlich.

Doch Nicolas unternahm nichts. Seine Gewohnheiten änderten sich nicht im Geringsten. Er empfing Bittsteller, entwirrte Intrigen, verteilte Pensionen, prüfte und unterzeichnete Verträge, überwies Geld an die Truppen, ließ Schiffe aufrüsten, traf sich mit seinen Architekten, besuchte Feste, kaufte und las Bücher, kontrollierte die Pläne und den Baufortschritt von Belle-Isle und Vaux-le-Vicomte und traf sich mit Marie Madeleine und seinen Kindern. Ein Leben in Kontoren, Vorzimmern, Salons, Baustellen und auf Reisen, denn ein Oberintendant der Finanzen war mehr als nur ein Finanzminister. Ebenso war er Auftraggeber öffentlicher Arbeiten, Waffenhändler, Heereslieferant, Bankier und Geldwechsler. Dazu mussten noch der König und seine Mutter bei Laune gehalten werden und Mazarins gierige Hände gefüllt und seine Familie fürstlich unterstützt werden. Auch das Parlament verlangte Beachtung, und alle, alle wollten vor allem eines von ihm: Geld. Geld, das Nicolas eigentlich nicht mehr hatte. Das er schon seinem eigenen Besitz entzog. »Mein Kredit« hatte er in früheren Jahren seine Geldgeber genannt: Banken und Privatiers aus allen möglichen Gruppen der Gesellschaft. Adelige, die die Fronde unbeschadet überstanden hatten, waren ebenso darunter wie reiche Geistliche und Bürger, die mit ihrem Vermögen umzugehen verstanden. Sie alle waren vorsichtig geworden. »Mein Kredit« musste nun immer erst mühsam überzeugt werden, ehe sich die Geldtruhen öffneten.

Nicolas' Tage waren übervoll. Er meinte, er arbeite genug, um unantastbar zu sein. Ein kleiner Wadenbeißer aus dem Kontor des Kardinals konnte ihm nichts anhaben. Wenn er Colbert auf den Fluren der Macht begegnete, neigten sie beide höflich das Haupt. Sie verzogen keine Miene. Kein Lächeln, aber auch keine Fratze der Abneigung. Man konnte meinen, sie hätten nichts miteinander zu tun. Dabei hatte ihr Verhältnis längst den Charakter einer Jagd angenommen. Jäger und Wild – und das kostbare Wild meinte immer noch, die Waffe des Jägers sei nicht geladen.

4

Am 6. Februar 1661, mitten im kältesten Winter, brach im Louvre ein heftiges Feuer aus. Es verwüstete mehrere Räume nicht weit von den Gemächern des Kardinals, den seine Atembeschwerden am Schlaf gehindert hatten. So hörte er schon früh die Entsetzensschreie und das Hin und Her der verschreckten Diener, die sich vergeblich bemühten, den Brand zu löschen.

Es war dunkel im Raum, nur in den Türritzen flackerte der Widerschein des Feuers. Mazarin rief seinen Kammerdiener, der auf einem Bett in der Ecke schlief. Doch die Stimme des Kardinals war nicht kräftig genug. Der Diener fing sogar an zu schnarchen und im Traum jämmerlich zu stöhnen. Fast schon in Panik riss Mazarin am Glockenzug. Doch auch das wurde nicht gehört. So wälzte er sich schließlich aus eigener Kraft mühsam aus dem Bett und torkelte zu dem Diener. Er riss ihm die Decke weg und schrie seinen Namen.

Erst jetzt tauchte der Diener aus seinen Träumen empor. In langen Jahren hatte er gelernt, sofort hellwach zu sein, wenn man ihn rief. Als er den Lärm hörte und das Feuer flackern sah, verstand er sofort. Damit rettete er wohl sich selbst und auch seinem Herrn das Leben. Kräftig wie er war, hob er den Kardinal wie eine Braut hoch, drückte mit dem Ellbogen die Klinke nieder, stürzte auf den Korridor hinaus und flüchtete dann aus dem Bereich des Feuers hinunter in den Hof.

Im Freien war es bitterkalt. Mazarin war fast ohnmächtig. »Nach Vincennes!«, ächzte er. Dann verlor er das Bewusstsein.

Als er wieder erwachte, war es heller Mittag. Er merkte, dass er in seinem Bett in Vincennes lag, das ihm von allen seinen Schlafgelegenheiten immer die liebste gewesen war. Nicht zu hart und nicht zu weich und das Zimmer gut beheizbar. »Was ist geschehen?«, fragte er, obwohl er sich schon im selben Augenblick wieder an den Brand erinnerte.

Sein Leibarzt Quénaud, der mit mehreren anderen Doktoren auf sein Erwachen gewartet hatte, trat näher. »Sie haben sich erkältet, Eminenz«, erklärte er besorgt. »Die eisige Luft, die lange Fahrt in der Kutsche nur mit einer einzigen Decke … Ich fürchte, es war zu viel für Sie.«

Mazarin versuchte, sich aufzusetzen. Doch er war so schwach, dass Quénaud seine Bewegung nicht einmal als den Wunsch, sich aufzurichten, erkannte. »Sie waren über zwei Tage nicht bei Bewusstsein, Eminenz«, sagte er. Es klang fast vorwurfsvoll. »Erst heute Morgen ging das Fieber wieder zurück.«

Mazarin lächelte schief. »Zwei ganze Lebenstage verloren?«, versuchte er zu scherzen. »Als ob ich noch so viel Zeit zu verschenken hätte!«

Quénaud wiegte das Haupt. »Auch vorher haben Sie uns schon große Sorgen bereitet, Eminenz«, gestand er. »Dieses Erlebnis …« Er zögerte.

Mazarin lächelte nicht mehr. »Dieses Erlebnis war der letzte Nagel zu meinem Sarg, nicht wahr?«

Quénaud blickte ihn besorgt an. »Wenn Sie es so ausdrücken wollen, Eminenz.«

Mazarin rang nach Atem. Je wacher er wurde, umso quälender spürte er wieder, wie krank er war. »Wie lange noch?«, fragte er. Es sollte überlegen und sachlich klingen, doch er merkte, wie matt und heiser seine Stimme war.

»Zwei Monate, Eminenz. Vielleicht ein bisschen mehr.«

»Und ich werde die ganze Zeit so kraftlos sein wie jetzt? Werde ich nicht wenigstens hin und wieder aufstehen und Besuche empfangen können?«

Quénaud nickte. »Ich denke, es wird auch noch ein paar gute Stunden geben, Eminenz. Wir Ärzte werden jedenfalls unser Bestes tun, seien Sie versichert.«

Mazarin hustete. »Ein paar gute Stunden!«, wiederholte er. »So, so. Gegen Ende muss man sich wohl in Bescheidenheit üben, nicht wahr?«

Mazarin erkannte, dass er seine Zeit nutzen musste. Mit Stolz konnte er behaupten, dass er für seine Familie vortrefflich gesorgt hatte. Am Tag seines Todes würde er ein Vermögen von über fünfunddreißig Millionen Livre hinterlassen. Er bedauerte fast, dass er nicht dabei sein konnte, wenn seinen Hinterbliebenen diese Summe mitgeteilt wurde. Natürlich handelte es sich dabei nicht nur um Bargeld, sondern auch um Grundbesitz, Gebäude, Ämter, Schmuck, Kunstgegenstände, Silber und seine kostbare Bibliothek. Mazarin war mit sich selbst so zufrieden, dass er für kurze Zeit seine Schmerzen vergaß.

Besonders dankbar war er seinem Sekretär Colbert, der ihm einen unbezahlbaren Rat gegeben hatte. Seine Majestät, hatte Colbert gesagt, sei nicht reich. Trotzdem neige er zur Verschwendung. Bestimmt sähe er es gern, wenn das Erbe ihm zufiele. Seine Eminenz solle es ihm ruhig anbieten. Um sein Gesicht zu wahren, werde der König erst einmal ablehnen. Noch ehe er es sich anders überlegen könne, solle sich Mazarin bei ihm entschuldigen, dass er ihm ein so dreistes Angebot gemacht habe. Natürlich sei die Stellung eines Monarchen zu erhaben, als dass er sich herablassen könnte, von einem seiner Diener – und stünde er noch so hoch in der Rangordnung – Güter anzunehmen.

Mazarin tat wie geheißen und erreichte damit das Gewünschte. Ludwig reagierte als König und lehnte ab. Nun konnte der Kardinal frei über seine Reichtümer verfügen. Er überließ sie seinen Neffen und Nichten, wobei sein Liebling Hortense, die noch während der Krankheit ihres Onkels den Marschall de La Meilleraye heiratete, den Löwenanteil erhalten sollte. Dafür war ihr Gemahl verpflichtet, nach dem Ableben des Kardinals den Namen Mazarin anzunehmen sowie auch das zugehörige Wappen.

Trotz Ludwigs Ablehnung fielen ein paar Legate auch an die königliche Familie: kostbare Juwelen, die man nicht als Erbstücke betrachten würde, sondern als persönliche Andenken. Auch der Große Condé und Turenne sollten in diesem Sinne jeder einen Diamanten erhalten.

»Sie sind ein schlauer Fuchs, Colbert!«, sagte Mazarin anerkennend, während sein Sekretär das Testament vorsichtig in seine Mappe zurücklegte. Bei dem Lob stockte seine Bewegung für einen Augenblick. Dann neigte er dankend den Kopf. »Ich hoffe, Sie werden das bedenken, wenn Sie Seiner Majestät Ihren Nachfolger empfehlen!«, antwortete er barsch. »Niemand kennt gewisse Hintergründe besser als ich.«

Mazarin erschrak. Schon wollte er fragen, wie diese Bemerkung gemeint sei. Doch dann schwieg er lieber. Er dachte daran, dass dieser kalte, harte Mensch fast jedes seiner Geheimnisse kannte. Das Ansehen seines Herrn lag über den Tod hinaus in seiner Hand. Mazarin konnte nicht entscheiden, ob Colberts Worte eine Drohung darstellten. Eine Warnung enthielten sie allemal.

Mazarin stockte der Atem. Er fürchtete plötzlich zu ersticken. Zugleich bedauerte er, dass er nicht mehr die Kraft hatte, sich vor der Gefahr zu schützen, die von diesem Mann ausging. Ein treuer Diener war Colbert stets gewesen. Er würde es auch für den König sein. Erst jetzt begriff Mazarin, wie sehr Colbert nach Macht dürstete. Wer sie ihm gab, wurde belohnt; wer sie ihm verweigerte … Mazarin stöhnte auf. »Schicken Sie mir Doktor Quénaud!«, ächzte er und beugte sich vor, um seine Lunge zu entlasten. Er glaubte, der Tod stünde an der Tür, durch die eben Colbert davoneilte, um den Arzt zu holen.

Doch noch war es nicht so weit. Unter den beruhigenden Worten Quénauds ging es Mazarin nach einiger Zeit wieder besser. »Sie dürfen Seine Eminenz nicht zu sehr belasten!«, sagte der Arzt tadelnd zu Colbert. »Er soll sich nicht aufregen und braucht Ruhe.«

Colbert verneigte sich und murmelte eine Entschuldigung. Dann griff er nach seiner schwarzen Samttasche, die jeder bei Hofe kannte, und ging zurück in sein Kontor.

Mazarin ließ sich erschöpft auf sein Kissen sinken. Als am Nachmittag der König zu Besuch kam, erwähnte der Kardinal, wie tüchtig sein Sekretär doch sei, wie umsichtig, diskret und seinem Herrn absolut ergeben.

5

Nach dem Brand im Louvre war Ludwig mit seinem Hof nach Saint-Germain übersiedelt. Als aber kein Zweifel mehr bestand, dass Kardinal Mazarin nicht mehr lange leben würde, zog auf Ludwigs Geheiß der gesamte Hofstaat in Mazarins Schloss in Vincennes.

Ludwig hatte erkannt, dass er an einem Wendepunkt seines Lebens angelangt war. In letzter Zeit hatte es ihm immer weniger gefallen, dass in allen wichtigen Angelegenheiten andere für ihn entschieden. Trotzdem wagte er nicht, Mazarin darauf anzusprechen. Er fürchtete, der Kardinal könnte eine solche Äußerung als persönlichen Angriff auslegen.

Auf der Rückreise nach der Hochzeit hatte Ludwig erfahren, dass sein Cousin Karl II. von England nicht nur auf seinen Thron zurückgekehrt war, sondern auch die Regierungsgeschäfte selbst in die Hand genommen hatte. Diese Nachricht verstörte Ludwig geradezu. Er sah sich selbst, König seit bald achtzehn Jahren, doch immer noch gegängelt und beherrscht.

Sein Leben erinnerte ihn an eine Geschichte, die ihm irgendeiner seiner vergessenen Lehrer einmal erzählt hatte, von einem neugeborenen Löwen, der von seiner Mutter im Stich gelassen worden war. Menschen fanden ihn und brachten ihn zu einer Katze, die ihre Jungen säugte. Der kleine Löwe wuchs bei ihr auf und fühlte sich als ihr Kind. Auch als er sie an Größe schon um ein Vielfaches übertraf, genügte es, dass sie ihn anfauchte, und er zog sich gehorsam zurück.

Auch für Ludwig hatte immer Mazarin entschieden. Nun aber ging es mit dem Kardinal zu Ende, und Ludwig fragte sich, wie Mazarin reagieren würde, wenn er ihm erklärte, er wolle sich ein Beispiel am englischen König nehmen. Mehrere Male nahm er einen Anlauf. Immer wieder sagte er dann doch nichts. Inzwischen ging es Mazarin immer schlechter. Sein Atem rasselte, und seine Beine, deren Haut nicht mehr zuheilen wollte, rochen schlecht. »Fragen Sie mich, Sire!«, beschwor er Ludwig trotzdem. »Fragen Sie mich alles, was Sie wissen möchten! Bald wird es zu spät sein. Dann kann ich nicht mehr antworten.«

So erklärte Ludwig schließlich doch noch, er habe den Wunsch, in Zukunft selbst zu regieren.

Mazarin lag mit geschlossenen Augen auf seinem Bett. Sein Atem hörte sich an, als wäre eine kleine Maschine in Betrieb, die ständig auszusetzen drohte, dann aber doch wieder in Gang kam. Ludwig wusste nicht einmal, ob der Kardinal überhaupt wach war. Doch dann seufzte er plötzlich auf. »Ein ungewöhnlicher Gedanke, mein Lieber!«, murmelte er. »Ich überlege gerade, ob es in der französischen Geschichte dafür Beispiele gibt. Unser Freund Karl Stuart wäre jedenfalls kein gutes Vorbild für Sie. Meine Informanten aus London berichten mir, dass sein Eifer inzwischen stark abgenommen hat. Er schwänzt die meisten Ratssitzungen, um auf die Jagd zu gehen. Wenn er aber doch einmal teilnimmt, gähnt er ununterbrochen und schreibt Briefchen an irgendwelche Damen. Man schätzt, es wird nicht mehr lange dauern, und er zieht sich wieder ganz ins Privatleben zurück.« Mazarin hob ironisch die Brauen. »Immerhin ist der Gute inzwischen ja schon fast dreißig. Da hat er sich seine Ruhe verdient.«

»Ich habe nicht vor, Sitzungen zu schwänzen und zu gähnen.«

Mazarin öffnete die Augen. »Verzeihung, Sire! Das wollte ich damit nicht sagen.« Er versuchte, sein Kissen höher zu schieben. Ein Diener eilte herbei, doch Ludwig wies ihn zurück und bediente den Kranken selbst.

Mazarin bedankte sich. »Ihr Großvater, Sire«, murmelte er dann. »Heinrich IV.: Er hat selbst regiert, doch er war in dieser Hinsicht eine Ausnahme. Die meisten Könige vor ihm träumten nur vom Krieg und überließen ihren Müttern oder anderen De-facto-Regenten die Herrschaft. Man muss wohl zweihundert Jahre zurückgehen, bis zu Ludwig XI. Er nahm gleich bei seiner Krönung die Macht in die eigene Hand. So viel ich weiß, war er aber schon ein reifer Mann und mit allen Schlichen der Politik vertraut.«

»Muss man denn alt sein, um regieren zu können?«

Mazarins Blick war klar und aufmerksam. Auch sein Atem hatte sich beruhigt. »Ich glaube nicht«, antwortete er nach kurzem Überlegen. Mit einer Handbewegung bedeutete er dem Diener, den Raum zu verlassen. Ludwig und Mazarin blieben allein zurück. Der Mann der Vergangenheit und der Mann der Zukunft.

Mazarin ergriff Ludwigs Hand. »Ich dachte immer, Fouquet könnte mein Nachfolger sein. Wenn Sie nun aber selbst regieren möchten, wäre er wohl nicht der Richtige. Er ist zu genial, um sich zu unterwerfen. Bei mir hat er es noch getan, aber auch schon widerwillig. In Ihnen wird er vor allem den unerfahrenen jungen Menschen sehen. Ich glaube nicht, dass er auf Dauer in der Lage wäre, einfach nur zu dienen.« Eine lange Pause entstand. »Ich sage es nicht gern«, erklärte Mazarin dann, »doch wenn Sie wirklich einen Diener brauchen, der ausschließlich Ihre Interessen vertritt und sich nicht scheut, die ganze Welt gegen sich aufzubringen, dann ist vielleicht doch Colbert die richtige Wahl.«

»O mein Gott!« Ludwig stöhnte entsetzt auf.

Doch Mazarin ließ sich nicht beirren. »Wie es scheint, haben wir in den letzten Jahren immer noch zu wenig offen miteinander gesprochen«, stellte er fest. »Wollen wir von nun an davon ausgehen, dass Sie keinen Premierminister mehr berufen werden, sondern dass alle letzten Entscheidungen bei Ihnen liegen werden! Einen Mitarbeiter, der Ihnen stets zur Seite steht, brauchen Sie trotzdem.«

»Aber muss es gleich Colbert sein?«

Mazarin nickte. »Ja, Sire«, antwortete er. »Ich denke schon.« Dann forderte er Ludwig auf, sich an den Schreibtisch zu setzen. Gemeinsam verfassten sie eine Art Memorandum, ein politisches Testament, ganz allein für den König bestimmt. Sie überlegten und formulierten. Einfache Sätze nur. Erinnerungsstützen für die Zukunft. Wenn sie meinten, so wäre es richtig, schrieb Ludwig das Erarbeitete auf. Währenddessen nickte der Kardinal ein. Doch wenn er die Feder nicht mehr kratzen hörte, öffnete er die Augen wieder. »Weiter!«, befahl er dann, während draußen in sanften Flocken der Schnee vom Himmel fiel und die Geräusche der Welt dämpfte.

»Der König soll die Kirche wie einen älteren Bruder behandeln, doch das Verhalten ihrer Träger stets aufmerksam beobachten«, schrieb Ludwig nieder. »Der Adel soll mit Vertrauen und Güte behandelt werden … Die Stadtverwaltungen muss man in den Grenzen ihrer Pflicht halten… Wenn kein Krieg zu bezahlen ist, soll man die Steuern senken … Streitigkeiten zwischen Ratsmitgliedern soll man zuvorkommen … Jeder Mensch muss bestraft werden, der ohne Auftrag irgendeine politische Initiative ergreift … Am königlichen Hof sollen weder Skandale noch Mangel an Frömmigkeit geduldet werden.« Mazarin versuchte, sich noch weiter aufzusetzen, doch es ging nicht mehr. »Und nun das Wichtigste!«, rief er. Seine Stimme krächzte, doch er schien auf einmal froh und glücklich zu sein, als ginge ein Traum für ihn in Erfüllung. »Alle müssen wissen, dass nur der Monarch der Herr ist. Er ist es, der die Gnaden austeilt, und kein anderer. Deshalb soll auch der Posten des Premierministers abgeschafft werden!« Mazarin ließ sich erschöpft zurücksinken, während Ludwig alles aufschrieb. Seine Wangen waren gerötet. Er fühlte sich, als wäre er erst jetzt geboren worden.

»Sie dürfen zu keinem Menschen darüber sprechen, Sire!«, sagte Mazarin und hatte auf einmal wieder Mühe, zu atmen. »Zu keinem einzigen! Selbst Colbert darf erst davon erfahren, wenn Sie ihn zu sich rufen. Könige haben keine Freunde. Vergessen Sie das nie!«

Ludwig ergriff seine Hand und küsste sie. »Ich habe einen Freund, lieber Pate!«, versicherte er.

Mazarin zog die Hand zurück. »Wenn Sie mich meinen: meinetwegen!«, antwortete er fast abweisend. »Doch das soll Ihnen genügen. Für Ihr ganzes Leben, Sire!«

Ludwig rief den Diener wieder herein. Er brachte eine Tasse Heidekrauttee mit, der dem Kranken früher oft Linderung verschafft hatte. Doch als er die Tasse auf den Nachttisch stellte, war Mazarin schon wieder eingeschlafen.

»Verständigen Sie mich, wenn es Seiner Eminenz schlechter geht!«, befahl Ludwig. »Gleichgültig, wie spät es ist.« Dann ging er in seine Gemächer zurück, wo Maria Theresia mit ihren Zwerginnen am Kartentisch saß und hohe Geldsummen an sie verspielte.

6

Kaum je zuvor hatte es am französischen Hof mehr Intrigen gegeben als in der Zeit, als Mazarin mit dem Tode rang. Auch dem einfältigsten Gemüt war klar geworden, dass eine Ära zu Ende ging und dass sich mit dem Moment, in dem der Kardinal die Augen schloss, alles ändern würde. Was dann jedoch folgen sollte, wusste niemand. Man wagte nicht einmal, offen darüber zu diskutieren, um nicht kostbare Informationen ungewollt an Konkurrenten zu verraten. Ein Konkurrent aber konnte jeder sein, denn alle machten sich Hoffnungen.

Die Minister und sonstigen Würdenträger suchten sich schon die Ämter aus, die sie an sich reißen wollten. Bei jeder Gelegenheit machten sie sich an den König heran und versuchten, ihn in ihrem Sinne zu beeinflussen. Sie liefen auf den Gängen neben ihm her, während er nicht einmal daran dachte, seine Schritte zu verlangsamen, und sie einfach draußen stehen ließ, wenn er in einen Raum trat. Das Gefühl der Demütigung gab es nicht. Zu verlockend war das Ziel.

Auch die jungen Höflinge, die bisher noch keine Verdienste erworben hatten außer jenem, den König bei seinen Vergnügungen zu begleiten, setzten darauf, dass bald eine neue Zeit der Günstlingsherrschaft anbrechen würde. Wer Aufmerksamkeit und Zustimmung des Königs errang, hatte gewonnen.

Das Gleiche hofften auch die Damen, die glaubten, auf ihre Anziehungskraft zählen zu können. Zweiundzwanzig Jahre war der König alt. Schon einmal war er von der Liebe so überwältigt worden, dass er für sie fast die Krone geopfert hätte. Warum sollte sich ein solcher Glücksfall nicht noch einmal ereignen?

Gerade jetzt, wo der alte Griesgram nicht mehr da sein würde, um einzugreifen!

Maria Theresia spielte bei diesen Erwägungen keine Rolle. Drei Monate, hieß es, hätten ihre Flitterwochen gedauert. Danach sei die Leidenschaft des jungen Ehemannes merklich abgekühlt, während er sich zugleich für die frischgebackene Gemahlin seines Bruders Philippe erwärmte: Henriette, die Schwester des englischen Königs. Als sie noch ein junges Mädchen war, hatte Ludwig sie wegen ihrer Magerkeit als die »Knochen der unschuldigen Kindlein« verspottet. Nun aber fand er plötzlich Gefallen an ebendiesen Knochen, während er zu gleicher Zeit mit einem siebzehnjährigen Kind herumpoussierte, Louise de La Vallière, die so verliebt und naiv war, dass man sie wahrscheinlich leicht ausschalten konnte, wenn – ja, wenn! – es so weit war und der alte Mann in seinem Schloss endlich aufgab.

Auch Nicolas machte sich Hoffnungen. Doch eigentlich war es mehr. Wer sonst, wenn nicht er, sollte Mazarins Pflichten nach seinem Tod übernehmen? Auch Mazarin selbst bestärkte ihn. Vielleicht war er noch nicht genügend überzeugt, dass der junge König wirklich robust und ausdauernd genug sein würde, die Aufgabe, die er sich gestellt hatte, für immer zu übernehmen. Vielleicht aber wollte er Nicolas auch nur bei Laune halten, damit dieser später dachte, der Kardinal wäre auf seiner Seite gewesen.

Zu viel wusste Nicolas von den Geschäften und Manipulationen, die Mazarin reich gemacht hatten. Wie für Colbert würde es auch für ihn ein Leichtes sein, den Ruf des Kardinals nach seinem Tode zu zerstören. Jetzt aber, da ihm sein Körper den Dienst versagte, schien Mazarin nichts wichtiger zu sein, als dass man später mit Hochachtung von ihm sprach, vielleicht sogar mit Bewunderung. Die Dichter vom Pont Neuf hatten ihn oft als den »kleinen Kardinal« verspottet, im Unterschied zu Richelieu, dem »großen«, den sie allerdings noch weniger leiden konnten. Doch Mazarin wollte nicht der »kleine Kardinal« sein. Er wollte, dass man ihn als den genialen Schöpfer zweier Friedensschlüsse rühmte, die Europa von der Geißel des Krieges befreit hatten. Nicht für immer, so war die menschliche Natur nicht beschaffen, aber doch für einige Zeit.

Sein Körper war nur noch eine Last für ihn. Eines nach dem anderen versagten seine Organe ihren Dienst. Die Ärzte versorgten ihn mit Medikamenten, die ihm Erleichterung bringen sollten. Dann ging es ihm für kurze Zeit wieder besser. Hin und wieder ließ er sich sogar einen Spiegel bringen, doch dann war es mit der guten Laune schnell vorbei. Er erkannte sich selbst kaum wieder. Wie stolz war er immer auf sein Äußeres gewesen! Das wellige, dunkle Haar; die samtenen Augen … Schon als Kind wusste er, dass er gut aussah, und nutzte diesen Vorteil, und auch in späteren Jahren, als er längst das Kardinalsbirett trug, konnte er noch bezaubern. Sich jetzt in diesem Zustand zu erleben trieb ihm die Tränen in die Augen.

Königin Anna behauptete, in ihrer Heimat schwöre man darauf, dass im Bart eines Mannes seine Kraft liege. Um wieder gesund zu werden, müsse Mazarin zumindest aufhören, sich zu rasieren. Ein paar Tage lang befolgte er diesen Rat. Als er aber danach im Spiegel sein weißes Gesicht mit den weißen Bartstoppeln erblickte, glaubte er, einen Toten zu sehen. Da ergab er sich in sein Schicksal. Er ließ sich wieder rasieren und sogar schminken. Ein Sterbender spielte als letzte Rolle einen Lebenden.

Zur gleichen Zeit führte er lange Gespräche mit Ludwig. Dabei kam er immer mehr zu dem Schluss, dass Ludwigs Tatkraft nicht gespielt war, sondern tief aus seinem Wesen kam. Immer wieder betonte er, wie unwürdig es ihm erscheine, wenn in einer Regierung auf der einen Seite alle Tätigkeit zu finden war und auf der anderen der bloße Titel König.

Mazarin, auf seinen vielen Kissen, nickte zufrieden. Vielleicht waren die beiden Friedensschlüsse doch nicht seine einzigen großen Verdienste gewesen. »Ich habe einen König erzogen!«, murmelte er fast erstaunt.

Dann aber hörte man ihn nur noch schreien. Außer seinem

Schmerz nahm er fast nichts mehr wahr. Die Ärzte konnten ihn kaum festhalten, so leidenschaftlich wehrte sich sein Körper gegen den Tod. Immer wieder schien er zu ersticken. Dann rief er mit letzter Kraft nach Ludwig oder nach Hortense. Wenn sie kamen, war er aber schon wieder eingeschlafen und kämpfte in seinen Träumen weiter. Der Schmerz beherrschte ihn ganz und ohne Unterbrechung.

Ludwig behandelte ihn wie einen Vater. Ein paarmal versuchte er sogar, auf dem Dienerbett bei Mazarin zu übernachten. Er merkte jedoch bald, dass er damit dem Sterbenden nicht half. So kehrte er zu Maria Theresia zurück. Das lange Leiden seines Paten ließ ihn erkennen, dass es keine Besserung mehr geben würde.

Am 9. März 1661 kam Pierette Dufour, die Kammerfrau der Königin, an Ludwigs Bett. Wie es die Etikette erforderte, schlief sie im selben Raum. Gegen drei Uhr morgens hatte man an der Tür gekratzt. Mazarin sei gestorben, meldete man. Es würde reichen, wenn sie den König erst am Morgen benachrichtige. Der Tote müsse erst noch vorbereitet und aufgebahrt werden, damit er am folgenden Tag in Würde präsentiert werden könne.

Als Ludwig erwachte, zog Pierette Dufour die Vorhänge an seinem Bett zurück. Ohne ein Wort zu sprechen, nickte sie ihm zu. Das war das Zeichen, das sie verabredet hatten. Ludwig verstand es sofort. Leise, um Maria Theresia nicht zu wecken, erhob er sich und kleidete sich an. Dann begab er sich in die Gemächer des Kardinals, wo sich schon einige Trauergäste versammelt hatten. Ludwig umarmte sie unter Tränen. »Wir haben einen guten Freund verloren«, seufzte er. Danach ordnete er Hoftrauer in Schwarz an, eine Ehre, die bisher nur den Mitgliedern der königlichen Familie zugekommen war.

Auch Nicolas Fouquet trat nun ins Sterbezimmer. Eigentlich hatte er nur vorgehabt, dem Kranken einen Besuch abzustatten. Erst im Vorzimmer hatte er erfahren, dass der Kardinal bereits gestorben war.

»Wie kommt es, dass man mich nicht sofort verständigt hat?«, fragte er entsetzt. Was taugte es, einen kostspieligen Nachrichtendienst zu unterhalten, wenn dann eine Information von solcher Bedeutung nicht rechtzeitig übermittelt wurde?

Der Diener verbeugte sich. »Ich weiß nicht, Monseigneur!«, antwortete er ängstlich. »Verzeihen Sie bitte! Monsieur Colbert sagte, man brauche niemanden zu Ihnen zu schicken. Sie wüssten bereits Bescheid.«

Langsam trat Nicolas durch die Tür. Ich hätte als einer der Ersten da sein müssen!, dachte er und fror auf einmal. *Colbert, das ist der Norden.* Vielleicht hatten seine Freunde doch recht gehabt.

Er ging zu Mazarin, der mit gefalteten Händen aufgebahrt lag. Auf seinen eigenen Wunsch hin hatte man ihn geschminkt. Nicolas blickte in das weiße Gesicht mit den absurd rosigen Wangen. Ein Fremder, der nicht mehr an den erinnerte, der so viele Jahre lang durch die Schlösser des Königs geeilt war. Immer auf der Suche, so kam es Nicolas auf einmal vor. Doch wonach? Wonach suchten die Menschen überhaupt?

Eine Hand legte sich auf seine Schulter. »Mein lieber Freund!« Es war der König, der ihn nun umarmte. Sein Gesicht war nass von Tränen. »Wir müssen bewahren, was er uns hinterlassen hat!«, sagte er.

Nicolas atmete auf. »Meine ganze Kraft gehört Ihnen, Sire!«, versprach er. Dabei fiel sein Blick auf Colbert, der am Fenster stand und zusah. Seine Miene war nicht zu erkennen, weil sein Gesicht im Schatten lag.

Das schönste aller Feste

1

Seit Anfang August 1661 hielt sich Nicolas mit seiner Familie in Vaux-le-Vicomte auf. Einige Wochen vorher hatte er einen schweren Fieberanfall erlitten. Tagelang war er ohne klares Bewusstsein in seinem Schlafgemach in Saint-Mandé gelegen. Nur die Medikamente, die Doktor Pecquet aus der Chinarinde für ihn zubereitete, retteten ihm das Leben. Marie de Maupeou sorgte dafür, dass der Arzt regelmäßig mit diesem Grundstoff versorgt wurde, den die Jesuiten aus Südamerika mitbrachten.

Während Nicolas die schlimmste Phase seiner Krankheit durchlitt, gebar Marie Madeleine wenige Räume entfernt einen Knaben. Dem König zu Ehren taufte man ihn auf den Namen Louis. Fast gleichzeitig erholten sich Nicolas und Marie Madeleine und fuhren dann mit ihren Kindern und großem Gefolge nach Vaux-le-Vicomte, das inzwischen so gut wie fertiggestellt war. Nur der letzte Schliff fehlte noch. Den wollte Nicolas selbst überwachen.

Vieles hatte sich in den letzten vier Monaten verändert, seit Mazarin gestorben war und Ludwig die Regierung übernommen hatte. »Sire, an wen sollen wir uns wenden, wenn es Unklarheiten gibt?«, hatten die Minister den König gefragt, als er sie am Morgen nach Mazarins Tod schon um sieben Uhr morgens zu sich befohlen hatte.

Der König gab eine einfache Antwort, die jedoch niemand

erwartet hatte: »An mich!«, sagte er ruhig. Dann fuhr er »im Ton eines Königs«, wie man es später nannte, fort: »Ich habe bisher meine Angelegenheiten sehr gern durch den verstorbenen Herrn Kardinal führen lassen. Nun aber ist die Zeit gekommen, dass ich selbst regiere. Falls ich darum ersuche, werden Sie mir mit Ihrem Rat zur Seite stehen. In Zukunft soll nur noch besiegelt werden, was ich entschieden habe.« Dann wandte er sich zu Nicolas Fouquet. »Sie, Herr Oberintendant, arbeiten bitte mit Monsieur Colbert zusammen, den mir der verstorbene Herr Kardinal empfohlen hat. Ich ernenne Monsieur Colbert hiermit zum Intendanten der Finanzen. Er wird Ihnen, Herr Oberintendant, dienstbar zur Verfügung stehen.«

Es war ein Donnerschlag. Trotz der eindeutigen Worte wollten es viele dennoch nicht glauben. Königin Anna war die Erste, die in schallendes Gelächter ausbrach. »Ich kenne meinen Sohn. Es wird ihn bald langweilen, den Tüchtigen zu spielen«, spottete sie. Sie schwieg erst, als Ludwig sie mehrere Male vor versammelter Gesellschaft abkanzelte. Von da an nahm sie ihn ernst. Ihrem Beichtvater gestand sie sogar, sie fange an, ihren Sohn zu fürchten.

Mit Staunen erlebte man, wie Ludwig vom ersten Tag seiner Regierung an eine strenge Zeiteinteilung festlegte, die nach und nach die Unwandelbarkeit eines kreisenden Gestirns annahm. Am Montag und Freitag hielt er die Sitzungen des Staatsrates ab, in denen allgemeine Probleme behandelt wurden. Am Dienstag, Donnerstag und Samstag besprach man Finanzangelegenheiten. Der Donnerstagnachmittag war sogenannten Gewissensfragen gewidmet. Bei diesem Termin beriet sich der König mit seinem Beichtvater und mehreren Prälaten, um vakante Pfründen zu verteilen. Den Mittwoch und Sonntag reservierte er für sich selbst und seine Vergnügungen.

Sein Tagespensum betrug sechs bis acht Stunden. Auch diese Zeit war genau eingeteilt. Danach hatten jeden Abend seine Minister zu erscheinen und über ihre Arbeit zu berichten. Anschließend unterzeichnete Ludwig die Dokumente, die sie ihm vorlegten. Wie er es angekündigt hatte, geschah nichts mehr ohne seine Zustimmung.

Aus dem Regieren empfing er eine tiefe Befriedigung. Er spürte, wie sich sein Verständnis für die riesige Maschinerie des Staates von Tag zu Tag vertiefte. Am Anfang hatte er das Zusammenspiel der einzelnen Teile noch nicht ganz durchschaut. Doch je mehr er sich einarbeitete, umso reibungsloser schien eins ins andre zu greifen und umso sicherer wurde sein Urteil.

Er ließ sich über alles unterrichten, selbst über die Anträge seiner geringsten Untertanen. Er prägte sich die Zahl seiner Soldaten ebenso ein wie die Leistungsfähigkeit seiner Truppen und den Zustand seiner Festungen. Er ließ sich die Depeschen aus dem Ausland vorlegen und verhandelte mit fremden Gesandten. Zum ersten Mal erfasste er das Zusammenspiel von Steuern und Staatsausgaben und begriff, wie schicksalhaft sich jede seiner Entscheidungen auf das tägliche Leben des Volkes auswirkte.

Er lernte schnell, und er war der König. Nun war er es wirklich, und er benahm sich so, wie er selbst es von einem König erwartete: höflich, ernsthaft und distanziert. Um seine Erhabenheit zu erhöhen, sorgte er dafür, dass er immer ein wenig rätselhaft wirkte. Schon als Kind war er ein kleiner Geheimniskrämer gewesen. Nun, da der Umgang mit seinem Wissen über das Geschick des Landes entscheiden konnte, wurde die Geheimhaltung zur Methode seiner Führung. So wie er seit dem Verlust seiner Jugendliebe einen undurchdringlichen Schleier über seine wahren Gefühle und Absichten legte, so schützte er auch seine Staatsgeschäfte. »Indiskretion ist für Menschen wie Sie ein unverzeihliches Verbrechen«, sagte er einmal, als sich seine Minister um ihn sammelten. Alle wussten, dass es ihm ernst war. So gehorchte man ihm. Es gab keine undichten Stellen mehr. Minister und Beamte bewahrten Stillschweigen über alles, was in ihren Kontoren oder beim König geplant und besprochen wurde. Ein neuer Regierungsstil war entstanden, und er kreiste allein um die Person des jungen Monarchen.

Auch Nicolas hatte anfangs geglaubt, Ludwigs Arbeitseifer werde mit der Zeit nachlassen. Jeden Tag hoffte er, doch noch zum Premierminister ernannt und mit allen Vollmachten ausgestattet zu werden. Stattdessen musste er erkennen, dass er nicht einmal mehr zu allen Sitzungen eingeladen wurde. Unter Mazarin wäre eine solche Unterlassung undenkbar gewesen. Doch die Gewichte hatten sich verschoben. Der Einzige, der immer und überall anwesend war, war Colbert: stets finster, stets abweisend – aber stets zugegen.

Immer häufiger wurde Nicolas gewarnt. Auch er selbst sorgte sich von Tag zu Tag mehr. Er beobachtete jeden Gesichtsausdruck des jungen Königs und horchte auf jede Nuance seiner Stimme. Doch da war nur Höflichkeit und manchmal sogar eine unerwartete Herzlichkeit. Auch Colbert mäßigte Nicolas gegenüber seinen barschen Ton. Er benahm sich entgegenkommend, fast schon ehrerbietig. Trotzdem glaubte Nicolas zu spüren, dass sich etwas zusammenbraute. Er wusste nur nicht, was. Vielleicht sehe ich Gespenster!, dachte er dann aber wieder, wenn der König einmal besonders aufmerksam zu ihm war und sich ihm gegenüber wie zu einem lieben Verwandten benahm.

Er nahm sogar an der Hochzeit von Nicolas' ältester Tochter Marie teil, dem Kind der armen Louise Fourché. Sie heiratete den Comte de Charost – aus Liebe, wie alle Welt unschwer erkennen konnte. Ihrem ersten Verlobten, dem Nicolas sie versprochen hatte, als sie neun Jahre alt war, hatte sie kurz vor der Hochzeit einen Korb gegeben. Ganz Paris mokierte sich darüber, dass sich der mächtige Herr Oberintendant der Finanzen bei seiner eigenen Tochter nicht durchsetzen konnte. In Wahrheit aber war auch Nicolas zu dem Schluss gekommen, dass der junge Blaise Méliand zwar untadelig sein mochte, dafür aber auch außerordentlich langweilig und antriebslos. Der Gedanke, dass es seine bezaubernde kleine Marie ein Leben lang mit dieser behäbigen Schlafmütze aushalten sollte, war Nicolas auch als Vater unerträglich.

Doch auch in der Folge blieb Marie wählerisch. Obwohl es nicht an Bewerbern fehlte, wollte sie sich nicht entscheiden.

Man flüsterte bereits, die älteste Tochter des großen Fouquet werde trotz der immensen Mitgift, die sie zu erwarten hatte, wahrscheinlich eine alte Jungfer werden – oder bestenfalls eine Ordensfrau wie ihre widerspenstigen Tanten. Der Eigensinn lag den Fouquet-Töchtern anscheinend im Blut. Wer weiß, was dem armen Méliand erspart geblieben war, der sich schon wenige Monate später mit einer anderen vermählte. Die neue Braut war zwar nicht so hübsch und nicht so reich wie Marie Fouquet, dafür tat sie aber, was von ihr verlangt wurde.

So vergingen mehrere Jahre, bis Marie doch noch erlebte, was nur wenigen vergönnt war: eine Liebesheirat mit einem jungen Mann, der genau so war, wie sie es sich erträumt hatte, und der noch dazu ihre Gefühle in gleicher Weise erwiderte. Jedes Mal, wenn Nicolas die beiden sah, musste er daran denken, wie glücklich Louise gewesen wäre, hätte sie die Freude ihrer Tochter mitansehen dürfen.

»Der Himmel überhäuft Sie mit seinem Segen, Comtesse!«, sagte auch der König, der unangemeldet bei der Trauung aufgetaucht war.

Marie machte einen tiefen Knicks. »So ist es, Sire!«, antwortete sie. »Vor allem auch, weil uns Eure Majestät die Ehre ihres Besuches erweist.« Sie erhob sich wieder und strahlte ihren Gemahl an, der ihr Lächeln erwiderte. Einige Gäste blickten betreten zu Boden. Eine Heirat war kein Vergnügen. Welch ein Luxus, in den eigenen Ehemann verliebt zu sein! Man musste fast befürchten, dass die eigenen Kinder durch ein solches Beispiel auf abwegige Gedanken gebracht wurden.

»Wie der Vater, so die Tochter!«, sagte Ludwig zu Nicolas. »Eine charmante Familie. Man könnte Sie beneiden.«

Bei solchen Gelegenheiten meinte Nicolas, seine Sorgen wären unbegründet. Der König war nicht sein Feind. Vielleicht auch nicht einmal Colbert. Doch dann traf wieder ein Brief seines Cousins Christophe ein, in dem dieser berichtete, man habe erneut zwei Spione enttarnt, die Colbert in die Bretagne geschickt hatte; oder Suzanne erzählte, überall in den Salons werde darüber gesprochen, dass es Colbert kaum noch aushalte, Nicolas' Untergebener zu sein.

»Ich kann mir nicht vorstellen, dass sich Monsieur Colbert irgendjemandem anvertraut«, antwortete Nicolas abweisend. »Das alles sind nur Vermutungen und Gerüchte.« Trotzdem war er beunruhigt. Er fühlte sich nicht mehr wohl. Als ihn im Juli das Wechselfieber fast das Leben kostete, sagte Doktor Pecquet zu ihm, er müsse sich von seinen Sorgen befreien, sonst werde irgendwann einmal die Krankheit die Oberhand gewinnen.

2

Nicolas liebte diesen Anblick: Wie ein fernes Versprechen lag das Schloss vor ihm, von dem er geträumt hatte und das nun Wirklichkeit geworden war. Fast eine halbe Stunde hatte er gebraucht, um den Garten zu durchqueren, den eine große Allee längs teilte, vom Schloss fast bis zu dem kleinen Hügel am äußersten Ende des Parks. An der höchsten Stelle eine Statue des Herkules. Nicolas fragte sich manchmal schmunzelnd, was sich der große Le Nôtre wohl gedacht haben mochte, als er ausgerechnet diese Figur dem Schloss gegenüberstellte.

Der kleine Hügel: Nicolas' Hügel, denn von hier aus konnte er überblicken, was er geschaffen hatte. Schon während das Schloss emporwuchs und während Le Nôtre nervös durch den werdenden Park eilte und die Gärtner antrieb, war Nicolas immer wieder hierhergekommen, wo niemand ihn vermutete und niemand ihn sah. Er beobachtete, wie die Wasserbecken entstanden, erst nur steinerne Gruben; wie die verschiedenen Höhenebenen aufgeschüttet wurden und quer verlaufende Bassins entstehen ließen, die vom Schloss aus nicht zu sehen waren und erst beim Promenieren wie unter dem Schwingen eines Zauberstabs plötzlich auftauchten. Von hier aus erblickte er, wie die Wasserbecken gefüllt wurden und wie Le Nôtre die Skulpturen der personifizierten Flüsse Tiber und Anqueil aufstellen ließ.

Während Nicolas mit dem König zu dessen Hochzeit reiste, entstanden die Wasserspiele. Die Hecken wurden gepflanzt und geometrisch beschnitten und die Blumenrabatten vorbereitet. Sogar die Fische setzte man schon in den Teich, der als Spiegelweiher das Schloss im Ganzen reflektieren sollte. Le Nôtre wollte prüfen, ob die Tiere hier überlebten oder ob er eine andere Sorte ansiedeln sollte.

Hinter dem Garten das Schloss. Nichts erinnerte mehr an das verfallende Gemäuer, das einst Nicolas' Aufmerksamkeit geweckt hatte. Eine feine, kaum spürbare Sympathie hatte damals von ihm Besitz ergriffen. Eine Übereinstimmung, die er nur ahnen konnte, doch nicht erklären. Nun, da sein Werk fast vollendet war, meinte er, er hätte in jenen Tagen die Seele des Schlosses, das hier entstehen konnte, vorausgefühlt.

Eine erhöhte Terrasse, umgeben von Wassergräben. Darauf das Schloss mit seinem streng symmetrischen Grundriss. Nur wenig sollten die Seitenflügel hervortreten, hatte der Architekt Le Vau geraten. Die gesamte Anlage sollte Ruhe und Ordnung ausstrahlen. Einfache, wenig dekorierte Fassaden. Die vielen Kamine auf den hohen Dächern würden schon für Leben sorgen und die Kuppel im Mittelteil, bekrönt durch eine Laterne, für den nötigen Schmuck.

»Ich möchte ein Gebäude schaffen, das zu Ihnen passt, Monseigneur!«, hatte Le Vau gesagt, als er seine Pläne zum ersten Mal präsentierte. Er hatte sein Ziel erreicht. Vaux-le-Vicomte passte zu Nicolas Fouquet, und immer, wenn er es von seinem kleinen Hügel aus betrachtete, traf es ihn ins Herz wie eine große Liebe.

Eine große Liebe, die ihn – auch abgesehen vom materiellen Wert – viel gekostet hatte. Hier in Vaux war es gewesen, dass sich der kleine François den Tod geholt hatte: lachend, umhertollend und der Krankheit wehrlos ausgesetzt, die aus den Sümpfen herbeischwirrte und die Wehrlosen ins Feuer des Fiebers schickte, bevor Le Nôtre die Moore trockenlegte und ein Paradies schuf, wo vorher der Tod gebrütet hatte.

Auch Nicolas selbst hatte seinen Preis bezahlt. Wenn er an

sein totes Kind dachte, tröstete es ihn fast, dass auch er nicht verschont geblieben war. Auch in seinem Körper hatte sich das Wechselfieber festgesetzt und würde ihn vielleicht bis zu seiner letzten Stunde nicht mehr freigeben. Das Jesuitenpulver mochte Erleichterung bringen, doch eine Heilung gab es nicht. Von Marie de Maupeou hatte Nicolas gelernt, sich mit dem Unabänderlichen abzufinden. Hätte er aber die Wahl gehabt, alles ungeschehen zu machen und dieses Schloss, seine Gärten und die grünen Wälder ringsum der Natur zurückzugeben, dafür aber sein Kind und seine Gesundheit wiederzubekommen – er hätte nicht überlegen müssen.

Doch es war geschehen. Der Preis war entrichtet. Er sollte nicht umsonst bezahlt worden sein. Das Schloss von Vaux-le-Vicomte war ein Juwel, aus Schmerz geboren, doch darum nicht weniger schön.

3

Am 17. August 1661 verließ der gesamte Hofstaat Ludwigs XIV. die königliche Sommerresidenz Fontainebleau, um an einem Fest teilzunehmen, zu dem der Oberintendant der Finanzen Nicolas Fouquet in sein Schloss Vaux-le-Vicomte geladen hatte. Ehrengast war der König selbst. An diesem Abend sollte ihm das neu erbaute Schloss präsentiert werden. Ein erlesenes Programm, das noch streng geheim gehalten wurde, sollte seine Erhabenheit rühmen und ihn, wie auch die übrigen Gäste, erfreuen.

Schon seit Tagen sprach man in Fontainebleau nur noch von diesem Ereignis. Wer Nicolas Fouquet kannte – und das war bei allen der Fall –, wusste, dass dieser Abend etwas ganz Besonderes werden würde. »Die Krönung aller Feste!«, flüsterte man sich zu, und der kostbarste Schmuck und die schönsten Kleider wurden bereitgelegt.

Trotzdem fürchteten sich die Höflinge ein wenig vor diesem Tag. Drei, vielleicht sogar vier Stunden würde die Kutschfahrt von Fontainebleau nach Vaux-le-Vicomte dauern, und das mitten im August. Schon seit Wochen hatte es nicht mehr geregnet und seit Tagen kündigten sich Gewitter an, die dann doch wieder abzogen.

Um sechs Uhr abends wurde man erwartet. Am Morgen schon fingen die Gäste an, sich zurechtzumachen. Die Haare der Damen wurden mit Brennscheren zu Korkenzieherlocken geformt und mit schwarzen oder farbigen Schleifen befestigt. Man schminkte sich aufwendig – auch die Herren – und zog mit Hilfe der Kammerfrauen die weiten Roben aus schwerer Seide an, ließ sich die Schuhbänder schnüren und legte den Schmuck an. Ab jetzt aß und trank man nichts mehr, um sich in den Kleidern nicht noch mehr zu beengen oder in sonstige Verlegenheiten zu geraten. Höfling zu sein bedeutete auch, die Belastungen des Luxus mit Grazie zu bewältigen.

Dann war es so weit. Die Garde des Königs und die Musketiere stellten sich auf. Die prachtvollen Kutschen mit ihren kunstvollen Wappen wurden nach der Rangfolge ihrer Besitzer aufgerufen und nahmen eine nach der anderen ihre Position ein.

Mehr als sechshundert Gäste waren geladen. Alle brachten ihre Bediensteten mit, die ihnen zur Hand gehen sollten, wenn sich eine Schleife löste, ein Schmuckstück verloren ging, ein Wunsch zu erfüllen oder eine Botschaft zu übermitteln war.

Schon als sie den Schutz des Schlosses verließen, bekamen die Höflinge einen Vorgeschmack dessen, was sie erwartete. Eine schwüle Hitze stürzte auf sie ein, und die Sonne stach. Noch schlimmer wurde es, als sie in die Kutschen stiegen, die sich inzwischen aufgeheizt hatten. Gleich nachdem die Zofen die weiten Röcke zurechtgezupft hatten, damit sie sich möglichst wenig verdrückten, griffen die Damen und Herren zu ihren Fächern.

»Wahrscheinlich werde ich noch in dieser Stunde sterben!«, stöhnte der Chevalier de Lauzun, bevor er sich auf das Treppchen schwang. Ein letztes Mal verneigte er sich galant vor der Grande Mademoiselle, die ihn liebend gern in ihre Karosse eingeladen hätte, wäre er denn standesgemäß für sie gewesen. Während der Fronde hatte sie sich das Recht herausgenommen, den Staat zu bedrohen. Seither aber war die alte Ordnung zurückgekehrt, weshalb es für eine Tochter Gastons von Orléans undenkbar war, mit einem Lauzun allein in einer Kutsche zu reisen – auch wenn es genau das war, was ihr gefallen hätte.

Nachdem die Mitglieder des Hofstaates ihre Plätze eingenommen hatten, trat der König mit seiner Familie aus dem Schloss: Königin Anna, Philippe von Orléans mit seiner Gemahlin Henriette, der Große Condé und die übrigen Prinzen von Geblüt. Königin Maria Theresia blieb als Einzige in Fontainebleau zurück. Sie war guter Hoffnung und wollte die Geburt des Thronfolgers nicht gefährden. Die bedauernden Worte ihres Gemahls hatten sie allerdings so tief gerührt, dass sie fast schon bereit war, ihm zuliebe die Strapazen der langen Fahrt auf sich zu nehmen. Ludwig musste seine ganze Überredungskunst aufbringen, um ihr diesen Plan wieder auszureden. Ohne Maria Theresia würde der Ausflug für ihn bedeutend amüsanter sein, befand sich doch auch seine Schwägerin unter den Gästen und in einer Kutsche weiter hinten die hingebungsvolle Louise de La Vallière.

Während der Hofstaat in seiner drangvollen Enge fast verschmachtete, nahm die königliche Familie unter vielem Hin und Her in ihren Karossen Platz – der König mit seiner Mutter in der ersten, gleich hinter den Reitern der Garde. Sechs Schimmel in einem Geschirr aus Silber und weißem Leder. Kein anderes Gefährt war prächtiger als dieses.

Erst jetzt wurde das Zeichen zum Aufbruch gegeben. Fächelnd und seufzend fuhr man durch die hochsommerliche Landschaft der Brie.

Auf den Feldern arbeiteten die Bauern an der Ernte. Sie hielten verwundert inne, als in einer Aura von weißem Staub die königliche Prozession am Horizont auftauchte. Mit mehr Neugier als Begeisterung sahen sie das seltsame Gebilde näher kommen. Sie ließen ihre Arbeitsgeräte fallen und liefen an den Straßenrand, um die Geschöpfe aus einer anderen Welt von möglichst nahe zu bestaunen. Als sie die Karosse des Königs erkannten, verbeugten sie sich fast bis zum Boden und verschwanden dabei selbst in der

Staubwolke, die sich nur langsam wieder senkte. Hustend und mit den Händen wedelnd kehrten sie danach zu ihrer Arbeit zurück, während sich der königliche Kutschenwurm weiterwälzte zwischen ausgetrockneten Wiesen und Feldern, deren Erde von tiefen Sprüngen durchzogen war. Hinter dem Horizont, nur zu ahnen, die Seine, deren Fluten sich nach der wochenlangen Hitze tief in ihr Bett zurückgezogen hatten.

Fast auf die Minute pünktlich näherten sich die Gäste gegen sechs Uhr abends ihrem Ziel. Vorsichtig, um ihre Frisuren nicht zu gefährden, streckten sie die Köpfe aus den Fenstern, um das Schloss zu sehen, von dem sie schon so viel gehört hatten. Doch enttäuscht zogen sie sich bald wieder zurück, weil ihnen die voranfahrenden Kutschen und die Garden hoch zu Ross den Blick versperrten.

Durch das eiserne Gittertor gelangte man in den Ehrenhof. Auf der untersten der Treppenstufen, die zu den drei hohen Eingangstoren emporführten, stand der Hausherr mit seiner Gemahlin, um die Gäste zu empfangen. Noch vor Kurzem war es hier so still gewesen wie in einer Kirche, dann hatte man, als wäre ein Gewitter im Anzug, das hundertfache Rollen der Kutschenräder vernommen, die immer näher kamen, immer lauter wurden, bis nun die königliche Garde donnernd in den Hof einritt, gefolgt von einem Lärm, dass man sich am liebsten die Ohren zugehalten hätte.

Mit quietschenden Bremsen und rutschenden Rädern hielten die Kutschen an. Die Pferde bäumten sich auf und wieherten. Die Kutscher rangierten mühsam ihre Gefährte und schimpften laut, wenn sie einander ins Gehege kamen. Danach wurden die Treppchen heruntergeklappt und die Türen geöffnet. Endlich durften die Fahrgäste ins Freie. Sie reckten sich verstohlen und blickten sich zugleich neugierig um.

Der Anblick des Schlosses traf alle wie ein Blitz. Niemand hatte erwartet, dass es so groß sein würde und so prächtig. Nach der Enge in den Kutschen war es eine Befreiung, hier zu stehen, wo die Nachmittagssonne nicht mehr so heiß brannte und sogar ein leises Lüftchen die Reisenden erfrischte. War es ein Wunder, dass sie erlöst auflachten, weil sie endlich angelangt waren und weil ihr Ziel von so vollkommener Schönheit war, ein einziger strahlender Willkommensgruß?

Ich möchte ein Gebäude schaffen, das zu Ihnen passt, Monseigneur! Ja, dieses Gebäude passte zu seinem Besitzer, der mit seiner Gemahlin geduldig auf den Stufen wartete und sich dann lächelnd vor seinem königlichen Herrn und dessen Mutter verneigte. »Aquì està su casa!«, sagte er zu Königin Anna in ihrer Muttersprache, um ihr eine Freude zu machen. Das ist Ihr Haus. Dabei wies er mit einer graziösen Handbewegung auf das Gebäude hinter sich.

Anna errötete und erinnerte sich nach langer Zeit wieder an den jungen Mann, der ebenso liebenswürdig und charmant gewesen war wie Nicolas Fouquet. So viele Jahre waren seither vergangen. Erst jetzt kam ihr zu Bewusstsein, dass der Betreffende vielleicht gar nicht mehr am Leben war. Nie hatte sie gewagt, sich nach ihm zu erkundigen. Sie wusste, dass sie mit ihrer heimlichen Leidenschaft einen Skandal ausgelöst hatte. Jedes Interesse für den Liebsten von einst hätte die bösen Zungen erneut in Bewegung gesetzt. Buckingham … Während Königin Anna Nicolas Fouquet ansah, kehrte sie für die kurze Zeit eines Lächelns in ihre Jugend zurück und war auch selbst wieder jung. Doch dann besann sie sich, und von ihrem Lächeln und ihrer Erinnerung blieben nur noch ein wehes Gefühl im Herzen und ein erhabenes Kopfnicken als Dank für die herzliche Begrüßung. Dann folgte sie mit ihrem Sohn dem Zeremonienmeister Vatel, der sich nicht nur durch sein Talent für Etikette auszeichnete, sondern auch als der beste Koch seiner Zeit galt. Auch Madame Fouquet begleitete den Ehrengast und die Königin, um sie vor den anderen auszuzeichnen und selbst für ihr Wohl zu sorgen.

Nicolas Fouquet blieb noch auf der Treppe stehen und begrüßte die nachfolgenden Gäste. Für jeden hatte er ein persönliches Wort und ein kleines Kompliment, sodass alle erfreut weiterschritten, hinauf ins Schloss, wo zur allgemeinen Freude im großen Empfangssaal Erfrischungsgetränke gereicht wurden.

Auch Jean-Baptiste Colbert war unter den Gästen, wie stets schwarz gekleidet. Nicolas begrüßte ihn nicht weniger zuvorkommend als die anderen und bekam als Antwort eine frostige Verneigung. Nicolas wusste nicht, dass Colbert die Verblüffung der meisten anderen Gäste nicht teilte. Er war nicht zum ersten Mal hier.

Schon vor Wochen war er von Fontainebleau hierhergefahren. Allein. Niemand wusste davon. Während Nicolas in Saint-Mandé mit dem Tode rang, streifte Colbert stundenlang durch seine Gärten und das Schloss und schaute sich um. Niemand behelligte ihn. Hunderte Menschen bevölkerten das Schloss, Handwerker, Gärtner, Künstler und Diener. Ein Einzelner fiel da nicht auf, vor allem nicht, wenn er eine wichtig aussehende Aktenmappe unter dem Arm trug und geschäftige Eile vortäuschte, sobald er sich beobachtet fühlte.

Colbert sah alles, merkte sich alles und verurteilte alles. Er bückte sich hinunter zu den Bleirohren, in denen das Flüsschen Anqueil gezähmt wurde, um seine Fluten zum Schloss zu leiten und mit ihnen die Bassins und Kanäle von Vaux-le-Vicomte zu speisen. Kostbares Blei, wahrscheinlich aus England. Ob der Oberintendant es wohl legal verzollt hatte? Und überhaupt: Aus wessen Schatulle waren die Rohre bezahlt worden? Aus Fouquets eigener oder aus der des Königs? Colbert schätzte ab, rechnete aus und machte sich Notizen. Dann ging er weiter zur nächsten Fundstelle seines Neides.

Als er nach Fontainebleau zurückkehrte, begab er sich sofort in sein Kontor und übertrug seine Beobachtungen in die Akte, die er über seinen Konkurrenten angelegt hatte, jedes einzelne Detail, das gegen den Schlossherrn von Vaux-le-Vicomte verwendet werden konnte. Keinen Augenblick zweifelte er daran, dass sich irgendwann – vielleicht schon bald! – die Gelegenheit bieten würde, das Ergebnis seines Fleißes zu nutzen.

Der Morgen graute schon, als Colbert die Mappe wieder zuklappte. Bevor er sie in der untersten Lade seines Schreibtisches verstaute, drückte er sie einen Augenblick lang an die Brust. Auch ein Mann wie Colbert hatte ein Herz. Es schlug nur nicht für die gleichen Dinge wie das Herz seines Rivalen.

4

Da nun alle versammelt waren, konnte das Fest beginnen. Als Erstes lud der Schlossherr seine Gäste zu einer Promenade ein. Ludwig und seine Mutter schritten mit Nicolas und Vatel voran. Alle Besucher waren inzwischen vom Gastgeber begrüßt worden, daher – so verlangte es die Etikette – tauschten Nicolas und Marie Madeleine ab jetzt ihre Aufgaben. Für den Rest des Abends würde Nicolas sein Hauptaugenmerk auf den König richten, während Marie von einem Besucher zum anderen schritt, damit am Ende des Festes ein jeder das Gefühl haben konnte, mit besonderer Aufmerksamkeit verwöhnt worden zu sein.

Über eine Brücke gelangten die Gäste zur Großen Allee, der Hauptachse des Gartens. Für die Königin und die älteren Damen standen kleine weiße Wagen mit Sonnenschirmen bereit sowie bequeme Tragesessel, deren Stangen an der Seite angebracht waren, damit die Diener die Aussicht nach vorne nicht verstellten.

Nachdem sich alle entschieden hatten, auf welche Weise sie zu promenieren wünschten, brach man auf. Entzückt bewunderte man den Blick über die großzügige Weite des Parks mit seinen Bassins, Hecken und Blumenrabatten, so leuchtend bunt wie die seidenen Roben der Hofdamen.

Doch plötzlich schrien alle auf. Aus versteckten Wasserkandelabern, die die Allee säumten, strömten Hunderte Wassergarben, die wie flüssiges Kristall in der Sonne glänzten und von einem Augenblick zum anderen Kühlung brachten, ohne die Gäste dabei zu benetzen. Im selben Augenblick erhoben sich aus fünfzig Springbrunnen senkrechte Kaskaden wie glitzernde

Jubelrufe. Welch ein Empfang für die Besucher, die aus der verdorrten Ebene kamen und nun den Reichtum spürten, der dem Element Wasser innewohnt!

Zwischen schimmernden Mauern aus Wasser schritten sie dahin. Die Promenade wurde zu einem Kunstwerk aus Wasser, flüchtig und kostbar, belebend und beglückend. Wer hie und da doch einen Tropfen auf der Haut spürte, schrie erfreut auf und teilte es den anderen mit. Man haschte nach einzelnen Tropfen und trat ganz nah an die Brunnenbecken heran, um die erhitzten Hände einzutauchen und zu erfrischen. Verwöhnte Höflinge, die nichts aus ihrer blasierten Ruhe aufstörte, wurden auf einmal zu Kindern, die dem Zeremonienmeister folgten, als wäre er ein Rattenfänger. Kein Gold und keine Juwelen hatten jemals so viel Ausgelassenheit und zwanglose Freude hervorgerufen wie diese kühle Welt aus klarem, glitzerndem Wasser, das die Luft reinigte und die Erschöpfung vertrieb.

»Das ist ein verzauberter Ort!«, sagte die Grande Mademoiselle zum Großen Condé, dem allerdings die Gicht die Laune verdarb. Wie meistens war ihm weniger nach Lob zumute als nach einer kräftigen Auseinandersetzung. Deshalb schaute er auch immer wieder interessiert zum König hin. Aus eigener Erfahrung kannte er das Missvergnügen der Mächtigen angesichts des Reichtums oder der Talente anderer. Condé – Monsieur le Prince – war überzeugt, dass Ludwig durchaus nicht so erfreut und zufrieden war, wie er sich gab. Zwar überhäufte er die Gemahlin des Gastgebers mit Komplimenten und lobte, was man ihm darbot. Doch Condé kannte Ludwig seit seiner Kindheit und wusste, dass es in ihm brodelte, wenn er sein Kinn auf eine gewisse Weise vorschob und die Lippen zusammenpresste. Genau so hatte er als Knabe ausgesehen, wenn jemand auf die unglückselige Idee gekommen war, den Charme seines Bruders zu loben, oder wenn die Königin Philippe an sich gezogen und ihn ihr kleines Mädchen genannt hatte.

Man machte eine große Runde durch den Park, besichtigte entzückt den Küchengarten und das Labyrinth und kehrte schließlich auf der Allee des Wassers, wo Statuen und kleine Wasserfälle einander abwechselten, zum Schloss zurück.

Keiner hatte es gelernt, doch jeder wusste, wie es zu geschehen hatte, dass man sich beim Eintritt in das Gebäude wie von selbst wieder nach der Rangfolge aufstellte: zuerst der Hausherr mit dem König und seiner Familie, danach die Prinzen von Geblüt, die Grandseigneurs, die Seigneurs, die hohen Amtsträger und die Staatssekretäre, unter denen sich auch Colbert befand, den Blick abweisend zu Boden gerichtet, als lehne er es ab zu betrachten, was man ihm so freudig zeigte. Danach folgte der übrige Hofstaat, auch er nach unsichtbaren Gesetzmäßigkeiten gegliedert, die jeder kannte und befolgte, als gäbe es bei Hof einen sechsten Sinn für die gesellschaftliche Bedeutung eines Menschen – eine Bedeutung in einem anderen Sinne kannte man hier ohnehin nicht.

Im Großen Salon roch es noch kaum merklich nach Farbe. Alle bewunderten das Hauptwerk des großen Le Brun, das die Sonne in ihrem Palast darstellte. Auch die vielen Hinweise auf das Eichhorn als Wappentier der Fouquets wurden bemerkt. Schon draußen am Gittertor war es aufgetaucht und wiederholte sich immer wieder.

Gleich danach besichtigte man die einzelnen Salons und verstummte vor so viel Pracht. Auf der Galerie überraschte Nicolas den König mit einem ganz besonderen Geschenk: ein Porträt von Ludwig selbst, gemalt von Le Brun. Es schien dem König zu gefallen, ebenso wie die beiden Gemälde im sogenannten »Schlafzimmer des Königs«, das nur für den Fall eingerichtet worden war, dass er irgendwann einmal dem Hausherrn die Ehre erweisen würde, in seinem Schloss zu übernachten – und sei es auch nur ein einziges Mal. Das eine Bild zeigte wieder den König, das andere seine Gemahlin Maria Theresia. Der Raum war in sanftem und doch leuchtendem Grün gehalten. Philippe neckte seinen Bruder, dass dieses Zimmer wie geschaffen für ihn selbst sei. »Sie sollten es mir abtreten, lieber Bruder. Ich würde es sofort übernehmen.«

Alle lachten und wussten, dass diese Bemerkung ohne Hintergedanken war. Philippe begehrte nicht, was sein Bruder besaß; auch nicht die Krone. Mit Blick auf Philippes Gemahlin Henriette dachten manche allerdings, dass es umgekehrt nicht genauso war. Doch war es nicht immer schon das Vorrecht der Könige von Frankreich gewesen, sich an den Frauen anderer zu erfreuen?

Nun war die Zeit für das Mahl gekommen. Trompeten und Zimbeln begleiteten den Einzug der Gäste. Als sie Platz genommen hatten, erklangen Violinen. Nicolas stand seitlich hinter dem König und bediente ihn eigenhändig.

An allen Stellen herrschte Überfluss. Von dreißig Buffets aus wurden die Gäste versorgt. Tischtücher und Servietten waren aus venezianischen Spitzen gearbeitet. Fünfhundert Dutzend Teller wurden gebraucht, sechsunddreißig Dutzend Silbertabletts. Für die königliche Familie stand ein Service aus purem Gold bereit.

Der König griff nach einer Zuckerdose, die ihm besonders gefiel. »Was für ein schönes Vermeil!«, lobte er.

Nicolas lächelte. »Verzeihen Sie, Sire. Das ist nicht vergoldet. Das ist massives Gold.«

Der Große Condé horchte erfreut auf. Er suchte den Blick Philippes, um herauszufinden, ob dieser jetzt das Gleiche dachte wie er selbst. Philippe aber unterhielt sich angeregt mit Madame Fouquet und hatte das Gespräch nicht mitangehört. Doch Monsieur le Prince sah genau, mit welcher Verärgerung der König die Zuckerdose auf ihren Platz zurückstellte.

Der alte Frondeur konnte nicht widerstehen. »So etwas haben wir nicht bei uns im Louvre, Sire, oder?«

Ludwig starrte vor sich hin. »Wir haben unsere Edelmetalle einschmelzen lassen, um den Krieg gegen Spanien zu finanzieren«, sagte er düster. »Im Dienste Frankreichs!« Die erlesenen Speisen und der edle Wein schmeckten ihm nicht mehr.

Mit einem boshaften Lächeln bemerkte Condé, dass Ludwig nur noch mit Mühe höflich blieb. Wann hatte er es je ertragen, in den Schatten gestellt zu werden? Condé fragte sich, wie Ludwig darauf wohl reagieren würde. Dieses Fest versprach interessanter zu werden, als man es erwartet hatte.

5

Das Mahl dauerte länger als geplant. Der Dichter Molière, der mit seiner Compagnie den nächsten Programmpunkt gestalten sollte, lief aufgeregt hin und her. Seine Komödie »Die Störenfriede«, deren Musik Ludwigs Lieblingskomponist Lully geschrieben hatte, hätte schon bei Tageslicht beginnen sollen. Inzwischen war man jedoch um zwei Stunden im Rückstand. Es war dunkel geworden. Außerdem drohte das Gewitter, das sich schon seit Tagen angekündigt hatte, näher zu kommen. »Eine Katastrophe!«, jammerte Molière. Doch noch war der Himmel voller Sterne und die Gäste angeregt vom Wein und von dem erlesenen Mahl des berühmten Vatel.

Die Bühne befand sich am Rand der Tannenallee. Von ihren Plätzen aus hatten die Gäste das Schloss genau im Blick. Alle Fenster waren hell erleuchtet. »Ein Juwel!«, seufzte empfindsam Monsieur de Jarzé, der Schönheit zu schätzen wusste. Doch noch war die Bühne leer. Man wunderte sich, als Molière plötzlich im Straßenanzug ganz beiläufig auftrat und sich über die Störenfriede beklagte, die ihm seine Zeit stahlen. Alle Zuschauer kannten diese Art Menschen, doch schien sie ihnen nicht in diesen Rahmen zu passen. So wartete man auf eine Überraschung, da man an diesem Tag doch schon so oft verblüfft worden war.

Und wirklich! Unter den Bäumen wurde es plötzlich hell. Man erkannte eine große Muschel, die sich langsam öffnete. Eine Nymphe entstieg ihr. Zugleich erwachten auf einmal die Statuen und Bäume ringsum zum Leben. In wunderbaren Versen fingen sie zu sprechen an, während die Nymphe nach vorne trat und sich dem König zuwandte. Von zwanzig Wassergarben umsprüht, hielt sie eine Lobrede auf ihn: »Ihr Sterblichen, aus meiner tiefen

Grotte komme ich zu euch!« Sie rühmte den größten König der Welt, bis ihre Worte in Musik übergingen und die Nymphen der Flüsse und des Waldes vor den Gästen tanzten. Während der Zwischenspiele tauchten aus den Taxushecken liebliche Feen auf. Sie mischten sich unter die Gäste und beschenkten sie mit Naschwerk und Edelsteinen.

Der Park verwandelte sich in eine Feenwelt. Vergoldete Gondeln, ausgekleidet mit weißem Damast, fuhren über den Großen Kanal, die Gondolieri ebenfalls weiß gekleidet. Die Musik verbreitete sich nun von der Bühne hinaus in den Park und lockte, als die Komödie zu Ende war, die Zuschauer von ihren Plätzen, während plötzlich Tausende Lichter eines Feuerwerks das Schloss umkränzten. Der ganze Hügel auf der Seite von Marny schien wie in Feuer getaucht. Aus großen Töpfen am Rande des Kanals entfalteten sich wie Blumen kleine Feuergarben, und über dem Wald drehten sich goldene Sonnen.

Das Schauspiel wäre vollkommen gewesen, hätten nicht zwei Pferde der königlichen Kutsche wegen des Lärms und des Lichtes gescheut. Es gelang ihnen, sich loszureißen. In panischem Schrecken stürzten sie sich in eines der großen Bassins. Man konnte sie nicht mehr retten. Beide ertranken. Da es dunkel war und alle nach oben blickten, blieb der Vorfall fast unbemerkt. Knechte holten die Kadaver aus dem Wasser und zerrten sie eilends fort. Man verständigte den Hausherrn. Er ordnete an, man solle die Pferde sofort mit gleichwertigen Tieren aus seinem eigenen Stall ersetzen. Dann wandte er sich wieder dem König zu. Das Wichtigste an diesem Fest war, ihm Freude zu bereiten und ihn zu unterhalten.

»Ein böses Omen!«, sagten die Kutscher zueinander und trösteten ihren Kameraden, dem das Missgeschick unterlaufen war.

»Ein böses Omen für mich!«, antwortete er und hoffte, dass es vielleicht doch einen anderen treffen würde.

Mitternacht war längst vorüber, doch niemand dachte daran, sich zurückzuziehen. In einem großen weißen Zelt warteten weitere Köstlichkeiten, süße und salzige, Früchte und Eis und alles, was man zu schätzen weiß, wenn man eigentlich schon längst nicht mehr hungrig ist. Gleichzeitig fand eine Lotterie statt: für jeden Gast ein Los und jedes Los ein Treffer. Es gab wertvolle Kleinigkeiten als Andenken an diesen großen Abend, vor allem Schmuckstücke, doch sogar Pferde. Noch immer spielten die Geigen und die Oboen, während die Gäste langsam müde wurden. Glücklich und träge fühlten sie sich. Satt – fast schon zu sehr.

6

Um zwei Uhr morgens gab der König das Zeichen zum Aufbruch. Während sich die Gäste zu den Kutschen begaben, ertönten noch einmal Hunderte Trompeten, als gelte es, in eine Schlacht zu ziehen. Und noch einmal wurde das Schloss von einem Feuerwerk erleuchtet – ein Palast der Illusion, der aus der Nacht auftauchte und bald wieder in ihr versinken würde.

Draußen im Ehrenhof standen die Karossen bereit. Die Pferde der Musketiere und der Garde trippelten unruhig hin und her. Nicolas Fouquet und seine Gemahlin standen auf den Stufen, dort, wo sie vor Stunden auf ihre Gäste gewartet hatten. Nun verabschiedete man sich.

»An diesem Abend waren Sie der König von Frankreich, Monseigneur!«, sagte der Chevalier de Lauzun, der immer für eine Übertreibung gut war. Nur der Große Condé und Colbert bemerkten, dass auch Ludwig diese Worte gehört hatte.

Dann setzte sich die Prozession wieder in Bewegung, hinaus in die weite Landschaft der Brie. Noch immer war der Himmel voller Sterne. Das Gewitter hatte sich verzogen. Doch darauf achteten die Reisenden schon gar nicht mehr. Einen Tag und eine Nacht lang waren sie darauf bedacht gewesen, die eigene Erscheinung perfekt zu erhalten. Nun aber war das Fest vorbei, und man wollte nur noch schlafen, sich wie ein Kind auf der Kutschenbank zusammenrollen. Die ondulierten Frisuren durften endlich zerdrückt und zerzaust werden, die Schminke sich verwischen. Wer dachte jetzt noch daran, die kostbaren Kleider zu schonen oder die seidenen Schuhe vor Flecken zu bewahren? Vielleicht kümmerte man sich schnell noch darum, den Lotteriegewinn an einem sicheren Platz zu verstauen. Doch dann wollte man bloß noch schlafen. Nur die Musketiere, die Garden und die Kutscher blieben wach und achteten darauf, dass ihre kostbare Fracht sicher in die Sommerresidenz des Königs zurückgebracht wurde.

Alles schlief, während die Sonne aufging und die ersten Bauern sich zu ihrer Erntearbeit aufmachten. Diesmal eilten sie nicht an den Straßenrand. Sie waren selbst noch müde von den Mühen des vergangenen Tages und von der vielen Arbeit, die sie verrichten mussten, um ihre Familien zu ernähren. Durch die Trockenheit dieses Sommers war die Ernte mager genug.

Immer heller wurde es, und als die Kutschen in Fontainebleau ankamen, war es lichter Tag. Mühsam befreite man sich aus dem Schlaf, dann sprang man möglichst schnell aus der Kutsche und eilte davon, als hätte man eine Nacktheit zu verbergen. Dabei waren es nur die zerflossene Schminke und der Verlust äußerer Perfektion. Doch was hätte es Peinlicheres geben können für einen Höfling des Königs?

»Haben Sie sich amüsiert?«, fragte Königin Anna ihren Sohn, als er sie zu ihren Gemächern geleitete.

Ludwig blieb stehen und starrte sie mit dieser Miene an, die sie immer schon an ihm kannte und die nichts Gutes verhieß. »Ich hätte ihn noch diese Nacht verhaften lassen sollen!«, stieß er hervor. Seine Wut war geblieben, hatte sich vielleicht sogar verstärkt durch die Höflichkeit, zu der er sich gezwungen hatte. »Auf jeden Fall werde ich dafür sorgen, dass er all das wieder herausrückt. Colbert hat herausgefunden, wie er sich diesen Reichtum angeeignet hat.«

Anna schüttelte den Kopf. »Ich bitte Sie, Ludwig!«, tadelte sie. »Das kann doch nicht Ihr Ernst sein!«

Ludwig starrte sie an. Auf einmal erkannte sie ihn nicht wieder. »Ich bin der König«, sagte er kalt. »Niemand hat das Recht, mich zu übertreffen.«

Annas Stimme war leise geworden. »Und wenn er es doch tut?«

Der König öffnete die Tür zu ihren Gemächern und ließ sie ein.

»Wenn er es doch tut?«, wiederholte sie.

Doch Ludwig schloss die Tür hinter ihr. In der nächtlichen Stille hörte sie, wie sich seine Schritte entfernten. Wenn er es doch tut?, fragte sie sich noch einmal in ihrem Innern. Dann bekreuzigte sie sich.

Zur selben Stunde saß Nicolas auf der Bank auf dem Hügel des Herkules. Über den Park hinweg blickte er hinüber auf sein Schloss, mit dem er in dieser Nacht so viel Ehre eingelegt hatte. Auch er war müde, doch noch zu angeregt, um schlafen zu wollen. Zudem gefiel ihm der Gedanke, ebenso lange wach zu bleiben wie seine Gäste.

Das schönste Fest, das Frankreich je erlebt hatte, lag hinter ihm. Es würde lange nicht vergessen werden, auch dann nicht, wenn er selbst schon nicht mehr war. Vielleicht würde es sogar dieses Fest sein, das seinen Namen weit über seine Zeit hinaus am Leben hielt. Er hatte seine Gäste glücklich gemacht, das spürte er. Immer wieder hatte er in die bunte Menge geblickt, die gemeinsam lächelte und lachte und sich von der Schönheit der Musik und der Worte ergreifen ließ. Ihre Freude war seine Freude gewesen, sein Erfolg.

Wie gern hätte er gewusst, was der König über sein Fest dachte! Aber Ludwig hatte nur wenig gesprochen. Zu wenig. Doch wahrscheinlich würde er sich beim nächsten Treffen äußern. Es war so wichtig, dass es ihm gefallen hatte!

»Nach der heutigen Nacht wirst du entweder Premierminister werden oder ein Nichts«, hatte sein Cousin Christophe, der mit seiner Gemahlin aus der Bretagne angereist war, zu ihm gesagt. Nicolas bedauerte, dass sie nicht Zeit gehabt hatten, sich ausführlicher auszutauschen. Auch heute würde man vielleicht nicht miteinander sprechen können. Nicolas wusste, dass er am Nachmittag mit einem Fieberanfall rechnen musste. Zu gewöhnlichen Zeiten fand er sich einfach damit ab und wartete, bis es vorbei war. Heute aber bedrückte es ihn und erinnerte ihn daran, dass er nicht gesund war und es nie mehr werden würde.

Auch seine Mutter hätte er gern um ihre Meinung gefragt, doch sie hatte am großen Fest nicht teilgenommen. »Ich will diesem König nicht begegnen!«, hatte sie gesagt, als Nicolas sie gebeten hatte, doch noch zu kommen. »Ihm nicht und auch nicht dieser Schlange Colbert!«

Nicolas verstand ihre Gefühle. Auch er konnte kaum glauben, dass Colbert zwei Tage vor dem Fest das Verbot der Compagnie du Saint Sacrement durchgesetzt hatte. Sie sei ein Staat im Staate, hatte er erklärt. Sie sei ein Segen für die Armen, hatte Nicolas geantwortet. Doch am Schluss zählte nur mehr das Wort des Königs, und der hatte den Rat des Mannes aus Reims befolgt. Nicolas hoffte, dass sich nach diesem Fest zu Ehren des Königs das Blatt wieder wenden würde.

Ein paar Wachleute durchstreiften den Park auf der Suche nach glosenden Resten des Feuerwerks. Sie bemerkten ihren Herrn nicht, den erfolgreichsten Mann des Landes. Sie waren stolz darauf, in seinem Dienst zu stehen, und er hoffte, dass ihnen ihr Stolz auch in Zukunft erhalten blieb.

In diesem Augenblick sah er von fern eine Gestalt die Freitreppe heruntereilen. Durch die Große Allee kam sie näher. Ihre Schritte waren leicht und schnell. Doch der Weg war weit. Von Anfang an wusste Nicolas, wer es war. Er überlegte, ob er ihr entgegengehen sollte, doch dann wartete er lieber. Marie Madeleine!, dachte er voller Liebe. Welch ein Glück, dass sie seine Frau war! Sie würde stets zu ihm halten, wie auch immer die Gunst oder Ungunst des Königs ausfiel.

Als Marie Madeleine schon ganz nahe war, fing sie an zu laufen. Bald hatte sie Nicolas erreicht. Im kühlen Morgenlicht war ihr Gesicht blass, doch ihre dunklen Augen leuchteten. Nicolas fing sie auf und drehte sich mit ihr. Dann blieb er stehen, doch er ließ sie nicht los. »Ich mache mir Gedanken über unsere Situation!«, gestand er. »Was ist deine Meinung?«

Sie wusste, wovon er sprach. Ihr Gesicht wurde ernst. Lange schwieg sie. Dann aber lächelte sie plötzlich und zuckte die Achseln. »Meine Meinung ist, dass ich dich liebe!«, antwortete sie.

Fünftes Buch

Die Gnade des Königs

Falsches Spiel

I

Wie hätte Nicolas ahnen können, dass über sein Schicksal längst entschieden war, als er nach seinem großen Fest nach Fontainebleau zurückkehrte, um seine Aufgaben als Oberintendant der Finanzen zu erfüllen? Zwei Männer hatten seinen Untergang beschlossen; zwei Männer, so verschieden wie Tag und Nacht. Auch ihre Motive hatten auf den ersten Blick wenig miteinander zu tun. Jeder kochte sein eigenes Süppchen, doch ihr Ziel war das gleiche: die Vernichtung des Mannes, durch den sie sich bedroht fühlten – auch hier wieder aus verschiedenen Gründen.

Der eine wollte demonstrieren, dass er der unumstrittene König war, den kein Untertan in den Schatten stellen durfte – und sei es auch nur durch seinen glanzvollen Lebensstil. Der andere wurde von seinem Ehrgeiz getrieben und wollte sich den verhassten Rivalen aus dem Weg schaffen, auf welche Weise auch immer. Starke Gefühle, die den Schlaf raubten und den Seelenfrieden störten. Trotzdem hätten sie nicht ausgereicht, einen eleganten, gefallsüchtigen jungen Mann ins selbe Boot mit einem misslaunigen, unansehnlichen Pedanten zu locken, der zwanzig Jahre älter war als er und unfähig zu weltmännischer Höflichkeit, dem Ideal seiner Epoche.

Was Ludwig und Colbert verband, lag im Dunkel der Vergangenheit: Mazarin! Noch Monate nach seinem Tode manipulierte er gleichsam aus der Gruft heraus jene, die mit ihm zu tun gehabt hatten. Es hatte ihn stolz gemacht, dass es ihm geglückt war, innerhalb von zehn Jahren ein Millionenvermögen anzuhäufen. Zugleich fürchtete er aber, dass die krummen Wege, die er dabei beschritten hatte, nachträglich ans Licht kamen. Während seiner Lebenszeit war es ihm gelungen, seine Geschäfte – auf Kosten der Staatskasse und anderer – zu verschleiern. Viele beschuldigten ihn, doch eigentlich wussten nur zwei Personen über die Hintergründe Bescheid: Nicolas Fouquet, dem als Oberintendanten der Finanzen die Abrechnungen vorlagen, und Jean-Baptiste Colbert als Mazarins Vermögensverwalter. Über seinen Schreibtisch waren die Transaktionen des Kardinals abgewickelt worden. Sollte jemand auf die Idee kommen nachzuforschen, würde er unweigerlich auf Colbert als Mitschuldigem stoßen.

Nicolas war nur Mitwisser, und das auch nur bei den Geschäften, die Mazarin über die Staatskasse getätigt hatte: Lieferungen an die Truppe, Kredite für ausländische Monarchen, Bestechungsgelder für Amtsträger feindlicher Mächte. Es entlastete Nicolas, dass es zu Mazarins Lebzeiten unmöglich gewesen wäre, ihn zu beeinflussen oder zurückzuhalten. Colbert jedoch hatte selbst geplant und gehandelt. Er musste befürchten, dass man alle Schuld auf ihn schieben würde, um den Kardinal zu schonen. Schnell konnte er zum Sündenbock werden. Doch dazu war er nicht bereit. Es bot sich an, einen anderen für die Verfehlungen bluten zu lassen und damit zwei Ziele auf einmal zu erreichen: sich selbst reinzuwaschen und zugleich einen Konkurrenten für immer auszuschalten. Einen verhassten Konkurrenten, dem das Schicksal alles geschenkt hatte, was man selbst ersehnte, vor allem die Fähigkeit, Herzen zu gewinnen – in den Augen des Neiders das unverzeihlichste Vergehen.

Auch der König fürchtete um den guten Namen des Kardinals. Mazarin war immerhin sein Pate gewesen. Wenn er in Verruf kam, wirkte es auf das Ansehen des Königs zurück – ein fast unerträglicher Gedanke für einen jungen Monarchen, dem nichts wichtiger war als das Bild, das sich die Welt von ihm machte. Ruhm und Ehre. Ein Pate, der sich bis an die Grenze des Staatsbankrotts aus der königlichen Kasse bedient hatte, hätte das erhabene Bild, das Ludwig von sich zu schaffen gedachte, für immer befleckt. Vielleicht hätte man ihn sogar beschuldigt, auch persönlich von den Machenschaften seines Paten profitiert zu haben. Vielleicht aber – und das wäre noch beängstigender für Ludwig gewesen – hätte man ihm die Peinlichkeit sogar gegönnt und ihn ausgelacht. Doch die Würde eines Monarchen war sein Kapital.

Ludwig wollte der vornehmste aller Herrscher sein, eine unantastbare Majestät. In Frankreich, in Europa und in der ganzen Welt. Nicht nur heute und morgen, sondern bis ans Ende seiner Regierungszeit und darüber hinaus in den Annalen der Geschichte. Ja, ein Sündenbock musste her. Für Mazarin und für den, der so eng mit ihm zusammengearbeitet hatte. Ein Sündenbock, der ohnedies im Wege stand, auch wenn sogar Ludwig selbst seinen Zauber spürte und ihn immer wieder heimlich beobachtete, um von ihm zu lernen.

Nicolas Fouquet: Nach dem Fest von Vaux-le-Vicomte wussten alle Beteiligten, dass eine Entscheidung bevorstand; Premierminister oder nicht. Geachteter Staatsdiener oder schmählich Davongejagter. Es war gefährlich, Königen zu missfallen. Doch Ludwig war zu verschwiegen, als dass man ihn durchschauen konnte. So wartete man ab: mit Sorge, Mitgefühl oder boshaftem Vergnügen. Das Eichhörnchen war hoch hinaufgeklettert, dorthin, wo die Wipfel schwankten und sogar ein so gewandtes kleines Tier das Gleichgewicht verlieren konnte. Wie hoch wird es nicht steigen? – Ja, wie hoch? Oder hatte es sich schon zu hoch hinaufgewagt, und sein Fall war unausweichlich?

Als Nicolas nach Fontainebleau kam, schien es, als hätte er sich umsonst gesorgt. Jeder, dem er begegnete, bedankte sich für das wunderbare Fest. Niemand warnte ihn mehr. Alle schienen damit zu rechnen, dass ihn der König bald auf einen noch höheren Posten berufen würde: auf den höchsten von allen als seinen engsten Mitarbeiter.

Auch Ludwig selbst behandelte ihn mit großer Liebenswürdigkeit. Er lobte alles: Vaux-le-Vicomte und seine Einrichtung, den Park und die Wasserspiele, die erlesene Bewirtung durch den unvergleichlichen Vatel, die Ballettkomödie, und vor allem Nicolas' bezaubernde Gemahlin, »so schön und klug wie kaum eine andere«.

Nicolas atmete auf. Alles schien so zu sein, wie er es sich nur wünschen konnte. Anders als in den vergangenen Monaten wurde er wieder zu allen Ratssitzungen geladen und dort zu jedem Verhandlungspunkt nach seiner Meinung befragt. Auch danach, wenn die anderen Teilnehmer schon gegangen waren, zog ihn Ludwig noch einmal ins Gespräch. Er fragte ihn nach den Künstlern, die das Schloss gestaltet hatten; nach den Kunsthändlern, die er beauftragt hatte, und nach weiteren Plänen: ob er denn vorhabe, irgendwann wieder zu einem so beglückenden Ereignis einzuladen. »Sagen Sie Ja, mein Lieber, damit wir uns schon jetzt darauf freuen können!« Fast beiläufig fügte er hinzu, er habe vor, Nicolas schon auf der nächsten Ratssitzung zum Vicomte de Melun zu ernennen.

Nicolas wollte für die Ehre danken, doch Ludwig wechselte hastig das Thema. Auch er habe vor, sich ein Schloss auf dem Lande zu bauen. Fontainebleau inspiriere ihn nicht mehr. »Ich denke immer wieder an das alte Jagdschloss meines Vaters in Versailles. Zurzeit ist es noch eine Bruchbude und viel zu klein für meine Bedürfnisse. Mit dem richtigen Architekten könnte aber ein Juwel daraus werden. Was meinen Sie dazu, mein Lieber?«

Nicolas pflichtete ihm bei und bot seine Hilfe an. »Aus der Erfahrung habe ich einiges gelernt, Majestät«, sagte er. Der König nickte erfreut und erklärte, er würde jeden Rat gerne anhören.

Als Nicolas den Sitzungsraum verließ, blieb Ludwig noch zurück. Er und auch Colbert, der bisher kein Wort geäußert hatte, nun aber zur Tür ging und sie schloss. Was jetzt gesprochen wurde, erfuhr niemand. Doch als der König danach in seine Gemächer zurückkehrte, war seine Miene so finster wie das Gesicht Colberts.

2

»Ich wusste nicht, dass du in Fontainebleau bist!« Nicolas umarmte seinen Bruder Basile und bot ihm an, sich zu setzen. Ihre letzte Begegnung lag lange zurück, bestimmt mehr als ein Jahr. Basile war wie Wasser, das durch die Finger glitt. Immer unterwegs und immer mit irgendwelchen geheimen Aufgaben betraut, über die nicht gesprochen wurde, die aber dennoch ungemein wichtig zu sein schienen. Mazarin hatte auf seine Tüchtigkeit geschworen, und auch nach dem Tod des Kardinals schien sich Basiles Position nicht verändert zu haben.

Von allen seinen Geschwistern war Basile Nicolas am fremdesten geblieben, obwohl er derjenige war, der ihm am ähnlichsten sah. Immerhin aber lagen sieben Jahre Altersunterschied zwischen ihnen – zu viel für eine gemeinsame Kindheit, da Nicolas schon früh den Jesuiten von Clermont anvertraut worden war. Auch später waren sie einander nicht nähergekommen. Im Gegensatz zu den anderen jüngeren Geschwistern, die Nicolas verehrten und liebten, hatte Basile immer eine Art trotzigen Abstand gehalten, den sich Nicolas nicht erklären konnte.

Nur ein einziges Mal war es aus Basile herausgebrochen. Damals hatte er Nicolas beschuldigt, seinen jüngeren Geschwistern die Luft zum Atmen genommen zu haben. »Du hast immer alles bekommen!«, hatte er ihm vorgeworfen. »Unser Vater dachte nur an deine Karriere. Nicolas, Nicolas und immer nur Nicolas! Das große Talent, dem wir anderen nicht das Wasser reichen konnten! Für dich wurden die wichtigsten Ämter gekauft. Wir mussten uns mit dem Kleinzeug begnügen. Dir suchte man eine reiche Erbin als Ehefrau. Wir mussten ins Kloster. Nicolas Fouquet: der junge Hoffnungsträger, den schon der große Richelieu für genial hielt! In deinem Schatten konnten wir nur zweitklassig bleiben, während du von Jahr zu Jahr höher stiegst.«

Am nächsten Tag hatte er sich entschuldigt. Das Thema wurde nie wieder angeschnitten. Eigentlich hatte Nicolas den Auftritt von damals fast schon vergessen. Jetzt aber, da ihm sein Bruder so unerwartet gegenübersaß, erinnerte er sich wieder daran und fragte sich, ob Basile wohl noch immer derselben Meinung war.

Doch Basile wirkte heiter und entspannt. Er schnalzte mit der Zunge. »Vicomte de Melun! Respekt, mein lieber Bruder! So weit wie du hat es noch keiner in unserer Familie gebracht.«

Nicolas wunderte sich über den Ton, in dem Basile mit ihm sprach. Bisher hatte er stets Abstand gehalten, wie alle jüngeren Geschwister dem Älteren gegenüber, der nach dem Tod ihres Vaters dessen Stellung in der Familie übernommen hatte. Nicolas zog die Brauen hoch und schwieg.

Basile schien die Irritation seines Bruders nicht zu bemerken. »Wie ich höre, bist du noch lange nicht am Ende deiner Reise angelangt«, fuhr er vergnügt fort.

Nicolas horchte auf. »Wie meinst du das?«

Basile zuckte die Achseln. »Ich bitte dich, Nicolas! Ich bin dein Bruder. Mir kannst du es ruhig erzählen.«

»Was erzählen?«

Basile schüttelte ungeduldig den Kopf. »Dass dich der König zu seinem Premierminister machen will. Zu seinem Regierungschef. Der Vicomte de Melun soll die Stellung des alten Mazarin übernehmen.«

Nicolas blickte seinen Bruder misstrauisch an. »Davon ist keine Rede.«

Basile zuckte die Achseln. »Natürlich nicht offiziell. Aber hinter den Kulissen … Der arme Colbert zittert schon um seine Position. Er weiß natürlich, was der König vorhat, und fürchtet, dass du ihm schaden wirst, wenn du erst ganz oben bist.«

»Ich weiß nicht, wovon du sprichst.«

Basile lehnte sich zurück. Man sah ihm an, dass er es genoss, anscheinend besser informiert zu sein als sein Bruder. »Der König weiß, dass er dich braucht.« Sein Gesicht wurde ernst. »Schon Mazarin wäre ohne dich untergegangen. Wahrscheinlich hätte dich Ludwig längst zu seinem Ersten Minister gemacht, wenn du nicht so abweisend wärst.«

Nicolas sah ihn verständnislos an. »Abweisend? Ich? Hast du

nicht gehört, was für ein Fest ich für ihn ausgerichtet habe? Er war mein Ehrengast. Meine Dichter haben ihn gerühmt wie einen Halbgott. Nennst du das abweisend?«

Basile stand auf. Er trat ans Fenster und blickte hinaus. Trotz der regelmäßigen Pflege waren die Pflanzen im Park von der Sommerhitze teilweise schon gelb und vertrocknet. »Gerühmt zu werden, ist er gewöhnt. Das hört er schon gar nicht mehr. Es stört ihn höchstens, wenn er einmal nicht gerühmt wird.« Er drehte sich wieder zu Nicolas um. »Ich traf ihn gestern«, erzählte er. »Er ließ mich rufen und fragte mich, ob ich glaube, dass du Mazarins Posten übernehmen möchtest. Ich antwortete ihm, dass ich das schon dächte. Darauf meinte er, er hätte seine Zweifel, weil du noch immer dem Parlament verbunden seist. ›Er kann nur mein Premierminister sein, wenn er ganz und gar auf meiner Seite steht‹, sagte er zu mir. ›Wenn ich einen Premierminister ernenne, darf er an keine weiteren Loyalitäten gebunden sein. Ich will, dass er ganz der Meine ist.‹«

Nicolas merkte, dass seine Hände zitterten. Der übliche Fieberschub kündigte sich wohl an. »Worauf willst du hinaus?«, fragte er, obwohl er die Antwort bereits kannte.

»Auf dein Amt als Generalprokurator«, erklärte Basile und setzte sich wieder an den Tisch. »Es macht dich zum Obersten Staatsanwalt des Landes. Du gehörst dem Parlament an. Erinnerst du dich nicht mehr, welche Rolle das Parlament zu Beginn der Fronde gespielt hat? Ohne die Quertreibereien der Parlamentsräte hätte es womöglich gar keine Fronde gegeben. Die Grandseigneurs waren rebellisch, aber uneins. Erst das Parlament hat ihnen den Weg geebnet.« Er beugte sich vor und legte eine Hand auf Nicolas' Arm. »Der König war damals noch ein Kind, aber alt genug, um die Zusammenhänge zu begreifen. Glaube mir, Nicolas, er hasst das Parlament! Solange du Generalprokurator bist, kannst du nicht Premierminister werden.«

Nicolas spürte, dass sich sein Fieber verstärkte. Er wollte La Fôret rufen, damit er ihm seine Medizin brachte. Zugleich wollte er aber weiter hören, was ihm Basile zu sagen hatte.

Basiles Stimme klang beschwörend. »Verkaufe dieses Amt, Nicolas!«, rief er. »Es verhindert deinen Aufstieg.«

Nicolas schüttelte den Kopf. »Es sichert mich ab«, widersprach er. »Es macht mich unverletzbar. Solange ich dieses Amt besitze, unterstehe ich einzig und allein der Gerichtsbarkeit des Parlaments. Gegen jede Anklage von anderer Seite bin ich immun.«

»Na und? Wer sollte dich anklagen, wenn du erst Premierminister bist?«

Nicolas dachte an die Sorgen der vergangenen Tage. Nur das Bewusstsein, als Generalprokurator abgesichert zu sein, hatte ihn vor allzu großer Angst bewahrt. Dennoch konnte er den Standpunkt des Königs verstehen, so wie Basile ihn schilderte.

Basile beobachtete ihn. »Gib ihm die Sicherheit, die er braucht!«, drängte er. »Verkaufe dieses Amt, für das du ohnedies nicht genug Zeit hast! Der König wird es dir tausendfach danken, und unsere Familie wird weiter nach oben steigen, wie sie es sich zum Ziel gesetzt hat.«

Nicolas schwieg lange. »So etwas geht nicht von heute auf morgen«, sagte er dann. »Ich müsste erst einen Käufer finden, der die nötige Summe aufbringen kann.«

Basile atmete auf. »Ich wüsste einen«, antwortete er und versuchte, seinen Eifer nicht allzu offenkundig werden zu lassen. »Achille de Harlay. Er hält sich zurzeit hier in Fontainebleau auf. Ich traf ihn gestern und brachte ganz nebenbei das Gespräch auf dieses Amt. Er sagte, er gönne es dir von Herzen, hoffe aber, dass du an ihn dächtest, wenn du es einmal verkaufen wolltest.«

Nicolas spürte, wie Misstrauen in ihm aufstieg. So viele Zufälle!, dachte er. Sein Bruder, den er so lange nicht gesehen hatte, tauchte plötzlich auf und versuchte, sich in sein Leben einzumischen. Harlay, der sich für sein Amt interessierte, hielt sich ausgerechnet jetzt in Fontainebleau auf, wo der König wünschte, dass das Amt verkauft wurde. Alles ging so glatt, als wäre es sorgfältig eingefädelt. Nirgendwo Widerstand. Es war, als liefe er gegen Stoffwände, die ihm nichts entgegensetzten.

»Soll ich ihn zu dir schicken?«, fragte Basile, der Nicolas nicht aus den Augen gelassen hatte.

»Wen?«

»Harlay.«

Nicolas schüttelte den Kopf. »Ich muss erst darüber nachdenken«, sagte er.

»Aber nicht zu lange, Nicolas! Sonst sitzt Colbert auf dem Stuhl, den eigentlich du bekommen solltest.« Er stand auf. »Ich muss jetzt gehen. Ein paar Tage bin ich noch hier. Lass mich rufen, wenn ich dir irgendwie helfen kann!«

Nicolas begleitete ihn zur Tür. Sie verneigten sich voreinander. Dann war Nicolas allein. Als Erstes nahm er seine Medizin, um das Fieber zu senken. Anschließend setzte er sich an seinen Schreibtisch und überlegte. Er wog das Für und Wider ab und kam jedes Mal zu demselben Schluss: dass es nicht klug war, das schützende Amt abzugeben. Andererseits wollte er das Amt des Premierministers nicht nur, sondern er brauchte es auch. Zu viel hatte er aus seinem eigenen Besitz in die Staatskasse einfließen lassen. Wenn ein anderer an die Macht kam, waren diese Kredite für immer verloren.

Nicolas dachte an seine Familie. Noch war er jung genug, ein Mann in den besten Jahren. Sechsundvierzig: gerade doppelt so alt wie der junge König. Jetzt, da der Krieg vorbei war und keine weitere Fronde drohte, war es möglich, die Finanzen wieder zu ordnen. Das Geld, das während der Kriegszeit hin- und hergeschoben worden war, um es immer dort zu haben, wo es gerade am nötigsten gebraucht wurde, konnte nun den Kreditgebern – und damit auch ihm selbst – zurückgezahlt werden. Auch in seinem eigenen Interesse war es unerlässlich, dass eine Friedensfinanzierung erstellt wurde. Wäre er jetzt gestorben, hätte seine Familie, so reich sie auch erscheinen mochte, vor dem Nichts gestanden.

Lange saß er da und dachte nach. Dann griff er zur Feder und schrieb einen langen Brief an den Bankier Chanut, der schon ein Freund seines Vaters gewesen war. Er ersuchte ihn, »jetzt und sofort« ein neues Depot für ihn einzurichten und dreihunderttausend Livres darin zu lagern. Es sollte unter dem Namen »Für das Brot meiner Kinder« geführt werden und für Notzeiten bereitstehen, »wenn mich das Glück verlassen sollte«. Er übergab den Brief einem Boten, der ihn eilends nach Paris bringen und Chanut übergeben sollte. Erst als Nicolas den Boten sicher unterwegs wusste, gab er seiner Krankheit nach und legte sich nieder. Schon lange hatte er keine so bösen Träume mehr gehabt wie in dieser Nacht, die kein Ende nehmen wollte.

Am folgenden Morgen unterzeichnete er den Vertrag zum Verkauf seines Amtes als Generalprokurator. Er erhielt dafür eine Million vierhunderttausend Livres – viel weniger als die Charge eigentlich wert war. Harlay, der ein ehrlicher Mann war, bedauerte, dass er nicht mehr dafür zahlen konnte. »Eine höhere Summe würde meine Möglichkeiten übersteigen, Monseigneur«, gestand er. »Aber da es der König nun einmal so verlangt …«

Nicolas horchte auf. »Der König?«, fragte er misstrauisch. Dann aber schwieg er. Das Papier war unterschrieben. Jetzt konnte er nur noch hoffen, dass er nicht in eine Falle getappt war.

Als ihn der König ein paar Stunden später bat, ihm den Erlös des Verkaufs zu leihen, widersprach Nicolas schon nicht mehr, obwohl er wusste, dass er dieses Geld dann nicht mehr wiedersehen würde. Eine Million des Betrags wurde direkt der königlichen Kasse einverleibt, vierhunderttausend für andere Zwecke freigestellt.

»Wofür soll dieses Geld verwendet werden?«, fragte er Colbert, der eigentlich sein Untergebener war und doch über mehr Informationen verfügte, weil ihm der König vertraute.

Colbert verzog keine Miene. »Er soll für besondere Dienste ausbezahlt werden«, antwortete er. Es sah aus, als unterdrücke er plötzlich ein Lächeln.

Nicolas zögerte. »An wen?«, fragte er dann. Er ahnte etwas, doch das war so ungeheuerlich, dass er es nicht glauben wollte.

Colbert lächelte nun wirklich. Er sah auf einmal aus wie sein eigenes Wappentier. »An den Abbé Fouquet natürlich«, antwortete er. »An Ihren Herrn Bruder.«

Nicolas ging in sein Kontor zurück. Er setzte sich an den Schreibtisch und starrte lange vor sich hin. Dann schlug er mehrere Male mit der flachen Hand auf den Tisch. Er wusste, wenn er jetzt nach Basile schickte, würde man ihm melden, dieser sei überraschend abgereist. *Du hast uns die Luft zum Atmen genommen!*

Nicolas musste an seine Mutter denken. Er hoffte nur, sie würde nie von Basiles Verrat erfahren. Dann verschränkte er seine Arme auf dem Schreibtisch und legte sein Gesicht darauf. Erst jetzt fing er an zu weinen.

3

Das üble Spiel nahm kein Ende. Es war, als genössen es die beiden Hauptakteure, ihr Opfer bis zuletzt im Ungewissen zu lassen. Schon hatte sich Nicolas aufgegeben, da schloss ihn der junge König liebevoll in die Arme wie einen teuren Verwandten, dem man nur Gutes will. »Sie haben mir Ihre Ergebenheit bewiesen, Vicomte«, sagte er mit mehr Warmherzigkeit, als man von seinem jugendlichen Alter erwarten mochte. »Es drängt mich danach, Zeit mit Ihnen zu verbringen und Sie vor den anderen auszuzeichnen.«

Nicolas ließ das königliche Wohlwollen über sich ergehen. Da ist es wieder, dachte er, dieses Gefühl, gegen Stoffwände anzurennen! Eine Bedrohung folgte der anderen und schien dann doch nur eine Fehleinschätzung gewesen zu sein.

Ludwig legte den Arm um seine Schultern. »Ich habe den Wunsch, nach und nach mein ganzes Land zu bereisen«, erklärte er. »Ich möchte meine Untertanen kennenlernen, und auch sie sollen Gelegenheit bekommen, ihren König zu sehen. Ich habe mich entschieden, in der Provinz zu beginnen, die Ihnen so sehr am Herzen liegt: die Bretagne. Erstens, weil sie das Gouvernement meiner geliebten Mutter ist und sie sich darüber freuen wird, und zweitens, weil Sie dort Ihre Wurzeln haben, mein lieber Vicomte. Man hat mir berichtet, welch enormen Leistungen die Familie Fouquet in der Bretagne vollbracht hat und wie außerordentlich beliebt Sie selbst dort sind. Aus diesem Grund werden Sie mich auf der Reise begleiten und mir das Land zeigen.« Er ließ Nicolas los und lächelte. »Über Ihre Position nach dieser Reise wird noch zu entscheiden sein. Ich nehme aber an, Sie ahnen bereits, was mir vorschwebt.«

Nicolas fröstelte plötzlich. Kardinal Retz fiel ihm ein, den der junge König – damals fast noch ein Kind – so gnädig begrüßt hatte, obwohl seine Verhaftung kurz bevorstand. Doch Retz war ein Aufrührer gewesen, ein Frondeur, der den Umsturz plante, während Nicolas und seine Familie dem König immer treu gedient hatten. Es gab keinen Grund, gegen ihn vorzugehen. Vielleicht geschah dem König doch Unrecht, und er plante wirklich, Nicolas an seine Seite zu holen.

»Im September treten in Nantes die Stände zusammen«, fuhr Ludwig fort. »Ich habe die Absicht, mit großem Gefolge an der Versammlung teilzunehmen. Auch Sie werden bei diesem Anlass an meiner Seite sein.« Er neigte den Kopf, um auf seine besondere Gunst hinzuweisen. »Selbstverständlich auch Ihre bezaubernde Frau Gemahlin.«

Nicolas erschrak. »Eine große Ehre, Sire!«, antwortete er betreten. »Über nichts könnte ich mich mehr freuen. Was jedoch meine Gemahlin betrifft …«

Ludwig runzelte die Stirn. »Ja?«, fragte er in scharfem Ton, der nicht zu der soeben gezeigten Herzlichkeit passte.

»Sie hat erst vor Kurzem ein Kind geboren. Ich denke, sie würde lieber bei dem Neugeborenen und unseren anderen Kindern bleiben.«

Ludwigs Lächeln erlosch. »Ist Ihre Gemahlin krank?«, fragte er kalt. »Oder gibt es in Vaux-le-Vicomte keine Ammen?«

Nicolas zögerte. »Sire …«, murmelte er verlegen.

Doch Ludwig fegte seinen Widerspruch mit einer Handbewegung beiseite. »Wir freuen uns darauf, Ihre Gemahlin in Nantes zu treffen. Danach wollen wir an die Küste reisen, um die Anlagen Ihrer Reederei zu besichtigen. Man hat mir die reinsten Wunderdinge davon berichtet. Leider hatte ich bisher nur wenig Beziehung zum Seehandel und zu den Kolonien. Doch das wird sich ändern, wenn Sie mich für dieses Thema gewinnen.« Er trat einen Schritt zurück, um das Gespräch zu beenden und Nicolas zu verabschieden.

Nicolas verbeugte sich und zog sich zurück.

»Sagen Sie Ihrer Gemahlin rechtzeitig Bescheid, Vicomte!«, rief ihm der König nach. »Am besten sofort, damit sie Zeit hat, eine Amme einzustellen!«

Nicolas gab keine Antwort. Er hatte das Gefühl, dass ihn der König heimlich auslachte.

In Nantes logierte Nicolas mit Marie Madeleine und seiner Begleitung im Hôtel de Rougé, das Suzannes Familie gehörte. Hier wohnte er immer, wenn er an die Küste reiste. Suzanne hatte mehrere Zimmer eingerichtet, die nur für ihn geöffnet wurden. Hier fühlte er sich zu Hause, vor allem jetzt, wo ihn so vieles beunruhigte und ihm auch das Wechselfieber wieder zu schaffen machte. Schon mehrmals hatte er festgestellt, dass seine Fieberschübe auch von seiner Stimmung abhingen. Manchmal wurde er ganz leicht mit ihnen fertig und benötigte kaum Medikamente, dann wieder traf ihn das Fieber so hart, dass er meinte, abwechselnd zu erfrieren oder zu verbrennen.

In Nantes wurde er wie immer herzlich begrüßt. Schon am ersten Morgen brachte ihm eine Tanzgruppe ein Ständchen dar. Die Tänzer und Musiker waren eigens aus Belle-Île angereist: gutaussehende Burschen in Bauerngewändern und hübsche junge Mädchen in scharlachroten Kleidern. Sie weckten Nicolas mit ihren Oboen und Streichinstrumenten. Unter seinem Fenster sangen sie Lieder aus ihrer Heimat. Als ihnen Nicolas gemeinsam mit Marie Madeleine zuwinkte, tanzten sie für ihn. Danach jubelten sie zu ihm hinauf, und die Zuschauer aus Nantes stimmten in ihre Rufe ein.

Aus zahlreichen Städten und Ortschaften trafen Abordnungen ein, um Nicolas willkommen zu heißen. Man sagte ihnen, der Monseigneur leide an seinem Fieber. Das kannten sie bereits und warteten, bis er sich besser fühlte. Noch im Morgenrock empfing er sie dann und nahm ihre Gaben entgegen. Einer brachte ihm eine Sammlung von Sinnsprüchen, die er selbst zusammengestellt und illustriert hatte. Ein anderer hatte ein Bild des Wappens der Fouquets gemalt. Manche kamen, um Nicolas um etwas zu bitten, und andere, um sich für geleistete Hilfe zu bedanken. Keiner kehrte ohne eine kleine Gabe zurück, und keiner vergaß die herzliche Höflichkeit, mit der ihn der große Herr empfangen hatte.

»Sie lieben dich!«, stellte Marie Madeleine fest und konnte die vielen lächelnden Gesichter nicht vergessen, die sich auch ihr zugewandt hatten, weil sie die Gemahlin des großherzigen »Monseigneur Fouquet« war. »Sie müssen die glücklichste Frau der Welt sein!«, hatte eine Bäuerin zu ihr gesagt, die Nicolas erfolgreich um einen Zuschuss für das neue Dach ihres Häuschens gebeten hatte. »Das bin ich wirklich«, hatte Marie Madeleine geantwortet und Nicolas über die Köpfe der vielen Besucher hinweg zugelächelt.

Nicolas bemerkte ihren Blick und legte ihn richtig aus. Wie glücklich könnte ich sein, dachte er, wenn nur endlich Klarheit in mein Leben käme!

Der König residierte mit seinem Gefolge im Schloss. Zweimal täglich sandte er Boten ins Hôtel de Rougé, die sich nach Nicolas' Gesundheitszustand erkundigen sollten. Sie versicherten ihm, wie sehr sich der König um ihn sorge und dass er hoffe, »den lieben Vicomte« bald wieder ganz gesund zu sehen.

Sogar Colbert kam einmal und rang sich ein missmutiges Lächeln ab. Nicolas erlebte, wie schwer sich der Intendant damit tat, ein Gespräch zu führen. Freundlichkeit und Mitgefühl hatte noch nie jemand bei ihm erlebt, doch nicht einmal konventionelle Höflichkeit durfte man von ihm erwarten. In barschem Ton überbrachte er die Grüße des Königs. »Seine Majestät möchte wissen, wie es Ihnen geht«, erklärte er dann. Hätte Nicolas nicht trotz seines Fiebers die Gesprächsführung übernommen, wäre Colberts Besuch schon nach zwei Minuten zu Ende gewesen. Nicolas wunderte sich, dass der junge König, der so sehr nach Lob und Schmeicheleien gierte, diesen knochentrockenen Menschenfeind ertrug.

Ein Besucher gab dem andern die Klinke in die Hand. Auch der Chevalier de Lauzun besuchte ihn. Nicolas erinnerte sich daran, wie ihn Lauzun nach dem Fest von Vaux-le-Vicomte in Verlegenheit gebracht hatte, als er in Ludwigs Hörweite erklärte, in dieser Nacht sei Nicolas der wahre König von Frankreich gewesen.

Auch beim heutigen Besuch dachte er nicht daran, sich taktvoll zu verhalten. »Wenn ich Sie wäre, Monseigneur«, sagte er, »würde ich mir Sorgen machen. Hat man Ihnen erzählt, dass sich die Chevreuse, unser gutes, altes Mädchen für alle, wieder an die Königinmutter heranschmeichelt und bei ihr Stimmung gegen Sie macht? Jeder weiß, dass ihre Geschichten erlogen sind, aber Ihre Majestät ist beeinflussbar, das hat man schon oft genug beobachten können.«

Nicolas dachte daran, dass sein Cousin Christophe einmal gesagt hatte, Nicolas verfüge über zwei Sicherheitsgarantien, die ihn vor seinen Neidern schützten: das Amt des Generalprokurators durch die damit verbundene Immunität und die Gunst Königin Annas. »Solange sie ihre Hand über dich hält, kann dir niemand etwas anhaben.«

Als Christophe diese Bemerkung gemacht hatte, hatte allerdings Mazarin noch gelebt und Ludwig Nicolas' Gegenwart gesucht. Inzwischen, dachte Nicolas, hatte sich fast alles verändert. Er fragte sich, ob Königin Anna überhaupt noch wagen würde, ihrem Sohn zu widersprechen.

Nicolas versuchte, das Gespräch auf ein anderes Thema zu lenken, doch Lauzun ließ sich nicht abbringen. »Denken Sie noch manchmal an die Fronde, als sich Kardinal Mazarin ins Ausland absetzte?«, fragte er. »Unser Erster Minister wusste genau, dass in Frankreich der Boden für ihn zu heiß geworden war. Erst als er nichts mehr befürchten musste, kam er wieder zurück. Ein nachahmenswertes Beispiel für ähnliche Situationen, meinen Sie nicht, Monseigneur? Die Republik Venedig käme eventuell infrage oder auch Livorno, obwohl das nicht ganz so ehrenvoll wäre. Doch was bedeutet schon Ehre, wenn es ums Überleben geht, nicht wahr?«

Sein Redestrom wollte nicht versiegen. Zum Abschied gestand er Nicolas noch, er habe ihn immer bewundert.

»Das klingt, als wäre ich bereits tot«, scherzte Nicolas, erleichtert, weil der anstrengende Gast endlich aufbrach.

Lauzun öffnete den Mund, um zu antworten. Dann schwieg er aber und eilte davon.

Nicolas stand auf und trat ans Fenster. Er sah Lauzun aus dem Haus kommen und auf sein Pferd springen. Ein paar Passanten entdeckten Nicolas und winkten ihm zu. Während er ihren Gruß erwiderte, spürte er, dass sein Fieber verschwunden war. Sofort läutete er nach seinem Diener La Rivière und beauftragte ihn, im Schloss zu melden, dass er an der morgigen Ratssitzung teilnehmen werde. Als Antwort benachrichtigte man ihn, die Sitzung werde morgen bereits früh um fünf Uhr stattfinden, da Seine Majestät danach auf die Jagd gehen wolle.

Das Datum des betreffenden Tages war der 5. September 1661.

4

Es war noch tiefe Nacht, als La Rivière an seiner Schulter rüttelte und sagte, es sei bereits halb vier. Nicolas, der sonst leicht aufstand, hatte Mühe, den Schlaf abzuschütteln. Trotzdem beeilte er sich, das Bett zu verlassen, damit Marie Madeleine nicht aufgeweckt wurde. Er schlüpfte in den Morgenrock, den der Diener für ihn hochhielt, und setzte sich im Nebenzimmer an den Tisch, auf dem bereits das Frühstück stand. »Frühstück bei Kerzenlicht«, murmelte Nicolas. »Seit wann bist du denn auf, dass das alles schon fertig ist?«

La Rivière lächelte, dass seine weißen Zähne blitzten. »Ich war gar nicht im Bett, Monseigneur«, gestand er vergnügt. »Zumindest nicht in meinem.«

Nicolas zog einen Teller zu sich heran, aus dem es dampfte. »So genau will ich es gar nicht wissen«, sagte er und hielt die Nase in den Dampf. »Hühnersuppe! Was für ein Luxus so früh am Morgen!«

La Rivières Lächeln vertiefte sich. »Es gibt doch immer Hühnersuppe, wenn Sie wieder gesund sind, Monseigneur. Haben Sie das noch nicht bemerkt?«

Die Schlafzimmertür öffnete sich. Marie Madeleine kam herein. Sie schnüffelte. »Hühnersuppe!«, rief sie entzückt. »Du bist also wieder gesund.«

Nicolas schüttelte den Kopf. »Ich stelle fest, dass ich offenbar mit meinen eigenen Gewohnheiten nicht vertraut bin«, sagte er und lachte. Er bot Marie Madeleine den Teller an, doch sie lehnte ab. »Nicht mitten in der Nacht!«, sagte sie. »Aber eine Tasse Tee trinke ich gerne mit.«

La Rivière bediente sie und zog sich dann zurück. Nicolas löffelte seine Suppe, während es sich Marie Madeleine in ihrem Sessel bequem machte. »Ich bin froh, dass es dir wieder gut geht«, sagte sie leise. »Du warst so bedrückt in letzter Zeit.«

»Das ist vorbei.«

»Wirklich?«

Nicolas zuckte die Achseln. Es kam ihm plötzlich wie eine Nichtachtung vor, Marie Madeleine von seinen Sorgen fernzuhalten. Sollten sie sich auch nur annähernd bewahrheiten, trafen die Folgen sie genauso wie ihn selbst. Außerdem war sie stark genug, seinen Argwohn gegen Ludwig zu ertragen. So jung sie war, war sie doch kein Kind mehr. Sie war die Gefährtin seines Lebens und hatte ein Recht darauf, Bescheid zu wissen. So legte er seinen Löffel beiseite und erzählte ihr in aller Offenheit von seinem Misstrauen und seiner Angst.

Marie Madeleine hörte ihn ruhig an. »Und wenn du dich nun irrst?«, wandte sie ein. Sie setzte sich zu ihm auf das Sofa und lehnte sich an ihn.

Er umarmte sie voller Zärtlichkeit. »Nichts hoffe ich mehr als das«, gestand er. »Aber durch das ganze Auf und Ab habe ich das Vertrauen verloren.« Er verbarg sein Gesicht in ihren schwarzen Locken, die kaum merklich nach Zitrone dufteten.

»Mit deinem Misstrauen rufst du das Böse womöglich erst herbei«, sagte Marie Madeleine und blickte ihn flehend an. »Hör nicht auf, zu vertrauen, Nicolas! Versprich es mir!«

Nicolas schüttelte den Kopf. »Man vertraut oder man vertraut nicht«, sagte er. »Das ist keine Frage des Willens.« Er stand auf. »Aber vielleicht bin ich wirklich ein Schwarzseher, und schon morgen sind wir alle Sorgen los.«

Marie Madeleine nickte. »Ich bete darum!«, sagte sie. »Warum hätte der König sonst darauf bestanden, dass ich mitkomme? Wenn er dir etwas antun wollte, würde er doch nicht mich dabeihaben wollen.«

Nicolas zögerte. Die alte Unsicherheit überkam ihn wieder, ob er nicht vielleicht doch Gespenster sah und dem König unrecht tat. Ein ewiges Hin und Her!, dachte er. Wann komme ich endlich zur Ruhe?

La Rivière trat ein und brachte Nicolas seine Kleidung für den Tag. Er half ihm dabei, sich fertig zu machen, während Marie Madeleine auf dem Sofa wartete. Dann begleitete sie ihn die Treppe hinunter bis zum Eingangstor. Es war das erste Mal, dass sie das tat.

La Rivière sperrte auf. Erst im Freien merkte man, dass es schon dämmerte. La Forêt wartete bereits mit der Kutsche. Er klappte das Treppchen herunter und hielt Nicolas die Türe auf.

Nicolas umarmte Marie Madeleine. »Bald bin ich wieder zurück«, versicherte er.

Marie Madeleine nickte. »Natürlich«, stimmte sie zu. Nicolas merkte, dass sie mit den Tränen kämpfte. Es kam ihm auf einmal vor, als beobachte er sich selbst aus der Entfernung: ein gutaussehender, eleganter Herr mit einer schönen Dame in einem Morgenrock aus weißer, venezianischer Spitze; langes, schwarzes Haar, noch ein wenig zerzaust von der Nacht; ein zartes, blasses Gesicht mit Augen, so dunkel, dass man glaubte, darin versinken zu können. Ein Gesicht voller Liebe. Das Gesicht seiner Frau.

»Warum sorge ich mich eigentlich?«, sagte er leise. »Kann überhaupt jemand glücklicher sein als ich?«

Da lächelte sie und ließ ihn gehen. Ihre ausgestreckte Hand berührte ihn noch, bis er ihre Reichweite verlassen hatte.

Nicolas stieg ein. La Forêt schloss die Tür und klappte das Treppchen wieder hoch. Dann setzte sich die Kutsche in Bewegung. Nicolas winkte durchs Fenster. Marie Madeleine erwiderte seinen Gruß. Während die Kutsche in die Straße einbog, dachte Nicolas, dass er diesen Anblick nie vergessen würde: Marie Madeleine vor der Tür des Hôtel de Rougé, die Hand zum Abschied erhoben – eine junge Frau, so anmutig, so schön und doch so verloren, als hätte alle Welt sie verlassen.

Durch die schlafende Stadt rollte die Kutsche zum Schloss. Als sie ankam, war es schon fast hell.

5

Als Nicolas ausstieg, sah er, dass die Vorbereitungen für die Jagd bereits in vollem Gange waren. Eine Kompanie der Musketiere unter ihrem Hauptmann d'Artagnan nahm – wie bei großen königlichen Jagden üblich – zu Pferd um das Schloss herum Aufstellung. Nicolas hätte d'Artagnan, den er kannte und schätzte, gern begrüßt, doch er war zu weit entfernt, und Nicolas wollte nicht unpünktlich sein.

Am Tor wurde er mit großer Höflichkeit empfangen und zum Saal der Garde geführt, wo die Sitzung stattfinden sollte. Der König war bereits anwesend. Er unterhielt sich mit den Ministern Le Tellier und Lionne, während Colbert wie gewohnt am Schreibtisch saß und mit niemandem sprach. Als Ludwig Nicolas bemerkte, stutzte er erst und eilte ihm dann entgegen. »Vicomte!«, rief er in herzlichem Ton. »Man sieht, dass es Ihnen wieder gut geht. Ich freue mich darüber.« Liebenswürdig führte er Nicolas an seinen Platz. »Wir wollen keine Zeit verlieren, meine Herren!«, sagte er. »Das Wild wartet schon auf uns.«

In ungewöhnlicher Hast besprach man die Ereignisse der vergangenen Tage, und Colbert verlas ein paar Schreiben aus dem Louvre. Dann war, nach nicht einmal einer Stunde, die Sitzung beendet.

Le Tellier und Lionne verließen den Saal und begaben sich nach unten zum Sammelplatz. Colbert folgte mit seiner schwarzen, wie immer prall gefüllten Samttasche. Auch Nicolas wollte sich auf den Weg machen, doch Ludwig verwickelte ihn in ein Gespräch über die Kolonien Frankreichs und den Handel mit ihnen. »Man berichtet mir, Sie hätten im Frühjahr eine ganze Insel erworben, Vicomte«, sagte er in anerkennendem Ton.

Nicolas bestätigte es. »Sainte-Lucie«, sagte er. »Sie liegt in der Karibik. Bisher wird sie hauptsächlich von Einheimischen bewohnt, doch wir planen, an der Küste einen Handelsstützpunkt zu errichten.«

Der König lächelte und trat ans Fenster. »Es soll dort sehr schön sein.«

»Ein Paradies, Sire.«

»Haben Sie die Absicht, dieses Paradies auch selbst einmal kennenzulernen?« Als suche er etwas, blickte der König auf den Platz vor dem Schloss hinunter.

»Vielleicht später einmal, Sire. Zurzeit wohl nicht.«

Der König lächelte. »Wie schade! Ich wollte, ich hätte Ihre Freiheit und könnte mir einfach die Welt ansehen.«

Es kam Nicolas vor, als ob Ludwig durch etwas beunruhigt würde. Noch nie hatte er ein Gespräch dieser Art mit ihm geführt. Es schien fast, als wolle Ludwig Zeit gewinnen, wofür auch immer.

»Ich möchte noch ein paar Briefe durchlesen«, sagte er dann

jedoch plötzlich. »Gehen Sie ruhig hinunter, Vicomte! Man wird Ihnen ein passendes Pferd zuführen.«

Als Nicolas aus dem Schloss trat, sah er, dass der Platz davor inzwischen voller Menschen war. Die Musketiere hatten Mühe, sich zu behaupten. Als die Menge Nicolas erkannte, rief sie laut seinen Namen und klatschte. Nicolas lächelte und winkte. Bald war er von Menschen umringt, die ihm die Hände schüttelten und auf ihn einredeten. Einige überreichten ihm zusammengerollte Bittgesuche. Er nahm alles entgegen und hoffte, dass ihm La Forêt die Briefe noch vor der Jagd abnahm.

Immer weiter wurde er von seinem Weg abgedrängt. Ein Meer von Zuneigung schien ihn zu umgeben. Das ist mein Land!, dachte er, und sein Herz klopfte vor Freude. Hier bin ich zu Hause. Hier bin ich in Sicherheit.

Er blickte zum Schloss hinauf. Am Fenster des Saals der Garde stand noch immer der König. Als sich ihre Blicke trafen, wich er zurück.

Die Menge schob Nicolas aus dem Bereich des Schlosses hinaus auf den Platz vor der Kathedrale. Nicolas schaute auf die Uhr. Es war genau Viertel nach sieben. Die Uhr schlug ein Mal. Nicolas wurde ungeduldig. Wie sollte er von hier zur Jagdgesellschaft zurückkommen? Da bemerkte er, dass am Straßenrand eine Mietsänfte wartete. Schnell entschlossen zwängte er sich zwischen den Menschen hindurch und wollte einsteigen. Der Weg zum Schloss war nicht weit. Durch ein paar Nebenstraßen würde er unerkannt zurückkehren können.

Doch es kam nicht dazu. Von einem Augenblick zum anderen hatte er das Gefühl, dass sich seine Umgebung veränderte. Wie durch höhere Gewalt taumelten die Menschen zur Seite. Ein Reiter tauchte neben ihm auf, dann noch einer. Die Musketiere!, dachte Nicolas erleichtert. Wahrscheinlich hatte man sie beauftragt, ihn zu befreien.

Immer mehr wurden es, bis auf einmal niemand sonst mehr da war. Wie sich das Meer bei Ebbe zurückzieht, so verschwanden nach und nach alle Fußgänger vom Platz. Nur noch Reiter umringten ihn. Viel mehr, als nötig waren, ihn schnell und sicher zum Schloss zu geleiten.

Nicolas blieb stehen wie ein Wild, das in die Enge getrieben wird. Noch war ihm nichts zugestoßen, doch unwillkürlich erinnerte er sich plötzlich an Marie Madeleine, wie sie noch vor wenigen Stunden am Tor gestanden war und ihm zugewinkt hatte.

Dann spürte er, dass sich eine Hand auf seine Schulter legte. Langsam drehte er sich um. Ein Musketier stand hinter ihm, sein Pferd am Zügel haltend. Seine andere Hand lag noch immer auf Nicolas' Schulter.

Nur Nicolas und die Musketiere waren noch auf dem Platz. Erst jetzt erkannte Nicolas den Offizier, der ihn fast mitleidig anblickte. »Hauptmann d'Artagnan!«, sagte er verwundert. Er wollte weitersprechen, doch d'Artagnan unterbrach ihn.

»Monseigneur Nicolas Fouquet«, sagte er in ruhigem, unmilitärischem Ton. »Auf Befehl des Königs nehme ich Sie hiermit fest.«

Der erste Gedanke, der Nicolas durch den Kopf schoss, war, dass er recht behalten hatte. Die ganze Zeit über hatten ihn der König und Colbert belogen und betrogen. Nicht eine einzelne Falle hatten sie ihm gestellt, sondern viele. Und in alle war er hineingetappt, weil die Fouquets immer auf Seiten der Könige gestanden hatten und meinten, es gebe so etwas wie einen Lohn für erwiesene Treue. Doch kein Untertan hatte Anspruch auf die Dankbarkeit seines königlichen Herrn, und wie sich nun zeigte, gab es nicht einmal einen Anspruch auf seine Ehrlichkeit.

Der zweite Gedanke, der Nicolas quälend überfiel, war, dass er noch vor wenigen Stunden die Möglichkeit zur Flucht gehabt hätte. So viele Verwandte und Freunde hatte er hier in Nantes! Er hätte sich bei einem von ihnen verstecken und dann ins Ausland fliehen können. Er hätte nach Belle-Île reiten und dort ein Schiff besteigen können. Er hätte ein Schiff zur Loire-Mündung bestellen können und von dort … »Wir wollen keine Zeit verlieren, meine Herren!«, hatte der König gesagt. »Das Wild wartet schon auf uns.« Nicolas merkte, dass er zu spät begriffen hatte, wie man die Bemerkungen des Königs auszulegen hatte.

D'Artagnan forderte Nicolas auf, ihm alle Papiere zu übergeben, die er mit sich führte. Es waren nur die Bittschriften, die man Nicolas zugesteckt hatte. D'Artagnan nahm sie an sich und reichte sie weiter. Dann führte er Nicolas zu einer geschlossenen Karosse, deren Fenster vergittert waren. In höflichem Ton gebot er Nicolas einzusteigen.

Nicolas wusste, dass es keinen Sinn hatte, Widerstand zu leisten. Wie zum Abschied blickte er noch einmal hinüber zur Kathedrale, vor der wie eine Mauer die Menschen standen, die ihm noch vor Kurzem zugejubelt hatten. Schweigend und wie versteinert beobachteten sie, was ihnen unbegreiflich war.

Doch plötzlich löste sich ein einzelner Mann aus der Menge und lief über den Platz zu Nicolas. »Nehmen Sie mich auch mit!«, rief er. »Ich bin der Diener. Nehmen Sie mich mit!« Es war La Forêt. Die Musketiere versuchten, ihn mit ihren Pferden wegzudrängen, doch er sprang zwischen ihnen durch und gelangte bis zu Nicolas. »Was soll ich tun, Monseigneur?«, fragte er atemlos. Seine Lippen bebten. »Geben Sie mir einen Auftrag!«

Nicolas überlegte fieberhaft. »Reite nach Saint-Mandé!«, flüsterte er heiser. »Reite, so schnell du kannst! Melde, was geschehen ist!« Er wollte keinen Namen nennen, um niemanden zu gefährden, doch er hoffte, La Forêt würde verstehen, dass er Suzanne meinte. Wenn jemand helfen konnte, dann sie. Er war überzeugt, dass Marie Madeleine bereits nicht mehr frei handeln konnte und Christophe womöglich auch nicht.

Einige Musketiere sprangen von ihren Pferden und schleppten La Forêt davon. Vor der Kathedrale ließen sie ihn frei. Einer versetzte ihm noch schnell einen Fußtritt. Dann tauchte La Forêt in der Menge unter.

Nicolas wandte sich um und stieg ein. D'Artagnan nahm ihm gegenüber Platz. Die Karosse setzte sich in Bewegung, Nicolas konnte sich nicht vorstellen, wohin.

Der Plan von Saint-Mandé

I

Drei Männer saßen in der königlichen Kutsche, die am frühen Morgen des 5. September 1661 von Nantes nach Angers aufbrach: Hauptmann Charles d'Artagnan, der Kommandeur der fünfzigköpfigen Musketierbrigade, die die Kutsche begleitete, sein junger Sekundant Saint-Mars und die kostbare Fracht, die auf keinen Fall verloren gehen durfte: Nicolas Fouquet, vor Kurzem noch einflussreichster Mann Frankreichs, jetzt ein Gefangener, dem man vor der Abfahrt noch eine Tasse mit Hühnerbrühe angeboten hatte – als höhnischen Abschiedsgruß seines Feindes Colbert, der ihm demonstrieren wollte, dass er sogar über seine alltäglichsten Gewohnheiten informiert war.

Die Männer vermieden es, einander anzusehen. Zu beklemmend war die gegenseitige Nähe in der Kutsche. Nicolas Fouquet versuchte anfangs noch, ein Gespräch in Gang zu setzen. »Würden Sie Seiner Majestät mitteilen, dass ich bereit bin, ihm Belle-Île zu überlassen?«, waren seine ersten Worte. Er hoffte, d'Artagnan würde daraufhin die Fahrt unterbrechen, um den König von dem Angebot zu verständigen. Noch ahnte Nicolas nicht, wie weit die Fahrt, die ihm bevorstand, wirklich war. Auch danach versuchte er noch mehrmals, d'Artagnan in ein Gespräch zu verwickeln, um wenigstens zu erfahren, wessen man ihn anklagte. Doch d'Artagnan wich ihm aus und sagte so gut wie nichts.

Trotzdem spürte Nicolas, dass der Offizier seine Aufgabe nur widerwillig erfüllte. Vielleicht stand er insgeheim sogar auf der Seite seines Gefangenen. »Wie lange kennen wir einander eigentlich, mon capitaine?«, fragte Nicolas.

D'Artagnan zögerte. »Ich weiß es nicht mehr, Monsieur«, antwortete er vorsichtig.

Nicolas sah ihn überrascht an. Monsieur! Bisher hatte ihn d'Artagnan immer mit »Monseigneur« angesprochen. Wie Nicolas ihn kannte, war er zu höflich und zu gutherzig, um ihn absichtlich herabzusetzen. Die neue Anrede musste ihm befohlen worden sein.

Die Vorstellung, dass ihn Ludwig bewusst erniedrigen wollte, tat Nicolas weh. Er dachte an den winzigen Knaben, den er vor einer halben Ewigkeit auf einem Korridor des Louvre aufgelesen hatte. Wie einsam und hilflos Ludwig damals gewesen war! Nun aber war er der König und hatte die Macht, jene der Einsamkeit auszuliefern, die ihm missfielen.

Nicolas senkte den Blick. »Der König ist der Herr«, sagte er leise. »Ich wünschte nur, er wäre offener mit mir umgegangen.« Von nun an schwieg auch er.

Je länger sie unterwegs waren, umso mehr wurde Nicolas von der Mappe gefesselt, die auf d'Artagnans Schoß lag. Wahrscheinlich enthielt sie die Anweisungen für das weitere Vorgehen. Wie viel Mühe man sich machte, sich seiner zu entledigen!

D'Artagnan bemerkte Nicolas' Blick. Wie zum Schutz legte er seine Hände auf die Papiere. Er hatte sie erst am vergangenen Mittag erhalten. Wie jetzt in der Kutsche war man zu dritt gewesen: der König, d'Artagnan und Colbert, der jedoch nichts sagte. Mürrisch hatte er d'Artagnan die Mappe hingehalten, die der Offizier von da an nicht mehr aus der Hand gab.

»Das ist ein Haftbefehl«, erklärte der König. »Morgen früh werden Sie mit Ihren Musketieren vor dem Schloss Aufstellung nehmen und den Sieur Nicolas Fouquet festnehmen. Sämtliche Einzelheiten finden Sie in großer Ausführlichkeit in diesen Unterlagen.« Er lächelte plötzlich. Vielleicht dachte er daran, dass man die Schreiber, die den Haftbefehl kopiert hatten, in den

Keller gesperrt hatte. Dort sollten sie bleiben, bis die Aktion beendet war.

D'Artagnan war blass geworden. Es kam ihm vor, als hätte er noch nie etwas so Ungeheuerliches gehört. Hätte man ihm aufgetragen, den König selbst festzunehmen, hätte es ihn nicht mehr entsetzen können. Doch er war Soldat und gewohnt, zu gehorchen. Trotzdem wagte er einen Einwand. »Darf ich darum bitten, Majestät, mir den Auftrag schriftlich zu erteilen?«, ersuchte er den König. Er fürchtete plötzlich, dass man ihn später, wenn sich der Wind vielleicht gedreht hatte, zur Verantwortung ziehen könnte. Ein schriftlicher Befehl mit der Signatur des Königs würde ihn dann entlasten.

Colbert fuhr auf. »Reichen Ihnen Ihre Anweisungen nicht, Hauptmann?«, herrschte er d'Artagnan an.

D'Artagnan blätterte in der Mappe. »Das ist eine Liste, die Punkt für Punkt abgearbeitet werden soll, Monsieur«, erklärte er ruhig. »Ich möchte aber um ein Formular bitten, das ausdrücklich die Verhaftung von …«, er zögerte, »von Monsieur Fouquet anordnet.«

Ludwigs Miene war missmutig geworden. »Setzen Sie es auf!«, sagte er mit einer wegwerfenden Handbewegung zu Colbert. »Ich werde es unterzeichnen.«

Auch diese Urkunde befand sich nun in der Mappe auf d'Artagnans Schoß. Weiterhin noch viele Seiten mit ausführlichen Anweisungen, als ginge es darum, ein Theaterstück aufzuführen. Sogar das Servieren der Hühnersuppe wurde verfügt, und nicht einmal der Befehl, dass der Gefangene in völliger Unklarheit über seine eigene Situation zu halten sei, war vergessen worden.

Die Kutsche fuhr auf die Landstraße hinaus und verließ das Gebiet von Nantes. Nicolas wurde bewusst, dass ihn die Fahrt immer weiter von Marie Madeleine entfernte. »Wissen Sie, wie es meiner Gemahlin geht?«, erkundigte er sich besorgt.

D'Artagnan schüttelte den Kopf. »Es tut mir leid, Monsieur«, antwortete er. »Mir ist nichts bekannt.«

»Wollen Sie nicht reden oder dürfen Sie nicht?«

D'Artagnan schwieg.

Die Fahrt wurde noch viel länger, als Nicolas befürchtet hatte. Volle zwei Tage waren sie unterwegs. Dann erreichten sie Angers. Es war bereits dunkel, als die Kutsche vor dem Schloss anhielt. Im Schein der Fackeln nahmen die Musketiere Aufstellung. Dann stieg d'Artagnan aus und nahm Nicolas in Empfang. Gemeinsam mit Saint-Mars und dem Kerkermeister des Schlosses führte er seinen Gefangenen auf langen Wegen und über viele Treppen hinab in eine Zelle. Es war kalt hier, und die Luft roch nach Schimmel. Im zuckenden Fackellicht sah Nicolas weit oben ein Fenster und tief darunter eine Pritsche.

D'Artagnan blickte sich um. Er zögerte.

»Noch etwas, Herr Hauptmann?«, fragte der Gefängniswärter.

»Nein, nichts. Es ist gut.«

Mit seinen Musketieren hatte d'Artagnan den König zum Fest von Vaux-le-Vicomte begleitet. In seiner Erinnerung sah er den Gastgeber mit seiner Gemahlin auf der Treppe stehen, so elegant, so freundlich. Man sah ihnen an, dass sie einander liebten. Dann musste d'Artagnan aber plötzlich an die beiden Pferde denken, die im Bassin ertrunken waren.

»Ein schlechtes Omen!«, hatten die Soldaten zueinander gesagt. Doch was sollte einem Mann wie dem Schlossherrn von Vaux schon zustoßen?

D'Artagnan riss sich von seinen Gedanken los. »Das alles tut mir sehr leid, Monseigneur!«, sagte er leise. »Glauben Sie mir, ich wünsche Ihnen von ganzem Herzen, dass sich alles noch zum Guten wendet.«

Nicolas verneigte sich. »Ich danke Ihnen, mon capitaine.« D'Artagnans Anteilnahme ermutigte ihn, die Frage zu stellen, die ihn am meisten quälte. »Nur eines noch«, sagte er. »Meine Familie: Wird man sie schonen?«

D'Artagnan sah ihn mitleidig an. Das Bild der glücklichen jungen Frau auf der Schlosstreppe drängte sich ihm wieder auf. »Ich weiß es nicht, Monseigneur«, antwortete er. »Ich wünschte, ich könnte Ihnen mehr sagen – und Besseres.«

2

Während Nicolas frierend auf seiner Pritsche lag und vergebens einzuschlafen versuchte, bestürmten ihn unzählige Überlegungen. Vor allem hoffte er, dass La Forêt noch vor den Boten des Königs in Paris ankam. Bestimmt würde er sofort Suzanne aufsuchen, die das Richtige tun würde: seine Papiere in Sicherheit bringen, damit sie der Verteidigung bei einem eventuellen Prozess zur Verfügung standen. Auch seine Mutter würde sie unverzüglich benachrichtigen, die bei der Königin zu seinen Gunsten vorsprechen konnte. Die Parlamentsräte mussten ebenfalls erfahren, was ihm zugestoßen war, und auch die Geistlichkeit, die er immer unterstützt hatte.

Ich muss mit dem König sprechen!, dachte Nicolas. So schnell wie möglich … Noch immer meinte er, nur Colbert sei Partei in dem bösen Spiel und der König der neutrale Schiedsrichter. Dass auch Ludwig längst zur Partei geworden sein könnte, wagte Nicolas noch gar nicht zu denken.

Zwei Tage waren seit seiner Verhaftung vergangen; zwei Tage, die er untätig in der Kutsche verbracht hatte, ohne etwas für sich selbst unternehmen zu können. Er ahnte nicht, dass seine Welt inzwischen zusammengebrochen war.

Was wie die überraschende Festnahme eines Einzelnen erschien, war in Wirklichkeit eine komplizierte Aktion, die der König und Colbert seit vier Monaten sorgfältig geplant hatten, als handelte es sich um einen Feldzug gegen eine feindliche Macht: Nicolas saß noch im Schloss von Nantes im Saal der Garde und nahm an der Sitzung des Königlichen Rates teil, da hämmerten schon schwere Fäuste an das Tor des Hôtel de Rougé. Marie Madeleine war noch einmal zu Bett gegangen und wieder eingeschlafen. Als sie aufwachte, glaubte sie, sie hätte den Lärm nur geträumt. Doch da flog bereits die Tür auf und La Rivière rang mit den Soldaten des Königs, um ihnen den Zutritt zu verwehren.

»Im Namen des Königs, Sie sind verhaftet!«, hörte sie, ohne es zu begreifen. Doch ein Scherz konnte es wohl nicht sein. Das hätte niemand gewagt. Ein Irrtum vielleicht? »Worum geht es?«, fragte sie. Noch nie hatte sie solche Angst gehabt.

Man antwortete ihr nicht, sondern forderte sie auf, sich anzuziehen und nur das Allernötigste mitzunehmen. Danach führte man sie zu einer Kutsche.

Marie Madeleines Fahrt war noch länger als die ihres Gatten. Man sagte ihr nicht, wohin sie gebracht werden sollte. Nach dem Stand der Sonne schloss sie, dass es nach Süden ging.

Das Ziel war Limoges, das sie nur dem Namen nach kannte und ohne diese Entführung wohl nie kennengelernt hätte.

Man quartierte sie außerhalb der Stadt in einem bescheidenen Haus ein und stellte sie dort unter Arrest. Immer wieder flehte sie, man möge sie zu ihren Kindern lassen. Sie seien noch so klein, das jüngste gerade erst geboren. Doch sie bekam keine Antwort. Jeden Tag hoffte sie, man würde sie nach Paris zurückbringen oder nach Vaux. Doch nichts geschah.

Der König und sein Helfer hatten ganze Arbeit geleistet. Schon Tage vor der Verhaftung standen alle Verwandten Nicolas' unter Bewachung, alle Geschäftspartner, Mitarbeiter und Freunde. Noch am selben Vormittag, an dem d'Artagnan seine Hand auf Nicolas' Schulter legte, klopften die Männer des Königs an ihre Türen.

Suzanne wollte gerade in ihre Kutsche steigen, um zu Nicolas' Mutter zu fahren, da nahm man sie fest und brachte sie in die Bastille. Colbert wusste, wie einflussreich die Marquise Duplessis-Bellière war. Ihm war klar, dass er sie ohne Prozess nicht lange festhalten konnte. Die Verhaftung sollte sie jedoch erschrecken und ihr deutlich machen, dass Widerstand sinnlos war. So fuhr man Suzanne zwar noch am gleichen Abend wieder in ihr Haus zurück, doch von nun an stand sie unter Hausarrest und durfte niemanden empfangen. Man behielt sich vor, sie in absehbarer Zeit wegen ihrer Zusammenarbeit mit Nicolas gerichtlich zu belangen.

Auch Marie de Maupeou wurde unter Hausarrest gestellt. Mutig trat sie den Soldaten entgegen und erklärte, sie müsse die

Kranken, die sie betreue, auch weiterhin besuchen. Doch auch sie bekam keine Antwort. Das schwere Tor in der Rue de la Verrerie fiel zu, und der Schlüssel wurde von außen umgedreht. »Meine Enkelkinder!«, rief sie verzweifelt und hämmerte mit den Fäusten ans Tor. Doch die Wachen, die draußen standen, waren nicht berechtigt, mit ihr zu reden.

Nicolas' Kinder waren immer noch in Vaux-le-Vicomte. Die junge Amme des Neugeborenen, der man gesagt hatte, sie brauche höchstens zwei Wochen hierzubleiben, wollte zu ihrem eigenen Kind zurück und lief bei Nacht und Nebel davon. Wäre Nicolas' Sohn nicht so gesund und kräftig gewesen, hätte er die folgenden Tage nicht überlebt: der kleine Louis, benannt nach dem König.

Als Königin Anna vom Schicksal der Kinder erfuhr, wandte sie sich an ihren Sohn. »Sie haben mir untersagt, für Nicolas Fouquet zu sprechen«, sagte sie. »Ich werde es auch nicht tun. Ich möchte Sie aber an Ihre Christenpflicht erinnern. Übergeben Sie die armen Kinder an ihre Großmutter! Sie wird für sie sorgen, solange es nötig ist.«

Ludwig befolgte ihren Rat – nicht weil er es wollte, sondern weil er den Zorn des Volkes fürchtete. Schon am Tag der Verhaftung hatte sich die Bevölkerung von Nantes zusammengerottet und war vor dem Schloss aufmarschiert. »König Ludwig!«, riefen die Menschen. »Gib uns Fouquet zurück!« Aus den Rufen wurden Sprechchöre, bis die Garde aufmarschierte und die Menge auseinandertrieb. Auch in anderen Städten versammelte sich das Volk auf den Straßen und verlangte vor den Rathäusern »Freiheit für Fouquet!«.

Doch die Aktion war schon zu weit gediehen. Sie lief von selbst weiter. Niemand hätte sie mehr aufhalten können. Nicolas' Brüder Louis und François verloren ihre Diözesen und wurden in die Provinz verschleppt. Sein Bruder Gilles wurde seines Amtes als Erster Königlicher Stallmeister enthoben und ebenfalls aufs Land geschickt. Sogar Basile, der im Dienste des Königs den eigenen Bruder verraten hatte, musste ins Exil in die Guyenne.

Bei allen durchsuchte man die Wohnungen und Kontore nach Beweisen, die Nicolas belasten konnten.

Besonders schlimm hauste man in Concarneau. Nicolas' Cousin Christophe wurde in sein Wohnhaus gesperrt und sein Kontor bis auf das letzte Notizblatt ausgeräumt. Vergeblich beschworen die Angestellten die Eindringlinge, dass man die Papiere brauche, um den Handel aufrechtzuerhalten. Schiffe seien unterwegs in alle Welt und ebenso viele würden in nächster Zeit im Hafen einlaufen. »Alles bricht zusammen, wenn Sie uns so ausrauben!«, riefen die Männer. »Wir verlieren unsere Arbeit. Die ganze Region stürzt ins Chaos.«

Doch auch sie wurden keiner Antwort gewürdigt. Schwer beladen machten sich die Wagen auf den Weg nach Paris. Christophe Chalain stand am Fenster und sah ihnen nach. »Wie glücklich wir waren!«, sagte er zu seinem Sekretär, der neben ihm stand und weinte. »Wie gut es den Menschen ging! Das hier ist so schlimm wie ein Krieg. Wozu haben wir einen König, wenn er uns ausraubt?«

Auch die Bankiers, die zum Nutzen des Königs mit Nicolas zusammengearbeitet hatten, wurden ihrer Unterlagen beraubt. Sie schworen, diesem König nie mehr zu trauen. Ihm nicht und vor allem nicht Colbert, der auf einmal aus der Anonymität auftauchte.

Schon drei Tage nach Nicolas' Verhaftung wurde sein Amt aufgelöst. Seine Unterschrift, gleich unter welchem Dokument, wurde ab jetzt für ungültig erklärt. Es gab keinen Oberintendanten der Finanzen mehr. An seine Stelle trat der Königliche Finanzrat, der mit fast unumschränkten Rechten von Colbert geleitet werden sollte und nur dem König persönlich verantwortlich war. Noch vor wenigen Wochen wussten nur Eingeweihte von Colberts Macht. Nun kannte ihn auf einmal ganz Frankreich. Im Hohen Rat saß er jetzt nicht mehr schweigend an seinem Schreibtisch, sondern nahm eine führende Stelle im Rang eines Ministers ein.

Trotzdem: Wenn er sich in der Öffentlichkeit zeigte, flogen die Fäuste, und seine Wachen hatten Mühe, ihn zu schützen. Es gab in ganz Frankreich keinen Menschen, der verhasster war als er. Es war, als stünde er auf der einen Schale einer Waage und Nicolas auf der anderen. Nicolas Fouquet ganz oben in der Gunst des Volkes, Jean-Baptiste Colbert ganz unten.

Doch Colbert kannte die Menschen. Er wusste sie einzuschätzen und zu manipulieren. Schon nach wenigen Tagen traten vor den Kirchentoren Redner auf, die er instruiert hatte. Sie erzählten dem Volk, was für ein Blutsauger und Verschwender der angeblich so liebenswürdige Nicolas Fouquet gewesen sei. Dass die Steuern so hoch seien, verdanke man einzig und allein ihm. Ohne ihn hätte es den Krieg gegen Spanien nicht gegeben. Er habe schamlos vom Leid der Bevölkerung profitiert. Als bettelarmer Schreiberling sei er nach Paris gekommen, doch mit seinem teuflischen Charme sei er in Windeseile aufgestiegen – wie das Eichhorn, mit dem er sich schmücke. Quo non ascendet? – Wie hoch wird es nicht steigen?, laute das Motto, das er offiziell für sich beanspruche. In seinen goldenen Privaträumen aber hieße es spöttisch: Quo non ascendam? – Wie hoch werde ICH nicht steigen?

Er habe die Menschen, die ihm vertrauten, ausgebeutet; die Männer arm gemacht und ihre Frauen verführt. »Er ist ein Teufel, habt ihr das noch immer nicht begriffen?«, riefen Colberts Redner ihrem Publikum zu, das erst ratlos war und dann wütend wurde, weil der »gute Seigneur Fouquet« offensichtlich alle betrogen und enttäuscht hatte. Es hieß, man bringe ihn von einem Gefängnis zum anderen. Man konnte nur hoffen, dass man ihn auf einer dieser Fahrten in die Finger bekam. »Vive le roi!«, rief man plötzlich, und einer wagte sogar probeweise »Vive Colbert!«

Die Waagschalen kippten um. Colbert hatte erreicht, was er wollte. Er war ganz oben, Nicolas ganz unten.

3

Es war an der Zeit, ein Gericht aufzustellen, das dem Betrüger den Garaus machte. Auf eine Untersuchung durch das Parlament wollte sich Colbert nicht einlassen. Dies sollte ein politischer Prozess werden, der nach den ungeschriebenen Gesetzen der Staatsräson ablief. Für Colbert und den König stand bereits fest, dass man Nicolas der Unterschlagung öffentlicher Gelder anklagen würde. Ganze Räume im Louvre waren fast bis zur Decke hinauf mit Aktenordnern und losen Papieren vollgestopft. Colbert selbst wühlte sich durch den Wust und suchte nach Beweisen für Nicolas' Schuld.

Doch in dem Chaos erfuhr er nicht mehr, als er ohnedies durch seine Arbeit als Nicolas' Intendant bereits wusste. Es war wohl besser, die Indizien selbst zusammenzustellen, nicht nach irgendwelchen Beweisstücken zu suchen, sondern lieber das Entlastungsmaterial zu vernichten. So brannten in diesem Herbst viele Feuer in den Kaminen des Louvre. Trotzdem konnte Colbert nicht aufhören. Noch immer ließ er weiter nach dem ultimativen Beweisstück forschen, das dem Gefangenen, der noch nicht einmal angeklagt war, das Genick brechen würde.

Auch die Unterlagen aus Concarneau waren für Colberts Bestrebungen nicht hilfreich. Alle Geschäfte waren mit einer Genauigkeit dokumentiert, auf die sogar Colbert selbst stolz gewesen wäre. Unregelmäßigkeiten waren nicht zu entdecken. Allerdings stellte man fest, dass die bretonische Aristokratin Jeanne d'Asserac auffallend häufig in die Geschäfte des Fouquet-Clans verwickelt war. Colbert gab daraufhin den Auftrag, sie festzunehmen und zu verhören. Man konnte sie jedoch nicht finden. Wahrscheinlich war sie auf einem ihrer Güter untergetaucht oder auf ihrer kleinen Insel, deren Bewohner den Schergen des Königs mit stummer Verachtung begegneten und jede Auskunft verweigerten.

In Concarneau war inzwischen das Chaos ausgebrochen. Schiffe wurden nicht entladen, Waren nicht eingelagert. Die Bevölkerung revoltierte und forderte den Präsidenten Christophe

Chalain auf, seinen Hausarrest nicht zu beachten, sondern endlich wieder für Ordnung zu sorgen. Die Wachen vor seinem Haus mussten um ihr Leben fürchten, und eine Abordnung der Bürger von Concarneau machte sich auf den Weg nach Paris, um beim König persönlich zu intervenieren.

»Es ist fast schon wie damals«, murmelte Königin Anna, als sie von den Folgen der Verhaftung erfuhr. Wie damals! Die Fronde war noch lange nicht vergessen. Damals aber hatte Anna in Nicolas Fouquet eine Stütze gehabt, auf die sie sich verlassen konnte.

Sogar der König selbst fing an, sich zu fürchten. Ihm war ausgerichtet worden, dass ihm Nicolas Belle-Île überlassen wollte. Ludwig schüttelte den Kopf über diese Anmaßung. Wie kam Fouquet in seiner Lage dazu, seinem König etwas anzubieten? Hatte er immer noch nicht begriffen, dass ihm seit dem 5. September nichts mehr gehörte? Auch ohne Nicolas' Erlaubnis betrachtete der König Belle-Île als seinen eigenen Besitz.

Um dies zu demonstrieren, sandte er ein Bataillon in die Bretagne und ließ das Fort besetzen. Zugleich wurden auch alle übrigen Residenzen des Gefangenen gerichtlich verschlossen und versiegelt. Ludwig nickte zufrieden, als man ihm den Vollzug meldete.

Mittlerweile war Colbert zu dem Schluss gekommen, dass er – wenn überhaupt – nur in Saint-Mandé verwendbare Beweise gegen Nicolas finden würde. Doch alle Schränke waren ausgeräumt und jedes Zettelchen geprüft. Trotzdem suchte man weiter. Man riss die Parkettböden heraus, demontierte die Wandverkleidungen, schlitzte die Polsterungen der Möbel auf und zerhackte sogar die Fensterbänke und Türrahmen. Dennoch verweigerte das Haus jede Information.

Colbert raste vor Ungeduld. Wie es schien, musste man tatsächlich selbst dafür sorgen, dass der Angeklagte eines todeswürdigen Verbrechens überführt werden konnte.

Colbert überlegte bereits, wie ein solches Beweisstück beschaffen sein müsste, da trat mit ratloser Miene einer der Hilfsschreiber in sein Kontor. »Ich weiß nicht, was das ist, Exzellenz«, sagte er verlegen und hielt Colbert ein großes Briefkuvert hin. Es war zugeklebt, doch ohne Siegel. »Es klebte auf der Rückseite eines Spiegels«, erklärte der Schreiber. »Wir hatten ihn bisher nicht abgenommen, weil er so groß und schwer war. Schließlich haben wir ihn heruntergehackt und das da gefunden.« Die eigene Gewalttätigkeit war ihm sichtlich peinlich.

Colbert nahm den Umschlag, öffnete ihn und fing an zu lesen. Schon nach den ersten Zeilen hellte sich seine Miene auf. Je weiter er kam, umso röter wurde sein Gesicht. Noch nie hatte ihn der Schreiber so gesehen. »Ist es wichtig, Exzellenz?«, fragte er hoffnungsvoll.

Doch Colbert beachtete ihn nicht. »Hinaus!«, befahl er, ohne aufzublicken.

Der Schreiber blieb unentschlossen stehen. Sein Fund schien dem Minister zu gefallen. Er wäre gern gelobt worden. »Exzellenz!«, wiederholte er. Doch Colbert schickte ihn nur mit einer herrischen Handbewegung zur Tür. »Geh zum Teufel!«, fuhr er ihn an. Diesmal klang es so bedrohlich, dass der Schreiber im Laufschritt rückwärts aus dem Kontor flüchtete.

Mit fast religiöser Dankbarkeit vertiefte sich Colbert in das Schreiben. Er wusste: Alle seine Probleme waren mit einem Schlag gelöst. Sein Feind war so gut wie tot.

Bald redete halb Frankreich von dem Schreiben, dem man sogar einen eigenen Namen gegeben hatte: der »Plan von Saint-Mandé«. Vorläufig hatte ihn außer Colbert und dem König noch niemand zu Gesicht bekommen, doch es wurde so viel davon geredet, dass alle fast schon meinten, ihn selbst gesehen zu haben.

Auf den ersten Blick schien es sich um einen mehrseitigen Brief zu handeln. Er war bereits über vier Jahre alt. Nicolas hatte ihn im Frühjahr 1657 verfasst. Damals war der Geldmangel des Staates so akut geworden, dass Nicolas nicht mehr in der Lage gewesen war, die ständigen Forderungen Mazarins zu befriedigen. Doch Mazarin hatte ihm nicht geglaubt. Täglich kam es zu Auseinandersetzungen, in denen sich der Kardinal immer wieder zu Drohungen hinreißen ließ. Nicolas wünschte sich nichts mehr, als sein Amt endlich loszuwerden. Aber auch das wurde ihm nicht gestattet. Es gab Tage, da sah er keinen Ausweg mehr. Immer tiefer schien der Graben zwischen ihm und Mazarin zu werden. Schließlich kam es so weit, dass Nicolas fürchtete, entlassen und verhaftet zu werden.

In dieser Situation überlegte er, wie er und seine Familie auf einen solchen Schlag reagieren sollten. Über jeden einzelnen Angehörigen machte er sich Gedanken und schrieb sie auf.

Marie Madeleine empfahl er, sich vorerst mit den Kindern in einem Kloster in Sicherheit zu bringen. Suzanne sollte mit den Gouverneuren der Bretagne Verbindung aufnehmen, die sich, wenn nötig, in eine der Befestigungsanlagen zurückziehen könnten. Sein Schwiegersohn Charoste, Maries Gemahl, sollte sich mit den Chalains in Belle-Île verschanzen, bis wieder Ruhe eingekehrt war. Seine Brüder sollten die Unterstützung des Klerus und des Parlaments suchen. Marie de Maupeou, so hoffte er, würde man ihr Alter und ihre Verdienste zugutehalten und sie unbehelligt lassen.

Als der Plan entstanden war, hatte Nicolas – wie oft, wenn er kaum weder aus noch ein wusste – unter schweren Fieberanfällen gelitten. Nach einigen Wochen ging es ihm jedoch wieder besser, und auch Mazarin beruhigte sich. So legte Nicolas den Plan beiseite und gab, fast nebenbei, seinem Sekretär Bruant den Auftrag, ihn zu vernichten.

Es war ein Verhängnis, dass Bruant meinte, eine Situation wie die gegenwärtige könnte immer wieder auftreten. Immerhin war das Papier ein Produkt reiflicher Überlegungen, die auch noch in Jahren Gültigkeit haben konnten. So faltete Bruant die Blätter zusammen und steckte sie in ein Kuvert. Der Vollständigkeit halber fügte er auch noch einen Plan der Befestigungsanlagen von Belle-Île hinzu.

Da gerade aus Venedig ein kostbarer Spiegel von einer Größe, wie es bisher in Frankreich noch keinen gegeben hatte, geliefert wurde, klebte Bruant den Umschlag auf dessen Rückseite. Danach wurde der Spiegel unter großem Kraftaufwand mehrerer

Männer aufgehängt. Niemand rechnete damit, dass man ihn jemals wieder abnehmen würde. Im Notfall, kalkulierte Bruant, würde Nicolas aber sicher froh sein, das Schreiben zur Hand zu haben.

Seit damals hatte Nicolas nicht mehr an seine Notizen gedacht. Zugleich mit seiner Angst und seinen Fieberattacken von damals hatte er sie fast vergessen. Er ahnte nicht, dass inzwischen halb Frankreich von ihnen wusste. In Colberts Händen war der »Plan von Saint-Mandé« zur scharfen Waffe geworden. Colbert selbst bezeichnete ihn als eine Anstiftung zum Aufruhr; als das Beweismittel für Lèse Majesté –Verbrechen gegen den König –, für das es nur eine einzige Strafe geben konnte: den Tod.

Noch immer wurde Nicolas von einem Ort zum anderen gekarrt. Von Angers nach Oudon, von dort nach Ingrades, dann wieder nach Angers und daraufhin nach Amboise. Schon um drei Uhr morgens brach man manchmal auf, um Zusammenrottungen der Bevölkerung auszuweichen, die Colberts Hetzern glaubte und sich von Nicolas betrogen fühlte. Man hätte ihn wohl erschlagen, hätte man ihn erwischt.

Die vorläufig letzte Station war das Gefängnis von Paris: die Bastille, in der schon so viele geschmachtet hatten, Schuldige und Unschuldige, Todgeweihte und solche, die schließlich doch noch in die Freiheit zurückkehrten. Als Nicolas seine Zelle betrat, war sein vor Kurzem noch dunkles Haar grau geworden. »Wohin soll es morgen gehen, mon capitaine?«, fragte er d'Artagnan, der seinen Überdruss und seine Müdigkeit längst teilte.

»Zunächst nirgendwo mehr hin, Monsieur«, antwortete der Hauptmann. »Ab morgen beginnen die Verhöre.«

Ein schändlicher Prozess

1

Ludwig und Colbert waren entschlossen, mit Nicolas im wahrsten Sinne des Wortes kurzen Prozess zu machen. In den ersten Tagen nach seiner Verhaftung schien dies noch möglich zu sein. Schon nach wenigen Wochen aber war die »Affäre Fouquet« zum Tagesgespräch geworden. Es gab kaum noch einen Franzosen, der darüber nicht Bescheid wusste. Selbst im Ausland wurde man auf den Fall aufmerksam. Die Diplomaten sandten Berichte und Analysen an ihre Regierungen, und die Zeitungen schrieben darüber. Ein Schnellverfahren war unmöglich geworden. Schon kursierte in Paris das Gerücht, »man« – jeder wusste, wer damit gemeint war – plane sogar einen politischen Mord. Irgendwann würde man den Gefangenen tot in seiner Zelle auffinden – offiziell natürlich Selbstmord. Doch wer hätte jetzt noch daran geglaubt?

Colbert war klug genug abzusehen, dass eine solche »Lösung« das Ende seiner Karriere bedeutet hätte. Dem König würde man es verzeihen, dafür aber alle Schuld auf seinen Minister abwälzen. Colbert zweifelte nicht daran, dass ihn Ludwig dann sofort fallen ließe, um sich selbst reinzuwaschen. Dass Ludwig ihn nicht liebte, wusste Colbert, und auch er selbst liebte den König nicht. Nur ihr Ziel einer absoluten Königsherrschaft hielt sie beieinander – ein starkes Band, und der gemeinsame Feind verstärkte ihren Zusammenhalt noch zusätzlich.

Anfang September 1661 war Nicolas verhaftet worden. Schon Ende Oktober begriff Colbert, dass er den Rechtsweg beschreiten musste. Kein Scheinprozess für den ehemaligen Oberintendanten der Finanzen, sondern eine Verhandlung, die zumindest nach außen hin den Gesetzen des Staates gehorchte. Ein politisches Sondergericht, Lieblingsinstrument der Staatsräson.

Als Erstes kam es darauf an, die richtigen Juroren auszuwählen: Feinde des Angeklagten, denen es ein Anliegen sein würde, ihn zu verurteilen. Colbert war lange genug im politischen Geschäft, um die Meinungen der einzelnen Richter zu kennen und für seinen Zweck zu nutzen.

Den Vorsitz bei den Debatten sollte der alte Kanzler Séguier führen, so weit es seine Schwäche erlaubte. Ihm stellte Colbert seinen eigenen Onkel zur Seite, Pussort, der mit seiner lauten Stimme und seinem rechthaberischen Auftreten jeden Einwand gegen die Interessen seines Neffen niederbrüllen würde. Als Protokollführer setzte Colbert wohlweislich Foucault ein, der mit seinem Sekretär Berryer dafür sorgen würde, dass nur die Beweise der Anklage genau festgehalten wurden. Das Beweismaterial des Angeklagten würden Foucault und Berryer so geschickt zu verändern wissen, dass niemand auf den Gedanken kam, von Fälschung zu sprechen.

Die Liste der Richter war lang. Nicht bei allen war Colbert sicher, dass er sich uneingeschränkt auf sie verlassen konnte. Catinat hielt sich viel auf die Ehre seiner Familie zugute. Doch immerhin hatte er sich mehrmals abfällig über Fouquets verschwenderischen Lebensstil geäußert. D'Ormesson liebte es, eine eigene Meinung zu entwickeln; doch er war mit Berryer befreundet und deshalb wahrscheinlich trotzdem zu beeinflussen. Auf Sainte-Hélène konnte man sich verlassen; er hasste Fouquet, wie er alle hasste, die begabter waren als er. Renard galt als einfacher Mensch und als ehrliche Haut. Ein eleganter Weltmann wie Fouquet war ihm fremd. Doch selbst wenn Renard oder irgendein anderer zuletzt für den Angeklagten optierte, würde sein Votum von den vielen Feinden Fouquets auf jeden Fall überstimmt. Eine einfache Mehrheit genügte, den Angeklagten an den Galgen oder unter das Henkerbeil zu bringen.

Dass er dort endete, war gewiss auch das Bestreben des Oberstaatsanwalts Denis Talon, Sohn des berühmten Omer Talon, den man den »Freund des Volkes« nannte und der einst sogar gewagt hatte, Ludwig und seine Mutter vor dem versammelten Parlament zu tadeln. Bei diesem Familienhintergrund würde Denis Talon wenig Verständnis für die glanzvolle Lebensführung des Angeklagten aufbringen. Vielmehr würde er sich dafür starkmachen, dass jener endlich aufhörte, ein Vorbild für die ehrgeizigen jungen Männer des Großbürgertums zu sein.

Colbert wollte sichergehen, dass sich der Prozess trotz dieser Richter nicht doch noch selbstständig machte und einen unerwünschten Verlauf nahm. So stellte er eigenhändig ein ausführliches Dossier zusammen, das die Verhandlung eigentlich überflüssig machte, weil es bereits alle Argumente enthielt und die Verurteilung vorwegnahm. Zweier Verbrechen sollte Nicolas Fouquet angeklagt werden: Unterschlagung öffentlicher Gelder und Lèse Majesté: Verbrechen gegen den König.

Als Beweis für die Unterschlagung führte Colbert an, dass ein so immenser Reichtum wie der des ehemaligen Oberintendanten nur aus Diebstahl entstehen könne. Seine Schlösser, sein Lebensstil und seine Förderung der Künstler bewiesen, wie reich er war. Dabei sei er als armer Schlucker nach Paris gekommen. Das Erbe seiner ersten Gemahlin habe er schnell verprasst. Danach habe er die Finanzen des Königs für seine persönlichen Ausgaben verwendet. Das allein sei schon ein todeswürdiges Verbrechen.

Noch schwerer als der erste Anklagepunkt – so Colberts Dossier – wiege Fouquets Aufruf zur Erhebung gegen den König. Mindestens fünf Plätze habe er für den Aufruhr befestigt: Belle-Île, die Île-Dieux, Concarneau, Croisic und Mont-Saint-Michel. Als Beweis dafür diene der »Plan von Saint-Mandé«. Colbert hütete sich allerdings, dem Dossier eine Abschrift des »Plans«

beizufügen. Er wusste, dass die Menschen das Unbekannte mehr fürchten als das, was sie kennen.

Die Richter studierten das Dossier und bildeten sich danach ihre Meinung. Da auch das Volk inzwischen glaubte, vom »guten Seigneur Fouquet« schändlich betrogen worden zu sein, konnten Colbert und der König vertrauensvoll in die Zukunft blicken. Sie bedauerten nur, dass alles so lange dauerte. Die lebendige Gegenwart ihres Feindes war ihnen mittlerweile fast unerträglich geworden. Sie wollten ihn endlich für immer los sein: Colbert seinen Rivalen und Ludwig das beneidete Vorbild, das ihn in den Schatten stellte.

2

Noch während das Richterkollegium zusammengestellt wurde, bemächtigte sich der König der Besitztümer seines Feindes. Er nahm alle und alles: Le Vau und Le Nôtre, die Nicolas' Schloss und seinen Park so wunderbar erschaffen hatten, gingen nun in seine Dienste über. Er beauftragte sie, das heruntergekommene Jagdschloss von Versailles zum großartigsten Palast auszubauen, den die Welt je gesehen hatte. »Prächtiger als Vaux-le-Vicomte!«, fügte er hinzu.

Auch der Maler Le Brun gehörte ab sofort zu seinem Haushalt. Alle Kunsthandwerker, die für Nicolas gearbeitet hatten, dienten nun dem König. Der unvergleichliche Vatel kochte jetzt für Ludwig und seine Gäste, und Molière schrieb in Ludwigs Auftrag.

Wie frei sie alle einst gewesen waren! Nun waren sie Besitz, wie alles andere, das der König an sich riss: Fouquets Bücher, seine Bilder, seine Möbel, die Gobelins von Vaux und sogar die unvollendeten Statuen aus dem Park.

Der Einzige, der sich der königlichen Allmacht entzog, war der Dichter La Fontaine aus dem Freundeskreis von Saint-Mandé. Er weigerte sich, seine Kunst gegen Nicolas zu verwenden, und ging dafür in die Verbannung ins Limousin, wo niemand war, der ihn verstand oder anregte. La Fontaine liebte Nicolas als Mäzen und als Freund. Er nahm sich vor, seinen verehrten »Patron« zu verteidigen, und sei es auch nur aus der Ferne. Seine Waffe war das Wort. Kein König konnte es ihm verbieten.

Nicolas wusste nichts von all dem. Wenn er an sein Schloss in Vaux dachte, stand es noch immer da wie an jenem Tag im August, als die Fontänen in der Sonne glitzerten und Lichtergarben nachts den Himmel erhellten. In der Erinnerung an Saint-Mandé sah er seine Bibliothek vor sich, seine Himmelsgloben und seine Münzsammlung. Er ahnte nicht, dass jetzt die Türen dort offen standen und jeder eintreten durfte, um die Möbel und Kunstwerke, die der König übriggelassen hatte, käuflich zu erwerben. Der Küchengarten war niedergetrampelt, und die Orangenbäume schmückten längst den Wintergarten von Versailles.

Von allem, was Nicolas gehörte, war nur noch sein Elternhaus in der Rue de la Verrerie so wie früher. Die Porträts seiner Eltern blickten dem Eintretenden entgegen, und Nicolas' verlassene Kinder versteckten sich in den Korridoren oder in dem Einbaum aus dem fernen Land der Huronen. Ob sie wohl ahnten, dass sich auch ihr Vater als Kind oft in das Boot gelegt hatte, um zu träumen? Seine Träume hatten sich erfüllt. Nur die Gnade der Dauer war ihnen versagt geblieben.

Am 3. Dezember 1661 hielt das Sondergericht im prunkvollen Festsaal des Rechnungshofs seine Eröffnungsversammlung ab. Es war ein gesellschaftliches Ereignis, zu dem die elegante Welt herbeieilte. Man kleidete sich wie für einen Ball, doch genoss man das Prickeln der Gefahr noch viel mehr. Man versteckte das Gesicht hinter Masken, die man an einem Stab in der Hand hielt, um sich zwischendurch immer wieder auch zu zeigen. Die Damen ließen ihre weiten Röcke schwingen und die Herren ihre federgeschmückten Hüte. Dann nahm man Platz und hörte den Festrednern zu.

Auf ihre Worte achtete man jedoch kaum. Man wartete darauf, die Hauptperson zu sehen: den Mann, dessentwegen man hergekommen war. Erst durch seine Gegenwart gewann der Anlass an Spannung. Nicolas Fouquet: Wie elegant er gewesen war! Wie freundlich und aufmerksam. Erst seit er fort war, wusste man, wie sehr er fehlte. Selbst diese Prunksitzung heute war nur ein Treffen wie viele, solange er nicht da war.

Man wartete also. Nur von Nicolas wurde gesprochen: am Rednerpult und in den geflüsterten Kommentaren der enttäuschten Besucher. Dank des bevorstehenden Prozesses gegen ihn hatte man aufregende Wochen erlebt. Nun aber wollte man ihn wiedersehen: sein Lächeln und sein Haar, das angeblich inzwischen ergraut war. Man konnte es kaum glauben. »Er wirkte immer so jung!«, flüsterte Catherine de Beauvais ihrer Nachbarin zu. Sie sah sich alles genau an, denn Königin Anna wollte einen ausführlichen Bericht. Gern wäre sie selbst gekommen. Doch das wäre für die Mutter des Königs nicht passend gewesen. Außerdem fühlte sie sich in letzter Zeit nicht mehr wohl. Ihre Ärzte tauschten besorgte Blicke, wenn sie über Schmerzen in ihrer Brust klagte.

Die Eröffnungssitzung ging zu Ende – für die Richter ein erhebender Moment. In ganz Europa würde man darüber berichten. Die Zuhörer aber verließen das Gebäude mit Bedauern. Sie waren enttäuscht, dass sie den Angeklagten nicht gesehen hatten. »Ich hoffe, das alles geht gut aus und er kommt wieder zurück«, sagten einige.

Draußen schneite es. Eilig brachte man sich in den Kutschen in Sicherheit. Wie schön war es doch im Sommer gewesen! Im August. Eigentlich war es noch gar nicht so lange her. Und doch …

3

Nicolas war noch immer im Unklaren über seine Situation. Er wusste nicht, wessen man ihn anklagte und wie es seiner Familie ging. Er bekam keine Zeitung, und niemand gab ihm auf seine Fragen Auskunft. Er war wohl der einsamste Mann Frankreichs und zugleich der am strengsten bewachte. Wo er war, hielt sich auch d'Artagnan mit seinen fünfzig Musketieren auf. Wer sie in den Gräben der Bastille lagern sah, begriff auf Anhieb, dass es keinen Sinn hatte, eine Befreiung des Gefangenen zu versuchen.

Immer wieder bat Nicolas um ein Gespräch mit dem König. Doch er wusste nicht einmal, ob seine Bitte überhaupt weitergeleitet wurde. Um Papier und Schreibzeug ersuchte er, aber auch das wurde ihm verweigert. Wenn die Zeit seiner Fieberschübe nahte, verlangte er nach seinem Arzt Pecquet oder zumindest nach seiner Medizin. Wieder wartete er vergeblich. Kein Wunder, dass man auch nicht darauf einging, als er nach einem Beichtvater fragte.

»Was hätten Sie denn schon zu beichten, Monsieur?«, murmelte der Kerkermeister, an den sich Nicolas gewandt hatte. In seinen Worten lag kein Spott. Der Mann hätte nichts lieber getan, als seinem Gefangenen zu helfen. Noch nie hatte er erlebt, dass ein Mensch bei einer so langen Einzelhaft weder die Höflichkeit noch seine gepflegte Erscheinung vernachlässigte.

Durch das Guckloch in der Zellentür hatte er beobachtet, dass Nicolas stundenlang mit geschlossenen Augen auf seinem Bett saß, den Rücken an die Wand gelehnt und die Stirn gerunzelt. Erst meinte der Kerkermeister, der Gefangene bete oder habe Schmerzen. Dann aber kam es ihm vor, als ob er angestrengt überlege.

»Worüber denken Sie nach, wenn Sie so sitzen, Monsieur?«, erkundigte er sich einmal, als er das Essen brachte.

»Woraus schließen Sie, dass ich nachdenke?«, fragte Nicolas und lächelte, als säße er mit seinem Gesprächspartner in einem warmen Salon, erleuchtet vom Schimmer der Kerzen.

»Es sieht so aus«, antwortete der Kerkermeister.

Nicolas wurde ernst. »Ich nehme an, man wird mich irgendwann einmal vor ein Gericht stellen«, antwortete er. »Ich kann mir auch ungefähr denken, was man mich dann fragen wird.« Er zuckte bedauernd die Achseln. »Zahlen, nehme ich an. Viele Zahlen aus Jahren, die längst vergangen sind. Sie sind alle in meinen Büchern aufgeschrieben. Meine Ankläger haben sie ganz sicher zur Verfügung. Ich aber nicht. Deshalb versuche ich, mich an möglichst vieles möglichst genau zu erinnern, damit ich mich verteidigen kann, wenn man mir unrecht tut. Verstehen Sie das?«

Der Kerkermeister starrte ihn an. »Die anderen Gefangenen weinen«, sagte er dann. »Sie hämmern gegen die Tür und schreien. Manche verletzen sich absichtlich, um sich selbst zu spüren. Manche versuchen sogar, sich umzubringen.« Er schüttelte den Kopf. »Und Sie denken an Zahlen?«

»In den Zahlen liegt die Wahrheit«, antwortete Nicolas leise. »Mit den Zahlen kann ich meine Unschuld beweisen. Ich weiß nicht, ob man mich überhaupt anhören wird. Doch wenn man es tut, will ich bereit sein.« Er griff nach dem Becher mit dem Wasser und nahm einen Schluck. Noch immer bewegt er sich, dachte der Kerkermeister, als befände er sich in seinem Märchenschloss, von dem die Musketiere so viel Herrliches berichten und das sich einer, der immer nur Gefangene bewachte, nicht einmal vorstellen konnte.

Der Winter ging vorüber. Ein strenger Winter, so kalt, wie man es schon lange nicht mehr erlebt hatte. Viele Menschen erfroren sogar in ihren Häusern. In der heißen Jahreszeit mochte man vergessen, wie arm das Land nach dem langen Krieg noch immer war. Im Winter aber kam die Wahrheit zum Vorschein.

Am Hof des Königs fror niemand. Unzählige Feste wurden gefeiert. Man hatte Grund, sich zu freuen. Königin Maria Theresia hatte einen Thronfolger geboren, ein gesundes, pausbäckiges Kind, das seinem jungen Vater die Sicherheit schenkte, auf die sein eigener Vater so lange vergeblich gewartet hatte. Auch in Zukunft würden die Bourbonen über Frankreich herrschen. Kein Fremder konnte den Thron Ludwigs des Heiligen beanspruchen.

Man lebte wie im Rausch. Noch nie hatte eine so große Zahl junger Menschen den Hof bevölkert. Die alten zogen sich bei so viel Übermut und Rücksichtslosigkeit zurück. »Wir haben drei Königinnen bei Hofe!«, scherzte man. »Die Gemahlin des Königs, seine Mutter und die Königinwitwe von England.« Dann lachte man und zählte die wahren Königinnen auf: Ludwigs Mätressen. Louise de La Vallière hatte er sogar zu seiner offiziellen Geliebten erklärt, seiner maîtresse en titre. Doch inzwischen waren auch noch andere Schönheiten aufgetaucht und drängten ans Licht.

»Der König liebt alle Frauen außer seiner eigenen«, spottete man, und wenn Maria Theresia beim Lever stolz in die Hände klatschte, applaudierten die anwesenden Höflinge mit und lachten sie aus.

4

Am 4. März 1662 begannen die Verhöre. Die Richter Renard und Poncet kamen zu Nicolas in die Zelle und teilten ihm die beiden Punkte der Anklage mit. Danach befragten sie ihn dazu. Sie erlaubten ihm nur, zu antworten. Verteidigen durfte er sich nicht. Dazu würde er im Prozess noch ausreichend Gelegenheit haben.

Nicolas beklagte sich, dass man ihm Papier und Tinte verwehre. »Vor allem aber bitte ich um eine Unterredung mit Seiner Majestät, dem König«, sagte er. »Ich bin sicher, meine Lage wird sich ändern, wenn ich ihm meinen Standpunkt erklärt habe.« Er schaute zum Protokollführer Foucault, der neben der Tür saß und mitschrieb. »Bitte vergessen Sie nicht, mein Ersuchen ins Protokoll aufzunehmen, Monsieur!«

Foucault nickte, doch in seinen Unterlagen erschien kein Wort von Nicolas' Antrag.

Obwohl Nicolas selbst Jurist war, forderte er nun einen Anwalt. Man erwiderte ihm, dies sei bei Verbrechen gegen den König nicht üblich.

»Sie meinen, bei Prozessen, die mit der Todesstrafe enden sollen?«, fragte Nicolas. Die beiden Richter schwiegen. Nur mit Mühe verbarg Renard seine Verlegenheit.

Pünktlich zur Eröffnungssitzung waren die Namen des Richterkollegiums veröffentlicht worden. Als Marie de Maupeou die

Liste durchlas, beschloss sie, Einspruch zu erheben. »Ich bin seine Mutter«, erklärte sie, als Foucault, bei dem sie vorsprach, ihre Einwände abschmettern wollte. »Ich habe das Recht, seine Interessen zu vertreten, wenn man ihm schon einen Anwalt verweigert. Wie kann man ein Kollegium zusammenstellen, das nur aus Feinden des Angeklagten besteht? Pussort, Sainte-Hélène! Wenn sie könnten, würden sie meinem Sohn eigenhändig die Schlinge um den Hals legen!« Sie reichte Foucault ihren Antrag, in dem sie die genannten Richter ablehnte. Das Schriftstück war auch von Marie Madeleine unterzeichnet. »Ich dachte, dass Ihnen vielleicht mein Einspruch allein nicht genügt«, sagte Marie de Maupeou und nahm Foucault damit sein wirksamstes Argument.

»Ihre Schwiegertochter hält sich in Limoges auf, so viel ich weiß«, wandte er ein. »Sie steht unter Hausarrest.«

Marie de Maupeou zuckte die Achseln. »Das Schreiben hat sie dadurch aber nicht verlernt, Monsieur!«, antwortete sie. Sie war sicher, Foucault würde nicht wagen, sie zu fragen, wie sie an Marie Madeleines Unterschrift gekommen war.

Niemand ahnte, dass ihr Sohn Basile den Verrat an seinem Bruder längst bereute. Sein Judasgeld, die vierhunderttausend Pfund aus dem Verkauf von Nicolas' Amt als Generalprokurator, sollte nun dazu dienen, Nicolas zu retten. Von seinem Exil in der Guyenne aus schickte Basile einen Teil der Summe an Marie Madeleine, um ihr das Leben zu erleichtern. Zugleich sorgte er dafür, dass alle Familienmitglieder durch Boten miteinander Kontakt halten konnten. Der ehemalige Geheimdienstchef Seiner Eminenz wusste, wie man ein Netzwerk aufbaut.

Doch der Einspruch gegen die Richter blieb ohne Erfolg. Colbert erklärte achselzuckend, die »Mutter Fouquet« habe anscheinend Angst vor der Integrität der beiden Juroren. Wo käme man hin, wenn bei jedem Prozess die Verwandtschaft des Angeklagten aufmarschierte und sich einmischte?

Trotzdem trug Marie de Maupeous mutiges Auftreten dazu bei, dass sich die öffentliche Meinung nach und nach wieder änderte. Auch ein literarisches Werk zeigte seine Wirkung: La Fontaines »Ode an den König«, in dem der Dichter seinen hohen Herrn um Gnade für einen Unschuldigen bat, der im Gefängnis schmachtete:

Jours sans soleil,
Nuits sans sommeil,
Trois portes dans six pieds d'espace.

Tage ohne Sonne,
Nächte ohne Schlaf.
Drei Türen auf sechs Fuß Raum …

Colbert konnte nicht verhindern, dass das Werk im Louvre und in der Stadt die Runde machte. Er sandte seine Schergen ins Limousin und ließ den Dichter bedrohen. Doch La Fontaine erklärte nur, er sei ein Mann von Ehre und lasse sich nicht einschüchtern. Möge man ihn ruhig einsperren. Er werde es ertragen, weil er sich im Recht wisse.

Bald schon veröffentlichte er einen weiteren Appell, diesmal auch an das Mitleid und das Gerechtigkeitsgefühl des französischen Volkes: »Elegie an die Nymphen von Vaux«, eine Gedichtsammlung. Im Namen der lieblichen Wasserwesen beklagte La Fontaine das Schicksal des Märchenschlosses und das seines edlen Herrn und flehte auch diesmal den König an, Gnade walten zu lassen.

Nicolas fand das schmale Büchlein eines Morgens neben seinem Kopfkissen. Er wusste nicht, wie es dahin gelangt war. Schon die ersten Zeilen trafen ihn so sehr, dass er kaum weiterzulesen wagte, wusste er doch, dass er dem Schmerz nicht nachgeben durfte.

Auch andere Stimmen erhoben sich auf einmal. Sogar in der »Gazette« erschien ein Artikel, in dem gefragt wurde, wo denn die Verbesserungen blieben, die Colbert versprochen hatte. Solle man Seine Exzellenz vielleicht ermutigen, beim Gefangenen in der Bastille Ratschläge einzuholen?

Aber Colbert wollte keine Ratschläge. Der Journalist Loret, der den Artikel geschrieben hatte, und der Redakteur, der ihn durchgehen ließ, wurden entlassen und verloren ihre Pensionen.

Trotzdem war es schon zu spät. Der Artikel war erschienen und gelesen worden. Die Pariser entsannen sich wieder ihrer Sympathie für den »Seigneur Fouquet«. Sie pilgerten nach Saint-Mandé und sahen mit Entsetzen, was aus der Residenz des Oberintendanten geworden war. Wer eine Kutsche zur Verfügung hatte, fuhr nach Vaux-le-Vicomte und blickte hinauf zu den zerschlagenen Fenstern, aus denen da und dort noch ein zerrissener Vorhang wehte. Man diskutierte über das Schicksal von Nicolas' Familie, vor allem über das seiner Kinder, deren jüngstes seine Eltern nicht kannte. Auch über die Anklagepunkte redete man, und viele wussten, wie es in Wahrheit gewesen war. »Ein armer Schlucker?«, fragte man. »Ich habe seinen Vater gekannt. Er war ein vermögender Reeder, ein Jurist und ein frommer Mann dazu.« Bei diesen Worten dachten alle das Gleiche: Ein frommer Mann? Fromm wie sein Sohn Nicolas.

Es war kein Geheimnis, dass die ganze Familie immer religiös gewesen war. Religiös, wie man es vor allem in Zeiten sein mochte, in denen der ganze Kontinent von Glaubenskriegen zerrissen wurde. Jeder kannte Marie de Maupeou und ihre tiefe Frömmigkeit. Selbst bei dem schweren Schicksal, das ihren Sohn und ihre ganze Familie traf, haderte sie nicht mit Gott. »Ich danke dir, mein Herr!«, hatte sie angeblich gesagt. »Ich bat dich immer um sein Seelenheil. Vielleicht muss dies der Weg sein, der ihn dahin führt.«

Eine fromme Frau – doch zugleich auch ein Kind aus Generationen von Juristen: Von Gott nahm sie alles hin, ohne zu murren. Doch von den Menschen forderte sie Gerechtigkeit. Das Milieu der Richter und Anwälte war ihr vertraut. Sie wusste, was zu tun war und wie man sich durchsetzte.

Gegen die Auswahl der Richter kam sie nicht an, doch fünf Monate später wurden Nicolas, »auf wiederholte Anträge der Damen Fouquet hin«, zwei Anwälte genehmigt. Colbert selbst hatte sie ausgewählt, weil sie beide weit über siebzig waren und schon längst nicht mehr bei Gericht tätig. Ihre Gesundheit sei nicht die beste, hatte man ihm gesagt. Auch das kam seinen Vorstellungen entgegen.

Allerdings hatte er nicht damit gerechnet, dass die große Herausforderung die beiden regelrecht verjüngte. Sosehr man sie auch behinderte, gaben sie doch nicht auf, für ihren Mandanten zu kämpfen. Ihre Namen waren Auzarret und Lhoste. Beide überlebten die Strapazen des Prozesses nicht lange. Doch es war bereits ein Schlag gegen die absolutistische Macht, dass sie überhaupt berufen wurden, und es war ein Sieg des Rechts und der Gerechtigkeit.

5

Im Oktober 1664 wurden die vorbereitenden Verhöre abgeschlossen und am 14. November die Verhandlung eröffnet – drei Jahre und zwei Monate nach Nicolas' Verhaftung. Eigentlich hätten sich die Richter inzwischen vollständige Klarheit über den Fall verschaffen müssen, der europaweit Interesse erregte. Immer wieder hatte Nicolas versucht, auf Einzelheiten seines Finanzgebarens einzugehen. Doch schnell musste er erkennen, dass die Richter daran gar nicht interessiert waren. Der ungeheure Wust von Colberts Papieren schreckte sie ab. Sie zogen es vor, sich an sein hilfreiches Dossier zu halten. Dabei verließen sie sich darauf, dass die Verhandlung mit dem Status eines Sondergerichts unter Ausschluss der Öffentlichkeit stattfinden würde. Niemand würde ihr Vorgehen kontrollieren. Zudem war eindeutig, was Colbert – und damit der König – von ihnen erwartete. Lange genug hatte man sich mit den Verhören aufgehalten. Der Rest sollte möglichst zügig abgewickelt werden. Colberts Dossier war dabei eine unschätzbare Hilfe.

Nicolas hatte bisher von der Existenz dieser Akte nichts gewusst. Erst durch seine Anwälte erfuhr er davon. Als Jurist erkannte er sofort die Gefahr, die von ihr ausging.

Nach der Eröffnungsversammlung im prunkvollen Festsaal des Rechnungshofes übersiedelte man für die weitere Verhandlung in den wesentlich bescheideneren Beratungsraum des Münzamtes. Colbert war besorgt über die große Aufmerksamkeit, die der Prozess erregte, und bemühte sich, ihn von nun an klein zu halten, obwohl er zuvor keine Mühe gescheut hatte, die angeblichen Verbrechen des Oberintendanten der Finanzen möglichst publik zu machen.

Stehend eröffnete der Präsident Denis Talon die Verhandlung des Sondergerichts. Danach nahmen er und die übrigen Anwesenden Platz. Nur Nicolas blieb vor seiner Anklagebank stehen.

»Setzen auch Sie sich bitte, Monsieur!«, forderte ihn Talon auf.

Doch Nicolas lehnte ab. Die Erfahrungen während der vorbereitenden Verhöre hätten ihn davon überzeugt, erklärte er, dass dieses Gericht voreingenommen sei. Er könne es deshalb nicht anerkennen und somit auch nicht auf der Anklagebank Platz nehmen.

Talon runzelte die Stirn. »Was waren das für Erfahrungen?«, fragte er gereizt.

»Man ließ mich bei den Verhören nicht zu Wort kommen, beachtete meine Beweisführung nicht und enthielt mir alle Unterlagen vor, die ich zu meiner Verteidigung benötige.«

Talon beugte sich vor. »Was möchten Sie denn gern sehen, Monsieur?«, fragte er herablassend. Einige Richter lachten.

Nicolas blieb ruhig. »Ich verlange Einsicht in das Papier, das allgemein ›Dossier‹ genannt wird und das Monsieur Jean-Baptiste Colbert den Richtern als eine Art Verhandlungsvorlage zukommen ließ.«

»Unruhe!«, verzeichnete das Protokoll. In Wahrheit brach ein wahrer Entrüstungssturm los. Colberts Onkel Pussort musste sogar körperlich zurückgehalten werden, sonst wäre er wohl gegen den Angeklagten tätlich geworden. Es dauerte lange, bis der Präsident die Ruhe wiederhergestellt hatte. »Das Gericht wird über Ihren Antrag beraten, Monsieur«, sagte er. »Und nun nehmen Sie endlich Platz!«

Nicolas verzog keine Miene. »Weiters verlange ich«, fuhr er fort, »eine Prüfung sämtlicher Verhörprotokolle. Man soll sie noch einmal den vernehmenden Richtern vorlegen. Sie werden dann sehen, dass die Protokolle mit dem tatsächlichen Verlauf und dem Inhalt der Verhöre nicht übereinstimmen.«

Der Protokollführer Foucault fuhr auf. »Das ist eine Unverschämtheit!«, rief er. »Man muss diesen Mann wegen Missachtung des Gerichts von der Verhandlung ausschließen!«

Nicolas beachtete ihn nicht. »Verehrter Herr Präsident«, wandte er sich wieder an Talon. »Es kann nur im Sinne dieses Gerichts sein, wenn der Vorwurf der Fälschung entkräftet wird.« Seine Stimme wurde leiser. »Ich war selbst viele Jahre lang Mitglied des Parlaments. Ich war sogar sein Generalprokurator und somit sein Oberster Staatsanwalt. Alle, die hier sitzen, waren meine Kollegen – wenn auch dank der Auswahl von Monsieur Colbert nicht meine Freunde. Trotzdem appelliere ich an Sie: Lassen Sie sich nicht missbrauchen! Untergraben Sie nicht den Ruf der französischen Justiz durch einen schändlichen Prozess! Herr Präsident, ich fordere Sie auf, die Protokolle zu überprüfen. Wollen sich französische Richter wirklich dem Verdacht aussetzen, sie machten sich gemein mit Fälschern und Betrügern?«

Diesmal schrieb Foucault nichts von »Unruhe«. Empört machte er Anstalten, seinen Platz zu verlassen.

Doch Talon wies ihn an, sich wieder zu setzen. Dann wandte er sich erneut zu Nicolas. »Auch Ihrem Antrag, die Protokolle zu überprüfen, wird stattgegeben«, erklärte er. »Wollen Sie jetzt Platz nehmen, Monsieur?«

Nicolas schüttelte den Kopf. »Ich habe noch einen letzten Antrag, Herr Präsident«, sagte er. »Ich verlange eine Untersuchung gegen drei Personen: den Protokollführer Foucault und seinen Sekretär Berryer, der ihm behilflich war.«

Talon kniff die Lider zusammen. »Das sind nur zwei.«

Nicolas machte eine Pause. Plötzlich wurde es so still im Saal wie noch nie zuvor. »Weiters verlange ich eine Untersuchung gegen den Minister Jean-Baptiste Colbert.«

Es war, als fege eine Sturmbö durch den Raum. Einige Richter sprangen auf. Man gestikulierte und schrie wild durcheinander.

»Monsieur Colbert anzuklagen, der das Vertrauen Seiner Majestät genießt, heißt, den König selbst beleidigen!«, brüllte der Richter Chamillard mit überkippender Stimme. Seine Kollegen pflichteten ihm lautstark bei.

Minutenlang läutete Talon seine Glocke, um sich Gehör zu verschaffen. »Sprechen Sie weiter, Monsieur Fouquet!«, befahl er dann mit lauter Stimme, denn sonst hätte ihn niemand gehört. »Ich rate Ihnen aber, sich Ihre Worte gut zu überlegen.«

Nicolas war ruhig wie zuvor. Als er zu sprechen begann, wurde es wieder still im Raum. »Ich klage die drei Herren – Monsieur Foucault, Monsieur Berryer und Monsieur Colbert – der Aktenfälschung an. Ferner klage ich sie an, dass sie mindestens tausendzweihundert Briefe verschwinden ließen, die Seine Eminenz an mich schrieb und die meine Unschuld bewiesen hätten. Ferner vernichteten die genannten Personen dreihundert Billetts von Monsieur Colbert an Monsieur Berryer, aus denen hervorgegangen wäre, dass Monsieur Colbert diesen Prozess von außen her lenkt, um ein Todesurteil für mich zu erreichen.«

Wieder brach ein Tumult aus. Nur der Richter d'Ormesson schmunzelte plötzlich und beugte sich zu seinem Nachbarn Masnault. »Ziemlich kühn, unser Angeklagter, aber man kann nicht leugnen, dass sich Monsieur Colbert wirklich sehr eifrig um diesen Prozess kümmert.«

Es gelang nicht mehr, die Ruhe wiederherzustellen. Vergeblich bemühte sich Denis Talon, mit seiner Stimme durchzudringen. »Bis auf Weiteres sind Sie von der Verhandlung ausgeschlossen, Monsieur Fouquet!«, rief er Nicolas über das allgemeine Geschrei hinweg zu. »Man wird Ihnen mitteilen, wann Sie wieder teilnehmen dürfen – und ob überhaupt.« Überstürzt schloss er die Verhandlung, die ihm ohnedies längst entglitten war.

Nicolas wurde in seine Zelle zurückgeführt. Er konnte sicher sein, dass die Öffentlichkeit vom Inhalt der Verhandlung erfahren würde. Die Richter waren zu aufgewühlt, um das auferlegte Stillschweigen lückenlos einzuhalten.

6

Die folgenden Verhandlungen fanden ohne den Angeklagten statt. Man bestrafte ihn für seine Anmaßung, indem man seine Haftbedingungen verschärfte. Schon bisher hatten ihn seine Anwälte nur zweimal pro Woche in der Zelle aufsuchen dürfen, und dies auch nur in Gegenwart des Protokollführers Foucault. Von nun an behinderte man die Anwälte aber noch viel mehr. Wenn sie an den vereinbarten Tagen vorsprachen, erklärte man ihnen, sie hätten sich geirrt. Ihr Termin sei erst morgen. Auf ihre Einwände, Bitten und Beschwerden ging man nicht ein. Auch am nächsten Tag wurde es ihnen verwehrt, mit ihrem Mandanten zu reden. Nicolas, der nichts von diesen Schikanen wusste, wartete vergeblich und konnte sich das Fernbleiben der beiden nicht erklären.

So beschloss er, zur Selbsthilfe zu greifen. Papier und Tinte hatte man ihm verweigert, daher zerriss er ein Hemd in möglichst gleich große Stücke und kritzelte darauf mit einem Hühnerknochen als Feder und Kaminruß als Tinte einen Bericht an die Öffentlichkeit. »Défenses«, lautete die Überschrift, »Verteidigung«: »Verteidigung gegen alle Anklagepunkte meines Prozesses, die ich meinen Richtern vorgetragen hätte, wäre es mir nur möglich gewesen.«

Ausführlich schilderte er, was geschehen war. Er klagte Colbert an, sich nachts in Saint-Mandé eingeschlichen zu haben, um ohne Zeugen in den Papieren seines Rivalen zu wühlen. Was ihm selbst gefährlich werden konnte, entwendete er und schob dafür Fälschungen, die Nicolas belasten sollten, unter die Akten. Verleumdung sei schon häufig Colberts Waffe gewesen, die seinem Charakter auch bestens entspreche. »Von Anfang an betrachtete mich Monsieur Colbert als seine Beute.«

Kein Stückchen Stoff blieb unbeschriftet. Danach steckte Nicolas die vielen kleinen Lappen dem Schornsteinfeger zu, der den Kamin in seiner Zelle gereinigt hatte. Er bat ihn, zu seiner Mutter in die Rue de la Verrerie zu gehen und ihr die Stoffe zu übergeben. »Kann ich Ihnen vertrauen?«, fragte er besorgt. Er wusste, das er keine andere Wahl hatte.

Der junge Mann, dessen Gesicht vor lauter Ruß kaum zu erkennen war, nickte und lächelte. »Das können Sie, Monseigneur!«, versicherte er. »Wissen Sie, warum?«

»Sagen Sie es mir!«

Der Schornsteinfeger verbarg die Stoffe unter seinem Kittel und schloss die Knöpfe. »Ich komme aus Concarneau«, sagte er. »Verstehen wir uns, Monseigneur Fouquet?«

Zum ersten Mal seit Langem hätte Nicolas am liebsten geweint. All seine Verlassenheit stürzte plötzlich auf ihn ein, seine Verzweiflung und die Angst, die er bisher unterdrückt hatte. Wie einsam er gewesen war! Niemandem konnte er wirklich vertrauen. Doch als er jetzt den Namen hörte, der ihm so lieb war und in dessen Klang die Erinnerung an seine Jugend und sein verlorenes Glück schwang, konnte er seinen Schmerz kaum noch ertragen.

Der junge Mann merkte, wie unglücklich Nicolas war. Taktvoll senkte er den Blick. »Ich werde die Schriftstücke zu Ihrer verehrten Frau Mutter bringen«, versprach er und verneigte sich ehrerbietig. »Niemand wird mich daran hindern. Ich werde sie auch um ordentliches Papier bitten und um Schreibzeug. Das schmuggle ich morgen zu Ihnen herein.«

»Und wenn man Sie durchsucht?«

Der Schornsteinfeger lachte. »Mich durchsucht keiner, Monseigneur. Wer mich anfasst, macht sich schmutzig. Einen besseren Schutz gibt es nicht.«

Auf diese Weise gelang es Nicolas, seine Verteidigung an die Öffentlichkeit zu bringen. Nach und nach erfuhr er auch, wie es seiner Familie ging. Am meisten freute es ihn, als er hörte, dass sich Marie Madeleine vor zwei Wochen einfach über den Hausarrest hinweggesetzt hatte und nach Paris gefahren war. Colbert wagte nicht dagegen einzuschreiten, dass sie nun mit ihrer Schwiegermutter und ihren Kindern in der Rue de la Verrerie lebte. Er wusste, es hätte sein Bild in der Öffentlichkeit noch mehr getrübt, wenn er eine junge Mutter von ihren kleinen Kindern fortriss.

»In ganz Paris hat man Ihre Schriften verteilt«, erzählte der Schornsteinfeger. »Fünfzehn dünne Heftchen. Jeder spricht davon.«

»Heftchen?«

Der Schornsteinfeger blinzelte ihm zu. »Irgendjemand muss sie gedruckt haben. Niemand weiß, wer, oder wie Ihre Schriften aus der Bastille überhaupt herauskamen.« Er wurde ernst. »Ich hoffe, dass Sie meine Dienste jetzt nicht mehr benötigen, Monseigneur. Irgendwie wird mir der Boden hier zu heiß. Der Kerkermeister machte gestern eine Andeutung, dass von nun an jeder durchsucht wird, der diesen Trakt betritt. Dabei sah er mich an, als wüsste er Bescheid.«

Nicolas legte die Hand auf den Arm des jungen Mannes. »Sie dürfen sich nicht gefährden, mein Freund!«, sagte er. »Durch Ihre Hilfe ist nun auch alles gesagt. Ich bin Ihnen so dankbar! Wenn ich nur wüsste, wie ich mich erkenntlich zeigen kann!«

Der junge Mann schüttelte den Kopf. »Ihre Frau Gemahlin war sehr großzügig zu mir!«, sagte er. »Außerdem möchte ich in meine Heimat zurück. Vielleicht lässt man unseren guten Präsidenten Chalain bald wieder an die Arbeit, dann wird sich auch unsere Lage bessern und wir müssen nicht mehr in die Ferne ziehen, um unsere Kinder zu ernähren.«

7

Unterschlagung öffentlicher Gelder … Stets aufrecht vor der Anklagebank stehend wies Nicolas zurück, dass er als armer Mann das Amt des Oberintendanten der Finanzen übernommen habe. Er rechnete den Richtern vor, dass er im Jahre 1653 dreieinhalb

Millionen Pfund sein Eigen genannt hatte. Darin enthalten waren Grundbesitz, Ämter, Renten, Möbel und Kunstgegenstände und vor allem die Mitgift seiner beiden Ehefrauen. Allein Marie Madeleine hatte zwei Millionen Pfund in die Ehe mitgebracht. Danach legte Nicolas zum Vergleich seine Besitzverhältnisse zur Zeit seiner Verhaftung dar. Sie waren, hauptsächlich durch seine erfolgreichen Geschäfte als Reeder, scheinbar stark angewachsen. Einem großen Zugewinn an Immobilienbesitz – zum Beispiel Vaux-le-Vicomte – standen jedoch fast gleich viele Kredite gegenüber.

»Die Aktiva nach meinem Amt als Oberintendant betragen 15,4 Millionen Pfund«, erklärte er.

Unter den Richtern entstand große Unruhe.

Doch Nicolas fuhr fort: »Dem stehen Passiva von 15,5 Millionen Pfund gegenüber. Genau gesagt, es besteht ein Minus von neunundachtzigtausend Pfund. Damit ist erwiesen, dass ich mich in meinem Amt nicht bereichert habe, sondern sogar ärmer geworden bin. Hinzufügen möchte ich noch, dass mir allein schon Seine Majestät vier Millionen Pfund schuldet. Ich habe sie jeweils in Notfällen vorgestreckt. Die Kriegsereignisse verlangten schnelle Entscheidungen.«

Der Kanzler Séguier, der heute einen vergleichsweise guten Tag hatte, raffte sich auf. »Und warum Ihr aufwendiger Lebensstil, Monsieur?«, fragte er und hüstelte. »Nicht einmal Seine Majestät besitzt ein Schloss, wie Ihr Vaux-le-Vicomte es war.«

Nicolas horchte auf. »War?«, fragte er beunruhigt.

Séguier zuckte die Achseln. »Meinetwegen: ist! Aber Feste wie diese Übertreibung damals im August wird es in nächster Zeit dort wohl nicht mehr geben.«

Nicolas lächelte. »Manche werden das vielleicht bedauern, meinen Sie nicht, Herr Kanzler?« Er wurde ernst. »Doch um Ihre Frage nach meinem Lebensstil zu beantworten: Während meiner ganzen Amtszeit war der Staat auf Kredite angewiesen. Sie wurden stets gewährt, weil man mir als Person vertraute – meiner Fähigkeit, mit Geld umzugehen, und meiner Integrität. Wer durch mich einen Kredit vergab, konnte sicher sein, dass sein Geld nicht verlorenging. Mein Schloss, mein Mäzenatentum und auch mein Lebensstil, den Sie anprangern, waren das äußere Zeichen dafür, dass ein Vermögen im Hintergrund stand. Nur den Reichen gibt man Kredit. Das mag man bedauern, doch es ist eine Tatsache. Wer sich mit Geld befasst, muss lernen, realistisch zu denken.«

Wie von selbst kam die Rede auf Mazarin, vor allem darauf, dass er in den vergangenen zehn Jahren ein Vermögen von fünfzig Millionen Pfund angehäuft hatte. »Es tut mir leid, dass ich mich nicht verteidigen kann, ohne auch von Seiner Eminenz zu sprechen, der ich trotz allem einiges verdanke«, erklärte Nicolas. »Ich muss Sie jedoch darauf hinweisen, dass der verstorbene Herr Kardinal jedes Jahr ungefähr fünf Millionen Pfund von mir verlangte. Er bestand darauf, und ich hatte es zu beschaffen. Immer wieder bot ich meinen Rücktritt an, doch er wurde mir verweigert.«

»Was für ein Undank!«, schrie Pussort. »Wie können Sie so über den Paten Seiner Majestät reden?«

Nicolas blickte ihn lange an, bevor er weitersprach. »Da wir von Verwandtschaft sprechen, Herr Richter Pussort«, sagte er kalt, »kann Ihr eigener Neffe, der Herr Minister Colbert, nicht unerwähnt bleiben. In den letzten Jahren hatte er nicht nur Zugang zum Herzen des Herrn Kardinals, sondern auch zu dessen Börse.« Nicolas' Stimme wurde plötzlich so laut, dass einige Richter zusammenzuckten. »Hiermit klage ich den Minister Jean-Baptiste Colbert offiziell an, das Geld unterschlagen zu haben, das mein Amt für die Brautreise Seiner Majestät und des Hofstaats in die Pyrenäen zur Verfügung stellte!«

Ein Aufschrei folgte. Jeder schien jedem etwas zuzubrüllen, doch der gemeinsame Gegner war Nicolas, der noch immer gelassen vor seiner Bank stand.

Auch diesmal musste die Versammlung frühzeitig beendet werden, und ihr Inhalt blieb kein Geheimnis. Zudem sickerte durch, dass von dreiunddreißig Verhörprotokollen vierundzwanzig für ungültig erklärt worden waren.

Am nächsten Morgen sollte Nicolas zum zweiten Teil der Anklage Stellung nehmen, der Beschuldigung des Verbrechens gegen den König, Lèse Majesté. Man diskutierte lange, doch nicht einmal den vereinten Kräften des Richterkollegiums gelang es, die Befestigungsanlagen in der Bretagne als Stützpunkte für eine Rebellion zu entlarven. Nicolas beantwortete jede Frage höflich und geschickt. Einigen Richtern war es fast peinlich, dass dieser Anklagepunkt nicht zurückgezogen wurde. Als Nicolas zum Schluss noch darauf hinwies, dass Mazarin selbst die Bürgschaft für die Befestigung von Belle-Île übernommen hatte, beendete Talon die Behandlung dieses Teils der Anklage.

Trotzdem fühlte sich Séguier verpflichtet, seine Kanzlerschaft rhetorisch zu rechtfertigen. »Ich kann das so nicht gelten lassen!«, erklärte er in anklagendem Ton. »Immerhin haben Sie es für möglich gehalten, dass man gegen Sie und die Ihren vorgehen könnte. Der Plan von Saint-Mandé beweist, dass Sie sich Fluchtmöglichkeiten überlegt haben.«

Nicolas sah ihm lange in die Augen. »Ist es in Frankreich nicht mehr erlaubt zu denken, Herr Kanzler?«, fragte er. »Kehren wir wieder zu den Zeiten von Franz I. zurück, wo ein Edelmann hingerichtet wurde, weil er einen Traum hatte, in dem er versuchte, den König zu töten?«

Gegen ihren Willen lachten einige Richter. Nicolas wartete ab, bis wieder Stille eingekehrt war. »Sie klagen mich eines Staatsverbrechens an, des Hochverrats«, sagte er zu Séguier. »Darf ich Sie an die Zeit der Fronde erinnern? Während all dieser schlimmen Jahre vertrat ich unter Lebensgefahr die Interessen des Königs. Haben Sie vergessen, Herr Kanzler Séguier, dass in jener Zeit ein Mitglied Ihrer eigenen Familie – Ihr Schwiegersohn, der Herzog von Sully – dem spanischen Feind die Tore französischer Städte öffnete?« Nicolas' Stimme wurde leiser, doch alle konnten ihn hören, so still war es. »Das nenne ich ein Verbrechen gegen den König! Doch der Herzog sitzt unbehelligt auf seinen Gütern, und sein Schwiegervater wirft mir Hochverrat vor!« Er schwieg eine Weile. Einige Richter lachten über Séguier, der sich den Schweiß von der Stirn wischte und zu keiner Antwort fähig war.

Nicolas wandte sich an die anderen Richter. »Ganz nebenbei: Zu der Zeit, als der brave Herzog sein Land verriet, hielt ich mich im Dienste des Königs in Pontoise auf und bemühte mich, den Frieden wiederherzustellen!«

Nicolas spürte, dass sich das Blatt gewendet hatte. Doch er wusste auch, dass dies kein Prozess nach Recht und Gerechtigkeit war. So kämpfte er weiter. »Meine Feinde benutzen ihre Autorität, um mich zu vernichten!«, sagte er in ruhigem Ton, doch mit Schärfe. »Sie bedienen sich nicht nur der Gesetze, sondern auch der Kunstgriffe, sie zu umgehen. Sie haben Zeugen für Geld und Ämter gekauft und andere Zeugen eingeschüchtert. Sie haben Richter ausgewählt, die mir von Anfang an feindlich gesinnt waren. Sie haben mir alle Mittel zu meiner Verteidigung entzogen. Sie hindern mich daran, mit meiner Familie zu sprechen oder mit jenen, die in meinem Dienst stehen. Sie haben meine Unterlagen gestohlen und die Beweise zerstört, die mich entlastet hätten. Das alles tun sie im Namen des Königs, den sie damit zu sich in den Schmutz ziehen!«

Niemand ergriff das Wort. Mit einer erschöpften Handbewegung erklärte Séguier die Verhandlung für beendet.

8

In ganz Paris, nein, in ganz Frankreich und auch im übrigen Europa sprach man von Nicolas Fouquet und darüber, wie er sich verteidigte. Die meisten bewunderten ihn und hofften, der Prozess würde in seinem Sinne entschieden werden. Die Dichter auf dem Pont Neuf sangen ihre Lieder über ihn – jetzt aber ohne den berühmten Scarron, der während des Prozesses gestorben war.

Vor allem La Fontaine machte die Sache seines Patrons zu seiner eigenen. Die Dichter liebten Nicolas, weil auch er sie liebte, und das französische Volk, das Ungerechtigkeit so ungern erträgt, war ebenfalls auf seiner Seite. Sogar die Höflinge, die ihn zu Beginn des Prozesses am liebsten eigenhändig aufgeknüpft hätten, um Colbert zu gefallen, pilgerten nun zum Arsenal und warteten darauf, den einstigen Oberintendanten zu sehen, wie er an d'Artagnans Seite von seinem Gefängnis zur Verhandlung ging, die Marschtritte von fünfzig Musketieren hinter sich. Man rief seinen Namen, um auf sich aufmerksam zu machen. Manchmal blieb er stehen und grüßte herüber. Dann kam es vor, dass einige der Damen ihre Stabmasken fallen ließen und vor Betroffenheit ohnmächtig wurden, weil sie sicher waren, dass er sie, genau sie, erkannt hatte.

Auch in den höchsten Kreisen stand man erneut auf Nicolas' Seite. Sogar der große Turenne dachte wieder einmal anders als der König. »Am Anfang hätte ein dünner Faden genügt, um den Oberintendanten zu erdrosseln«, sagte er nachdenklich. »Jetzt wäre kein Strang dick genug, ihn zu erhängen.« Sogar in den Familien des Kollegiums taten sich Gräben auf: Die erwachsenen Kinder des Richters Catinat warfen sich ihrem Vater zu Füßen und beschworen ihn, nicht für Fouquets Tod zu stimmen und ihnen damit einen befleckten Namen zu hinterlassen. Selbst der Große Condé, der – was Aufruhr betraf – so viel auf dem Kerbholz hatte, sprach von Ungerechtigkeit, und die todkranke Königinmutter betete inbrünstig für ihren »lieben Freund«.

Colbert versuchte alles, um das Ruder noch einmal herumzureißen. Was die Bevölkerung dachte, interessierte ihn nicht. Nur auf die Richter kam es an. So überhäufte er sie mit Geld und Ämtern, führte ihnen Kurtisanen zu und versprach ihnen Titel. Fouquet muss sterben!, lautete sein Leitspruch. Ehe dieses Ziel nicht erreicht war, spielte nichts sonst eine Rolle.

Der Tag kam, an dem die Plädoyers beginnen sollten, ein kalter Dezembertag. Nicolas schritt mit d'Artagnan den Musketieren voran durch den tiefen Schnee. Vor ihren Tritten lag er so unberührt da, dass sich den Zuschauern unwillkürlich der Vergleich mit einem Leichentuch aufdrängte. Hinter ihnen war er niedergetrampelt von den Schritten so vieler; braun und schmutzig.

Olivier d'Ormesson war der erste Redner. Der Prozess hatte ihn in letzter Zeit immer mehr abgestoßen. Auch d'Ormesson hatte zu Beginn auf eine schnelle Erledigung gehofft. Inzwischen aber hatten die Verhöre und Diskussionen seinen Sinn für Gerechtigkeit und Verantwortung geweckt. Es war ihm gleichgültig geworden, welche Folgen daraus entstehen konnten, eine eigene Meinung zu entwickeln. Dennoch war er kein Eiferer. Seinen Sinn für das Machbare hatte er nicht verloren. Er wusste, dass ein Freispruch unmöglich war, doch er wollte auf jeden Fall ein Todesurteil verhindern. Deshalb versuchte er mit all seiner Beredsamkeit jene Richter zu überzeugen, die nicht nach Blut gierten oder nach Colberts Protektion, sondern sich dem Recht verpflichtet fühlten. In seiner Rede sprach er Nicolas vom Verbrechen gegen den König frei, räumte aber ein, dass die großen Ausgaben und die Lebensweise des Angeklagten eine Strafe verdienten. »Ich beantrage Verbannung«, schloss er sein Plädoyer.

Es war still im Raum, als er wieder Platz nahm. Es schien, als wäre auf einmal jeder mit sich allein und spürte die Bürde der Verantwortung.

Der zweite Redner war Sainte-Hélène, der Nicolas am liebsten schon vor der Verhandlung tot gesehen hätte. Auch jetzt verlangte er die Todesstrafe für ihn. Trotzdem wolle er dem Angeklagten eine Gnade erweisen, fügte er maliziös hinzu. Statt ihn an den Galgen zu hängen, solle man ihn enthaupten. Immerhin habe er sich lange im Umkreis des Königs aufgehalten. Er sei ein Edelmann. Das Schwert passe daher besser zu ihm als der Strang.

Auch Pussort, Colberts Onkel, kam zu Wort: so voller Hass; so begierig, den Feind tot zu sehen, wie man es erwartet hatte. Einige Richter schämten sich fast, ihm zuzuhören. Es war eine Erleichterung, als er sich triumphierend niedersetzte, überzeugt, dass er mit seiner Brandrede alle für sich gewonnen hatte. In seiner Aufregung hörte er gar nicht mehr zu, als Rafelis de Roquesante sprach, der unter den übrigen Richtern durch sein mediterranes

Aussehen auffiel. Ein schöner Mann und ein glänzender Redner. Er plädierte für Verbannung und Einziehung des Vermögens.

Nach einer Pause verfügte Séguier die Abstimmung. Seit Stunden hatte Nicolas vor seiner Bank gestanden. Viele Stunden jeden Tag. Bald würde er davon erlöst sein. Die Entscheidung war nahe. So oder so.

Draußen schneite es noch immer. Die Spuren vom Einzug des Angeklagten waren längst nicht mehr zu sehen. Eine große Menschenmenge wartete auf das Urteil. In den Kirchen von Paris wurde für Nicolas gebetet.

Es war schon fast dunkel, als Séguier mit angewiderter Miene das Ergebnis der Abstimmung verkündete: zehn Stimmen für die Todesstrafe, vierzehn für Verbannung.

Nicolas war gerettet!

D'Artagnan führte ihn zurück zu seiner Zelle. Er lächelte erleichtert. Die Zuschauer applaudierten und jubelten, als Nicolas vorbeiging und ihnen lächelnd zuwinkte. Lächelnd, nicht lachend. Erst jetzt merkte er, wie müde und erschöpft er war. Trotzdem dankte er dem Himmel. Er durfte am Leben bleiben. Bald schon würde er frei sein. Aus seiner Heimat vertrieben, aber frei. Trotzdem fiel die Zellentür heute noch hinter ihm zu und wurde verriegelt.

Am nächsten Mittag holte ihn d'Artagnan ab und führte ihn hinunter in die Kapelle, wo ihm das Urteil des Gerichts offiziell mitgeteilt werden sollte. D'Artagnan flüsterte ihm zu, der König habe von seinem Gnadenrecht Gebrauch gemacht: das Recht eines Monarchen, ein Urteil abzuändern.

»Welch ein Glück, Monseigneur!«, sagte d'Artagnan. Es war ihm anzusehen, dass er sich für Nicolas freute. »Ich habe immer gehofft, Seine Majestät möge sich auf die treuen Dienste besinnen, die Sie der Krone geleistet haben.«

Auch Nicolas atmete auf. Gnadenrecht: Es konnte nur bedeuten, dass ihm Ludwig die Freiheit zurückgab. Noch nie war es vorgekommen, dass ein König ein Urteil zum Schlimmeren abgewandelt hatte. Ein solches Handeln wäre nicht im Sinn dieses Privilegs gewesen.

Vor Dankbarkeit und Erleichterung hätte Nicolas am liebsten geweint. Bald würde er frei sein. Er würde die Sonne wiedersehen und die Seinen umarmen. Er würde dem Meer zuhören und dem Wind und sich eins fühlen mit der Welt um ihn her. Er würde wieder der Mensch Nicolas Fouquet sein, nicht ein Gefangener in irgendeiner Zelle in irgendeinem dunklen Gefängnis oder ein Verbannter, der die Stätten seines Lebens nicht mehr betreten durfte und in einem Land leben musste, dessen Sprache und Sitten ihm fremd waren. Sein König gab ihm seine Freiheit zurück und seine Würde. Ludwig, den er getröstet hatte, als er sich in den schattigen Gängen des Louvre verirrte; den er beschützte, als das Volk in seine Räume eindrang; den er begleitete, als er um seine Königin warb. Wie eng ihrer beider Leben doch verflochten waren! Von Jahr zu Jahr mehr. Es wäre nicht gerecht gewesen, hätten Missgunst und Neid dieses Band zerrissen. Dem Himmel sei Dank, dass sich der junge König doch noch besonnen hatte!

Doch der König hatte anders entschieden. Als ihm Colbert zwischen zwei Balletten die Entscheidung der Richter mitteilte, errötete Ludwig vor Zorn. In barschem Ton verlangte er Schreibzeug und Papier und änderte mit ein paar Federstrichen das Urteil von Verbannung auf lebenslange Gefängnisstrafe. Den schnellen Tod durch Hinrichtung hatte er für seinen Feind nicht erreichen können. So unterwarf er ihn wenigstens dem langsamen Tod in der Tiefe eines Kerkers. Er setzte seinen Namen unter das verhängnisvolle Dokument und kehrte zur Ballettaufführung zurück. Nur in Komödien üben Könige Gnade.

Séguier verlas das Urteil. Als er den Blick wieder hob, lächelte er. Zugleich mit der Urteilsänderung hatte man ihm mitgeteilt, dass ihm der König für seine Verdienste während der Verhandlung den Titel eines Herzogs von Villemor verliehen hatte.

Nicolas konnte kaum begreifen, was geschehen war. Während er die Treppe zu seiner Zelle wieder hinaufstieg, kam es ihm vor, als wäre er in Watte gepackt und könnte nicht mehr klar sehen oder hören.

Während seiner ganzen Gefangenschaft hatte er immer darauf vertraut, am Ende frei zu sein und gemeinsam mit seiner Familie weiterzuleben. Eine Verbannung ins Ausland wäre schwer für ihn gewesen, doch er hätte sie ertragen und auch diesem neuen Leben einen Sinn gegeben. Die endlose Einsamkeit aber, die ihm nun bevorstand, schien ihm schlimmer als der Tod.

Drei Jahre lang hatte er sich beherrscht. Nun aber konnte er es nicht mehr. Schließlich geschah doch, was der Kerkermeister so gut kannte: Weinend brach er zusammen, haderte mit dem Schicksal, hämmerte an die verschlossene Tür und zerkratzte sich die Wangen. Hätte Colbert ihn so gesehen, er hätte sich gefreut.

Der Kerkermeister stand draußen, um Nicolas das Essen zu bringen. Er horchte eine Weile. Dann drehte er sich um und ging wieder fort. Er wusste, wie sich Verzweifelte verhielten. Der große Nicolas Fouquet war zu einem Gefangenen geworden wie jeder andere auch. Er redete nicht mehr von Zahlen. Er weinte nur noch um seine Freiheit.

Pignerol

1

Paris im tiefen Winter, vier Tage vor dem Ende dieses Jahres 1664, das Nicolas alles genommen hatte: seine Familie, seinen Besitz und seine Ehre. Tag für Tag suchte Colbert in Saint-Mandé nach Nicolas' »Million von Vincennes«. Doch da war nichts mehr. Kein gehortetes Geld, keine Juwelen wie bei Mazarin. Nicolas Fouquet hatte nicht vorgesorgt wie sein kleines Wappentier. Er hatte organisiert und jongliert und darauf vertraut, dass bald ruhigere Zeiten anbrechen würden, in denen er sich zurückholen konnte, was ihm gehörte.

Colbert aber suchte weiter. Es war ihm unmöglich, an die Unschuld des Mannes zu glauben, den er am meisten hasste. Zugleich verfasste er seine ersten Schriften gegen den Verschwender Fouquet, um darzulegen, wie schamlos jener den Staat bestohlen hatte. Die Ergebnisse der gerichtlichen Untersuchungen interessierten Colbert nicht. Er wollte die Welt davon überzeugen, dass Nicolas Fouquet ein Betrüger war. Mehr noch, er wollte, dass sogar die Nachwelt es glaubte.

Der Mann aus Reims kannte die Menschen und wusste, dass man eine Verleumdung nur oft genug wiederholen muss, damit sie am Ende geglaubt wird. »Damnatio memoriae« hatten es die Römer genannt, deren Machtwillen sich Colbert zum Vorbild genommen hatte: Verdammung des Andenkens. Jene hatten die Statuen ihrer missliebigen Gegner entstellt, den Kopf verkleinert, die Ohren in lächerlicher Weise vergrößert und schöne Locken entfernt. Die Opfer konnten sich nicht mehr wehren. Sie waren bereits tot, als man ihnen diese Gewalt antat.

Nicolas war noch am Leben, doch er war ein Gefangener für immer und konnte sich gegen Colberts Verleumdungen nicht mehr wehren. Würde in späteren Jahren noch irgendjemand Nicolas Fouquet für einen ehrenhafen Menschen halten?

An diesem kalten Dezembermorgen dachte Nicolas jedoch nicht an seinen Ruf oder an seinen Platz in der Geschichte. Er dachte nur, dass er von nun an allein sein würde; dass kein geliebter oder liebender Mensch in seiner Nähe war.

Nur seinem Diener La Rivière hatte man erlaubt, ihn zu begleiten. Dies allerdings mit der Auflage, dass auch seine Gefangenschaft bis zu seinem eigenen Tod dauern würde. Da er nun der engste Weggefährte des ehemaligen Oberintendanten der Finanzen war, musste damit gerechnet werden, dass dieser ihm in seiner Einsamkeit Geheimnisse anvertraute, die im Interesse der Krone die Öffentlichkeit nicht erreichen durften.

»Sind Sie bereit, lebenslang in Gewahrsam zu bleiben?«, hatte d'Artagnan gefragt. »Sind Sie zu einem solchen Opfer wirklich bereit?«

La Rivière hatte genickt und sogar gelächelt. »Für meinen Herrn bin ich zu jedem Opfer bereit!«, hatte er geantwortet.

Trotzdem versuchte Nicolas, La Rivière davon abzuhalten. »Du liebst doch das Leben!«, redete er ihm zu. »Du liebst die Frauen. Dort, wo ich hingehe, gibt es keine Frauen. Es gibt keine Musik, keinen Tanz, keine Karten, keinen Wein und nicht einmal Sonne. Mit einem Wort, La Rivière: Es ist vorbei mit der Freiheit, so wie du sie liebst.«

Doch La Rivière ließ sich nicht abhalten. »In guten Tagen habe ich Sie überallhin begleitet, Monseigneur«, sagte er. »Was hatten wir für ein Leben! Das Paradies auf Erden, und von Ihnen nie ein böses Wort. Dass ich auch in schlechten Zeiten zu Ihnen halte, ist nur gerecht.« So kam es, dass sich nun auch La Rivière auf den Weg nach Süden begeben würde, wo es so kalt war wie im kältesten Norden.

Mit jedem Tag sehnte sich Nicolas mehr nach seiner Familie. Vergeblich fragte er immer wieder, ob man ihm nicht doch noch erlauben werde, sie vor seiner Abreise wiederzusehen: seine Mutter, die nach dem natürlichen Verlauf des Lebens nur noch wenige Jahre vor sich hatte; seine Tochter Marie, das Kind der zärtlichen Louise; seine geliebte Gemahlin Marie Madeleine, die sich – wie ihm d'Artagnan anvertraut hatte – tapfer für ihn einsetzte und sogar gebeten hatte, ihn in die Gefangenschaft begleiten zu dürfen; seine Tochter Marie Madeleine, die im selben Jahr geboren wurde, in dem er sein Schloss in Vaux zu bauen begann. Suzanne Duplessis-Bellière war ihre Patin. Auch sie hätte er gerne getroffen. Dann noch die drei Söhne: Louis Nicolas, der jetzt zehn Jahre alt war, Charles, der mittlere, drei Jahre jünger, und der kleine Louis, der im Jahr von Nicolas' Verhaftung geboren war. Ein paar Wochen war er alt gewesen, als sein Vater das schönste Fest der Welt veranstaltete. Nun war er dreieinhalb. Wie gern hätte Nicolas gehört, dass er »Papa« zu ihm sagte!

Doch sie alle waren fern und unerreichbar, nicht gegenwärtiger als der unglückliche kleine François, den das Fieber allzu früh ausgelöscht hatte. Nicolas ertrug es kaum, daran zu denken, wie lebhaft und bezaubernd er gewesen war. Vaux-le-Vicomte hatte ihn das Leben gekostet. Vielleicht, dachte Nicolas, war auch er selbst ein Opfer dieses allzu großen, allzu prächtigen Bauvorhabens, das jene beschämte, die sich von ihm in den Schatten gedrängt fühlten. Der Turm von Babel war zu hoch gewesen; das Schloss von Vaux-le-Vicomte zu schön.

Paris im tiefen Winter. Als der Morgen dämmerte, setzte sich der Geleitzug vor der Bastille in Bewegung. Mehrere Kutschen, darunter eine mit Gittern wie ein Käfig. Sie war für den Gefangenen bestimmt, Nicolas Fouquet, der selbst wohl nicht gefährlich war, den aber vielleicht seine Freunde befreien wollten, vielleicht auch gedungene Kriminelle. Mit Geld ließ sich alles erreichen.

Da die »Million von Vincennes« noch immer nicht aufgetaucht war, bestand die Möglichkeit, dass der Gefangene noch über sie verfügte und sich mit Hilfe von Mittelsmännern eine kleine Privatarmee zusammenstellen ließ, die ihn freikämpfen sollte … So verstrickt war Colbert bereits in sein eigenes Misstrauen, dass Nicolas in seiner Vorstellung immer dämonischere Züge annahm. Eigentlich traute ihm Colbert alles zu, und je teuflischer ihm Nicolas erschien, umso mehr fühlte sich Colbert berechtigt, gegen ihn vorzugehen.

Sogar dem König war aufgefallen, welch krankhafte Züge Colberts Argwohn mittlerweile angenommen hatte. Obwohl auch Ludwig Nicolas unbedingt loswerden wollte, störte es ihn doch mit der Zeit, dass sich Colbert wie unter Zwang ständig mit dem gemeinsamen Feind beschäftigte, statt seinen Kopf freizuhalten für seine Aufgabe als Minister der Finanzen, um die es mehr als schlecht stand. »Wenn nur Fouquet wieder da wäre!«, hieß es bereits bei Hofe und im Volk. Es war an der Zeit, dachte Ludwig, dass der lästige Rivale für alle Zeit hinter Gittern verschwand und sein Name endlich in Vergessenheit geriet.

Die Straßen von Paris erstickten fast im Schnee. Die Musketiere, die auf ihren Apfelschimmeln den Kutschen voranritten, kamen nur mit Mühe weiter. Sie bahnten den Weg für ihre nachfolgenden Kameraden und für die Wagen, die eigentlich Kufen gebraucht hätten. Pfeifen und Trommeln begleiteten den Zug. Wo er vorbeikam, öffneten sich Fenster und Türen. »Es ist der Seigneur Fouquet!«, teilten die Menschen einander mit. Sie lachten und winkten der Kutsche zu, in der er saß. Sie wussten gleich, welche es sein musste, denn durch die Gitter war sie die größte von allen.

Die fröhliche Marschmusik, die edlen Pferde und die Musketiere in ihren eleganten grauen Uniformen – das alles hatte etwas Festliches, das zu dem Bild passte, das sich das Volk von dem lebensfrohen einstigen Oberintendanten der Finanzen machte. Man bedachte nicht, dass er als bewachter Häftling auf dem Weg in seine lebenslange Gefangenschaft war. Man sah in ihm nur den vornehmen Mann, als den man ihn kannte und der nun mit großem Gefolge die Stadt durchquerte. »Vive Fouquet!«, rief man ihm zu und klatschte. Trotz der frühen Stunde und der Tragödie, die über ihm lag, hatte der Auszug Nicolas' aus Paris etwas Volksfestartiges. Noch immer wurde er geliebt.

Vor dem Tor Saint-Antoine wartete eine große Menschenmenge auf ihn, um ihn zu verabschieden. Hier standen die, die Bescheid wussten und sein Schicksal bedauerten. So dicht drängte man sich, dass der Zug stockte und zum Halten kam. Alle erschraken, als sich plötzlich ein einzelner Mann aus der Menge löste und zu der Karosse rannte, in der Nicolas saß. Ein paar Soldaten versuchten, ihn zurückzuhalten, doch es gelang ihm, so nah an die Kutsche heranzukommen, dass er an die Tür hämmern konnte.

Nicolas erkannte ihn sofort. »Das ist La Forêt«, sagte er zu d'Artagnan, der ihm gegenübersaß. »Mein treuer Diener seit meiner Jugend. Vorher hat er schon meinem Vater gedient.«

D'Artagnan zögerte kurz, dann öffnete er die Tür. La Forêt beugte sich herein. »Monseigneur!«, rief er atemlos. Er spürte das Alter und war nicht mehr so gelenkig wie früher. »Ich flehe Sie an, nehmen Sie mich mit!«

Nicolas ergriff seine Hand. »Ich danke dir, dass du gekommen bist!«, sagte er. »Aber wohin man mich jetzt bringt, kann ich dich nicht mitnehmen. Ich bin nicht mehr Herr meines Schicksals. Aber ich bitte dich, geh zu meiner Gemahlin und sage ihr, dass ich sie und meine ganze Familie liebe. Ich möchte, dass sie alle sich auch ohne mich wieder des Lebens erfreuen. Meine Kinder sollen nicht traurig aufwachsen, und meine Gemahlin soll das Lachen nicht verlernen. Sage ihr, sie ist keine Witwe. Trotz allem hat sie einen Mann, zu dem sie gehört.«

Langsam setzte sich der Zug wieder in Bewegung. La Forêt lief neben dem Wagen her. »Monseigneur!«, wiederholte er. »Ich bitte Sie, nehmen Sie mich mit! La Rivière darf doch auch bei Ihnen bleiben. Warum ich nicht? Habe ich Ihnen etwa weniger treu gedient?« Er konnte nicht mehr Schritt halten. »Wohin auch immer man Sie bringt: Ich werde zu Ihnen kommen und Ihnen helfen!«, rief er mit letzter Kraft. »Und wenn es mich mein Leben kostet. Das schwöre ich.«

Nicolas sah ihn kaum noch. »Richte meine Botschaft aus!«, rief er. »Und Gott schütze dich!« Ein Soldat ritt an die Kutsche heran und warf die Tür zu.

Noch immer klatschten die Menschen und winkten. Sie gaben Nicolas ihre guten Wünsche mit, vor allem, dass er bald zurückkommen möge. Als sein Wagen durch das Tor verschwand, weinten viele. Doch das sah Nicolas schon nicht mehr.

Der Geleitzug fuhr hinaus aufs flache Land, wo es nur noch Kälte gab, Eis und Schnee. Als man die Landschaft durchquerte, in der der Hof die Sommertage zu verbringen pflegte, überlegte Nicolas, wie weit es von hier zu seinem Schloss Vaux-le-Vicomte sein mochte. Doch dann wandte sich der Zug nach Süden. Es war die gleiche Strecke wie auf dem Brautzug nach Spanien. Doch damals war es warm gewesen. Die Sonne schien, und am Ziel warteten Friede und Liebe. Auf der jetzigen Reise wartete nur die Einsamkeit.

Zwei Wochen war man unterwegs, immer durch Eis und Schnee. Nicolas durchlebte seine Fieberanfälle, die in der kalten Kutsche noch schwerer zu ertragen waren als sonst. Am Abend wärmte man sich in den Gastzimmern der Wirtshäuser am Rande der Straße. Es waren ausgedehnte Abende, denn die winterlichen Tage waren kurz, und es war zu gefährlich, in der Dunkelheit unterwegs zu sein.

Längst hatte d'Artagnan seine Zurückhaltung aufgegeben. Die beiden Reisegefährten führten lange Gespräche. Nicolas war höflich genug, dem Offizier keine Fragen zu stellen, die jener nicht beantworten durfte. Er war schon dankbar, dass ihn d'Artagnan mit dem gleichen Respekt behandelte wie in früheren Zeiten, als Nicolas noch der große Herr gewesen war, dessen kleinster Wink prompt befolgt wurde. In behutsamer Weise wurden sie auf dieser Reise zu Freunden. Beide hätten sich nur gewünscht, diese Freundschaft wäre bei einer anderen Gelegenheit entstanden.

Eigentlich hatte Colbert d'Artagnan zum Kommandanten der Festung bestimmt, in die Nicolas gebracht werden sollte. Doch d'Artagnan hatte abgelehnt. Wütend hatte ihn Colbert zum König geführt. D'Artagnan erklärte, lieber würde er als einfacher Soldat dienen, als diesen Gefangenen zu bewachen. Colbert schrie wütend auf, doch Ludwig hatte Verständnis und betraute stattdessen d'Artagnans Adjutanten Saint-Mars mit dieser Aufgabe.

»Ich hätte es nicht ertragen«, gestand d'Artagnan Nicolas bei einem ihrer Gespräche. »Es ist meine Pflicht, Ihre Fahrt zu begleiten. Doch ein Leben lang bewachen will ich Sie nicht.«

Ein Leben lang … Während sie durch die eisige Januarkälte fuhren und die Landschaft von Stunde zu Stunde immer noch unwirtlicher und gebirgiger wurde, versuchte Nicolas zu ermessen, was diese Worte bedeuteten: ein Leben lang.

2

In der Nacht, mitten in einem heftigen Schneesturm erreichten sie ihr Ziel: die Zitadelle von Pignerol, an der äußersten Grenze des Königreichs als Exklave auf piemontesischem Gebiet gelegen. Ludwigs Vater hatte sie einst erobert, doch sie war nie wirklich französisch geworden. In der kleinen Stadt, die sich um den Festungsberg drängte, sprach man nicht französisch, sondern einen piemontesischen Dialekt, und in der Ringmauer gab es nur zwei Tore: das eine in Richtung Frankreich, das nur von den ungeliebten Eroberern benutzt wurde, und das andere nach Turin, dem man sich zugehörig fühlte.

Doch Nicolas wusste das alles nicht. Nicht einmal den Namen seines Gefängnisses hatte ihm d'Artagnan auf der Fahrt genannt, und Nicolas hatte auch nicht danach gefragt. Er war ein Gefangener, unendlich weit weg von zu Hause und ohne berechtigte

Hoffnung, diesen Platz jemals wieder zu verlassen. Welchen Trost hätte ihm da schon ein Name schenken können? Er würde ihn noch früh genug erfahren, und vielleicht würde dieser Name für ihn von da an ein Synonym für Hölle sein.

Im Schneetreiben sah er nicht einmal die Umrisse des Gebäudes, in das man ihn ungeduldig zerrte, um möglichst schnell unter Dach zu kommen. Im Innern folgten lange, dunkle Gänge, an deren Wänden das Licht der Fackeln zuckte. Viele Treppen, immer nach oben, die Stiegenhäuser so eng, dass man nur hintereinander Platz hatte.

Je länger sie unterwegs waren, umso mehr gewann Nicolas den Eindruck von Unwirklichkeit. Es hätte ihn nicht gewundert, wenn er aufgewacht wäre, und alles wäre nur ein Traum gewesen. Er fände sich in seinem Schlafgemach in Vaux-le-Vicomte wieder, und wenn er ans Fenster trat, lägen die blühenden Gärten zu seinen Füßen, und die Bassins glitzerten in der Morgensonne.

Doch es war kein Traum. Außer Atem von den vielen Stufen erreichten sie ihr Ziel: zwei Zimmer, geräumiger als erwartet, eines für Nicolas, das andere, größere, für La Rivière. »Hier soll später noch ein zweiter Diener untergebracht werden«, erklärte der Kerkermeister und wies auf die beiden Betten an gegenüberliegenden Wänden. Er zündete die Kerze auf dem Tisch in Nicolas' Zimmer an. »Es ist leider ziemlich kalt hier«, gab er zu. »Aber Sie werden ja wohl gleich zu Bett gehen. Morgen früh heizen wir ein.« Er wies auf den Kamin in der Mitte der Wand, die der Tür gegenüberlag. »Brauchen Sie sonst noch etwas, Monsieur?«

Nicolas verneinte. Auch La Rivière schüttelte den Kopf. Der Kerkermeister warf ihnen einen prüfenden Blick zu, als hätte er sie bis jetzt noch nicht richtig angeschaut und wollte sich nun ihr Gesicht einprägen. Dann wünschte er eine gute Nacht und schob von draußen den Riegel vor.

Jeder ging in sein Zimmer. Viele Male waren sie schon gemeinsam unterwegs gewesen. Immer hatte Nicolas großes Gepäck mit sich geführt, das La Rivière ausgeräumt und in den Schränken säuberlich geordnet hatte. Heute aber hatten sie nichts mehr, was ihnen gehörte. Sie standen in ihren kahlen Zellen, wo außer den nötigsten Möbelstücken ebenfalls nichts vorhanden war. Wären sie als Schiffbrüchige auf einer unbewohnten Insel gestrandet, hätten sie sich nicht verlorener fühlen können.

»Ich will ja nicht klagen, Monseigneur«, sagte La Rivière. »Aber etwas zu essen hätten sie uns schon geben können.« An der Kerze auf Nicolas' Tisch zündete er seine eigene an. Dann verneigte er sich ehrerbietig, wie er es gewohnt war, und zog sich zurück.

Nicolas legte sich auf das Bett und hüllte sich in die harte Wolldecke, die über dem Stuhl hing. Das Bett war muffig und eiskalt. Bald schon fing Nicolas an zu frösteln und dann zu zittern. Trotzdem schlief er ein, während der Sturm in ungebrochener Stärke von den Bergen herunterfegte und der Schnee die Fenster zuwehte. Ein Leben lang!, dachte Nicolas mitten im Schlaf und erwachte wieder, weil er so hungrig war. Ein Leben lang. Aber war das überhaupt noch ein Leben?

Ein Satz fiel ihm ein, an den er seit seiner Jugend nicht mehr gedacht hatte. In der Schule, bei den Jesuiten von Clermont, hatte er ihn kennengelernt. »Nichts kann euch zerstören«, hatte der Lehrer gesagt, »keine Gefangenschaft und keine Krankheit, wenn ihr euch an diese Maxime haltet: ›Faites autour de vous le désert!‹ Schafft eine Wüste um euch herum!«

Seinerzeit, vor so vielen Jahren, hatten die Schüler über diesen Satz gelächelt und ihn bald darauf vergessen. Nun aber drängte er sich wieder in Nicolas' Gedächtnis. Er musste an seine Mutter denken, die sich um sein Seelenheil gesorgt hatte, weil es ihm ihrer Meinung nach zu gut ging. Ganz sicher erwartete sie nun von ihm, dass er seine Bedrängnis in Würde ertrug. *Faites autour de vous le désert!* Oh, wie er sich danach sehnte, in sein früheres Leben zurückzukehren und zu den Menschen, die zu ihm gehörten!

Doch sein bisheriges Leben war zu Ende. Ein neues, ganz anderes hatte begonnen. Einst hatte er von goldenen Tellern die köstlichen Speisen genossen, die Vatel, der begabteste Koch seiner Zeit, eigens nach seinem Geschmack für ihn zubereitet hatte. Ein Orchester mit vierundzwanzig Violinen hatte dazu gespielt und die vielen Gäste bezaubert, die ständig um ihn waren. Von nun an würde er allein, oder höchstens mit La Rivière, in der Zelle sitzen, die der zugige Kamin nicht zu wärmen vermochte, und mit einem Holzlöffel aus einem Napf aus Buchsbaumholz essen, was die Frau des Kerkermeisters gekocht hatte.

Wieder wurde ihm bewusst, wie kalt es war. Er konnte kaum atmen, so sehr fror er. Mit all seiner Willenskraft versuchte er, sich die Bilder glücklicher Zeiten in Erinnerung zu rufen. Doch es gelang ihm nicht. Aus dem Nebenzimmer hörte er, wie La Rivière leise schluchzte. La Fontaines Worte kamen Nicolas in den Sinn, die mitleidigen Verse, die sein Schicksal betrauerten:

Remplissez l'air de cris en vos grottes profondes,
Pleurez, nymphes de Vaux!

Erfüllt die Luft mit Klagen in euren tiefen Grotten,
Weint, Nymphen von Vaux!

Die Nymphen von Vaux! Auf einmal sah er sie doch wieder vor sich unter den glitzernden Fontänen seines verzauberten Parks, wie es noch nie einen schöneren gegeben hatte. Auch sich selbst erblickte er, in Samt und Seide gekleidet und sein Haar dunkel und glänzend. So jung, so vornehm! Neben ihm seine geliebte Gemahlin und seltsamerweise auch seine erste Frau, als könnte die Erinnerung alles Glück gleichzeitig werden lassen. Auch seine Mutter war da, und sogar sein Vater war gekommen. Auf den Wegen promenierten heiter lächelnd die Menschen seines Lebens: sein Cousin Christophe plauderte mit Jeanne d'Asserac, und Suzanne tauchte ihre Hand ins Wasser eines Bassins. Alle, die er liebte, waren hier, um ihn zu besuchen und sich von ihm verwöhnen zu lassen. Dazwischen spielten in hellen Kleidern seine Kinder, alle noch ganz jung. Auch der kleine François. Er hatte das Fieber wohl doch überstanden. »Welch ein Glück!«, flüsterte Nicolas dankbar. Er merkte, dass er nicht mehr fror. Alles war warm und ganz hell. Welch ein Glück!, wiederholte er in Gedanken, und er hörte die Violinen, die im Park leise spielten, und das Rufen seiner Kinder, die zwischen den Sträuchern umherliefen.

»Vielleicht sollte ich wieder einmal ein Fest veranstalten«, sagte er zu sich selbst. Dabei lächelte er und fröstelte in der Winterkälte. Irgendwie wusste er, dass dies nur ein Traum war, doch er wehrte sich mit aller Kraft, daraus zu erwachen. Wie sonst hätte er den Gedanken an die Zukunft ertragen können, die vor ihm lag: einsam und als Erlösung nur der Tod. Das kleine Eichhorn war vom Wipfel gestürzt und lag hilflos auf dem Boden. Wie sollte es jemals wieder in die luftigen Höhen zurückkehren, in denen es sich mit so viel Geschick und Lebensfreude bewegt hatte? Hier unten war es schattig und kalt. Erst über den Wipfeln wärmte die Sonne. Weit oben. Unerreichbar fern.

Epilog

Ludwig XIV., König von Frankreich, promenierte mit seinen Höflingen im Park von Versailles. In der rechten Hand hielt er einen Stab aus Ebenholz, der ihn überragte. Ein Hirtenstab, dem der Hofstaat gehorsam folgte.

An diesem Tag im März 1680 wagte niemand zu sprechen. Man wusste, dass der König eine Todesnachricht erhalten hatte. Der Sieur Fouquet sei gestorben, hatte ein Bote gemeldet: am 23. März, im fünfundsechzigsten Lebensjahr nach sechzehnjähriger Gefangenschaft in der Festung Pignerol.

Der Kies knirschte unter den Tritten der Hofgesellschaft. Ludwig schritt allein voran. Niemand wagte, neben ihn zu treten. Auch ohne dass er sich umdrehte, konnte sich der König genau das Bild vorstellen, das seine Begleiter boten: bunt wie ein Blumenbeet. Da jeder danach strebte, vor den anderen gesehen zu werden, war jeder auffallend gekleidet.

Ludwig dachte, dass man sich auch zu früheren Zeiten hervortun wollte, damals, als noch der jetzt Verstorbene die Regeln der Eleganz bestimmt hatte. Doch damals hatte man sich dennoch zurückgehalten. Vielleicht, weil die Angst fehlte. Doch die Angst, dachte Ludwig weiter, war die Waffe der Macht. Wer sich nicht fürchtete, unterwarf sich nicht. Er selbst hatte dafür gesorgt, dass man sich unterwarf. Den Preis dafür zahlten jene, die ihm nun folgten: so bunt, so aufdringlich, so unsicher.

Ludwig blieb stehen und wandte sich um. Nicht mehr als einen Wimpernschlag später hielten auch die Höflinge inne, als wären sie von einem Zauberstab berührt worden. Sie schauten ihren König an und warteten, was er für sie entscheiden würde. Wenn er scherzte, würden sie lachen. Wenn er den Spaziergang abbrach, würden sie damit einverstanden sein, und wenn er jemanden an seine Seite rief, würden sie diesen so lange mit Hochachtung behandeln, bis ein anderer seinen Platz einnahm.

Ludwig blickte in die geschminkten, hoffnungsvollen Gesichter mit den strahlenden Augen, hinter denen sich die Angst versteckte. Er war zufrieden. Nach der heutigen Todesnachricht gab es niemanden mehr, der ihm seinen Rang streitig machen konnte. In jeder Hinsicht war er Ludwig, König von Gottes Gnaden.

Er drehte sich um und ging weiter. Sogleich hörte er wieder das Knirschen und Schleifen der Schritte hinter sich.

Die Sonne schien, und ein kleines Tier huschte vor ihm über den Weg – so schnell, dass er es kaum erkennen konnte. Er sah nur noch, wie sich die Sträucher an der Stelle bewegten, wo es verschwunden war. Wahrscheinlich eine Ringelnatter, dachte er, doch für einen kurzen Augenblick wünschte er sich, es wäre ein Eichhörnchen gewesen.

Inhalt

Historische Romane im dtv

Robert von Ranke Graves
Ich, Claudius, Kaiser und Gott
Roman
Übers. v. Hans Rothe
ISBN 978-3-423-01300-0
Augustus, Livia, Caligula, Nero: eine Chronique scandaleuse, in der die ganze dekadente Welt des römischen Imperiums lebendig wird. »Ein zu Recht berühmtes, meisterhaftes Werk.« (Bayernkurier)

Marguerite Yourcenar
Ich zähmte die Wölfin
Die Erinnerungen des Kaisers Hadrian
Übers. v. Fritz Jaffé
ISBN 978-3-423-**12476**-8
Ein Roman von außergewöhnlicher Feinheit. Yourcenar zeichnet mit Hadrian einen leidenschaftlichen und tatkräftigen Mann.

Frans G. Bengtsson
Die Abenteuer des Röde Orm
Roman
Übers. v. Elsa Carlberg
ISBN 978-3-423-**20055**-4
Orm, Mutters Jüngster, verzärtelt und hypochondrisch, wird von plündernden Nachbarwikingern verschleppt.

Andrzej Sapkowski
Narrenturm
Roman · dtv premium
Übers. v. Barbara Samborska
ISBN 978-3-423-**24489**-3

Gottesstreiter
Roman · dtv premium
Übers. v. Barbara Samborska
ISBN 978-3-423-**24571**-5

Lux perpetua
Roman · dtv premium
Übers. v. Barbara Samborska
ISBN 978-3-423-**24636**-1
Die Bestseller-Trilogie um den schlesischen Medicus Reinmar von Bielau.

Asta Scheib
Kinder des Ungehorsams
Die Liebesgeschichte des Martin Luther und der Katharina von Bora
dtv großdruck
ISBN 978-3-423-**25288**-1
»Die vielleicht skandalöseste Liebesgeschichte Deutschlands.« (Klaus Modick)

Dorothy Dunnett
Niccolòs Aufstieg
Roman
Übers. v. Britta Mümmler und Mechtild Sandberg-Ciletti
ISBN 978-3-423-**21037**-9
1459 beginnt der rasante Aufstieg eines armen Färberlehrlings zum Handelsherrn …